王實甫《西廂記》彙評

A Collection of the Classical Remarks on the
Xi Xiang Ji by Wang Shifu

楊緒容　整理

人民出版社

國家社科基金後期資助項目
出版説明

　　後期資助項目是國家社科基金設立的一類重要項目,旨在鼓勵廣大社科研究者潛心治學,支持基礎研究多出優秀成果。它是經過嚴格評審,從接近完成的科研成果中遴選立項的。為擴大後期資助項目的影響,更好地推動學術發展,促進成果轉化,全國哲學社會科學規劃辦公室按照"統一設計、統一標識、統一版式、形成系列"的總體要求,組織出版國家社科基金後期資助項目成果。

　　　　　　　　　　　　　全國哲學社會科學規劃辦公室

序

一、《王西廂》評點本概況

　　王實甫《西廂記》（以下簡稱《王西廂》）自傳世以來，其文學地位隨着時間的推移而穩步提升。元人尚未把《王西廂》看作元雜劇的代表作。明萬曆間人諸葛元聲云："實甫在元人詞壇中未執牛耳，而《西廂》初出時亦不為實甫第一義，要於嘗鼎一臠，僅供優弄耳。"① 由此可見一斑。但到了明代中後期，情況就發生了很大改觀。王實甫不僅登上了元曲"四大家"寶座，甚至躍居於"四大家"之首②；其《西廂記》也被譽爲元雜劇之"絕唱"③ 与"壓卷"④。明代文人士大夫普徧對《西廂記》推崇備至。戲曲家李開先擬之為"《春秋》"，思想家李贄譽之為"化工"，戲曲理論家王驥德列之入"法與詞兩擅其極"的"神品"。再到後來，《西廂記》早已不僅是"北曲之冠"了，更被公認為"四大古典名劇"之首，成為中國戲曲史上成就最高、影響最大的作品。在《西廂記》的文學地位被不斷提升的過程中，明代戲曲批評家有"發現"之功⑤。他們還帶動了一大批文人積極投入到《西廂記》的出版傳播活動，

---

　　① 諸葛元聲《序》，見於徐渭《重刻訂正元本批點畫意北西廂》卷首，明萬曆三十九年冬刻本。

　　② 例如，王驥德《新校注古本西廂記》後附《評語十六則》，中云："當曰'王馬鄭白'。"明萬曆四十二年香雪居序刻本。

　　③ 明何良俊《四友齋叢説》（其中戲曲部分有單行本行世，稱為《曲論》），見於《歷代曲話彙編·明代編》第一冊，黃山書社 2009 年版，第 463—464 頁。

　　④ 明梁辰魚《南西廂記序》，見於《歷代曲話彙編·明代編》第一冊，黃山書社 2009 年版，第 475 頁。明王世貞《藝苑卮言》（其中戲曲部分有單行本行世，稱為《曲藻》），見於《歷代曲話彙編·明代編》第一冊，黃山書社 2009 年版，第 513 頁。

　　⑤ 參見幺書儀《〈西廂記〉在明代的"發現"》，《文學評論》2001 年第 5 期。

使之成為明清兩代版本最富、評點最熱的戲曲作品。

據筆者考查，今存明清《西廂記》評點本多達三十六種以上。本書收錄了其中的二十九種，包括：明萬曆七年少山堂刊謝世吉訂《新刻考正古本大字出像釋義北西廂》、明萬曆八年徐士範《重刻元本題評音釋西廂記》、明萬曆二十年熊龍峰刊余瀘東訂《重刻元本題評音釋西廂記》、明萬曆二十六年繼志齋陳邦泰刊《重校北西廂記》、明萬曆三十八年夏虎林容與堂刻《李卓吾先生批評北西廂記》、明萬曆三十八年冬起鳳舘刻《元本出相北西廂記》、明萬曆三十九年冬徐渭《重刻訂正元本批點畫意北西廂》、明萬曆四十二年香雪居刊王驥德《新校注古本西廂記》、明萬曆四十六年蕭騰鴻師儉堂《鼎鐫陳眉公先生批評西廂記》、明萬曆間刻《田水月山房北西廂》、明萬曆間金陵文秀堂《新刊考正全相評釋北西廂記》、明萬曆間三槐堂刊《重校北西廂記》、約明天啟間朱墨套印淩濛初批解《西廂記》、明崇禎四年山陰延閣主人李廷謨訂正《徐文長先生批評北西廂記》、明崇禎十二年刊《張深之先生正北西廂秘本》、明崇禎十三年閔遇五校刻王實父《西廂記》四本關漢卿《續西廂記》一本、明崇禎十三年西陵天章閣刊《李卓吾批點西廂記真本》、明後期《新訂徐文長先生批點音釋北西廂》、明後期《新刻徐文長公參訂西廂記》、明後期刊孫鑛（月峰）批點《硃訂西廂記》、明後期劉應襲（太華）刻《李卓吾批評西廂記》、明後期蕭騰鴻師儉堂刊《湯海若先生批評西廂記》、明後期刊湯沈合評《西廂記會真傳》、明後期彙錦堂刊《三先生合評元本北西廂》、明後期《新刻魏仲雪先生批點西廂記》、明後期《新刻徐筆峒先生批點西廂記》、清順治間含章舘刻封岳《詳校元本西廂記》、清康熙十五年學者堂刻毛甡（奇齡）論釋《西廂記》、清康熙間渚山堂刻潘廷章説《西來意》。

本書未收的《王西廂》評點本七種，具體包括三类：其一，與某原刊本或早期刊本評語基本相同者，其中包含：與熊龍峰刊本版式相近、内容相同的劉龍田《重刻元本題評音釋西廂記》、與起鳳舘本刊本十分接近的游敬泉刊《李卓吾批評合像北西廂記》、與天章閣刊本基本相同的《李卓吾批點西廂記真本》。這三種評本都沒有多大的獨立價值。其二，對王實甫《西廂記》的正文作了較大增補刪改者，其中包含：明天啟辛

酉槃邁碩人（徐奮鵬）增改校訂的《詞壇清玩西廂定本》系列、金聖嘆
批評《第六才子書西廂記》系列①。如收入此兩種評本，將會在本書的
編排上造成很大困難，因而只能割愛。其三，側重於闡釋《西廂記》的
宮調韻律者，其中包含：明崇禎十二年刻婁梁散人《較正北西廂譜》（殘
存上卷）、清順治六年刻明沈寵綏《度曲須知》。這兩種評點本基本上不
涉及思想藝術批評。本書雖然不收上述作品，但在相關研究中仍會把它
們作為重要參考。

　　不少評點本在卷首或卷末附有"音義"、"辨訛"等内容，本書一般
不予收錄。然而也不一概而論。如王驥德新校注本，正文中只以夾批註
釋語音詞義，而重要的批評性文字都被放到套（折）末的尾註之中。因
此本書對其套末尾註予以全文收錄。還有淩濛初校刊本，在正文所附旁
批、眉批、夾批之外，又在卷末附《解證》。其《解證》雖主要用於解釋
音義、糾正曲詞舛誤，但在本質上是眉批的補充，需要配合來看；再者，
如果缺失這一部分，就導致後來張深之、封岳及毛甡等人所引述的淩評
沒了着落，因而本書也將《解證》全文收入。另如閔遇五"會眞六幻"
本後的《五劇箋疑》以及毛甡論釋本，其中雖多是校注與考釋文字，但
也有涉及文藝批評的内容，且影響素著，本書也予以全文收錄。

二、《王西廂》評點本流別

　　今存三十多種明清《西廂記》評點本的關係非常複雜。辨其淵源流
別，大致可歸屬於不同的系統。

　　首先從《西廂記》評點的佚本或"古本"說起。今知最早的《西廂
記》評點本是明嘉靖二十二（1543）年的碧筠齋刊《古本北西廂》。其
書雖佚，但被不少人提及，王驥德述之尤詳。他不僅在《新校注古本西
廂記自序》中說筠本"首疏注僅數千言，頗多破的"，還在評語中直接引

---

① 　聞得另人彙編金聖嘆《第六才子書西廂記》評點之作已近完稿。

述了不少"筠注"條目。如在第一折第二套【幺】"我獨自寫與個從良"① 的尾注中，王氏引"古注②云：蓋得隴望蜀之妄想"。再如，在第四折第二套【幺】"你是個銀樣蠟槍頭"的尾注中，王氏引"筠注謂：與後'人樣蝦駒'一例，謂具人之樣，而實與蠟槍頭無異，見其無用也"。前例揭示張生希望既娶鶯鶯又抱得紅娘歸的心理，後例解釋詞語與文意，都涉入思想藝術批評的範疇，已是真正意義上的評點本。碧筠齋評本對後世影響甚大。王驥德所據另一"古本"朱石津本很可能直接以碧筠齋本為底本；而徐渭的批點畫意本也宣稱保留筠本"古注"達十之八九，他的"補釋"不過"十之一二"；還有王驥德新校注本也聲明"取碧筠齋古注十之二"。此外，碧筠齋本還"有可能就是少山堂本、徐士範本、余瀘東本所共同利用過的一種祖本"，因而是今存所有《王西廂》評點本的"肇始"③。

下文即分五類介紹今存《王西廂》評點本系統：

第一，謝世吉、徐士範評點本系統

今存最早的《西廂記》評點本是明萬曆七年（1579）少山堂刊謝世吉訂本。在今存《西廂記》評本中，有的批語首現於該本，如少山堂本在第一齣【點絳唇】"遊藝中原，腳跟無綫、如蓬轉"上，謝氏眉批曰："蓬，蒿草也，如浪裹蓬"，此前的弘治本就沒有這條注釋。有的批語則僅見於該本，如在第三齣敍鶯鶯燒香默祝之後，張生唱【小桃紅】之上，謝氏眉批曰："影出景象，攝出古人，而尤寫出情意。真作手也！"這反映出評家謝世吉對"情景交融"的深刻理解，體現了他的獨到之見。少山堂本評語與次年的徐士範本大同小異，二者之間顯然具有直接淵源。因此，說徐士範是其書評語的作者，便大為可疑。少山堂本卷首程巨源

---

① 本序所引王實甫《西廂記》正文，大部分指明出自某版，並據之標為某本某折（或某齣）；少部分兼概多本而不便——指明者，則出自 1996 年上海古籍出版社的王季思校注本，並據之標為某本某折。王季思的底本是明末淩濛初校訂本，應較為接近《王西廂》原貌；其校注也較精審，流行又廣，堪為《王西廂》代表。同時，為了兼顧論述的嚴謹性，凡與王季思本正文有明顯差異者，本序又特在注釋中注明原版出處，並據其原版標為某本某折（或某齣）。

② 王驥德新校注本《凡例》云："筠注曰古注"。

③ 參見黃霖《最早的中國戲曲批點本》，《復旦學報》2004 年第 2 期。

的《崔氏春秋序》云："余宗伯仁……乃搜諸家題詞，刻諸簡端以示余。"以此看來，少山堂本更有可能是該系列"集評"的始作俑者。但頗為奇怪的是，後人很少提及早出一年的少山堂本，卻異口同聲贊次年的徐士範本為"今本"中的"善本"，連以嚴謹著稱的王驥德、凌濛初、毛甡也每每喜歡引"徐士範曰"來申述已意。所以，單就實際影響而論，徐士範本乃今存《西廂記》評點本之近祖。不僅熊龍峰刊余瀘東訂本、劉龍田刊余瀘東訂本、繼志齋陳邦泰刊本、三槐堂刊"李卓吾先生批評西廂記"可直接歸入徐士範評點本系統，即如容與堂刊李卓吾評本和徐文長系列評本也在一定程度上受到徐士範本的影響。如徐士範本在第三齣【幺】上，眉批云："人言《西廂》意重複而語蕪類，乃知金元雜劇止於四折，未為無見。然如此十六套，觀之不厭，唯恐終場，海錯此珍，固不嫌其多。"容與堂本在卷末（第二十齣後）的總批中云："嘗讀短文字，卻厭其多；一讀《西廂》曲，反反覆覆，重重疊疊，又嫌其少。何也？何也？"這條容本批語顯系從上句徐士範本眉批中化出。又如，徐士範本在第一齣【上馬嬌】"誰想着寺裏遇神仙"旁，批云："緊翻上句公案。"徐渭的批點畫意本在同處旁批云："緊翻上句，説遇之幸。"① 兩句評語之間明顯具有直接關聯。而且，在批點畫意本之前也只有徐士範本下過類似的評語。

第二，容與堂李卓吾評點本系統

容與堂本刻於萬曆三十八年（1610），題"李卓吾先生批評北西廂記"。儘管學術界也有人堅認其中確含李贄真評，但更多的人認定其書乃係葉晝偽託。該本評語的真偽雖引人熱議，其價值卻毋庸置疑。此書批語雖有部分受到徐士範本及謝世吉本的影響，但大體出於自創，故能自成一家。書中眉批、旁批、夾批和尾批俱全，對《王西廂》的思想內容、敍事技巧和曲白詞采作了全面的賞鑒與品評。其評語對敍事藝術尤多創見，不僅明確提出了"摹（模）索"理論，還化用了李贄的"化工"、"自然"等觀念，在明清戲曲評點中極具價值。該評本影響深遠，可以說

---

① 參見徐渭《重刻訂正元本批點畫意北西廂》第一折第一套【上馬嬌】眉批，明萬曆三十九年刻本。

孕育了為數最多的評點本。首先是刻於同年而稍晚的起鳳舘本。其評語主要靠雜采容與堂本"李卓吾評"及王世貞的《曲藻》而成。後來的游敬泉梓本直接受起鳳舘本評語影響，而萬曆間文秀堂刊本則受到容與堂本與起鳳舘本評語的共同影響。其次是書林蕭騰鴻師儉堂刻於萬曆戊午（四十六年，1618）的陳眉公評本。其書中有部分評語直接抄錄容與堂本評語，而更多的評語則襲取其意而潤色其詞，稱"陳眉公批評"顯然名不副實。此後直接受陳眉公評本影響者，有萬曆間"東海月峰先生孫鑛批點"的《硃訂西廂記》、"潭陽劉應襲"刻《李卓吾批評合像北西廂記》。再次是明後期蕭騰鴻師儉堂刻《湯海若先生批評西廂記》。在容本系統中，該湯評本與容本評語的關係最為密切。此外，諸如明崇禎十三年西陵天章閣《新鐫李卓吾原評西廂記》及其翻刻本《李卓吾批點西廂記真本》也以容與堂本為底本。其書中評語與容與堂本雖不甚密切，但確有一定關聯。且又因此號稱"李卓吾評"云云，在客觀上強調了與容與堂本的關係。當然，也有人因其批語簡短而量少，且多為思想藝術性批語，頗為認同"李卓吾原評"之說。

第三，徐渭評點本系統

今知最早的徐評本是刻於明萬曆三十九年（1611）冬的《重刻訂正元本批點畫意北西廂》。對於此本是否為徐渭"真評"，學術界存在不少爭議。據筆者看來，該本確為徐評的可能性較大。書中偶有評語取自徐士範本，如第一折第一套【仙呂】【賞花時】"盼不到博陵舊塚"上，批點畫意本眉批云："崔家富貴，文王以天子之貴敵之而不可得，但此際亦似寥落矣。"此句就直接出自徐士範本同處眉批："博陵崔氏，唐著姓，女皇以天子之貴，敵之而不可得。"而且，批點畫意本還抄錯了一個詞：把"女皇"說成"文王"。這不僅不符合武則天當朝的背景，還引起文意錯亂。但在總體上，批點畫意本中獨具一格的評語占了絕大多數。如在第一折第一套【寄生草】曲中，批點畫意本沿襲朱石津本改"水月觀音現"為"院"，眉批云："'家'與'院'對，二字正指閨中，是想像其已到閨中之景如此。故古本'現'作'院'，大妙語也。"至如解第一折第二套【朝天子】中"則麼耶""亦是僧名"；改第四折第二套【紫花兒序】的"牽頭"為"饒頭"，並贊此二字"絕妙"等等，都極富創意。

王驥德《新校注古本西廂記自序》說徐渭"説曲大能解頤",李廷謨訂正本卷首魯潚《西廂敘》說徐文長批解"大都不隨眾觀場",與上引情況正相符合。批點畫意本的影響也不容低估。萬曆間另一刻本《田水月山房北西廂》乃是批點畫意本的異版,其批語條目較批點畫意本有所增加,因此不妨稱之為批點畫意本的"重評本"。據筆者考察,田水月山房本最為接近王驥德所引"徐爾兼藏本"①。已佚的徐爾兼所藏本,當是乃父徐渭中晚年"較備而確"的評定本,或許就是徐評"的本",即是在批點畫意本、田水月山房本的基礎上进一步完善起來的。明崇禎四年(1631)李廷謨訂正《徐文長先生批評北西廂記》的評語與批點畫意本基本相同,就是直接抄錄該本評語而成。以上皆可歸入批點畫意本系列。

此外,《新訂徐文長先生批點音釋北西廂》、《新刻徐文長公參訂西廂記》僅有少量評語也與批點畫意本相同或相近。一般認為,《新訂徐文長先生批點音釋北西廂》、《新刻徐文長公參訂西廂記》並非徐渭真評。王驥德《新校注古本西廂記》所引徐評與此兩書基本不符。王本後附《評語十六則》有云:"天池先生解本不同,亦有任意率書,不必合款者;有前解未當,別本更正者。大都先生之解,略以機趣洗發,逆志作者,至聲律故實,未必詳審。"據此說來,或許《新訂徐文長先生批點音釋北西廂》與《新刻徐文長公參訂西廂記》即是含有一定"徐渭真評"的"別本"。

徐渭評點本系統對後世產生了重要影響。批點畫意本与王驥德校注本關係密切,王本自稱引用徐評達"十之二"。明後期刊湯(顯祖)沈(璟)合評的《西廂記會真傳》又通過王本而間接接受了批點畫意本系列評語的影響。明天啟辛酉(元年,1621)暮春序刻、盤薖碩人增改校訂的《詞壇清玩·盤薖碩人增改定本》(西廂定本)二卷、明崇禎十三年閔遇五"會真六幻"本,都以徐渭批點畫意本為底本。清潘廷章在《西來意》卷首《讀〈西廂〉須其人》中也聲稱其書"悉從田水月碧筠齋元本點定,絕不竄易一字"。

---

① 詳情請參見楊緒容《徐渭〈西廂記〉評點本系統考述》,《華中師範大學報》2013年第2期,第89—95頁。

第四，王驥德、凌濛初和毛甡評點本系列

該系列具體包括明萬曆四十二年香雪居刊王驥德《新校注古本西廂記》、約明天啟間刊凌濛初批解《西廂記》、清康熙十五年學者堂刻毛甡論釋《西廂記》三種。在這幾個評點本之間有很密切的關係，一般晚出者均以前者為重要的參校本。但其正文並不完全屬於同一系列。王驥德《新校注古本西廂記》的底本是碧筠齋本，與徐渭的《重刻訂正元本批點畫意北西廂》同源；凌濛初校訂《西廂記》的底本是明初周憲王舊本，而毛甡論釋《西廂記》的底本很可能就是凌濛初刊本，則後兩種可能同源。雖然這三個評本的底本不盡相同，但其批語的關聯卻甚為明顯而直接。

王驥德在《新校注古本西廂記自序》中說，其書評語"取碧筠齋古注十之二，取徐師（即徐渭——引者注）新釋亦十之二"，又向沈璟"函請參訂"。他以上述三家為基礎，再"拓以己意"，經兩次修訂而成。該本卷首題"山陰徐渭附解，明詞隱生評"，實則多數評注皆出諸王氏本人之手。他用夾批專釋詞義，又在套末尾注中詳解該套的字詞句義，闡釋其曲律音韻，分析其思想藝術特色。其批語在數量和質量上均取得了前所有未的發展。但該本因過分拘執於碧筠齋本及徐渭的批點本，在不少方面尚有待完善。

凌濛初校訂的《西廂記》即應運而生。在正文方面，不僅凌本的曲調、文字都得到了完善，其體制也最為符合元雜劇慣例。其評語也很詳贍，眉批、旁批、夾批俱全，折末多附有"解證"，對《西廂記》的曲調、字詞義、典故作了較為詳細的注釋，對其思想藝術特色也作了較為深入的闡述。凌本繼承了徐士範本、徐渭批點畫意本和王驥德本的評語，又對它們做了大量補偏救弊的工作。一般而言，凌氏態度公允，所發表的意見也較為中肯。該書在明代《西廂記》評點本中十分重要，其影響也超越此前諸本，在實際上成了其後《王西廂》中最為通行的善本。

清初封岳所刻《詳校元本西廂記》，其正文雖出自"朱成國邸古本二冊"，其批語則大半引述凌濛初刊本，也應歸於凌評本系統。清初毛甡論釋的《西廂記》，其正文與徐渭批點畫意本、王驥德校注本、凌濛初刊刻本都有密切關係。其書只有夾批，多用於闡釋曲例、詞例與表演體制，雖主要以徐渭批點畫意本、王驥德本、凌濛初本評語為藍本，但在容量和質量上又有所發展。毛氏既能博采眾家，又頗善決斷，其引證之廣和辨析之透均超越了前人。毛氏精通經史及音韻學，諸多前人懸而未決的議題，凡經參釋，幾成定論。因此，毛氏論釋本代表了明清《西廂記》評點的又一座高峰，並大大推進了中國戲曲評點的學術化、系統化。此本一出，大有後來居上的氣勢，在當時評價甚高。惜因其流傳不廣，導致影響有限。

總之，上述三個評點本作為同一系列，具有不少共同點，諸如均帶有集評集注性質，均重視以經史釋典故、以曲解曲的方法，均綜合了曲律辨正、詞語考訂與思想藝術批評，等等。它們既能集此前《西廂》評注之大成，又代表了各自所處時代《王西廂》評點的最高學術水準。

第五，綜合上述多種評本系統的評點本

這類評點本多出現於明末，其情況較為複雜。

首先說"湯評"系列。其一是蕭騰鴻師儉堂刻《湯海若先生批評西廂記》，其底本當是此前師儉堂所刊《陳眉公先生批評西廂記》。該本有眉批、旁批、夾批和尾批，其批語大半襲自容與堂本，也有部分襲自陳眉公本，另有少數源出徐渭批點畫意本系列、凌濛初校訂本等。其二是《西廂記會真傳》，其底本與繼志齋本比較接近。該本號稱"湯（顯祖）沈（璟）合評"，實為雜取徐士範本、繼志齋本、容與堂本、徐渭田水月山房本、王驥德校注本、凌濛初校訂本、師儉堂湯評本的批語而成，偶爾也對以上諸本略作修正。其三是《三先生合評元本北西廂》，其正文以批點畫意本為底本。該本評語託名湯若士、李卓吾、徐文長"三先生"，實際上主要截取容與堂本、田水月山房本、陳眉公評本、凌濛初校訂本、張深之正本、師儉堂湯評本及湯沈合評本而來，此外還偶有直接採用山陰延閣主人李廷謨訂正《徐文長先生批評北西廂記》的情況。

其次說《新刻魏仲雪先生批點西廂記》和《新刻徐筆峒先生批點西廂記》。兩書評語的條目及內容大致相同。其評語主要融合了容與堂本、起鳳舘本、陳眉公本、孫月峰本，又與《新訂徐文長先生批點音釋北西廂》和《新刻徐文長公參訂西廂記》關係密切。號稱"魏仲雪先生"、"徐筆峒先生"者，大有偽託的可能。就其異文而言，"魏仲雪批點本"

的評語比之“徐筆峒批點本”更接近於容與堂本、起鳳舘本、陳眉公本、孫月峰本以及《新訂徐文長先生批點音釋北西廂》和《新刻徐文長公參訂西廂記》的批語。這説明徐筆峒本抄襲魏仲雪本評點的可能性更大。當然，也不能完全排除“徐筆峒批點本”的部分評語有直接參考上述諸本的可能。這些情況表明，晚明各《西廂記》評點本之間的傳承及影響關係異常複雜。

再次説崇禎十二年（1639）暮冬序刻的《張深之先生正北西廂秘本》。其書批語大多自為一體，其内容以考訂曲調詞牌正誤、辨析遣字用韻得失為主，在曲律研究上有一定價值。其中評論性批評並不多，且多從容與堂本、徐渭批點畫意本、凌濛初刊本等的批語中化出，或對其補偏救弊。此外，也有少數評語跟湯沈合評本接近，但不明兩者孰先孰後。

就成就和影響而言，《王西廂》評點可謂是明清戲曲評點的旗幟和標杆。這話可以從三個方面來理解。首先，明清戲曲評點是從《西廂記》開始的。已有人認定，現藏日本的少山堂刊謝世吉訂《西廂記》是今存“最早的中國戲曲評點本”①；而在筆者看來，《碧筠齋古本北西廂》則是“今知最早的中國戲曲評點本”。其次，在明清戲曲評點本中，以《西廂記》評點本數量最大、影響最著。在明清時期，徐渭、李贄、湯顯祖、沈璟、王驥德、陳繼儒、凌濛初、金聖嘆、毛奇齡等紛紛評點《西廂記》，他們均是當時最為傑出的一批戲曲理論和批評家。雖不能排除其中有偽託的可能，但大部分署名眞實可靠。第三，《西廂記》評點的理論價值在明清戲曲評點中獨佔鰲頭。明清批評家把評點這一中國文學批評的特殊形式創造性地運用到《西廂記》批評中，具體論析了《西廂記》的版本情況、語言藝術、思想價值及音律與演唱特點，概括和探討了諸如“形象”、“境界”、“摹（模）索”、“那（挪）碾”等獨具民族特色的戲曲理論，高度凝練了中國传统戲曲批評的精髓。明清《史上西廂記》評點不僅是我國戲曲史上的奇葩，也是文論中的瑰寶。

---

① 參見黃霖《最早的中國戲曲評點本》，《復旦學報》2004 年第 2 期。

三、《王西廂》評點的理論成就

明清《王西廂》評點家大量借重諸如形象、虛實、自然、意境、襯托、照應、典型等傳統詩文書畫與小説的理論資源，又創造性地使用了摹索、挪碾等頗具民族特色的敍事概念，豐富和發展了中國戲曲理論。就其大體而言，明清《王西廂》評點的理論成就主要體現在以下四個方面：

一、對閑筆"那輾"的總結

《西廂記》細膩地展示了崔張於春相識，至秋離別，其間相戀、相思、私合和成婚的全過程，因此被人戲稱為"崔氏春秋①"。雖是戲劇，但卻被拿來與五經之一的"《春秋》"相提並論。明清戲曲批評家們紛紛把《西廂記》視為愛情戲的典範。如程巨源稱之為"詞曲之《關雎》，梨園之虞夏"②，凌濛初譽之為"情詞之宗"③，可謂讚譽有加。

愛情戲跟歷史劇、英雄劇、神仙道化劇等有所不同，其内容多為兒女閑情。《王西廂》之妙處正在於善用閑筆敍閑情，也因此深受明清戲曲評點家的推崇。如第二本第三折"紅娘請宴"就是一段極閑之筆，被寫得極有韻致。在未見張生之前，紅娘表達了對張生的感激與敬重之情，對崔張婚事充滿了樂觀的期待；當面請張生時，她領略了一個因好事將至而歡天喜地的風流書生的種種傻相。本折前後皆是波瀾起伏文筆，這段閑筆則主要起烘托作用。《三先生合評元本北西廂》於該齣末附"湯若士"總評曰："先將《請宴》一齣，虛描宴中情事，後齣《停婚》，只消盡描乍喜乍驚之狀。有此齣後出，便省多少支離！此詞家安頓法，不可不知。"④ 金聖嘆亦盛讚該折閑筆敍事的藝術效果，曰："亦不於張生口中，亦不於鶯鶯口中，只閑閑於閑人口中，恰將彼一雙兩好之無限浮浮

---

① 參見明程巨源《崔氏春秋序》，載明萬曆八年徐士範《重刻元本題評音釋西廂記》卷首、明萬曆二十年熊龍峰《重刻元本題評音釋西廂記》卷首。

② 明程巨源《崔氏春秋序》，見於《重刻元本題評音釋西廂記》卷首，明萬曆八年徐士範刻本。

③ 明凌濛初《譚曲雜劄》，見於《歷代曲話彙編·明代編》第二集，黃山書社2009年版，第192—193頁。

④ 《三先生合評元本北西廂》第十齣總評，約明崇禎間刻本。

熱熱、脈脈蕩蕩，不覺兩邊都盡。"① 還有人着眼於對《西廂記》全書閑筆藝術的效果做出總結，容與堂本中託名"李贄"的評家即其代表。他在上卷末題評曰："嘗言吳道子、顧虎頭只畫得有形象的，至如相思情狀，無形無象，《西廂記》畫來的的逼真，躍躍欲有。吳道子、顧虎頭又退數十舍矣。千古來第一神物，千古來第一神物!"② 這條評語借用繪畫的"形象"理論，形容《西廂記》全書刻畫兒女"相思情狀"的生動性，在明清戲曲批評家中產生了廣泛而深遠的影響。

金聖嘆在《西廂記》批評中，總結了一套別具特色的"那（挪）輾"敍事理論。據他所稱，"那輾"原是"雙陸"遊戲的術語。金氏轉引雙陸高手陳豫叔的話說："'那'之為言搓那，'輾'之為言輾開也。"他借此術語而用為"文章之妙門"，強調文章不能"橫塗直描"，而是要"搖之曳之"，使其"迂遲"、"委折"、"悠揚"。他說：

> 夫題有以一字為之，有以三、五、六、七乃至數十百字為之。今都不論其字少之與字多，而總之題則有其前，則有其後，則有其中間。抑不寧惟是已也，且有其前之前，且有其後之後；且有其前之後，而尚非中間，而猶為中間之前；且有其後之前，而既非中間，而已為中間之後。此真不可以不致察也。③

據金氏的分析看來，所謂"那輾"，其實是一種主要用於處理閑筆的藝術手法。

金聖嘆又把《西廂記》第三本第一折"錦字傳情"看作是運用"那輾"敍事之典範，分析道：

> 此篇如【點絳唇】、【混江龍】詳敍前事，此一那輾法也；甚可

---

① 金聖嘆《貫華堂第六才子書西廂記總評》第二本第三折《請晏》總評，上海古籍版社 1986 年版，第 110 頁。

② 《李卓吾先生批評北西廂記》第十齣總評，明萬曆三十八年容與堂本。

③ 金聖嘆《貫華堂第六才子書西廂記總評》第三本第一折《前候》總評，上海古籍版社 1986 年版，第 148 頁。

以不詳敘前事也，而今已如更不可不詳敘前事也。【油葫蘆】雙寫兩人一樣相思，此又一那輾法也；甚可以不雙寫相思也，而今已如更不可不雙寫相思也。【村裏迓鼓】不便敲門，此又一那輾法也；甚可以即便敲門也。【上馬嬌】不肯傳去，此又一那輾法也；甚可以便與傳去也。【勝葫蘆】怒其金帛為酬，此又一那輾法也。【後庭花】驚其不用起草，此又一那輾法也。乃至【寄生草】忽作莊語相規，此又一那輾法也。夫此篇除此數番那輾，固別無有一筆之得下也，而今只因那輾之故，果又得纚纚然如許六七百言之一大篇。①

在上段引文中，金聖嘆概括了《西廂記》第三本第一折總共七次運用"那輾"的詳情。他所謂"那輾"，意即不直敘中心事件，而是將文筆蕩開去，從側面對一些次要事件和閑情逸致層層加以鋪敘渲染。這樣可以延緩中心事件的進程，使之一波三折，妙趣橫生。當然，《西廂記》主敘兒女閑情，書中"那輾"之處絕不止此。即如上述第二本"紅娘請宴"一折，又何嘗不是"那輾"的經典之筆呢！

如果用現代敘事學的話語來表述，"那輾"基本等同於延宕。因閑筆"那輾"引起的延宕襯得前後文情節更為緊張，賦予了《西廂記》一張一弛、疏密有度的藝術效果。金聖嘆對"那（挪）輾"的概括和分析，正是中國戲曲敘事理論優秀成果的結晶。

二、對戲曲"境界"的探討

不少明代戲曲批評家看到"大抵情詞易工"② 的現象，認識到"情"與"詞"之間存在着相互促進的關聯。王思任曾言，"詞與事各擅其奇"方可稱為"傳奇"，而《西廂記》即傳奇之典範：

事不奇不傳，傳其奇而詞不能肖其奇，傳亦不傳。必繪景摹情。……實甫、漢卿，胡元絕代儁才，其描摹崔張情事，絕處逢生，

---

① 金聖嘆《貫華堂第六才子書西廂記》第三本第一折《前候》總評，上海古籍版社 1986 年版，第 148—149 頁。

② 明何良俊《四友齋叢説》卷三十七《詞曲》，中華書局 1959 年版，第 338 页。

無中造有。本一俚語，經之即韻；本一常境，經之即奇；本一冷情，
經之即熱。人人靡不膾炙之而屍祝之，良由詞與事各擅其奇，故傳
之世者永久不絕。①

　　這就是說，《王西廂》不僅是"情事"的經典，也是"情詞"的經典。
通過兩者的完美結合，營造出了雅與俗、常與奇、冷與熱交相輝映之
"境界"。

　　明清戲曲批評家對《王西廂》"情詞"的藝術造詣評價甚高。這以王
世貞最為典型，其《曲藻》述之甚詳。《曲藻》的主要意見被收入起鳳舘
刊《西廂記》的評語中，為託名"王世貞"的評家所繼承和發揮。如起
鳳舘本在眉批中讚《西廂記》第一齣【上馬嬌】中"未語人前先靦腆"、
【勝葫蘆】中"嚦嚦鶯聲花外囀"等句"皆情意工"，生動形象似"塑個
出現的觀音"；又讚同齣【寄生草】"東風搖曳垂楊綫，遊絲牽惹桃花片，
珠簾掩映芙蓉面"等句自然天成，"恍然天孫織成云錦，卻不從機上來、
梭上得"。起本又論第八齣【越調‧鬥鵪鶉】"他做了個影兒裏的情郎，
我做了個畫兒裏的愛寵"是"駢儷中情語"，第十齣【小梁州】"他為你
夢裏成雙覺後單，廢寢忘餐。羅衣不奈五更寒，愁無限，寂寞淚闌干"
是"單語中佳語"。這些評語皆簡明精准，對後來的《西廂記》批評家產
生了重要影響。起本還把優美的唱詞比作詩賦，如論第十六齣【錦上花】
"害不了的愁懷，恰才覺些：掉不下的思量，如今又也"，"雖晉語無此
品"；論第十八齣【二煞】"昨宵愛春風桃李花開夜，今日愁秋雨梧桐葉
落時"，即使"不入唐律，也應入六朝"。總之，起鳳舘本多方面揭示了
戲曲與詩文詞賦在語言上的密切關聯，在語言賞鑒與批評方面取得了重
要成就。

　　《王西廂》的評點家們注意到，詩詞語言和戲曲語言均屬韻文，兩者
之間既有聯繫，又有區別。首先，跟詩歌語言一樣，戲曲語言也要求具
有情景交融的"境界"。例如，在第十五齣【端正好】"碧雲天，黃花

---

　　①　明王思任《三先生合評元本西廂記序》，見於《三先生合評元本北西廂》卷
首，明崇禎間刻本。

地，西風緊，北雁南飛。曉來誰染霜林醉？總是離人淚"上，熊龍峰本余瀘東眉批云："范希文詞：碧雲天，黃葉地。"陳眉公本眉批云："點出秋景甚眞。"前者指出相關正文出於詩詞，後者則更進一步指出相關正文具有情景交融的逼眞效果。徐士範本更從全局着眼，認爲"此折敘離合情緒，客路景物，可稱辭曲中賦"，與詩賦的"境界"大旨相通。

其次，與詩歌語言有所不同，戲曲語言不僅要有情景交融的境界，還要隨着敘事的推進而不斷變化。如在第四折第三套【四邊靜】"霎時間杯盤狼藉，車兒投東，馬兒向西，兩意徘徊，落日山橫翠。知他今宵宿在那裏？有夢也難尋覓"上，徐渭批點畫意本眉批曰："'落日'句，言晚景遮隔。"這仍是就情景交融而言。湯沈本於此眉批云："'落日'句言晚景遮隔，故夢難尋，此中意最微，又伏下《草橋驚夢》張本。妙，妙！"這條眉批不僅注意到情景交融的"意境"之妙，還揭示了虛實境界的映襯、前後境界的聯繫，這就涉入敘事文學"境界"的特殊性了。

《西廂記》評點家們頻繁談及"境"與"境界"。在他們看來，《王西廂》的"情詞"固然有"境界"，其"情事"同樣有"境界"。如徐士範本第二齣敘張生為了鶯鶯，到普救寺賃屋而居，卻心有不甘，說道："若在店中人鬧，倒可消遣；搬至寺內幽雅處，怎麼捱這淒涼呵"，其上眉批云："此白語卻自眞境。"繼志齋本第三齣敘張生一見鶯鶯之後，便幻想與她成親，唱【幺篇】道："有一日柳遮花映，霧帳雲屏，夜闌人靜，海誓山盟。恁時節風流嘉慶，錦片也似前程，美滿恩情，咱兩個畫堂春自生"，其上眉批："淒涼時想快樂境界。"起鳳舘本在第二十齣【新水令】"玉鞭驕馬出皇都"的眉批中，引"無名氏"之語云："'玉鞭嬌馬'對起，是描寫錦歸境界。"王驥德本在第三折第一套【青哥兒】"放心波學士！我願為之，並不推辭，道甚言辭？昨夜彈琴的那人兒來傳示"的尾注中，引徐渭之言曰："'道甚言辭'二語，以白作曲，淡而濃，簡而俊，俱屬妙境。"湯沈本在第一齣【節節高】"隨喜了上方佛殿，早來到下方僧院。行過廚房近西，法堂北，鐘樓前面。遊了洞房，登了寶塔，將迴廊繞徧。數了羅漢，參了菩薩，拜了聖賢"上，眉批云："敘入境條遞。"毛甡論釋本在第一本第三折【紫花兒序】"等待那齊齊整整，裊裊婷婷，姐姐鶯鶯。一更之後，萬籟無聲，直至鶯庭"後，夾批云：

"'直至'與董詞'漸至'不同,'漸'是實境,'直'是空寫也。"這些評語皆從不同角度探討了戲曲"境界"的特點,諸如論"境界"的內涵、"境界"的虛實、"境界"描寫的次第等,皆與"情事"關聯甚密。總之,《西廂記》評點中的"境界"理論,已由傳統詩文的"情境"轉向敘事文學的"事境",具有十分重要的創新意義。

不少人把戲曲看成抒情文學,主要因為其唱詞是直接從詩詞、小曲等抒情詩體演變而來。這種看法固然很有道理,但還不夠全面。因為在戲曲中,局部唱詞的抒情性需要服從於整體的敘事性。當每一支偏重抒情的詞曲都成了整個敘事鏈條上的一個環節,這就促成了局部寫景抒情和整體寫人敘事的統一。因此,戲曲語言既有抒情功能,更要兼顧敘事功能。難能可貴的是,明清戲曲批評家在總結《西廂記》語言藝術的經驗時,已明辨了戲曲"境界"與詩詞"境界"的異同,並產生了一些較為深刻的認識。我們深信,這些認識對今天的戲曲研究仍然具有積極的啟示意義。

三、對心理描寫的關注

作爲中國古代才子佳人愛情戲的代表作,《王西廂》的心理描寫成就甚高,並因此引起了明清戲曲評點家的普徧關注。《西廂記》中最引人注目的是對於女主角崔鶯鶯的心理描寫。鶯鶯剛出場時,還是一個懷春的少女,正為青春的"閑愁"而萬般苦悶。當她在佛堂見到風流書生張珙,未免"眼角兒留情",臨去回轉秋波,戀戀不捨。到第一本第三折,她已變青春的閑愁為對張生的相思。鶯鶯燒香時的心語堪為寫照:

> [旦云]取香來![末云]聽小姐祝告甚麼?[旦云]此一炷香,願化去先人,早生天界!此一炷香,願中堂老母,身安無事!此一炷香……[做不語科][紅云]姐姐不祝這一炷香,我替姐姐祝告:願俺姐姐早尋一個姐夫,拖帶紅娘咱![旦再拜云]心中無限傷心事,盡在深深兩拜中。[長吁科]

該段可謂《王西廂》心理描寫的經典範例。先敘鶯鶯高聲禱告,忽而無言暗祝;接着又通過紅娘之口,把鶯鶯的"無限傷心事"明確表達出來。在此,容與堂本眉批曰:"關目好。"文秀堂本眉批曰:"禁聲不祝，意在不言之表。"《新刻徐文長公參訂西廂記》眉批曰："不語正是心香，紅娘和盤托出。"①

《西廂記》第二本由鶯鶯主唱，表現她對美滿姻緣的追求已開始由被動變主動。從第一折一開始，她就抱怨"小梅香伏侍得勤，老夫人拘束得緊"，使得"玉堂人物難親近"。文秀堂本於此眉批云："防紅怨母，便見鶯鶯有欲身從珙也"，揭示了鶯鶯對張生的愛慕之情。當鶯鶯聞孫飛虎要擄她做壓寨夫人，便立即向母親建議將自己獻與賊人，稱其便有五："第一來免摧殘老太君；第二來免堂殿作灰燼；第三來諸僧無事得安存；第四來先君靈柩穩；第五來歡郎雖是未成人，須是崔家後代孫。"容與堂本"李贄"在此眉批曰："第六來自家又早嫁了人"②，諷刺她女大不中留的心理。其後，鶯鶯又別立一計："不揀何人，建立功勳，殺退賊軍，掃蕩妖氛；倒陪家門，情願與英雄結婚姻，成秦晉。"鶯鶯表面上説得大義凜然，其實專為張生而設此計，心中單盼着"張生呵，則願你筆尖兒橫掃了五千人"。歷代讀者和批評家對鶯鶯此際的心理深有體會。繼志齋本眉批曰："到此方露正意。"③ 容與堂本"李贄"的眉批則不無譏諷地説："方説出本心來，但不知那人手段何如耳。"④

《西廂記》評點家們還從全書着眼，完整地揭示了張生狂熱追求鶯鶯的心路歷程。如第一本第二折敘張生得知崔家要做道場，便捐助長老五千錢，請求與崔家一同拈香，口稱追薦父母，心中卻只想着把鶯鶯"看個十分飽"。《三先生合評元本北西廂》於此眉批曰："這分齋是媳婦帶挈的。"張生又十分擔心鶯鶯到時不來拈香，乃急急追問長老云："那小姐明日來麼？"《三先生合評元本北西廂》又眉批曰："此問正緩不得！倘小

① 《西廂記》第一本第三折"鶯鶯燒香"一段對白的眉批，見於明萬曆三十八年容與堂《李卓吾先生批評北西廂記》第三齣、明萬曆後期文秀堂《新刊考正全相評釋北西廂記》第三齣、明後期《新刻徐文長公參訂西廂記》第三齣。

② 《李卓吾先生批評北西廂記》第五齣【後庭花】眉批，明萬曆三十八年容與堂刻本。

③ 《重校北西廂記》第五齣【青歌兒】"結婚姻，成秦晉"後眉批，明萬曆二十六年繼志齋陳邦泰重刊本。

④ 《李卓吾先生批評北西廂記》第五齣【青歌兒】眉批，明萬曆三十八年容與堂刻本。

姐不來，五千錢幾為浪費。"① 到第一本第四折崔家正式做道場時，張生早早來到佛堂，唱【沉醉東風】道："惟願存在的人間壽高，亡化的天上逍遙。為曾祖父先靈，禮佛法僧三寶。焚名香暗中禱告：則願得紅娘休劣，夫人休焦，犬兒休惡。佛囉，早成就了幽期密約。"在此，容與堂本"李贄"的眉批不無譏諷地說道："好個至誠檀越！""徐文長"的眉批則曰："'惟願'二句，可以明言；'梅香'四句是私情，難以明言，故暗禱告也。"② 在他們批評中，張生假薦亡眞求親的心理暴露無遺。

《王西廂》擅長描寫人物心理，其第二本第四折"夫人停婚"、第三本第二折"妝臺窺簡"、第三本第三折"乘夜逾墙"、第四本第二折"堂前巧辯"的心理描寫都甚為膾炙人口。明清戲曲評點家們對此也都有精彩的品評，這裏不再一一列舉。至今尚有不少人認為，中國敘事文學善敘言語動作而不善寫心理，這是對古代戲曲小説藝術成就嚴重認識不足的表現。更何況，明清戲曲評點家們早已領略到《王西廂》的心理描寫之妙，並對之作了深入獨到的品評。這些評點成果對於今人全面認識和評價古代戲曲敘事理論仍然具有重要的參考價值。

四、對"摹（模）索"理論的概括

元雜劇一般根據主唱人身份分為旦本和末本。而《王西廂》對主唱人的安排卻很特殊，在末旦之外，由紅娘主唱的篇幅也不少。除第三本全由紅娘主唱外，第二本第三折"紅娘請宴"、第四本第二折"堂前巧辯"、第五本第二折"鄭恒求配"都由紅娘主唱。跟鶯張主唱部分相比，紅娘主唱部分在敘事上有一個特點：即她並不着重講述自己的故事，其言行皆圍繞崔張愛情這一中心展開。她眼裏所見，是崔張愛情的波折；她心裏所想，是崔張婚事的成合。因此，紅娘在本質上只是崔張婚戀的旁觀者和見證人，但《王西廂》卻把她塑造成主角之一。

明清戲曲評點家根據紅娘角色的特殊敘事功能，提煉出了"摹（模）

---

① 《三先生合評元本北西廂》第一折第二套"［末背問聰云］"對白後眉批，明崇禎間刻本。

② 《西廂記》第一本第四折【沉醉東風】眉批，見於明萬曆三十八年容與堂刻《李卓吾先生批評北西廂記》第四齣、萬曆三十九年徐渭《重刻訂正元本批點畫意北西廂》第一折第四套。

索"概念。容與堂本託名"李贄"而評曰：

> 曲白妙處，盡在紅口中摹索兩家，兩家反不有實際。神矣！①

又曰：

> 《西廂》文字，一味以模索為工：如鶯張情事，則從紅口中模索
> 之；老夫人及鶯意中事，則從張口中模索之。且鶯張及老夫人未必
> 實有此事也。的是鏡水花月，神品，神品！②

上引"摹索"與"模索"同義，均是獨具特色的古代敍事概念。如果換
成現代敍事學術語來表達，大約即旁觀者視角。而大量使用紅娘這一旁
觀者視角，也構成了《王西廂》敍事的一大特色。

　　誠如容與堂本中"李贄"評語所揭示的那樣，運用紅娘旁觀者視角
之妙，以第三本第二折"妝臺窺簡"最為典型。在該折開頭，紅娘受張
生委託，帶一封情書回到鶯鶯閨房，心想："我待便將簡帖兒與他，恐俺
小姐有許多假處哩。我則將這簡帖兒放在妝盒兒上，看他見了説甚麽。"
這一"假處"即點出該折之文心。在此，容與堂本"李贄"眉批曰：
"關目好。"鶯鶯見到信，先癡看，後佯怒，再揚言要"告過夫人，打下
你個小賤人下截來"，果然做出許多喬樣。於此，容與堂本旁批云："假
得妙！"又眉批云："也要如此做一做。"當紅娘説要親"將這簡帖兒去夫
人行出首去"，鶯鶯又慌了手脚，趕緊揪住紅娘説："我逗你耍來。"於
此，容與堂本眉批又云："關目好！"其夾批則説："露出本來面目。"不
僅如此，連鶯鶯平日的"假處"也被紅娘一一數來："對人前巧語花言，
沒人處便想張生，背地裏愁眉淚眼。"於此，容與堂本眉批又云："那裏
瞞得他過？"在紅娘眼裏，鶯鶯總是表裏不一，想愛卻不敢愛，在劇烈的
內心矛盾之中，對張生的感情反而一步步加深了。

----

① 《李卓吾先生批評北西廂記》第九齣末總評，明萬曆三十八年容與堂刻本。
② 《李卓吾先生批評北西廂記》第十齣末總評，明萬曆三十八年容與堂刻本。

　　明清《西廂記》評點家認識到，紅娘不僅是崔張愛情的見證人，還是崔張愛情的催化劑。紅娘一開始並不看好張生，曾多次調侃他是"傻角"、"酸丁"，但在張生修書解圍之後，她頓感"張君瑞合當欽敬"，改變了態度。在老夫人悔婚後，她對崔張更是滿懷同情，雖被鶯鶯提防，且擔着被老夫人責罵的風險，仍熱心為崔張寄簡傳書。當她得知崔張有意私合，又積極助他們密約佳期。在"堂前巧辯"一折中，紅娘迫使老夫人承認了崔張婚事；在"鄭恒爭婚"時，她又力挽狂瀾，堅定地維護了崔張婚姻。這些筆墨有力地凸顯了紅娘的熱心與堅強。明清《西廂記》評點家對此認識十分深刻。容與堂本"李贄"批曰："紅娘真有二十分才、二十分識、二十分膽。有此軍師，何攻不破，何戰不克？宜乎鶯鶯城下乞盟也哉！"陳眉公批曰："一本《西廂》，全由這女胸中搬演出，口中描寫出，大才、大膽、大忠、大識。"①

　　實際上，紅娘角色是如此之重要，甚至有的評點家指出，認識不到這一點，就讀不懂《西廂記》。樊邁碩人曾説："紅娘，女中之狡俠也。生鶯成合之難易，其綫索皆在紅手。從來注《西廂》者、演《西廂》者，但知看鶯生情事，而不知玩紅娘機關。"② 紅娘是一個聰明、熱情、勇敢、樂於助人的少女，她的名字也成了熱心媒人的代名詞。有託名"徐文長"者評曰："當時那得此俊婢？我生不復見此俊婢。"③ 這表明在有些人眼裏，紅娘的光芒甚至超越了女主角鶯鶯。我們認爲，在《西廂記》中，紅娘形象越重要，"摹索"敍事發揮的作用越大。

　　旁觀者視角的使用往往具有一箭雙雕的效果。《王西廂》在用紅娘視角塑造鶯鶯性格的同時，對紅娘性格的刻畫也逐漸深入。如在第三本第一折"錦字傳書"中，紅娘唱【天下樂】："方信道才子佳人信有之，紅娘看時，有些乖性兒，則怕有情人不遂心也似此。他害的有些抹媚，我

---

　　① 《西廂記》第四本第二折〔紅云〕"非是張生小姐紅娘之罪，乃夫人之過也"段末眉批，見於明萬曆三十八年容與堂刻《李卓吾先生批評北西廂記》第十四齣、萬曆四十六年書林蕭騰鴻師儉堂《鼎鐫陳眉公先生批評西廂記》第十四齣。

　　② 《詞壇清玩樊邁碩人增改西廂定本》上卷第三折《傳語會情》中，在鶯命紅娘擺香案時所增大段紅娘説白上眉批，明天啟元年刻本。

　　③ 《三先生合評元本北西廂》第四折第二套總評，明崇禎間刻本。

遭着没三思，一纳頭安排着憔悴死。"在此，批點畫意本"徐文長"眉批
云："言看來此等乖性、此等喬樣，惟才子佳人有之也。即使他人容或有
之，然如我遭着，決沒此喬樣做出來也。此入骨入髓之妙語！凡紅言崔
張，必將己插入，否則冷淡無味。"天章閣本"李贄"旁批曰："忽然説
到自家身上，妙甚！趣甚！"① 這就揭示出，紅娘處處以自己之直截爽快
為參照，折射出崔張才子佳人戀愛忸怩做作的一面。

《王西廂》評點理論成就甚高，以上僅就其大體而言。在此之外，明
清《王西廂》評點家還探討了不少問題，如"王作關續"説、"第五本
優劣"論、特定曲律的義例、特定曲詞的多寡、【絡絲娘煞尾】的有無、
間唱和參唱的體例等。經過多位批評家的反復辯難，這些備受爭議的問
題幾乎最終都達成了較為中肯的意見。總之，王實甫《西廂記》評點是
中國古代戲曲批評與理論的寶貴遺產，也是中國古代文學批評的重要組
成部分。當然，也要看到，評點這種形式本身存在一定局限，其語句不
免簡短和隨意，其意思不夠完整和透徹。正因如此，我們更應當認眞對
《王西廂》評點加以概括、總結和提煉，使其價值得到充分的展現。

四、整理《王西廂》評點本的内容及意義

《王西廂》評點研究歷史悠久。從明代中葉開始，隨着《王西廂》評
點的逐漸興盛，對《王西廂》評點的整理研究工作也隨之展開。幾乎每
一部新出的明清《王西廂》評點本都含有對前人評點的承襲、辨訂與批
評，這些都可歸入廣義的評點研究範疇。再者，多數明清《王西廂》評
點本的序跋與凡例都會談及相關評點的作者、版本、内容、特點、方法
等，也具有評點研究色彩。此外，一些戲曲論著，如王世貞的《曲藻》、
王驥德的《曲律》、李漁的《閑情偶寄》等，也含有一些關於《王西廂》
評點的批評意見。雖然這些都不屬於專門對《王西廂》評點的整理與研

---

① 《西廂記》第三本第一折【天下樂】眉批，見於明萬曆三十九年徐渭《重刻
訂正元本批點畫意北西廂》第三折第一套、崇禎十三年西陵天章閣《新鐫李卓吾原
評西廂記》第九齣。

究，但無疑已奠定了《王西廂》評點學的基礎。

現代意義上的《西廂記》評點研究興起於 20 世紀上半葉。最早涉入該領域且成就最顯著的學者是王季思先生。他在上世紀 40 年代，已開始精擇部分評語編輯《集評校注西廂記》。1986 年，上海古籍出版社出版了他和張人和合作的《集評校注西廂記》一書，這是當前有關《西廂記》集評最完善的本子。《集評校注西廂記》輯錄了一些影響較大的《西廂記》評點本，錢鐘書評論其書"參驗稽決，力劬心細，洵王實甫功臣"①，實非溢美之詞。但《集評校注西廂記》尚有待進一步完善之處：它並未窮盡所有《西廂記》評點本，甚至不及全部評點本的半數；所收各本只錄眉批，而不錄夾批及尾批，缺乏完整性；將所收內容混編於折末，只署"某人曰"，而不注明某本，使人分不清究竟出於"某人"原創還是偽託，是出自原本還是翻刻本。在上世紀 80 年代以來，蔣星煜、譚帆、朱萬曙、陳旭耀等先生也曾對《西廂記》評點作過一些專題研究。在他們的努力下，越來越多的《西廂記》評點本被發現，《西廂記》評點的文學、文論與文化價值也受到高度評價。但目前尚沒有一部完善的《西廂記》彙評本。

本書將多年來辛勤收集的各家評語彙為一帙，以供《西廂記》的研究者和愛好者參考。本書共輯錄《王西廂》評點本二十九種，將各本的旁批、眉批、夾批及齣末總批全部收錄，並依照原位置編排。針對同一對象的所有批語均按刊刻年代為序；如不明年代，就把明顯有直接繼承關係的批本放在一起。本書不僅力圖窮盡所有《王西廂》評點本，還儘量保證輯錄和校勘的精善。

本書中《西廂記》正文以 1996 年上海古籍出版社王季思校注本為底本（其底本為暖紅室翻刻明末淩濛初校訂本）。《西廂記》各本正文均存在一定差異。如批語指涉的正文與底本有出入，均以腳注形式注明；另有少量批語所指涉的正文為底本所無，就在腳注中把正文和批語一同注出。

各評本中或多或少存在一些漫漶不清、難以辨認的批語，其中三槐

---

① 《錢鐘書手稿集·容安館劄記》，商務印書館 2003 年版，第 11 頁。

堂本、孫鑛批點本的情況尤為嚴重。本書在整理過程中，在儘量保存原貌的基礎上，本着確實可靠的原則，以相關文本為依據，對少量評語做了補正。在此，衷心希望本書能給《西廂記》評點的研究工作帶來便利。

楊緒容

二〇一三年一月七日

目　錄

凡　例

一、明代中葉始有戲曲評點並迅即繁盛，名作紛呈，名家輩出。其中又以王實甫《西廂記》評點本數量最富、成就最高。學界已對《西廂記》評點本作過不少研究，但迄今對其評點的內容尚無完整、系統的整理。今為推進《西廂記》乃至中國古代戲曲理論的研究，特將多年來辛勤收集的各家《西廂記》評語彙為一帙，以供研究者及同好參考。

一、所謂評點，含批語和圈點，包括校、注、評、考、圈、點等多種形式。考慮到實際的參考價值與彙輯、排印的方便，本書以“評”為核心，不收圈點，一般也不收專注於校、注、考的版本。如今存最早的弘治間《新刊大字魁本全相參增奇妙注釋西廂記》、萬曆間羅懋登注釋的《重校北西廂記》等，以注釋為主，基本上無文學批評內容。這兩種刊本既不合本書宗旨，也算不得嚴格的評點本，故不予收錄。

一、據考，今存明清《西廂記》評點本多達三十六種以上。本書共輯錄《王西廂》評點本二十九種，對所錄各本及其評家一律使用簡稱。具體包括：

1.《新刻考正古本大字出像釋義北西廂》，明萬曆七年少山堂刊謝世吉訂本。簡稱“少本”；所錄評語簡標“謝”。

2.《重刻元本題評音釋西廂記》，明萬曆八年徐士範刻本。簡稱“徐本”；所錄評語簡標“士”。

3.《重刻元本題評音釋西廂記》，明萬曆二十年熊龍峰刊余瀘東訂本。簡稱“熊本”；所錄評語簡標“余”。

4.《重校北西廂記》，明萬曆二十六年繼志齋陳邦泰刊本。簡稱“繼本”；所錄評語簡標“繼”。

5.《重校北西廂記》，明萬曆間三槐堂刊。簡稱“槐本”；所錄評語簡標“槐”。

— 1 —

6.《李卓吾先生批評北西廂記》，明萬曆三十八年夏虎林容與堂刻本。簡稱"容本"；所錄評語簡標"容"。

7.《元本出相北西廂記》，王世貞、李贄批評，明萬曆三十八年冬起鳳館主人曹以杜刊本。簡稱"起本"；所錄評語簡標"起"。

8.《重刻訂正元本批點畫意北西廂》，徐渭評點，明萬曆三十九年冬王起侯刻本。簡稱"畫徐本"；所錄評語簡標"畫徐"。

9.《田水月山房北西廂》，徐渭評點，明萬曆間刻本。簡稱"田徐本"；所錄評語簡標"田徐"。

10.《新訂徐文長先生批點音釋北西廂》，徐渭評點，明後期刻本。簡稱"新徐本"；所錄評語簡標"新徐"。

11.《新刻徐文長公參訂西廂記》，佑卿甫評點，明後期潭邑書林刻本。簡稱"參徐本"；所錄評語簡標"參徐"。

12.《新校注古本西廂記》，王驥德評註，明萬曆四十二年香雪居刊本。簡稱"王本"；所錄評語簡標"王"。

13.《鼎鐫陳眉公先生批評西廂記》，陳繼儒批評，明萬曆四十六年蕭騰鴻師儉堂刻本。簡稱"陳本"；所錄評語簡標"陳"。

14.《硃訂西廂記》，孫月峰（鑛）批點，明後期諸臣刊本。簡稱"孫本"；所錄評語簡標"孫"。

15.《李卓吾批評西廂記》，明後期劉應襲（太華）刻本。簡稱"劉本"；所錄評語簡標"劉"。

16.《新刊考正全相評釋北西廂記》，明萬曆金陵文秀堂原刻、萬曆後期金閶十乘樓梓本。簡稱"文本"；所錄評語簡標"文"。

17.《西廂記》五卷，凌濛初批解、朱墨套印，約明天啟間刻本。簡稱"凌本"；所錄評語簡標"凌"。

18.《徐文長先生批評北西廂記》，徐文長先生批評、山陰延閣主人李廷謨訂正，明崇禎四年刻本。簡稱"廷本"；所錄評語簡標"廷"。

19.《張深之先生正北西廂秘本》，張道濬批評，明崇禎十二年刊本。簡稱"張本"；所錄評語簡標"張"。

20. 王實父《西廂記》四本、關漢卿《續西廂記》一本，閔遇五箋疑，明崇禎十三年"會真六幻"合刊本。簡稱"閔本"；所錄評語簡標"閔"。

21.《李卓吾批點西廂記眞本》，李贄批評，明崇禎十三年西陵天章閣刊本，簡稱"天李本"；所錄評語簡標"天李"。

22.《湯海若先生批評西廂記》，湯顯祖批評，明後期蕭騰鴻師儉堂刻本。簡稱"湯本"；所錄評語簡標"湯"。

23.《西廂記會眞傳》，湯顯祖、沈璟合評，明後期刊本。簡稱"湯沈本"；所錄評語簡標"湯沈"。

24.《三先生合評元本北西廂》，湯顯祖、李贄、徐渭合評，明後期彙錦堂刊本。簡稱"合本"；所錄評語簡標"合"。

25.《新刻魏仲雪先生批點西廂記》，魏浣初批評、李裔蕃註釋，明後期刻本。簡稱"魏本"；所錄評語簡標"魏"。

26.《新刻徐筆峒先生批點西廂記》，徐奮鵬批評，明末筆峒山房刻本。簡稱"峒本"；所錄評語簡標"峒"。

27.《詳校元本西廂記》，封岳校訂批評，清順治間含章館刻本。簡稱"封本"；所錄評語簡標"封"。

28.《毛西河論定西廂記》，毛甡論釋，清康熙十五年學者堂刻本。簡稱"毛本"；所錄評語簡標"毛"。

29.《西來意》（又名《夢覺關》、《元本北西廂》），潘廷章説意，清康熙間渚山堂刻本。簡稱"潘本"；所錄評語簡標"潘"。

一、上列不少評點本在卷末附有"音義"、"辨訛"等內容，本書一般不予收錄。然而也不一概而論。如王驥德新校注本，只在正文中以夾批註釋語音詞義，而把重要的批評性文字統統放到套（折）末的尾註之中。因此本書對其套末尾註予以全文收錄。還有凌濛初校刊本，在正文所附旁批、眉批、夾批之外，又在卷末附《解證》。其《解證》雖主要用於解釋音義、糾正曲詞舛誤，但在本質上乃是眉批的補充，需要配合來看；再者，如果缺失這一部分，就導致後來張深之、封岳及毛甡等人所引述的凌評沒了着落，因而本書也把《解證》全文收入。另如閔遇五"會眞六幻"本後的《五劇箋疑》以及毛甡論釋本，其中雖多是校注與考釋文字，但也有涉及思想藝術批評的內容，且影響素著，本書也予以全文收錄。

一、本書未收的《王西廂》評點本七種，具體包括三類：其一，與某原刊本或早期刊本評語基本相同者，其中包含：與熊龍峰刊本版式相近、內容相同的劉龍田《重刻元本題評音釋西廂記》，與起鳳舘本刊本十分接近的游敬泉刊《李卓吾批評合像北西廂記》、與天章閣刊本基本相同的《李卓吾批點西廂記眞本》；其二，對《王實甫西廂記》的正文作了較大增補刪改者，其中包含：明天啟辛酉槃薖碩人（徐奮鵬）增改校訂的《詞壇清玩西廂定本》系列、金聖嘆批評《第六才子書西廂記》系列；其三，偏重於闡釋《西廂記》的宮調韻律者，其中包含：明崇禎十二年刻婁梁散人的《較正北西廂譜》（殘存上卷）、清順治六年刻明沈寵綏的《度曲須知》。其中第一類是因為沒有必要，第二類是因為編排上的困難，第三類是因為不合本書體例。

一、本書所錄評語均出自明清舊本，其中大都是海內外孤本和善本。

一、有的評點家可能為他人偽託，在今未考明之前，一律沿用舊名。

一、有的評點本兼備旁批、眉批、夾批及齣末總批四類，有的評點本則偏具其中一種或二、三種，本書均照原樣全部收錄。

一、關於評語的形式，凡旁批簡稱"旁"，眉批簡稱"眉"，夾批簡稱"夾"，折（齣）末總批簡稱"尾"。凡一字（詞、句）之旁批放在該字（詞、句）之後；一字（詞、句）之眉批放在該句之後；一段之眉批放在該段（一支唱詞或一段說白）之後。段末夾批則統統照原樣，仍放段末。折（齣）末尾批放在該折（齣）之後。如同一句後附有多種批語，則按照旁批在前、眉批和夾批在後的順序排列。

一、王驥德校注本"尾注"中的括號"（）①"為原文所有，大意表示引證。潘本夾批中的"○"號，有的為原文所有，有的為本書所加②，均用於表示兩條批語間的分割。

一、所有評點本均按刊刻年代為序。若不明年代，主要採取兩種方法：其一是把明顯有因襲關係的評點本放在一起，如把新徐本、參徐本放在徐渭批點畫意本之後，把孫月峰本放在陳眉公本之後，把三先生合

---

① 王本稱之為"長圈"，參見王驥德《新校注古本西廂記》卷首《例》，明萬曆四十二年香雪居刊本。

② 在兩條批語之間，潘本有時加"○"，有時不加，比較隨意。為表統一，本書統統加上"○"。

評本放在湯沈本之後；其二是根據批語的内容來擬定年代，如文秀堂本沒有混雜啟禎以後批語，因此大致可以認定為萬曆間刻本。

　　一、有的批本之間明顯有直接繼承關係，但不能確定孰先孰後，則根據它們與所依據本子的親疏關係來確定先後秩序。如新徐本評語比之參徐本與徐渭批點畫意本的關係更密，則新徐本在前，參徐本在後。同樣，根據魏本、峒本與陳本、參徐本評語的關係，擬定魏本在前，峒本在後。

　　一、本書中《西廂記》正文以1996年上海古籍出版社王季思校注本為底本，其底本為民國初年暖紅室翻刻的凌濛初刊本。根據凌本，本書對底本的用字和標點略有改動。在眾多明清《西廂記》刊本中，凌本被公認為最接近元雜劇的體制。各本《西廂記》正文均存在一定差異，如批語指涉的正文與底本有出入，均以腳注形式注明。另有少量批語所指涉的正文為底本所無，也在腳注中把原文和批語一同錄入。

　　一、各評本中或多或少存在一些漫漶不清、難以辨認的批語，其中槐本、孫本的情況尤為嚴重。在儘量保存原貌的基礎上，本着確實可靠的原則，本書在整理過程中以相關文本為依據，對少量評語做了補正。

　　一、多數明清《西廂記》評點本附有序跋，本書將它們統一收入書末附錄中。本書只錄與所收評點本內容密切相關的序跋、凡例，不收其中與該評點本內容無關者，亦不收本書未錄的《西廂記》評點本的序跋。

　　一、本書為今存所有王實甫《西廂記》評點本撰寫了提要，並置之於卷首。《提要》概述了各本的版本與作者信息、評點內容及淵源關係等，具有一定參考價值。

　　一、本人才疏學淺、孤陋寡聞，可能尚未窮盡現存版本，在彙輯過程中也可能出現不少疏誤。特此敬請方家一併指正。

王實甫《西廂記》評點本提要

《新刻考正古本大字出像釋義北西廂》二卷
日本御茶水圖書館成簀堂文庫藏本

二卷二十齣，卷各十齣，現藏日本御茶水圖書館成簀堂文庫，為德富豬一郎舊藏本。卷首的《刻出像釋義西廂記引》署"萬曆己卯春月江右鄙人謝氏世吉甫識之於少山堂書堂"，知為萬曆七年（1579）刊本。上卷首題"皇明江右逸樂齋訂正，書林胡氏少山堂梓行"，又在第一及十一齣前題"明謝世吉訂"，故知逸樂齋即謝世吉。其批語也可能出自謝世吉之手。有眉批和旁批，含釋義、校勘和考證等內容。該本是現存最早的《西廂記》評點本，也是現存最早的中國戲曲評點本。其評語是次年徐士範本的直接來源，也是熊龍峰本、劉龍田本與繼志齋本的最早淵源。

《重刻元本題評音釋西廂記》二卷
中國國家圖書館、上海圖書館藏本

二卷二十齣，卷各十齣。卷首的《崔氏春秋序》署"萬曆上章執徐之歲如月哉生明泰滄程巨源著"，知刻於明萬曆八年（1580）二月初三後。卷首的《重刻西廂記序》署"企陶山人徐逢吉士範題"，知由徐士範校訂並刊刻。該本在《西廂記》傳播史上具有重要地位，如焦竑和王驥德就屢稱毗陵徐士範本、秣陵金在衡本、錫山顧玄緯本為"善本"。該本含眉批和旁批。不少人認定這些批語也出自徐士範之手。但其批語的條目及內容多同於少山堂刊謝世吉訂本。這說明該本很可能直接以少山堂本謝世吉批語為基礎，經徐士範稍加修改而成。當然，也有可能謝世吉與徐士範均據同一祖本而來。就影響而論，徐士範本乃是多數明清《西廂記》評點本之近祖，因此價值極高。它不僅是熊龍峰、劉龍田、繼志齋等刊本批語的直接淵源，也對容與堂李贄評點本及徐渭批點畫意本系列產生過重要影響，而王驥德、淩濛初、毛奇齡也每每喜歡稱引"徐士範曰"來申述己意。

《重鍥出像音釋西廂評林大全》二卷
日本內閣文庫及東北大學圖書館藏本

二卷二十齣，卷各十齣，熊龍峰刊余瀘東訂本。卷首題"庚寅春旦忠正堂熊龍峰鍥"，知為明萬曆二十年（1592）刻本。有眉批和旁批，主要解釋詞意、揭示義旨和說明敍事技巧。該本屬於徐士範評點本系統，其批語幾乎全抄徐士範本，只略有刪減。據該本可以了解徐士範本系統衍化的痕跡。

《重刻元本題評音釋西廂記》二卷
中國國家圖書館藏本

二卷二十齣，卷各十齣，劉龍田刊余瀘東訂本。此書與熊龍峰本版式相近，內容相同，當是熊本的翻刻本，萬曆間刊。有眉批和旁批，其批語幾乎全同於熊龍峰本，因而也屬於徐士範評點本系統。本書不予輯錄。

《重校北西廂記》五卷
日本內閣文庫藏本

五卷二十齣，卷各四齣，繼志齋陳邦泰刊本。卷首的《刻重校北西廂記序》題"萬曆壬午夏龍洞山農撰，謝山樵隱重書於戊戌之夏日"，知刊於明萬曆二十六年（1598）。此書很可能即是焦竑刻於萬曆壬午（十年，1582）的《重校北西廂記》（已佚）的翻刻本，經陳邦泰重校，其評語也可能出自焦竑之手。書中僅有眉批，內容含詞語解釋、典故出處和藝術品評。該本也屬於徐士範評點本系統，其評語以沿襲徐士範本為主，也有部分屬於新增。新增的評語主要用來補充成語典故，並不時指正前人注釋之誤。該評本在萬曆前中期諸評本中較為重要，其評語對三槐堂《重校北西廂記》及湯沈合評《西廂記會眞傳》有直接影響。

《重校北西廂記》二卷
日本天理大學圖書館藏本

二卷二十齣，上下卷各十齣，明後期三槐堂刊本。現藏日本天理大學圖書館。卷首署"李卓吾先生批評西廂記"，"三槐堂藏版"。此書書名、齣目、正文內容與繼志齋本基本相同，其底本當是繼志齋本。此書僅有眉批，其內容與繼志齋本評語多同少異。可知該本屬於繼志齋評點本系統，所謂"李卓吾先生批評"乃是偽託。其批語條目較繼志齋本有所增加，所增內容主要用來詳細解釋成語典故及其出處。中國社會科學院文學研究所及日本無窮會圖書館藏《重校西廂記》與三槐堂本同版，亦可歸入三槐堂本系統。

《李卓吾先生批評北西廂記》二卷
上海圖書館藏本

二卷二十齣，卷各十齣，虎林（今杭州）容與堂刻本。因第七幅圖題有"庚戌夏日模於吳山堂無瑕"的款識，知刻於萬曆三十八年（1610）夏。此書題"李卓吾先生批評北西廂記"，儘管學術界也有人堅認其中確含李贄真評，但更多的人認定是葉晝偽託。此書批語雖受到謝世吉與徐士範本的影響，但大部分系自創，故能自成體系。書中眉批、旁批、夾批和尾批俱全，包含對《西廂記》的思想內容、敘事寫人抒情技巧、曲白詞采的品評與鑒賞。該評本對敘事藝術尤為重視，不僅明確提出了"摹（模）索"理論，還化用了李贄的"化工"、"自然"等概念，在明清戲曲評點中具有極高的價值。容本一出，立即動搖了此前徐士範評本系統一統天下的局面，大有後來居上的氣勢。其評語對起鳳館本、陳眉公本、孫月峰本、湯沈合評本、魏仲雪本、徐筆峒本的評點影響甚大，而與湯顯祖評本的關係最為直接。

起鳳館刊《元本出相北西廂記》二卷
中國國家圖書館、上海圖書館藏本

二卷二十齣，卷各十齣。卷首《刻李王二先生批評北西廂序》題

"庚戌冬月起鳳館主人敘"，並鈐有"曹以杜印"，知刻於明萬曆庚戌
（三十八年，1610）冬，曹以杜即起鳳館主人。其底本應為同年稍早的容
與堂本。該本僅有眉批。號稱"得二先生家藏遺草"，偽託李卓吾與王世
貞的批評，實則為書商射利之手段。當然，此說也並非空穴來風，該本
評語與該年先出的容與堂本"李卓吾評"及王世貞的《曲藻》確有密切
關係。此外，尚有少量批語出於徐士範、繼志齋諸本。該本評語顯系雜
采眾家而成，而大體上仍屬於容與堂評點本系統。

《李卓吾批評合像北西廂記》二卷
日本天理大學圖書館藏本

二卷二十齣，卷各十齣。下卷末附《李卓吾先生批評蒲東珠玉詩》
一卷，其卷末牌記曰"皇明萬曆新歲書林游敬泉梓"，知為萬曆間閩刻
本。其正文與繼志齋本同源，從其齣目、牌記來看，所用底本可能就是
三槐堂本。該本僅有眉批。其批語大部分出自起鳳館本，連"李曰"、
"王曰"的字樣也予以保留。本書不予輯錄。

《重刻訂正元本批點畫意北西廂》五卷
中國國家圖書館、中國社會科學院文學所、
臺灣"中央"圖書館藏本

五卷五大折，折各四套。明萬曆三十九年（1611）冬王起侯刻本，
由徐渭改訂批點。據徐渭所稱，其底本為已佚的碧筠齋古本。徐渭聲稱
評語中十之八九出自碧筠齋本。但王驥德說碧筠齊本"首署疏注僅數千
言"①，應更為可信。則多數評語應出於徐渭本人。書中含眉批、旁批和
夾批，其內容十分豐富，主要是發明主旨、辨析詞義、揭示敘事效果，
其字數也超越了此前所有《王西廂》評點本。書中偶有評語取自徐士範
本，而獨具一格的評語占大多數。其價值及影響並不亞於當時盛行的容
與堂本。該本評語被《田水月山房北西廂》、李廷謨訂正《徐文長先生批

---

① 參見王驥德《新校注古本西廂記》卷首《自序》，明萬曆四十二年香雪居刻
本。本書附錄亦收錄該《自序》。

評北西廂記》等直接承襲，且對王驥德校注本和凌濛初校注本影響甚大。《新訂徐文長先生批點音釋北西廂》、《新刻徐文長公參訂西廂記》的評語也與該本有一定關係。此外，明天啟元年所刻《詞壇清玩·盤薖碩人增改西廂定本》二卷，明崇禎十三年閔遇五校刻的王實父《西廂記》（與"會眞六幻"的合刻本）也以徐渭的批點畫意本為底本。

《田水月山房北西廂》五卷
中國國家圖書館、中國社會科學院文學所、南京圖書館藏本

五卷五大折，折各四套。該本應是《重刻訂正元本批點畫意北西廂》的翻刻本，其正文從版式到內容均同批點畫意本。書中含眉批、旁批和夾批，批語內容多與批點畫意本相同，但批語條目有所增加。以第一折四套為例，批點畫意本有六十條眉批，田本在此基礎上又新增了二十五條眉批。田本新增評語條目達三分之一以上，確實比批點畫意本"較備而確"①。田本新增評語多用草書，而批點畫意本原有評語多用楷書，兩者之間有着明顯差異，從筆跡上即可分辨出來。如果說批點畫意本是徐渭"初年匡略之筆，解多未確"②，那麼，田水月山房本則是批點畫意本的翻刻重評本。在今存各徐評本中，田水月山房本與王驥德所引"徐爾兼藏本"關係最密，更為接近於號稱早已失傳的徐爾兼藏本。後者乃是徐渭晚年評定本。田本是清康熙年間渚山堂刻潘廷章所說《西來意》的底本。

《新訂徐文長先生批點音釋北西廂》二卷
中國國家圖書館藏本

二卷二十齣，卷各十齣，明後期刻本。其正文內容與批點畫意本基本相同，當即以批點畫意本為底本。號稱"徐文長先生批點"則有偽託之嫌。該本含眉批和尾批，其評語確與批點畫意本有關。有部分條目就

① 參見王驥德《新校注古本西廂記》卷六《崔娘遺照·題記》对徐渭兒子"爾兼藏本"的描述。明万曆四十二年香雪居刻本。本書附錄亦收錄該《題記》。
② 參見王驥德《新校注古本西廂記》卷六《評語十六則》對徐渭早年刊本"暨陽刻本"的描述。明萬曆四十二年香雪居刻本。本書附錄亦收錄該《評語》。

直接取自批點畫意本，有部分稍加修改。但更多的評語與容與堂本、起鳳館本、陳眉公本關係密切。總之，該本評語來源複雜，大體是綜錄徐渭批點畫意本與容與堂本、陳眉公本三大評點本系統的成果。該本還有部分評語與《新刻徐文長公參訂西廂記》相同，看來二者之間也有比較密切的關係。但該本的批語比之《新刻徐文長公參訂西廂記》與批點畫意本關係更密，因此本書置諸《新刻徐文長公參訂西廂記》之前。

《新刻徐文長公參訂西廂記》二卷
中國國家圖書館藏本

二卷二十齣，卷各十齣，明後期建陽書林刻本。上卷卷首題"潭邑書林歲寒友發兌"，"羊城平陽郡佑卿甫評釋"。其底本與陳眉公本關係最密，與容與堂本、起鳳館本也有一定關係。該本僅有眉批。其內容雖很少直接抄襲上述諸本，卻大體化用其意，尤與陳眉公本評語關係密切。此外，亦有不少評語專就徐渭批點畫意本評語做出強調、校正或補充。因此，其書雖自稱經"徐文長先生批點"，其評語實則更可能由"佑卿甫"彙集增改而成。總體而言，該評本雖亦系綜合徐渭批點畫意本、容與堂本與陳眉公本三大評語系統的成果，卻比《新訂徐文長先生批點音釋北西廂》更傾向於陳眉公本。其評語與受陳眉公本影響很大的孫月峰本、魏仲雪本、徐筆峒本也有密切關係。

《新校注古本西廂記》六卷
中國國家圖書館藏本

五卷五大折，折各四套，卷六附《新校注古本西廂記考》。明萬曆甲寅（四十二年，1614）香雪居序刻，王驥德校注。該本跟徐渭批點畫意本一樣，都號稱以碧筠齋本為底本，但其參校本十分廣泛，因而與批點畫意本的正文有明顯差異。該本含夾批和套末尾注，批語的數量和品質均較徐渭批點畫意本有所發展。其卷首題"山陰徐渭附解，明詞隱生評"，實則多數評注皆出自王驥德本人之手。王氏在《新校注古本西廂記自序》中稱，其書"取碧筠齋古注十之二，取徐師（文長）新釋亦十之二"，又向沈璟"函請參訂"。他在此三家的基礎上，又"拓以己意"，經兩次修訂而成。王氏用夾批專釋詞義，又用套末尾注詳解字詞句義、闡釋《西廂記》的曲律特點、分析其思想藝術特色，所評內容十分豐富。該本一出，即打破了此前容與堂評點本與徐渭評點本兩大系統平分秋色的局面。

《鼎鐫陳眉公先生批評西廂記》二卷
上海圖書館、中國國家圖書館藏本

二卷二十齣，卷各十齣，明萬曆戊午（四十六年，1618）書林蕭騰鴻師儉堂梓本。卷首題"雲間眉公陳繼儒評、潭陽儆韋蕭鳴盛校"。其底本當是容與堂本。有眉批及尾批。其稱"陳眉公評"未必可靠。該本評語大致屬於容與堂評點本系統，部分直接抄襲容本評語，而更多的則是襲取其意而潤色其詞。因此，"陳眉公"（或其偽託者）所作的主要工作只是抄襲及潤飾容本評語而已。正因如此，該本對擴大容與堂本的影響產生了重要作用。該本評語是孫月峰評本、劉太華刊本的直接來源，還對湯沈合評本、魏仲雪評本、徐筆峒評本產生了重要影響。其書又與《新刻徐文長公參訂西廂記》關係極密，兩書中有不少內容相同的評語條目。我們雖不能確定兩書的先後關係，但認為《新刻徐文長公參訂西廂記》抄襲陳眉公本評語的可能性更大。

《硃訂西廂記》二卷
中國國家圖書館藏本

二卷二十齣，卷各十齣，明後期朱墨套印本。其底本為容與堂本系統。卷首題"東海月峰先生孫鑛批點，後學諸臣校閱"。孫鑛，字月峰，為萬曆間人。刊者既自署為其"後學"，可知該書大致刻於明萬曆之後。有眉批、旁批及尾批。其評語大致屬於陳眉公評點本系統。其中絕大部分直接抄襲陳眉公本批語，小部分抄襲容與堂等本批語，自撰批語極少。可見，所謂"孫鑛批點"是名不副實的。

《李卓吾批評合像北西廂記》二卷
美國伯克萊加州大學東亞圖書館藏本

二卷二十齣，卷各十齣。卷一首頁題"潭陽太華劉應襲"，卷末牌記曰"萬曆新歲谷旦劉太華梓"。説明這是一個萬曆間潭陽（建陽）刻本。跟游敬泉刊本一樣，所謂"萬曆新歲"並不一定是萬曆元年，只能説是萬曆某年的元旦。其底本與陳眉公本關係密切，其批語也屬於陳眉公評點本系統。有眉批和尾批，其評語多半直接抄襲陳眉公本，也有從陳眉公本或容與堂本批語化出者，另有小部分為該本自撰。

《新刊考正全相評釋北西廂記》四卷
中國國家圖書館藏本

三卷二十齣，各卷分別含五齣、八齣、七齣，第四卷為附錄。卷一、四題"金陵文秀堂梓"，又扉頁題"金閶十乘樓梓"。大約前者是原刻商，後者是翻印商。此本正文與容與堂本和起鳳館本接近，其插圖則具有從熊龍峰本或劉龍田本向游敬泉本和三槐堂本過渡的痕跡。該刊本不署日期，其評語亦未署作者。該本僅有眉批。其評語多為原創，文字簡短，在揭示人物心理及敍事照應上有獨到之處；也有一些系化用徐士範、起鳳館及少山堂等本的評語而來。該本似與萬曆之後的評本無關，因此大致可定為萬曆間評本。總體而言，該評點本也大致可歸入起鳳館本批語系統。

《詞壇清玩·槃薖碩人增改定本》（《西廂定本》）二卷
中國國家圖書館、日本東京大學文學部藏本

二卷三十折，上卷二十一折，下卷九折，但正文不標折數，只寫明四字折目。槃薖碩人增改校訂。據考，槃薖碩人是徐奮鵬的號。徐奮鵬（1560—1642）字自溟，別號筆峒山人、槃薖碩人，江西臨川人。嘗改《西廂記》與《琵琶記》，合題《詞壇清玩》。日本東京大學等地藏有宮原民平舊藏本的影印本，其中《伯喈定本》卷首的翔鴻居士《題琵琶記改刻定本序》，署"辛酉暮春"，知為天啟元年（1621）序刻本。其底本

可能是徐渭批點畫意本，但有較大幅度的增改。據卷首《巢睫軒主人敘》所稱，徐奮鵬的增訂，不僅"徧查各坊本，而酌其通順者從之"，又有"十中之二三"系"以己意點綴"而成。該本僅有眉批，其批語中部分系雜錄此前各本而成，部分出自徐奮鵬之手，在明代《西廂記》評本中具有一定價值。但因其正文從內容到體式均與王實甫《西廂記》有一定差異，不便收入本書，因而不予輯錄。

《詞壇清玩·槃薖碩人增改定本》（西廂清玩定本）二卷
上海圖書館等藏本

此書乃據天啟元年初刻本重刻。其版心題"增補批評釋義"，其正文及評點內容均在初刻本基礎上有所增刪，但大體則同。本書亦不予輯錄。

《西廂記》五本
中國國家圖書館、上海圖書館等藏本

五本二十折，每本四折，朱墨套印本，約刊於天啟間。據稱其底本為明初周憲王本。經淩濛初校訂後，成為《西廂記》中較符合元雜劇體制的善本。該書有眉批、旁批、夾批，有的折末附還有"解證"，對《西廂記》的曲調、文字、典故及思想藝術特點作了較為詳細的注釋與批評。評語中含有不少對徐士範本、徐渭批點畫意本和王驥德本批評的批評，又做了大量補偏救弊的工作，提出的意見也較為中肯。該本在明代《西廂記》評點本中十分重要，其影響也超過了徐士範本、容與堂本、徐渭批點畫意本及王驥德校注本，實際上成為王實甫《西廂記》中最為通行的善本。

《徐文長先生批評北西廂記》五卷
上海圖書館等藏本

五卷二十折，卷各四折，明崇禎四年（1631）山陰延閣主人李廷謨訂正序刻。其正文以王驥德本為底本。有眉批、旁批，其內容幾乎全同於徐文長批點畫意本，但条目略有删减；又有夾批，其內容幾乎全同於王驥德本。李廷謨是徐文長的同鄉，該本號稱文長先生批評《北西廂》

"眞本"，或者僅是抄襲批點畫意本的托詞。但如此言可信，正可反證批點畫意本乃徐評"眞本"，而與該本大不相同的《新訂徐文長先生批點音釋北西廂》、《新刻徐文長公參訂西廂記》即可能是較該本"先行於世"的"贗本"（語出該本卷首陳洪綬《題詞》）。

《張深之先生正北西廂秘本》五卷
南京圖書館、浙江省博物館、浙江省圖書館等藏本

五卷二十折，卷各四折，山西沁水張道濬（深之）訂正，明崇禎十二年（1639）暮冬序刻本。其正文底本為徐渭批點畫意本。該本僅有眉批。其批語大多自成一體，其内容多考訂曲調詞牌之正誤，辨析遣字用韻之得失，在曲律研究上有一定價值。其中評論性批評並不多，且多從容與堂本、批點畫意本、淩濛初本等的批語中化出，或針對它們補偏救弊。此外，也有少數評語跟湯沈合評本接近。但不知二者孰先孰後。

《新鐫李卓吾原評西廂記》二卷
中國國家圖書館、清華大學圖書館藏本

二卷二十齣，卷各十齣，明崇禎十三年（1640）序刻本。扉頁署《新鐫李卓吾原評西廂記》，又題"畫仿元筆，西陵天章閣藏版"字樣。其正文底本為容與堂本系統。該本只有旁批，無眉批和尾批。有人因其批語量少而簡短，且多為評論性批語，頗為認同為"李卓吾原評"之説。

《李卓吾批點西廂記眞本》二卷
中國國家圖書館、浙江省圖書館等藏本

該本為天章閣《新鐫李卓吾原評西廂記》的異版，其評語幾乎全同天章閣本，但盡變天章閣本旁批為眉批。本書不予收錄。

王實父《西廂記》四本、關漢卿《續西廂記》一本
中國國家圖書館、中國藝術研究院等藏本

即閔遇五"會眞六幻"合刊本。此書原與元稹《鶯鶯傳》（幻因）、董解元《西廂記諸宮調》（搊幻）、李日華《南西廂記》（更幻）、陸天池

《南西廂記》（幻往）合刻。前四本十六折，每本四折，至《草橋驚夢》而止；後一本四折，以《衣錦還鄉》結束。两部分分別占"會眞六幻"之三"劇幻"、之四"賡幻"。傅田章稱，日本天理圖書館所藏抄本第一冊卷首貼有兩張原本插圖的照片，其中"四之三"的插圖上有"庚辰秋日遇五"的款識，故而認定其原本刻於明崇禎十三年。其書正文大致以批點畫意本為底本，但有時又採用繼志齋本、起鳳館本乃至凌濛初刊本，淵源較雜。其正文無評點，但在"賡幻"中附有閔遇五的《五劇箋疑》。"箋疑"主要包含詞語的"音義"、正文的"辨訛"、版本的校勘等內容，也有一些文學批評的内容。其書列舉了諸多版本的異文，對於研究各個《西廂記》刊本有一定參考價值。閔遇五在"識語"中稱"疑者不箋，箋者不疑"，大有為古今《西廂記》注本釋疑定讞的抱負，且確有一些評語善能獨斷，值得注意。該書首揭"西來意"之旨，对清潘廷章説《西來意》大有啟發。

《湯海若先生批評西廂記》二卷
上海圖書館藏本

二卷二十齣，卷各十齣，明後期蕭騰鴻師儉堂刻本。其正文屬於容與堂本系統，其直接底本當是此前師儉堂所刊陳眉公評點本。有眉批、旁批、夾批和尾批，其批語大半襲自容與堂本，也有部分襲自陳眉公本，另有少數源出徐渭批點畫意本、凌濛初校訂本等。其書批語抄襲的痕跡甚濃，如第十齣末，容與堂總評曰："《西廂記》耶？……讀之者李卓吾耶？"湯本在收錄此條批語時，僅把"李卓吾"改為"湯海若"，其餘一字不變。該本評語對湯沈合評本及三先生合評本有重要影響。

《西廂記會眞傳》五卷
上海圖書館、北京大學圖書館等藏本

正文五卷，卷各四折，其底本與繼志齋本比較接近。該書無任何序跋、也無刊刻時間及書房標識。有眉批、旁批、夾批，號稱"湯（顯祖）沈（璟）合評"，實為雜取徐士範本、繼志齋本、容與堂本、徐渭田水月山房本、王驥德校注本、凌濛初校訂本、師儉堂湯評本的批語而成，也

不時對以上諸本略作修正。總體而言，該本評語受繼志齋本影響最大。

《三先生合評元本北西廂》五卷
中國社會科學院文學研究所藏本

五折二十套，折各四套。無刊刻時間標識，約成書於明末啟禎間，彙錦堂刊。其正文當以批點畫意本為底本。有眉批、旁批、夾批和尾批。該書號稱"三先生"評，託名湯若士、李卓吾、徐文長。其評語實際上主要截取容與堂本、田水月山房本、陳眉公評本、凌濛初校訂本、張深之正本、師儉堂湯評本及湯沈合評本而來，還偶有直接採用山陰延閣主人李廷謨訂正《徐文長先生批評北西廂記》的情況。此外，尚有少量評語為該本自撰。

《新刻魏仲雪先生批點西廂記》二卷
中國國家圖書館藏本

二卷二十齣，卷各十齣，明後期刻本。其正文與容與堂本、起鳳館本、陳眉公本關係極為密切。上卷首題"上虞魏浣初仲雪父批評，門人李裔蕃九仙父注釋"。魏氏為萬曆四十四年進士，該本既經其門人注釋，應為明後期啟禎間刻本無疑。有眉批及尾批。其批語大多從容與堂本、起鳳館本、陳眉公本、孫月峰本中抄來，又與《新訂徐文長先生批點音釋北西廂》、《新刻徐文長公參訂西廂記》的評語有非常密切的關係。總之，所謂"魏仲雪先生批點"並不可靠。另有存誠堂重印本，當是前者的翻刻本，其評語條目略有增刪。

《新刻徐筆峒先生批點西廂記》二卷
中國國家圖書館藏本

二卷二十齣，卷各十齣，明後期筆峒山房刻本。其正文與容與堂本、起鳳館本、陳眉公本、魏仲雪評本關係極為密切。卷首題"筆峒山人徐奮鵬評閱"，但名不副實。該本有眉批及齣末尾批，其內容主要源自容與堂本、起鳳館本、孫月峰本以及《新訂徐文長先生批點音釋北西廂》和《新刻徐文長公參訂西廂記》，而與陳眉公本評語關係更密。當然，該本評語與"魏仲雪先生批點"最為直接，兩者的條目及內容大致相同，但不知孰先孰後。相較而言，"魏仲雪先生批點本"的評語比該本更接近於容與堂本、起鳳館本、陳眉公本、孫月峰本以及《新訂徐文長先生批點音釋北西廂》和《新刻徐文長公參訂西廂記》的文字，這説明該本抄襲魏仲雪評點本的可能性更大。當然，也不能完全排除"徐筆峒先生批點"中的部分評語有直接參考上述諸本的可能。這種情況表明，晚明各《西廂記》評點本之間的傳承及影響關係異常複雜。

《詳校元本西廂記》二卷
中國國家圖書館藏本

正文二卷，卷各十齣，含章館刻本。封岳校於崇禎辛巳（十四年，1641），而刊刻時間當在明亡清興之後。據封岳《評校元本西廂記序》稱，其底本乃元至正丙戌年（1346）三月精刻本。如此説可靠，這是碧筠齋本、朱石津本等之外又一被明清人提及的"元刻本"。該本只有眉批，無夾批、尾批及注釋。其批語大半引述或糾正淩濛初刊本，小部分引述或糾正徐渭批點畫意本和王驥德校注本。另有小半部分批語出自封岳原創，主要闡釋《西廂記》的曲牌特點、文字訓詁、語法修辭及演出形式等問題，特偏重于音律。該本在明清戲曲評點本中具有一定參考價值。

清毛甡論釋《西廂記》五卷
中國國家圖書館藏本

五卷二十折，卷各四折，清初浙江蕭山人毛甡（奇齡）校注、參釋，康熙十五年（1676）學者堂刊行。其底本當是淩濛初刊本，而徐渭批點畫意本和王驥德校注本則可能是毛氏最重要的參校本。其校正每以董解元《西廂記諸宮調》為準，多出之有據。該本只有夾批。其批語內容豐富，主要闡釋曲例、詞例與演出例，雖大量以徐渭批點畫意本、王驥德本、淩濛初本為藍本，但在容量和質量上均有重要發展。毛氏既能博采眾家，又頗善決斷，其引證之廣和辨析之明均超越了前人。毛氏精通經史和音韻學，對前人懸而未決的問題，凡經參釋，多成定論。此本一出，大有後來居上的氣勢。毛氏的論釋代表了明清《西廂記》評點的又一座高峰，並大大推進了中國戲曲評點的學術化、系統化。

清潘廷章説《西來意》四卷
中國國家圖書館藏本

　　《西來意》又名《夢覺關》，或稱《元本北西廂》，四卷十六折，卷各四折，潘廷章説意，清康熙年間渚山堂刻本。該本有旁批、夾批及尾批。潘廷章在卷首的《讀〈西廂〉須其人》中稱，其書"悉從田水月碧筠齋元本點定，絕不竄易一字"，可知其底本乃是明萬曆間徐渭批評校訂的《田水月山房北西廂》。此外，《西來意·記事》又云，同時參考了"玉茗堂（明後期蕭騰鴻師儉堂刻《湯海若先生批評西廂記》）、延閣訂（明崇禎四年山陰延閣主人李廷謨訂正校刻《徐文長先生批評北西廂記》）諸本"。而《西來意》僅止四本，顯然受到了金聖嘆評《第六才子書西廂記》的影响，其評論形式與思維模式也與金氏一脈相承。潘廷章（1612—1707 後）號梅巖氏，又號渚山恒忍雪鎧道人，浙江海寧人，明遺民，入清不仕。梅巖氏孫潘景曾等題《西來意·記事》云："《西廂》之名舊矣，冠'西來意'如何？張生云'小生自西洛而來'，此即其意也。蓋西洛者，西方極樂界也。其地無有根塵色相，並無憂愁苦惱。蒲東者，震旦國也，自極樂界而來，震旦始見徵塵種種，以色身演説，而使皆得度。此命書之意也。"以禪喻《西廂記》，正反應了潘氏作為遺民的幻滅心態。雖然閔遇五的《會眞六幻》已開了禪喻《西廂記》的先河，但《西來意》闡釋崔張姻緣的禪意既恢宏又細密，在明清《西廂記》評點本中別具一格。

西廂記①第一本

張君瑞鬧道場雜劇

[謝眉] 大抵《西廂記》詞調非後人所企及，故所以擬之、形之者，亦不止於一端也。此折【西江月】雖非涉於節目，亦可以敷壇場，故書之壓首。按《西廂記》始於元時王實甫所作，未完竟歿，後關漢卿續完。即今炙議妄擬某氏編、續者，似非正傳初意也。殊不知自《草橋驚夢》以前乃實甫之所著，以後乃漢卿之所續而成也。錄之以俟後知。[王夾] 用"蕭豪"韻，生、紅參。[廷眉] 雜本相沿，十差其九，可以正是者，惟碧筠齋所刻耳。今坊中少見，惜哉！埋沒此等妙詞也。本既沿訛，解復杜撰，然而無有乎爾，則亦無有乎爾！[毛夾] "西廂記"三字，目標也。元曲未必有正名、題目四句，而標取末句。如雜劇有《城南柳》，因題目末句曰"呂洞賓三度城南柳"也。此名"《西廂記》"，因題目末句曰"崔鶯鶯待月西廂記"也。推此，則明曲之訛——如徐天池《漁陽三弄》，而題目末句曰"曹丞相神仙八洞"者——不知凡幾矣。特目列卷末，今誤列卷首，如南曲開演例，非是。原本不列作者姓氏，今妄列"若著若續"，皆非也。說見左。或稱《西廂》為王實甫作，此本涵虛子《太和正音譜》也。涵虛子為明寧王臞仙，其《譜》又本之元時大梁鐘嗣成《錄鬼薄》。故王元美《卮言》亦云："《西廂》久傳為關漢卿作，邇來乃有以為王實甫者。"明隆、萬以前刻《西廂》者，皆稱《西廂》為關漢卿作，雖不明列所著名，然序語悉歸漢卿。如金陵富樂院妓劉麗華刻口授《古本西廂》在嘉靖辛丑，尚云"董解元、關漢卿為《西廂》傳奇"；而海陽黃嘉惠刻《董西廂》在嘉、隆後，尚云"《董西廂》為關漢卿本所從出"，且引"竹索攬浮橋"等語為關漢卿襲句。則久以今本屬關矣。但《正音譜》載元曲名目，其於關漢卿名下凡載六十本，而不及《西廂》，不可解也。或稱《西廂》是關漢卿作、王實甫續，他不可考。嘗見元人《詠西廂詞》，其 [滿庭芳] 有云："王家好忙，沽名釣譽，續短添長，別人肉貼在你腮頰上。"又 [煞尾] 云："董解元，古詞章。關漢卿，新腔韻，參訂《西廂》有的本。晚進王生多議論，把《圍棋》

---

① 《西廂記》，清康熙間刻潘廷章評本題作："《西來意》"。（[潘夾] 元本《北西廂》，一稱《夢覺關》。）又題："渚山恒忍雪鐙道人說意。"（[潘夾] 原名潘廷章，號梅巖氏。）

增。”則是在元時已有稱“王續關”者。但今按《西廂》二十折，照董解元本填演，其在由歷不容增《圍棋》一關目，而在套數又不容於五本之外特多此一折也。且《圍棋》一折，久傳人間，亦殊與實甫所傳雜劇手筆不類。則意漢卿亦曾為《西廂記》，有何人王生者，增《圍棋》一折，故有此嘲。實則漢卿《西廂》非今所傳本，王生非實甫，增一折亦非續四折也。故詞隱生云：“向之所謂王續關者，則據元詞王增關之說而傅會之者也。今之所謂“關續王”者，則即向時“王續關”之說而顛倒之者也。”此確論也。或稱《西廂》為王實甫作，後四折為關漢卿續，此見明周憲王所傳本。又《點鬼簿》目，標王實甫名，則云《張君瑞鬧道場》、《崔鶯鶯夜聽琴》、《張君瑞害相思》、《草橋店夢鶯鶯》；標關漢卿名，則云《張君瑞慶團圞》。故徐士範《重刻西廂》則云：“人皆以為關漢卿，而不知有王實甫，蓋自‘草橋’以前作於實甫，而其後則漢卿續成之者也。”且《卮言》亦云：“或言實甫作至‘草橋夢’止，或言至‘碧雲天’止。”於是向以為“王續關”者，今又以為“關續王”，真不可解。《西廂》作法，斷不得止“碧雲天”者。元曲有院本、有雜劇，雜劇限四折，院本則合雜劇為之，或四劇，或五劇，無所不可。故四折稱一劇，亦稱一本。“碧雲天”者，第四本之第三折也，而謂“劇”與“本”有止於三折者乎？若其不得止“草橋”者，《西廂》關目皆本董解元《西廂》，“草橋”以後，原有寄贈、爭婚以至團圞，此董詞藍本也。元例，傳演皆有由歷。由歷一定，即李白嚇蠻，本傳所無，張儀激秦，與史乖反，亦不得不照由歷。所謂主司授題者，授此耳。今由歷在董，董未止，何敢輒止焉？且院本雖合雜劇，然仍分為劇，如《西廂》仍作五本是也。但每本之末，必作【絡絲娘煞尾】二語，繳前啟後，以為關鎖，此作法也。今《西廂》第一本【煞尾】已亡，第二、第三、第四本猶在也。第四本【煞尾】云“都則為一官半職，阻隔得千山萬水”，此正啟末劇得官報喜之意。而謂夢覺即止，作者閣筆耶？且《西廂》，閨詞也，亦離合詞也，不特董詞由歷不可更易，即元詞十二科中有所謂悲歡離合者，雖《白司馬青衫淚》劇亦必至完配而後已。公然院本，而離而不合，科例謂何？《西廂》果屬王作，則必非關續。按關與王皆大都人，而關最有名，嘗仕金，金亡，不肯仕元。雖與王同時，而關為先進。關向曾為《西廂》矣，惡晚進者增一折而紛紛有詞，豈肯復為後進續四折乎？且今之據為王作者，以《正音譜》也。若據《正音譜》，則並無可為續者。按《譜》所列，每一劇必注曰“一本”，“一本”者，四折也。今實甫《西廂記》下明注曰“五本”，則明明實甫已全有二十折矣。且兩人成一本，元嘗有之，如馬東籬《岳陽樓》劇“第三折花李郎、第四折紅字李二”，范冰壺《鶼鰈裘》劇“第二折施君美、第三折黃德潤、第四折沈拱”之類。然皆有明注，此未嘗注曰後一本為何人也。凡此皆所當存疑，以俟世之淹雅有卓識者。今不深考古，而妄嗣褒彈，任情刪抹，且曰若編若續、若佳若惡、若是若否。嗟乎！吾不知之矣。參釋曰：董解元《西廂記》為搊彈家詞。其人仕金章宗朝為學士，去關、王百有餘年，而時之為《西廂》者宗之。

今董本具在也，碧筠齋、徐天池輩，不經見董詞，初指今所
傳本為《董西廂》，則尤謬誤之甚者。古之不易考，每如此。

楔　子①

[凌眉] 院本體止四折。其有情多用白而不可不唱者，以一二小令為之，非【賞花時】即【端正好】，如墊桌以木楔，取其義也。今人不知其解，妄去之，而合之於第一折，殊謬。王伯良謂"猶南之引曲"，亦未是。[封眉] 元人雜記有"楔子"者十六七；俗謂此系為周憲王所增，誤。即空主人曰："楔子者，有情多用白而不可不唱，以一二小令為之，非【賞花時】即【端正好】，木楔然。今人不知其義而妄去之，合於本調，為一誤。"[毛夾]"楔子"，楔隙兒也。元劇限四折，倘情事未盡，則從隙中下一楔子，此在套數之外者，故名"楔"。他本列此在第一折內，固非；若王伯良以楔為引曲，尤非也。一曲不引四折，況元劇有楔在二三折後者，亦引曲耶？[潘夾]《說文》：楔即根也，門傍兩木。門有開闔，楔立不動，規模既立，而開闔生焉，故曰"楔子"，所以提綱也。提綱處漏卻紅娘，而以法本湊入，殊失眼目。且以"南北東"陪起"西"字，
愈加村氣。

[外扮老夫人上開②]　[文眉] 坊本白盡訛甚，至有作夫人、鶯鶯不相見者。豈有首尾折不聚會之理？又將"如今春間天道"白攙入，故不勝醜辨。竟依古本改正。不復載其增損也，後仿此。[凌眉] 劇體止"末、旦、外、淨"四脚色，故老夫人以"外"扮。今人妄以南體律之，

---

① 少本於"楔子"前有《副末開場》云：
【西江月】放意談天論地，怡情博古通今。殘編披覽漫沉吟，試與傳奇觀聽。編成孝義廉節，表出武烈忠貞。莫嫌閨怨與春情，猶可衛風比並。[問內云] 且問後房子弟，如今知音君子群聚於斯，以觀搬演，敢問是何題目？[內應云] 崔張旅寓西廂記。[云] 看官聽道：
　　詩　純仁純義張君瑞　克嚴克謹老夫人
　　曰　全貞全烈崔氏女　能文能武杜將軍
　　文本前有《開場統略》云：
【七言律】[末云] 三春行樂興無涯，詩酒相將度歲華。世事看來成幻化，登臺且唱後庭花。([文眉]"幻"，音幻。古文云："處世若大夢，胡為勞其生？"此正幻之意也。又《金剛經》云："如夢幻泡影。"）今日敷衍錦繡春秋，看者洗耳以聞。詞罷便見戲文始終，略言大意：
　　張君瑞閑遊佛殿　崔鶯鶯玩景奇逢
　　孫飛虎恣情擄掠　杜將軍威震蒲東
　　廷本於"楔子"下署《題目》云：
　　張君瑞巧做東床婿　法本師住持南禪地
　　老夫人開宴北堂春　崔鶯鶯待月西廂記
② "外扮老夫人上開"：文本作"夫人、鶯鶯、紅娘、歡郎上云"。

易以"老旦"者,誤。詳《凡例》中。老身姓鄭,夫主姓崔,官拜前朝相國,不幸因病告殂。只生得個小姐,小字鶯鶯,[容眉]既說衹生得這個小姐,後面不合說歡郎是崔家後代子孫。[孫眉①]既說衹生得這個小姐,後面不合說歡郎是崔家後代子孫。[湯眉]既說衹生得這個小姐,後面不合說歡郎是崔家後代子孫。[湯沈眉]既說衹生得這個小姐,後面不合說歡郎是崔家後代子孫。年一十九歲,針指[凌旁]音指。女工,詩詞書算,無不能者②。[繼眉]"針黹",古"針指"字。[槐眉]"針黹",古"針指"字。[湯沈眉]"針黹",古"針指"字。[封眉]時本作"前朝",誤。德宗已立二十一年矣。時本作"衹生得",豈未考《會眞記》"弱子幼女"及"命其子曰歡郎"之句耶?時本作"十九歲",誤。《會眞記》所載甚明。老相公在日,曾許下老身之侄——乃鄭尚書之長子鄭恒——為妻。因俺孩兒父喪未滿,未得成合。又有個小妮子,是自幼伏侍孩兒的,喚做紅娘。一個小廝兒,喚做歡郎。先夫棄世之後,老身與女孩兒扶柩至博陵安葬;因路途有阻,不能得去。來到河中府,將這靈柩寄在普救寺內。[參徐眉]老夫人敍事,淒悽楚楚,一片柔腸無奈。[張眉]"俺"是獨言、及對他人統括"我家"之詞;"喒"、"咱"是同自家人語;"您"是指他人、他家而言;"你"、"我"則睹面。稱謂俱有分別。這寺是先夫相國修造的,是則天娘娘香火院,[潘旁]諂事女主,便造一業。[槐眉]"博陵",地名,崔氏所居,為唐著姓。"則天",唐高后,姓武號則天。[新徐眉]武后香火,原是情種大來頭。[陳眉]則天娘娘香火院,原是來頭不好。[孫眉]況則天娘娘香火院,原是來頭不好。[合眉]普救寺原來是風流皇后蓋造的。兼法本長老又是俺相公剃度的和尚;因此俺就這西廂下一座宅子安下。[容眉]老夫人原大膽,和尚房裏可是住的?[孫眉]老夫人原大膽,和尚房裏可是住的?[湯眉]老夫人原大膽,和尚房裏可是住的?[合眉]和尚房豈可內家住?老夫人甚欠明白。[魏眉]老夫人原大膽,和尚房裏可是住的?[峒眉]老夫人原大膽,和尚房裏可是住的?一壁寫書附京

---

① 國圖所藏孫月峰批點《硃訂西廂記》有部分批語被後來藏家手書的黑色毛筆字覆蓋,難以辨認。本書在整理過程中,據其相關評本(特別是陳眉公本)做了一些校訂。

② "老身姓鄭,夫主姓崔"數句:封本作"老身姓鄭,夫主姓崔,官拜當朝相國,不幸因病告殂。生得這個小姐,小字鶯鶯,年一十七歲。"

師去，喚鄭恒來相扶回博陵去。我想先夫在日，食前方丈，從者數

百；今日至親則這三四口兒，好生傷感人也呵！　[畫徐眉] 曲大好大妙，可謂到八九分矣。中有

俚語，太鑿鑿太發露者，是亦小疵。而第四折中尤甚，令人有皇汗處。[田徐眉]

曲大好大妙，可謂到八九分矣。中有俚語，太鑿鑿太發露者，是亦小疵。而第四

折中尤甚，令人有皇汗處。[廷眉] 曲大好大妙，可謂到八九分矣。中有俚俗者

語，太鑿鑿發露者，是亦小疵。而第四折中尤甚，令人有皇汗處。[毛夾] 他本

或稱"外扮老夫人"，科例也。此不署扮色者，以本與杜皆"外"扮，恐雜出相

混，故任其扮演。此與惠明不署扮色正同。若張為"正末"，而俗稱"生"，則

入南曲爨色矣。原本之不可更易如此。元曲中皆有參白，一名帶白，唱者自

遞一句，所稱"帶云"者是也；一名挑白，旁人攙問一句作挑剔是也。碧筠齋、

王伯良諸本，將曲中參白一概刪去，作法蕩然矣。參釋曰：填詞科，主司定題

目、由歷、宮調、韻腳外，士人填詞，若賓白則照科抄入，不事雕飾。至明曲

而文甚矣。臧晉叔嘗梁伯龍《浣紗》、梅禹

金《玉盒》諸本無一散語為非詞例，良然！

【仙呂】【賞花時】①　[封眉] 凡"楔子"不宜同唱。時本置　夫主京師祿命
　"春間天道"白於【幺篇】後，誤。

終，子母孤孀途路窮；因此上旅櫬在梵王宮。　[潘旁] 一句內，將冥途

與逆旅、空王並說，妙甚！

盼不到博陵舊塚，血淚灑杜鵑紅。　[士眉] 博陵崔氏，唐著姓。女皇以天

子之貴，敵之而不可得。[余眉] 博陵

崔氏，唐著姓。女皇以天子之貴，敵之而不可得。[繼眉] 博陵崔氏，唐著姓。

[槐眉] □□□□□□□□□□□□□□□□。[畫徐眉] 崔家富貴，文王以天子之貴，

敵之而不可得，但此際亦似寥落矣。況曰"母子孤孀途路窮"，而中間有"軟玉屏、

珠簾、玉鈎"等句，亦當避忌者。[畫徐夾] "櫬"，音秤；"塚"，音腫。[田徐眉]

崔家富貴，文王以天子之貴，敵之而不可得，但此際亦似寥落矣。況曰"母子孤孀途

路窮"，而中間有"軟玉屏、珠簾、玉鈎"等句，亦當避忌者。[田夾] "櫬"，音秤；

"塚"，音腫。[王夾] "塚"，音腫。[文眉] "櫬"，音寸。[廷眉] 崔家富貴，文王

以天子之貴，敵之而不可得，但此際亦似寥落矣。況首曰"母子孤孀路途窮"，而中

間有"軟玉屏、珠簾、玉鈎"等句，亦當避忌者。[廷夾] "櫬"，音秤；"塚"，音腫。

[湯沈眉] 博陵崔氏，唐著姓。[毛夾] "楔子"必用【仙呂·賞花時】、【正宮·端正好】

二調，間有【仙呂·憶王孫】、【越調·金蕉葉】，偶然耳。首二句須對起，調法如此。

"因此上"、"盼不到"，襯字也。此照原本，不分列，說見卷首。參釋曰："博陵"，崔

————————————

① 封本置"春間天道"（楊案：淩本作"今日暮春天氣"）一段說白於【仙

呂·賞花時】之前。

氏郡名。據王性之《辯（辨）證》，謂鶯是永寧尉崔鵬女，然亦擬議如是耳。況詞家《子虛》，原非信史。必謂崔是終永寧而歸長安、非終長安而歸博陵者，一何太鑿！

[潘夾] 開口便從崔相祿命終説入，將多少崇高燻灼，已作過眼浮雲看了。世尊云：如宰臣家，忽逢籍沒，宛轉零落，莫可哀救。於一言可悟。

今日暮春天氣，好生困人，[合旁] 老夫人也傷春。 不免喚紅娘出來分付他。

紅娘何在？[旦侟扮紅見科][夫人云] 你看佛殿上沒人燒香呵，和小姐閑散心耍一回去來。[陳旁] 老阿婆一發放出大膽來。[潘旁] 夫人在西院，説此一語；張生同時在旅邸，也説此一語。故是奇緣。[容眉] 老婆子家教先不嚴正。[劉眉] 普救寺到做了相思館。[湯眉] 老婆子家教先已壞了。[合眉] 老婆子家教先不嚴。[紅云] 謹依嚴命。[夫人下][紅云] 小姐有請。[正旦扮鶯鶯上][紅云] 夫人着俺和姐姐佛殿上閑耍一回去來。[旦唱][凌眉] 凡“楔子”不宜同唱，故夫人獨上獨唱先下，而鶯自上自唱，始為得體。時本亦有從此者。乃他本竟作夫人、鶯、紅同上同唱同下，殊失北體矣。[毛夾] 他本以此白攙入前白“往博陵去”下，意謂司唱者唱畢即下，無吊場理耳。不知元曲《勘頭巾》、《伍員吹簫》、《雙獻功》等，原自有此。

【幺篇①】可正是人值殘春蒲郡東，門掩重關蕭寺中；花落水流紅，閑愁萬種，無語怨東風。[湯沈旁] 無限含情。[並下] [謝眉] “重關”，諸本作“梨花”者。[士眉] 開卷便見情語。[余眉] 開卷便見情語。[容眉] 便有態！[畫徐眉] 開卷便見情語。[田徐眉] 開卷便見情語。[參徐眉] 滿腔心腹事，盡在不言中。[王夾] “直”，借叶去聲。[陳眉] 一聲鶯囀出牆來，惹起無限春色。[孫眉] 一聲鶯囀出牆來，惹起無限春色。[劉眉] 一聲鶯囀出牆來，惹起無限春色。[文眉] “種”，上聲。[凌眉] 此曲終，竟下，亦是北體。時本有落場詩四句，則是南戲矣。[廷眉] 開卷便見情語。[廷夾] “直”，借叶去聲。[張眉] 同調之曲，南曰【前腔】；北曰【幺前腔】，有換頭，【幺】亦有增減字，與首曲略不同。[湯眉] 便有態！[湯沈眉] “【幺】”，方本改作“【么】”。凡北詞第二曲皆謂之“【幺】”，猶南詞之【前腔】”也。開卷便見情語。[合眉] 北詞曰“【幺】”，猶南詞之“【前腔】”。開卷便見情語。[魏眉] 便有態！[峒眉] 描寫殘春景，如畫。[毛夾] “直”，借叶去聲。“【幺】”，後曲也。唐人【幺遍】皆疊唱，故後曲名“【幺】”。陸機賦“弦幺徽急”。《中原音韻》以“值”字分隸平韻。“人值”句，務頭，所謂第二字拗句也，今借音“滯”。“門掩”句，用

_____

① “【幺篇】”：湯沈本作“【么】”。容本、起本、陳本、毛本置此曲於上“今日暮春天氣”一段説白之前。

李公垂《鶯鶯歌》語。[**潘夾**] 大凡閨閣初解懷春，忽然蠢動，此時情思未有住着，故只好説"閑愁"二字。然觸物增感，一往而深，種種撩人，種種難遣。其情事恰有萬端，送之天上不得，埋之地下不得，只好"怨東風"而已。賈至詩曰："東風不會吹愁去。" 蓋怨之也。

第一折

[**毛夾**] "折"，不作"齣"。但碧筠齋諸本以一本為一折，無據。王本又以一折為一套，且引陶九仍曰"有文章曰樂府，有尾聲曰套數"為證，尤非也。一折可稱一套，則一曲可稱一樂府耶？俗本每折標四字，如"佛殿奇逢"類，此南曲科例也。王本又改四字為二字，如以"佛殿奇逢"為"豔遇"，則更可笑。每本末已有正名四句，如"老夫人閒春院，崔鶯鶯燒夜香"類，是四折已標過四句矣，而又蛇足耶？按日新堂本目錄，又有第一本"焚香拜月"，第二本"冰弦寫恨"，第三本"詩句傳情"，第四本"雨雲幽會"，第五本"天賜團圓"。則又每本各總標一句，與《點鬼簿》"張君瑞鬧道場"諸句同，亦似一例。但彼此各異，或亦後人所增耳。

[正末扮張生騎馬引僕上開] 小生姓張，名珙，字君瑞，本貫西洛人也。[**潘旁**] 便為西來標指。先人拜禮部尚書，不幸五旬之上，因病身亡。後一年喪母。小生書劍飄零，功名未遂，遊於四方。即今貞元十七年①二月上旬，唐德宗即位，[**槐眉**] "貞元"，唐德宗年號。[**畫徐眉**] 廟號不當稱於即位之日，殊不檢點。[**田徐眉**] 廟號不當稱於即位之日，殊不檢點。[**凌眉**] 院本皆供應內用，故當場須稱曩時廟號以為別。考劇戲中無不如此者，蓋其體也。近有譏其稱廟號於即位之日，其言似是，然實學究家見耳。若《高祖還鄉》劇云："白什麼改姓更名喚作漢高祖！"《子陵還詔》劇云："誰識你那中興漢光武！" 學究家不更駮倒乎？夏蟲豈可與語冰。

[**湯沈眉**] 廟號何得稱於即位之日？[**合眉**] 廟號不當稱於即位之日。欲往上朝取應，路經河中府過。[**文眉**] "河中府"，即今陝西治。蒲關上有一故人，姓杜名確，字君實，與小生同郡同學，當初為八拜之交。後棄文就武，遂得武舉狀元，官拜征西大元帥，統領十萬大軍，鎮守着蒲關。小生就望哥哥一遭，卻往京師求進。暗想小生螢窗雪案，刮垢磨光，學成滿腹文章，尚在湖海飄零，何日得遂大志也

---

① "十七年"：封本作"十六年"。

呵！　[容旁] 不獨你一個！　[合旁] 不獨你一個！　[參徐眉] 到此功名□輕。
[孫眉] 不獨你一個！　[文眉] "垢"，音媾，不潔也。　[湯眉] 不獨你一個！

[魏眉] 不獨你一個！　**萬金寶劍藏秋水，滿馬春愁壓繡鞍。**　[潘旁] 與上
[峒眉] 不獨你一個！　句作連環對。

[潘夾] 書廟號於即位之日，豈效魯隱公元年之例乎？要之，從事
後追書，與作當時實敘，禮各不同。傳奇雖非正史，亦不可不辨。

【仙呂】【點絳唇】遊藝中原，脚跟無綫、如蓬轉。

[合旁] 緣何被崔娘絆住？

[謝眉] "蓬"，蒿草也，如浪裏蓬。　[士眉] "脚跟無綫"，猶云去向無定，如蓬隨風輾轉也。舊解非。　[槐眉] "蓬轉"，出《事物紀原》，蓬蒿□遇風聚散，輾轉□□，直上雲霄之上。□古者觀之，轉為輪。

望眼連天，日近長安遠。

[畫徐眉] 一本作"醉眼"，必有所據，否則不應如此誤用。　[田徐眉] 一本作"醉眼"，必有所據，否則不應如此誤用。　[張眉] "望眼連天"，是在途路中，遙望前頭，渺若連天，覺日近於長安爾。訛"醉眼"，非。　[湯沈眉] "望眼連天"，正道中遙望前途渺若連天，而長安為遠，描寫如畫。方本改作"醉眼"，甚無意味。　[合眉] "望眼連天"，道中遙望前途渺若連天，而長安為遠。改"醉眼"者，非。

【混江龍】向《詩》《書》經傳，蠹魚似不出費鑽研。將棘圍守暖，把鐵硯磨穿。投至得雲路鵬程九萬里，先受了雪窗螢火二十年。

[田徐旁] 本是好學之人，但為私欲所蔽耳！　[謝眉] 今之書中蚨書蟲，謂之蠹魚。　[繼眉] "蠹"，音杜。"雪窗"，孫康故事。　[容眉] 如今姓張姓李的都如此！　[孫眉] 如今姓張姓李的都如此！　[文眉] "蠹"，音妒，書紙上多生，又名衣魚。　[湯眉] 如今姓張姓李的都如此！　[湯沈眉] "雪窗"，孫康故事。　[合眉] 如今姓張姓李的都如此！　[魏眉] 今世姓張姓李的都如此！　[峒眉] 如今姓張姓李的都如此！

才高難入俗人機，時乖不遂男兒願。空雕蟲篆刻，綴斷簡殘編。

[繼眉] "綴"，音拙。雕蟲篆刻，出《法言》。　[起眉] 李曰：開筆處便不許俗人問津！　[畫徐眉] 歎己好學未成，志則有待。　[田徐眉] 歎己好學未成，志則有待。　[新徐眉] 今古同歎！　[王夾] "俗"，借叶去聲。　[廷眉] 歎己好學未成，志有待。　[凌眉] "才高"二句，止用"男兒願"三字，亦可。蓋是其本調。"二十年"以下，添四字排句，不拘多寡，及不用韻皆可。但須以"平平去"三字，如此"男兒願"及《琵琶記》"休嗟歎"，一韻句接之耳，非此調字句可增減也。作者知之。　[張眉] 【仙呂】之【混江龍】、【後庭花】、【青哥兒】，【正宮】之【端正好】、【貨郎兒】、【煞尾】，【南呂】之【草池春】、【鵪鶉兒】、【黃鐘】【尾】，【中呂】之【道和】，【雙調】之【新水令】、【折桂令】、【梅花酒】、【尾聲】，此數曲可像意增減字。　[湯沈眉] 開筆處便不許俗人問津！　[魏眉] 傲世的人，出世的話。　[峒眉] 功名有日！　[封眉] "雕蟲篆刻"，揚雄語。　[毛夾] "俗"，借叶去聲。"遊藝中原"，"原"字宜陰而反陽，

亦戾字也；後"相國行祠"，"祠"字亦如此。"脚根無綫"，"綫"字是韻。元曲唯《豬八戒》劇【點絳唇】此字無韻，要亦偶然耳。若【混江龍】調，正務頭所載字句可增減者，且通體對偶，調法如此。"望眼"，勿作"醉眼"，與《金錢記》"醉眼迷芳草"不同。此客遊，非郊遊也。"日近長安遠"，雖用史語，然亦元慣用語，如《兩世姻緣》劇"赤緊的日近長安遠"。參釋曰：此自訴行徑也。"蠹魚似"，即蠹魚般也。[潘夾]"棘圍守暖"數行，為感士不遇大概，説張恰未至此。

　　　　行路之間，早到蒲津。這黃河有九曲，此正古河內之地，你看好

　　形勢也呵！　[封眉] 時本
　　　　　　　　　多漏此白。

【油葫蘆】　[張眉]《西廂》【油葫蘆】一曲俱錯。九曲風濤何處顯，則除是此地偏。　[淩眉]"顯"，諸本訛作"險"，犯廉纖閉口韻，非。"何處顯"，言風濤何處顯得。故以"則除是此地偏"接之，語意自明。[封眉] 即空主人曰："顯"，諸本訛作"險"，犯廉纖閉口韻。

這河帶齊梁，分秦晉，隘幽燕①；　[潘旁] 河亦一尤物也。雪浪拍長空，天際秋雲②卷；竹索纜浮橋，水上蒼龍偃；東西潰九州，南北串百川③。　[謝眉] 諸本俱"秋雲"，似非春景氣象，依閩本作"浮雲"。[士眉] 駢儷中景語。[余眉] 駢儷中景語。[繼眉]"隘"，音愛。"偃"，音衍。"潰"，音誨。[槐眉]"九川"：河梁。雍、冀、徐、揚、青、兗、翼，"九州"名也。[起眉] 王曰：駢儷中景語。聽之中倫，睨之成色。李曰：是詞曲中大地史。半入魏武《東臨碣石篇》云"日月之行，若出其中"的語致。[畫徐眉] 此專狀河之險。"這河"當作句豆。[田徐眉] 此專狀河之險。"這河"當作句豆。[新徐眉]"這河"一讀，詠河處正大有氣勢。[參徐眉] 數段曲機，懸河而瀉，真是傲世出世。君瑞果如是，鶯鶯當一見留情。[陳眉] 客景客韻，俱飄然欲仙。[孫眉] 客景客韻，俱飄然欲仙。[文眉]"潰"，音惠。[廷眉] 此折專狀河之險。"這河"二字，當作句豆。[張眉]"這河"是白，下應七字句，訛"帶"為"實"字，又於"秦晉"上添"分"字，作三句讀，非。第四五句，俗以多三字訛作四句，今分別之。第六七句俱少一字。"匯"，言合眾水；"貫"，言總大地；訛"潰"與"串"，又非。[湯沈眉]"這河"，宜讀斷，直貫至"泛浮槎到日月邊"，總來形容此河。張之行騎，一路沿河而來，寓目成感者也。[合眉] 此專狀河之險，"這河"當作句讀。　　歸舟緊不緊如

何見？却便似弩箭乍離弦。　[畫徐夾]"潰"，音惠。[田徐夾]"潰"，音惠。
　　　　　　　　　　　　　　　[湯沈夾] 王元美謂"雪浪"四句，駢儷中景語。

────────────

　①　"分秦晉，隘幽燕"：張本作"秦晉隘幽燕"。
　②　"秋雲"：少本作"浮雲"。
　③　"東西潰九州"二句：張本作"東西匯九州，南北貫百川"。

［合夾］"潰"，音惠。
［潘夾］"潰"，音惠。

【天下樂】① 只疑是銀河落九天；淵泉、雲外懸②，［畫徐眉］"高源"，猶言"黃河之水天上來"也。刊"淵泉"者，非。［田徐眉］"高源"，猶言"黃河之水天上來"也。刊"淵泉"者，非。［廷眉］"高源"，猶言"黃河之水天上來"也，作"淵泉"者，非。［湯沈眉］"銀河"二句，即"黃河之水天上來"意。"淵泉"，徐本作"高源"，二字作句；"雲外懸"，又句。調法如此。［合眉］"高源"，猶言"黃河之水天上來"也，刊"淵泉"者，非。［封眉］"疑"上，時本多一"只"字。時本誤作"淵泉"。入東洋不離此徑穿。［張眉］"此"錯訛"一"，非。

滋洛陽千種花，潤梁園萬頃田，也曾泛③浮槎到日月邊。［士眉］張生慢世之情，更作高世之語。［余眉］張生慢世之情，更作高世之語。［繼眉］"槎"，音查。［槐眉］"九天"：出群□：東方為皥天，東南④方為陽天，南方為赤天，西南方為朱天，西方為成天，西北為幽天，北方為玄天，東北為變天，中央為鈞天。［起眉］王曰：傲世的人，出世的語。［畫徐眉］"泛槎"，言河能泛，非指張騫也。［田徐眉］"泛槎"，言河能泛，非指張騫也。［劉眉］張生此際卻瞞張騫。［凌眉］王元美以"滋洛陽"二語，"雪浪拍長空"四句，"東風搖曳"二句，"法鼓金鐸、不近喧嘩"二對，為駢儷中景語。元美"七子"之習，喜尚高華，不知實未是其勝場。［廷眉］"泛槎"，言河能泛，非指張騫也。［張眉］"浮槎"，言河可浮也，添"張騫"及"泛"者，非。［湯沈眉］"泛槎"，言河能泛，非指張騫。［湯沈夾］張生慢世之情，更作高世之語。［合眉］"泛槎"，言河能泛，非指張騫。［嶼眉］傲世的人，出世的語。［毛夾］張至河中府，故二曲詠河。"何處顯"只作"何處見"解，故曰"此地偏"，言偏見得也。董詞"黃河那裏最雄？無過河中府"。"疑是銀河落九天"，用李白詩。"高源"二字句，勿作"淵泉"。董詞"上連星漢泛浮槎"，正是"高源"。"泛槎"，張騫事。末句借張姓映己曾求進意，正行文顧主一句。徐本刪"俺也曾""俺"字，以為"也曾"指河，則泛濫無理矣。參釋曰：此指點遊歷也。四曲總是一節。［潘夾］借黃河之險，寫胸中之奇，全不似紈袴中人。他日片紙興師，胸有甲兵百萬；此日一目千里，氣吞河海八九。張具如許雄才灝氣，一切不能入，亦一切不能奪。故情之所鍾，百劫難灰，遂有後此之死心蹋地也。

_____

① 起本於"【天下樂】"之後有"生唱"二字。
② "只疑是"二句：封本作"疑是銀河落九天；源泉、雲外懸"。"淵泉"：畫徐本、王本、廷本、毛本作"高源"。
③ 張本無"泛"字。
④ 楊案：此句"東南方"及下句"西南方"，均原缺一"南"字。此乃據《楚辭》王逸注補。

　　話説間早到城中。這裏一座店兒，琴童接下馬者！店小二哥那裏？〔小二上云〕自家是這狀元店裏小二哥。官人要下呵，俺這裏有乾淨店房。〔末云〕頭房裏下，先撒和那馬者！**〔文眉〕**"撒和"，餵養馬曰"撒和"，北方鄉語。

小二哥，你來，我問你：這裏有甚麼閑散心處？**〔容旁〕**早些！名山勝境，福地寶坊皆可。〔小二云〕俺這裏有一座寺，名曰普救寺，是則天皇后香火院，蓋造非俗：琉璃殿相近青霄，舍利塔直侵雲漢。**〔參徐眉〕**小二指引路頭，真足見生菩薩福地，張君有緣乎！**〔魏眉〕**意參佛地禪，恐遇活菩薩，便迷人入色界也。**〔峒眉〕**意參佛地禪，恐遇活菩薩，便迷人入色戒也。**南來北**往，三教九流，過者無不瞻仰；則除那裏可以君子遊玩。〔末云〕琴童料持下晌午飯！**〔文眉〕**"料持"，猶云備辦。俺到那裏走一遭便回來也。**〔陳眉〕**走一遭恐便回來不得。**〔孫眉〕**走一遭恐便回來不得。**〔僕云〕**安排下飯，撒和了馬，**〔謝眉〕**"撒和"，等猶云餵養也。哥哥回家。〔下〕**〔潘夾〕**一部《西廂》十六篇，以逆旅始，以逆旅終。此作者特特着意處。莫忽看過。○寺為則天娘娘蓋造，便不是福地，是孽地；不是洞天，是瘴天。多一分蓋造，便增一分孽瘴。○夫人命小姐閑耍散心，張生亦思閑耍散心，同時如出一口，豈非孽冤相對？**〔法聰上〕**小僧法聰，是這普救寺法本長老座下弟子。今日師父赴齋去了，着我在寺中，但有探長老的，便記着，待師父回來報知。山門下立地，看有甚麼人來。〔末上云〕却早來到也。〔見聰了，聰問云〕客官**〔潘旁〕**通稱。從何來？〔末云〕小生西洛至此，**〔潘旁〕**明揭"西來"之意。聞上刹幽雅清爽，一來瞻仰佛像，二來拜謁長老。**〔合眉〕**還有三來要結識冤家。敢問長老在麼？

〔聰云〕俺師父不在寺中，貧僧弟子法聰的便是，請先生**〔潘旁〕**改稱。方丈拜茶。〔末云〕既然長老不在呵，**〔潘旁〕**先將拜謁長老提過。不必吃茶；敢煩和尚相引，瞻仰一遭，幸甚！〔聰云〕小僧取鑰匙，開了佛殿、鐘樓、塔院、羅漢堂、香積廚，盤桓一會，師父敢待回來。**〔繼眉〕**"香積廚"，維摩詰住上方，國號"香積"，以缽盛香飯，悉包眾會。故今僧舍廚名"香積"。[槐眉]"香積廚"，維摩詰住上方，看國號"香積"，以缽盛香飯，悉包眾會。故今僧舍廚名"香積"。

[做看科] [末云] 是蓋造得好也呵！

【村裏迓鼓】①　[淩眉] 王伯良謂此調舊作"【節節高】"，誤。【節節高】系【黃鐘宮】曲，字句亦稍不同。按元本原作"【村裏迓鼓】"。[張眉]《西廂》此曲第四句俱少一字。[封眉] 時本誤作"【節節高】"。【節節高】系【黃鐘宮】，而字句稍不同。　　　　　[謝眉] 釋家謂閑耍為"隨喜"。[士眉] 釋家謂閑耍為"隨喜"。[余眉] 釋家謂閑耍為"隨喜"。[文眉] 出家人閑耍遊翫云之。

隨喜了上方佛殿，

早來到下方僧院。

行過廚房近西，法堂北，鐘樓前面。 [潘旁] 安插"佛、法、僧"三字。 **遊了洞房，**

登了寶塔，將迴廊繞遍。 [潘旁] 以上是上剎清齋。 **數了羅漢，參了菩薩，拜了**

聖賢。 [潘旁] 以下是瞻仰佛像。[田徐眉] 敘得簡！[陳眉] 關目妙絕！[孫眉]□□□□。[張眉]"遊洞房"等句，俱是隨事語，若添"了"字，既襯實失景色，且於調不合。[湯沈眉] 敘入境條遞。 [鶯鶯引紅娘撚花枝上云] [容旁] 好關目！ **紅娘，俺去佛殿**

上耍去來。 [末做見科] 呀！ [湯沈旁] 忽然！且驚且喜。 **正撞**②**着五百年前風流業**

冤。 [謝旁] 無心處忽相遇。[士旁] 無心處驀然相遇。[余旁] 無心處驀然相遇。[畫徐旁] 湊語。[田徐旁] 湊語。[陳旁] 果是！[廷旁] 湊語。[天李旁] 好！

[湯沈旁] 即"可憎"意。[田徐眉] 有筆力！[參徐眉] 普救寺景色已收入張生阿睹，不意別有風光，迥然物外，不負來遊矣。[張眉] 第八句多一字。"五百年風流"是一句，"業冤"兩字是一句，不應混讀。[湯沈眉] 一見，唱一句，起陡絕有神，包着一部《西廂》。[合眉] 包着一部《西廂》。[魏眉] 節自裝得自然。[峒眉] 此女非五百年業冤，是汝渾家妻小。[毛夾] 諸本以此曲作"【節節高】"，入【黃鐘宮】調。但元詞宮調出入與譜不同，故不敢定，說見卷首。王伯良曰：北人稱神為"聖賢"。

[潘夾] 正在參菩薩、拜聖賢之際，一舉頭轉眼間，忽現出風流業冤來。此正色空相禪之介，為一部《西廂》起頭。詞意接而不接，情事聯而不聯，陡然若逢宿債，恍然若睹前因。此無明種子立地成魔，一時犯手，便不知何緣了卻。不是一刀兩段，終無省頭日子，故直至《草橋》而後覺也。"風流孽冤"四字，併說尤妙，便可參破多少因緣幻

妄諸義。

---

① "【村裏迓鼓】"：繼本、熊本、容本、王本、天李本作"【節節高】"。
② "撞"：廷本作"逢"。

【元和令】[張眉]《西廂》此曲，第三句俱少二字。顛不剌[凌旁]"剌"，音辣。的見了萬千，[謝眉]"顛"，又作"逴"，外方所貢美女名。又，元人以不花為牛，不剌為犬。不詳孰是。[士眉]"顛不剌"，外方所貢美女名。又，元人以不花為牛，不剌為犬；於此義不相涉，亦可以備考。[余眉]"顛不剌"，外方所貢美女名。又，元人以不花為牛，不剌為犬；於此義不相涉，亦可以備考。[繼眉]"顛不剌"，美玉名。又，外方所貢美女名。又，元人以不花為牛，不剌為犬。此義不相涉，亦可以備考。[槐眉]"顛不剌"，美香名。又，外方所貢美女名。又，元人以不花為牛，不剌為犬。此義不相涉，亦可以備考。[文眉]外國所貢美女之名。似這般可喜娘的龐兒①罕曾見。則着[封眉]"剌"，音辣。後俱同。[湯沈旁]一本作"引的"。人眼花撩亂[廷旁]湊語！口難言，[廷旁]俗！魂靈兒飛在半天。[畫徐旁]已上俱不成話！[田徐旁]已上俱不成話！[廷旁]不成語！[潘旁]何湊！他那裏儘人調戲②軃[湯沈旁]音朵。着香肩，[田徐旁]正是不輕狂處。只將花笑撚。[田徐旁]正以可喜。[天李旁]好！肖神如生。[容旁]好！[畫徐眉]"不剌"，北方助語也。"不"，音鋪；"剌"，音辣。我親聞人説，怕人必帶曰"怕不剌"，唬人必曰"唬人不剌"，凡可墊助語處皆帶此二字。"顛"者，輕狂也，言閨態美矣，而所犯者輕狂耳。今崔既美而不輕狂，何以見之？下"儘人調"三句是不輕狂處。別説俱不是。"顛不剌"句起下"可喜"句，可喜處於"儘人調戲"三句見之。[田徐眉]"不剌"，北方助語也。"不"，音鋪；"剌"，音辣。我親聞人説，怕人必帶曰"怕不剌"，唬人必曰"唬人不剌"，凡可墊助語處皆帶此二字。"顛"者，輕狂也，言閨態美矣，而所犯者輕狂耳。今崔既美而不輕狂，何以見之？下"儘人調"三句是不輕狂處。別説俱不是。"顛不剌"句起下"可喜"句，可喜處於"儘人調戲"三句見之。[王夾]"剌"，音辣，從束，不從束，與"剌"音次不同；"軃"，音朵。[廷眉]"不剌"，北方助語也。"不"，音脯；"剌"，音辣。我親聞人説，怕人必帶曰"怕不剌"，唬人必曰"唬人不剌"，凡可墊助語處皆帶此二字。"顛"者，輕狂也，言閨態美矣，而所犯者輕狂耳。今崔既美而不輕狂，何以見之？下"儘人調"三句，是不輕狂處。別説俱不是。"顛不剌"句起下"可喜"句，可喜處於"儘人調戲"三句見之。[廷夾]"剌"，音辣，從束，不從束，與"剌"音次不同；"軃"，音朵。[張眉]"不剌"，是助語詞。"顛"，是不穩重，言所見者縱美而顛也。"可喜娘"下添"龐兒"，非。末句少二字。[湯眉]好！[湯沈眉]"顛不剌"，外方所貢美女名。"顛"，輕佻也；"不剌"，方言，助語詞；"不"，音脯；"剌"，音辣。言輕佻者見得多，似崔之凝重可喜者少。下"儘人調戲"三句，正見不輕佻意。[合眉]"不剌"，北方助語。"顛"

---

① 張本無"的龐兒"三字。
② "調戲"：封本作"瞧盼"。

者，輕狂也。言崔態美矣，而不犯輕狂。下"儘人調戲"二句，是不輕狂處。[合夾]"不"，音脯；"刾"，音辣。[封眉]"瞧盼"，時本誤作"調戲"。[毛夾]"刾"，音辣；"𡲬"，音朵。"顚不刾"，俗解甚惡。即徐天池、王伯良輩以"顚"作輕佻，起鶯凝重，亦非也。"千般裊娜"，鶯固不在凝重。即以輕佻起凝重，可謂凝重乎？"顚"，即顚倒，猶言"沒頭緒"也。言顚顚倒倒的看了萬千，今才看着也。"顚"，張自指，不指所看者。董詞有"怕曲兒撚到風流處，教普天下顚不刾的浪兒們許"，以"顚"指浪兒，正此意。況此曲亦全抄董詞"這一雙鶻鴒眼，須看了可憎的千萬，兀的般媚臉兒不曾見"；上句單説自己，可驗。"不刾"，北襯詞，隨字可襯，不專襯"顚"。如《舉案齊眉》劇"破不刾碗兒"，又以"不刾"襯"破"，更可知也。"魂靈"句，人皆憎其惡，不知原本董詞"張生覷了魂不逐體"；且亦元襲語，如《玉壺春》劇"猛見了心飄蕩，魂靈兒飛在半天"。[潘夾]"顚"，差也；"不刾"，音鋪辣。猶言"是否"，蓋言差不多也。世解俱謬。〇黃河奇險，一入眼便信口寫得來；雙文奇豔，一入眼便極口道不
出。妙絕，妙絕！

【上馬嬌】這的是兜率[湯沈旁]音律。宮，[謝旁]佛寺。[士旁]佛院。[余旁]佛院。[畫徐旁]可辦！[田徐旁]可辦！[廷旁]可辦！休猜做了①離恨天。[謝旁]洞天。[士旁]洞天。[余旁]洞天。[畫徐旁]在諸天之上。[田徐旁]在諸天之上。[廷旁]在諸天之上。[士眉]"離恨天"，在諸天之上。[余眉]"離恨天"，在諸天之上。[繼眉]"離恨天"，在諸天之上。[槐眉]"離恨天"，在諸天之上。[張眉]"又不是"，訛"休猜做"，非。[湯沈眉]"離恨天"在諸天之上。[合眉]"離恨天"，在諸天之上。呀，誰想着寺裏遇神仙！[士旁]緊翻上句公案。[畫徐旁]緊翻上句，説遇之幸。[田徐旁]緊翻上句，説遇之幸。[廷旁]緊翻上句，説遇之幸。[湯沈旁]翻然似真似假。[潘旁]句亦湊。[陳眉]"冤"、"仙"只在一轉間。[孫眉]"冤"、"仙"只在一轉間。我見他宜嗔宜喜春風面，偏、[田徐旁]作一字句。[潘旁]二句寫面。宜貼翠花鈿。[容眉]好！[畫徐眉]"宜嗔喜"，即西子顰笑皆工。[畫徐夾]"率"，音律。[田徐眉]"宜嗔喜"，即西子顰笑皆工。[田徐夾]"率"，音律。[新徐眉]在人何所不宜？[王夾]"率"，音律；"偏"字，斷。[文眉]"鈿"，音田，以翠羽為花，貼眉間。[凌眉]"偏"，一字韻句，所謂曲中短柱。以後"嗤，嗤的扯做紙條兒"，亦"嗤"字為句；"哈，怎不肯回過臉兒來"亦然。【上馬嬌】本調如此，凡劇皆然；勿誤認"偏宜"、"嗤嗤"連讀。[廷眉]"宜嗔喜"，即西子顰笑皆工。[廷夾]"率"，音律。"偏"字，斷。[張眉]此曲第五句一字，如"偏、嗤、哈"皆是；連下讀，非。[湯眉]好！[湯沈眉]"宜嗔喜"，即西子顰笑皆工。[合眉]

① "休猜做了"：張本作"又不是"。

"宜嗔宜喜"，即西子顰笑皆工。[合夾]"率"，音律。[封眉]即述主人曰："偏"，一字韻句，所謂曲中短柱。後"嗤，嗤的"，亦上"嗤"字為句。【上馬嬌】本調如此，勿認"偏宜"、"嗤嗤"連讀。[毛夾]"率"，音律。首二句似嘲誚語，不知是忖量語。言此是寺裏，非關情地也，誰道這寺裏便遇此也。"兜率天"，在三十三天已上二倍，此見佛經，故《倩女離魂》劇有"三十三天，覷了個離恨天最高"句。蓋兜率天、離恨天，古人每取以相較者。"誰想寺裏遇神仙"，與《玉壺春》劇"怎生來這答兒遇着神仙"語同。"偏"字斷，作一字句，調法如此，然字斷而意接；"偏宜"與李珣《浣溪紗》詞"入夏偏宜淡泊粧"、歐陽修《小春詞》"天寒山色偏宜遠"同。俗子解"偏"作"側"，謂側轉鬢邊宜貼鈿也。不知此承"面"字來，言面上宜嗔宜喜，又偏宜翠鈿。三"宜"字參錯呼應，甚妙。古貼鈿皆在面，從無貼鬢邊者。溫庭筠詞"翠鈿金壓臉"，顧敻詞"收拾翠鈿休上面"，明云在面。又西蜀牛嶠《南歌子》云"眉間翠鈿深"，顧敻《甘州子》云"翠鈿鎮眉心"，張泌《浣溪紗》詞云"翠鈿金縷鎮眉心"，且明云在面當中。而以為側轉所見，則亦猥陋無學之甚，而舉世從而咻之，何也？況元曲句法，以讀斷而意不斷為能事，《對玉梳》劇亦有【上馬嬌】調，末句云"眞、是女吊客母喪門"，《爭報恩》劇末句"教、我和兄弟廝尋着"，"眞"與"教"亦斷字也，彼能斷解耶？參釋曰："正撞着"至此"遇神仙"，統言遇鶯耳。"宜嗔宜喜"至下曲"侵入鬢雲邊"，分寫容飾；"未語人前"至"花外嚬"，寫言語；"行一步"至"晚風前"，寫步履。後曲則又從步履翻復接入，章法秩然。[潘夾]"偏"字為句，猶言獨妙也。言惟此春風面，方宜貼此花鈿。鈿窩在兩眉之間。古人安黃貼翠，俱在此際。○《九歌》之賦山鬼也，曰"既含睇兮又宜笑"，蓋言宜喜也。宋玉之賦神女也曰"頩薄怒以自持"，蓋言宜嗔也。此只用一語夾寫，愈覺盡態極妍。

【勝葫蘆】則見他宮樣眉兒新月偃，斜侵入鬢雲邊。[謝旁]傾人之色！[余旁]色色傾人！

[湯沈旁]色色傾人！[潘旁]二句寫眉。[士眉]色色傾人！[畫徐眉]此等語非不好，但能詞者皆可辦。[田徐眉]此等語非不好，但能詞者皆可辦。[參徐眉]以天姿國色之貌，當光風霽月之懷，自宜稱讚爾爾。[孫眉]妙絕！妙絕！□□□兒。[廷眉]此等語非不好，但能詞者皆可辦。[峒眉]容貌可人。[封眉]"你看那"，時本作"則見他"，非。 [旦云]紅娘，你覷：寂寂僧房人不到，滿階苔襯落花紅。[末云]我死也！[容旁]是個人！[容眉]冷絕妙絕！要死要死！[陳眉]見了更死不得！[孫眉]見了更死不得！[湯眉]冷絕妙絕！要死要死！

未語人前先覷腆①，[合旁]媚絕！櫻桃紅綻，玉粳白露，半晌恰方言。

---

① "覷腆"：封本作"眣睓"。

[天李旁] 好！[合旁] 幽絕！[潘旁] 四句寫口齒。[謝眉] "覰睞"，含羞貌。[士眉] "宜嗔宜喜"與"半晌卻方言"，描畫神手。[余眉] "宜嗔宜喜"與"半晌卻方言"，描畫神手。[起眉] 李曰："宜嗔宜喜春風面"、"半晌卻方言"，此畫史從贏坐中想來者。[田徐眉] "玉粳"，齒也。《曲江池》劇：''"玉粳牙，休兜上野狐涎。"[新徐眉] 自是崔鶯別贊。[王夾] "覰"，音睞。[文眉] "櫻桃"，喻脣；"玉粳"，喻齒。[凌眉] "覰睞"，時作"覰覒"，誤。王伯良曰："玉粳"，齒也。《曲江池》劇云："玉粳牙，休兜上野狐涎。"[廷夾] "覰"，音睞。[湯眉] 是個人！
[湯沈眉] "玉粳"，齒也。"白露"，一作"脂凝"，非。[合眉] "玉粳"，齒也。"白露"作"脂凝"者，非。[魏眉] "宜嗔宜喜春風面"、"半晌卻方言"，此畫史從贏坐中想來者。[峒眉] "宜嗔宜喜春風面"、"半晌卻方言"，此畫史從贏坐中想來者。

[封眉] "眒睞"，時本多作"覰睞"，亦作"覰覒"。字書"睞"無慚義，"覰"與"覒"反切同。皆誤。[毛夾] "宮樣"，勿作"弓樣"。董詞："曲彎彎宮樣眉兒。"

"侵入"緊承"新月"來，用張仲宗詞"月如鈎，一寸橫波入鬢流"。寫鶯鶯之語從"未語"始。未語欲語，先為面睞。"睞"，厚也，面厚則慚，《書》云"顏厚有忸怩"是也。然猶未語也。但欲語矣，"櫻桃紅綻"矣；脣啟則齒見，"玉粳露"矣。"玉粳"是齒，《雍熙樂府》"櫻桃微綻玉粳齒"。然猶未語也。遲之半晌，恰才出一語耳。

【幺篇】恰便似嚦嚦鶯聲花外囀， [田徐旁] 實四句上"半晌卻方言"。形容得妙！[陳旁] 果是鶯！[潘旁] 一句寫聲音。[畫徐眉] 可辨。[田徐眉] 可辨。[湯沈眉] "鶯聲"句，從其"方言"形容之。行一步可人憐。 [田徐旁] 貫下四句。 [田徐旁] 解舞腰肢嬌又軟，千般嫋娜，萬般旖旎，似垂柳晚風前。 [田徐旁] 婦人窈窕處即"顛不刺"也，與前不合。[潘旁] 數句寫腰肢體態。[起眉] 王曰："未語人前先覰睞"、"嚦嚦鶯聲花外囀"，皆情意工。描空作有口，塑個出現的觀音。[畫徐夾] "旖旎"，音倚你，猶窈窕也。[田徐眉] "解舞"以下，形容略似妓人，與前"顛不刺"數語相戾，且與前"未語人前"數語又自不類。[田徐夾] "旖旎"，音倚你，猶窈窕也。

[湯眉] 妙！[湯沈眉] "旖旎"，音倚你，猶窈窕也。[毛夾] 及其語也，而流囀若鶯矣。"行一步"五句，亦本董詞"解舞的腰肢"諸句。

[紅云] 那壁有人，嗏家去來。[旦回顧覰末下] [孫眉] 關目妙極！ [末云] 和尚，恰怎麼觀音現來？[聰云] 休胡說，這是河中開府崔相國的小姐。[合眉] 聰和尚不知禪理。小姐原是救苦難的活觀音。[末云] 世間有這等女子，豈非天姿國色乎？休說那模樣兒，則那一對小腳兒，價值百鎰之金。[聰云] 偌遠地，他在那壁，你在這壁，繫着長裙兒，你便怎知他腳兒

小？　　［容旁］俗和尚！［孫旁］俗和尚！［陳眉］有個鑽入長裙的眼睛。［孫眉］
□□□□俱有鑽入長裙的眼睛。［文眉］"偝"，音熱，鄉語字也。［廷夾］
"偝"，音惹，平聲。［湯眉］俗
和尚！［合眉］和尚那得知？　　　　　　　［末云］法聰，來，來，來，你問我怎便

知，你覷：

【後庭花】若不是襯殘紅，芳徑軟，怎顯得步香塵底樣兒淺。
［潘旁］數句
寫腳踪。　　　且休題眼角兒留情處，則這脚蹤兒將心事傳。　　［容旁］是
個中人！

［田徐旁］此時小姐已留情於張生，可知。［孫旁］是個中人！［天李旁］好！［湯旁］
是個中人！［潘旁］"且休題"三字，退一步說，正是進一步處。［謝眉］軟鋪輕襯，
韃故顯底樣淺。［士眉］殘紅芳逕，軟鋪輕襯，故韃底樣淺。惟回頭一顧，則脚蹤微
旋，故知其傳情。［余眉］殘紅芳逕，軟鋪輕襯，故韃底樣淺。惟回頭一顧，則脚蹤
微旋，故知其傳情。［繼眉］回頭一顧，則脚踪微旋，故知其傳情。［槐眉］"步香
塵"：晉石崇有愛□□十人，以沉香末布牙床上，令踐之，無跡者賜珠百顆，有跡者
節其飲食令體輕。閨中相戲曰："若非細骨輕軀，那得珍珠百顆？"［容眉］妙，妙！
［文眉］"底樣兒淺"，云足之小也。［張眉］女人腳小，猶要纖瘦，稍有病痛，軟地
上便印出。元劇中有"四面近圍塘，土兒裏更無餘剩"句，描寫極到。此曲首二句，
亦是彼解。［湯眉］妙，妙！［湯沈眉］回頭一顧，則脚蹤微旋，故知其傳情。［魏眉］
無中描有，情外生情。　　　　［峒眉］慢俄延，投至到櫳門兒前面，剛那了一
無中描有，情外生情。

步遠。　　　［士旁］脚蹤。［余旁］脚蹤。［畫徐眉］"淺"與"深"對，是形容
其體輕盈，故脚蹤不重，非言短也。回頭不見傳情，反求諸脚蹤回
轉，大誤。"慢俄延"三字，是什脚蹤傳心事？不是脚蹤回轉傳心事也。慢俄延，不
肯急走，非留連張生而何？慢俄延，將到櫳門，只得舉步跨入。剛剛惟此一步，那得
遠些；其他步皆俄延而不肯那遠，非傳心事而何？言心事於此可卜矣，多少妙趣！與
俗解以脚蹤回轉者，不可同日而語。此皆既去了形容。［田徐眉］"淺"與"深"對，
是形容其體輕盈，故脚蹤不重，非言短也。回頭不見傳情，反求諸脚蹤回轉，大誤。
"慢俄延"三字，是什脚蹤傳心事？不是脚蹤回轉傳心事也。慢俄延，不肯急走，非
留連張生而何？慢俄延，將到櫳門，只得舉步跨入。剛剛惟此一步，那得遠些；其他
步皆俄延而不肯那遠，非傳心事而何？言心事於此可卜矣，多少妙趣！與俗解以脚蹤
回轉者，不可同日而語。此皆既去了形容。［新徐眉］"慢俄延"，非留戀張生而何？
［廷眉］"淺"與"深"對，是形容其體輕盈，故脚蹤不重，非言短也。回頭不見傳
情，反求諸脚蹤回轉，大誤，大誤！"慢俄延"三句，是什脚蹤傳心事？不是脚蹤回
轉傳心事也。慢俄延，不肯急走，非留戀張生而何？慢俄延，將到櫳門，只得舉步跨
入。剛剛惟此一步，那得遠些；其他步皆俄延而不肯那遠，非傳心事而何？言心事於
此可卜矣，多少妙趣！與俗解以脚蹤回轉者，不可同日而語。［湯沈眉］"慢俄延"以

下四句正"腳蹤兒將心事傳","剛剛打個照面"正"眼角兒留情處",即後所謂"臨去秋波那一轉"也。"櫳門",指崔進去之門,言其行之紆徐繫戀,及門而舉步差遠,復"打個照面",而傳情無已也。[合眉]"慢俄延",不肯急走,將到櫳門,只得舉步跨入,剛剛惟此一步,那得遠些。其他步皆俄延而不肯那遠,非留戀張生而何?

剛剛的打個照面,[士旁]眼角。[余旁]眼角。[淩旁]正指上"回顧"。風魔了張解元。似神仙

歸洞天,[謝旁]有情處又相失。[士旁]有情處忽然相失。[余旁]有情處忽然相失。[畫徐旁]與前"寺裏遇神仙"句相應。[田徐旁]與前"寺裏遇神仙"句相應。[廷旁]與前"寺裏遇神仙"句相應。[湯沈旁]與前"寺裏遇神仙"句相應。[謝眉]與前"寺裏"句相應。[士眉]與前"寺裏遇神仙"句相應。[余眉]與前"寺裏遇神仙"句相應。[參徐眉]無中猶有,情外生情,自是絕技,足與才子佳人生色。[陳眉]若言他是佛,自己卻是魔。[孫眉]若言他是佛,自己卻是魔。[淩眉]"風魔了"以下,多演數語亦得,但俱須三字節。亦非可以妄增減短長,如徐、王所謂。空餘下楊柳煙,只聞得

鳥雀喧。[田徐旁]輕撼。[毛夾]"那",平聲。承上曲並賓白來。首二句一斷。勿說體輕,只答白"怎知"一問,言何由知之?知之以芳徑耳。"且休題"以下,卻又從芳徑上寫出一層,言不特眼角留情也,只此芳徑中有心事焉。何也?其蹤遷延,不忍遠也。及到入門處,因門有櫳,剛此一步差遠耳,餘俱不然。芳徑具在也,心事如此,卻又剛於入門時打一照面,豈非眼角留情乎?因此"風魔了"也。"櫳門",猶檻門,言有檻之門也;董詞"忽聽得櫳門兒啞地開"。"風魔",亦本董詞"被你風魔了人也嗦"。[潘夾]"慢俄延",打照面,臨去回頭,秋波一轉,張生實實從雙文一種風韻上,傳神寫照得來。而必曰雙文了不關情,豈知流盼倚徙,獨與目成,乃賦家之盛心,神人之深致也。莫將狹邪行徑來參看。○雙文佛殿一行,去來飄忽,真如巫山神女,洛水宓妃,寫得一片驚疑。若止前庭佇立,等於小婦市門之倚,欲擡高雙文,正沒煞雙文也。如曰千金不出閨門,他日齋壇之會,又何以稱焉?

【柳葉兒】呀,門掩着梨花深院,粉牆兒高似青天。[畫徐旁]湊語![田徐旁]湊語![陳眉]春色滿園關不住。[孫眉]春色滿園關不住。[劉眉]春色滿園關不住。[文眉]粉牆高似青天,謂阻隔不能見也。恨天,天[田徐旁]連讀勿斷。不與人行方便①,[張眉]"人"下添"行",非。好着我難消遣,端的是怎留連。[起眉]無名:坊本"恨天"下或接一"天"字,"怎"字下增一"生"字。大都歌人不審中州音律,故相增減以便其聲耳。[魏眉]春色滿園關不住。

---

① "恨天"二句:起本作"恨天不與人行方便"。"人行方便":張本作"人方便"。

［峒眉］風流司馬。［封眉］王伯良曰："天天"，連讀勿斷。董詞"天、天悶得人來夠"；《琵琶記》"問天、天怎生結果"。**小姐呵，則被你**

兀的不引了人意馬心猿？［田徐旁］湊插。［王夾］"天天"，勿斷。［廷夾］"天天"，勿斷。［合眉］便怨天尤人起來，張生忒

煞無賴。［毛夾］參釋曰：自前曲"歸洞天"至末，總是一節。《蕭氏研鄰詞説》：柳煙雀喧、梨花塔影，去後景也；蘭麝留香、珠簾映面，去後像也；春光眼前，秋波一轉，去後情也；開府牆高，

梵王宮遠，去後思也。

　　　［聰云］休惹事，河中開府的小姐去遠了也。①［末唱］

【寄生草】**蘭麝香仍在，佩環聲漸遠**②。［廷旁］此皆既去之形容。
［湯沈旁］一本作"仍還在，玉佩環"。［凌眉］俗本"仍"下多"還"字，"漸"下多"去"字，非。［封眉］時本漏"還"字，"去"字。**東**［湯沈旁］一作"輕"。**風搖曳垂楊**

綫，遊絲牽惹桃花片，珠簾掩映芙蓉面。［畫徐旁］此皆狀其閨中之景。
［田徐旁］已去猶如絲牽，其留情深也。此皆狀其閨中之景。［繼眉］《西京雜記》："卓文君臉際常若芙蓉。"
［畫徐眉］"東風"三句，謂垂楊綫猶為東風搖曳，桃花片猶為遊絲所牽惹，但鶯鶯芙蓉之面則為珠簾所遮映耳。上二句即【賺煞】"花柳依然"意，下句即"玉人不見"句意；但【賺煞】總敘前因，以致悵望之意，不嫌重復也。［田徐眉］"東風"三句，謂垂楊綫猶為東風搖曳，桃花片猶為遊絲所牽惹，但鶯鶯芙蓉之面則為珠簾所遮映耳。上二句即【賺煞】"花柳依然"意，下句即"玉人不見"句意；但【賺煞】總敘前因，以致悵望之意，不嫌重復也。［參徐眉］想入三昧。［廷眉］"東風"三句，謂垂楊綫猶為東風搖曳，桃花片猶為遊絲所牽惹，但鶯鶯芙蓉之面則為珠簾所遮映耳。上二句即【賺煞】"花柳依然"意，下句即"玉人不見"句意；但【賺煞】總敘前因，以致悵望之意，不嫌重復也。［湯沈眉］"東風"二句，興意。"珠簾"句，言崔芙蓉之面，則為珠簾所遮映耳。此皆想像其櫳門裏面景色如此。《西京雜記》："卓文君臉際常若芙蓉。"［合眉］"東風"三句，謂垂楊綫猶為東風搖曳，桃花片猶為遊絲所牽惹，但鶯鶯芙蓉面則為珠簾所遮掩耳。此三句即【賺煞】"花柳依然"、"玉人不見"意；但【賺煞】總敘前因，以致悵望，不嫌重復。**你道是河**

中開府相公家，我道是南海水月觀音現。③［湯沈旁］"現"，徐本"院"。
［士旁］與佛殿有情。

［謝眉］水月觀音飾皆縞素，於時鶯扶檻，故以為比。［士眉］前已云"門掩梨花"，此卻云"簾映芙蓉"，真是眼花撩亂。水月觀音飾皆縞素，鶯時扶檻，故以為比。

---

① 容本於此處多一句説白："生云，未去遠呢。"（［容旁］妙！）
② "蘭麝香仍在，佩環聲漸遠"：封本作"蘭麝香仍還在，佩環聲去漸遠"。
③ "現"：畫徐本、王本、廷本、張本皆作"院"。

[余眉] 前已云"門掩梨花"，此卻云"簾映芙蓉"，眞是眼花撩亂。水月觀音飾皆縞素，鶯時扶櫬，故以為比。[槐眉] "觀音"，出香山□。妙莊王第三公主，削髮為尼。後因父疾，刳目斷臂以□其父。上蒼格其誠心，乃復手眼，又加以千手千眼，乃於無量百千萬，意眾生受諸苦惱，念其善□，觀其聲音，即能無邊。以是名"觀音"。

[起眉] 王曰："垂楊綫、桃花片、芙蓉面"：舌底吐五色紋，恍然天孫織成雲錦，卻不從機上來、梭上得。[畫徐眉] "家"與"院"對，二字正指閨中，是想像其已到閨中之景如此。故古本"現"作"院"，大妙語也。今解者求其說而不得，妄解"稀中"，成得文理？[田徐眉] "家"與"院"對，二字正指閨中，是想像其已到閨中之景如此。故古本"現"作"院"，大妙語也。今解者求其說而不得，妄解"稀中"，成得文理？[王夾] "掩"，古作"遮"。[陳眉] 總是！[文眉] 此段言鶯鶯美之極也。

[廷眉] "家"與"院"對，二字正指閨中，是想像其已到閨中之景如此。故古本"現"作"院"，大妙語也。今解者求其說而不得，妄解"希中"，成何文理？[廷夾] "掩"，古作"遮"。[張眉] "院"者，指到閨中而言，訛"現"，非。[峒眉] 總是！[魏眉] 總是！[封眉] "相公家"三字甚虛活，與《王月英留鞋》劇"我本是深宅大院好人家"一樣語義，徐本誤認妄改，甚謬。[毛夾] "河中開府"、"水月觀音"，直頂前【幺篇】後賓白來。俗本於此曲前又增"[聰云]"賓白一段，贅矣。"觀音現"，本是"現"字，朱石津改作"院"字，而天池、伯良皆從之。不知此句系元人習語，本不容改；況此本董詞"我恰才見水月觀音現"語，尤不得改。若云"現"對"家"不整，則《抱粧盒》劇有云"若不是昭陽宮粉黛美人圖，爭認作落伽山水月觀音現"，亦以"現"對"圖"，何也？"觀音"，"觀"字本宜陽，此與"玉堂金馬三學士""三"字俱是詞病。"東風"三句對，調法如此。參釋曰：首二句猶乍遠乍近、疑聲疑臭；至接三句，則懍怳無定矣。故下直以神物擬之。[潘夾] "蘭麝香仍在"五句，皆承言"未去遠"之意也。楊柳搖風，桃花牽絲，依然伊人風度猶存。珠簾雖遮隔，而芙蓉之面猶在掩映之間，去猶未去，遠猶未遠，純是一片神思繾綣所至。

"十年不識君王面，始信嬋娟解誤人。"小生便不往京師去應舉也罷。[覰聰云] 敢煩和尚對長老說知，有僧房借半間，[湯沈旁] 何便起借寓他腸。

早晚溫習經史，勝如旅邸內冗雜，房金依例拜納，小生[湯沈旁] 古本有"必"字。

明日自來也。[潘夾] 生聰明機警人也，故一見便生借寓之想；生又豪爽磊落人也，故一見遂稅往京之駕。見景生情，隨機使巧，若必待終夜無眠而算出，張生愚不至此。

【賺煞】餓眼望將穿，饞口涎空咽，空着我透骨髓相思病染①，

----

① "空着我"：封本作"準備着"。"染"：王本、廷本、張本作"纏"，封本作"殄"。

[田徐旁] 湊语。[湯沈旁] 一收煞了。[劉眉] 卻是渴！一身酥麻起來。[文眉]"饞"，音纏。[凌眉]"病染"，"染"字犯廉纖韻，必有誤。朱石津本作"蹇"，金白嶼本作"怎遣"，王伯良改為"病纏"，以為獨得。蓋此字原可平聲，三字皆可，未知誰為本字耳。[張眉]"纏"，叶韻；訛"染"，非。[封眉]"準備着"，時本作"空着我"。"疹"，時本作"染"，故即空主人謂犯廉纖韻，有誤。石津本作"蹇"，王伯良改為"纏"。

怎當他臨去秋波那一轉！

[士旁] 收煞了"剛剛打個照面"一句。[余旁] 收煞了"剛剛打個照面"一句。[畫徐旁] 此一部《西廂》關竅。[田徐旁] 此一部《西廂》關竅。[潘旁] 此處方正寫秋波。[謝眉]"秋波"一句，乃《西廂》一書之大旨。[士眉]"秋波"一句，是一部《西廂》關竅。[余眉]"秋波"一句，是一部《西廂》關竅。[繼眉]"秋波"一句，是一部《西廂》關竅。[新徐眉]"臨去"一句，一部《西廂》關竅。[湯沈眉] 此總敘前因，以致悵望之意。"染"，方本改"纏"，亦未妥。"秋波"一句，是一部《西廂》關竅。[合眉]"臨去秋波"一句，是一部《西廂》關竅。

休道是小生，便是鐵石人也意惹情牽。

[畫徐旁] 湊語。[田徐旁] 湊语。[田徐眉]"恨惹"凡，"意惹"勝。[陳眉] 至今遍身酥麻起來！[孫眉] 至今遍身酥麻起來！

近庭軒，花柳爭妍①，日午當庭②塔影圓。

[湯沈旁] 以下數語，即物在人不在之意。[士旁] 情中點景，緊處着慢。[余旁] 情中點景，緊處着慢。[繼眉]"近庭軒"數語，情中點景，緊處着慢。[起眉] 李曰："日午當庭塔影圓"，直出浮屠頂上，獨立橫睨，飄飄天致。[畫徐眉]"依然"二句，謂花柳依然如故，塔影春光在眼前，玉人則已去，不得見也。俗改"爭妍"，便覺無味也。[田徐眉]"依然"二句，謂花柳依然如故，塔影春光在眼前，玉人則已去，不得見也。俗改"爭妍"，便覺無味也。[凌眉]"爭妍"，徐改"依然"。不知"春光在眼前"，正即"依然"之意，不必先竄之。[廷眉]"花柳依然"二句，謂花柳依然如故，塔影春光在眼前，玉人則已去，不得見也。俗改"爭妍"，便覺無味。[張眉] 第七句少一字。"依然"，言景物如故，玉人已去矣；訛"爭妍"，非。日惟午始當天，塔影方圓，訛"庭"，非。[湯沈眉]"近庭軒"數語，情中點景，緊處着慢。"爭妍"亦不妨，徐本改作"依然"，復呆。[合眉]"依然"二句，説花柳依然如故，塔影春光在眼前，玉人則已去不見。"依然"，俗改"爭妍"，便覺無味。[封眉]"鮮研"，時本作"爭妍"。

春光在眼前，爭奈玉人不見，將一座梵王宮

[繼眉]《世説》：裴楷字叔則，容儀端美，時人謂之"玉人"。又稱：近叔則，如玉山照映人也。[士旁] 佛院。[余旁] 佛院。

---

① "近庭軒，花柳爭妍"：畫徐本、王本、廷本、張本、合本作"近着庭軒，花柳依然"。"爭妍"，封本作"鮮研"。

② "庭"：張本作"天"。

疑是 [湯沈旁] 一作"似",非。 武陵源。 [士旁] 仙境。 [余旁] 仙境。 [並下] [士眉] 又翻"寺裏遇神仙"句公案。 [余眉] 又翻"寺裏遇神仙"句公案。 [容夾] 有餘不盡無限妙處。 [起眉] 王曰："將一座梵王宮疑是武陵源",影在目前,神離世外。 [參徐眉] 我亦加疑! [王夾] "纏",舊作"染",不叶,見後注。 [孫眉] 有餘不盡無限妙處。 [廷夾] "纏",舊本作"染",不叶。 [湯眉] 有餘不盡無限妙處。 [湯沈眉] 末二句又翻"寺裏遇神仙"句公案。 [魏眉] "將一座梵王宮疑是武陵源",影在目前,神離世外。 [峒眉] "將一座"一句,影在目前,神離世外。 [毛夾] "相思怎遣",諸本作"相思病染","染"字屬廉纖閉口韻,固非。若朱氏本改作"病蹇"、王本改作"病纏",則亦非是。初見而曰"病纏"、"病蹇",情乎?且【賺煞】第三句末二字須用去上,"病纏"為去平,終是誤也。舊本"怎遣",最當。而或反議其與"怎當他"有礙,不知"怎當他"另起作轉,與"怎遣""怎"字參差呼應,最有語氣。若云"這相思怎遣得耶",然非不欲遣也,怎當他臨去時如許傳情,則雖鐵石人也遣不得也。參釋曰:於佇望勿及處,又重提"臨去"一語,於意為回復,於文為照應也。又參曰:元人作曲,有"鳳頭、豬肚、豹尾"諸法,此處重加抖擻,正"豹尾"之謂。 [潘夾] 上數闋,將面龐眉齒,聲音體態,下至腳踪,件件寫盡,而獨云"休提眼角留情處"。直至此,乃云"怎當他臨去秋波那一轉","眼角留情處"到底不能"不提"。傳神寫照,正在阿堵中也。

[容尾] 總批:張生也不是俗人,賞鑒家,賞鑒家!

[新徐尾] 總批:窈宨嬌姿,風流狂興,情詞中發出。至今想像,恍如親睹。

[王尾·注一十四條]

【賞花時】、【幺】:博陵,屬眞定府;蒲郡,即今山西蒲州,唐為河中府。鶯鶯,唐永寧尉崔鵬之女。永寧屬河南府。傳言崔氏孀婦,將歸長安。長安,今陝西西安府,唐所都也。博陵之崔,唐名族。鵬或徙居長安。又,《鵬妻鄭氏墓誌》謂其既喪夫,遭亂軍。則鄭之歸,鵬當以官卒於永寧,不當言京師。由永寧至長安差近,不當復至河中;言歸長安,又不當復葬博陵。《記》中所謂"相國崔珏",及此曲"夫主京師祿命終",及"望不見博陵舊塚",頗與《誌傳》不合,皆詞家烏有之語耳。【賞花時】及第四折【端正好】二調,元人皆謂之"楔兒",又謂"楔子"。北之"楔兒",猶南之"引曲"也。"孤"謂子,"媚"謂母。"門掩重關蕭寺中",系本傳李公垂《鶯鶯歌》語。"幺"音妖,俗作"么",非。凡北詞第二曲皆謂之【幺】,猶南詞之【前腔】也。

【點絳唇】："脚根無綫"，言無繫定也。"蓬"，蒿屬，《埤雅》云：其葉散生如蓬，遇風輒拔而旋，古者觀轉蓬而知為車。古本"醉眼"，本杜詩"弟妹悲歌裏，朝廷醉眼中"。又，（元喬夢符《金錢記》"空着我烘烘醉眼迷芳草"）①。蓋元人多用此語。謂功名未遂，而客遊長醉也。今本俱作"望眼"，非。

【混江龍】："雲路鵬程"四句，《中原音韻》所謂逢雙對也。凡他曲逢雙者，皆仿此。此調字句可增減，故與他折時有異同。"蠹魚似"，猶言似蠹魚，倒句法也。"投至得"，猶言待到得也。末"空雕蟲篆刻，綴斷簡殘編"，與首"向詩書經傳，蠹魚似不出費鑽研"似復。詞隱生云："俗人機""俗"字，《中原音韻》叶作平聲，似不如改"世"字為妥。

【油葫蘆】：曲中直詠黃河，甚奇。然亦本董解元詞意，（董詞："黃流滾滾，時復起波濤，及千金竹索，纜着浮橋。"）皆俊語也。九曲黃河，古有是語。故言此語從何處顯得，惟此地偏也。不然，着一"顯"字，是趁韻矣。"顯"，諸本訛作"險"，入廉纖閉口韻，非。"這河"二字，系白，讀斷；直貫至"泛槎至日月邊"，總來形容此河。徐云：張之行騎，一路沿河而來也。"帶齊梁分秦晉隘幽燕"，九字成文，勿斷，原七字句，襯二字。

【天下樂】："疑是銀河落九天"，系李太白詩句。黃河之水天上來，故云。"高源"二字作句，"雲外懸"又句，調法如此。杜工部詩"高尋白帝問眞源"；俗本作"淵泉"，謬。末句直頂上文"這河"二字來，謂河流通天漢，故泛浮槎可到。海客乘槎事，見《博物志》及《獨異志》，不言張騫。惟《荊楚歲時記》直以屬騫，及杜詩有"乘槎消息近，無處問張騫"句；然殊未確。俗本益"張騫"二字，於本調多二字，從古本去之。

【村裏迓鼓】：此調舊作"【節節高】"，誤。【節節高】系【黃鐘宮】曲，字句亦稍不同。"廚房近西"與"法堂北，鐘樓前面"參差相對。（董詞："隨喜塔位，轉過迴廊，見個竹簾掛起，到經藏北，廚房

---

① 楊案：王本尾注中括號為原文所有；下同。王驥德《新校註古本西廂記·凡例》謂之"長圍"。

南面，鐘樓東裏。"）北人凡神佛皆稱"聖賢"，如關神稱"關聖賢"之類。"五百年"句，用董語。（董白："與那五百年疾憎的冤家，正打個照面。"）

【元和令】："顛不剌"句，反起下"可喜娘"句①。"顛"，輕佻也。"不剌"，方言，助語詞，元詞用之最多，不必其着"顛"字，如（《舉案齊眉》劇，"破不剌碗內，吃了些淡不淡白粥"）之類。（董詞："教普天不顛不剌的浪兒每許。"）言輕佻之甚者，見了萬千，似鶯鶯之凝重可喜者罕。下"儘人調戲"三句，正見凝重意。"儘人調戲"勿斷，七字句，襯一"着"字。（董詞："儘人顧盼，手把花枝撚。"）徐云："眼花"及下"魂靈"二句，殊俚。

【上馬嬌】：首三句，自驚疑駭吒之詞。《藏經》：三十三天已上一倍，夜摩天宮殿；夜摩天上又一倍，兜率陀天宮殿；向上重重皆倍。"宜嗔宜喜"二句，屬下【勝葫蘆】曲看。"偏"字作一字句，本調如此；自來並"宜貼翠花鈿"一句下，誤。

【勝葫蘆】：（董詞"宮樣眉兒山勢遠"，）古本作"弓樣"，殊新；但下既言"月偃"，又曰"弓樣"，兩譬喻似重，今從"宮"。"靦"，他曲切，音"腆"，注"慚"也。"面靦"，言羞澀面慚也。《詩》"有靦面目"，彼作面見，又一義。俗本誤認作"緬"字音，又益一"覥"字，不知字書並無此字。訛傳已久，無一識字者，可笑。"玉粳"，齒也。（元楊顯之《曲江池》劇"玉粳牙，休兜上野狐涎"。）（《雍熙樂府》散曲"櫻桃微綻玉粳齒"。）"綻"字原不用韻。

【幺】："噠噠鶯聲"，屬上"半晌恰方言"句看；"行一步可人憐"，又貫下四句。諸本首句有"恰便似"三字，與下"似垂柳晚風前"，兩"似"字重，古本無。徐云："解舞"以下四句，形容略似妓人，與前"顛不剌"數語相戾，且與前"未語人前"數語又自不類。

【後庭花】：徐云："襯殘紅"二句，只應上白"怎生便知他腳小"意；"休提眼角"以下，又推出一層意。"慢俄延"以下四句，正腳蹤兒將心事傳也。"剛剛打個照面"，正眼角兒留情處也。"櫳門"，指鶯鶯進

① ［王眉］詞隱生評，始覺俗解可恨。

— 24 —

去之門，言其行之紆徐繫戀，及門而舉步差遠，復"打個照面"，而傳情無已也。（董詞"忽聽得櫳門兒啞地開"。）（元《牆頭馬上》劇"小業種把櫳門掩上些"。）其為門明甚，作"檻"訓，非。眼角傳情，打個照面，即後所謂"臨去秋波那一轉"也。此調句字亦可增減，與他折不同。徐云：至此方是妙語！

【柳葉兒】："天天"連讀，勿斷①。與（董詞"天、天悶得人來毈"。）（《琵琶記》"問天、天怎生結果"。）一例。"恨"字系襯字，俗以"恨天"作句，謬甚。然此句亦俚。徐云：末句並近湊插。

【寄生草】：此總形容鶯鶯去後之景。不必如古注，以"東風"二句起下"珠簾"句看。徐云："觀音院"對"相公家"，天成妙語；"花柳"與"簾"，正形容院中景也。此院宇，即上之"洞天"，下之"武陵源"。諸本俱作"現"，惟朱氏古本作"院"。今改正。（董詞"我恰才見水月觀音現"。）蓋用其語而稍易一"院"字耳。中三句，鼎足對法也，後仿此。"掩映"，古本作"遮映"，今並存。

【賺煞】：諸本俱作"透骨髓相思病染"，"染"字屬廉纖閉口韻，非。朱本作"相思病蹇"，"蹇"字亦生造，不妥。金本作"相思怎遣"，又與前"難消遣"、"怎留連"、下"怎當他"重甚。蓋【仙呂宮·賺煞】第三句末四字，法當用平平去上，此本調也。亦有間用平平去平者，如（元關漢卿《玉鏡臺》劇"把我雙送入愁鄉醉鄉"。）（鄭德輝《王粲登樓》劇"夢先到襄陽峴山"。）（賈仲名《重對玉枕》劇"好痛苦也荊郎楚臣"。）（白仁甫《牆頭馬上》劇"與你個在客的劉郎得知"。）又他如《虎頭牌》、《單鞭奪槊》、《漁樵記》、《蕭淑蘭》、《後庭花》、《符金錠》、《射柳矬丸》等劇，及諸散套，凡數十曲皆然。故此曲斷為平聲。"病纏"之誤，無疑②。俗子本不識此格，欲求合上聲，則為"染"，而不知失韻。朱本明知其誤，卻求上聲韻中，無可易者，則強為"蹇"，而不知語不雅馴。金本易"怎遣"，於義稍妥，而不知重復之非體。蓋北詞平仄，

---

① ［王眉］傳中如此洗發，裨益不少。

② ［王眉］北詞要入絃索，極拘平仄。然每句住頭字則不必拘，凡南北詞皆然。此"纏"字改得絕妙！

往往有不妨互用者，即如下"臨去秋波那一轉"之"轉"，系上聲，後第三折"眉眼傳情不了時"之"時"，又易平聲，諸凡如此，《記》中甚多。此一字，去聲既不可用，上聲又無可易，則求之平聲韻中，無過"纏"字為穩者。又"病纏"二字，見白樂天《長慶集》中，亦本詩語，今直更定。然總之非妙語也。"怎不教"，今本作"空着我"，亦非。乍見而即云病，本自不妥，曰"空着我"，則直似已然，故不如"怎不教"之猶為虛活話頭。然亦與下"怎當他"亦稍礙，或更有誤字。"意惹情牽"，古本作"恨惹"，似"意"字勝。"花柳依然"以下數語，謂花柳依然如故，塔影春光在眼，玉人則已去，不得見也；俗本作"爭妍"，非。此只當用"天臺桃源"，用"武陵"，亦漫以聲不叶故耳。

　[陳尾] 摹出多嬌態度，點出狂癡行模，令人恍然親睹。

　[孫尾] 張生也不是俗人，賞鑒家，賞鑒家！

　[劉尾] 描出一紙風流情景，至今令人渴想。

　[湯尾] 張生也不是俗人，賞鑒家、賞鑒家！

　[合尾] 湯若士總評：鶯也紅也張也，都是積世情種子，故佛地乍逢，各各關情如火。若聰和尚便是門外漢矣。李卓吾總評：張生也不是個俗人，賞鑒家，賞鑒家！徐文長總評：只鄭氏叫小姐"閑耍散心"一語，做出許多色聲香味摺子來。

　[魏尾] 總批：窈窕嬌姿，風流狂興，情詞中發出。各個想像，恍如親睹。

　[峒尾] 批：張生才子，鶯女佳人，一見賞心，百年秦晉。

　[潘尾·說意] 此折當分作前後兩截看來，文情便覺陡然入勝。其前後界限，在"正撞着五百年①風流業冤"一句。上截，自此以前，張生自西洛而來，不但胸中未有"色豔"二字，即眼中、口中從無一語道及。讀"遊藝中原"兩闋，張是個讀書遊學世家子弟，不則亦是功名事業中人。讀"九曲風濤"一闋，一往氣吞河海，張便是個蓋世英雄。及甫弛旅擔，即思走上剎，禮空王。讀"隨喜上方"一闋，張又是一個佛門種子。乃正在參菩薩、拜聖賢之際，忽分出色空兩境來。張於此，便逗起

_____

　①　楊案："年"字原缺，乃據《西廂記》正文增補。

無數情苗，便覺胸中、眼中、口中更無他事。蓋佛殿，空王境也；雙文，絕豔色也。於空王之境，忽現絕色。蓋空本無色，而色從空造，既已有色，便即非空。因現見而起慕悅，而慕悅而生煩惱，因煩惱而成顛倒，此所謂業冤，無能度脫者也。作者因於無色中示色，極諸妄因，直至草橋夢破而後已。俾一切沉溺愛欲苦海中者，咸登於大覺，而佛始無礙其為空也已。一部《西廂》大指，全託始於"佛殿"二字，蓋直為佛祖現身説法，未可為門外漢道。

佛殿，本空王境也。乃無端搆此妄緣，遂種諸業。豈空王自為之乎？或曰：有因也。佛言一切世間皆從因生，有因者則得生，無因者終竟不生。是故如來，教諸健兒，慎勿造因。如彼崔相，出堂俸，建別院，為他日避賢之地，而已不覺為身後之《西廂》遠遠作因。雖然，未知因中之因也。夫普救為何皇勅建？市卒曰"武則天娘娘"也，老夫人亦云"則天娘娘命夫主蓋造"。夫則天娘娘，乃大周皇帝也。此為何如人乎？崔相職居宰輔，委身女主，不能匡正其嬈惡，而又逢君佞佛，釁血塗膏，復沒其國。課之餘，私蓋別院，豈誠能出堂俸為避賢地哉？此無明種子轉輾相因，為"待月西廂"所由來也。他日，夫人云："這等事，不是我相國人家做出來底。"嗚呼！不干相國，更干誰氏？為相國者，可不慎思與？

第二折①

［夫人上白］前日長老將錢去與老相公做好事，不見來回話。道與紅娘，傳着我的言語去問長老：幾時好與老相公做好事？就着他辦下東西的當了，來回我話者。[**參徐眉**] 略道幾句，關目圓活。[**合眉**] 做好事，做出好事來。［下］

［淨扮潔上］[**凌眉**] "潔"，老僧之渾名，後 "老潔郎" 是也。老僧法本，在這普救寺內做長老。

---

① 少本於"第二齣《紅問修齋》"前有："題目：老夫人開春院，崔鶯鶯燒夜香。俏紅娘懷好事，張君瑞鬧道場。"（[**謝眉**] 此"題目"當在首葉，吳本易此。今從之。）

此寺是則天皇后蓋造的，後來崩損①， [**文眉**]"則天"，又是崔相國重姓武名曌號則天。

修的。 [**陳眉**] 不要輕看這和尚，有大來頭。 [**孫眉**] 不要輕看這和尚，有大來頭。 [**劉眉**] 相國剃度，也是個大來頭和尚。現今崔老夫人領着家眷扶柩回博陵。因路阻暫寓本寺西廂之下，待路通回博陵遷葬。 [**槐眉**]"珏"，音各；"柩"，音日。 [**湯沈眉**] 崔老夫人寓寺根由。 [**合眉**] 崔夫人寓寺根由。夫人處事溫儉，治家有方。 [**天李旁**] 針綫！ [**合眉**] 不見"有方"！只一女兒的病，醫便沒藥。 是是非非，人莫敢犯。 [**合旁**] 自有人來犯他！ [**容眉**] 自有人來犯他們！ [**新徐眉**] 不必！ [**參徐眉**] □亦有不到處！ [**文眉**] 此見王實甫關鍵至也。 [**湯眉**] 自有人來犯他們！ [**湯沈眉**] 先埋伏。夜來老僧赴齋，不知曾有人來望老僧否？ [**喚聰問科**] [**聰云**] 夜來有一秀才自西洛而來，特謁我師，不遇而返。 [**潘旁**]"西來"正指，已和盤托出。 [**潔云**] 山門外覷着，若再來時，報我知道。 [**潘夾**]"西來"二字，略從聰上人點逗機關，然張前已兩云"我自西洛至此"，未嘗忘所自來也。本云："倘再來，報我。"張生本是"再來"人。 [**末上**] 昨日見了那小姐，倒有顧盼小生之意。今日去問長老借一間僧房，早晚溫習經史；倘遇那小姐出來，必當飽看一會②。 [**天李旁**] 初念不過如此。 [**容眉**] 看雖飽，然到底不能救饑。 [**陳眉**] 看雖飽，然到底不能救饑。

[**孫眉**] 看雖飽，然到底不能救饑。 [**劉眉**] 看得飽，一時充不得饑！
[**湯眉**] 看雖飽，到底救不得饑。 [**合眉**] 看雖飽，到底救不得饑。

【中呂】【粉蝶兒】
[**畫徐眉**] 此一套，枝枝似常語，卻何等眞率！迢遞有趣。
[**田徐眉**] 此一套，枝枝似常語，卻何等眞率！迢遞有趣。

[**廷眉**] 此一套，枝枝似常話，卻何等眞率！迢遞有趣。不做周方， [**天李旁**] 周旋方便。 [**謝眉**]"周方"，猶云周旋方便也。 [**士眉**]"周方"，猶云周旋方便。 [**余眉**]"周方"，猶云周旋方便。 [**繼眉**]"周方"，猶云周旋方便。 [**槐眉**]"周方"，猶云周旋方便。 [**畫徐眉**]"周方"，猶云周旋方便。 [**田徐眉**]"周

---

① "老僧法本"數句：陳本作"貧僧法本，在這普救寺內做長老。此寺是則天皇后蓋造的，貧僧乃相國崔珏的令尊剃度的。此寺年深崩損"；湯沈本作"貧僧在這普救寺內做長老。此寺是則天皇后蓋造的。貧僧乃相國崔玨的令尊剃度的。此寺年深崩損"。

② "倘遇那小姐出來"二句：容本、天李本作"若遇小姐出來呵，飽看一會兒"。

方”，猶云周旋方便。[**文眉**]“周方”，猶云周旋方便也。[**淩眉**]“周方”，舊解周旋方便。[**張眉**]“周方”，言周旋方便也。[**湯沈眉**]首二句倒唱起意。“周方”，猶云周旋方便。[**合眉**]“周方”，周旋方便也。

埋怨殺你個法聰和尚！借與我①半間客舍僧房，與我那可憎才居止處門兒相向。

[**容旁**]妙！[**湯沈旁**]一部《西廂》，多從此段中生出。[**容眉**]妙，妙！[**淩眉**]不曰“可愛”而曰“可憎”，反詞也，猶“冤家”之意。[**張眉**]“可憎”，愛極之反詞。[**湯眉**]妙，妙！[**湯沈眉**]不曰“可愛”而曰“可憎”，反詞見意，猶“業冤家”之謂。愛之極也。[**合眉**]“可憎”，可愛之反詞。[**封眉**]“望借我”，時本作“借與我”。

雖不能夠竊玉偷香，且將這盼行雲眼睛兒打當。

[**田徐旁**]初意不過如此。[**謝眉**]“打當”，即是打疊之意。[**士眉**]“打當”，猶云打迭。[**余眉**]“打當”，猶云打迭。[**繼眉**]“夠”，古“勾”字。[**槐眉**]□□□□□□□□□□□。[**起眉**]李曰：“不能夠竊玉偷香，且將這盼行雲眼睛兒打當”，字面玲玲瓏瓏，包藏許多機巧處。一部《西廂》，都從此根上抽出枝葉。[**畫徐眉**]“可憎才”，愛之極，不曰“可愛”而曰“可憎”，反詞也。“打當”，猶準備也。雖不能勾實受用，且備辦眼睛飽看。[**田徐眉**]“可憎才”，愛之極，不曰“可愛”而曰“可憎”，反詞也。“打當”，猶準備也。雖不能勾實受用，且備辦眼睛飽看。[**新徐眉**]□大目□。[**參徐眉**]□□□想，君瑞其垂涎於鶯鶯矣。[**王夾**]“當”，去聲。後同。[**淩眉**]徐士範曰：“打當”，猶云“打迭”。[**廷眉**]“可憎才”，愛之極，不曰“可愛”而曰“可憎”，反詞也。“打當”，猶云準備也。雖不能夠實受用，且備眼睛飽看。[**廷夾**]“當”，去聲。後同。[**湯眉**]畫，畫！[**湯沈眉**]“打當”，猶言準備。雖不能勾實受用，且備辦眼睛飽看。[**魏眉**]“不能勾”四語，字面玲玲瓏瓏，包藏許多機巧處。一部《西廂》，都從此句上描出。[**峒眉**]“不能勾”四語，字面玲玲瓏瓏，包藏許多機巧處。一部《西廂》，都從此句上描出。[**毛夾**]“當”，去聲。後同。首二句跟賓白“若非法聰和尚呵”來，言昨見鶯時，既不為我周旋方便，雖埋怨煞你也枉然耳。你今則借寓與我，使我打點一看，這便是“周方”也。此皆未見聰時自忖之語。俗子忘卻賓白，妄為對聰語，遂至改曲刪白，無所不至。嗟乎！何至此？“周方”，即周旋方便，歇後詞。《唐三藏》劇“恨韋郎不作周方”。“可憎”，可愛之反詞，董詞“生曰：可憎姐姐”。“打當”，猶南云“打點”；“當”，點轉音。湯若士曰：只求一看者，大抵始初時亦祇作如是想耳。[**潘夾**]張初願不過如此，後便漸漸得隴望蜀。

【醉春風】往常時見傅粉的委實羞，

[**湯沈旁**]來得有致！[**槐眉**]“傅粉”，舊□注：魏何晏美姿儀，面至

①　“借與我”：封本作“望借我”。

白，文帝疑其傅粉。夏月，令食 **畫眉的敢是謊；今日多情人一見了有情**
湯餅，汗出，以巾拭之，愈白。

娘①， ［凌眉］"多情人"，徐、王俱言古本是"寡情人"。與本文語意及傳意俱合，
且仄字起，又合調。然不見其本，不敢更改。［張眉］"寡"，訛"多"，非。

着小生心兒裏早痒、痒。 ［容旁］妙！［士眉］疊"痒痒"二字，果見"風魔"。
［余眉］疊"痒痒"二字，果見"風魔"。［容眉］

畫，畫！［畫徐眉］首二句張生誇己不容易慕人。"寡情人"句、"心兒裏"句，與前
折"從來心硬，一見了也留情意"一樣，俗本改"寡"作"多"者，非。"痒、痒"
疊用，是【醉春風】之腔調必宜如此，下文歷歷可按。俗解云"果見風魔"，則"早
不冷、冷"，"你好懶、懶"，皆【醉春風】也，當作何解？不過疊"冷"與"懶"字，
其體格宜然耳。［田徐眉］首二句張生誇己不容易慕人。"寡情人"句、"心兒裏"句，
與前折"從來心硬，一見了也留情意"一樣，俗本改"寡"作"多"者，非。"痒、
痒"疊用，是【醉春風】之腔調必宜如此，下文歷歷可按。俗解云"果見風魔"，則
"早不冷、冷"，"你好懶、懶"，皆【醉春風】也，當作何解？不過疊"冷"與"懶"
字，其體格宜然耳。［王夾］"寡"，今作"多"。［廷眉］首二句張生誇己不容易慕
人。"寡情人"句，"心兒裏"句，與第六折"從來心硬，一見了也留情"意一樣，
俗本改"寡"作"多"者，非。"痒、痒"疊用，是【醉春風】之腔調必宜如此，下
文歷歷可按。俗解云"果見風魔"，則"早不冷、冷"，"你好懶、懶"，皆【醉春風】
也，當作何解？不過疊"冷"與"懶"字，其體格宜然耳。［廷夾］"寡"，今作
"多"。［張眉］"痒"字，另是一句。後"懶、懶"，"冷、冷"，"死、死"，皆然。

［湯沈眉］首二句張説己不容易慕人。"多"，徐改"寡"，然"多"字更韻。"痒、痒"
疊用，是【醉春風】之腔調如此。兩"痒"字，後一"痒"字另唱。［合眉］俗本改
"寡情"作"多情"者，非。"痒、痒"疊用，是【醉春風】腔調宜然。下文歷歷可
按。［封眉］"今日呵"句，即空本與徐、王本俱拗謬可笑。"痒、痒"疊用，下"早
則不冷、冷"，"你好懶、懶"，皆【醉春風】詞也，其 **迤 逗** ［湯沈旁］ 得 腸 荒，
體格宜然。上"痒"字句，下"痒"字一字成句。 音駝豆。

斷送得眼亂，引惹得心忙②。 ［繼眉］"迤逗"，音駝豆。［文眉］"迤逗"，
欲進不進貌。［凌眉］"心忙"，王改"心痒"。

此句自宜仄聲佳，然恐與"心痒、痒"復。［毛夾］"寡情"，頂"傅粉"二句，勿
作"多情"。"痒、痒"勿連讀，後"痒"字一字句也，然用董詞"眼狂心痒痒"語。
"腸慌"，腸熱也，董詞"滿壇裏熱荒"。"心漾"，
心蕩也，元詞"花柳鄉中才見，使人心漾"。

———————

　　① "今日多情人一見了有情娘"：封本作"今日呵一見了有情娘"。"多"，畫徐
本、王本、廷本、張本、毛本俱作"寡"。
　　② "忙"：王本、毛本作"漾"。

［末見聰科］［聰云］師父正望先生來哩，只此少待，小僧通報去。［潔出見末科］［末云］是好一個和尚呵！

【迎仙客】[張眉]《西廂》此曲第二句俱少三字。我則見他頭似雪，鬢如霜，面如童，少年得內養；貌堂堂，聲朗朗，頭直上只少個圓光①。卻便似捏塑來的僧伽像。[謝眉]"僧伽"太師，西域人。[士眉]"僧伽"太師，西域人。[余眉]"僧伽"太師，西域人。[繼眉]"僧伽"太師，西域人。

[起眉] 無名："一個"，今本間無。[參徐眉] 與法聰一罄，亦是賺套。[王夾]"童"字勿斷。[陳眉] 雖生得好，總不及那尊活佛！[孫眉] 雖生得好，總不及那尊活佛！
[劉眉] 雖生得好，總不及那尊活佛！[文眉]"塑"，音素。[廷夾]"童"字勿斷。
[張眉] 言"有圓光"，便似僧伽像矣，訛"少"，非。[湯沈眉]"只少個圓光"，便似聖僧模樣。"僧伽"太師，西域人。[毛夾]"面如少年得內養"本七字句，諸作"童少年"，非。

　　［潔云］請先生方丈內相見。夜來老僧不在，有失迎迓，望先生恕罪！［末云］小生久聞老和尚清譽，欲來座下聽講，何期昨日不得相遇。今能一見，是小生三生有幸矣。［潔云］先生世家何郡？敢問上姓大名，因甚至此？［末云］小生姓張，名珙，字君瑞。②

【石榴花】大師──問行藏，[槐眉]"大師"，出《要覽》。大者簡小之言，師者範也，故云"大師"。《瑜伽論》云：能化道無量眾生令苦寂滅，邪魔外道出現世間能滅邪魔，故名大師。[畫徐眉]"大"，讀如字，不作"太"。[田徐眉]"大"，讀如字，不作"太"。[廷眉]"大"，讀如字，不作"太"。[張眉] 訛"太"非。[湯沈眉]"大師"，僧家尊稱，如云"僧伽大師"之類。勿作"泰"音；後同。[合眉]"大"，讀如字，不作"太"。小生仔細訴衷腸，自來西洛是吾鄉，[張眉] 第三句少一字。[潘旁] 處處不脫"西來"本旨。宦游在四方。[參徐眉] 見傾倒處。寄居咸陽。先人拜③禮部尚書多名望，五旬上因病身亡。[繼眉]"授"，一作"拜"。[起眉] 王曰：單句中巧語。隋園剪刀下碎錦。[潔云] 老相公棄世，必有

────────────────

① "只少個圓光"：起本、參徐本作"少一個圓光"；張本作"有個圓光"。
② 潘本多出一句說白云："因經過此處，特來拜謁。"（[潘旁] 將前拜謁長老補還。）
③ "拜"：繼本作"授"。

所遺。　[合旁] 莫非要佈施麼？[凌眉] 北詞曲中間白之問答甚少。時本混增問語，至云"老相公棄世，必有所遺"止。欲引起下句，遂使老僧忽發無端俗問。

[封眉] 即空本去此白，殊未當。　[末唱] 平生正直無偏向，止留下四海一空囊①。

[士眉] 四海一空囊，其留多矣。[余眉] 四海一空囊，其留多矣。[畫徐眉] 四海一空囊，其留多矣。[田徐眉] 四海一空囊，其留多矣。[新徐眉] 其所留者多矣。
[王夾] "大"，如字，勿音"泰"；直，借叶去聲。[陳眉] 今世為官，渾俗更好。
[孫眉] 今世為官，渾俗更好。[廷眉] 四海一空囊，其留多矣。[廷夾] "大"，如字，勿音"泰"。"直"，借叶去聲。[湯沈眉] 四海一空囊，其留多矣。[合眉] 四海一空囊，其留多矣。[魏眉] 今俗為官，渾俗便好。[峒眉] 今世為官，渾俗更好。

[封眉] 即空本亦漏此白。[毛夾] "大"，如字。後同。"直"，借叶去聲。

【鬪鵪鶉】俺先人甚的是渾俗和光，衡一味風清月朗。[謝眉] "衡"，音諄。[士夾]
"衡"，奴丁切。[余眉] "衡"，奴丁切。[繼眉] 《老子》：和光同塵。"衡"，諸均反。[陳眉] 果會做官！宜多名望。[孫眉] 果會做官！宜多名望。[文眉] "衡"，音諄。[湯沈眉] 《老子》：和光同塵。"衡"，音諄，正也，眞也。[封眉] "甚的"上，時本多"俺先人"三字。　[潔云] 先生此一行必上

朝取應去。[末唱] 小生無意求官，有心待聽講。[容旁] 言不由衷！ [湯旁] 言不由衷！

[參徐眉] 若論為官，和同更好。[劉眉] 言不由衷！[凌眉] "待"字襯字，時本混刻，徐、王直刪去之。[合眉] 言不由衷！[峒眉] "聽講"？假事！　小生特

謁長老，奈路途奔馳，無以相饋。[張眉] 白應入此處，俗本在後，沒關會矣。　量着窮秀才人

情則是紙半張，又沒甚②七青八黃，[新徐眉] 後亦人情半張紙，並聘幣俱用不着。[張眉] "怎如"中多

"強"字，非。儘着你説短論長，一任待③掂斤播兩。[湯沈旁] 估意。[謝眉] "七青八黃"、"掂斤播兩"，俱鄉語，今南中亦然。[士眉] "七青八黃"、"掂斤播兩"，俱鄉語，今南中亦有之。[余眉] "七青八黃"、"掂斤播兩"，俱鄉語，今吳中亦有之。[繼眉] 《格古

---

　① "空囊"之下：陳本、孫本、魏本、峒本多出一段説白："[本云] 老相公在官時，可也渾俗和光麼"；封本多出一段説白："[本云] 老相公在官時，可也像如今渾俗和光麼？"
　② "又沒甚"：張本、封本作"怎如"。
　③ "一任待"：毛本作"也則待"。

論》：金成色，七青八黃，九紫十赤。[**畫徐眉**]《格古論》：金成色，七青八黃，九紫十赤。"掂斤播兩"，俱鄉語，今南中亦有之。[**畫徐夾**]"衡"，音諄。[**田徐眉**]"掂斤播兩"，俱鄉語，今南中亦有之。[**田徐夾**]"衡"，音諄。[**王夾**]"衡"，音諄；"俗"，借叶去聲。[**文眉**]"掂"，音顛。[**凌眉**]"儘着你"二句，俱恐其嫌輕之意。徐改為"儘教噆"、"他則待"，並下語俱不白矣。[**廷眉**]《格古論》：金成色，七青八黃，九紫十赤。"掂斤播兩"，俱鄉語，今南中亦有之。[**廷夾**]"衡"，音諄；"俗"，借叶去聲。[**湯沈眉**]《格古要論》：金成色：七青八黃，九紫十赤。末四句自家私語，云我秀才人情甚薄，儘教你説論長短，掂估斤兩耳。"掂斤播兩"，俱鄉語，今南人亦有之。[**合眉**]《格古論》：金成色，七青八黃，九紫十赤。[**合夾**]"衡"，音諄。[**毛夾**]"俗"，借叶去聲。"衡"，音眞。"宦遊"，泛指先世，故又加"先人"別之。"甚的"二語，緊承上曲"正直"二語來，言正直無偏，何者是"混俗和光"，只一味清白而已，所以貧也。"也則待"，俗本誤作"他則待"，遂以"掂斤播兩"指法本，大謬。"人情半張"，自嘲則可；"掂斤播兩"，面叱豈可耶？若王伯良解作私刺本語，則"窮秀才"二語自嘲又不合。此四句是將餽寓金，而預為謙讓未遑之意。言窮措大人情如紙，無以為餽，縱説長道短，終是瑣屑。此以自謙作調笑語，妙絕！讀此，知原本之一點一畫，總不可移易乃爾。王伯良曰：《格古要論》謂：金品，七青八黃，九紫十赤。參釋曰："大師"至"月朗"一段，是敘家世；"小生"以下，連下二曲，則借寓之意。

　　　　徑稟：有白銀一兩，與常往公用，略表寸心，望笑留是幸！

[**容眉**]秀才出此一兩銀子，只為那個人耳。不然，好不肉痛，安得有此大汗？[**陳眉**]老張出此一兩銀子，只為那人耳。不然，好不肉痛，安得有此大汗？若不為那人，便是個大施主。[**孫眉**]秀才出此一兩銀子，只為那人耳。不然，好不肉痛，安得有此大汗？若不為那人，便是個大施主。[**劉眉**]這一兩銀子用得着！[**湯眉**]秀才出此一兩銀子，只為那個人耳。不然，好不肉痛，安得有此[**潔** 大汗？[**合眉**]窮秀才出銀一兩，好不肉疼！為"可憎才"，故爾撒漫使錢。

云]先生客中，何故如此？[末云]物鮮不足辭，但充講下一茶耳。

【上小樓】[**張眉**]《西廂》此曲第五六句俱少一字。小生特來見訪，大師何須謙讓。[**潔**

云]老僧決不敢受。[末唱]這錢①也難買柴薪，[**畫徐眉**]"這錢"當斷，與前"這河"同。

[**田徐眉**]"這錢"當斷，與前"這河"同。[**劉眉**]買行童也可。[**廷眉**]"這錢"當斷，與前"這河"同。[**封眉**]"銀"，時本作"錢"。不夠齋

糧，且備茶湯。[**覷聰云**]這一兩銀未為厚禮。你若有主張②，

---

①　"錢"：封本作"銀"。
②　"有主張"：畫徐本、廷本作"把張生"；毛本作"把小張"。

[湯沈旁] 主撮合、成好事意。　對豔粧，　[繼眉]"豔"，音厭。[起眉] 無名："有主張"，一作"把小張"，亦有意見。[畫徐眉] "你若是" 一句，是張生冷謔，口與心語之言，非眞實語也。一本"有主張"作"把小張"，蓋是央及法聰之詞，故以"小"自謙也。甚通，今從之。[田徐眉] "你若是" 一句，是張生冷謔，口與心語之言，非眞實語也。一本"有主張"作"把小張"，蓋是央及法聰之詞，故以"小"自謙也。甚通，今從之。[凌眉] "有主張" 以下，以意中事私心作謔也。徐改作"把小張"，無是理，元人謔語自雅，決無如此酸氣。王反謂 "有主張" 為謬，可謂阿所好矣。[廷眉] "你若是把張生" 三句，是張生冷謔，口與心語之言，非眞實語也。"把小張"，蓋是央及法聰之詞，故以"小"自謙也。[張眉] "您若" 下是背言，若作當面語，則鹵莽甚矣。徐文長更為央浼法聰之言，改"有主張"為"把小張"，益非。[湯沈眉] "你若" 三句，是張冷唬，口與心語之言，非眞實語也。"有主張"，方本作"把小張"，蓋是央及和尚之詞。　將言詞說上，

我將你眾和尚死生難忘。　[容眉] 他不說上自家，倒說上你? 癡，癡！[王夾] "忘"，去聲。[陳眉] 窮秀才專會算未來帳。[孫眉] 窮秀才專會算未來帳。[廷夾] "忘"，去聲。[湯眉] 他不說上自家，倒說上你? 癡，癡！[湯沈夾] "忘"，去聲。[合眉] 他不說上自家，反說上你? 癡，癡！[峒眉] 言詞太陡！[封眉] 時本此曲中多贅白。[毛夾] "忘"，去聲。"把小張"，勿作"有主張"，此是假調笑為顧題處，然亦私語如此。[潘夾] "把小張" 數句，非顯語，乃口下心頭自謔之詞。見小小揮金，未足多也。

　　[潔云] 先生必有所請。[末云] 小生不揣有懇，因惡旅邸冗雜，早晚難以溫習經史；欲假一室，晨昏聽講。房金按月，任意多少。

　　[文眉] 君瑞借寓而安，淫念起此。[潔云] 敝寺頗有數間，任先生揀選。[潘夾] 每見少年請於父兄，欲於僧房道院，別覓精舍閉關下榻。父兄問何以故? 則云家中繁冗，難以溫習經史。及至，則呼朋引類，樗蒲六博，品竹彈絲，出入狹邪，豪呼浪飲，靡事不為。所云經史，不知束置何所。經史得不從塵封紙錮中，大聲號屈耶? 觀挽弓借房引端，恐禮部尚書必在九原頓足也。[末唱]

【幺篇】[張眉]《西廂》此曲第一、二句俱少三字，第五、六句亦俱少一字。　也不要香積廚，枯木堂。

[田徐眉] 瀏陽崇勝寺共堂枯木。　遠着①南軒，離着東牆，靠着西廂。　[潘旁] 不好通說"西廂"，特特借來陪襯。

———————————

　　① "遠着" 之前：畫徐本、廷本、湯沈本、合本有"怎生"二字；封本有"怎生得"三字。

近主廊，過耳房，都皆停當。［謝眉］"南軒、東牆、西廂"，自然字眼，應上"柴薪"三句。［士眉］有情語，灑灑然。

［余眉］有情語，灑灑然。［容眉］妙！［畫徐眉］"怎生"二字用得妙，即設法之意、處置之意。［田徐眉］"怎生"二字用得妙，即設法之意、處置之意。［淩眉］徐本"遠着"上有"怎生"二字，亦可。然下有"都皆停當"，而"遠離、靠近、過"數字，語意俱明，無二字亦無礙。［廷眉］"怎生"二字，極用得妙，即設法之意、處置之意。［湯眉］妙！［湯沈眉］徐本"遠着南軒"上，有"怎生"二字貫下。怎生，即如何設法處置之意，覺趣甚。［合眉］"怎生"二字妙！即如何設法處置之意。

［魏眉］數盡僧房，總不如"西廂"最好。［峒眉］數盡僧房，總不如"西廂"最良。［封眉］時本多漏"怎生得"三字。［潔云］便不呵，就

與老僧同處何如？［容旁］知趣！［容眉］老和尚到看上小張了。［田徐旁］有味！［湯眉］老和尚到看上小張了。［合眉］老和尚到看上小張。

［末笑云］要恁怎麽。［湯沈旁］非張本意了。你是必休提着長老方丈。［潘旁］落句自然蘊藉。

［槐眉］方丈：出《詩學文要》，魔僧燕居之所也。昆耶城有維摩居士石室，以手杖縱橫量之，有十笏，故曰"方丈"。［新徐眉］於"聽講"意為□（件）。［參徐眉］穩擇一枝，"西廂"備全樹乎？［毛夾］總只欲近"西廂"耳，然故作數折，波瀾無際。"不要"二句，言不須爾爾。"怎生"三句，言如何得爾爾。"靠主廊"三句，此皆可爾。"則休題"一句，不可爾。參釋曰："怎生"是商量之詞，與他處不同。"南軒、東牆"，借引"西"字；"主廊、耳房"，皆近"西廂"者。［潘夾］"不要"數語，正接一"憑揀選"來，卻曲曲有許多算計處。

［紅上云］老夫人着俺問長老：幾時好與老相公做好事？看得停當回話。須索走一遭去來。［陳眉］引魂使者來了。［孫眉］引魂使者來了。［文眉］紅請修齋，過接甚妙。［見潔科］長老萬福！夫人使侍妾來問：幾時好與老相公做好事？着看得停當了回話。［末背云］好個女子也呵！［潘夾］見和尚，便説"好一個和尚"；見女子，便説"好一個女子"。畢竟二者孰勝？

【脱布衫】［張眉］此曲合【小梁州】系【正宮】，【中呂】可借用。大人家舉止端詳，全沒那半點兒輕狂。［容眉］你後來看他輕狂。［參徐眉］紅娘作樣處處。［陳旁］輕狂奸意在後。［劉眉］恐後未必然。［湯眉］你後來看他輕狂。［合眉］後來你看他們輕狂。［魏眉］初見端詳，後來輕狂。［峒眉］誠大人家風範。大師行深深拜了，啟朱唇語言得當。

[田徐眉] 此亦見紅娘穩重而不輕佻，與前"顛不刺"曲意同。[文眉]"行"，平聲；"當"，去聲。

【小梁州】可喜娘的龐①兒淺淡粧，穿一套縞素衣裳；胡伶淥老不尋常，偷睛望，[士旁]連下三"眼"字。[余旁]連下三"眼"字。[湯沈旁]紅亦看上張郎了。眼挫裏抹張郎。[謝眉]眼為"淥老"，今之教坊中亦有此語。董解元《傳奇》云"一雙淥老"。[士眉]眼為"淥老"，今教坊中猶有此語。董解元《傳奇》云"一雙淥老"。

[余眉]眼為"淥老"，今教坊中猶有此語。董解元《傳奇》云"一雙淥老"。[繼眉]"睩老"，謂眼也，今教坊中猶有此語。董解元《傳奇》云"一雙睩老"。按《楚辭②》"娥眉曼睩，目騰光些"，王逸注："睩，視貌，言美女好目曼澤，睩睩然視，精光騰馳，驚惑人心也。"觀此則元人謂眼為"睩老"，抑亦古矣。[槐眉]"睩老"，謂眼也，今教坊中猶有此語。董解元《傳奇》云……[起眉]無名："胡伶淥老"，今教坊中猶有此語。董解元《傳奇》云"一雙淥老"，說雙眼光也。[畫徐眉]"胡伶"句，說紅娘好雙乖眼也。"胡伶"，用"鶻伶"字，鶻眼最明慧。"伶"字，韻書是心了慧貌，讀為"零"字音；作"憐"字、"愛"字用，非也。"淥老"，調侃說"眼"也。《太平樂府》顧君澤詞有"懵懂的憐磕睡，鶻伶的惺惺惺"。[田徐眉]"胡伶"句，說紅娘好雙乖眼也。"胡伶"，用"鶻伶"字，鶻眼最明慧。"伶"字，韻書是心了慧貌，讀為"零"字音；作"憐"字、"愛"字用，非也。"淥老"，調侃說"眼"也。《太平樂府》顧君澤詞有"懵懂的憐磕睡，鶻伶的惺惺惺"。[新徐眉]小紅煞是大乖巧人。

[參徐眉]多是兩眼相覷。[王夾]"鶻怜"，音胡靈。[劉眉]□□□□。[文眉]"淥老"，即眼也。[淩眉]"胡伶"，董詞作"鶻鴒"，言伶利也。眼為"淥老"，今教坊中猶有此語，董詞"一雙淥老"。[廷眉]"鶻憐"句，是說紅娘好雙乖眼也。"鶻憐"，俗用"胡伶"字，鶻眼最明慧。"伶"字，韻書是心了慧貌，讀為"零"字音；作"憐"字、"愛"字用，非也。"淥老"，調侃說"眼"也。《太平樂府》顧君澤詞有"懵懂的憐磕睡，鶻伶的惺惺惺"。[廷夾]"鶻怜"，音胡靈。[張眉]"鶻"眼最"伶"，"淥老"調侃眼，言紅娘眼乖如鶻也。[湯沈眉]"胡伶"，一作"鶻憐"，伶俐之意。"淥老"，謂眼，言紅娘好雙乖眼也。下"偷睛望"二句，正見其眼之乖。董詞："那鶻鴒淥老兒，難道不清雅，見人不住偷睛抹。"[合眉]"胡伶"，作"鶻伶"，鶻眼最明慧。"淥老"，調侃說眼，此說紅娘眼乖。[封眉]"寵"，時本誤作"龐"。

[毛夾]"鶻"，音胡。北詞指伶俐為"鶻伶"，或作"鶻鴒"，或作"胡伶"。"淥老"，調侃謂"眼"也，亦作"睩老"，亦作"六老"。"老"是襯字，如身為"軀老"，手為"爪老"類。"抹"，目睫撩撇也。"抹張郎"，言紅之撩己，正用董詞"見人不住偷睛抹"語。陋者妄欲抬紅聲價，解云"抹殺張郎，猶目中無張也"，則《兩世姻緣》

---

① "龐"：封本作"寵"。
② 楊案："辭"字原缺，此為輯錄者所加。

劇云"他背地裏斜的眼梢抹",彼指韋皋視玉簫也,豈亦眼中無簫耶?王伯良曰:"鶻伶"非眼,而帶言"淥老",則指眼耳。如宋方壺詞"鶻伶的惺惺惺",王和卿詞"假聰明逞胡伶",皆不專指眼,可驗。參釋曰:三曲俱寫紅。【脫布衫】寫紅舉止言詞之妙,"可喜"二句寫紅粧束之雅,"鶻伶"三句寫紅俊眼。[潘夾]"胡伶",作"鶻伶"。"淥老",調侃眼也。此說紅娘眼乖。〇"鶻伶"二字,是紅娘定評。"眼挫裏抹張郎",偏不是他人看來如此,即紅亦未必遂然,偏是張生"偷睛"看來如此。張滿眼眶盡是一個紅娘,反覺紅眼稍頭略無半點張生,有一種急欲求當於紅之心,遂有此一種唯恐不當於紅之意。有才人生平自負,眇視一切,一旦遇着個大方識者,亦未免損了多
少傲氣。

【幺篇】若共他多情的小姐同鴛帳, [士旁]妄想![余旁]妄想![廷旁]雖不見好詞,卻句句真率有味。

[湯沈旁]妄情! [魏眉]想忒早些! 怎捨得他疊被鋪床。 [田徐旁]不以奴婢待之,此中未免有意。 我將小姐

央, [畫徐旁]"央",商議得中也。[田徐旁]"央",商議得中也。[廷旁]"央",商議得中也。 夫人央①, [湯沈旁]何勞張怎的用情?

他②不令許放,我親自寫與從良。 [容眉]窮秀才專會算未來帳。[畫徐眉]古法:放出奴婢,等齊民,為"從良"。

"我獨寫與"句,奴婢是賤人,張生欲紅娘不為奴婢,寫與從良,惜之至也。此中未免有得隴望蜀之意。[田徐眉]古法:放出奴婢,等齊民,為"從良"。"我獨寫與"句,奴婢是賤人,張生欲紅娘不為奴婢,寫與從良,惜之至也。此中未免有得隴望蜀之意。[參徐眉]善想![凌眉]"快"字,舊本如此,蓋此字宜仄聲。"夫人快",即"不令許放"之意,時本誤作"央",王擬改為"強"。[廷眉]古法:放出奴婢,等齊民,為"從良"。"我獨寫與"句,奴婢是賤人,張生欲紅娘不為奴婢,寫與從良,惜之至也。此中未免有得隴望蜀之意。[湯眉]窮秀才家專會算未來帳。[湯沈眉]古法:放出奴婢,等齊民,為"從良"。張愛惜紅之至也。此中未免有得隴望蜀之意。[合眉]秀才家專會算未來帳。"央"者,商議得中也。[峒眉]想忒早![封眉]"誑",時本亦做"央",誤。此字宜作仄聲,故即空本改作"快",謂即"不令許放"之意,是反多一層。"倘",時本作"他"。[毛夾]此以調紅為調鶯語。"央"者,央說放耳。"快",不肯也。《史記》:"諸將與帝為編戶民,今北面為臣,心常怏怏";《漢書》曰:"塞其怏怏心"。言倘夫人不肯,不教小姐許放,我獨寫與從良券合耳。"許"屬鶯,"令"屬夫人,"令許"二字俱有着落。俗作"夫人央",平韻不叶,王本欲改"勉強"之"強",亦謬。參釋曰:此曲全在首句,蓋借此與"多情姐姐"作一照顧耳。舊解作惜紅,且云有得隴望蜀之意,則鑿矣。[潘夾]不是空打一片未來

_____

① "央":王本、凌本、毛本作"快";封本作"誑"。
② "他":封本作"倘"。

帳。張亦自負達識，相人於牝牡驪
黃之外，將紅已作夾袋中物了。

　　　[潔云]二月十五日①，可與老相公做好事。　[封眉]時本作"二月
十五"，誤。前已云"人
值殘春"[紅云]妾與長老同去佛殿看了，卻回夫人話。[潔云]先生
矣。
請少坐，老僧同小娘子看一遭便來。[末云]何故卻小生？便同行一
遭，又且何如？[潔云]便同行。[末云]着小娘子先行，俺近後些。
[容旁]假志誠！[陳眉]假志誠！[孫眉]假志誠！[劉眉]
假志誠！[湯夾]假志誠！[魏眉]假志誠！[峒眉]假志誠！　[潔云]一個有
道理的秀才。　[合眉]不是有道理的秀
才，是假志誠的秀才！　[末云]小生有一句話敢道麼？
　　[潔云]便道不妨。[末唱]

【快活三】崔家女豔粧，莫不是演撒你個老潔郎？[潔云]俺出家
人那有此事？[末唱]既不沙，②　[湯沈旁]"呵"，
徐作"沙"。卻怎睃③趁着你頭上放
毫光，打扮的特來晃。　[謝眉]"演撒"，元之時人鄉語。"潔郎"，亦是嘲僧語
也。"沙"字乃是襯語。[士眉]"演撒"，元時鄉語。
"潔郎"，是嘲僧。"沙"字是襯語。"睃"，音梭，邪視曰"睃"。[余眉]"演撒"，
元時鄉語。"潔郎"，是嘲僧。"沙"字是襯語。"睃"，音梭，邪視曰"睃"。[繼眉]
"演撒"，元時鄉語。"潔郎"，是嘲僧。"睃"，音梭，邪視曰"睃"；"趁"，音疢。
[槐眉]"演撒"，元時鄉語。"潔郎"，是嘲僧。[容眉]不合便譖！[畫徐眉]"演
撒"、"潔郎"，俱坊中調侃，非鄉語也。樂坊中刊本另有解。"既不沙"三句："睃
趁"二字調侃說看，"顯毫光"三字嘲其禿首之詞。意謂既無演撒上的事，何紅娘看
着你光頭，打扮齊整，特來晃你也。[畫徐夾]"睃"，音梭，邪視貌。[田徐眉]"演
撒"、"潔郎"，俱坊中調侃，非鄉語也。樂坊中刊本另有解。"既不沙"三句："睃趁"
二字調侃說看，"顯毫光"三字嘲其禿首之詞。意謂既無演撒上的事，何紅娘看着你
光頭，打扮齊整，特來晃你也。[田徐夾]"睃"，音梭，邪視貌。[新徐眉]小紅自
是冶誨□也。[參徐眉]罵了和尚頭。[文眉]"演撒"者，猶牽絆之意也。[凌眉]
"演撒"，教坊市語。"沙"，襯語，猶南曲之"呵"字。"睃"，音梭，邪視曰"睃"。
[廷眉]"演撒"、"潔郎"，俱坊中調侃，非鄉語也。樂坊中有刊本自有解"京師禮
部門前街有夢"者。"既不沙"三句："睃趁"二字調侃說看，"顯毫光"三字嘲其

────────────

　①　"二月十五日"：封本作"三月十五日"。
　②　"既不沙"：湯沈本作"既不呵"。
　③　"卻怎"：毛本作"可怎生"。睃：封本作"瞡"。

秃首之詞。意謂既無演撒上的事，何紅娘看着你光頭，打扮齊整，特來晃你也。[張眉]"演撒"，勾搭也；"既不沙"，無也；"睃趁"，看也。言既無勾搭的事，何為看着光頭打扮來晃也。[湯眉]不合便謔！[湯沈眉]"演撒"，謂有；"潔郎"，謂僧；"睃趁"，謂看：俱調侃詞。頭上放毫光，嘲其秃首之詞。意謂既無演撒上的事，何紅娘看着你光頭，打扮齊整，特來晃你也。"晃"，炫耀之意。"睃"，音梭，邪視曰"睃"。"趁"，音疢。徐本無"頭上"二字。"放"，徐作"顯"。[合眉]此詞謂既無演撒上的事，何紅娘看着你光頭，打扮齊整，時來晃你也。[封眉]即空主曰："沙"，襯語，猶"呵"字也。"睃"，音梭，偷視也，視之略也。時本作"睃"，誤。"睃"字乃亦作"梭"音讀；或因偏旁類"梭"，故從俗誤用之耳。[毛夾]"睃"，音梭。"演撒"，調侃"弄"也。第十九折"這妮子定和酸丁演撒"。《墨娥小錄》以"演撒"訓"有"，非也。"睃趁"，做眼而趁逐也。《㑇梅香》劇"打睃這東西"，董詞"貪趁眼前人"。王伯良以"睃趁"為看，非也。"既不沙"，猶言"若不然"；"沙"，助詞，晃眩人貌。董詞："諸僧與看人驚晃。"言此豔粧者莫不弄上你耶，若不然，何以看着你粧來的特豔也。佛眉間放光為"毫光"，故戲指本，《度柳翠》劇："駕一片祥雲，放五色毫光。""既不沙"，曲中襯白，不屬下句。大凡此三字定作一轉，如《勘頭巾》劇"既不沙，怎無個收拾慈悲"、《黃粱夢》劇"既不沙，可怎生蝶翅舞飄飆"一例；諸本脫"可怎生"三字，遂至誤解。參釋曰：接上"豔粧"作調笑語，為下"迎問"張本。

　　　[潔云]先生是何言語！早是那小娘子不聽得哩，若知呵，是甚意思！[紅上佛殿科][末唱]

【朝天子】過得主廊，引入洞房，好事從天降。我與你看着門兒，你進去。　[陳眉]謔得不雅。[孫眉]謔得不雅。[劉眉]你卻不是看門的。[文眉]數語珙欠尊重。　[潔怒云]先生，此非先王之法言，豈不得罪於聖人之門乎？老僧偌大年紀，焉肯作此等之態①？　[容旁]也不必！　[末唱]好模好樣太②莽撞，沒則羅便罷，煩惱[湯旁]也不必！怎麼那③唐三藏？　[謝眉]唐玄宗時，僧無諱號"三藏"。[士眉]唐玄宗時，僧無畏號"三藏"。[余眉]唐玄宗時，僧無畏號"三藏"。[繼眉]唐玄宗時，僧無畏號"三藏"。[槐眉]"唐三藏"，出《高僧傳》。以奘法師政氏洛陽侯氏縣人家，往西域天竺國取佛經六百餘，即經一藏、律一藏、論一藏，故曰"三藏"。[起眉]無名："耶"，今本作"那"，訛。[畫徐眉]"則麼耶"，亦是僧名；今誤作"怎麼"，笑殺，笑殺！此言大師非則麼耶、唐三藏之比，淫欲或所不免，何用

---

① "焉肯作此等之態"：容本作"焉有此等妄念"。
② "太"：湯沈本作"忒"。
③ "怎麼那"：畫徐本、廷本、合本作"則麼耶"；起本、張本作"怎麼耶"。

嗔己之戲謔也。[田徐眉]"則麼耶"，亦是僧名；今誤作"怎麼"，笑殺，笑殺！此言大師非則麼耶、唐三藏之比，淫欲或所不免，何用嗔己之戲謔也。[淩眉]"好模好樣"句，俗作本唱，大謬！本無唱體。[廷眉]"則麼耶"，亦是僧名；今誤作"怎麼耶"，笑殺，笑殺！此言大師非則麼耶、唐三藏之比，淫欲或所不免，何用嗔己之戲謔也。[張眉]"怎麼耶"，乃三襯字。"耶"，讀"呀"，北方帶口聲，即是説你煩惱何為？徐文長以"怎麼耶"為僧名，不惟與唐三藏重疊，且與"煩惱"字隔礙。強作解事，可笑甚！[湯沈眉]"忒"，徐本作"待"。[合眉]"則麼耶"，是僧名；俗作"怎麼"，笑殺，笑殺！[魏眉]狂態一觸即發，一發莫制！[封眉]即空主人曰：元人"則麼、子麼、怎麼"，皆一樣解。徐謂"亦是僧名"，可笑！

怪不得小生疑你，偌大一個宅堂，[謝眉]"偌"字俱亦鄉語。[士眉]"偌"，亦鄉語。[余眉]"偌"，亦鄉語。[繼眉]"偌"字是鄉語。[起眉]"堂"字叶韻。一作"司"，一作"子"，均非。[淩眉]"宅堂"用韻。一作"院"，王作"司"，皆非。[張眉]"堂"叶韻，訛"司"及添"生"字，非。

可怎生別沒個[湯沈旁]一本添出"個"字。**兒郎①，使得梅香來説勾當。**[容眉]多疑，然亦不得不疑。[陳眉]與你有甚相關？[孫眉]多疑，然亦不得不疑。此□□□□。

[劉眉]與你何關？[湯眉]多疑，然亦不得不疑。[合眉]多疑，亦不得不疑。[潔云]老夫人治家嚴肅，內外並無一個男子出入。[末背云]這禿廝巧説。**你在我行、口強，硬抵着頭皮撞②。**[畫徐眉]"硬抵着頭皮強"，不過重疊上句，俗改作"撞"，惡俗之甚！[畫徐眉]硬抵着頭皮強，不過重疊上句，俗改作"撞"，惡俗之甚！

[參徐眉]倡狂笑罵，自是不羈之品，軼駕必多。[王夾]"偌"，見前；上"強"字，平聲；下"強"字，去聲。[文眉]"強"，音降。[淩眉]"治家嚴肅"等話，非生所樂聞，故猶疑本之一時強口耳。王謂跟前崛強，背後有許多輕薄處，殊失生爾時語意。[廷眉]"硬抵着頭皮強"，不過重疊上句，俗改作"撞"，惡俗之甚！[廷夾]"偌"，見前；上"強"字，平聲；下"強"字，去聲。[張眉]上言硬着來"強"也，俗求之不得，遂改作"撞"。徐文長亦妄作兩"強"字，分別上字為平，下字為去，亦非。[湯沈眉]唐玄宗時，僧無畏號"三藏"。"偌"字，鄉語；"堂"，徐作"司"；"撞"，徐作"強"。連用兩"強"字，未妥。首回"本怒"云云，故言你何粧此好模樣以莽撞我，我亦煩惱了甚麼唐三藏而便怪我耶？彼許大人家，而使梅香來，跡自可疑。你不過在我跟前口強，硬抵頭皮撞，不知背後如何輕薄處也？[封眉]"憧"，音

---

① "沒個兒郎"：湯沈本作"沒兒郎"。

② "硬抵着頭皮撞"：畫徐本、王本、廷本作"硬着頭皮強"；張本作"硬着頭皮上"。"撞"，封本作"憧"。

撞，戇懂兇頑貌。此言其寧戇，自是不和柔也。《史記》"汲黯之戇"，亦猶此意。時本誤作"撞"，可笑。[毛夾] 答賓白，言前言不為過也。往來禪室，無非"好事"，我此一言豈好模樣？如師者亦將怒耶？將煩惱了甚唐三藏耶？況事有可疑，尚倔強耶？"好事"，借上"做好事"作謔，最妙；俗本改作"美事"，一誤。"好模好樣"，有體面也，《合汗衫》劇"白看那廝也好模好樣的"；俗注作"粧模作樣"，二誤。"莽撞"，怒也，《李逵負荊》劇"按不住莽撞心頭氣"；俗解作法本衝撞於生，即王本亦然，三誤。"口強"故"抵撞"，一氣下，《伍員吹簫》劇"打這些十分口強"，《魔合羅》劇"硬抵着頭皮對"；俗以"頭皮撞"為戲僧，四誤。王本注：唐僧玄奘，號"三藏"法師。天池生謂
"'則麼耶'亦僧名"，無據。

　　　[潔對紅云] 這齋供道場都完備了，十五日請夫人小姐拈香。

[末問云] 何故？[潔云] 這是崔相國小姐至孝，為報父母之恩。又是老相國禪日，[田徐眉]"禪"，除服祭名也。《禮記》注：二十七月而禪。[槐眉]"禪"，音淡。[湯沈眉]"禪"，除服祭名，二十七月而禪。就脫孝服①，所以做好事。[末哭科云] 音祖。[湯沈旁] 那有這副急淚？[容眉] 那得這副淚來？

[參徐眉] 那討這一副應急眼淚？[劉眉] 虧他做得這臉情。[湯眉] 那得這副淚來？[魏眉] 那討這副應急淚來？[峒眉] 那討這應急淚來？"哀哀父母，生我劬勞，欲報深恩，昊天罔極。"[田徐旁] 多是賈（假）意！[潘旁] 見景生情，張機巧也來得快，淚也來得快。[孫眉] □□□□當。[封眉] 此篇與下篇顛倒。小姐是一女子，尚然有報父母之心；小生湖海飄零數年，自父母下世之後，並不曾有一陌紙錢相報。[文眉] 雖云報本，實恣私情。望和尚慈悲為本，小生亦備錢五千，[合眉] 前日一兩，今日五千，小張大費錢本。怎生帶得一分兒齋，追薦俺父母咱！[潘旁] 畢竟是五千錢得力，不然，哭穿眼睛也無益。[容眉] 有此段至誠言語，前面一發不該戲了。[陳眉] 虧他做出這勾當。[孫眉] 有此段至誠言語，前面一發不該戲了。[湯眉] 有此段至誠言語，前面一發不該戲了。[合眉] 這分齋是媳婦帶挈的。便夫人知也不妨，以盡人子之心。② [潔云] 法聰與這先生帶

---

① "老相國禪日，就脫孝服"：湯沈本作"老相公禪事脫服"。

② 潘本多出一句說白云："便夫人知道，料也不妨。"（[潘旁] 將個"孝心"二字去壓他。）

一分者。［末背問聰云］那小姐明日來麼？　　　［合眉］此問正緩不得！倘小姐不來，五千錢幾為浪費。

［聰云］他父母的勾當，如何不來。［末背云］這五千錢使得有些下落者。　　［容夾］與聰戲可，與本戲不可。［孫眉］與聰戲可，與本戲不可。［湯眉］與聰戲可，與本戲不可。［潘夾］早則送過齋金一兩，也須一併登記。此亦"空囊"所遺，
不可浪費。

【四邊靜】人間天上，看鶯鶯強如做道場。　［畫徐眉］眞率有味！
［田徐眉］眞率有味！

［廷眉］眞軟玉溫香，休道是相親［湯沈旁］"親"，傍①；［張眉］"言"，平率有味！　　　　　　　　　　　　徐作"偎"。　　聲，合調。添字作句，徒費周折。［合眉］"偎傍"，若能夠湯［湯沈旁］"湯"，讀他一湯，［士眉］親近也。俗作"親傍"，非北語。　　　如字，一作"蕩"。　　"湯"，韻書亦有作去聲者。［余眉］倒與人消災障。［容眉］妙，妙！［畫徐眉］凡人禮"湯"，韻書亦有作去聲者。　　　　　　　　佛，祈求消災長福。今之軟玉溫香，不必偎傍，若得一探，便能消災障，何必禮佛為也！"湯"，是探湯義，非"蕩"字。"偎傍"，即南諺親近也。俗本作"親傍"，非北語。［田徐眉］凡人禮佛，祈求消災長福。今之軟玉溫香，不必偎傍，若得一探，便能消災障，何必禮佛為也！"湯"，是探湯義，非"蕩"字。"偎傍"，即南諺親近也。俗本作"親傍"，非北語。［參徐眉］細思眞可消災，尤能滅火。［王夾］"傍"，去聲；"湯"，平聲。［凌眉］"湯"，猶俗言擦着，元人多用之。［廷夾］"傍"，去聲；"湯"，平聲。［湯沈眉］"湯"，偶一近身之謂。"親傍"，言長久；"湯"，言暫。凡人禮佛，不過消災。今崔之溫軟，休道親傍，若得一湯着其身，便可除災消障矣。此欣慕之極意。［魏眉］一湯亦可消災，親傍眞能續命。［峒眉］一湯亦可消災，親傍眞能續命。［封眉］"湯"，時本多作"蕩"。［毛夾］"強如做道場"，勿作"強如看作道場"。"軟玉"四語，申"強如"意，言觸着即消災耳。"湯"，勿作"蕩"；"湯"與"偎傍"有深淺之別，勿分久暫。《金綫池》劇"休想我指尖兒湯着你皮肉"。參釋曰：此節預擬鬧道場也。［潘旁］比"盼行雲"眼睛，
又進一步矣。

　　［潔云］都到方丈吃茶。［做到科］［末云］小生更衣咱。［末出科云］那小娘子已定出來也，我只在這裏等待問他咱。［紅辭潔云］我不吃茶了，恐夫人怪來遲，去回話也。［紅出科］［末迎紅娘祇揖科］小娘子拜揖！［紅云］先生萬福！［末云］小娘子莫非鶯鶯小姐

———————————
① "相親傍"：畫徐本、合本作"相偎傍"，張本作"言偎傍"。

的侍妾麼？ [**湯沈旁**] 問亦突然。 [**紅云**] 我便是，何勞先生動問？ [**湯沈旁**] 妙答！ [**新徐眉**] 小張

一□情癡， [**末云**] 小生姓張，名珙，字君瑞，本貫西洛人也，年方二 □笑得□。

十三歲①，正月十七日子時建生，並不曾娶妻…… [**田徐旁**] 以此挑動，可笑！ [**合旁**] 老面皮！

[**容眉**] 老面皮！ [**陳眉**] 就要寫庚帖了！虧殺老面皮！ [**孫眉**] 就要寫庚帖了！虧殺老面皮！ [**劉眉**] 老面皮！ [**湯眉**] 老面皮！ [**湯沈眉**] 突然說起鄉貫姓名妻室，可駭，可笑！ [**合眉**] 突然說起鄉貫姓名，可駭，可笑！ [**封眉**] 時本作"二十三歲"。 [**紅云**] 誰問你來？ [**末云**]

敢問小姐常出來麼？ [**田徐旁**] 眞可笑！ [**紅怒云**] 先生是讀書君子，孟子曰："男女授受不親，禮也。"君子"瓜田不納履，李下不整冠"。道不得個"非禮勿視，非禮勿聽，非禮勿言，非禮勿動"。 [**合旁**] 紅娘也講道學。 [**謝眉**] 借聖人之言，形眼前之事。 [**容眉**] 紅娘也講道學。 [**田徐眉**] 一等搶白而以正道教之。妙，妙！ [**陳眉**] 何緣出個女道學？ [**孫眉**] 何緣出個女道學？ [**劉眉**] 紅娘也來講道學。 [**文眉**] 面斥數言，此見紅娘好處。 [**湯眉**] 紅娘也講道學。 俺夫人治家嚴肅，有冰霜之操。內無

應門五尺之童，年至十二三者，非呼召不敢輒入中堂。 [**湯沈眉**] 假惺惺！ 向日

鶯鶯潛出閨房，夫人窺之，召立鶯鶯於庭下，責之曰："汝為女子，不告而出閨門，倘遇遊客小僧私視，豈不自恥。"鶯立謝而言曰："今當改過從新，毋敢再犯。"是他親女，尚然如此，何況以下侍妾乎？

先生習先王之道，尊周公之禮， [**魏眉**] 言言皆經史，是個道學丫鬟。 [**峒眉**] 這俠女到也停當，亦通書史。 不干

己事，何故用心？ [**天李旁**] 點得趣！ [**合眉**] 是眞正"干己事"，怎教他不用苦心？ 早是妾身，可以容恕，

若夫人知其事呵，決無干休。今後得問的問， [**潘旁**] 何等方是"得問的"？ 不得問的

休胡說！ [**下**] [**參徐眉**] 紅娘到會賣弄兩片皮，使張生惴惴然。 [**孫眉**] 大凡口裏講得停當的，身上做得決不停當。如紅為老馬泊六，精撮合山，不在他時，則在此時，已定之也。道學先生也？道學先生也？紅娘也？紅娘也！紅娘，道學先生也！ [**湯沈眉**] 危詞利害，足喪張膽矣。 [**合眉**] 大凡口裏

---

① "二十三歲"：封本作"二十二歲"。

講得停當的，身上做得決不停當。如紅為老馬泊六，精撮合山，不在他時，則在此時，已定之也。道學先生也？紅娘也？紅娘也！道學先生也！危詞利害，足喪膽。張　[末云] 這相思索是害也！

[容夾] 大凡口裏講得停當的，身上做得決不停當。如紅為老馬泊六，精撮合山，不在他時，則在此時，已定之也！紅娘也，道學先生也！[田徐夾] 此一段曲折有味！[湯夾] 評：大凡口裏講得停當的，身上做得決不停當。如紅為老馬泊六，精撮合山，不在他時，則在此時，已定之也！道學先生也？紅娘也？紅娘也！道學先生也！

[毛夾]"二十三歲"，出董解元本，《會眞記》作"二十二歲"。此從董者，正以由歷在董耳，詞例之嚴如此。參釋曰：前"崔家女"三曲，只調笑以起此一問。故夫人寬嚴，童僕有無，皆在紅口中傳出，自有步驟。今或誤見坊本"梅香來説勾當"下，有本云"老夫人治家嚴肅，並無男子出入"諸語，便謂前三曲是巧為探問法。則此處復出，不成理矣。烏知前白是場外人竄入者耶？[潘夾] 紅娘辭嚴義正，絕無半點輕狂，眞所謂"眼挫裏抹張郎"也。雖然，意中卻有張郎矣。〇張明知紅娘眼無張郎，而捨紅無由入港，且邂逅之緣，不能數遇。情不自勝，遂為此斬關奪隘之計，披肝瀝膽之陳。一經挫折，計無復之。遂爾指東畫西，變成下此之無數怨亂也。

【哨遍】[張眉] 此曲系【般涉調】，【中呂】借用。**聽説罷心懷悒怏，把一天愁都撮在眉尖上。**[士眉] 果是"五百年前業緣"。[余眉] 果是"五百年前業緣"。[文眉]"悒怏"，音亦殃。**説："夫人節操凜冰霜，不召呼，誰敢輒入中堂？"自思想，比及你心兒裏畏惧老母親威嚴①，**[張眉]"心兒"兩句，反添字作一句，非。**小姐呵，你不合臨去也回頭兒望。**[士旁] 與"臨去秋波一轉"相應。[余旁] 與"臨去秋波一轉"相應。[容眉] 妙，妙！[湯眉] 妙，妙！**待颺**[湯沈旁]"颺"，董作"漾"。**下教人怎颺？**[謝眉]"臨去回頭"句，與前"秋波一轉"句相應。[繼眉]"你不合"句，與"臨去秋波那一轉"相應。[參徐眉] 鶯鶯回望，足吊人魂。[湯沈眉]"你不合"句，與"臨去秋波那一轉"相應。"待颺下"句，古注：即俗云欲丟丟不下也。**赤緊的情沾了肺腑，意惹了肝腸。**[畫徐旁] 此等亦湊。[田徐旁] 此等亦湊。[畫徐眉]"自思量"以下："不合"，不當也。言你若守母訓，不應回頭看我；既看我，是不畏母也，我能獨不思哉？"待颺下"，即俗云欲丟丟不下；"赤緊"者，打緊之意。[田徐眉]"自思量"以下："不合"，不當也。言你若守母訓，不應回頭看我；既看我，是不畏母也，

---

① "比及你心兒思畏老母親威嚴"：張本作"早知你心兒畏懼老母威嚴"。

我能獨不思哉？"待颺下"，即俗云欲丟丟不下；"赤緊"者，打緊之意。[文眉]"颺"，音揚。[廷眉]"待颺下"二句，即俗云欲丟丟不下也。"赤緊"者，打緊之意。唐時大縣名赤縣，緊縣古亦稱赤縣。"赤緊"者，要緊之謂，**若今生難得有情人，**打緊之謂。[合眉]"赤緊的"以下，亦湊、亦俚。

[湯沈旁]一本多"則除"二字。**是前世燒了斷頭香。**[潘旁]俚而淺。**我得時節手掌兒裏奇擎，**[士旁]妄想！**心坎兒裏溫存，眼皮兒上供養①。**[余旁]妄想！[畫徐旁]此等人以為大好，我則不然。

[田徐旁]此等人以為大好，我則不然。[廷旁]此等人以為大好，我則不然。[士眉]駢儷中情語。[余眉]駢儷中情語。[起眉]王曰：駢儷中情語。橫睨六朝以上，把《洛妃》、《高唐》併吞出。[新徐眉]措大算及未來。[王夾]"供"、"養"，俱去聲。[陳眉]珍重處恐成灰棄。[孫眉]珍重處恐成灰棄。[文眉]如此珍護，可謂愛之至也。[凌眉]自是當行語。徐文長不以為好，何足以知之。[廷夾]"供"、"養"，俱去聲。[張眉]"那裏討"，言雖欲如此，今不能也。與上文才聯屬。訛"得他時"，非。[湯沈眉]打點得太早些！[合眉]打點得太早些！[魏眉]珍重處恐成灰棄。[毛夾]首二句用董詞，"說夫人"三句述紅語如此，"自思量"四句言鶯又不合如此。"待颺下"三句，正留連不得決也。"若今生"五句，又通頂上來，言使鶯有情如此，而我不能得，則除是前生造下斯已耳。不然，不但已也，且我之得之也，而豈徒哉？
我將心心眼眼，把玩供養，不怕消不起也。參釋
曰：此至末，因紅語而反復惆悵，以作結也。

【耍孩兒】[張眉]此曲系【般涉調】[中呂]、[正宮]俱借用。**當初那巫山遠隔如天樣，聽說罷又在巫山那廂。業身軀雖是立在迴廊，魂靈兒已在他行。**[湯沈旁]一作"傍"。

[謝眉]"魂靈兒"句，與前"半天"句應。[士眉]歐陽公詞：平蕪盡處是春山，行人更在春山外。[余眉]歐陽公詞：平蕪盡處是春山，行人更在春山外。[繼眉]歐陽公詞：平蕪盡處是春山，行人更在春山外。[槐眉]歐陽公詞：平蕪盡處是春山，行人更在春山外。[容眉]妙，妙！[起眉]無名："行"，一作"傍"。[文眉]"行"，音杭。[湯眉]妙，妙！**本待要**[湯沈旁]指鶯鶯。**安排心事傳幽**[湯沈旁]"幽"，徐作"遊"。**客②，我只③**

———————

① "我得時節"三句：張本作"那裏討手掌兒上傲擎，心坎兒上溫存，眼皮兒上供養"。

② "本待要安排心事傳幽客"：畫徐本作"恰待要安排心事傳幽客"；張本作"恰得那安排心事傳幽閣。""幽客"，王本、廷本作"遊客"。

③ "我只"：封本作"又則"。

怕漏泄春光與乃堂。[繼眉] 杜詩：漏泄春光有柳條。[起眉] 無名："我則怕"，今本或作"休得要"，謬甚。[畫徐眉] "恰待要安排"二句，指鶯言。"遊客"，張生自謂。説鶯鶯欲以心事受①我，但恐老夫人知也。[田徐眉] "恰待要安排"二句，指鶯言。"遊客"，張生自謂。説鶯鶯欲以心事受（授）我，但恐老夫人知也。[參徐眉] 想老夫嚴切，鶯鶯決不可誘。[廷眉] "恰待要安排"二句，指鶯言；"遊客"，張生自謂。説鶯鶯欲以心事授我，但恐老夫人知也。[湯沈眉] 歐陽公詞：平蕪盡處是春山，行人更在春山外。杜詩：漏泄春光有柳條。[合眉] 怕"漏泄"的，決不如此留連顧望。[封眉] "又則"，時多作"我則"，非。

夫人怕女孩兒春心蕩，[潘旁] 句法出《左傳》"王心蕩"。怪黃鶯兒作對，怨粉蝶兒成雙②。[田徐旁] 名句。[謝眉] 黃鶯性好雙飛。[士眉] 黃鶯性好雙飛。[余眉] 黃鶯性好雙飛。[繼眉] 黃鶯性好雙飛。[王夾] "蝶"，借叶去聲。[凌眉] "怪黃鶯"二句，誚夫人不韻，見物類之雙對者，而亦猜忌耳。王伯良謂：指鶯春心蕩處。則宜言羨言慕，不宜言"怨"、"怪"也，且解亦甚費添補。[廷夾] "蝶"，借叶去聲。[張眉] "傳幽閣"，言欲傳心事，而怕漏泄云云。改"幽閣"為"遊客"，是反屬鶯鶯身上，與上下文何干？至如"春心蕩"，言自己蕩，偌更添"夫人怕女孩兒"數字，不知何所見？分明首尾照應妙詞，一經不解事訓注，便如嚼蠟。[湯沈眉] 黃鶯性好雙飛。曰"怪"曰"怨"，指鶯説，皆春心蕩意。着夫人説不得。[魏眉] 口有沉瀣，筆有湧泉。[峒眉] 口有沉瀣，筆有湧泉。[毛夾] "蝶"，借叶去聲。言初以為遠，今更遠也。與詩余"平蕪盡處是青山，行人更在青山外"意同。"幽客"，是幽閨客也，言本欲傳情，而夫人之嚴，又早如此。王伯良曰："怨""恨"俱着鶯言，夫人恐女心之蕩，見燕鶯而生怨恨也。參釋曰："幽客"，王本作"遊客"，謂張自指，甚謬。

【五煞】小姐年紀小，性氣③[湯沈旁] 一作"兒"。剛。[起眉] 無名："兒"，今本多作"氣"，非。張郎倘得相親傍，乍相逢厭見何郎粉，[湯沈旁] 一轉。看邂逅偷將韓壽香。[潘旁] 同事亦蕩。[文眉] "邂逅"，不期而會。纔到得風流况④，[湯沈旁] 又一轉。成就了會溫存的嬌

---

① 楊案："受"，當作"授"。下同。

② "怪黃鶯兒作對，怨粉蝶兒成雙"：王本作"怨黃鶯兒作對，恨粉蝶兒成雙"。

③ "氣"：起本作"兒"。

④ "纔到得風流况"：湯沈本作"纔道是未得風流况"；毛本作"終則是未得風流况"。

婿，怕甚麼能拘束①[湯沈旁]一作"束"。的親娘。[士眉]"傅粉"，何晏故事。"韓壽"、"張敞"、"阮郎"，俱見舊解。

[余眉]"傅粉"，何晏故事。"韓壽"、"張敞"、"阮郎"，俱見舊解。[繼眉]《魏略》：何晏性自喜，動靜粉帛不去手，行步顧影。韓壽事見《世說》。[槐眉]《魏略》：何晏性自喜，動靜粉帛不去手，行步顧影。[容眉]好！[畫徐眉]"看避近"三句，僥倖一遇，不敢期必之意，蓋以鶯鶯年小性剛、未得風流況味故也。[田徐眉]"看避近"三句，僥倖一遇，不敢期必之意，蓋以鶯鶯年小性剛、未得風流況味故也。[參徐眉]成了決不怕！[陳眉]鶯也不是怕娘的。[孫眉]鶯也不是怕娘的。[劉眉]鶯也不是怕娘的。[廷眉]"看避近"三句，僥倖一遇，不敢期必之意，蓋以鶯鶯年小性剛、未得風流況味故也。[張眉]二曲後首句，三字、五字俱可。[湯眉]好！

[湯沈眉]"倘"，未必之詞，言鶯年小性剛，倘與親傍，恐乍逢未免厭畏，看這避近偷香，如何便得風流況味耶！若果成就會溫存嬌婿，那時無厭，且得況味矣，怕甚麼親娘拘束乎！此是無端轉念。方解未合。[合眉]未成就時，親娘幾會管束得來？[峒眉]詞白俱佳。[毛夾]此又一轉，言鶯之所以憚夫人者也，則是少年性氣不耐受耳。倘得我親傍時，雖初間不耐，到一親傍後，試看何如？蓋其所以有性氣者，終是未得情耳。倘得情，夫人且不憚，何性氣耶？參釋曰："看避近"句，是虛住語；"終則是"句，是隔接語。他本"終則"作"纔到"，字形之誤。

【四煞】夫人忒慮過，小生空②[湯沈旁]一作"豈"。妄想，[士旁]自忖自笑。[余旁]自忖自笑。

[張眉]"忒慮過"、"空妄想"，總是承上，自己商忖之詞；添"夫人"，無謂。

郎才女貌合相仿。③[凌旁]作"訪"。[畫徐眉]"訪"，即尋訪，言如此女貌，正宜訪配如此之才郎也。[畫徐眉]"訪"，即尋訪，言如此女貌，正宜訪配如此之才郎也。[新徐眉]此正"合相訪"。[廷眉]"訪"，即尋訪，言如此女貌，正宜訪配如此之才郎也。

休直待眉兒淺淡思張敞④，春色飄零憶阮郎。[繼眉]張敞常為妻畫眉，長安傳"張京兆眉嫵"。"阮郎"，用阮肇入天臺事。[槐眉]□□□□□□□□□□□長安傳以"張京兆眉嫵"。有司奏，上問之，敞對曰："臣聞閨房之內、夫婿之私，有過於畫眉者。"[起眉]無名："豈"，今本盡作"空"，遂與下文矛盾。"淡了"，一作"淺淡"，腐語。[湯沈眉]"仿"，仿佛也，作"訪"，非。"休直待"二句，因夫人慮過，恐誤其時節。

非是嗻自誇獎：他有德言工[田徐旁]本作"功"。貌，小生有恭

---

① "拘束"：湯沈本作"拘管"。
② "空"：起本、毛本作"豈"。
③ "合相仿"：王本作"當合訪"；畫徐本、新徐本、廷本、張本作"合相訪"。
④ "淺淡"：起本、封本作"淡了"。"思張敞"：王本、廷本作"尋張敞"。

儉溫良。　[畫徐旁]此正是"合相訪"。[湯沈旁]二句正"相仿"意。[參徐眉]
以貌配貌，以德配德矣。[王夾]"尋"，一作"思"。[文眉]句句含情，
字字着力。[起眉]無名：一作"德行容貌"，一作"德言容貌"，皆非。[凌眉]"工
貌"，俗本作"容貌"，非。[廷夾]"尋"，一作"思"。[湯沈夾]《禮記》："婦人
有四德：德言容功。"諸本作"工"，非。[封眉]以"合相訪"，故曰"豈妄想"。時
本"訪"作"彷"，"豈"作"空"，皆非。"淡了"，時本作"淺淡"，對"飄零"雖
切乏致。[毛夾]且夫人亦過慮耳，我豈妄想耶？郎才女貌，正相當也，必如所慮，
將直待眉淡尋歇、春去思阮耶晚矣！我非敢自誇，實相當也。"彷"，即彷彿，勿作
"訪"。"豈妄想"，俗作"空妄想"，非。參釋曰：此三曲反復紅語，緊
承上"回頭一望"、"老母威嚴"二意，以申其纏綿之情，步步轉變。

【三煞】想着他眉兒淺淺描，臉兒淡淡粧，粉香膩玉搓咽項①。
[畫徐眉]言粉玉搓成一條項頸。[田徐眉]言粉玉搓成一條項頸。蘇長公詞：膩玉
圓搓素頸。[凌眉]王伯良曰："咽項"二字連。徐文長曰：言粉玉搓成一條咽項也。
[廷眉]言粉玉搓成一條項頸。"搓咽項"，俗作"搓脂項"，可笑，可笑！[湯沈眉]
蘇長公詞：膩玉圓搓素頸。俗本作"搓胭項"，非。[封眉]"粉香膩"句，是用蘇長
公【滿庭芳】"香靉雕盤"詞也。　翠裙鴛繡金蓮小，紅袖鸞銷玉筍長。
時本誤作"玉搓咽兒"，大謬。

[湯沈旁]佳對！[文眉]不想呵其實強：[張眉]"強"，去聲。你撇下②半天風
"玉筍"，喻窄之美也。

韻，我拾得③萬種思量。　[謝眉]"翠裙鴛繡"，與"紅袖"天然聯句。今人自
不及此！[士眉]"撇、拾"二字，描寫撇者丟情，
拾者落得。[余眉]"撇、拾"二字，描寫撇者丟情，拾者落得。[繼眉]"撇、拾"
二字，描寫入畫。[容眉]妙！[起眉]李曰：予少習本業，每屏去《西廂》不見。
非不欲見，見便不忍釋手。"你撇下半天風韻，我拾得萬種思量"，一字一態，使人
那得不愛？[陳眉]中他機謀八、九分。[孫眉]中他機謀八、九分。[劉眉]中他機
謀八、九分。[文眉]用"你、我"二字，合宜。[湯眉]好！[湯沈眉]"撇、拾"
二字，描寫撇者丟情，拾者落得。[合眉]他掉下的，誰要你拾來？精扯淡！[峒眉]
挑上了相思擔子。[毛夾]又提所以想之之故，漸趨作結。"搓胭項"，用蘇長公詞
"膩玉圓搓素頸"語，然原本"胭項"即"素頸"意，勿作"咽項"。"鸞銷"，銷金
作鸞也，俗作"鸞綃"，非。參釋曰：此復作形容者，因前過緊切，此是放慢一步
法。[潘夾]"掉下"，如遺掉下東西，被人拾得去也。掉的是簪珥，拾的是簪珥；掉
的是箋帕，拾的亦是箋帕。此掉的是"風韻"，彼拾的是"思量"，如雲英化水，箏
絲成龍，奇變不可方物。昔人稱韓娥去後三日，歌聲猶然繞梁，此蓋善於言"掉下"

---

① "咽項"：毛本作"胭項"。
② "撇下"：潘本作"掉下"。
③ "拾得"：起本作"捨得"。

者矣。然聲音之道，卻實實有此種情理。此更加在
"風韻"上，愈覺幻化成空靈，若在巫山暮雨之中。

卻忘了辭長老。〔見潔科〕小生敢問長老，房舍如何？〔潔云〕

塔院側邊西廂一間房，^{〔潘旁〕標題在此。}甚是瀟灑，正可先生安下。現收拾下

了，隨先生早晚來。^{〔魏眉〕中了他機關。}〔末云〕小生便回店中搬去。〔潔云〕

吃齋了去。〔末云〕老僧收拾下齋，小生取行李便來。〔潔云〕既然

如此，老僧準備下齋，先生是必便來。〔下〕〔末云〕若在店中人鬧，

倒好消遣；搬在寺中靜處，怎麼捱這淒涼也呵。^{〔士眉〕此白語卻自真境。}〔余眉〕此白語卻

自真境。〔容眉〕妙！〔參徐眉〕正人自迷。〔凌眉〕王本去此一段白，將《西

廂》根據盡抹殺矣！況法本復在，何時下場耶？徐士範曰："此白語卻自真境。"

〔湯眉〕妙！〔合眉〕幽靜中
自有熱鬧所在，不消愁得。

【二煞】院宇深，枕簟涼，一燈孤影搖書幌。縱然酬得今生志，
着甚支吾此夜長。^{〔田徐眉〕"縱然"二句，言後雖成就，此時此夜殆難為情耳。}^{〔湯沈眉〕"縱然酬得"二句，言後雖成就，此時此夜}
殆難為情耳。睡不着如翻掌，少可①^{〔湯沈旁〕一作"可"。}有一萬聲長吁短歎，五千遍
搗②枕搥床。^{〔畫徐旁〕亦俚。}^{〔田徐旁〕亦俚。}^{〔士眉〕此處微見痕疵。}^{〔余眉〕此處微見痕疵。}^{〔參徐眉〕難捱如是夜！}^{〔陳眉〕數不盡相思情態！}
〔劉眉〕數不盡相思情態！〔文眉〕此見生思之深，慕之切。〔凌眉〕徐士範曰：此處
微見痕疵。二語何元郎所摘，以其太着相也，只易"一萬聲"、"五千遍"二襯語便
妙矣。〔封眉〕時本誤作"五
千遍"，無怪為何元朗所摘。

【尾】③嬌羞花解語，溫柔玉有香，我知他乍相逢記不真④嬌模
樣，^{〔湯沈旁〕極反復模糊。}想我則索手抵着牙兒慢慢的想。〔下〕^{〔士眉〕此時要"記真嬌模樣"，何不初}
見時莫"眼花繚亂"。〔余眉〕此時要"記真嬌模樣"，何不初見時莫"眼花繚亂"。
〔槐眉〕"花解語"，出詩文。太液池開千葉蓮花，武帝與妃子共賞，謂左右曰："何似

---

① "可"：王本、湯沈本作"呵"。
② "五千遍"：封本作"幾千遍"。"搗"：王本作"倒"。
③ "嬌羞"之前，王本、毛本多"誰想"二字。
④ "記不真"：封本作"記不盡"。

我解語花耶?"［容眉］妙,妙!［起眉］王曰:"記不真嬌模樣",不索之想外,亦不束之想中,轉從九回腸抉出。慢慢的妙竅,入一解,深一解。李曰:"索手抵着牙兒慢慢的想",想渠想不了,人聽之,亦想不了。［田徐眉］"柔玉"二語,古有之,今於鶯鶯始信,故曰"誰想",言不想真有這樣人也。［參徐眉］愈想愈結。［文眉］"解",去聲。［湯眉］妙,妙!［湯沈眉］"真"字,俗本作"得",非。［合眉］只一"想"字,參透情字玄關。［魏眉］數不盡相思情態。［峒眉］數不盡相思情意。［封眉］即空本作"記不真",便相懸遠。［毛夾］"着甚",將甚也。"誰想",猶言不道也。參釋曰:"院字"一節,回頭借寓,正見章法。"乍相逢"一語,宜入第一折而結在此者,為下折見鶯地,與"比初見時龐兒越整"句相應。［潘夾］"想"字,是參破情關種子。張於此,方是入想;直至草橋夢破,方是出想。夢也,想也,因也。若使一轉便合,則情關不透,大覺不開。"慢慢"二字,正是用想入微妙境。張是菩薩乘,不是佛,故法從漸入。雖電光隙影,亦時露慧根。不然,幾於當面措(錯)過。

［容尾］總批:無端一見,瞥爾生情,便打下許多預先帳,卻是無謂,卻是可笑。秀才們窮饞餓想,種種如此!到底做上了,所謂有志者事竟成也。

［新徐尾］總批:"記不盡嬌模樣",不索之想外,亦不束之想中,從九迴腸裏抉出,的妙!竅入一解,深一解。

［王尾·注二十二條］

【粉蝶兒】:首二句,反詞。"周方",即周旋方便之意,北人歇後隱語。(關漢卿《謝天香》劇"想着俺用不當,不作周方")(《唐三藏》劇"恨韋郎不作周方")。(董詞"見了可憎的千萬"。)不曰"可愛"而曰"可憎",反詞見意。猶業冤、冤家之謂,愛之極也。(元白仁甫《喜春來詞》"向前摟住可憎娘"。)(關漢卿《玉鏡臺》劇"穩坐的有那穩坐人堪愛,但舉動有那舉動可人憎"。)(喬夢符《金錢記》"龐兒俊俏可人憎"。)可證。"你則借與我"以下,正"做周方"意。"盼行雲眼睛打當",周高安所謂俊語也。

【醉春風】:古本"寡情人一見了有情娘",今本作"多情"。"寡情人"二句,與後折"我從來心硬,一見了也留情"一例,又與上文"往常時聽得説,傅粉的委實羞"二句文氣正接,及《會真傳》中稱張生"內秉孤貞"數語皆合。又【醉春風】譜,第三句第一字當用仄聲,似當從古本。兩"癢"字,後一"癢"字,另唱。"心漾",即狂蕩不自由之謂。(元詞"花柳鄉中,綺羅叢裏,才見使人心漾"。)俗本作"心忙",

謬。然"惹"字得平聲方叶。

【迎仙客】："面如童，少年得內養"一句下，勿斷，原七字句，襯一字。言老而面尚如童，以少年得內養故也。"頭直上"，猶言"頭兒上"，北語也。（董詞"只少個圓光，便似聖僧模樣"。）

【石榴花】："大師"，僧家尊稱，如云"僧伽大師"之類，勿作"泰"音。後同。"行"，輩也，《史記》"大父行、丈人行"皆音去聲，《記》中多作平聲用。唐都陝，咸陽，關中地也。張生以應舉，道經於蒲，此不宜更有"寄居咸陽"之語，稍戾。"四海空囊"及下"風清月朗"，將言所酬輕鮮，故先敘其家世清苦如此。

【鬭鵪鶉】："和光"，用老子語。"衡"，正也，眞也。"風清月朗"以上二句，當屬上【石榴花】調看，上皆說先人事，"小生"兩字以下，皆說己事。"窮秀才"勿斷，七字成文，襯一字。《格古要論》謂：金品，七青八黃，九紫十赤。末四句，蓋自家商量私語之詞，非直對長老說也，觀用一"他"字及下白"逗㮡老和尚"數語可見。言秀才人情，從來甚薄，"儘教我"訴說清苦，他定自"掂斤估兩"，而議論我之輕鮮也。

【上小樓】："把小張、對豔粧，着言詞說上"是央及和尚之詞，故曰"小張"。俗本改作"有主張"，謬。

【幺】：湖廣瀏陽縣石霜山有崇勝寺，僧普會居之，名其堂曰"枯木"。張生所不欲者，廚堂、方丈；其所欲者，"離南軒"以下數句。"怎生"二字貫下。

【脫布衫】：此亦見紅娘穩重而不輕佻，與前"顛不剌"曲意同。

【小梁州】："可喜娘"勿斷。（董詞"穿一套兒白衣裳，直許多韻相"。）時居崔相之喪，故曰"淺淡粧"，又曰"縞素衣裳"。"鶻伶"，伶俐之意。"鶻"，《中原音韻》讀作"胡"；"伶"，音零，了慧貌，俗作"憐"字通用，非。董詞作"鶻鴒"，他詞或作"胡伶"。古本"六老"（董詞作"淥老"），今從董，北人調侃謂"眼"，見《墨娥小錄》。"鶻伶淥老不尋常"，稱紅娘之眼乖俊異常，下"偷睛望"、"眼挫裏抹張郎"，正見其眼之乖也。（董詞"那鶻鴒淥老兒難道不清雅，見人不住偷睛抹①。）

---

① ［王夾］叶罵。

大都北語，元無正音，故字多通用。"鶻伶"概言"伶俐"；而帶言"渌老"，則指眼耳。（元宋方壺詞"懵懂的憐磕睡，鶻伶的惺惺惺"。）（王和卿詞"假胡伶、騁聰明"。）可征其不專為眼也。

【幺】：愛惜紅娘之至，故不欲其"疊被鋪床"。奴婢贖身、妓女落籍，皆曰"從良"。"央"，央及也。諸本兩"央"字，重。又，下一句，法當用仄聲，"央"字不叶。古本作"夫人快"，復難解。"快"字，擬以勉強之"強"易之，下言即夫人小姐不肯，我亦硬做主張，自寫與個契券，而使他從良耳。古注云：蓋得隴望蜀之妄想。

【快活三】："女豔粧"三字連讀，猶言豔粧女也。"演撒"謂有，"潔郎"謂僧，"睃趁"謂看：俱調侃詞也，見《墨娥小錄》①。"既不沙"勿斷，"既"字襯，"沙"助語詞，下七字成文。"特來"猶後"別樣出落"之謂，甚之詞也。"晃"，炫耀之意。言崔家豔粧之女，莫不有你老僧之意，不然你非佛菩薩，既非為看你能顯毫光而來，何故打扮得十分炫耀如此也。（董詞"諸僧與看人驚晃"。）"晃"字正此意。古注謂："顯毫光"，嘲其禿首。杜撰無據；及解於義似近，實非本旨。何元朗云：曲至緊板，即古樂府所謂"趨"。趨者，促也。絃索中，大和絃是慢板，至花和絃則緊板矣。北曲如【中呂】至【快活三】，臨了一句放慢來，接唱【朝天子】；【正宮】至【呆骨都】，【雙調】至【甜水令】，【仙呂】至【後庭花】，【越調】至【小桃紅】，【商調】至【梧桐兒】，皆大和絃，又慢板矣。南人少解此者。並附。

【朝天子】："好模好樣"句，俱生唱，俗本作法本唱，非。因上白，本云"先生是何言語"數語，故言你何必粧此好模樣以莽撞於我，我即以此譴你，煩惱了什麼唐三藏而便怪我耶？然你亦無怪我說，許大人家，不使兒郎來，而使梅香來，跡自可疑，你不過在我跟前一時口強，硬抵頭皮為此倔強之態，不知背後有許多經薄處也。"我行"、"口強"各二字成句，與上"主廊、洞房"一例。兩"強"字，一如字，一去聲，各音見本曲下。徐云："則麼耶"，亦古僧名。然無考。又，此句調法須五字，"則麼耶"系襯字，若作古僧名，則多三字矣，不敢從。

---

① [王眉]《傳》中諸解皆證據的確，所以解頤。

　　〔白〕："禪"，除服祭名也。《禮記》注：二十七月而禪。"禪事"，別本或作"禪日"。

　　【四邊靜】："湯"，偶一近身之謂。"相偎傍"，以長久言也。"湯"也，暫言也，即後"看邂逅偷將韓壽香"之意。（鄭德輝《㑇梅香》劇"誰敢湯着你那小蠻腰"。）（《玉鏡臺》劇"我不會將你玉筍湯"。）（《金綫池》劇"休想我指甲兒湯着你皮肉"。）俗本作去聲，非。徐云：凡人禮佛，以祈求消災長福；今鶯之軟玉溫香，不必偎傍，若得一湯着其身，便可消除災障矣，何必禮佛以求之耶？

　　〔白〕"年方二十三歲"，當從本傳，以"二十二"為正。

　　【哨遍】：（董詞"百千般悶和愁，盡總撮在眉尖上"。）"待颺下教人怎颺"，古注：即俗云欲丟丟不下也。"颺"，董作"漾"。

　　【要孩兒】：前三曲一意相屬：【三煞】追思鶯鶯之豔麗，【二煞】摹寫旅館之淒涼。"遊客"，張生自謂。言鶯本欲將心事傳我，但畏懼老夫人知之，故不敢耳。"怨黃鶯"二句，指鶯鶯說，謂夫人恐其女春心之蕩，"怨黃鶯作對，恨粉蝶成雙"，而自尋配偶也。曰"怨"曰"恨"，便着夫人說不得。

　　【五煞】："乍相逢厭見何郎粉"，應"年紀小性氣剛"句；"看邂逅偷將韓壽香"，應"張郎倘得相親傍"句。大約言鶯鶯年小性剛，未得風流之情況，故尚厭畏於我；看我得親傍而一竊其香之後，彼自然愛我溫存不暇，而尚肯懼夫人之拘束耶？

　　【四煞】："仿"，仿佛也，筠本作"訪"，非。"當合仿"，謂己與鶯鶯才貌相當，正宜配合。而夫人過慮不肯，直待誤其時節，眉淡而尋張敞，春去而憶阮郎耶？"非是嗟誇獎"以下三句，正所謂才貌之相仿也。《禮記》："婦人四德：德言容功"。舊俱作"德言容貌"，與"貌"重，且四德缺一；顧玄緯本作"工貌"，今從之。"工"，本作"功"，今更正。徐云："恭儉溫良，此男子四德也。"

　　【三煞】："咽項"二字相連，"搓"字當虛活字用。蘇長公詞"膩玉圓搓素頸"，實甫本此。俗本作"搽胭項"，謬甚。徐云：言粉玉搓成一條咽項也。

　　【二煞】：中二句，言後雖成就，此時此夜，殆難為情耳。（"睡不着如翻掌”，系董詞。）“少呵”略讀，作白，諸本作“少可”，非。“倒枕”，顛倒其枕也。徐云：“一萬聲”二句猥俗。何孔目譏之，良是。

【尾】：古本首有“誰想”二字。“花解語”、“玉有香”，古有是語，今於鶯鶯始信，故曰“誰想”，言不想真有這樣人也。詞隱生云：有此二字反滯，不若從今本刪去。

[陳尾] 一見如許生情，極盡風流雅致。

[孫尾] 無端一見，瞥爾生情，便打下許多預先帳，卻是無謂，卻是可笑。秀才們窮饞餓想，種種如此！到底做上了，所謂有志者事竟成也。

[劉尾] 一見如許生情，極盡風流雅度。

[湯尾] 無端一見，便打下許多預先帳，卻是無謂，卻是可笑。秀才們窮饞餓想，種種如此！到底做上，所謂有志事竟人求也。

[合尾] 湯若士總評：老和尚，智慧僧也，亦參不徹、跳不出小張圈套裏，卻被小張算定全局。李卓吾總評：無端一見，瞥爾生情，便打下許多預先帳，卻是可笑。秀才們窮饞餓想，種種如是！到底也做得上，只是有志者事竟成也。徐文長總評：假寓蕭寺，乃張生一段癡情。及見紅娘，不覺驚喜，遽爾涉謔。法本不解此情，便鑿鑿認真。既而要紅私語，亦是癡情。至於無可奈何，指望紅娘見憐，反被搶白，而此心亦愈不能已。張生固是情種。

[魏尾] 總批：“記不盡嬌模樣”，不索之想外，亦不束之想中，從九迴腸裏抉出，的妙！竅入一解，深一解。

[峒尾] 批：嬌姿如此絕世，須鐵佛子、泥護法，尤難遏其真矣。

[潘尾·說意] 《西廂》情文之妙，妙在崔張之互寫，尤妙在紅娘之旁寫、參寫。崔張所說不出者，紅則為之顯喻而切諷之；崔張所不自知者，紅則為之深彈而曲中之。紅苟非極慧巧、極敏便、千伶百俐人，則崔張之情，十不得二三耳；即少解事焉，亦十得五六而止耳。則紅誠天下之極慧巧、極敏辨、千伶百俐，無復有過焉者也。而紅之千伶百俐、極慧巧、極敏便，又孰從而寫之？夫人之體無稱揚也，小姐之情有督過也，因遂於張之驟然接對間，力發其極慧巧、極敏便、千伶百俐之狀，於紅娘未曾旁寫、參寫崔張之情之前，乃以見後此紅娘之旁寫、參寫，誠有如是之慧巧敏便，千伶百俐者也。故此

篇之襯寫紅娘，非止單襯雙文，正以並襯崔張也。全部是《崔張傳》，此幅是《紅娘傳》。

　　百丈往參馬祖，被祖一喝，直得三日耳聾。張得紅娘峻拒之詞，將一天歡喜，變作恁地嗔癡。張雖具猛力，未免顛倒墮其玄中。紅侍者，機鋒簇簇，此只當得入門一棒。

第三折

　　[正旦上云] 老夫人着紅娘問長老去了，這小賤人不來我行回話。[容旁] 嬌態！[湯眉] 嬌態！[紅上云] 回夫人話了，去回小姐話去。[旦云] 使你問長老：幾時做好事？[湯眉] 嬌態！[紅云] 恰回夫人話也，正待回姐姐話：二月十五日，請夫人姐姐拈香。[參徐眉] 俗所謂"就是紅娘"者，正在此處看出。[紅笑云] 姐姐，你不知①，我對你說一件好笑的勾當。[潘旁] 妙手發端。[湯沈眉] 説起閫外所見事情，乃人家婦女常事。嗻前日寺裏見的那秀才，今日也在方丈裏。[峒眉] 巧哉媒婆！不媒之媒。[潘旁] 事事湊巧，還他印證。他先出門兒外等着紅娘，深深唱個喏道："小生姓張，名珙，字君瑞，本貫西洛人也。年二十三歲，正月十七日子時建生，並不曾娶妻。"[天李旁] 述一番尤妙！[潘旁] 竟住，妙！姐姐，卻是誰問他來？[潘旁] 與前"誰問你來"相顧。他又問："那壁小娘子莫非鶯鶯小姐的侍妾乎？[陳眉] 好媒婆！[孫眉] 好媒婆！小姐常出來麼？"被紅娘搶白了一頓呵回來了。姐姐，我不知他想甚麼哩，[合旁] 你道想什麼？[容眉] 你道想甚麼？[陳眉] 你道想甚麼？[孫眉] 你道想甚麼？[劉眉] 你道想甚麼？[湯眉] 你道想甚麼？世上有這等傻角②！[謝眉] "傻角"，即是喬才，字意相似。[繼眉] "傻"，音灑。[畫徐眉] "傻"，音灑，傻俏不仁，曰輕慧貌。此句甚有

———————————

① 峒本無"你不知"三字。
② "傻角"：毛本作"傻子"。

意。宋人謂風流蘊籍為"角"，故有"角妓"之名，今雜劇尚有"外角"，其遺語也。"傻角"，是排調語。[田徐眉]"傻"，音灑，傻俏不仁，曰輕慧貌。此句甚有意。宋人謂風流蘊籍為"角"，故有"角妓"之名，今雜劇尚有"外角"，其遺語也。"傻角"，是排調語。[文眉]"傻角"，音洒寡。[凌眉]徐文長曰："傻"，音灑，輕慧貌。宋人謂風流蘊藉為"角"，故有"角妓"之名。"傻角"，是排調語。[廷眉]"傻"，音灑，傻俏不仁，曰輕慧貌。此句甚有意。宋人謂風流蘊籍為"角"，故有"角妓"之名。今雜劇尚有"外角"，其遺語也。"傻角"，是排調語。[湯沈眉]"傻"，音灑，傻俏不仁，曰輕慧貌。此句甚有意。宋人講風流蘊藉為角，故有"角妓"之名。"傻角"，是排調語。[合眉]傻俏輕慧為"傻"，風流蘊藉為"角"。"傻"，音灑。[魏眉]巧哉媒婆！不媒之媒。

[旦笑云] 紅娘，休對夫人説①。　[潘旁]妙於會意！　[田徐旁]肺腑之言！　[參徐眉]眞有心人！　[湯沈眉]休對夫人説，便是有心人了。隨説去燒香，其意云何？

天色晚也，安排香案，嗒花園內燒香去來。　[田徐旁]唯恐漏洩春天機。　[下]

[潘夾]紅的笑，是裝點着面皮去動人；鶯的笑，是領會在心苗裏自想。各有一種説不出口處。

[末上云]搬至寺中，正近西廂居址。　[槐眉]"址"，音止。　[潘旁]揀選得好。我問和尚每來，小姐每夜花園內燒香。這個花園和俺寺中合着。比及小姐出來，我先在太湖石畔牆角兒邊等待，飽看一會。兩廊僧眾都睡着了。夜深人靜，月朗風清，是好天氣也呵！正是"閑尋方丈高僧語，悶對西廂皓月吟"。　[廷夾]"傻"，音灑。　[毛夾]"傻子"，亦作"傻角"，坊語佻浪也。近有將曲白全改者。他不必論，即如此白內"前日寺裏那秀才"諸句，因欲實己、鶯不遊寺之説。將"寺裏"改作"庭院"，其胸中曖昧又如此。[潘夾]《驚夢》篇中，歷敘僮睡，張亦睡，夫人和紅娘都睡。不知此時，兩廊僧眾先已都睡着了，一班魔頭，不解事人，宛然可想。豈眞打參入定耶？

【越調】【鬬鵪鶉】玉宇無塵，　[凌眉]【鬬鵪鶉】首句原不用韻，如後"彩筆題詩、夜去明來"，皆不用韻。故用"塵"字，非以眞文誤入庚青也。　[封眉]即空主人曰：【鬬鵪鶉】首句原不用韻，後"彩筆題詩、夜去明來"皆然。故用"塵"字，非以眞文誤入庚青也。銀河瀉影；月色橫空，花陰滿庭；　[士眉]夜月清絕，春情豐贍，具見此兩。[余眉]夜月清絕，春情豐贍，具見此兩。　[容眉]畫！

———————————

① "[旦笑云]"數語，田徐本作："[鶯笑科]紅娘，不搶白他也罷了。休對夫人説。"

［畫徐眉］自好！［田徐眉］自好！［文眉］詠夜景，天清月皎處，妙甚！［廷眉］自好！［湯眉］畫！［湯沈眉］自好！　羅袂生寒，芳心自警。［參徐眉］張生身心，都被鶯鶯束縛了。　側着耳朵兒聽，躡着腳步兒行：悄悄冥冥，潛潛等等。［起眉］李曰：自警芳心，就於花月生寒，寫出花弄色弄陰。［田徐眉］亦見成語。［新徐眉］描等候情，非身有其事者不能一字。［陳眉］描景眞趣。［孫眉］描景眞趣。［合眉］妙手！王維描不出。［魏眉］描出眞趣。［嶋眉］描出眞趣。［潘夾］"芳心自警"，是初學偷香，有多少戰戰兢兢處。下"側耳躡足"，從此生出。

【紫花兒序】［張眉］《西廂》此曲，第一二三句俱少三字。等待那齊齊整整，裊裊婷婷，姐姐鶯鶯。［田徐旁］多是想像。［潘旁］"等"字接上。［容眉］妙，妙！［孫眉］妙，妙！［湯眉］妙，妙！　一更之後，萬籟無聲，直至鶯庭①。若是迴廊下沒揣的見俺可憎，［謝眉］"沒揣的"，猶云不意中。［士眉］"沒揣的"，猶云不意中。［余眉］"沒揣的"，猶云不意中。［繼眉］"沒揣的"，猶云不意中。［槐眉］"沒揣的"，猶云不意中。［田徐眉］"沒揣"，猶言不著意、猛然間也。［凌眉］徐士範曰："沒揣的"，猶云不意中。［湯沈眉］此多是虛妄想。"沒揣的"，猶云不意中。［封眉］"中庭"，時本作"鶯庭"。　將他來緊緊的搜定；只問你那會少離多，有影無形。［潘旁］比"湯他一湯"，又進一層。一天妄來，魔高十丈。［容眉］餓極了！［起眉］王曰：意中景，影中情。［畫徐眉］"會少"句，擬對鶯語；"有影"句，張自況也。［田徐眉］"會少"句，擬對鶯語；"有影"句，張自況也。［王夾］"憎"，平聲。［陳眉］想來快活！［孫眉］餓極了！想來快活！［劉眉］想來快活！［文眉］"緊"，音蘆。［凌眉］無非謂鶯難得等閑見面，妄擬以此詰之。徐云"'有影'句，張自況"，不通。［廷眉］"會少"句，擬對鶯語；"有影"句，張自況也。［廷夾］"憎"，平聲。［湯眉］餓極了！［湯沈眉］"會少"句，擬對崔語；"有影"句，張自況也。［合眉］癡態癡心，一筆勾出。［魏眉］意中景，景中情。［嶋眉］意中景，景中情。［毛夾］"羅袂"二句，是遙揣語。"羅袂"、"芳心"，俱指鶯言，以此時夜久涼生，芳心易動，揣鶯未必不出也。故下直接"等鶯"諸句。"自警"之"自"，作自然解。"一更之後"是虛揣語，言倘一更後寂然，則我將爾爾矣。"直至"，與董詞"漸至"不同，"漸"是實境，"直"是空寫也。"沒揣的"，猶云無意間也。"有影無形"是懍悅語，最妙。通折亦俱有疑鬼疑神之意。參釋曰："玉

————————————

① "鶯庭"：封本作"中庭"。

宇"至"鶯鶯"，揣其必至之情；"一更"至"無形"，預為不至之計。二曲作一節。
又參曰：董詞"玉宇無塵，銀河瀉露"，《㑇梅香》劇"靜無人悄悄冥冥"，《蘇小卿》
劇"怎和他等等潛潛"，又董詞"張
生微步，漸至鶯庭"等，俱成語。

[旦引紅娘上云] 開了角門兒，將香桌出來者。[末唱]

【金蕉葉】猛聽得角門兒呀的一聲，風過處衣香細生。[潘旁] 香
從花生？抑
從風生？試參之。[容眉] 畫！[畫徐眉] 好！踮着脚尖兒仔細定睛，比我
[田徐眉] 好！[廷眉] 好！[湯眉] 畫！
那初見時龐兒越整。[士旁] 翻上"記不眞嬌模樣"句。[余旁] 翻上"記不
眞嬌模樣"句。[湯沈旁] 鍾情處的眞如此！[謝眉] 翻
上那"記不眞嬌模樣"句。[繼眉] "比我"句，翻上"記不眞嬌模樣"句。[槐眉]
"比我"句，翻上"記不眞嬌模樣"句。[起眉] 王曰：就前"記不眞模樣"句，透
出一層。[孫眉] 畫！[文眉] "踮"，音店。[張眉] "踮"，是脚尖着地，訛"蹺"，
非。[湯沈眉] 此方是實景。"比我"句，翻上"記不眞嬌模樣"句。[合眉] 月下看
人愈覺俊美。龐兒比前越整，是從實景寫出。連小張也不知此意。[封眉] "踮"
字，查字書無。或亦蹩字之義，時本皆然。[毛夾] 此寫鶯與首折又異，故以
"初見時"一語微作分別。"花香"不實指花，門一開而香已襲，似風過花生香
者。董詞："聽得啞地門開，襲襲香至"；又聽琴時，"朱扉半開啞地響，風過處唯聞
蘭麝香"，皆指鶯，可驗。參釋曰：此合下曲，俱寫鶯語。[潘夾] 凡天下未曾經見
之物，初視之，猶若驚疑；繼視之，乃覺詳審。初視之，即仔細猶驚疑也；繼視之，
即不什分仔細已覺詳審
也。此物理自然之節次。

[旦云] 紅娘，移香桌兒近太湖石畔放者！[末做看科云] 料想
春嬌厭拘束，等閑飛出廣寒宮。看他容分一撚，體露半襟，軃香袖以
無言，[文眉] "軃"，垂羅裙而不語。似湘陵妃子，斜倚舜廟朱扉；如
音妥。

玉殿嫦娥，微現蟾宮素影。是好女子也呵！[參徐眉] 形容讚歎，不盡所
思。[凌眉] 此白全用董解元
語。[潘夾] 見紅娘，便讚"好女子也"；見鶯鶯，又讚"好女子也"。畢竟又孰勝？
紅侍者，已不減床頭捉刀人；今遇小姐，便如徐洪客見太原公子。其餘皆將相才矣。

【調笑令】我這裏甫能、見娉婷，[文旁] 比着那月殿嫦娥也不恁般撐①。
音聘亭。

_____

① "比着那月殿嫦娥也不恁般撐"：王本作"月殿嫦娥也不恁撐"；畫徐本作
"月殿嫦娥也不您撐"。"也不恁般撐"，張本作"不恁爭"；合本作"不您般爭"。

[士眉]"撐"，音稱，去聲。[余眉]"撐"，音稱，去聲。[繼眉]"撐"，音瞠。[槐眉]"姮娥"，出詩文。後羿得不死之藥於西王母，其妻姮娥服之以奔月，遂托生為蟾蜍。[畫徐眉]"月殿"句，言鶯鶯與姮娥一般，不爭差也。"您爭"，言不與你爭也，如云"不我欺"。[田徐眉]"月殿"句，言鶯鶯與姮娥一般，不爭差也。"您爭"，言不與你爭也，如云"不我欺"。[新徐眉]描月便似月，總見情至。[孫眉]關目好。[劉眉]好！[文眉]"娉婷"，美好貌。[凌眉]王伯良曰："甫能"二字，作句。[廷眉]"月殿"句，言鶯鶯與嫦娥一般，不爭差也。[張眉]"不愆爭"，言不爭差也，訛"撐"，非。[湯沈眉]"甫能見娉婷"，言我才見有這樣美麗人。"撐"，方言，謂美也。"不愆撐"，言嫦娥未必如此之美；方本作"不愆爭"，以不解"撐"字義耳。[合眉]"不您般爭"，言與你不爭差。[封眉]王伯良曰："甫能"二字作句。

遮遮掩掩穿芳徑，料應來[湯沈旁]一作"那"。小脚兒難行。[余旁]娉婷。[容眉]好！[劉眉]好！

[湯眉]好！可喜娘的臉兒百媚生，兀的不引了人魂靈！[畫徐旁]此句塞白，湊插而已。

[田徐旁]此句塞白，湊插而已。[廷旁]此句塞白，湊插而已。[合旁]此句塞白，湊插而已。[畫徐眉]本中如此湊數句，亦不少。[田徐眉]本中如此湊數句，亦不少。[陳眉]好！[孫眉]妙！[王夾]"娉"，平聲。[廷眉]本中如此湊數句，亦不可。[廷夾]"娉"，平聲。[毛夾]"甫能見娉婷"，頂上曲"比初見時"來，言今日才見得也。"甫能"，"能"字是韻，然一氣下，與前"偏、宜貼翠鈿"同，正是詞例。"撐"，過人也。《梧桐雨》劇"生得一件件撐"。擬嫦娥者，對月耳。末句似湊，然亦元習語，如《兩世姻緣》劇"兀的不坑了人性命，引了人魂靈"。[潘夾]"甫能"云者，非前不見，而今始見也。前者殿上之見，是無心撞出來的；今夜之見，是有心算計來的。故自誇其能。"甫"之為言，自此始也，是管後之詞，非翻前之詞。

　　[旦云]取香來！[末云]聽小姐祝告甚麼？[旦云]此一炷香，願化去先人，早生天界！此一炷香，願中堂老母，身安無事！此一炷香……[做不語科][容眉]關目好。[陳眉]不語處，情更真切。[孫眉]不語處，情更真切。[劉眉]不語處，情更真切。

[文眉]禁聲不祝，意在不言之表。[湯眉]關目好。[合眉]絕好關目！[魏眉]不語處，深可想想。[峒眉]不語處，深可想！可想！[紅云]姐姐不祝這一炷香，我替姐姐祝告：願俺姐姐早尋一個姐夫，拖帶紅娘咱！[旦再拜云]心中無限傷心事，盡在深深兩拜中①。[容眉]妙！

――――――――――

　　① "[旦再拜云]"數句：封本作"[鶯再拜吁科，紅云]姐姐心間無限傷情事，盡在深深兩拜中"。

［參徐眉］不語正是心香，紅娘和盤托出。［孫眉］關目好。［湯眉］妙！［長吁
科］［合眉］不由人不想殺。［封眉］“心間”二句，即空本作“鶯云”，誤。

［末云］小姐倚欄長歎，似有動情之意。

【小桃紅】夜深香靄散空庭，簾幕東風靜。拜罷也斜將曲欄憑，長吁了兩三聲。剔團圞明月如懸鏡。又不見輕雲薄霧，都只是香煙人氣，兩般兒氤氳得不分明①。

［謝眉］影出景象，攝出古人，而尤寫出情意。真作手也！［士眉］幽思致語。［余眉］幽思致語。［容眉］妙，妙！［田徐眉］始也“月如懸鏡”，因“香煙人氣”之氤氳，月遂不明，見怨氣之多也。［王夾］“憑”，去聲。［陳眉］妙甚！［孫眉］妙，妙！［文眉］“凭”，音憑；“氤”，音因；“氳”，音云。［凌眉］此後有增一“【幺篇】”者，語重復支離。古本所無。［張眉］“又不見”，言何曾有雲霧，不過香煙人氣，遂若遮蔽云云。“見”訛“是”，既重出，且無味。［湯眉］妙，妙！［湯沈眉］幽思致語。今本有“一輪明月”一折，古本無，不載。［毛夾］“憑”，去聲。此曲詞最俊妙。首四句接科白“燒香長吁”來。“剔團圞”以下，總作一掉，言明月如許，又無障翳，只空庭散香，曲欄長歎，便使我懔悷然也。參釋曰：寫燒香只此一節。［潘夾］從“仔細定睛”處，又說出一層不分明來。聞其倚闌長歎，更欲深窺其情態也。此文情上下相生不盡處。

我雖不及司馬相如，我則看小姐頗有文君之意。［陳眉］兩俱不亞！［孫眉］兩俱不亞！［劉眉］兩俱不亞！

我且高吟一絕，看他則甚：“月色溶溶夜，花陰寂寂春；如何臨皓魄，不見月中人？”［參徐眉］動人幽思。［文眉］“皓魄”，音顥珀。［旦云］有人牆角吟詩。［紅云］這聲音便是那二十三歲不曾娶妻的那傻角。

［容旁］妙！［潘旁］又作一番印證。［陳］果認得真！［劉眉］果認得真！［新徐眉］有膽有才。［湯眉］妙！［合眉］紅娘的是秦賣油，可兒，可兒！

［魏眉］果認得真！［峒眉］果認的真！［旦云］好清新之詩，我依韻做一首。［紅云］你兩個是好做一首。［旦念詩云］“蘭閨久寂寞，無事度芳春；料得行吟

①　少本、士本、熊本、凌本於此後多出一曲：“［生云］呀，好明月。【幺】［生唱］一輪明月可中庭，似對鸞臺鏡。（［士眉］翻宋人詩。［余眉］翻宋人詩。［繼眉］劉禹錫詩：“一方明月可中庭”。古本無“一輪明月”一折，姑存之。［槐眉］劉禹錫詩：“一方明月可中庭”。古本無“一輪明月”一折，姑存之。）常恨團圓照孤另，轉傷情。恰萬里長天淨，忽的風雲亂生，暈的清光掩映，吁的人作哨愁聲。”

者，［潘旁］太應憐長歎人。" ［參徐眉］消魂音律。［陳眉］銷魂銷魄之句。
作相知。 ［孫眉］銷魂銷魄之句。［合眉］有此酬和，千
載可憐，況行吟者！［魏眉］消 ［末云］好應酬得快也呵！
魂音律。［峒眉］知趣人兒！

【禿廝兒】早是那臉兒上撲堆着可憎，［畫徐眉］好！ 那堪那①心兒
［田徐眉］好！
裏埋沒着聰明。［士眉］"埋沒"句下字入神。［余眉］"埋沒"句下字入神。
［繼眉］"埋沒"句下字入神。［槐眉］"埋沒"句下字入神。
［起眉］李曰："埋沒"句下字入神。［畫徐眉］"埋沒"句下字入
神。言但知其色之美，今又驚其能詩也。［田徐眉］"埋沒"句下字入神。言但知其色之美，今又驚其
能詩也。［凌眉］徐士範曰："埋沒"，下字入神。［廷眉］好！"埋沒"句，下字入
神。言但知其色之美，今又驚其能詩也。［合眉］"埋沒"句，言但知其色之美，今
又驚其能詩。［封眉］"那更那" 他把那新詩和得忒應聲，一字字，訴衷
作"那更堪"、"那堪那"，皆非。
情，堪聽。［田徐旁］另唱。［王夾］"聽"，平聲。［文眉］"忒"，音特。［廷夾］
"聽"，平聲。［湯沈眉］"早是" 與 "那更" 相應。"埋沒"，下字入
神。言初但知其色之美，今又驚其能
詩也。"衷情"句斷，"堪聽"另唱。

【聖藥王】那語句清，音律輕，② ［湯沈旁］ 小名兒不枉了喚做鶯
一作"正"。
鶯。 ［湯沈旁］以吟詩如鶯之囀。［容眉］妙，妙！［起眉］無名："正"，今本多
作"輕"，非。歌有輕重抑揚，豈有偏輕之賞？［畫徐眉］好！［田徐眉］好！
［陳眉］妙！［劉眉］妙！ 他若是共小生、廝覷定，隔牆兒酬和到天
［廷眉］好！［湯眉］妙，妙！
明。方信道"惺惺的 ［湯沈旁］ 自古惜惺惺。" ［湯沈旁］張自謂。［士眉］
指鶯。 繾綣貪羨，三復更奇。［余眉］
繾綣貪羨，三復更奇。［繼眉］元樂府："葫蘆提憐懵懂，惺惺的惜惺惺。"［槐眉］
元樂府："葫蘆提憐懵懂，惺惺的惜惺惺。"［參徐眉］魂靈兒已在他行。［孫眉］妙，
妙！［凌眉］元樂府："葫蘆的憐懵懂，惺惺的惜惺惺。"人各有臭味也。［湯沈眉］
繾綣貪羨，三復更奇。元樂府："葫蘆提憐懵懂，惺惺的惜惺惺。"［合眉］若酬和到
天明了，只怕又要想酬和外事。［毛夾］"早是"二句，言初但見其貌，今且知其才
也。"埋沒"，只是包藏意，或謂以色而掩其才，則元詞"埋沒着禍根苗"，豈掩
其禍耶？"小名"句，亦本董詞"小名兒叫得愜人意"諸語。"覷定"，認得定也。此
時不隔牆反曰"隔牆"者，言能認定。我雖隔牆，酬我亦是憐我耳；況已不隔耶，所

---

① "那堪那"：王本、湯沈本作"那更堪"；封本作"那更那"。
② "輕"：起本作"正"。

以塞衣欲就也。王伯良本《凡例》中有云：《記》中有成語，如"惺惺惜惺惺"類；有經語，如"靡不有初"類；有方語，如"顛不剌"類；有調侃語，如"渌老"為眼類；有隱語，如"四星"為下梢類；有反語，如"可憎才"類；有歇後語，如"周方"類；有掉文語，如"有美玉於斯"類；有拆白語，如"木寸馬戶尸巾"類。此亦詞例，不可不知，因附識此。但又有襯副語，如"扢搭地"、"沒揣的"類；有坊語，如閩曰"攝窨"、闢曰"鑊鐸"類，既非侃語，又非方言，是教坊相習語。如此甚多，總以意會始得。至若務頭所禁九語，如市語、嗑語、蠻語、方語等，又別有解說。且務頭所列多有未確，此不深論。參釋曰：二曲實寫酬和也。[潘夾] 即將"鶯鶯"二字來評詩，妙甚！

最切"清、輕"二字。

我撞出去，看他說甚麼。[魏眉] 好關目。

【麻郎兒】[張眉]《西廂》此曲首二句俱多一字。我拽起羅衫欲行，[起眉] 無名：今本"衫"字下添一"待"字，似便於 [旦做見科] 他陪着笑臉兒相迎。唱。[容眉] 妙！[文眉] 彼此皆有送目傳情之意。[湯眉] 妙！[合眉] 笑臉相迎，誠不易得，張珙合當下拜謝恩。[紅云] 姐姐，有人，咱家去來，怕夫人嗔着。[合眉] 恨殺這丫頭，狠毒敗興！[鶯回顧下] [容眉] 好關目！[陳眉] 關目甚好！[劉眉] 妙在一□□□□，紅娘之言更妙！[湯眉] 好關目！[湯沈眉] 他本把"姐姐有人"以下白，載在【麻郎兒】下，倒了，多與曲意不合。[合眉] 妙句傳神！[峒眉] 好關目！[末唱] 不做美的紅娘太淺情，便做道①"謹依來命"。[田徐眉] "不當"，調侃"不該"，言紅娘不該如此謹依夫人之命而促之去也。[凌眉] 生欲行，鶯欲迎，而紅在側，故謂其"淺情不做美"。"便做道謹依來命"，言何不便依了我們意也。"謹依來命"，是成語，故用之，所取只一"依"字，猶"願隨鞭鐙"之類，此曲家法。徐改為"不當個"，而王強解云"不當依夫人之命而促之去"，何啻千里！[湯沈眉] "便做道"句，言方與鶯見，紅何便做道謹依夫人之命而促之去也。"便做道"，徐本改作"不當個"。[封眉] 時本詞曲、曲白多錯簡。即空主人曰："便則道謹依來命"，言何不便依我們之意也；"謹依來命"是成語，故用之，此曲家法。而王解云"不當依夫人之命而促之去"，夫何啻千里！

【幺篇】我忽聽②、一聲、猛驚。[謝眉] "忽聽、一聲、猛驚"，所謂六聲三韻。[士眉] "忽聽、一聲、猛驚"，所

---

① "便做道"：畫徐本、田徐本、王本、毛本作"不當個"。
② 峒本於"聽"字下多一"得"字。

謂六聲三韻。詞家以此見奇。人言《西廂》意重復而語蕪類，乃知金元雜劇止於四折，未為無見。然如此十六套，觀之不厭，唯恐終場，海錯此珍，固不嫌其多。

[**余眉**]“忽聽、一聲、猛驚”，所謂六聲三韻。詞家以此見奇。人言《西廂》意重復而語蕪類，乃知金元雜劇止於四折，未為無見。然如此十六套，觀之不厭，唯恐終場，海錯此珍，固不嫌其多。[**繼眉**]“忽聽、一聲、猛驚”，所謂六聲三韻。詞家以此見奇。[**容眉**] 還說驚紅娘之言更妙。[**田徐眉**] 此與下曲，皆鶯去後之景。首六字，本調所謂務頭，詞家以此見巧。[**參徐眉**] 還是驚紅娘之言更妙。[**孫眉**] 還是驚紅娘之言更妙。[**文眉**] 此正狀鶯鶯行步之意。[**湯眉**] 還說驚紅娘之言更妙。

[**湯沈眉**]“忽聽”三句，所謂六聲三韻，然須韻腳俱用平聲。[**合眉**]“忽聽”六字作三句讀，所謂六聲三韻也。然須韻腳都用平聲。[**魏眉**] 還是驚紅娘之言更妙。

[**峒眉**] 還是驚紅娘之言妙甚。[**封眉**]“聽、聲、驚”，六字三韻，用韻填字不得。後【麻郎兒】、【幺篇】皆然。

原來是撲剌剌宿鳥飛騰，[**新徐眉**] 可謂“征鴻怨”。**顫巍巍花梢弄影，亂紛紛落紅滿徑。**[**王夾**]“聽”，平聲。[**廷眉**] 大差！大礙血脈！[**廷夾**]“聽”，平聲。[**毛夾**]“聽”，去聲。[**潘夾**]“一聲”何聲？即下“撲剌剌宿鳥飛騰”也。張方欲賽衣向前，忽聽宿鳥飛騰而止。聯下數句讀去，寫得偷香人毛骨悚然。

　　小姐，你去了呵，那裏發付小生！

【絡絲娘】空撇下碧澄澄蒼苔露冷，明皎皎花篩月影。白日淒涼枉耽病，今夜把相思再整①。[**湯沈旁**] 有味！[**潘旁**] 所謂賦詩見志。[**畫徐眉**]“白日”作“向日”，“再整”作“投正”，大有理。言往日干相思枉得病，今夜卻幸得與之酬和，又陪着笑臉相迎，於一向之相思為不枉，故曰“把相思投正”也。[**田徐眉**]“白日”作“向日”，“再整”作“投正”，大有理。言往日干相思枉得病，今夜卻幸得與之酬和，又陪着笑臉相迎，於一向之相思為不枉，故曰“把相思投正”也。[**王夾**]“投正”，今本作“再整”。

[**文眉**]“耽”，音丹。[**凌眉**] 白日裏枉耽淒涼，夜裏再整相思，本明白。徐扭殺一天好事，二語竄改，紛紛以“白日”為“向日”，以“再整”為“投正”，而硬解“四星”為“有下稍”，總之胸中有僻也。[**廷眉**] 言往日干相思枉得病，今夜卻幸得與之酬和，又陪着笑臉相迎，於一向之相思為不枉，故曰“把相思投正”也。[**廷夾**]“投正”，今作“再整”。[**張眉**]“向日”二句，言往日相思，今得酬和，故曰“投正”。訛“白日”既非，且下曲有“淒涼”字，更不宜重犯也。第四句多一字，第五

────────────

①　“白日淒涼枉耽病，今夜把相思再整”：畫徐本、廷本作“向日淒涼枉耽病，今夜把相思投正”；王本、張本作“向日相思枉耽病，今夜把相思投正”；毛本作“向日相思枉耽病，今夜把相思折正”。

句少三字。[湯沈眉]"白日"與"今夜"相映。徐本作"向日";"再整"作"投正"。"投正",語似未俊。[毛夾]"不當個",猶言"不見得"也,言不見得個能將命也。與後折"不當個信口開合"、董詞"思量不當個口兒穩,野鴨兒喳喳叫,驚覺人來,不當個嘴兒巧"俱同。《墨娥小錄》解"不當"作"不該",一何杜撰可笑!

"一聲",指紅,故"猛驚",且宿鳥、花梢俱因之驚墜也。《㑳梅香》劇"忒楞楞宿鳥飛騰,撲簌簌落紅滿徑",俱排遞語。"忽聽"三句,三韻俱平,見務頭。"空撒下"二句煞上,"今夜"二句又起下二節。"折正"即"折證",言向來枉相思耳,今夜且折證,果何如也?正起下曲,與尾"照證"相呼應。諸本作"再整"固謬;他本或誤作"投正",致使紛紛之説,謂今夜酬和相思得着曰"投正",竟與上下文不相接,又與下"今夜凄涼有四星"句重。若王伯良引董詞"便做了受這恓惶也正本"為據,則不知"正本"亦即是"證本",如《凍蘇秦》劇"蘇秦只是舊蘇秦,今日個證本",《朱太守》劇"直將你那索離休的冤仇,待證了本"。"證本"、"照本",總言不折本也,正"折證"之"證"。蓋"折本"為虧本,"證本"為得本,故"折證"者或虧或得,兩兩參酌之義。"折"與"投",此字形偶誤耳。伯良、天池鑒俗本"再整"之誤,而仍得誤本,遂起妄解。始知較覈不精,雖稱古本,無益也。況趁臆改竄耶?參釋曰:諸曲至末,皆寫鶯去惆悵意。

【東原樂】簾垂下,戶已扃,卻纏個悄悄相問,[畫徐旁]此等數句,俱狀僥倖。[田徐旁]此等數句,俱狀僥倖。[廷旁]此數句,俱狀僥倖。[湯沈旁]此下追言前事,而歎其不遇。[文眉]"扃",音均,閉也。他那裏低低應。[湯沈旁]應"笑臉相迎"。[容眉]妙,妙![湯眉]妙,妙![魏眉]"低低應",大有情,令人想絕。[峒眉]"低低應",大有情,令人想絕。月朗風清

恰二更,廝僥倖:他無緣①,小生薄命。[畫徐眉]非分而得之曰"倖",似倖薄,故不得謂之"薄倖"。"僥倖",僥巧之謂。言既已僥巧矣,而不做美之紅娘,忽來打散,故曰"你無緣,小生薄倖"。"廝"者,相也,即你我之謂。[田徐眉]非分而得之曰"倖",似倖薄,故不得謂之"薄倖"。"僥倖",僥巧之謂。言既已僥巧矣,而不做美之紅娘,忽來打散,故曰"你無緣,小生薄倖"。"廝"者,相也,即你我之謂。[參徐眉]細為他時度摹想。[陳眉]好運將來了![孫眉]好運將來了![劉眉]好運將來了![王夾]"扃",音京;"僥",平聲。[凌夾]"僥倖",有僥倖意,有蹊蹺意,有可幾倖意,有無着落意,亦在可解不可解。王解為"戲弄",非也。僥落乃是欺負、作弄之解耳。[廷眉]非分而得之曰"倖",以倖薄,故不得謂之"薄倖"。"僥倖",候巧之謂。言既已候巧矣,而不做美之紅娘,忽來打散,故曰"你無緣,小生薄倖"。"廝"者,相也,即你我之謂。[廷夾]"扃",音京;"僥",平聲。[張眉]湊巧曰"僥倖"。

---

① "他無緣":畫徐本、張本作"你無緣"。

言已湊巧，而紅娘忽打散，故接"你無緣"云云。[湯沈眉]"僥倖"，戲弄之意。言紅不肯做美，忽來打散，眞戲弄殺我也！是他"無緣"，我又"薄命"。[合眉]候巧曰"僥倖"。言既已候巧，而紅娘忽來打散，故曰"你無緣"云云。[毛夾]此懺悅自省之詞，正"折證"也。簾已垂，戶已扃矣，恰纏我以詩叩之，他即以詩應之耶。

卻又二更矣，是何僥幸我也？豈他無緣我又無分耶？"二更"，與次曲"一更"照應。"僥幸"，做弄意，言翻然而逝，一若有神物調弄之者。《梧桐雨》劇"兀的不僥幸煞斷腸人"，《碤砂擔》劇"我則怕沿路上有人僥幸"。赤文曰：諸曲前後多矛盾，此曲尤甚。如"恰悄悄相問"一語，癡人必以為眞問眞應矣。【聖藥王】"隔牆酬和"，【絡絲娘】"相思折正"，與此曲"問、應、僥幸"，俱非大解人不得。

【綿搭絮】[張眉]《西廂》此曲首四句俱少一字。恰尋歸路，佇立空庭，竹梢風擺，斗柄雲橫。[文眉]"佇"，音住。呀！今夜淒涼有四星，他[湯沈旁]一轉。不僥人待怎生！[湯沈旁]反語。[士旁]如此則前云"笑相迎，低低應"，俱是妄臆。[余旁]如此則前云"笑相迎，低低應"，俱是妄臆。雖然是眼角兒①[湯沈旁]又一轉。[湯沈旁]徐本作"眉眼"。傳情，[潘旁]數語嗒[士旁]北人以我為"嗒們"。[余旁]北人以我為"嗒們"。兩個口不言心自省。[謝眉]古人以二分半為一星，"淒涼有四星"，言十分也。舊解云：北斗七星，"斗柄雲橫"，掩其三星，止有"四星"，故云。[士眉]古人以二分半為一星，"淒涼有四星"，言十分也。舊解："斗柄雲橫"，掩其三星，故云"四星"。如元人樂府有所謂"愁煩迭萬埃，淒涼有四星"，上無"斗柄雲橫"，當作何解？此解是，舊解非。[余眉]古人以二分半為一星，"淒涼有四星"，言十分也。舊解："斗柄雲橫"，掩其三星，故云"四星"。如元人樂府有所謂"愁煩迭萬埃，淒涼有四星"，上無"斗柄雲橫"，當作何解？[繼眉]古人以二分半為一星，淒涼有四星，言十分也。舊解：斗柄雲橫，掩其三星，故云"四星"。如元人樂府有所謂"愁煩迭萬埃，淒涼有四星"，上無"斗柄雲橫"，當作何解？[槐眉]"四星"，古人以二分半為一星；"淒涼有四星"，言十分也。舊解："斗柄雲橫"，掩其三星，故云"四星"。如元人樂府有所謂"愁煩迭萬埃，淒涼有四星"，上無"斗柄雲橫"，當作何解？[容眉]妙，妙！[畫徐眉]古人釘秤，每斤處用五星，惟到稍之末用四星，故往往諱言下稍為"四星"。《兩世姻緣》雜劇云"我比卓文君，有上稍沒了四星"，是言有上稍沒下稍也。今夜淒涼，雖淒涼矣，卻可卜其有下稍也，何者？使他不僥保我，將奈之何哉？而今聯詩，又陪笑相迎，是僥保人矣，是雖淒涼而今夜有下稍矣，即上文"把相思投正"之意。何等貫

---

① "眼角兒"：王本作"眉眼"。

串，何等僥倖喜羨！下文又云：雖然眉眼留情，卻口不言而心可自省。其如此云云，亦是僥倖之意。[田徐眉]古人釘秤，每斤處用五星，惟到稍之末用四星，故往往諱言下稍為"四星"。《兩世姻緣》雜劇云"我比卓文君，有上稍沒了四星"，是言有上稍沒下稍也。今夜淒涼，雖淒涼矣，卻可卜其有下稍也，何者？使他不僦保我，將奈之何哉？而今聯詩，又陪笑相迎，是僦保人矣，是雖淒涼而今夜有下稍矣，即上文"把相思投正"之意。何等貫串，何等僥倖喜羨！下文又云：雖然眉眼留情，卻口不言而心可自省。其如此云云，亦是僥倖之意。[孫眉]妙，妙！[文眉]"喒"者，猶云我也，北方鄉語，與"咱"同。[凌眉]徐士範曰：古人以二分半為一星，"四星"言十分也。我淒涼而彼已進去，即所謂"不僦人"，非與"笑相迎"戾也。[廷眉]古人釘秤，每斤處用五星，惟到稍之末用四星，故往往諱言下梢為"四星"。《兩世姻緣》雜劇云"我比卓文君，有上梢沒了四星"，是言有上梢沒下梢也。今夜淒涼雖淒涼矣，卻可卜其有下梢也，何者？使他不僦保我，將奈之何哉？而今酬詩，又陪笑相迎，是僦保人矣，是雖淒涼而今夜有下梢矣，即上文"把相思投正"之意。何等貫串，何等僥倖喜羨！下文又云"雖然眉眼留情，卻口不言，兩心可自省"其如此云云，亦是僥倖之意。[張眉]"四星"，下稍也，言今雖淒涼，見他笑臉相迎，可卜有下稍矣。且云若使"他不僦人"，將如之何？業已眉眼傳情，是以不言，自省有如此爾。文章變幻，妙不可言！【絡絲娘】訛"淒涼再整"，益見其非。[湯眉]妙，妙！[湯沈眉]"四星"，調侃語，謂下稍也。古人釘秤，每斤處用五星，唯末稍用四星，故往往諱言下稍為"四星"。今夜雖淒涼，卻可卜其有下稍，何也？使他不瞅睬我，將奈之何哉！而今聯詩相迎，是瞅睬人有下稍矣。下"眼角"三句，正瞅人見有下稍也。[毛夾]佇立空庭，徘徊不入也。"今夜"句，又陡憶起酬和來，故加"呀"字，是以"折證"得"照證"意。"四星"，隱語"下梢"也。徐天池云：制枰之法，末梢有四星，故云。《兩世姻緣》劇"我比卓文君有了上梢，沒了四星"可證。言今夜雖淒涼，但得一酬和，便有下梢了。假若他不僦保人，不酬和，待怎生他耶？況入去時又眉眼間嘿相會耶？此照證也。"眉眼"二句，不頂"酬和"，"酬和"非不言矣。參釋曰：此又提請"且兒回顧下"一關目。[潘夾]雙文未至之前，發一段猛想，有入穴搗巢之意。雙文既去之後，又作一番虛擬，有從事失時之憾。及孑身歸來，四顧無聊，又作一番自解自慰自幸之詞。所謂屠門大嚼，亦且快意。然愈排遣處，愈覺無聊。

今夜甚睡到得我眼裏呵！

【拙魯速】對着盞碧熒熒短檠燈，倚着扇冷清清舊幃屏。燈兒又不明，夢兒又不成；窗兒外淅零零的風兒透疏櫺，忒楞楞的紙條兒鳴①；枕頭兒上孤另，被窩兒裏寂靜。[容眉]畫，畫！[新徐眉]又淒涼，又煩惱，又聒閙，

① "窗兒外"二句：王本、廷本作"窗兒外淅泠泠的風兒透疏櫺，忒嘌嘌的紙條兒鳴"。

諸景一時。［參徐眉］是個相思景。［陳眉］一幅相思景。［孫眉］畫，畫！
［劉眉］一幅相思景。［文眉］"橘"，音陵。［魏眉］相思景。［峒眉］相思景。　你便

是鐵石人，鐵石人也動情①。　　　　　［畫徐夾］"嘌"，音飄，無節度也。［田徐夾］
"嘌"，音飄，無節度也。［王夾］"泠"，音靈；
"嘌"，音飄。［淩眉］燈"不明"，也是孤眠一慘景。徐改為"不滅"，夫要滅亦何
難？［廷夾］"泠"，音靈；"嘌"，音飄。［張眉］少第九、四字一句，末句多一字。
［湯眉］畫，畫！［合眉］直以眞率少許，足以對人多多許。［封眉］
上"鐵石人"，是襯句，非本調應疊。［毛夾］"嘌"，音飄。

【幺篇】怨不能，恨不成，坐不安，睡不寧。　［士旁］無可奈何！［余旁］
　　　　　　　　　　　　　　　　　　　　　　　無可奈何！［容眉］秀才大

都如此過了日子。［湯眉］秀才大都如　有一日柳遮花映，霧帳雲屏，夜闌
此過了日子。［峒眉］相思景況如畫。

人靜，海誓山盟。　　［士旁］又妄想！［余旁］又妄想！［畫徐旁］此即"有下
　　　　　　　　　　　稍"之意。此一轉絕處逢生。［廷旁］此即"有下梢"意。
［湯沈旁］此即"有下稍"意。無聊之極時想快樂境界，《世　恁時節風流嘉慶，
說》所謂"情癡"。［文眉］"柳遮花映"，點"一日"景。

錦片也似前程，　［廷旁］此句　美滿恩情，嗏兩個畫堂春自生。［繼眉］
　　　　　　　　解見第七折。　　　　　　　　　　　　　　　　　凄涼時

想快樂境界。［新徐眉］又算未來，未來正不得不算也。［參徐眉］人情大都如此，於
此為甚。［王夾］"闌"，古作"涼"。［孫眉］秀才大都如此過日子。［廷夾］"闌"，
古作"涼"。［合眉］秀才家都是如此過了日子。［魏眉］大凡人情都是如此。［毛夾］
本自怨恨，反曰"怨不能、恨不成"，蓋到此怨恨都加不得矣。四語繳上曲"有一日"
至末，一氣掉轉，大抵怨恨不加處，自有一絕處逢生之法，所謂妄想也。"錦片也似
前程"，倒句，言向前好光景如錦片耳，指會合，不指名利。《曲江池》劇"只為些
蠅頭微利，蹭脫
了我錦片前程"。

【尾】一天好事從今定，　［畫徐旁］此尤見"有下稍"，的確之甚。［田徐旁］
　　　　　　　　　　　　此尤見"有下稍"，的確之甚。［廷旁］此尤見"有
下梢"，的確之甚。［湯沈旁］此尤　一首詩分明照證；再不向靑瑣闥夢
見"有下稍"。［張眉］首句多一字。

兒中尋，則去那碧桃花樹兒下等。［下］　［起眉］李曰：又弄巧！［文眉］
　　　　　　　　　　　　　　　　　　　　"闥"，音撻。［淩眉］王伯良曰：
凡北詞佳者，必用俊語收之。不獨《西廂》為然。世人作南詞，似少有知此竅者。
［湯沈眉］"靑瑣闥"二語俊甚。［合眉］前套"想"字結尾，此套"等"字結尾，煞

───────────

① "鐵石人也動情"：王本作"鐵石人感動情"。

有深意，"知音者芳心自懂"耳。[魏眉]又巧弄！[峒眉]又巧弄！[毛夾]結將題繳明，"照證"與"折證"應。[潘夾]是"一首詩"方妙。將此一重公案，竟打到雙文身上。若兩首並

提，有何意味？

[容尾]總批：如見，如見！妙甚，妙甚！

[新徐尾]總批：今夜看燒香，明朝做功德，真虧此生勞神！

[王尾·注一十五條]

【鬭鵪鶉】：首句"塵"字元不用韻。（董白"玉宇無塵，銀河瀉露"。）"警"，警醒之意。"悄悄冥冥"應"側着耳朵兒聽"句，"潛潛等等"應"躡着脚步兒行"句。"潛潛等等"，亦見成語，（元《蘇小卿》劇"怎和他等等潛潛"），（《蕭淑蘭》劇"抵多少等等潛潛"。）

【紫花兒序】：接上曲看。"萬籟"，指風聲也，此皆商量預擬之詞。"沒揣的"，猶言不着意、猛然間也。（董詞"張生微步，漸至鶯庭。"）

【金蕉葉】：至此方是實景。（董詞"聽得啞地門開，襲襲香至，瞥見鶯鶯"。）又（後聽琴，"朱扉半開啞地響，風過處，惟聞蘭麝香"。）又（"眼睛兒不轉，子細把鶯鶯偷看"。）

【調笑令】："甫能"二字作句。"甫能、見娉婷"，言我才見有這樣美麗人也。"撑"，方言，謂美也①。（喬夢符《兩世姻緣》劇"容貌兒實是撑"），（白仁甫《秋夜梧桐雨》劇"生的一件件撑"）可證。"月殿裏嫦娥不恁撑"，言嫦娥未必如此之美也；古本作"不您爭"，蓋不解"撑"字義耳。（董詞："遮遮掩掩衫兒見窄"）；又（"臉兒稔色百媚生，出得門來慢慢行，便是月殿裏嫦娥也沒恁地撑"）。當從董本為的。中二句，言其遮遮掩掩，緩步而來，以小脚之難行故也。"可喜"二語不接，只湊句數。

【小桃紅】：始也"月如懸鏡"，因"香煙人氣"之氤氳，月遂不明，見怨氣之多也。（董詞"對碧天晴，清夜月如懸鏡"。）又（"覷着剔團圞的明月，伽伽地拜"。）全篇俊甚。俗本此後偽增一曲，兩古本所無。前既曰"剔團圞明月如懸鏡"，又曰"一輪明月"，又曰"似對鸞臺鏡"，又曰"常恨團圞"；前既曰"玉宇無塵"，又曰"萬里長天淨"；前既有

————————————

① [王眉]解"撑"字灑然。

"輕雲薄霧"三語，又曰"風雲亂生"；前既曰"長吁了兩三聲"，又曰"唱愁聲"。重疊如此，又皆張打油語，鄙猥可恨。知決為貧子竄入無疑，今直刪去。

【禿廝兒】："早是"與"那更"相應。"埋沒"是以色而掩其聰明之謂，言向但知其色之美，今又驚見其能詩也。"心兒裏"句，貫下數句；"眞情"句，斷；"堪聽"，另唱。

【聖藥王】：鶯聲清且輕，吟詩如鶯之囀，故曰"小名兒不枉①了喚做鶯鶯"也。（董詞"那更堪小字兒叫得愜人意，蟲蟻兒裏，多情的鶯兒第一②，偏稱縷金衣。）"惺惺惜惺惺"，古語也，元詞多用之。上"惺惺"，指鶯鶯；下"惺惺"，張生自謂。

【麻郎兒】："不當"，調侃"不該"，見《墨娥小錄》。"不當個謹依來命"，言紅娘不該如此謹依夫人之命而促之去也。

【幺】：此與下曲，皆鶯去後之景。"忽聽、一聲、猛驚"，只指"宿鳥飛騰"句。下"花梢弄影"因"宿鳥飛騰"來，"落紅滿徑"又因"花梢弄影"來。首六字，本調所謂務頭，連用三韻，詞家以此見巧，然須韻腳俱用平聲。《中原音韻》引（《周公攝政》傳奇【太平令】云"口來、豁開、兩腮"）正此例。《記》中如"本宮、始終、不同"，皆用三平韻；後"世有、便休、罷手"，及"訕勸、發村、使狠"，間用仄韻，蓋其次也。

【絡絲娘】："向日相思枉耽病"二句，謂向日相思不見他意思，是枉耽了疾病，今夜酬和間已見眞情，是相思得着了，故曰"把相思投正"。（董詞"便做了受這恓惶也正本"）即此意。諸本作"白日凄涼枉眈病，今夜把相思再整"，語亦俊，第"凄涼"二字稍似贅耳，今並存之。"花篩月影"與前"月色橫空"、"花陰滿庭"似復。

【東原樂】：首二句，言與鶯隔絕之意；下卻追言前事，而又歎其不遇也。"恰才悄悄相問，他低低應"，系七字句，襯二字。"偢倅"，戲弄之意。（《梧桐葉》劇"兀的不偢倅殺斷腸人"），（《羅李郎》劇"則被

---

① 楊案："枉"，原作"喚"，此據王本正文改正。
② ［王夾］叶倚。

你將人僝僽倒"),（《陳摶高臥》劇白"又教這個大王僝僽我也"。）言今
日他既無緣，我又薄命，真戲弄殺我也。

【綿搭絮】："今夜淒涼有四星"，"四星"，調侃謂下梢也。制秤之
法，末梢用四星，故云①。（元喬夢符《兩世姻緣》劇"我比卓文君有了
上梢，沒了四星"）足為明證。又（馬東籬《青衫淚》劇"直到夢撒撩
丁，也纏子四星歸天"），（石君寶《曲江池》劇"倒宅計坑的他四星"），
（《玉鏡臺》劇"折莫發作半生，我也忍得四星"），（《雲窗秋夢》劇
"瘦得那俊龐兒沒了四星"），皆可證。舊解作"十分"，謬甚。張生蓋言
今夜雖說淒涼，然隔牆酬和，似後來尚有美意，是"有下梢"矣。下皆
"有下梢"意，正與上"相思投正"相照應。"他不僝人"句，反詞也，
謂如何見得有下梢，他若不僝采人而不與我相酬和，你便待怎生了他。
下"眉眼傳情"三語，正僝采人意，正見有下梢也。

【拙魯速】：筠本作"燈兒又不滅"，似不如諸本作"不明"，正與上
"碧熒熒"相應。（董詞"淅零零的夜雨兒擊破窗，窗兒破處風吹着，忒
飄飄響，不許愁人不斷腸"。）"飄飄"，筠本作"嘌嘌"，"嘌嘌"，無節
度貌；朱本作"嫖嫖"，非。末"鐵石人也感動情"，徐云："感"作
"敢"，更勝。

【幺】：恨之又不可，怨之又不可，正前所謂"待颺下教人怎颺"也。
敘淒涼後，復爾癡想一番，故是人情。"障"字、"屏"字，皆作活字用，
與上"遮"、"映"字一例看。"夜闌人靜"，古本作"夜涼"，並存。

【尾】："青瑣闥"二句，語俊甚，言從今非夢想而可即真境也。凡北
詞佳者，煞尾必用俊語收之，不獨《西廂》為然。世人作南詞，似少有
知此竅者。

[陳尾] 今夜看燒香，明朝做功德，到虧此生勞神！

[孫尾] 今夜燒香，明朝佛會，到虧此生勞神！

[劉尾] 今夜看燒香，明朝做功德，到虧此生勞神！

[湯尾] 如見，如見！妙甚，妙甚！

[合尾] 湯若士總評：張生癡絕，鶯娘媚絕，紅娘慧絕。全憑着

① ［王眉］從來解"四星"都是說夢。

王生巧絕之舌，描摹幾絕。李卓吾總評：非但能言人不可得，正索解人亦不可得。徐文長總評：崔家情思，不減張家。張則隨地撒潑，崔獨付之長吁者，此是女孩家嬌羞態，不似秀才家老面皮也。情則一般深重。

[**魏尾**] 總批：今夜看燒香，明朝做功德，眞虧此生勞神！

[**峒尾**] 批：今夜看燒香，明朝做功德，到虧此生勞神！

[**潘尾·説意**] 崔張關情起頭，全要看紅娘入手，用何法鬭筍。此篇紅娘入手處最妙在述張之言上，只在言前加"有件好笑勾當"一語，於述張之言之外，並不加添一字，竟住此絕妙神理。直待雙文詰問，然後申出"搶白了一頓"之語，先留了自家身分，後將小姐輕挑一句，又將張生橫贊一句，明而不明，了而不了，有無數機殼在內。其法全從《左傳·魏絳和戎》一篇得來。晉悼之問伐戎也，絳忽置一語曰"夏訓有之，有窮後羿"，此外竟不復贅。公問"後羿何如"？絳始述其篡夏自滅，而終之以虞人之箴。獸臣司原，敢告僕夫曰："《虞箴》如是，可不懲乎"？將《虞箴》略贊一句，將悼公輕挑一句，此外又不復贅。若不知有戎之事者，而公遂恍然於戎之當和也。此導引聰明，有意思人的絕妙機殼。不謂紅竟以此得之雙於文也。

張生往往見彈求炙，見卵求晨。如甫在借寓，便算到"與豔粧説上"；初見紅娘，便算到"寫與從良"。只此一刻間事，果否鶯來，便算到"廻廊摟定"，慣打一片未來帳。儒佛家皆所謂妄想也。窮措大閉門高枕，將一切窮高富厚，聲伎滿前；或出入禁闥，聯輿對寢；或立功絕域，肘後懸金：無不滿盤算下。及乎時會不偶，蹭蹬紆途，或遭大投艱，一長莫展，仍孑然一措大而已。始信生平一切揣摩，必待做出方見，未來諸緣，不是豫先算得下、決得定也。張於萬籟無聲之際，方欲奮臂出其間，及將解衣盤礴，忽然猛驚而止。從前志大言大，唯有設諸妄想而已。宜其屢遭鶯挫，疊受紅嘲也。其於儒也，不既甚乎！雖然，張生才力未經諳練，故每每有志未逯，然於眉眼傳情處認卻廬山，便爾一靈咬定，萬劫不灰。一則曰"今夜把相思投正"，再則曰"一首詩分明質證"，認得眞，守得定，有志者事亦竟成。但張終是漸根，非頓根。

第四折

　　[潔引聰上云] 今日二月十五開啟，眾僧動法器者。請夫人小姐拈香。比及夫人未來，先請張生拈香。怕夫人問呵，則說道貧僧親者。[潘旁] 老僧亦打誑語！[容眉] 還是夫人的親麼！[參徐眉] 還是夫人的親！[陳眉] 還是夫人的親麼！[孫眉] 還是夫人的親麼！[劉眉] 還是夫人的親麼！[湯眉] 還是夫人的親麼！[合眉] 還是夫人的親眷！[魏眉] 還是夫人的親麼！[峒眉] 還是夫人的親！[末上云] 今日二月十五日，和尚請拈香，須索走一遭。

【雙調】【新水令】梵王宮殿月輪高，碧琉璃瑞煙籠罩。香煙①雲蓋結，諷咒海波潮。[田徐眉]《詩》"瓜瓞唪唪"，似於經聲不倖。幡影飄飄，諸檀越盡來到。[士眉] 僧稱施主曰"檀越"。[余眉] 僧稱施主曰"檀越"。[繼眉] "諷"，音鳳。僧稱施主曰"檀越"。[文眉]【新水令】俱以【雙調】入詞品。[凌眉] 王伯良曰：兩"煙"字重。以"香煙"對"諷咒"亦不的，似有誤字。[湯沈眉] "碧琉璃"，殿瓦也。"諷"，誦也，謂誦咒之聲如海潮之聲。兩"煙"字重。僧稱施主曰"檀越"。[封眉] "熱香"，時本多誤作"香煙"。[潘夾] 張生附齋，老僧尚且費了多少心，調了多少謊。捨崔張之外，更有檀越乎？諸檀越者，蓋指崔氏一門而言也。張生方到法壇，注意在此，故為此忖度之詞，意其母子主婢，必已盡到。其如實且未到，故又有下文【駐馬聽】一節也。○"梵王宮殿月輪高"一語，清麗蕭森，酷似青蓮宮辭。此日法壇是薦亡，懺口啟建，必於暮夜，故必待月輪高，檀越方到也。起幡，懺口之一證也。

【駐馬聽】[張眉] 此曲首四句當隔扇對，今差者多。法鼓金鐸，[湯沈旁] 一作"鐃"。二月春雷響殿角；[湯沈旁] 叶皎。[湯沈旁] 詞中有畫。鐘聲佛[湯沈旁] 一作"弗"。號，半天風雨灑松梢。[謝眉] 當二月之景，引二月之詞，足見才思！[起眉] 王曰："二月春雷響殿角"、"半天風雨灑松梢"，信口道出，自俳自偶。一片焰光撲人，好似煙花。煙花還有凋落，此卻不凋落。[湯沈眉] 首四句隔句對法。"佛號"與"鐘聲"相對，全句又與"法鼓金鐸"相對。侯門不許老僧敲，紗窗外定

---

① "香煙"：封本作"熱香"。

有紅娘報。害相思的饞眼腦①，[湯沈旁]一作"惱"。見他時須看個十分飽。

[田徐眉] "眼腦"，即眼也。[王夾] "鐸"，叶刀；後同。"角"，叶皎。[陳眉] 眼飽心不飽。[孫眉] 眼飽心不飽。[劉眉] 眼飽心不飽。[廷夾] "鐸"，叶刀；後同。"角"，叶皎。[張眉] "報"，是遙想報鶯鶯也；訛"到"，非。[湯沈夾] "鐸"，叶刀。[合眉] 前夜看得飽，怎生又饞了？此眼大費物料。[封眉] "眼惱"，字甚妙，因饞極而惱，故打點十分下狠看。即空本作"腦"便謬。[毛夾] "諷"，誦也，與"香"對，非虛字，猶言經誦與經咒也，或作"嗥咒"，誤。"佛號"，念佛名號也，俗作"沸號"，誤。"諸檀越"句，暗起鶯未至之意，最妙。"侯門"二句，則因鶯未至，而急作揣度之詞，言僧眾固難通，梅香應報知也，此時當至也。"報"是報鶯，故云"紗窗"；王伯良解作紅娘應報長老，誤矣。北人稱眉為"眼腦"；《連環計》劇"眼腦兒偷睛望"。"月輪高"，只言起早，月未沉耳。今必謂月初上為高，試思諸檀越到，則老少村俏亦已畢至，不止張一人，非昏時矣；況"月輪高"本王昌齡宮詞"未央前殿月輪高"語。彼方擬深夜承寵，而陋者必欲云"月初上"，何耶？參釋曰：起調整麗，元人所謂"鳳頭"也。"月影"、"瑞煙"，是實拈句；"雲蓋"、"海潮"，"春雷"、"風雨"，是借擬句。《楞嚴經》：佛發海潮音，遍告同會。[潘夾] 張見鶯之未至，心輒踟躕。既不能遣僧叩請，如何得即來？因轉一念，小姐紗總之外，紅娘定去相報：殿上鐘鼓之聲，已大喧鬧，法事開建，可去矣。當即催促而來，我饞眼乃得飽看也。

　　[末見潔科] [潔云] 先生先拈香，恐夫人問呵，則說是老僧的親。[參徐眉]□□在茲。[末拈香科]

【沈醉東風】惟願存在的人間壽高②，[湯沈旁]一本"惟願存人間壽考"。亡化的天上逍遙。[凌眉] 王謂"壽高"宜作"壽考"，此無不可。但言本調首句末字當用上聲，則未確也。本傳"槐影風搖暮鴉"，《王魁負桂英》劇云"人間語天聞若雷"，《追韓信》劇云"干功名千難萬難"，《王妙妙哭秦少游》劇云"虛飄飄拔着短籌"，《武陵春》詞云"瑤華細分明舞裀"，《人月重圓》劇云"同宿在紗廚絳綃"，用平聲者，不可勝為曾、祖、父先靈，[潘旁]此是第二義。禮佛、法、僧三舉。豈皆無法者耶？寶。[謝眉] "曾、祖、考"，"佛、法、僧"，具切字眼。[文眉] "曾、祖、父"，"佛、法、僧"，此正見王實甫之妙處。[廷眉] "曾、祖、父"三代對"佛、法、

---

① "腦"：封本作"惱"。

② "壽高"：王本、毛本作"壽考"。

僧三寶"，亦是用意處。[張眉] □以"曾、祖、父，佛、法、僧"可對偶，遂插入為巧，殊不知既失本調，且與前白失照。[湯沈眉]"人間壽考"對"天上逍遙"，親切工致。而本調首句末字，法當用上聲，諸本作"壽高"，[湯沈旁]"焚"，焚 非。[合眉]"曾、祖、父"對"佛、法、僧"，見用意處。 徐作"爇"。 名

香暗中禱告：則願得紅娘①休劣，[新徐眉] 小 夫人休焦，犬兒②休 紅信不劣矣。

惡！[湯沈旁] 佛囉，早成就了③[湯沈旁] 方改 幽期密約。 [湯沈旁] 叶 叶豪。 "和尚每回施些"。 杳。[士眉] 鳩

摩什有生二子故事。"幽期密約"，佛天故不惜為結良緣也。[余眉]"三寶"，佛也、法也、僧也。鳩摩什有生二子故事。"幽期密約"，佛天故不惜為結良緣也。

[容眉] 好個至誠檀越！[畫徐眉]"惟願"二句，可以明言；"梅香"四句，是私情，難以明言，故暗禱告也。"曾、祖、父"三代對"佛、法、僧"三寶，亦是用意處。有"崔家的"三字方妥。[田徐眉]"惟願"二句，可以明言；"梅香"四句，是私情，難以明言，故暗禱告也。"曾、祖、父"三代對"佛、法、僧"三寶，亦是用意處。有"崔家的"三字方妥。[參徐眉] 所願者三，所樂者一。[王夾]"父"，朱本作"禰"；"惡"，叶豪，去聲，似"好惡"之"惡"，不加圈；"約"，叶杳。[陳眉] 好個至誠檀越！[孫眉] 好個至誠檀越！[劉眉] 好個至誠檀越！[凌夾] 總是癡心壽佛之語。王云"早成就了"而改為"和尚每回施些"，云以此祈和尚每回施，恐戾。

[廷眉]"惟願"二句，可以明言；"梅香"四句，是私情，難以明言，故暗禱告也。[廷夾]"父"，朱本作"禰"；"惡"，叶豪，去聲，似"好惡"之"惡"，不加圈；"約"，叶杳。[張眉]"夫人"下添"犬兒"句，從何得來？[湯眉] 好個至誠檀越！[湯沈眉]"佛、法、僧"是謂"三寶"。"梅香"等語乃私情，故曰"暗中禱告"。稱佛，乃張祝願佛助之意；説到和尚懺福上去，便與"暗中禱告"之旨悖矣。至徐本云"崔家的犬兒"，尤為可笑。[合眉] 好個至誠檀越！[魏眉] 好個至誠檀越！

[峒眉] 好個至誠檀越！[封眉]"梅香"，即空本作"紅娘"，誤。[毛夾]"每"，音門，後同；"施"，去聲。禱語最莊，暗禱語又最諧，故妙。復爇名香者，重其事也。施僧曰"佈施"，反乞僧施曰"回施"。王伯良曰：本調首句用仄韻，俗改"壽考"為"壽高"，非。參釋曰："和尚每"或作"佛囉"，則與"禱告"復矣。或從"和尚"下添一"佛"

字，尤謬。

　　　[夫人引旦上云] 長老請拈香，小姐，嗻走一遭。[末做見科]
　　[覷聰云] 為你志誠呵，神仙下降也。[聰云] 這生卻早兩遭兒也。

----

① "紅娘"：畫徐本、王本、封本作"梅香"。
② 畫徐本於"犬兒"前有"崔家的"三字。
③ "佛囉，早成就了"：王本、毛本作"和尚每回施些"。

［湯沈夾］前寺中初見有"遇神仙"語，故云"兩遭"。［合眉］也記不得許多。　［末唱］

【雁兒落】［張眉］此曲與【得勝令】，四句俱五字。《西廂》有不一處。我則道這玉天仙離了碧霄，［士旁］又翻"寺裏遇神仙"意。［余旁］又翻"寺裏遇神仙"意。［湯沈旁］應白"神仙下降"語。原來是可意種來清醮。［容眉］淡得好！

［起眉］李曰："可意種"三字，賣俏的話又來了。［畫徐眉］"離碧霄"對"來清醮"，豈容填字？［田徐眉］"離碧霄"對"來清醮"，豈容填字？［孫眉］淡得好！

［廷眉］"離碧霄"對"來清醮"，豈容填字？［湯眉］淡得好！［湯沈眉］"離碧霄"對"來清醮"，豈容填"了"字？合去之。［魏眉］淡得好！［峒眉］淡得好！［封眉］徐文長曰："離碧霄"對"來清醮"，豈容填字？小子多愁多病身，［湯沈旁］且慢勞慮。怎當他傾國傾城貌。

［士眉］古詩：一笑傾城，再笑傾人國。［余眉］古詩：一笑傾城，再笑傾人國。［繼眉］古詩：一笑傾人城，再笑傾人國。［槐眉］傾國傾城，周幽王寵褒姒，不好笑。王喚諸侯，約寇至則舉烽火為信，火舉兵來。王欲褒姒笑，乃無故舉火，諸侯悉至，□□褒姒大笑。後犬戎兵發，□火徵兵不至，被殺。□□□□褒姒。

［新徐眉］愁無已，病無日，奈何？［陳眉］更能傾命否？［劉眉］更能傾命否？

【得勝令】① 恰便似②檀口點櫻桃，粉鼻兒倚［湯沈旁］一作"膩"瓊瑤，淡白梨花面，輕盈楊柳腰。妖嬈，滿面兒撲［湯沈旁］方本無"撲"字。堆着俏；

［張眉］"堆"上添"撲"，非。苗條，一團［湯沈旁］一作"身"兒衒［湯沈旁］音諱是嬌③。［繼眉］"撲"，作"鋪"；"衒"，諸均反。［容眉］鶯鶯小像。［畫徐夾］"衒"，音諱。［田徐眉］"苗"與"條"，皆嬌嫩之物，故借以形容其面之俏。［田徐夾］"衒"，音諱。［參徐眉］越看越俏，愈思愈□。［王夾］"白"，借叶上聲。［文眉］數句道盡鶯鶯美處。［凌眉］"妖嬈"，面龐冶麗；"苗條"，身體裊娜。各相配，故自妥。徐、王顛轉之，且為之說，不敢以為然。［廷夾］"白"，借叶上聲。［湯眉］鶯鶯小像。［湯沈眉］"苗條"正是俏，"妖嬈"正是嬌，俗本倒轉，非。［合眉］此便是鶯娘遺像。［封眉］"你看那"，時本多誤作"恰便似"。［毛夾］"白"，借叶上聲。"天仙"二句，承賓白"傾城"二句，起下曲"怎當他"，言受不起也。此是扯淡語，故妙。下曲又於稱人中寫鶯，故不下

① "【得勝令】"，王本俱作"【德勝令】"。

② "恰便似"：封本作"你看那"。

③ "妖嬈"四句：王本作"苗條，滿面兒堆着俏；妖嬈，一團兒衒是嬌。"

險語。"滿面"句應"淡白"句,"苗條"句應"楊柳"句。參釋曰:二曲寫鶯,下曲寫看鶯者。又參曰:王本以"苗條"加"滿面"句上,"妖嬈"加"一團"句上,顛倒不合。"苗條",言秀且軟也,不拈"面"。[潘夾]"一團兒純是嬌",妙極形容。上數語就口、鼻、面、腰分寫之,未以一字總括之,併諸名相,俱可不設。支道林畜一馬,目之曰"神駿",覺"竹批兩耳,風入四蹄"等語,尚屬鱗爪。

[潔云] 貧僧一句話,夫人行敢道麼?老僧有個敝親,是個飽學的秀才,父母亡後,無可相報。對我說:"央及帶一分齋,追薦父母。"貧僧一時應允了,恐夫人見責。[夫人云] 長老的親便是我的親,請來廝見咱。[末拜夫人科] [眾僧見旦發科] [末唱]

【喬牌兒】大師年紀老,法座上也凝眺;[湯沈旁]謂看鶯。舉名的班首真①

[湯沈旁]"癡",徐作"真"。 呆僗,[潘旁]只因忒不呆。 覷着法聰頭做金磬敲。[謝眉]"呆僗",是鄉語,村貌。

[士眉] 到此際入定,禪師定情不住。"呆僗",是鄉語。[余眉] 到此際入定,禪師定情不住。"呆僗",是鄉語。[繼眉]"僗",一作"了"。[容眉] 好一班志誠和尚! [起眉] 李曰:到此際入定,禪師定情不住。[畫徐眉] 北人罵人,長帶"僗"字,如囚則曰"囚僗",饞則曰"饞僗"。但不知何義。[田徐眉] 北人罵人,長帶"僗"字,如囚則曰"囚僗",饞則曰"饞僗"。但不知何義。[新徐眉] □得妙![王夾]"大",音見前。"僗",去聲。[陳眉] 和尚都是如此。[孫眉] 好一班志誠和尚! [劉眉] 和尚都是如此。[文眉] 此狀長老邪視處。[凌眉] 徐士範曰:"呆僗",是鄉語。[廷眉] 北人罵人,長帶"僗"字,如囚則曰"囚僗",饞則曰"饞僗",但不知何義。[廷夾]"大",音見前;"僗",去聲。[張眉]"僗",罵人帶字;"磬"上添"金",蛇足。[湯眉] 好一般至誠和尚![湯沈眉] 北人罵人長帶"僗"字,如"囚僗、饞僗"之類。董詞:"諸人與看人驚晃,瞥見一齊都望,住了念經,罷了隨喜,忘了上香。"[合眉] 好一般至誠和尚! 北人罵人,每帶"僗"字,不知何義。[封眉] 即空本作"真呆僗",非。此蓋言見鶯而然也。"呆",古某字,今俗以為癡呆字。[毛夾]"僗",勞,去聲。[潘夾] 升座,餂口又一證也。

【甜水令】老的小的,村的俏的,沒顛沒倒[湯沈旁]去聲。,勝似鬧元宵。稔色人兒,可意冤家,②[湯沈旁]一本:"可意"四字改"他家"。怕人知道,看時節

---

① "真":湯沈本、封本作"癡"。
② "冤家":畫徐本、王本、廷本、毛本作"他家"。

淚眼偷瞧。［湯沈旁］且淚且瞧。［容眉］妙！［畫徐眉］"稔色"，指崔；"他家"字，生指自己也。言可意我，又怕別人知道，故瞧我只偷瞧也。何等妙！如云"冤家"，非特沒理，與下文何相干？［田徐眉］"稔色"，指崔；"他家"字，生指自己也。言可意我，又怕別人知道，故瞧我只偷瞧也。何等妙！如云"冤家"，非特沒理，與下文何相干？［王夾］"倒"，去聲。［陳眉］嬌極！［文眉］"稔"，音忍。［凌眉］"稔色"二句，疊呼鶯之詞。"怕人知道"，與下句意連，惟怕人知，故偷瞧也。［廷眉］"稔色"，指崔；"他家"字，生指自己也。言可意我又怕別人知道，故瞧我只偷瞧也。何等妙！如云"冤家"，非特沒理，與下文何相干？［廷夾］"倒"，去聲。［張眉］"冤家"，徐文長作"他家"，勾深其詞，《西廂》正不爾。［湯眉］妙！［湯沈眉］"稔色"，美色也。"冤家"，徐改"他家"，未妥。［封眉］"稔色"二句，疊呼鶯之詞，時本多誤。［潘夾］"稔色"二語，側串"冤家"，張自指也。言這稔色的人可意，我這冤家意欲瞧科，怕人知覺，假為彈淚，聊一偷視。○"鬧元宵"句，暗將"二月十五夜"對一針。張欲附薦瞧崔，便忽然下淚；崔因追薦瞧張，便偷彈淚眼。可見瞧是眞瞧，淚是假淚，"哀哀父母"之情，都供他借用。

【折桂令】着小生迷留沒亂，心痒難撓。① ［湯沈旁］"撓"，方作"揉"。［湯沈旁］下二句駢儷中情語。

哭聲兒似鶯囀喬林，淚珠兒似露滴花梢。 ［士眉］駢儷中諢語。［余眉］駢儷中諢語。［起眉］王曰：一片諢語，賣弄出許多駢儷。如華裳飛綃而雜纖羅。［孫眉］嬌極！

大師也難學， ［湯沈旁］叶夭。 把一個發慈悲的臉 ［湯沈旁］音欽，上聲。 兒來矇着。 ［湯沈旁］音潮。［畫徐眉］"難學"，言人難學大師之嘴臉也，下句是也。［田徐眉］"難學"，言人難學大師之嘴臉也，下句是也。［凌眉］"撓"字，王以為上去二音，平聲無此字；反以《周德清韻》中有之，為元人相沿之誤。竟改為"猱"，且云世謂妓女為猱兒。夫妓女之解自如此；撓痒之"撓"非"猱"也。《看錢奴》劇云"撓不着心上痒"，亦此"撓"字。韻書在下平四豪，何以云無？韻中注："又，奴巧切"，則上聲者耳。［廷眉］"難學"，言人難學大師之嘴臉也，下句是也。［張眉］首有"迷留沒亂"四字，調既不合，且覺贅牙。"臉兒矇着"便足，"發慈悲"字不必。［湯沈眉］"哭聲"二句，起下意。"慈悲臉兒矇着"，正大師之難學處，蓋其假裝志誠，將慈悲臉皮矇着耶。"凝眺"，偷看之意，這也難學得他嘴臉也。洵是一國之人皆若狂。 擊磬的

頭陀懊 ［湯沈旁］"懊"一作"意"。 惱②，添香的行者心焦。 ［槐眉］"頭陀"：梵語杜多。□□故謂三毒如塵，能坌污眞心，此人能振掉除去，今說□頭陀。［容眉］好！［畫徐眉］"意"才對"心"過。［田徐眉］"意"才對"心"過。［張眉］"意惱"、"心焦"，見成對偶，訛"懊"，

---

① "撓"：王本作"猱"；毛本作"揉"。張本無"迷留沒亂"四字。
② "懊惱"：畫徐本、張本、封本作"意惱"。

非。[峒眉] 情景如畫，觀者亦心與之俱動矣。[封眉]"意惱"，時本誤作"懊惱"。

燭影風搖，香靄雲飄；貪看鶯鶯，燭滅香消。

[新徐眉] 婦人不可登山入廟，慮蕩心目□□，如是，如是！[王夾]"猱"，奴刀反；"學"，叶奚交反；"臉"，音斂；"着"，叶潮，下同；"喬林"，古作"林喬"。[文眉] 此狀鶯之孝思。[廷夾]"猱"，奴刀反；"學"，叶奚交反；"臉"，音斂；"着"，叶潮，下同；"喬林"，古作"林喬"。

[毛夾]"揉"，音能刀切。三曲參錯，寫看鶯處。如《陌上桑》曲，雖本董詞，而章法特妙。"大師"至"元宵"一斷，是總寫"稔色"；至"難揉"又一斷，寫鶯與己也；下即從"淚眼"接入，寫眾僧耳。"稔色"，豐於色者，指鶯；"他家"，自指也。言鶯可意己，而又懼人知，故假淚眼竊視己也。董詞"齊齊整整忒稔色"。"迷留沒亂"，迷亂也，董詞"迷留沒亂沒處着"。"揉"，本音柔，然元曲"心痒難揉"語最多，俱叶蕭豪韻。想曲韻另有讀例，如"晙趁""晙"字，韻書皆讀"俊"，而元曲讀"梭"，入歌戈韻，可知也。諸作"撓"，朱石津本改作"猱"，俱失之矣。且予是本，並不敢擅易原本一字，以為妄改者之戒。雖曲為參解，不無未當，應俟識者更定，但予例如此耳。參釋曰：初云大師"凝眺"，後又云"難學"，似矛盾。不知以凝眺之師，能假覆以慈悲之臉，故"難學"也。又參曰：曲中如"老的小的村的俏的、添香侍者、執磬頭陀"，與"貪看鶯鶯"諸語，俱出董詞。[潘夾] 大師雖將臉兒朦着，眼眶即也凝眺，合前【喬牌兒】一闋看來，諸般情態如見。要只為"貪看鶯鶯"四字着魔。

[潔云] 風滅燈也。[末云] 小生點燈燒香。[旦與紅云] 那生忙了一夜。[陳眉] 卻忙幾夜了。[孫眉] 妙，妙！[劉眉] 卻忙幾夜了。[湯眉] 好！[合眉] 我輩獨憐是美人。[魏眉] 便有見。[潘夾]

"忙了一夜"，寫盡挽弓有事為榮意象。雙文此語，亦尖亦愛。

【錦上花】外像兒風流，青春年少；內性兒聰明，[畫徐旁] 何由知之？[畫徐旁] 何由知之？冠世才學。扭捏着身子兒百般做作，來往向人前賣弄俊俏。

[容眉] 好！[田徐眉] 自來北詞惟一人唱，此參旦唱；且詞太露太淺，殊屬可疑。金本都作紅唱，較是。[參徐眉] □□佛也點頭。[孫眉] 好！[文眉]"扭捏"，音鈕聶。[湯眉] 好！[湯沈眉] 自來北詞唯一人唱，此參旦唱，未解；今本作紅唱。[合眉] 逼眞！是張解預案風魔態。[峒眉] 的是賣俏。

[紅云] 我猜那生——

【幺篇】① 黄昏這一回，白日那一覺，[湯沈旁] 叶較。[文眉]“覺”，音教。窗兒外那會鑊[湯沈旁]“鑊”，作“獲”，無解。一鐸②。[謝眉]“獲鐸”，往來貌。[士眉]“獲鐸”，往來貌。[余眉]“獲鐸”，往來貌。[繼眉]“獲鐸”，往來貌。[畫徐眉]“白日那一覺”，“一覺”，謂睡也，而卻為窗外之鈴鐸攪醒，則其相思客況，益無聊之甚，故下文云云。解“往來”者誤。此是體量其日夜過不得之意。“獲”，作“鑊”，豈亦鈴鐸之類耶？[田徐眉]“白日那一覺”，“一覺”，謂睡也，而卻為窗外之鈴鐸攪醒，則其相思客況，益無聊之甚，故下文云云。解“往來”者誤。此是體量其日夜過不得之意。“獲”，作“鑊”，豈亦鈴鐸之類耶？[新徐眉]寫張生處，正是鶯自寫□也。[廷眉]“白日那一覺”，“一覺”，謂睡也，而卻為窗外之鈴鐸攪醒，則其相思客況，益無聊之甚，故下文云云。解“往來”者誤。此是體量其日夜過不得之意。“獲”，作“鑊”，豈亦鈴鐸之類耶？[張眉] 俗竟少“頭”字，作一句，可笑。[合眉] 此詞是體量其日夜過不得之意。到晚來向書幃裏比及睡着，千萬聲長吁怎捱[湯沈旁] 方作“怎得”。到曉。[參徐眉] 小丫頭更慣熟。[王夾]“作”，叶早；“覺”，叶校；“得”，借叶平聲。[陳眉] 豈嘗竊窺來與？[凌眉] 北詞惟一人唱。忽參二旦每唱一曲，非體。疑後人妄添入耳。[廷夾]“作”，叶早；“覺”，叶校；“得”，借叶平聲。[湯沈眉]“黄昏”對“白日”，“窗兒外”對“書幃裏”，“鑊鐸”對“長吁”，參差相對。“一覺”，謂睡也。“鑊”，想亦鈴鐸之類。睡而卻為窗外之鈴鐸攪醒，則其相思客況蓋無聊之甚；夜復長吁，則日夜難捱矣。此紅想像其苦如此。[魏眉] 豈曾竊覷來麼？[岣眉] 豈曾竊覷來乎？[封眉] 即空本“黄昏這一會”不作【幺篇】，竟與上“外像兒”為一。後【錦上花】皆然。卻曰：北詞惟一人唱，忽參鶯紅各唱一曲，非體；疑後人添入。即曰各唱一曲，則應作【幺篇】矣。後折不盡皆一人唱，豈皆添入？是北劇之變體也。[毛夾]“得”，借叶平聲。北曲每折必一人唱，而院本則每本末折參唱數曲，此定例也。此互參鶯紅二曲，一調笑，一解惜，如搊彈家詞。於鋪敍中突攙旁觀數語，最為奇絕。他本俱作鶯唱，兩曲不貫。金在衡本俱作紅唱，則與生曲又不接。諸本或前鶯後紅，則兩曲語氣又各不相肖。至若妄者不識詞例，目為攙入，一概刪去，則了措矣。烏知作者本來，元自恰好如此。“風流、聰明”，調笑其賣弄也。“黄昏”以下，是既解其忙而轉諒其淒寂也。“那會”，那樣一會也。“鑊鐸”，鬧也。“比及”，若使也，與前白“比及夫人未來”同。言“黄昏”、“白日”往常那一回偓息，已被今日作那樣一會兒鬧，則欲其書幃向晚獨睡，淒寂何可耐也，此其所以不得不忙也。此以諒生作憐生語，正接解

① 王本將此曲併入上支【錦上花】。
② “窗兒外那會鑊鐸”：張本作“窗兒外頭那會鑊鐸”。“鑊”，士本、熊本作“獲”。

"忙了一夜"句。"鑊鐸",又作"和鐸",總是鬧意,《曲江池》句"階垓下鬧鑊鐸",董詞"譬如這裏鬧鑊鐸,把似書房裏睡取一覺"。【錦上花】本二曲,然必兩列【幺】,起句必五字,諸本與元曲細考皆然。碧筠齋諸本合作一曲,王本因之,且引《正音譜》為據。烏知譜凡【幺】兩列者皆不分,如【六幺序】、【麻郎兒】分明有【幺】,而合下不分,可驗也。參釋曰:二曲別一波瀾,在章法之外。又參曰:《百花亭》劇"他那裏笑鑊鐸",以喧聲似鑊鐸耳。然舊解真作鑊鐸之聲,便不是。

[末云] 那小姐好生顧盼小子。

【碧玉簫】 [凌眉] 【折桂令】竟接入【碧玉簫】,亦是合調,但不敢遽刪。 情引眉梢,心緒你①知道;愁種心苗,情思我猜着。暢懊惱!響鐺鐺雲板敲。行者又嗂,沙彌又哨②。您須不奪人之好。 [畫徐夾] "嗂",音陶。[田徐眉] 行者、沙彌擾嚷其間,張生不得致其私款,故曰"奪人之好"。[田徐夾] "嗂",音陶。[王夾] "哨",音雙罩切;"嗂",音陶。[文眉] "奪人之好",出乎自然。[凌眉] 因大家動火而喧嚷,故張曰"此乃我所好也,怎須不奪人之好"。因古有"君子不奪人之好"語,故以為謔。元人機局多如此。王謂張生不得致其私款,故云;殊未得。[廷夾] "哨",音雙罩切;"嗂",音陶。

[張眉] 遽作對面語,用"您"字是。第五句少三字,第七句少三字。[湯沈眉] 暢甚詞。"嗂"、"號",同平聲。"哨",喧鬧,意多人擾嚷,張不得致其私款,故曰"奪人之好"。"眉梢"、"心苗"對。[合眉] 委實可惱![毛夾] "哨",音雙照切;"嗂",音陶。"情引"四句應上曲,益信上曲非紅唱矣。"情引"、"愁種"俱指鶯;"心緒"、"情思",俱自指。"懊惱"以下,起科白"了道場"意。好事將畢,板喧僧嚷,故煩惱頓生,此遊船近岸、搬演下欄候也。"嗂"、"哨"、"嗂",總是喧意,元時習語。法事了則速鶯之去,故曰"奪人之好",與白中"再做一會也好"相應。若以看鶯為"奪好",不惟失雅,且與前"呆僗"、"懊惱"相復出矣。大抵元詞多曲白互引,如風將滅燭,則曲中先伏曰"燭滅香消";《跳牆》折,紅將處分生,則曲中先伏曰"香美娘處分俺那花木瓜"。此亦詞例。若白之逗曲,又不待言者。參釋曰:前以"頭陀懊惱"寫看鶯,此以"沙彌哨嗂"寫了事,固自不同。[潘夾] "情引眉梢"四語,兩心正在好處。雲板敲、行者嗂、沙彌哨,是法事將終,亂音促節之象。雙文於此,亦將散去矣。故
曰"奪人之好"。

[潔與眾僧發科] [動法器了,潔搖鈴杵宣疏了,燒紙科] [潔云] 天明了也,請夫人小姐回宅。[末云] 再做一會也好,那裏發付小

---

① "你":張本作"您"。
② "哨":王本、廷本、毛本作"哨嗂"。

生也呵！　　［潘旁］五千錢也值了。［陳眉］討些貼饒，覺語。［劉眉］討些貼饒。［合眉］只要再費五千。［魏眉］討些貼饒。［峒眉］討些貼饒。

【鴛鴦煞】有心爭似無心好，［潘旁］此是本覺。多情卻被無情①惱。［潘旁］此為妄緣。［畫徐眉］"無心"、"無情"，指"行者"、"沙彌"。［田徐眉］"無心"、"無情"，指"行者"、"沙彌"。［參徐眉］好筵席定散，眼飽肚饑時。［廷眉］"無心"、"無情"，指"行者"、"沙彌"等。［封眉］"鍾情"，時本多作"無情"。勞攘了一宵，月兒沉，鐘兒響，雞兒叫。［繼眉］東坡詞：多情卻被無情惱。"勞"，一作"鬧"。暢道是②玉人歸去得疾，好事收拾得早，道場畢諸人散了。酪子裏各歸家，葫蘆提鬧到曉。［並下］［謝眉］"酪子裏"，猶云昏黑；"葫蘆提"，猶云不明白；俱北方鄉語。"酪"，今作"冥"；"提"，今作"蹄"。［士眉］東坡詞：多情卻被無情惱。"酪子裏"，猶云昏黑；"葫蘆提"，猶云不明白；俱北方鄉語。"酪"，一作"冥"；"提"，一作"蹄"。［余眉］東坡詞：多情卻被無情惱。"酪子裏"，猶云昏黑；"葫蘆提"，猶云不明白，俱北方鄉語。"酪"，一作"冥"；"提"，一作"蹄"。《群玉》云：到了非干藤蔓事，葫蘆自去纏葫蘆。［繼眉］"酪子裏"，猶云昏黑；"葫蘆提"，猶云不明白，俱北方言。［畫徐眉］"胡蘆提"，是方言，猶越諺"糜糟兒"。［田徐眉］"胡蘆提"，是方言，猶越諺"糜糟兒"。［王夾］"攘"，上聲。［劉眉］妙！［文眉］"月兒沉"三句，總重在"玉人歸去得疾"上。［凌眉］"唱道是"三字，是【鴛鴦煞】本色。《追韓信》劇"唱道是惆悵功名"，《漢宮秋》劇"唱道是佇立多時"，可證。徐、王本刪之，緣不解耳。［廷眉］"胡蘆提"，是方言，猶越諺"糜糟兒"。［廷夾］"攘"，上聲。［湯沈眉］"酪子裏"，猶云昏黑；"葫蘆提"，猶云不明白。俱方言。［合眉］"胡蘆提"，猶越語"糜糟兒"。此是方言。［峒眉］未免多情，誰能似此？［毛夾］此俱興闌語也。"多情"句用東坡詞，言多情人卻為此無意遭際事所惱，指道場也。"酪子"，亦作"瞑子"，暗地裏也。"葫蘆提"，糊塗也。"鬧"亦指道場言，不頂"歸家"；若云散後意，鬧則到曉為無理矣。此亦用董詞"一夜葫蘆提鬧到曉"、"瞑子裏歸去"。［潘夾］讀"有心"、"無情"二語，張於此已略有醒頭。此時平旦之氣也。當雞鳴夢醒，晨鐘一覺，讀至"玉人歸去"數語，真有漏盡鐘鳴、客散堂空之感。

【絡絲娘煞尾】③ 則為你閉月羞花相貌，少不得剪草除根大小。

［繼眉］一本有【絡絲娘煞尾】："則為你閉月羞花相貌，少不得剪草除根大小。"此意不合先說出，且復用【煞尾】，今刪去。［槐眉］一本有【絡絲娘煞尾】："則為你

---

① "無情"：封本作"鍾情"。
② "暢道是"：凌本作"唱道是"。
③ 繼本、槐本、湯沈本無"【絡絲娘煞尾】"及"題目正名"。

— 81 —

閉月羞花相貌，少不得剪草除根大小。"此意不合先説出，且復用【煞尾】，今刪去。
[新徐眉] 最不堪，是此鬧後一着。[凌眉] 此有【絡絲娘尾】者，因四折之體已完，
故復為引下之詞結之，見尚有第二本也。此非復扮色人口中語，乃自為眾伶人打散
語。猶説詞家"有分交"以下之類，是其打院本家數。王謂是搊彈引帶之詞而削去，
太無識矣！[湯沈眉] 俗本有【絡絲娘煞尾】："則為你閉月羞花相貌，少不得剪草除
根大小。"皆俗工搊彈引帶之詞，今刪去。[毛夾] 院本亦以四折為一本，中用【絡
絲娘煞尾】聯之，此作法也。且《正音譜》已收《西廂》【煞尾】入譜中，第一本
偶亡耳。王伯良將後本三曲俱刪去，妄矣。又雜劇亦間有用【絡絲娘煞尾】作結者，
見《兩世
姻緣》劇。

　　題目　老夫人閉春院　崔鶯鶯燒夜香

　　正名　小紅娘傳①好事　張君瑞鬧道場 [毛夾] "閉"，即"門掩重關"之意，雖出遊猶閉也。

俗子倡為鶯不遊寺之説，必謂院開而鶯見，遂易"閉"為"開"，嗟
乎乃爾！參釋曰："好事"，即道場也；他本以"鬧"作"懷"，非。

　　[容尾] 總批：做好事的看樣！

　　[新徐尾] 批：做功德，結良緣，原是一項事，此卻湊合得好。

　　[王尾·注一十二條]

　　【新水令】："碧琉璃"，謂殿瓦也。"諷"，誦也。筠本作"嗺呪"。
"嗺"，音捧，又音邊孔反。《説文》："大聲也，又多實貌。"《詩》："瓜
瓞嗺嗺。"於經聲不侔，今從"諷"。《楞嚴經》"佛興慈悲，發海潮音，
遍告同會。"謂諷咒之聲，如海潮之聲也。兩"煙"字重，以"香煙"
對"諷咒"亦不的，似有誤字。

　　【駐馬聽】：首四句，隔句對法，後仿此。"侯門"二句，因鶯未到，
想像之辭，謂長老不可去問消息，算來紅娘好歹必來回復長老也。"眼
腦"，即眼也。近一俗本，"佛號"改作"沸號"，又於序中盛誇獨見，
可笑。"佛號"，佛之名號，即今緇流所誦阿彌陀佛之類。"佛號"與
"鐘聲"相對，全句又與"法鼓金鐸"相對，自然之理。稍通文義者，當
自識之也。

　　【沉醉東風】：以"人間壽考"對"天上逍遙"，不惟字面親切，而

―――――――――
　　① "傳"：毛本作"問"。

本調首句末字法當用上聲。諸本作"壽高"，非。"曾、祖、父"，朱本作"曾、祖、禰"良是，但不諧俗，今並存。"曾、祖、父"是謂"三代"，"佛、法、僧"是謂"三寶"，以"三寶"對"三代"，亦一的對。"存在"二句，可以明言。"梅香"四句是私情，難以明言，故曰"暗中禱告"。"回施"者，主人醮畢謝僧，僧亦懺福回答，此俗至今相沿。張生所欲者，"幽期密約"耳，故以此祈和尚每也。俗本不知，添一"佛"字，謬甚。

〔白〕：法聰曰"卻早兩遭兒"者：以前寺中初見，有"遇神仙"之說；此又云"為你志誠，神仙下降"。故云"兩遭"。

【雁兒落】："玉天仙"，又應上白"神仙下降"語。"清醮"對"碧霄"，借字對也。

【得勝令】："苗"與"條"，皆嬌嫩之物，故藉以形容其面之俏。"妖嬈"，正與"嬌"字相屬。俗本倒轉，非。

【喬牌兒】："呆憦"，方言也，猶言癡呆懵懂之意；古本作"勞"，音義並同。（董詞"諸人與看人驚晃，瞥見一齊都望，住了念經，罷了隨喜，忘了上香"。）

【甜水令】："鬧元宵"以上四句，屬上曲看。"稔色"，美色也。"稔色人兒"指鶯鶯，"他家"張生自謂，代鶯言也。言鶯之有意於己，而又怕人窺破，故着淚眼偷瞧之也。（董詞"老的小的，村的俏的，滿壇裏熱荒，老和尚也眼狂心癢，小和尚每援頭縮項"。）

【折桂令】：首二句，又屬上曲看。"迷留沒亂"，即迷亂之意。（董詞"迷留沒亂沒處着"。）"心癢難猱"之"猱"，諸本作"撓"；朱本及元人諸劇，用此語者，皆作"猱"。"撓"本上去二音，平聲，諸韻書無此字；惟周德清《中原音韻》有之，蓋亦元人相沿之誤。"揉"本音"柔"；又皆"猱"字字形相近之誤。"猱"，猴屬，能為虎猱癢而食其腦，故世謂妓女為"猱"。今改正。"哭聲兒"二句，起下意。"喬林"，古本作"林喬"，語生，不從。"慈悲臉兒蒙着"，正大師之難學處。"大師"，音義見前注。"臉"，音斂①，不音檢。張生迷亂，頭陀、行者又都

① 〔王夾〕上聲。

— 83 —

貪看，皆已不能強制，大師雖凝眺動情，他卻以慈悲遮臉，假裝志誠，所以難學也。此段與上【喬牌兒】意稍復。（董詞"添香侍者似風狂，執磬的頭陀呆了半晌，作法的闍黎神魂蕩颺。不顧那本師和尚，聒起那法堂，怎遮當？貪看鶯鶯，鬧了道場"。）

【錦上花】：自來北詞惟一人唱，此參旦唱。且"黃昏這一回"後，詞意太露，不宜鶯鶯遽為此語，殊屬可疑。金本作紅唱，較是。今並存之。"黃昏"對"白日"，"窗兒外"對"書幃裏"，"鑊鐸"對"長吁"，皆想像張生之自苦，凡夜、凡日、凡行、凡臥，無處非無聊之境也。"窗兒外"與"書幃裏"四句，參差相對，總之二項事，與上"黃昏"、"白日"二句又相對。"鑊鐸"，喧鬧之意。（董詞"譬如這裏鬧鑊鐸，把似書房裏睡取一覺"。）（關漢卿《魯齋郎》劇"不索你鬧鑊鐸，磕頭禮拜我"。）（鄭廷玉《後庭花》劇"這壁廂鑊鐸殺五臟神"。）（石君寶《曲江池》劇"階垓下鬧鑊鐸，鬧火火為什麼"。）（《百花亭》劇"他那裏笑鑊鐸，我去那窗兒外瞧破"。）可證。舊解真作"鑊鐸"之聲，非。兩"那"字，俱去聲。"那會鑊鐸"，那一會之鑊鐸也。此調有分"黃昏這一回"以下作【幺篇】者；古本不分，《正音譜》亦只作一調。後仿此。

【碧玉簫】："暢"，甚辭。"嚎"，與"號"同①；"哨哚"，喧鬧之意。行者、沙彌擾嚷其間，張生不得致其私款，故曰"奪人之好"。"眉梢"、"心苗"對巧。

【鴛鴦煞】："多情卻被無情惱"，東坡詞句。"無心"、"無情"，俱指"行者"、"沙彌"等，承上曲來。（董詞"暝子裏歸去，又一夜葫蘆提鬧到曉"。）"暝子"，亦作"酩子"；"暝子"，調侃暗地也。"葫蘆提"，方言，糊塗之意。俗本每折後各有偽增【絡絲娘煞尾】二句，皆俗工搊彈引帶之詞，今悉削去。

[陳尾] 鬧熱極，莊嚴極！不可思議功德。

[孫尾] 如見，如見！妙甚，妙甚！

[劉尾] 做好事念佛陀的看樣子！

---

① [王夾] 平聲。

[凌尾·西廂記第一本解證]

楔子

子母孤孀途路窮：徐文長云：既云"窮"，則中間"軟玉屏、珠簾、玉鈎"等句，亦當避忌。夫所謂"窮"，只此遭喪、旅櫬便是窮處，賓白中"路途有阻"是也。豈相公家貲一無所攜而言"窮"耶？吳越語自以"貧"為"窮"耳，古人何嘗以"窮"字訓"貧"字。阮籍車跡所窮，輒慟哭而返，豈亦以囊無錢耶？可笑！

第一折

望眼：一作"醉眼"，亦可。然王伯良引杜詩及他劇，確證其為"醉眼"。彼"望眼"獨無出處耶？

蠧魚似：猶言蠧魚般也。後"錦片也似"，亦然。

顛不剌：舊解為美人名，固非。徐及王解云："顛"，輕狂也；"不剌"，方言，助語。"顛不剌"句反起"可喜"句，言輕狂者見了萬千，似鶯鶯之凝重可喜者少，"儘人調戲"三句正見凝重處。考之"不剌"，為北方助語則是，而其解則非也。"顛不剌"，詞中用之不少，如"顛不剌情理是難甘"、"顛不剌喬症疾"等語，豈亦以顛為輕狂而反起"可喜"耶？繹其意，似言沒頭腦、沒正經之意，如"葫蘆提"、"酩子裏"之類，可解不可解之間。湯臨川《邯鄲記》中"顛不剌自裁刮"，用得合。若依徐解，則下"解舞腰肢"四語，豈亦贊其凝重耶？即"軃香肩"而"笑撚花"，亦非凝重氣象矣。

覷睆：上忙扁切，下他璉切，《中原音韻》並載先天韻中。元曲多有之，《金綫池》劇"使不着撒覷睆"，可證。今俗謂羞澀軟膩者，猶有此聲。王伯良易以"面覷"，引《詩》"有覷面目"為證，而謂字書無"睆"字。不知曲中元不用"覷"字，時本自誤刻耳。若作"面"則從"去"，竟無此二字音矣。

南海水月觀音現：徐以朱氏本作"院"，以為對"家"字工而改之，並改"南海"為"海南"，以對"河中"。工則工矣，然自來無"海南水月"之語。況實甫慣用董解元詞，董云"我恰才見水月觀音現"，正直取其句，不以屬對為工耳。舊本作"現"，不敢喜新而從徐也。

第二折

小姐央： 即央及也，與紅娘討分上也。倘其不肯，我自寫與之。甚明。而徐解云"商量得中"，不知何謂？

從良： 奴婢贖身為"從良"。今世猶有行此法者，倡家小侑亦皆然。寫與從良，便是惜其為侍女故云，即欲善嫁之之意。徐解云"未免有得隴望蜀之意"，則張乃自認收幸之為從良耶？若自用，亦復何須寫？

睃趁着你頭上放毫光： 猶俗云眼裏放得火出也。徐與王伯良各有解，皆迂拙。

煩惱則麼耶唐三藏： 舊本元自如此。蓋元人"則麼"、"子麼"、"怎麼"皆一樣解。今本不知其解，而改為"怎麼"，固不必為徐解者。偶見舊為"則麼耶"，遂妄謂亦是僧名，而曰言大師非"則麼耶"、"唐三藏"之比，淫欲在所不免，何用嗔己之戲謔，更可笑！"煩惱則麼耶"，正言何用煩惱？"唐三藏"，即調稱法本，"煩惱則麼耶唐三藏"？猶"息怒波卓文君"、"學去波漢司馬"，與別本"免禮波雙通叔"，"熱忙也沈東陽"之類，一樣句法也。今如徐解，則"煩惱"二字如何連接？且云何用嗔己之戲謔，仍是"煩惱則麼"之解矣。或果有僧名"則麼耶"，亦決不如是用也，況無考者乎？皆好為異說而不通者；王伯良不從，有見。

第三折

不恁般撐： 言姮娥亦未必如此撐達也。元本時有此語，《兩世姻緣》雜劇云"看了他容顏兒實是撐"。此句蓋用董解元"便是月殿嫦娥，也沒恁地撐也"。徐本改為"不恁般爭"，注曰：不爭差也；又曰"您爭"，言不與你爭，如云"不我欺也"。謬其義而強為之解，自相支離。

四星： 舊解為"十分"，未知何據。然揣其義，不過言其甚也。徐解乃曰：古人釘秤，末稍用四星，"四星"謂下稍也。《兩世姻緣雜劇》云"比卓文君有了下梢，沒了四星"，是言有上稍沒下稍也。今夜雖淒涼，然隔牆酬和，是有下稍矣。其說如此。玩本折尾聲語氣，此說近似，然詞中有"卻遮了北斗杓兒柄，這淒涼有四星"；樂府"愁煩迭萬埃，淒涼有四星"；《玉鏡臺》劇云"折莫你發作我半生，我也忍得四星"，又當作何解？恐又非"有下稍之說"可通耳。要之，"十分"之意為是。或曰：天南地北參辰卯酉四星，蓋此星朝暮不得相見，詞家往往用為阻隔之義。意或少近耳。

第四折

犬兒休惡：此本無可疑。徐本"犬兒上"添"崔家的"三字，評云："有此方妥。"可笑之甚！犬之驚吠，礙人幽期，故禱之耳。此時張初至寺中，未到崔家書院，豈止崔家者休惡，而寺中餘犬皆可任其嘷吼耶？況崔家止寓寺中耳，豈別有一種崔家犬，非寺中犬耶？前謂其"途路窮"，"玉鈎、珠簾"皆非所攜，而獨牽相府中舊犬豢養之耶？穿鑿鄙陋，可為噴肌。

稔色人兒，可意冤家，怕人知道，看時節淚眼偷瞧：上二句連呼鶯，言鶯鶯欲看己而怕人知道，故淚眼偷瞧，意本明白。但以腔調所限，倒此"看時節"三字在下耳。徐改"冤家"為"他家"，而曰"生"指自己，言可意我又怕人知道，故瞧我只偷瞧。夫以張生自指，而代鶯鶯稱"他家"，恐世無此等文理。乃反以"冤家"為沒理，謂與下文無干。夫詞中稱所歡為"冤家"，其常也，是豈晉語，而與下不相接耶？又：一古本無"可意"二字，直作"他家怕人知道"。《雍熙樂府》亦作"他怕人知道"，亦自直截。但【甜水令】本調一少二字，一少三字耳。

鑊鐸：方言，猶言囉唣、鬧攘之類。燈詞有"聽的社火鑊鐸"，《後庭花》雜劇有"鑊鐸殺了五臟神"，《曲江池》雜劇"階垓下鬧鑊鐸"，元人用之，不一而足。舊解為"往來"，固非。徐解為"寺中鈴鐸"，謬甚！

[湯尾]　做好事的看樣！

[合尾]　湯若士總評：中篝之醜，十有八九從佛境僧房做來。良繇佛法慈悲，以方便為第一善事也，故呵護最靈。今欲清閨閣之風，須先塞此徑竇。李卓吾總評：做好事的看樣！徐文長總評：且看羅的要耀，耀的要羅，大是熱鬧。單則夫人、法本，被"老"字板殺，不作此態，卻也曾打從這熱鬧場裏過來。

[魏尾]　總批：做功德，結良緣，原是一項事，此卻湊合得恰好。

[峒尾]　批：薦父母是虛情，看鶯鶯是實事。

[潘尾·說意]　近有解事者，謂"梵王宮殿月輪高"一語，當是十四初更也。齋壇正日，本在十五。若十五之早，月方落盡，何以言高？因

謂張急於從事，顛倒至此。人謂其精於覈事，巧於爭閒矣。而不知其不然也。凡立言之旨，必尋之有故，按之成文，使作者之意通體相安，閱者之目無間可入。然後為真奇，為真確，惟真確，而後為真奇也。若所謂月輪高者，仍然之為十五，而非十四也。然在十五之早，疑於非度；在十五之晚，疑于踰時。何據而定為十五乎？蓋當日所建法筵，乃薦亡餕口也。薦亡餕口，啟建必於暮夜，故必待月輪高也。何以知其為薦亡餕口也？觀於夫人與鶯與紅與張之持說，而知之矣。一則曰“薦老相公”，再則曰“薦老相公”也，此則曰“追薦”，彼則曰“附薦”也。是以知其為薦亡餕口也。薦亡餕口，則必待月輪高也。此其在十五，尋之有故者也。即曰張篤於言情，勇於從事，幾於失日，幾於失夜矣。則十五為齋壇正日也。十五為齋壇正日，則十四下舂，宜即有事於壇矣。或香焉，或燈焉，或疏或像焉，或陳鐘設磬焉。豈月上初更，而殿楄猶閉，悄無人聲者乎？琉璃瑞煙之為鬱蔥也，昭昭然也。不然，下即繼之以香煙、呪聲之如雲如潮也，此豈咄嗟可辦，而喧寂頓異也？使其在十五，則按之成文者也；使其在十四，則法筵之撤，必兩夜一日矣。何以作者止言宵，不言日也？以月高始，以月沉終也。鶯云“忙了一夜”，張云“勞嚷了一宵”也，止為十五夜，昭昭然也。此通體相安者也。使必曰十四，則張雖愚，未必失日失夜至於此極也；僧雖急，未必失事至於此極也！何以敘夜不敘日也，何以月始而月終也？使其在十五，則無間可入者也。然此皆十五之晚之事也。十五之日，諸比丘竟無事於壇乎？曰有之。有何事？曰念《法華經》，禮《梁皇懺》也。法聰諸眾俱在，惠明獨不在。故惠明次日啟口即言之也，此史家補書之法也。若曰：昨者念經禮懺，非吾事；今者廝殺，乃吾事也。然則念經禮懺，諸檀越可不至乎？曰不必據至也。念經禮懺，為餕口先聲，如有事於泰山，先有事於配林也。崔不必據至，張亦不必據來也。故請拈香在日，而赴齋壇在暮也。此世俗之昭昭者也，可無深辨也。

西廂記第二本

崔鶯鶯夜聽琴雜劇

第一折

〔孫飛虎上開〕自家姓孫，名彪，字飛虎。方今天下擾攘。因主將丁文雅失政，俺分統五千人馬，鎮守河橋，劫擄良民財物。近知先相國崔珏之女鶯鶯，眉黛青顰，蓮臉生春，有傾國傾城之容，西子太眞之顏，〔謝眉〕"西子"，即西施；"太眞"，即楊妃。〔繼眉〕"珏"，音角。〔槐眉〕"珏"，音各。"太眞"，唐楊貴妃號也。〔文眉〕"珏"，音各。"西子"，即西施；"太眞"，楊貴妃也。〔淩眉〕元曲時用白中語作曲，以為照應。因此飛虎口中有"眉黛"等語，故後夫人亦云然，而鶯曲遂述之耳。時本刪去，則後來夫人之語何所自？又有並夫人亦無白者，則鶯奈何忽自贊耶？〔廷夾〕"珏"，音角。〔封眉〕即空主人曰：元曲時用白中句，以為照應。因孫飛虎有"眉黛"等語，故後夫人亦云然，而鶯曲遂述之耳。時本多漏，則夫人之語何所自？又有並夫人白亦無者，鶯奈何忽自贊耶？時本多漏"圍寺高叫"一段，則後"博望燒屯"與"諸僧眾污血痕"等語，無着落也。現在河中府普救寺借居。我心中想來：當今用武之際，主將尚然不正，我獨廉何為？〔容旁〕有理！〔孫旁〕有理！〔陳眉〕説得極是！〔孫眉〕説得極是！〔合眉〕説得有理！大小三軍，聽吾號令：人盡銜枚，馬皆勒口，連夜進兵河中府！擄鶯鶯為妻，是我平生願足。〔下〕〔容夾〕好貨！〔孫眉〕□□□□□□□□。

〔法本慌上〕誰想孫飛虎將半萬賊兵圍住寺門，鳴鑼擊鼓，吶喊搖旗，欲擄鶯鶯小姐為妻。我今不敢違誤，即索報知夫人走一遭。〔下〕〔夫人慌上云〕如此卻怎了！俺同到小姐臥房裏商量去。〔下〕

〔旦引紅娘上云〕自見了張生，神魂蕩漾，情思不快，茶飯少進。早

是離人傷感，況值暮春天道，好煩惱人也呵！好句有情憐夜月，

[潘旁] 不
落花無語怨東風。　[參徐眉] 張鶯之情態同一致矣。[陳眉] 嬌媚
忘唱和時。　　　　可人！[孫眉] 絕句！[劉眉] 嬌媚可人！[合
眉] 二句駢
儷中情語。

【仙呂】【八聲甘州】懨懨瘦損，早是傷神①，
[田徐眉] 俗本改"多
愁"作"傷神"，強叶，
非。言本以多愁而
那值②殘春。羅衣寬褪，能消幾度黄昏？
[湯沈旁]
瘦，又因傷春而增。
趙德麟詞。

[新徐眉] 困人天氣，情有所不堪，於此可見。[文眉] 此一折正點"暮春天氣"。
[凌眉] 首二句不用韻亦可，然首句盡多用韻者：《雍熙樂府》中"花遮翠擁，香靄
飄霞，燭影搖紅"；《明皇望長安》劇云"中秋夜闌，寶篆煙消，玉漏聲殘"；《天寶
遺事》引"開元至尊，舞按霓裳，政失君臣"，又"中華大唐，四海衣冠，萬里梯航"
是也。至《詠蝶詞》"春光豔陽，人意徊徨，花柳濃粧"，則兩句俱用韻矣。此曲亦
然。王謂不用韻，而從徐本之"多愁"；雖不妨，然舊本卻是"傷神"。[張眉] "多
愁"又值"殘春"，愁益難堪，訛"傷神"，風裊篆煙③不捲簾，雨打梨花
非。[封眉] "更"，時本多作"值"。

深閉門；
[士眉] 閨怨幽趣，偲偲逼人。秦少游："雨打梨花深閉門。"[余眉] 閨
怨幽趣，偲偲逼人。秦少游："雨打梨花深閉門。"[繼眉] 趙德麟詞："斷
送一生憔悴，能消幾個黄昏？"秦少游詞："雨打梨花深閉門。"[槐眉] 秦少游詞：
"雨打梨花深閉門。"[畫徐眉] "串煙"，掛香也；作"篆煙"，非。[田徐眉] "串
煙"，掛香也；作"篆煙"，非。[參徐眉] 難消幾個黄昏！[張眉] "篆"是實字，無
對"梨"字，訛"串"，非。[合眉] "串煙"，掛香也；作"篆煙"者，非。

語憑闌干，目斷行雲。
[容眉] 嬌甚！[畫徐眉] 松江何孔目首可此套，恐未
必然。[田徐眉] 松江何孔目首可此套，恐未必然。

[孫眉] 嬌甚！[廷眉] 松江何孔目首可此套，恐未必然。[湯眉] 嬌甚！[湯沈眉]
此調第三句起韻。首句偶用"損"字作韻，次句不用，第三句"春"字復用韻。俗本
將"多愁"改作"傷神"強叶，非。[魏眉] 嬌媚。[峒眉] 嬌媚。[封眉] "憑"，音
病。[毛夾] "憑"，去聲。[潘夾] 此際言愁，則非"閑愁"矣。特因傷春而加劇耳。

【混江龍】落紅
[凌旁]
作"花"
成陣，風飄萬點正愁人，
[湯沈旁] 杜子美詩。
[繼眉] 杜子美詩：
"風飄萬點正愁人。"[槐眉] 杜
子美詩："風飄萬點正愁人。"
池塘夢曉，闌檻辭春；蝶粉輕沾飛絮

———————

① "傷神"：王本、張本、湯沈本作"多愁"。
② "值"：封本作"更"。
③ "篆煙"：畫徐本、合本作"串煙"。

雪，燕泥香惹落花塵；繫春心情短柳絲長，隔花陰人遠天涯近。

[士眉]【混江龍】一曲，起李供奉爛醉操觚，未能遠過。[余眉]【混江龍】一曲，起李供奉爛醉操觚，未能遠過。[畫徐眉]情本長，柳本短；人本近，天涯本遠。今日事無成，與張無會期，則是情反短於柳絲，人反遠於天涯也。此怨恨之詞。[田徐眉]情本長，柳本短；人本近，天涯本遠。今日事無成，與張無會期，則是情反短於柳絲，人反遠於天涯也。此怨恨之詞。[參徐眉]景況撩人。[文眉]"檻"，音監，木闌也。[陳眉]又想着老張了！[孫眉]又想着老張了！[劉眉]又想着老張了！[廷眉]情本長，柳絲本短；人本近，天涯本遠。今日事已無成，與張無會期，則是情反短於柳絲，人反遠於天涯也。此怨恨之詞。[合眉]本是情長柳絲短，人近天涯遠，只今會合無期，則是情反短於柳絲，人反遠於天涯也。此怨恨之詞。[魏眉]又想着老張了！[峒眉]又在想那生！

香消了六朝金粉①，清減②了三楚精神。

[田徐旁]作"消疏"更俊更整。[凌旁]王伯良欲易"香消"為"消疏"，"金粉"為"煙粉"，不為無見。[謝眉]"六朝"：齊、楚、燕、韓、趙、魏。

[容眉]好！[起眉]李曰：王實夫作《西廂》，韓苑洛以當司馬子長，固是猛諢。"香消了六朝金粉，清減了三楚精神"，自當盧駱豔歌、溫韋麗調。[張眉]"脂粉"、"精神"是對，訛"金粉"，非。[湯眉]好！[湯沈眉]"池塘夢曉"，用謝惠連事，稍不切；"夢"，作活字。春心纏繫，情反短於柳絲；花陰所隔，人反遠於天涯。此思張難會，極其怨恨之詞。"六朝"、"三楚"多麗人，故云。二曲皆絕麗之詞，王弇州謂駢儷中情語。[峒眉]句中有畫。[封眉]"淹消"，時本多誤作"香消"。[毛夾]自此至【寄生草】曲，總是閨詞，然分二截。"厭厭"至"氣分"猶多自傷，"往常"至"無人問"則全是懷生矣。王元美稱為駢儷中情語，何元朗謂雖李供奉復生何以加此，良然！"看消"，諸本誤作"香消"，王伯良又改作"消疏"。"漸減"，諸本誤作"清減"，徐天池又改作"玉減"，不知"看"與"香"、"漸"與"清"俱字形相近之誤，改則益誤矣。"金粉"，房幃中飾也，"金粉"二色與"精神"對。唐顧敻詞"金粉小屏猶未掩"，陸龜蒙詩"好將花下承金粉"。若"精神"二字，則出宋玉《好色賦》"精神相依懸"。其云"六朝"、"三楚"者，正以"齊梁多綺麗，湘漢饒美豔"也。王本改"金粉"為"胭粉"，反謂"金粉"無出，則更妄矣。臧晉叔曰：此首二句不用韻，"損"字偶然與韻值耳。俗改"多愁"為"傷神"，以為叶韻，謬甚。參釋曰："能消"句用趙德麟詞，"雨打"句用秦少游詞，"無語"句用孫光憲詞，"人遠"句用歐陽修詞，"風飄"句用杜詩。若"怕黃昏、羅衣褪、掩重門、手卷珠簾、目送行云"諸語，又俱出董詞。

[潘夾]二曲句句從暮春寫出愁怨，所謂景中情也。

---

① "香消了六朝金粉"：王本、張本作"消疏了六朝脂粉"。"香消"，封本作"淹消"；毛本作"看消"。

② "清減"：毛本作"漸減"。

〔紅云〕姐姐情思不快，我將被兒薰得香香的，睡些兒。〔孫旁〕知趣！

〔旦唱〕

【油葫蘆】翠被生寒壓繡裀，休將蘭麝薰；便將蘭麝薰盡，則索自溫存。〔容眉〕畫！〔田徐眉〕薰蘭麝而無人"溫存"，所以不欲薰也。〔孫眉〕畫！入神！〔凌眉〕"蘭麝薰盡"句連，非。"薰"字句，而"盡"字連下也。〔湯眉〕畫！〔魏眉〕昨宵個錦囊佳制明勾引，今日個玉堂人物難親近。〔嶠眉〕畫，畫！〔繼眉〕李賀每出，小奴背古錦囊以隨，得句，寫投其中。暮歸，母探之，見詩多，輒曰："是兒嘔出心肝乃已耳。"〔槐眉〕"錦囊佳制"：李賀每出，小奴背古錦囊以隨，得所好句，寫投其中。暮歸，其母探囊中，見詩多，即怒曰："是兒嘔出心肝！"〔湯沈眉〕李賀每出，小奴背古錦囊以隨，得句，寫投其中。暮歸，母探之，見詩多，輒曰："是兒嘔出心肝乃已耳。"這些時坐又不安，睡又不穩，〔湯沈旁〕"穩"，諸本作"寧"。"寧"字系庚清韻，非。〔田徐眉〕"不穩"，諸本作"不寧"。"寧"是庚清韻，非。〔參徐眉〕好生珍重，老張神勞夢攘。我欲待登臨又不快，閑行又悶。〔田徐旁〕董本作"悶"。〔凌旁〕一作"困"。〔士旁〕與前"怨不能"四句對貼。〔余旁〕與前"怨不能"四句對貼。〔新徐眉〕無處可遣。〔劉眉〕你想睡，他卻睡不得。〔凌眉〕王伯良曰："穩"，諸本作"寧"，系庚清韻，非。"登臨"句，七字句，襯二字。〔封眉〕伯良曰："穩"，俗本多作"寧"，系庚清韻，非。"登臨"系七字句，襯二字。每日價情思睡昏昏①。〔湯沈旁〕真情真態！〔謝眉〕"每日價"的"價"字，乃北人鄉語。〔士眉〕"價"字是北方鄉語。〔余眉〕"價"字是北方鄉語。〔容眉〕入神！〔王夾〕"悶"，朱作"困"。〔陳眉〕你思睡，他卻睡不得。〔孫眉〕你思睡，他卻睡不得。〔文眉〕此以"玉堂"言之，便見鶯鶯期珙有科名之意。〔凌夾〕"登臨又不快"、"閑行又悶"，董詞乃道張生者。移為鶯語，覺非女人本色。〔廷夾〕"悶"，朱作"困"。〔張眉〕"鎮"，猶言常則是也，訛"悶"，非。〔湯眉〕入神！〔合眉〕白描入神！

【天下樂】紅娘呵，我則索搭伏②定鮫綃枕頭兒上盹。〔田徐旁〕小睡也。但出閨門，影兒般不離身。〔士眉〕"盹"，亦北方言。此間怨尤之語，微見直突。〔余眉〕"盹"，亦北方言。此間怨尤之語，微

_____

① "閑行又悶，每日價情思睡昏昏"：張本作"閑行又困，情思鎮昏昏"。
② "搭伏"：王本、廷本作"蹋伏"。

見直突。[**容眉**] 妙甚！[**起眉**] 王曰：此間恨着紅娘之語，眞情無嫌直突。[**新徐眉**] 前守後縱，小紅大是有操作女子。[**田徐眉**] 言除我打睡之時則已，但出閨門，又如此提防着人，不得自由也。[**參徐眉**] 眞恨！[**孫眉**] 妙甚！[**凌眉**] 首句宜仄（平可）仄平平仄（平可）仄平（仄可），乃襯“頭兒”二字者。王本謂襯“兒”字，而反去上字，便不合調。[**湯眉**] 妙甚！[**湯沈眉**] 此小睡意，一云日欲出也，言其枕上晏眠，情有所鍾也。[**合眉**] 沒來由把我摧殘。[**魏眉**] 此間恨着紅娘之語，眞情無嫌直。[**峒眉**] 恨紅娘語，逼眞！

［**紅云**］不干紅娘事，老夫人着我跟着姐姐來。［**旦云**］

俺娘也好沒意思！這些時直恁般隄防着人；小梅香伏侍得勤，老夫人拘繫得緊，則怕俺女孩兒折了氣分。[**容眉**] 便是這些時要提防。[**起眉**] “這些時”句，今或作白，大謬。[**畫徐眉**] “氣分”，去聲，猶體面之謂，地步、崖岸之謂。“折氣”，猶云折氣與他也；“分”，即“名分”之“分”。女子為人所移，是折倒名分也。“氣分”，北方有此語，非杜撰也。[**田徐眉**] “氣分”，去聲，猶體面之謂，地步、崖岸之謂。“折氣”，猶云折氣與他也；“分”，即“名分”之“分”。女子為人所移，是折倒名分也。“氣分”，北方有此語，非杜撰也。[**王夾**] “踢”，音塔；“盹”，音敦，上聲；“分”，去聲。[**陳眉**] 越提防，越疏略。[**孫眉**] 越提防，越疏略。[**文眉**] 防紅怨母，便見鶯鶯有欲身從拱也。[**凌眉**] “氣分”，猶言氣焰。《金綫池》劇“年紀小須是有氣分，年紀老無人問”，《羅李郎》劇“顯耀男兒氣分”，其意可想。王作“聲勢”解，猶近；徐以為“名分”之“分”，酸甚。[**廷眉**] “氣分”，“分”去聲，猶體面之謂，地步、崖岸之謂。“折氣”，猶云折口氣與他也；“分”，即“名分”之“分”。女子為人所移，是折倒名分也。“氣分”，北方有此語，非杜撰也。[**廷夾**] “踢”，音塔；“盹”，音敦，上聲；“分”，去聲。[**湯眉**] 便是“這些時”要提防。[**湯沈眉**] “折了氣分”，猶言輸了聲勢體面之謂。[**合眉**] 你娘自是有意思的人，只是不十分有意思得緊。[**毛夾**] “離”、“分”，俱去聲。“搭伏”句，煞上起下，言誰願行遊，則索自盹耳；且行遊豈自由也，但出閨門，則拘緊益甚也。“搭伏”，搭而伏之。如《竇娥冤》劇“今日搭伏定攝魂臺”類。諸本作“踢伏”，誤。“折氣分”，猶言不爭氣也。《老生兒》劇“顯的俺兩口兒沒氣分”。[**潘夾**] 此節是不足紅娘之詞。言我只合去睡，略見動憚，老夫人拘管甚緊，使紅娘似影隨身，到處隄備，使我不好意思減損威風。下節因言：我平素原極自把持，不須隄備得，但不知一見那人，陡覺關心。此又情之不能自已處，雖隄備，亦無益也。文思一綫，瀠洄如此。

［**紅云**］姐姐往常不曾如此無情無緒；自見了那生，便覺心事不寧，卻是如何？[**容眉**] 隨你理會。[**孫眉**] 隨你理會。[**張眉**] 氣倒名分也。[**湯眉**] 隨你理會。[**合眉**] 隨你理會。［**旦唱**］

【那吒令】往常但見個①外人，氳的早嗔；[田徐旁] 怒意。但見個客人，

厭的倒褪；[田徐旁] 羞意。[畫徐旁] 此即是不"折氣分"之證。[田徐旁] 此即是不"折氣分"之證。[廷旁] 此即是不"折氣分"之證。[容眉]

妙，妙！[湯眉] 妙，妙！[湯沈眉] 從見了那人，兜的便親。[畫徐旁] 此即是"折氣分"。

"倒褪"有羞意，"早嗔"有怒意。

而所以折氣分者，以下文云云然也。[田徐旁] 此即是"折氣分"。而所以折氣分者，以下文云云然也。[廷旁] 此即是"折氣分"。而所以折氣分者，以下文云云然也。

[容眉] "那人"與"外人"、"客人"不同。[參徐眉] 想老張不了，相思過半矣。

[陳眉] "那人"與"外人"、"客人"不同。[孫眉] "那人"與"外、客"不同，趣

甚！[湯眉] "那人"與"外人"、"客人"不同。妙，妙！想着他昨夜詩，

[合眉] "那人"與"客人"、"外人"不同。[峒眉] 是本心話。

依前韻，酬和得清新。[張眉] 第二四六句俱少一字，第七八九句俱少二字。

【鵲踏枝】吟得句兒勻，念得字兒眞②，詠月新詩，煞強似織錦

迴文。[文眉] 此狀生之聲音。誰肯把[凌旁] 一本無"把"字。[湯沈旁] 一作"將"。針兒將[湯沈旁] 一作"做"。綫

引，向東鄰[湯沈旁] "東鄰"，用宋玉東家之子事。通個殷勤。[繼眉] 晉竇滔為秦州刺史，被徙流沙。妻蘇若蘭思之，為織錦迴文

以寄，名曰《璇璣圖》，宛轉迴環，文意凄切。又，范陽盧母王氏，撰《天寶迴文詩》，凡八百十二字。《淮南子》：綫因針而入，不因而急；如女因媒而成也。[槐眉]

"織錦迴文"：出詩文。□□竇滔妻蘇氏若蘭，滔為秦州刺史，被徙流沙。其妻蘇氏思

之甚切，為織錦迴文以寄滔。名曰《璇璣圖》，宛轉迴環，文意凄切。[容眉] 妙，妙！

[田徐眉] "東鄰"，用宋玉東家之子事。[新徐眉] 可人無所不可。[陳眉] 針綫明明

在眼前。[孫眉] 針綫明明在眼裏。[劉眉] 針綫明明在眼前。[凌眉] "把針兒"句，

言把針兒將綫引過去，本自不礙。王謂"將"字與"把"字礙而去之，則須言"把

針兒引綫"乃可，"綫引"便不通矣。[湯眉] 妙，妙！[湯沈眉] 晉竇滔為秦州刺

史，被徙流沙。妻蘇若蘭思之，為織錦迴文以寄，名曰《璇璣圖》，宛轉迴環，文意

凄切。[合眉] 眼前就有針兒在。[魏眉] 針綫總你自知。[峒眉] 針綫總你自知。

[潘夾] "針兒將綫引"，明敲
着紅娘，不知已暗伏孫飛虎。

---

① 此句和下句中"個"，湯沈本均作"一個"。
② "吟得句兒勻，念得字兒眞"：王本作"吟的字兒眞，念的句兒勻"。

【寄生草】想着文章士①，［湯沈旁］一作“文章士”。旖旎人；［凌旁］“文章士”，徐改為“風流客”。“旖旎”即“風流”也，仍舊為是。［謝眉］“旖旎”，斜行飄逸貌。他臉兒清秀身兒俊②，［容眉］妙，妙！［畫徐眉］“韻”是風韻。［田徐眉］“韻”是風韻。［文眉］此狀生之笑貌。性兒溫克情兒順，不由人口兒裏作念心兒裏印。［士眉］《西廂》詞多用“兒”字，於指近，於事諧，故是當家。［余眉］《西廂》詞多用“兒”字，於指近，於事諧，故是當家。［起眉］王曰：眼前事，口頭語，信筆連用“兒”字，不粧不飾，使人自識為“旖旎人”。豈眞人旖旎也？旖旎在中山兔穎耳！［參徐眉］影吊神隨，心心相印。［淩眉］徐士範曰：《西廂》詞多用“兒”字，於情近，於事諧，故是當家。［淩夾］“不由人”，即“不覺的”一意，言連身子做不得主也。今人常於“人”下添“不”字，不惟不知其本，而襯字用四，亦非體。［湯沈眉］《西廂》辭多用“兒”字，於情近，於事諧，故是當家。［合眉］《西廂》詞多用“兒”字，於情近，於事諧，故是當家。學得來“一天星斗煥文章”，不枉了“十年窗下無人問”。［田徐眉］“十年”句，只用見成語。不着緊言，此人又俊雅又着人，又有文學，不由我不愛，非以顯達期之也。［毛夾］“把針將綫引”，把其針而將綫引也。王本以“把”、“將”犯見，遂去一“將”字，誤矣。“東鄰”，用宋玉事。“臉兒”三句，元時習語，亦雜見董詞。“一天”二句，非惜其未達，言似此人怎教不倸倸他也，與“不由人”句應。參釋曰：此折章法頗奇，鶯與惠分兩截，鶯又分兩截，此以前為綿邈詞，以後為急搶詞。又參曰：諸本以“外人早嗔”列“客人倒褪”後，以“吟的句兒”列“念的字兒”後，俱不合。［潘夾］崔頗有憐才之意，曾從面試過來。

［飛虎領兵上圍寺科］［容眉］老孫來替老張作伐了。［參徐眉］鶯鶯的媒人到了。［陳眉］張生的媒人消息到了。［孫眉］張生的媒人消息到了。［劉眉］張生的媒人消息到了。［湯眉］老孫來替老張作伐了。［合眉］老孫來替小張作伐。［魏眉］鶯張的媒人到了。［峒眉］鶯張媒人到了。［下］［卒子內高叫云］寺裏人聽者：限你每三日內將鶯鶯獻出來與俺將軍成親，萬事干休。三日之後不送出，伽藍盡皆焚燒，僧俗寸斬，不留一個③。［淩眉］今本去此“卒子高叫”一段白，後來“將伽藍火內焚”及“博望燒屯”等語，俱無着矣。

---

① “文章士”：湯沈本作“風流客”。

② “俊”：畫徐本、王本作“韻”。

③ 容本無“［飛虎領兵上圍寺科］”至“不留一個”一段説白。

［夫人、潔同上敲門了］［紅看了云］姐姐，夫人和長老都在房門前。［旦見了科］［夫人云］孩兒，你知道麼？如今孫飛虎將半萬賊兵圍住寺門，道你"眉黛青顰，蓮臉生春，似傾國傾城的太真"，［文眉］"顰"，音平。要擄你做壓寨夫人。孩兒，怎生是了也？［旦唱］

【六玄序】聽説罷魂離了殼，現放着禍滅身，將袖梢兒搵不住① 啼痕。［起眉］無名："住"，一作"處"。［張眉］"滿"字佳，亦作"濕"。好教我 ［凌旁］此下可以疊四字句，不拘多少。去住無因，進退無門，可着俺那 ［凌旁］作"心"。一堝兒裏人急偎親？ ［潘旁］意中便住着那壁廂人矣。

［田徐眉］"堝兒裏"，猶今諺語這所在、那所在之謂。"人急偎親"者，人急迫而相偎傍也。［文眉］"偎"，音威。［凌眉］"那堝兒裏"，那所在也。"人急偎親"，是成語。［湯沈眉］"堝兒裏"，斷；"人急偎親"，另句。"堝兒裏"，猶言這所在、那所在之謂。"人急偎親者"，人急迫而相偎傍也。孤孀子母無投奔②，赤緊的先亡過了有福之人。耳邊廂金鼓連天震，征雲冉冉，土③ ［湯沈旁］一作"吐"，又作"㘭"。雨紛紛。［繼眉］"土雨"，一作"㘭雨"。［起眉］無名："吐"，一作"㘭"。［畫徐眉］北方多雨，塵土如霧。［田徐眉］北方多雨，塵土如霧。［新徐眉］又可與其患難矣。［王夾］"殼"，叶音巧；"堝"，或作"窩"；"迸"，音奔，去聲。［凌眉］"土雨"，董解元《記》中語"滿空紛紛土雨"，言人馬遝來而塵土紛起如雨也。《戰英布》劇亦有"紛紛濺土雨"句。俗作"吐"，謬。［廷眉］北方多雨，塵土如霧。［廷夾］"殼"，叶音巧；"堝"，或作"窩"；"迸"，音奔，去聲。［湯沈眉］"有福之人"，謂崔相國。北方塵土如雨，故曰"土雨"。［封眉］即空主人曰："土雨"，俗作"吐"，謬。

【幺篇】那廝每 ［凌旁］一本無"每"字。風聞④，胡云。 ［湯沈旁］首句亦六聲三韻。［謝眉］"風聞"句，亦是六聲三韻。［士眉］首句亦六聲三韻。［余眉］首句亦六聲三韻。［繼眉］首句亦六聲三韻。［凌眉］王伯良曰："風聞、胡云"，四字二韻。"那廝每"三字，系襯字，原不用韻，與前後【麻郎兒】三句各叶者不同。［廷眉］亦六聲三韻。［張眉］"風聞、胡云"，言傳其説云云。首添"那廝每"，何耶？［封眉］王伯良曰："風聞、胡云"，四字二韻。"那廝每"系襯字。道我 ［凌旁］此下亦可以疊四字句，不拘多少。"眉黛青顰，蓮臉生春，恰便

---

① "不住"：張本作"滿"。

② "奔"：王本、廷本作"迸"。

③ "土"：起本作"吐"。

④ "風聞"：少本作"風問"。"風聞"前，張本無"那廝每"三字。

是傾國傾城的太眞①"；[張眉]"西子太眞"纔合調，且與前白照應。少"西子"作一句，非。兀的不送了

他三百僧人？[新徐眉]□着僧寺，何不□着自□。半萬賊軍②　[湯沈眉]古本及今本俱

[合眉]更有"兜的便親"的那人。

作"賊兵"，"兵"字入庚清韻。方本作"軍"字，亦可。半霎兒③[湯沈旁]一作"半會兒"。敢剪草除根？[繼眉]"時"，一作"兒"。

[起眉]無名：一作"半霎兒"，一作"一霎時間"，均可。[田徐眉]會，這廝每於會戰陣有一合二合之説，不待其合之畢，言易也。[文眉]"霎"，音撒。

家為國④無忠信，恣情的擄掠人民。[封眉]時本作"焚死"。更將那天宮般蓋

造焚燒盡，則沒那諸葛孔明，便待要博望燒屯。[槐眉]"博望燒屯"：三國諸葛亮、夏侯惇

戰，□燒於博望，破夏侯惇大軍十萬，□敗而還。乃初出茅廬第一功也。[參徐眉]不之責之人安用過怨無計矣。[王夾]"為"，去聲。[凌眉]"則沒那諸葛孔明"，言單得沒那諸葛孔明，他卻要做出博望燒屯事來。元人下語每如此。王去"則沒那"而易以"則麼言甚麼孔明"，牽強，非作者意。徐易以"那裏"，也亦不必。[廷夾]"為"，去聲。[張眉]"於家國"句，言此無忠信輩，有何益於家國？中添"為"字，非。"則麼"，言如何便要這等，訛"則沒那"，非。[湯沈眉]末句言飛虎是甚麼孔明？而便欲博望燒屯也。[毛夾]"為"，去聲。"那塌兒裏"，猶言那搭裏也。《負桂英》劇"那塌兒是俺送行的田地"。"人急偎親"，言人急則倚所親也；"偎"，勿作"猥"。《虎頭牌》劇"莫便只人急偎親，暢好道廝殺無過父子軍"。"半合兒"，即半恰兒、一霎時也，勿解作"陣合"之"合"。《燕青博魚》劇"半合兒歇息在牛王廟"。"半萬賊兵"，"兵"字與前"坐又不寧""寧"字，俱犯庚青韻，但元詞多有一二字出韻者。如《青衫淚》劇末折用家麻韻，中云"山呼委實不會他"，又云"舊主顧先生好麼"，兩犯歌戈韻。初以為疑，及偶揀之，《梧桐雨》、《燕青博魚》、《兩世姻緣》、《誤入桃源》諸劇，無不盡然。一韻如此，他韻可知。然後知一韻不出者，反近人之拘陋也。赤文曰：王本改"賊兵"為"賊軍"，自誇獨見，烏知元曲反不拘者。天下強解人最誤事，況妄改耶？參釋曰："風聞、胡云"二字句，"那廝每"襯字。

　　　　[夫人云]老身年六十年，不為壽夭；奈孩兒年少，未得從

　　夫，卻如之奈何？[旦云]孩兒有一計，想來只是將我與賊漢為妻，

────────────

①　"傾國傾城的太眞"：張本作"傾國傾城西子太眞"。

②　"半萬賊軍"：王本作"半萬來賊軍"。"軍"，毛本作"兵"。

③　"半霎兒"：繼本、湯沈本作"一霎時"；起本作"一霎兒"；畫徐本、田徐本作"半會兒"；王本、毛本作"半合兒"。

④　"於家为国"：张本作"於家国"。

［潘旁］此未實説，□未打動夫人也。庶可免一家兒性命。 ［陳眉］果好妙策！ ［孫眉］果好妙策！ ［劉眉］果好妙策！ ［文眉］只此便有歸重張生之意。 ［湯沈眉］是鶯倒跌法。 ［峒眉］果好妙策！ ［夫人哭云］俺家無犯法之男，再婚之女，怎捨得你獻與賊漢，［潘旁］此語把門關煞了。卻不辱沒了俺家譜！ ［潔云］俺同到法堂上兩廊下，問僧俗有高見者，［潘旁］本亦想着那人。俺一同商議個長便。 ［同到法堂科］ ［夫人云］小姐卻是怎生？ ［旦云］不如將我與賊人，其便有五。

【後庭花①】 ［封眉］時本俱只作 "【後庭花】"，誤。第一來 ［湯沈旁］一轉。免摧殘老太君；第二來免堂殿作灰燼；第三來諸僧無事得安存；第四來先君靈柩穩；第五來歡郎雖是未成人，［凌旁］若【後庭花】本調，此句止 "未成人" 是正字。 ［文眉］老太君即 "三寶" 也。 ［歡云］俺呵，打甚麼不緊。 ［容眉］傳歡郎處，奇！ ［旦唱］須是崔家後代孫②。 ［容眉］第六來自家又早嫁了人。 ［陳眉］第六來自己又早嫁了人。 ［孫眉］第六來自家又早嫁了人。傳歡郎處，奇！ ［劉眉］第六來自家又早嫁了人。 ［張眉］"是崔家" 句，調應如此。中少 "兒" 字，首反添 "須" 字，非。 ［湯眉］第六來自家又早嫁了人。傳歡神處，奇！ ［湯沈眉］方本 "第一來" 起至 "後代孫"，作 "【元和令】"；"鶯鶯若惜己身" 至末，作 "【後庭花】"。忽認歡郎為後代孫。 ［合眉］第六來自家又早嫁了人。 ［魏眉］更有一便，免得相思病。鶯鶯為③ ［湯沈旁］一作 "為"。惜己身，不行從 ［湯沈旁］一作 "不幸去"。 ［凌眉］徐文長曰：不行從亂軍，言不從軍，其害如此。 ［合眉］"行"，即行成之行。着亂軍：諸僧眾污血痕，［文眉］"痕"，音恒。將伽藍火內焚④，先靈為細塵，斷絕了愛弟親，割開了慈母恩。 ［凌旁］王以此三句與上次序不相應，而倒轉之。不思前首言 "老太君"，而此末

① "【後庭花】"：王本作 "【元和令】"，"鶯鶯" 以下至 "慈母恩" 另作【後庭花】；封本作 "【元和令後庭花】"。
② "須是崔家後代孫"：張本作 "是崔家後代兒孫"。
③ "為"：湯沈本作 "若"。
④ "諸僧眾污血痕，將伽藍火內焚"：王本、湯沈本作 "伽藍火內焚，諸僧污血痕"。

言"慈母恩"，何嘗一一照序耶。[士眉] 此鶯鶯自怨自艾之辭，可入神品。評者以此折比明妃自請嫁胡人，所謂盲人觀場，可資噀笑。[余眉] 此鶯鶯自怨自艾之辭，可入神品。評者以此折比明妃自請嫁胡人，所謂盲人觀場，可資噀笑。[槐眉] "伽藍"：梵語，神也，能護持佛教。塑像於寺旁，今人呼為伽藍土地。[容夾] 妙！[起眉] 王曰：一段自怨自艾之辭。僂指而數，道真卻假，道假卻真，使人皆落其籠絡中。政這輩調弄猴舌處。或以比之明妃請嫁胡人，盲子觀場耳。[畫徐眉] 鋪序有條理。"不行從亂軍"：言不從軍，其害如此；倘從軍，其辱如此。"不行從亂軍"對下文"待從軍"，二策俱不可，故尋死。[田徐眉] 鋪序有條理。"不行從亂軍"：言不從軍，其害如此；倘從軍，其辱如此。"不行從亂軍"對下文"待從軍"，二策俱不可，故尋死。[新徐眉] 見危受命，唯婦人女子亦有之。[參徐眉] 其便雖有五，其不便則有萬，果甘心舍那人否？奸詐！[凌眉] 此調若作【後庭花】，則"後代孫""孫字"不宜平韻，宜為"後胤者"。"是王定後代孫"以上，為【元和令】調，自叶；但以下為【後庭花】，則本調不全。乃謂【後庭花】可增減，不知【後庭花】亦止"斷絕了愛弟親"以下三字為節者，可多演數語，非可任意增減也。金白嶼作【元和令帶後庭花】，不為無見。[廷眉] 鋪序有得條理。"不行從亂軍"：言不從軍，其害如此；倘然從軍，其辱如此。此"不行從亂軍"對下文"待從軍"，二策俱不可，故尋死。[湯沈眉] "行"，即行成之意，如不行成而從亂軍，則如下面之禍，不可言矣。俗本"伽藍"、"諸僧"二句倒轉，與上次序不相應，從古本改定。[湯沈夾] 此鶯娘自怨自艾之詞，可入神品。

【柳葉兒】呀，將俺一家兒不留一個齠齔，待從軍[湯沈旁]又一轉又怕辱沒了家門。[謝眉]"齠齔"，不分人小也。"家門"，搬演家語。[士眉]"齠齔"，音條襯。"家門"，搬演家語。[余眉]"齠齔"，音條襯。"家門"，搬演家語。[繼眉]"齠齔"，音條襯，始毀齒也。[畫徐眉] 有條理！[田徐眉] 有條理！[王夾]"齠齔"，音條襯。[文眉]"齠齔"，音調稱，未生齒發人。[廷眉] 有條理！[廷夾]"齠齔"，音條襯。[湯沈眉]"齠齔"，音條襯。[合眉]"齠齔"，音條襯。我不如白練套頭兒尋個自盡，將我屍櫬，獻與賊人，[天李旁]二計。[潘旁]漸漸轉出意思來，此亦陪說。也①須得個遠害全身。[容眉] 他要你屍櫬做甚麼？[起眉] 王曰：番上又作一轉語，正見半吞不了。[田徐眉] 此危詞，為下曲"不揀何人"數語張本。[新徐眉] 多情種子一時消。[參徐眉] 死是第一美，亦捨老張不下。[陳眉] 肯死到好，只怕死不得。[孫眉] 肯死到好，只怕死不得。[劉眉] 肯死到好，只怕死不得。[湯眉] 他要你屍櫬做甚

① "也"：王本作"你"。

麼？［合眉］賊人那要你屍櫬？［魏眉］自盡到是！［毛夾］"韶齔"，音條襯。三曲凡三策，分作三段。"第一來"起至"韶齔"一段，是獻賊之策；"待從軍"至"全身"一段，是自盡之策；"都作了"至"秦晉"一段，是退兵結婚之策。末策是本意，然須逐節遞入方妙。【後庭花】一曲，王本與碧筠齋本俱改作【元和令】、【後庭花】二曲，最多事。【後庭花】曲調可增可減，本自恰合，何必爾也。"第一來"諸語，俱本董詞；"鶯鶯"下作一反語；"諸僧"五句，應上五段。然本自參錯。他本或以前"殿堂"、"諸僧"二句，與後"諸僧"二句次第不合，故作倒轉，反板俗矣。且"先靈為細塵"緊承"火內焚"來，相隔不得。"伽藍"，即殿堂，佛經："達嚦國有迦叶佛伽藍。"不行"，或作"不幸"，字聲之誤。"將俺一家"句，煞上曲；"待從軍"一轉，故作跌宕，實為下張本也。"你"字單指夫人，言不計其他，只就夫人說也，應得保全耳。參釋曰：歡郎本討壓子息，而曰"愛弟親、後代孫"，使今人為此，必作如許認真矣。古人賦《子虛》耳。後本生中"探花"，而曲白中又時稱"狀元"，一例。

【青歌兒】母親，都做了鶯鶯生念①，［廷旁］條理。［畫徐眉］"分"，音奮；"生分"，猶云出位，與上文"氣分"之分同。［田徐眉］"分"，音奮；"生分"，猶云出位，與上文"氣分"之分同。［文眉］"母親"二字重用，詞義之絕者，因上起下之辭。［凌眉］"生念"與"生分"同，猶劣撇也。詳《解證》中。［廷眉］"分"，音奮；"生分"，猶云出位，與上文"氣分"之分同。［湯沈眉］"生念"，方本作"生分"，難解。［封眉］"生分"，時本作"念"者，非。對旁人一言難盡。母親②，［湯沈旁］又一轉。休愛惜鶯鶯這一身。［容眉］關目好！

［凌眉］此句"休愛惜"便含下意，非復如前欲獻賊人也。俗人不解而添一"好歹將我獻與賊人罷"一句白，便與"辱家門而尋自盡"戾矣。［湯眉］關目好！

兒別有一計：［天李旁］三計。不揀何人，您孩［合旁］好計！［潘旁］意中人已揀一人了。建立功勳，殺退賊軍，掃蕩妖氛；倒陪家門，情願與英雄結婚姻，成秦晉。

［士眉］此愈見鶯鶯貞潔之操。［余眉］此愈見鶯鶯貞潔之操。［繼眉］先有【後庭花】、一折，到此方露正意，多少委曲。［容眉］方說出本心來，但不知那人手段何如耳。［容夾］關目好。［田徐眉］言非我是他心生分，事出不得已也。此分明有意於張生矣。［新徐眉］尤恐墮落莽禿之手，奈何！［參徐眉］英雄□□。［王夾］"分"，去聲。［孫眉］方說出本心來，但不知那人手段何如耳。［凌眉］"不揀何人"以下四字疊句可以添多，首尾之調自不可易。王謂此調字句亦可增減，與本譜不同，未知其深者。［廷夾］"分"，去聲。［湯眉］方說出本心來，但不知那人手段何如耳。［湯沈眉］到此方露鶯本懷，前語皆開場好話耳。多少委曲！此《西廂》之所以為妙。

---

① "生念"：畫徐本、王本、廷本作"生分"。
② "母親"：毛本作"莫則"。

［合眉］方説出本心來，但不知那人手段何如耳。［魏眉］方説出本心來，但不知那人手段何如耳。［峒眉］方説出本心話來，但不知那人手段何如？［封眉］即空主人曰："不揀何人"以下四字疊句可以添多，首尾之調自不可易；王謂此調字句亦可增減，與本譜不同，未知其深者。［毛夾］"生忿"，即"生分"。《漢書·地理志》"薄恩禮，好生分"，言妄自生發也。《神奴兒》劇"原來把親兄弟殺，都是伊生忿"；與《對玉梳》劇白"別人家女兒孝順，偏我家這等生分"，二字同義。此欲作退兵結婚之策，恐人疑己，故先下撇清二語，言此非己所宜言，恐嫌疑之際，跡類生發，有難以表白向人者，但不得不説耳。此正屬意生處也。"莫則"，否則也；頂上一轉，最妙。俗作"母親"，此字聲相近之誤。而稱為古本者，竟刪去"母親"二字，便難辨矣。所以戒刪改者，以誤字亦餼羊也。"倒陪家門"與"辱莫家門"不同。"辱莫"是門戶，《虎頭牌》劇"一來是祖父的家門"；"倒陪"是家私，《對玉梳》劇"你則待賣弄有家門"。［潘夾］雙文於此，乃特特算出上策也。雙文與張，兜的已親，方憾無針引綫，何意戎馬生郊，凶鋒切注，將文章煥斗之英，必有慷慨除殘之略。此非其立功效命，取威定霸之日乎？而惜乎誦言之不得也，自媒焉不可也。銜璧投璏，皆是劫着，全非本心。姑就兩廊僧眾，胸中打點之意，先為逗破機關，將錦囊未啓之秘，特特留下以待夫人、法本熟思尋討出來。其如諸人茫無就理，而勢已不能旋踵。遂不得不以固然之情，難明之隱，俱和盤托出。豈漫以身委之兩廊僧眾，而為此人盡夫之論哉？其意中早已將一人算下矣。張果抵掌而起，談笑麾之。崔遂云："只願那生退了賊者！"天下事，竟有實實算計得來如是者也。此天作之合，亦人謀之定也。誠上上策也。鈍根不知，乃曰下策。

　　［夫人云］此計較可。雖然不是門當戶對，也強如陷於賊中。長老在法堂上高叫："兩廊僧俗，但有退兵之策的，倒陪房奩，斷送鶯鶯與他為妻。"［容夾］此時高叫兩廊僧俗，萬一有個和尚能退兵，如何？如何？［陳眉］僧人退得如何？［孫眉］此時高叫兩廊僧俗，萬一有個和尚能退兵，如何？如何？［合眉］此時高叫兩廊僧俗，萬一有個和尚能退兵，如何？如何？［潔叫了，住］［末鼓掌上云］我有退兵之策，何不問我？［見夫人了］［潔云］這秀才便是前日帶追薦的秀才。［文眉］前後照應，俱於此詞白見之。［夫人云］計將安在？［末云］"重賞之下，必有勇夫；賞罰若明，其計必成。"［旦背云］只願這生退了賊者。［潘旁］方道出本意。［士眉］二白語亦自關鍵。［余眉］二白語亦自關鍵。［容夾］好關目！［陳眉］關目絕妙！［劉眉］關目絕妙！［凌眉］徐士範曰：白語亦有關鍵。［湯眉］關目好！［湯沈眉］二白語亦自關鍵。［合眉］此中未易多有許。［魏眉］關目好！［峒眉］關目好！［夫人云］恰纏與長老説下，但有退得賊兵的，將小姐與他為妻。［末云］即是

恁的，休唬了我渾家，　[容旁] 老面皮！[文眉] "恁"，音壬。請入臥房裏

去，俺自有退兵之策。[夫人云] 小姐和紅娘回去者！[旦對紅云]

難得此生這一片好心！　[容旁] 妙！[湯眉] 妙！[湯沈眉] 有味！
[孫眉] □□□絕妙！[湯眉] 老面皮！
[合眉] 高情遠致，蚤已服膺，莫須今日。

【賺煞】諸僧眾各逃生，眾家眷誰僝問，這生不相識橫枝兒著

緊。　[繼眉] "僝"，音揪。[畫徐眉] 有味！[田徐眉] 有味！[田徐眉] "橫枝"，非

正枝也。張生非親非故，乃曰 "我能退兵"，是所謂 "橫枝著緊" 也。[湯沈眉]

"不僝問"，言眾家眷不僝睬相問。這生非親非是書生多議論，也隄防著玉

非故，乃曰我能退兵，是 "橫枝兒著緊" 也。

石俱焚。雖然是不關親，可憐見命在逡巡，濟不濟權將秀才來

儘。　[謝眉] "逡巡"，頃刻貌，言其危之果若有《出師表》文嚇蠻書

急矣。[合眉] 你再儘一個濟的來！

信①，　[槐眉] "《出師表》"：出古文，孔明所作，間□且盡，非□漢而下事君為悅

者所能至也。[畫徐眉] "下燕"，俗作 "嚇蠻"，便淺了。以李左車教韓信下

燕事為證，得之。[田徐眉] "下燕"，俗作 "嚇蠻"，便淺了。以李左車教韓信下燕

事為證，得之。[文眉]《尚書》云：火焰崐岡，玉石俱焚。"儘"，音井。[廷眉]

"下燕"，俗作 "嚇蠻"，便淺了。以李左車教韓信下燕事為證，得之。[張眉] "下

燕"，是李左車教韓信事，訛 "赫蠻" 既俗，改 "諕" 者更非。[合眉] "下燕"，是

李左車教韓信下燕事，張生呵，則願你②　[湯沈旁] 一　筆尖兒橫掃了五千
俗作 "嚇蠻"，便淺。　　　　　　　　作 "則願得"。

人。[並下]　[士眉] "嚇蠻書"，舊解謬。此自工部 "筆陣獨掃千人軍" 來，可謂

化腐為新矣。[余眉] "嚇蠻書"，舊解謬。此自工部 "筆陣獨掃千人

軍" 來，可謂化腐為新矣。[繼眉] 世傳李白醉草嚇蠻書，然亦無確證；舊解則謬甚

矣。杜工部詩："筆陣獨掃千人軍。"[容眉] 妙！[王夾] "石"，借叶去聲。[凌眉]

王伯良曰："橫枝"，非正枝也，非親非故乃曰我能退兵，是所謂 "橫枝著緊" 也。"嚇蠻

書信"，蓋小說家有李翰林醉草嚇蠻書，以為李太白有是事，故往往用之。元劇用事

正不必正史有也。徐以為 "下燕"，以舊解李左軍教韓信下燕為證，可謂信傳疑經

矣。即果為 "下燕"，何不道魯仲連聊城書乎？[廷夾] "石"，借叶去聲。[湯眉] 妙！

[湯沈眉] 徐文長改為 "下燕書信"，謬甚矣。杜工部詩："筆陣獨掃千人軍。"[毛夾]

"石"，借叶去聲。"橫枝"，橫出枝節也；關漢卿詞 "怎當他橫枝羅惹"。此承上言僧

眾、家眷不著緊，而不相識者著緊，故曰 "橫枝"，與下 "不關親" 句應。"非是"

二句一氣下，言非是好事，且亦非畏波及也，特以命在旦夕，雖是不相識也生憐耳；

————————

①　"嚇蠻書信"：畫徐本、王本、廷本、張本、合本作 "嚇燕書信"。

②　"則願你"：湯沈本作 "敢教那"。

似此好心，不論濟與否，亦當權"儘"其意，況果濟耶？"儘"，憑着也。通體反復
為生解說，且似為用生者解說，最有意趣。元劇有李白寫嚇蠻書事，此小說家本，無
實據者，然元詞慣用，如"嚇蠻書醉墨雲飄"類。屏侯曰："也隄防"句似張為己，
"可憐噆"句似張為鶯，雜出矛盾。"非是"二句直下，則"也"字當"與"字看為
是。王伯良曰："橫枝"，出《傳燈錄》弘忍云"和尚化後，橫出一枝佛法"語。
[潘夾]"權"字，雙文聊自解嘲，恐有自媒之嫌也。與《（拜）月亭》"權做夫妻"，
同一吞吐。不是將秀才去姑試凶鋒。若張生之必能
退賊，雙文已深信不疑。觀下文三句，其意自明。

第二折①

　　[夫人、潔同末上][夫人云]此事如何？[末云]小生有一計，
先用着長老。[潔云]老僧不會廝殺，請秀才別換一個。[文眉]只此
白轉下去，方
無滲[末云]休慌，不要你廝殺。你出去與賊漢說："夫人本待便將
漏。
小姐出來，送與將軍，奈有父喪在身。不爭鳴鑼擊鼓，驚死小姐，
也可惜了。將軍若要做女婿呵，可按甲束兵，退一射之地。限三
日功德圓滿，脫了孝服，換上顏色衣服，倒陪房奩，定將小姐送
與將軍。不爭便送來，一來父服在身，二來於君不利。"你去說
去。[參徐眉]建言即見生計可就。　[潔云]三日後如何？[末云]有
[魏眉]計倒好，只恐賊去了關門。
計在後。[潔朝鬼門道叫科]請將軍打話。[飛虎引卒上云]快送
出鶯鶯來。[潔云]將軍息怒！夫人使老僧來與將軍說。[說如前
了][飛虎云]既然如此，限你三日後。若不送來，我着你人人皆
死，個個不存。你對夫人說去，恁的這般好性兒的女婿，教他招了
者。[潘旁]還有好性兒的在。　　[潘夾]倥傯之際，第一在用人。
[合眉]好性兒的女婿盡多。[引卒下]何如先用長老，次用惠明？老弱
居前，壯佼居後，[潔云]賊兵退了也。[潘旁]兵機　　三日後不送出去，
純是誘敵之法。　　　　　　　　　　　迅捷如此。
便都是死的。[末云]小子有一故人，姓杜，名確，[文眉]"確"，號
音卻。

――――――――――
① "第二折"：王本、凌本、封本作"楔子"。

為白馬將軍，現統十萬大兵，鎮守着蒲關。一封書去，此人必來救我。此間離蒲關四十五里，寫了書呵，怎得人送去？［潔云］若是白馬將軍肯來，何慮孫飛虎。俺這裏有一個徒弟，喚作惠明，則是要吃酒廝打。若使央他去，定不肯去；［潘旁］此英雄不受羈絡處。 須將言語激着他，他便去。［合眉］就是妙人！ ［末喚云］有書寄與杜將軍，誰敢去？誰敢去？

［惠明上云］我敢去！ ［潘旁］"敢"字，有膽量。 ［唱］

【正宮】［張眉］此折俱與原調不同，稍更正之。 【端正好】不念《法華經》，不禮梁皇懺，［凌眉］首二句襯 "不念"、"不禮" 二字。元曲甚有襯作七字者，然三字是本調。王謂與 "碧云天" 調不同，非。 彪 ［凌旁］音丟。 了僧伽帽，祖下我這偏衫。① ［凌旁］俗作 "偏紅衫"，非。［湯沈旁］一本 "偏" 下有 "紅" 字。［士眉］"彪"，音丟，或音準。［余眉］"彪"，音丟，或音準。［繼眉］"彪"，音丟，去也。卑陋詞家謂為啞韻，今用之瑰壯乃爾。襄見吳水部為文輈先朗誦此詞一過，與崔延伯臨陣則召田僧超為壯士歌何異？

［槐眉］"偏衫"：出《要覽》。古僧依律制，身被偏衫，搭如來袈裟，露其左膊。即西天之威樣也，故曰 "偏衫"。［畫徐眉］總好。［田徐眉］總好。［陳眉］更是大慈悲長老。［孫眉］更是大慈悲長老。［劉眉］更是大慈悲長老。［文眉］"偏衫"，古僧人律制，身披偏衫、如來袈衣，露左膊，即西天之威儀也，故曰 "偏衫"。［廷眉］總好。［湯沈眉］全本字字皆本色語，視諸曲更一機軸，故是妙手。"彪"，音丟，去也。［合眉］《法華經》、《梁皇懺》，既不會消災難，念他禮他何用？語語可入宗鏡。

惠和尚是普救寺第一祖。 殺人心逗起英雄膽，兩隻手將烏龍尾鋼椽撾。 ［峒眉］更是慈悲長老。 ［謝眉］閩本此枝另作一首，吳本貫末一首，今從之。［畫徐眉］北人謂把握為 "撾"。［畫徐夾］"彪"，音丟。［田徐眉］北人謂把握為 "撾"。［田徐夾］"彪"，音丟。［新徐眉］眞正行人本色。［王夾］"彪"，音丟；"撾"，音鑒。［廷眉］北人謂把握為 "撾"。［廷夾］"彪"，音丟；"撾"，音鑒。［張眉］"攓"，兩手握也。［湯沈眉］"烏龍尾鋼椽"，謂鐵裹頭棍。北人以握為 "撾"。［合眉］"鋼椽"，鐵裹頭棍。"撾"，握也。［合夾］"彪"，音丟。［魏眉］自誇英雄，何不自退了兵，也得了鶯鶯。［峒眉］自誇英雄，何不自退了兵，也得了鶯鶯。［封眉］即空主人曰：歷考諸劇，楔子止用【仙呂】【賞花時】或一或二，及【仙呂】【端正好】一曲耳。此

---

① "祖下我這偏衫"：封本作 "坦下破偏衫"。

獨竟以【正宮】諸曲演而成套，若另為一折然者，蓋因欲寫惠明之壯勇，難以一二曲盡，而為此變體耳。時本竟去"楔子"二字，則似多一折。若並前【八聲甘州】為一，則一折二調，尤非體矣。時本多作"坦下偏紅衫"，非。〔毛夾〕"髭"，音磋；"撏"，音鑒。元曲少監鹹韻，故其下語頗險峻，但此與鈥刀趄棒科數又自不同。此曲用董詞"不會看經，不會禮懺，只有天來大膽"諸語。"髭"，字書無此字，元劇讀磋，刷也。《對玉梳》劇"樺皮臉風癡着，有甚髭抹"。"撏"，把也。"鋼橡"，鋼頭棒也；棒法有名烏龍蓋頭者，故以烏龍尾形橡耳。王伯良曰：《記》中"惠明"、"法本"、"法聰"，皆借古神僧為戲。《壇經》：僧惠明曾與六祖爭衣鉢。《神僧傳》：梁僧法聰能入水火定，嘗有二虎及雌雄龍侍坐。法本，梁天福中，與一僧期會相州竹林寺。僧至，無寺，以仗擊石柱，風雲四起，樓臺聳峙，本從內出。又，天衣聰禪師亦名法聰。參釋曰：刷帽祖衫，正指粧束。而俗注以"髭"音"丟"，遂至扮演家必去帽卸衫而後已，解誤之流弊乃爾。〔潘夾〕可見二月十五，莽和尚不在法壇。如在法壇，彼行香點燭，執罄敲板，諸比丘必被他一啾一喊，連小張也未免立腳不牢。此時莽和尚何在？在火工；今日念經禮懺諸眾何在？在"僧房裏胡捵"。

【滾繡球】非是我貪，不是我敢①，知他怎生喚做打參，〔凌旁〕"參"字宜去聲。

〔謝眉〕"打參"，即是放參。〔士眉〕"打參"，猶云放參，釋家語。〔余眉〕"打參"，猶云放參，釋家語。〔繼眉〕"打參"，猶云放參，釋家語。〔畫徐眉〕"打參"，即釋家謂放參。〔田徐眉〕"打參"，即釋家謂放參。〔湯沈眉〕"打參"，猶云放參。大踏步直殺出虎窟龍潭。〔參徐眉〕古來有這和尚，顛狂勝於假禪。〔陳眉〕禪髓！〔孫眉〕禪髓！非是我攪，不是我攬，〔湯沈眉〕"攪"為攪先，"攬"謂兜攬。這些時吃菜饅頭委實口淡，五千人也不索灸煿煎熰②。腔子裏熱血權消渴，肺腑內生心且解饞，有甚醃臢！〔謝眉〕"醃臢"，不潔也。〔士眉〕"醃臢"，是鄉語，不潔貌。〔余眉〕"醃臢"，是鄉語，不潔貌。〔繼眉〕"醃臢"，穢惡不潔貌。〔容眉〕活佛！你何不退了兵，得了鶯鶯。〔田徐眉〕"攪"者攪先，"攬"者兜攬，非是我"攪""攬"而要去，我平日不曉打參，只會廝殺；非是我"貪"與"敢"而要殺人，以"口淡"思食肉耳。〔王夾〕"煿"，音博；"燂"，音談，原作"熰"，音覽，不叶；"醃臢"，音庵簪。〔孫眉〕你何不退了兵，得了鶯鶯。〔劉眉〕□□。〔文眉〕"灸"，音只；"煿"，音簿。〔凌眉〕"熰"，羅擔切，平聲，陽韻。王以為音不叶而

----

① "非是我貪，不是我敢"與下"非是我攪，不是我攬"二句：王本、廷本、張本、湯沈本、毛本前後次序倒換。

② "煿"：文本、魏本作"膊"。"熰"：王本、廷本作"燂"。

改為"燀"，豈未改韻耶？［廷夾］"煿"，音博；"燀"，音談，原作"爁"，音覽，不叶；"醃臢"，音庵簪。［張眉］"攙"與"攬"，言硬出頭，攙行攬事也。［湯眉］活佛！你何不退了兵，得了鶯鶯。［湯沈眉］"醃臢"，不潔貌，音庵簪。［合眉］"煿"，音卜；"燀"，音延。［魏眉］"膊"，音搏；"醃臢"，音庵贊。［封眉］"參"，去聲，七紺切，音摻；又上聲，桑感切，音糝。時本作"參"，誤。"燀"，時本多作"爁"，徐、王作"燀"。"醃臢"，音叶贊。［毛夾］"爁"，讀覽；"醃臢"，音庵簪。

［潘夾］如是謂之打參，
如是便何消打參？

【叨叨令】 浮沙①［湯沈旁］徐作"煹。" 羹、寬片粉添些雜糝，酸［湯沈旁］徐作"碎"。 黃虀、爛豆腐休調唻②，［田徐眉］"寬片粉"對"浮煹羹"。《藍采和》劇"闊片粉"可證。"休調淡"，欲其調和得好也。［凌眉］"休調唻"，言休調此等與我吃，我待將吃萬餘斤黑面從教暗③，我將這五千人肉饅頭也。俗本俱作"淡"，誤。 人做一頓饅頭餡。［潘旁］此一饅頭□意中□高空□盛之。 是必休誤了也麼哥！休誤了也麼哥！包殘餘④［湯沈旁］一作"餘"。 肉把青鹽蘸。［士眉］僧家豪俠之狀，形容都盡。［余眉］僧家豪俠之狀，形容都盡。

［繼眉］"蘸"，音湛。［容眉］佛！［起眉］王曰：僧家豪傑之狀！舌底調來驃騎，灌陰尤在不屑。［新徐眉］□□惠明，自有，但行血□。［王夾］"煹"，醜涉反。［文眉］"饅"，音漫。［廷夾］"煹"，醜涉反。［張眉］"酸"訛"碎"，非；"從教"訛"雖然是"，非。"餘"，言肉之餘，非孫飛虎筵客，有肉復有魚也。笑煞！［湯眉］活佛！
［湯沈眉］羹粉虀腐，皆僧家本等素食，乃要添囑休要人肉餡，要蘸餘肉，極狀己不管葷素，能大餐之意。［合眉］一片殺人心！［魏眉］"餡"，音陷。［封眉］"淡"，即空本作"唻"，謬。"按"，揉按也，時本多誤作"暗"。［毛夾］"煹"，醜涉反。二曲似雜出不倫，要只發揮董詞"送齋時做一頓饅頭餡"語。前曲言我非攙出而好攬事也，其所以好廝殺者，亦非是貪與敢也，以久吃菜饅頭頗口淡耳。然則這五千人也，無暇炙煹，只生食可矣。後曲又一轉，言雖是如此，既是吃菜饅頭口淡，則且將羹粉與腐糝備下，憑着甚黑面，且將這五千人做了饅頭餡亦得，其包餘者則青鹽蘸食耳。二曲一氣，轉折殊妙。俗注謂極狀其不辨葷素，則索然矣。始知古文須細心體會，

---

① "沙"：王本、廷本、毛本作"煹"。
② "酸"，畫徐本、田徐本、王本、張本作"碎"。"休調唻"：王本、封本作"休調淡"。
③ "從教暗"：王本作"雖然是黯"。"暗"，封本作"按"。
④ "餘"：王本、湯沈本作"魚"。

莫草草也。"爞"，燒也。《蕭淑蘭》劇"將韓王殿忽然火爞"。王本以"爞"本去聲，遂改作"燀"，由未審元詞讀例耳。"寬片粉"，闊片粉也，《藍采和》劇"俺吃的是大饅頭、闊片粉"。"醃臢"，不潔也，《黑旋風》劇"他見我血漬的醃臢，從教儘着也"。北人稱黑曰"暗"，董詞"手中鐵棒經年不磨，被塵暗"；王本改"黯"，非。

參釋曰：二曲反復寫好殺意。以後七曲，則實是寄書作鋪張耳。[潘夾]此方是吃齋茹素的真果。世有縱虎養蛇，而曰放生者，實造彌天之業。

　　　[潔云]張秀才着你寄書去蒲關，你敢去麼？[惠唱]

【倘秀才】你那裏問小僧敢去也那不敢，我這裏啟大師用喒也不用喒①。　[田徐眉]"喒"，《中原音韻》作平聲，調法須用仄聲，須從"俺"。[凌眉]"昝"字，上聲，我也。此句宜仄韻，而諸本作"喒"，則平聲矣。王從朱本為"俺"，亦疑其宜仄耳，不知仄韻自有"昝"字也。[封眉]"喒"，子感切。此句宜仄韻。即空本謂"喒"字只平聲，誤矣。你道是飛虎將聲名播斗南；　[田徐旁]湊語。[謝眉]"斗南"，言北斗以南。唐人詩："聲名過北斗。"[士眉]"斗南"，言北斗以南。唐人詩："聲名過北斗。"[余眉]"斗南"，言北斗以南。唐人詩："聲名過北斗。"[繼眉]"斗南"，言北斗以南。唐人詩："聲名過北斗。"[槐眉]"斗南"：唐狄仁傑為當時名相，長史藺人基②稱之曰：狄公之賢，北斗以南，一人而已。[文眉]唐狄仁傑為當時名相，人稱之曰：狄公之賢，北斗以南，一人而言。[張眉]"飛虎"，賊也，句亦應如是。添"將"字，何謂？[湯沈眉]"斗南"，言北斗以南。唐人詩："聲名過北斗。"[合眉]大道不在口談，說得是。那廝能淫慾，會貪婪，誠③　[湯沈旁]一作"成"，指鶯鶯事。何以堪！　[繼眉]"成"字，指鶯鶯事；作"誠"，非。[容眉]淫欲貪婪，原來不濟事。佛語，佛語！[參徐眉]亦痛恨無禮，自是激昂。[湯眉]淫欲貪婪，原來不濟事。佛語，佛語！[合眉]原來淫欲、貪婪都不堪事。的是佛語！[潘夾]雄才屈於短馭，老將厄於暮年，用不用彼操之，反曰敢不敢我為之。讀惠明二語，乃知投筆請纓，據鞍躍馬，皆是極無聊事。便欲擊碎唾壺。〇世間那一件事，是淫慾貪婪人做得來的？即用淫慾貪婪人，做淫慾貪婪事，亦教立敗。惠明審於直壯曲老之勢，聲強實弱之情，即身膺節鉞，自可制勝千里。莽和尚，竟不莽至此！

　　　[末云]你是出家人，卻怎不看經禮懺，則廝打為何？　[容眉]時勢甚急，不宜閑話。[陳眉]時勢甚急，勿閑話罷！[孫眉]時勢甚急，不宜閑話。[湯夾]批：時勢甚急，不宜閑話。[峒眉]你道事勢甚急，閑話莫說罷！[惠唱]

---

①　"用喒也不用喒"：王本作"用俺也不用俺"。"喒"，凌本作"昝"。
②　楊案："藺人基"，當為"藺仁基"。
③　"誠"：繼本作"成"。

【滾繡球】我經文也不會談，逃禪也懶去參；［士眉］杜《八仙歌》："醉中往往愛逃禪。"

［余眉］杜《八仙歌》："醉中往往愛逃禪。"［繼眉］杜子美《飲中八仙歌》："醉中往往愛逃禪。"［文眉］《八仙歌》云："蘇晉長齋繡佛前，醉中往往愛逃禪"。

戒刀頭近新來鋼蘸，鐵棒上無半星兒土漬［湯沈旁］一作"跡"。塵緘①。［槐眉］戒刀：出《要覽》。《僧史略》云：蓋佛不許斫截一切草木，壞鬼神。草木尚戒，況其他乎？［起眉］無名："暗"，一作"跡"。［湯沈眉］"塵含"，一作"塵緘"，與下"書一緘"重。

［封眉］即空本作"土漬"，誤。別的都僧不僧、俗不俗，女不女、男不男，則會齋

得飽也則去那僧房中胡渰，那裏管焚燒了兜率也似伽藍。［謝眉］"胡渰"，亦是鄉語。［士眉］"胡渰"，是鄉語。［余眉］"胡渰"，是鄉語。［容眉］好和尚，説得是！［畫徐眉］"別的"，言別僧也。［田徐眉］"別的"，言別僧也。［陳眉］句句眞宗！［劉眉］句句眞宗！［張眉］"管"，亦作"問"。［湯眉］好和尚，説得是！［湯沈眉］"非別的"，謂他僧也。［合眉］縱是眞和尚！［魏眉］句句眞宗！［峒眉］句句眞宗！

則為那善文能武人千里，憑着這濟困扶危書一緘②，有勇無漸③。［容旁］眞！［畫徐眉］"憨"，愚也，音酣，言杜帥既勇又智也。［田徐眉］"憨"，愚也，音酣，言杜帥既勇又智也。［王夾］"憨"，音酣。［凌眉］"有勇無漸"，惠明自負之言甚明。徐改為"憨"，注云：謂杜帥勇且智也。何謂只看上下文，此時何與推許杜帥耶？［廷眉］"憨"，愚也，音酣。言杜帥既勇又智也。［廷夾］"憨"，音酣。［湯沈眉］"憨"，音酣，癡也，言我非徒勇而癡者也。俗本作"漸"，"漸"字淺。［合眉］不如焚燒了，也大家乾淨。"憨"，音酣，愚也，言杜帥既勇又智也。［封眉］"函"，時本誤作"緘"。［毛夾］"憨"，音酣。"法空"二語，又言不説法參禪，與上不看經禮懺，又深一層。"鋼蘸"，蘸以鋼也。《昊天塔》劇"宣花也這柄蘸金斧"。"戒刀"二句，用董詞"腰間戒刀"諸語。"胡撵"，糊塗掩飾也。"別的"至"伽藍"，以他人撵飾，形己着力來，言別的不關心斯已耳，今濟困扶危，全在此書，而可不着力，作癡憨耶？"憨"，癡也，俗作"慚"，字形之誤。《蕭淑蘭》劇"唬的我手忙脚亂似癡憨"。或解以後三句為謔生，而改"則在這"為"我這裏"，遂以"則這"句為惠自指。則濟困扶危，不屬之緘書之人，而屬之寄書之人，寧近理耶？［潘夾］"有勇無憨"，惠自謂也。蓋言勇往向前，並不為成敗利鈍所惑，具大

───────────

① "土漬塵緘"：起本、封本作"土暗塵緘"；王本作"土漬塵銜"；湯沈本作"土暗塵含"。

② "緘"：封本作"函"。

③ "漸"：畫徐本、王本、廷本、湯沈本、合本、毛本作"憨"。

覺性，發
大勇猛。

[末云] 他倘不放你過去如何？ [惠云] 他不放我呵，你放心！

【白鶴子】着幾個小沙彌把幢幡寶蓋擎，壯行者將桿棒钁叉①擔。[畫徐眉]“把幢幡”、“將桿杖”、及後“繡幡開”句：寺中原無兵器，焚叉繡幡卻是有的，急時將來作戰伐具，本有意味。俗改“桿棒”；改“繡幡”為“繡旗”，殊失作者意。[田徐眉]“把幢幡”、“將桿杖”、及後“繡幡開”句：寺中原無兵器，焚叉繡幡卻是有的，急時將來作戰伐具，本有意味。俗改“桿棒”；改“繡幡”為“繡旗”，殊失作者意。[文眉] 僧落髮後稱“沙彌”。[凌眉]“桿棒钁叉”，徐作“桿杖火叉”，言寺中無兵杖，故各執所有，猶夫擎幢幡也，亦有議論。蓋本董解元“或拿着切菜刀、桿麵杖”等語來。然桿棒钁叉亦是寺中所有，非軍器也，不改亦可。[廷眉]“把幢幡”、“將桿杖”、及後“繡幡開”句：寺中原無兵器，桿杖、叉、繡幡卻是有的，急時將此作戰伐具，本有意味。俗改“桿杖”為“桿棒”，“火叉”為“钁叉”，“繡幡”為“繡旗”，殊失作者意。[湯沈眉]【白鶴子】後二調，方本與徐本次序顛倒，更定“幡幢”等及後“繡幡開”句。寺中無兵仗，故各執所有，正作者用意處。俗本改者，非。[湯沈夾] 董詞：“或拿着切菜刀、桿麵杖，着綾幡做甲②，把缽盂做頭盔戴著頭上”，正本色語。[合眉]“幢幡”等是本色語。寺中無兵器，故各執所有。你排陣腳將眾僧安，我撞釘子把賊兵來探。[士眉]“撞釘子”，即今所謂探子。[余眉]“撞釘子”，即今所謂探子。[新徐眉] 大有安排。[參徐眉] 不但遞書，且肯沖陣，何憂事不濟乎？[張眉]“撞折釘子”，言硬漢也。[潘夾] 好軍威！旌旗壁壘，都是本地風雲。可知惠大師的方略。

【二】③ 遠的破開步將鐵棒彪，近的順手把戒刀銫；[凌旁] 音衫，去聲。有小的提起來將腳尖踵，[凌旁]“踵”，字書所無，宜作“撞”。[湯沈旁] 平聲。有大的扳下來把髑髏勘④。[凌旁] 俗本無二“有”字。“髑髏”，今人詈人之頭猶云然。王謂是死人之頭骨，以為非，而改作“撒樓”，謂方言頭也，亦多事矣。[繼眉]“銫”，音三；“踵”，音壯。[畫徐夾]“銫”，音山。[田徐夾]“銫”，音山。[王夾]“銫”，三，去聲；“撞”，平聲，今作“踵”。詳見注。[陳眉] 已證阿羅漢果。[凌眉]“勘”，

---

① “桿棒钁叉”：畫徐本、王本作“桿杖火叉”。
② 楊案：“甲”字原缺，此據王本套末尾註補足。
③ “【二】、【一】”兩曲，畫徐本、王本內容互換。
④ “髑髏”：王本作“撒髏”。“勘”：毛本作“砍”。

即砍，元人每用之。王謂扳下來以己之頭而勘之，不知己之頭如何勘？[廷夾]"釤"，三，去聲；"撞"，平聲，今作"踭"。[張眉] 北方刘麥用釤，利而且便也。[湯沈眉] "釤"，音山，斬去之謂。"撞"，俗本作"踭"，系俗字，字書無之；古本作"撞"。[合眉] "釤"，音山。[魏眉] "釤"，音山。[封眉] 即空主人曰："勘"，即砍。元人每用之。[毛夾] "釤"，三，去聲；"踭"，讀

莊。[潘夾] 超度了無數惡鬼，勝如餤口薦亡。

【一】 瞅[湯沈旁]音丑。 一瞅古都都翻了海波，滉一滉廝琅琅震動山岩；脚踏得赤力力地軸搖，手扳得忽刺刺天關撼。 [士眉] 轉見雄豪，法藏中故自有此教也。[余眉] 轉見雄豪，法藏中故自有此教也。[容眉] 這和尚也是個烈漢子，何難立地成佛？[起眉] 王曰：雄豪，法藏中自有此教。乃其捭闔操縱，自是才子筆陣，勢如楚霸王叱吒千人。[畫徐眉] 目斜視而瞬曰"瞅"。[田徐眉] 目斜視而瞬曰"瞅"。[王夾] "瞅"，丑，上聲。[孫眉] 這和尚也是個烈漢子，何難立地成佛？[廷夾] "瞅"，丑，上聲。[湯眉] 這和尚也是個烈漢子，何難立地成佛？[湯沈眉] 目斜視而瞬曰"瞅"。[合眉] 如此烈漢，何難立地成佛？[峒眉] 好個烈漢子，何難立地成佛？[毛夾] "瞅"，音丑。

【白鶴子】 三曲，他本及王本將後二曲倒列，以"瞅一瞅"置"破開步"前，反稱古本。不知"鐵棒、戒刀"接上"幢蓋、桿杖"來，"力力、刺刺"起下"駁駁劣劣"來，次第秩然。首曲用董詞"或拿着切菜刀、擀麵杖，着繡幡做甲，把缽盂做頭盔戴着頭上"諸語。"飑"，解見前。"釤"，鐮也，以刀鐮斷之曰"釤"，猶元詞"口如潑釤"之謂。"踭"，蹴也，字書無此，此詞曲中字。"髑髏"，頭骨也，《莊子》"枕髑髏而臥"；俗改作"撒樓"，而俗注如《墨娥小錄》諸書，亦遂以撒樓為頭，一何可笑。"掀"，"扳"也，勿作"攀"，《黑旋風》劇"我可敢掀倒那嵯峨"。"砍"，斬也。小者蹴以脚，大者砍其頭，於文甚明。"砍"，勿作"勘"。"踭"、"砍"俱着敵人，與《昊天塔》劇"胸脯上脚去蹬，面門上手去摑，乞留挖叉砍他鼻凹"語同。"瞅"，弩目也；"滉"，猶蕩，即搖也，勿作"唾"，與《昊天塔》劇"瞅一瞅赤力力的天摧地塌，搖一搖廝琅琅振動了琉璃瓦"語又同。參釋曰：偽古本以"砍"為勘比也。王伯良又以"髑髏"為"撒樓"，為用己之頭勘之。則天下無有以比頭為武藝者，且以脚蹴頭撞分技力大小，尤屬無謂，作偽之不審度

如此。[潘夾] 二闋敘得一天火餤，滿地神通。

【耍孩兒】① 我從來駁駁劣劣，世不曾忑忑[淩旁]音忒，吐膽切。[湯沈旁]音禿。忐忑， [湯沈旁] 音祖，別書讀"懇倒"。[士眉] "忐"，音祖；"忑"，音禿。[余眉] "忐"，音祖；"忑"音禿。[繼眉] "駁"，音剝；"忑忐"，音禿祖。[參徐眉] 這漢子何患不成佛？

---

① "【耍孩兒】、【二】"兩曲：畫徐本、湯沈本作"【四】、【五】"；天李本作"【四煞】、【五煞】"。

［**文眉**］"忐忑"，音祖禿。"劣"，音列。［**廷眉**］"忐忑"，見《三官經》，當"忑"字在上，押韻。［**張眉**］北方以心之疑怯不定云"忐"上"忑"下，本文也。［**合眉**］"忑忐"，音倒肯，恐懼意。［**魏眉**］"駁"，音剝；"忐忑"，音祖禿。

打熬成不厭天生敢。我從來斬釘截鐵

常居一，不似恁惹草拈花沒掂三。 ［天李旁］真漢子家風！ **劣性子人皆慘，捨着命提刀仗劍，更怕甚勒馬停驂。** ［**謝眉**］"常居一"、"沒掂三"，俱是鄉語。［**士眉**］"常居一"、"沒掂三"，俱鄉語。［**余眉**］"常居一"、"沒掂三"，俱鄉語。［**繼眉**］"掂"，音店；"驂"，音參。［**起眉**］王曰："常居一"、"沒掂三"，俱鄉語，自成俏語。［**畫徐眉**］"常居一"，猶言有我分也，非鄉語；"沒掂三"，亦非鄉語，乃調侃語也。［**田徐眉**］"常居一"，猶言有我分也，非鄉語；"沒掂三"，亦非鄉語，乃調侃語也。［**王夾**］"忑"，音忒。"忐"，吐膽反，系閉口；俗音祖，入寒山韻，非。［**陳眉**］金剛圈裏打筋斗！［**孫眉**］金剛圈裏打筋斗！［**劉眉**］金剛圈裏打筋斗！［**凌眉**］"常居一"，猶言常算我第一也。［**廷眉**］"常居一"，猶言有我分也，非鄉語。"沒掂三"，亦非鄉語，乃調侃語也。［**廷夾**］"忑"，音忒。"忐"，吐膽反，系閉口；俗音祖，入寒山韻，非。［**湯沈眉**］方諸生云："駁駁劣劣"二曲，原是【耍孩兒】，今本俱混作【白鶴子煞】。"忐忑"，俗字，恐懼意。"打熬"句，謂打熬成的不厭，天生的勇敢也。"沒掂三"，不着緊要之意。末句言不肯勒馬停驂，而以去為快也。［**魏眉**］好個烈漢，何難立地成佛！［**毛夾**］"忑"，音忒；"忐"，吐膽反。［**潘夾**］此節中結出"敢"字，正將前"問我敢不敢"句通勢收住。"五煞"中亦只説得一"敢"字透快。凡成佛學道，破賊除奸，問鼎登龍，俱不出一"敢"字，俱要斬釘截鐵為之。若小有驚疑，未免首尾同惑。張生一味懦，所以將成屢敗，後得紅侍者授以一偈有云："肯不肯怎由他，親不親盡在您。"將一"敢"字，傾囊交付，所以遂登彼岸。不知此時，惠大師已大聲高唱而付之。惜張終是漸根，非頓根也。

【二】我從來欺硬怕軟，吃苦不甘，你休只因親事胡撲掩①。 ［**湯沈旁**］此惠慎重之意。［**容眉**］真！［**湯眉**］真！ **若是杜將軍不把干戈退，張解元幹將風月擔，我將不志誠的言詞賺。倘或紕繆，倒大羞慚。** ［**繼眉**］"賺"，音湛。［**畫徐眉**］末二句難解，便做戲謔張生，亦不通。此際可戲謔耶？［**田徐眉**］"倒大"，北人語詞。末二句難解，便做戲謔張生，亦不通。此際可戲謔耶？［**新徐眉**］惠明又是誠正君子。

_____

① "掩"：王本作"俺"。

［參徐眉］為張生一算，張生定睛點頭。［王夾］"紕"，音批。［文眉］"杜將軍"、"張解元"，對得自然。［廷眉］末二句難解，便做戲謔張生，亦不通，此際可戲謔耶？

［廷夾］"紕"，音批。［湯沈夾］方以此曲為戲謔張，非。"紕繆"，俗本作"綢繆"，謬於千里矣。［合眉］也須慮着。［毛夾］"紕"，音批。凡馬色不純曰"駁"，性不純曰"劣"。此言"駁劣"，以"駁"本音"爆"，但借字聲作"爆烈"，不借字義作"駁雜"解。"忐志"，心或上或下也，《抱粧盒》劇"急得我忐忐忑忑"，或作"忒捺"，非。"打熬成不厭天生敢"，言打疊成的不厭，天生成的勇敢也。"不厭"，猶不怠。"沒揣三"，沒緊要也。惹草粘花，因生激己，而故作刺生之詞。董詞"沒揣三、沒三思"俱指浪子，可驗。不然，誇己能去，而突着此七字無謂。"持刀"二語，言即此便行，怕停泊耶，正誇己能去意。【二煞】總頂生激己來，言從來欺硬吃苦，你莫因親事情急唐突我也，使我不去，而將軍不來，亦空耽風月耳。若我則一諾，無餘事矣；倘空言賺你，萬一差失，豈不大羞慚哉？此正自許，並折其激己處。王本解作謔生，則"欺硬"二語不接，且以"不志誠言詞"指生，增一"你"字，則書非言詞，別有言詞又不得，大謬。"倒大"，絕大也，《誤入桃源》劇"倒大來福分"。參釋曰：俗本以【耍孩兒】曲名俱混作【白鶴子煞】，又偽古本以"欺硬怕軟"曲列前，俱非是。［潘夾］於此益見惠明有勇無懟處。恐張以書生謀事，出於一時幾幸，未必萬全，故以"志誠"激之。"志誠"是"敢"字骨子，"敢"字是"志誠"作用。張於"敢"字作用未足，於"志誠"骨子有餘。天下何事不從志誠做出？志誠於天下，何事做不來？惠明亦只是一味志誠，所以能突圍陷陣。"志誠"二字，是佛種子、英雄種子、道學種子、風流種子。後來雙文果以"志誠"許張生，此惠法師之所授。

    ［惠云］將書來，你等回音者。　［潘旁］必不辱命！

【收尾】您與我助［湯沈旁　一作"借"。］威風①擂幾聲鼓，仗佛力吶一聲喊。繡旗下②遙見英雄俺，我教那半萬賊兵唬破膽。［下］［士眉］"唬破膽"，契丹軍中之謠。［余眉］"唬破膽"，契丹軍中之謠。［繼眉］"擂"，音淚。［槐眉］"唬破膽"：軍中之謠言云："軍中有一韓，西賊聞之心膽寒；軍中有一范，西賊聞之驚破膽。"

［容眉］好和尚！［起眉］李曰："仗佛力"字，亦齒齦中餘齾。［畫徐眉］"俺"字押得巧。［田徐眉］"繡幡"句俊甚。"俺"字押得巧。［新徐眉］大丈夫□為如是。

［文眉］"唬"，音夏。［淩眉］"繡旗下"，徐改為"繡旛開"，謂即上"擎幢旛"之"旛"也。亦可。然即曰"遙見"，則此繡旗乃飛虎軍中者，故亦不必改。［廷眉］

---

① "助威風"：封本作"借神威"。
② "繡旗下"：畫徐本、湯沈本、毛本作"繡旛開"。

"俺"字押得巧。[湯眉] 好和尚！[湯沈眉] "繡幡開"句語俊甚，押"俺"字甚奇。"唬破膽"，契丹軍中之謠。[合眉] 雖千載上死人，懔懔如有生氣。[封眉] "借神威"，即空本作"助威風"，陋。"旗下"，時本有作"旗開"，誤。[毛夾] 董詞"開門但助我一聲喊"。"繡旛"，俗"繡旗"，非。[潘夾] "俺"字押句妙甚。前者運水搬柴是俺，吃酒廝打是俺，而皆非俺也。今者繡幡開處，遠遠望見一個英雄，方是俺。此惠大師見出西來面目，純是一段龍象威神。諸大眾日日相見，豈不當面措（錯）過。○惠大師一去，真如龍騰虎嘯，賊眾早已破膽。兵家所云先聲奪魄處也。杜將軍亦只乘虛取勝，所以遂成破竹。若麟閣書名，當以惠大師為第一。

　　[末云] 老夫人長老都放心，此書到日，必有佳音。嗒"眼觀旌節旗，耳聽好消息"。你看"一封書劄逡巡至，半萬雄兵咫尺來。"
　　[並下]

楔　子

　　[杜將軍引卒子上開] 林下曬衣嫌日淡，池中濯足恨魚腥；花根本豔公卿子，虎體原斑將相孫。自家姓杜，名確，字君實，本貫西洛人也。自幼與君瑞同學儒業，後棄文就武。當年武舉及第，官拜征西大將軍，正授管軍元帥，統領十萬之眾，鎮守着蒲關。[潘旁] 杜將軍亦生西方樂國，本是韋陀尊者化身，所以能降魔消劫。有人自河中來，聽知君瑞兄弟在普救寺中，不來望我；着人去請，亦不肯來，不知主甚意。[魏眉] 今人有此念舊不？今聞丁文雅失政，不守國法，剽掠黎民；我為不知虛實，未敢造次興師。[封眉] 時本"興師"下有"孫子曰"一段，甚可厭。孫子曰："凡用兵之法，將受命於君，合軍聚眾，圮地無舍；[槐眉] "圮"，音啟。[文眉] "圮"，音啟。衢地交合，絕地無留；圍地則謀，死地則戰。途有所不由，軍有所不擊，城有所不攻，地有所不爭，君命有所不受。故將通於九變之利者，知用兵矣。治兵不知九變之術，雖知五利，不能得人用矣。"[文眉] 純用孫武子兵法來講。吾之未疾進後征討者，為不知地利淺深出沒之故也。昨日探聽去，不見回報。今日升帳，看

有甚軍情來，報我知道者！　[謝眉] 句句孫吳韜略，深切用兵之體，真可酌古準今。[參徐眉] 談兵有律，是善為表者。

[卒子引惠明和尚上開]　[惠明云] 我離了普救寺，一日至蒲關，見杜將軍走一遭。[卒報科]　[將軍云] 着他過來！[惠打問訊了云] 貧僧是普救寺來的，今有孫飛虎作亂，將半萬賊兵，圍往寺門，欲劫故臣崔相國女為妻。有遊客張君瑞，奉書令小僧拜投於庵下，[槐眉]“庵”，音揮。[文眉]“庵”，音揮。欲求將軍以解倒懸之危。[將軍云] 將書過來！

[惠投書了]　[將軍拆書念曰] 珙頓首再拜大元帥將軍契兄纛下：[容眉] 書束可厭。[湯眉] 書束可厭。伏自洛中，拜違犀表，寒暄屢隔，積有歲月，仰德之私，銘刻如也。憶昔聯床風雨，歎今彼各天涯；客況復生於肺腑，離愁無慰於羈懷，[槐眉]“羈”，音機。念貧處十年藜藿，走困他鄉；羨威統百萬貔貅，[槐眉]“貔貅”，音皮休。坐安邊境。故知虎體食天祿，瞻天表，大德勝常；使賤子慕臺顏，仰臺翰，寸心為慰。[謝眉] 書劄合曲調，詞義合腔體。[陳眉] 筆下亦有戈兵。[孫眉] 筆下亦有戈兵。[劉眉] 筆下亦有戈兵。[魏眉] 筆下亦有戈兵。[峒眉] 筆下亦有戈兵。輒稟：小弟辭家，欲詣帳下，以敘數載間闊之情；奈至河中府普救寺，忽值採薪之憂，[謝眉]“採薪之憂”，出《孟子》義。不及徑造。不期有賊將孫飛虎，領兵半萬，欲劫故臣崔相國之女，實為迫切狼狽。[槐眉]“狼狽”，音郎臂。小弟之命，亦在逡巡。萬一朝廷知道，其罪何歸？將軍倘不棄舊交之情，興一旅之師；上以報天子之恩，下以救蒼生之急；使故相國雖在九泉，亦不泯將軍之德。願將軍虎視去書，使小弟鶚觀來旌。[謝眉]“虎視”、“鶚觀”，何等大體。[槐眉]“鶚”，音毅。[文眉] 此書以前句句敘德，至“輒稟”處纔繳入事，造次干瀆，不勝慚愧！伏乞臺方道之曲直來。[合眉] 書束庸冗可厭。照不宣！[潘旁] 一札冗俗不堪，略無尺牘風致。張珙再拜，二月十六日書。[將軍云] 既

然如此，和尚你行，我便來。〔惠明云〕將軍是必疾來者！　　　〔參徐眉〕書至師兵，

同袍雅誼。〔潘夾〕此下有【賞花時】一闋，元本所無，今
刪之。但前後白多，文情殊覺冷淡。惠明歸途，亦少氣餒。

【仙呂】【賞花時】那廝擄掠黎民德行短，將軍鎮壓邊庭機變寬。他彌天罪有百千般。若將軍不管，縱賊寇騁無端。　　　〔畫徐眉〕起二句湊，

後亦湊。此二套古本無。但前後白多，恐去之覺冷淡了，姑存之。〔田徐眉〕起二句
湊，後亦湊。此二套古本無。但前後白多，恐去之覺冷淡了，姑存之。〔新徐眉〕你
□數□傾動□貴，大有使才。〔文眉〕若不重囑此二詞，則張生成不得“言而有信”，
而杜確焉成得“威而不猛”之人乎？〔凌眉〕此處俗本有惠明唱【賞花時】二段。金
白嶼謂周憲王增《西廂》【賞花時】，其意似謂不止此；臧晉叔謂止此是其筆。然憲王
所撰，盡可逼元，不學究庸俗乃爾！其本原無故不載，聊附之《解證》中。〔湯沈眉〕
方本云：俗本有【賞花時】二曲，鄙惡，從古本削去。徐本云：此二套古本無，但前
後白多，恐去覺冷淡了，姑存之。〔合眉〕此二套古本無，但前後白多，恐去之覺冷
淡了，姑存之。〔封眉〕俗本於“是必疾來者”下，有惠明唱【賞花時】曲二。金白
嶼謂相傳周憲王增《西廂》【賞花時】，其意似謂不止此；臧晉叔謂止此是其筆。即
空主人謂憲王故是當家手，不學究庸俗乃爾！定系俗筆溷入。況此亦《楔子》也。
《楔子》無重見，且一人之口，無再唱《楔子》之體。徐以前後白多，去之覺冷淡，
而姑存之。不知劇體正套前後，原
不妨白多者。王伯良去之，是。

【幺篇】便是你坐視朝廷將帝主瞞。　〔天李旁〕古今通弊。　若是掃蕩妖氛着百

姓歡，干戈息，大功完。歌謠遍滿，傳名譽到金鑾①。　　〔田徐眉〕鄙惡甚！〔參徐眉〕

一激一獎，將軍用命。〔毛夾〕院本例有《楔子》，已見前解。俗不識例，並不識楔
子，妄刪此二曲，遂至如許科白，而不得一楔，殊為可怪。若以二曲為俚，則白中書
詞俚惡，百倍於曲，此正作者故為賣弄處。今不敢刪白而獨刪曲，何也？且曲白互見，
意不復出，故“坐視不救，獲罪朝廷”諸語，不見於書，而傳之惠明口中。今諸本既
刪二曲，而又增“朝廷知道，其罪何歸”數語於“小弟之命”之下，則前後不接。
明系周旋補入，而反稱“古本”，何古本之不幸也！且二曲雖俚，其詞連調絕語，排
氣轉處，真元人作法三昧，即末句將已寄書意急作一照顧，亦殊俊妙。祇俗本誤“重
與”為“傳譽”，遂有妄改“邊庭”為“關城”、“捷書”為“歌謠”者。不知“邊

---

① “歌謠遍滿，傳名譽到金鑾”：毛本作“捷書未滿，重與寄金鑾”。

庭"本書詞，"捷書"非凱歌，不容改也。且後本《楔子》，俚惡特甚，"靈犀一點"
與"楚襄王先在陽臺上"，殊不是《西廂》俊筆。皆不蒙刪，而獨刪此。豈此亦漢
卿續
耶？

　　[將軍云] 雖無聖旨發兵，"將在軍，君命有所不受"。大小三
軍，聽吾將令：速點五千人馬，人盡銜枚，馬皆勒口。[槐眉]"枚"，
音梅。[文眉]
"枚"，星夜起發，直至河中府普救寺救張生走一遭。[飛虎引卒子上
音梅。
開] [將軍引卒子騎竹馬調陣，拿綁下] [夫人、潔同末上云] 下書
已兩日，不見回音。[末云] 山門外吶喊搖旗，莫不是俺哥哥軍至
了。[參徐眉] 將軍敍事雍容，勿驕勿欺。[末見將軍了] [引夫人拜
了] [文眉] 非此一段情由，怎能有許多關鍵。
了] [將軍云] 杜確有失防禦，致令老夫人受驚，切勿見罪是幸！
[末拜將軍了] 自別兄長臺顏，一向有失聽教；今得一見，如撥雲睹
日。[夫人云] 老身子母，如將軍所賜之命，將何補報？ [將軍云]
不敢，此乃職分之所當為。敢問賢弟，因甚不至戎帳？ [末云] 小弟
欲來，奈小疾偶作，不能動止，所以失敬。[陳眉] 眞病！[孫眉] 眞病！
[劉眉] 卻是眞病！[魏眉]
眞傷病！[峒眉] 今見夫人受困，所言退得賊兵者，以小姐妻之，因此
是眞病！
愚弟作書請吾兄。[將軍云] 既然有此姻緣，可賀，可賀！ [夫人云]
安排茶飯者！ [將軍云] 不索，尚有餘黨未盡，小官去捕了，卻來望
賢弟。左右那裏，去斬孫飛虎去！[士眉] 鄭重，乃恭敬稠疊之意，此賣
弄學問處。[余眉] 鄭重，乃恭敬稠疊
之意，此賣 [拿賊了] 本欲斬首示眾，具表奏聞，見丁文雅失守之罪；
弄學問處。
恐有未叛者，今將為首者各杖一百，餘者盡歸舊營去者！ [孫飛虎謝
了。下] [將軍云] 張生建退賊之策，夫人面許結親；若不遵前言，
淑女可配君子也。[文眉] 按此處杜將軍一力 [夫人云] 恐小女有辱君
贊成，則無後日之惆也。
子。[潘旁] 使參活 [末云] 請將軍筵席者！ [將軍云] 我不吃筵席了，
句，不是謙詞。
我回營去，異日卻來慶賀。[末云] 不敢久留兄長，有勞臺候。[將

軍望蒲關起發〕 〔眾念云〕馬離普救敲金鐙，人望蒲關唱凱歌。
〔下〕〔文眉〕"凱"，音慨。〔合眉〕杜將軍急急辭去，便埋着夫人背盟根子。〔夫人云〕先生大恩，不敢忘也。自今先生休在寺裏下，只着僕人寺內養馬，足下來家內書院裏安歇。〔潘旁〕更多此一事。我已收拾了，便搬來者。〔容眉〕好了！〔湯眉〕好了！〔湯沈眉〕為此一句，後邊做出許多事來。到明日略備草酌，着紅娘來請，你是必來一會，別有商議。〔下〕

〔潘旁〕便伏金帛相酬之意。〔參徐眉〕別有商議，即是搖擺不定之處，夫人已變卦也。〔文眉〕夫人云：別有商議，意有在焉。〔魏眉〕漸進也是好了。〔末云〕這事都在長老身上。〔陳眉〕長老不是管這事的。〔孫眉〕長老不是管這事的。〔峒眉〕長老不管這事。〔問潔云〕小子親事未知何如？〔潔云〕鶯鶯親事擬定妻君。只因兵火至，引起雨雲心。〔下〕〔士眉〕"只因兵火"二句，卻自天然。〔余眉〕"只因兵火"二句，卻自天然。〔湯沈眉〕"只因兵火"二句，卻自天然。〔末云〕小子收拾行李去花園裏去也。〔下〕〔容夾〕淡得妙！〔湯眉〕淡得妙！

〔容尾〕總批：描寫惠明處，令人色壯。

〔新徐尾〕批：張皇惠明處，大為禪林增采。

〔王尾·注二十五條〕

【八聲甘州】：此調第三句起韻，《正音譜》（鮮于伯機詞"江天暮雪，最可愛青簾，搖曳長杠"）可證。此曲首句偶用"損"字作韻，次句不用，至第三句"春"字始復用韻。俗本改"多愁"作"傷神"，強叶，非。言本以多愁而瘦，又因傷春而益增其瘦也。趙德麟詞"斷送一生憔悴，只消幾個黃昏"；秦少游詞"雨打梨花深閉門"；（董詞"怕黃昏，忽地又黃昏，月憔花悴羅衣褪，生怕傍人問，寂寥書舍掩重門，手卷珠簾，雙眼送行云"）；又有（"銀葉龍香爐"），語俊甚。

【混江龍】：首句，古本作"落花成陣"，與下"燕泥"句兩"落花"矣。秦淮海詞"落紅萬點愁如海"，又（"落紅萬點"亦董語）也，從今本作"落紅"是。"風飄"句，系杜詩。丘豫見庭中落花，曰"飛此一片，減卻春色"。"池塘夢曉"，用謝惠連事，稍不切。"夢"作活字，通下"曉"字看，與"辭春"相對。"繫春心"二句，即日近長安遠之意。

李易安詞"遙想楚雲深，人遠天涯近"。"金粉"，徐本作"胭粉"；"清減"作"玉減"；六朝、三楚多麗人，故云云。用"金粉"無謂，不若從"胭粉"為俊。上文自"池塘夢曉"以下，對仗精整，不應以"清減"與"香消"作對；"香消""玉減"分對，復近學究，且與上"香惹"兩"香"字亦礙。"香消"蓋"消疎①"之誤耳。今正。即"香惹"對"輕沾"亦不的，終有誤字。總之二曲皆絕麗之詞，王元美謂駢儷中情語，何元朗謂雖李供奉復生豈能加之哉！但二調中用三"春"字、三"花"字、兩"風"字、兩"香"字、兩"粉"字，既曰"落紅"，又曰"落花"，未免重疊過甚，為足恨耳。

【油葫蘆】：熏蘭麝而無人"溫存"，所以不欲熏也。"睡又不穩"，諸本作"不寧"，"寧"字系庚清韻，非。"登臨不快"勿斷，七字句，襯二字。（董詞"待登臨又不快，閑行又悶，坐地又昏，沉睡不穩，只倚着個鮫綃枕頭盹"。）朱本作"閑行又困"較俊，似勝"悶"字。第董本作"悶"，今並存之。

【天下樂】：首句承上接下之詞，上言"情思睡昏昏"，故"則索蹅伏定鮫綃枕頭兒盹"耳，小睡也。又謂：除我打睡之時則已，但出閨門，又如此隄防着人，不得自由也。"折了氣分"，猶言輸了聲勢也。（關漢卿《金綫池》劇"年紀小呵，須是有氣分"。）

【那吒令】："倒褪"有羞意，"早嗔"有怒意，"兜的便親"反上二意。末二句屬下曲看。

【鵲踏枝】：次句，金本謂元作"詠得句兒新"，作"勻"字非。於理自可；但上云"酬和得清新"，下又云"詠月新詩"，三"新"字復甚，殊非。古本元作"誰肯把針兒將綫引"，"將"字與上"把"字礙，且於本調反多一字，今去之。"東鄰"，用宋玉東家之子事。

【寄生草】："臉兒清秀身兒韻"，"韻"謂有風韻也。古注引（吳昌齡詞"海棠標格紅霞韻，宮額芙蓉印"。）謂此調"韻、印"二押從此曲來。則實甫之生似先昌齡，未必爾也。徐云："十年"句，鶯鶯自語，此只用見成語。"十年窗下"四字，俱不着緊，言此人又俊雅又着人又有文

① ［王眉］"消疎"妙甚！譬美人面上減去一痣。

學，不由我不愛之也，非以功名顯達期之也。

【六幺序】：《演繁露》云：唐有新翻羽調【綠腰】。《白樂天詩》注：即【六幺】也。《青箱雜記》又謂之"綠要①"，言霓裳羽衣之要拍也。"塌"，從筇本；諸本皆訛作"窩"，非。（《冤家債主》劇"倘有些兒好歹，可着我那塌裏發付"。）（《王魁負桂英》劇"哎耶耶也，這塌兒是俺那送行的田地"。）可證。"塌兒裏"，斷；"人急偎親"四字，另句。調法如此。"塌兒裏"，猶今俗言這所在、那所在之謂；"人急偎親"者，人急迫而相偎傍也。"赤緊"，猶要緊；"有福之人"，指崔相國也。（董詞"驀聞人道森森地，諕得魂離殼②，孤孀子母沒處投告"。）又（"滿空紛紛土雨"。）徐云：北方塵土如雨，故曰"土雨"。

【幺】："風聞"、"胡云"四字二韻，首"那廝每"三字系襯字，元不用韻，與前、後【麻郎兒】三句各叶不同。首六句一直下，謙言賊軍風聞人言説我之美，而欲虜我，且貽累僧人及寺宇也。古本及今本俱作"半萬來賊兵"，"兵"字入庚青韻，當作"軍"字無疑，今改正。此句意帶下句看，言半萬賊軍，敢半合兒便要剪草除根此三百僧人耶。戰陣有一合二合之説，"半合兒"者，不待其合之畢，言易也。兩"來"字，俱助語辭。末言飛虎是什麼諸葛孔明，而便欲博望燒屯也？古注泥"諸葛孔明"四字，欲反從俗本，非是。然此言燒寺，前白中宜先着此意。（董詞元有"更一個時辰打不破，屯着山門便點火"）之語，似缺。

【元和令】：此及下曲，今本合作一調，並名【後庭花】。筇本前調作【元和令】，後調作【帶後庭花】。金本亦並作【後庭花】，且謂第六句"後代孫"，"孫"字元誤，宜作去聲。舊因平韻難唱，以腔就字，扭入【元和令】，至第七句又入本腔。後入楚，遇有易作"他也是崔家後胤者"，遂改弦和入本調，始叶。不知此元是【元和令】，與【後庭花】兩調犁然自別，特句字稍似，遂起俗工之誤③。蓋【元和令】末句末字，《正音譜》元作平韻，他曲間有用仄韻者，渠卻疑作【後庭花】，遂欲以

---

① ［王夾］平聲。
② ［王夾］叶巧。
③ ［王眉］拆骨還父，拆肉還母。

"孫"字易作去聲。又，【後庭花】句字無可增減，故益傅會其説，遂沿無窮之誤。即笻本亦作【帶後庭花】，亦緣舊有以【元和令帶後庭花】冠調首者；覺其非是，遂釐為二，後調卻不去"帶"字。不知元人作單題小令，有以二調並填一詞而曰"帶某調"者，如【雁兒落帶德勝令】、【水仙子帶折桂令】之類。全套中不當復言"帶"也。蓋由俗士謂此二調語勢必須接去，遂妄自並而為一。不知《記》中，兩調而意卻接搭者，不可勝數；彼分之者，亦非透徹之識，遂不去"帶"字，均之誤也。前調言獻與賊，其便有五；下言不從亂軍，其害有五；與此正相反。"安存"，古本作"安寧"，亦入庚青韻，非；從今本為是。末言歡郎雖小，然我既獻與賊，須不害及他，而得為崔家子孫矣，與上對看。（董詞"若惜奴一個，有大禍三條：第一我母難再保，第二諸僧須索命夭，第三把兜率般伽藍枉火內燒"。）

【後庭花】："伽藍火內焚"四句中，應上"免堂殿作灰燼"五句；"割開慈母恩"，應上"免摧殘你個老太君"句。俗本"伽藍"、"諸僧"二句倒轉，與上次序不相應，今從古本改定。此調句字俱屬增減，與前折不同。

【柳葉兒】："將俺一家兒"句，屬上曲看。下又言"待從軍，又怕辱莫家門"，故意為此危詞，為下曲"不揀何人"數語張本。末"你"字泛指俗人，總結上意。

【青歌兒】：（元賈仲名《對玉梳》劇"則為你娘狠毒兒生分"）。"生分"，猶言出位，不守女兒之本分而出位言之也，暗指下"不揀何人"數語。先委曲其詞，言非我有他心生分，事出不得已也。此分明有意於張生矣。此調句字亦可增減，與本譜不同。

【賺煞】："橫枝"，非正枝也。《傳燈錄》道信大師曰："廬山紫云如蓋，下有白氣，橫分六道，汝等會否？"弘忍曰："莫是和尚化後，橫出一枝佛法否？"諸僧伴既各自逃生，眾家眷又無人偢問，張生非親非故，乃曰"我能退兵"，是所謂"橫枝兒着緊"也。（實甫《麗春堂》劇"則我這家私上，橫枝兒有一萬端"。）（馬致遠《陳搏高臥》劇"索甚我橫枝兒治國安民"。）（關漢卿詞"怎當那橫枝羅惹，不許隄防"。）"玉石俱焚"，則已意張生之有意於己矣，"濟不濟權將這個秀才且儘"，俊語也。

“下燕書信”，魯仲連遺燕將書事。俗本作“嚇蠻書信”，緣（元詞）多用此語，如（“嚇蠻書醉墨云飄”）之類，然杜撰無據。古注謂下燕是李左車事，亦謬。

【端正好】：全套字字皆本色語，視諸曲更一機軸，故是妙手。烏龍尾鋼椽，謂鐵裹頭棍也。北人以握為“搳”。（董詞“不會看經，不會禮懺，不清不淨，只有天來大膽”。）此調句字亦可增減，故首二句，與“碧云天”調不同。董本賷書無惠明。即前法聰，《記》中惠明；法聰，及前法本。辭雖烏有，然皆借古神僧為戲。《壇經》：僧惠明，曾與六祖爭衣鉢。又劉宋《釋老志》：大明中，丹陽中興寺設齋，一沙門來投，曰：“我惠明，從天安寺來。”然天下無此寺，言訖不見。《神僧傳》：梁僧法聰，能入水火定，常有二虎及雌雄龍侍座。法本，梁天福中，與一僧期會相州竹林寺。僧至，無寺，以杖擊石柱，風雲四起，樓臺聳峙，本自內出。此無與本記，亦以見作者之非鑿空也。

【滾繡球】：“攙”者攙先，“攬”者兜攬。非是我“攙”與“攬”而要去，我平生不曉打參，只曉得廝殺；非是我“貪”與“敢”而要殺人，以“口淡”思食肉耳。“炙煿煎燀”之“燀”，元作“爁”；“爁”，音覽，不叶，今正。“醃臢”，不潔之謂。後四句，皆足上“口淡”句意。

【叨叨令】：“寬片粉”對“浮熰羹”；古本作“寬粉片”，誤。（元《藍采和》劇“俺吃的是大饅頭、闊片粉”。）可證。“休調淡”，欲其調和得好也。羹、粉、薑、腐，皆僧家本等素食，又承上“口淡”來，故要添“雜糝”，又屬令“休調淡”，又要將人肉做饅頭餡，又要將餘肉把青鹽蘸，極狀己不管葷素，能大餐之意。“黯”，亦黑也，舊作“暗”，誤；言不擇精物也。（董詞“做齋時，做一頓饅頭餡”。）“休誤了”二句，承上接下末句，並是丁寧廚人語也。“雖然是黯”，金本作“從教俺”，以己意易之耳。

【倘秀才】：朱本“用俺也不用俺”，諸本俱作“喏”。“喏”，《中原音韻》作平聲；調法須用仄聲，今從“俺”。“能”者，甚詞，猶言着實也。“誠何以堪”，言人不堪之也。惠明言：你每不須看得孫飛虎是件大事，便如此慌張；你怕我不去，我只怕你不用我耳。你聞得飛虎之名，便自畏縮，不知他貪淫之甚，人皆不堪其毒而欲剗除他。即甚猖獗，何足懼哉？

【滾繡球】：首二句，與上"怎生喚做打參"意復。杜子美《飲中八仙歌》"醉中往往愛逃禪"。朱本作"道禪"，無出。古本"怎生教土漬塵含"，不如"銜"較妥，今易；俗作"塵緘"，與下"書一緘"重，非。言鐵棒使得滑熟，無纖毫塵翳也。"憨"，癡也；"波"，語詞。首誇己之勇，即笑僧伴之無用，未又譴張生：言你所仗者杜將軍，不知還仗我寄書之人要緊耳，你莫道我徒勇而癡，我非癡者也。

【白鶴子】：【白鶴子】後二調，俗本次序顛倒，今從古本更定。"幡幢寶蓋、桿杖火叉"及後"繡幡開"句：寺中無兵仗，故各執所有，正作者用意處。俗本改為"桿棒"、"钂叉"、"繡旗"等，俱非。（董詞"或拿着切菜刀、捍麵杖，着綾幡做甲，把缽盂做頭盔戴著頭上"。）正本色語也。

【二煞】："瞅"，音丑，北人謂怒目相視為"瞅"。

【一煞】："剗"，斬去之謂，作活字用，古注作大鐮解，非①。今本作"腳尖踮"，"踮"，蹴也，系俗字，字書無之。古本作"撞"，撞亦可叶作平聲。韓退之詩"文章自娛戲，金石日擊撞"，歐陽永叔《廬山高》篇"洪濤巨浪，日夕相衝撞"是也。今並存之。"撒髏"，本作"撒樓"，方言，調侃謂頭也，猶《說文》之諧聲，見《墨娥小錄》。諸本作"髑髏"，非；"髑髏"，死人之頭骨耳。"勘"，校也，於文亦甚用力之意；《輟耕錄》元院本有"大勘刀"，言以刀相勘比也。言小的則提起來，以己之腳而撞之；大的則攀下來，以己之頭而勘之。非言他人之頭也。俗作"砍"，謬甚。

【耍孩兒】：【耍孩兒】二曲，今本俱混作【白鶴子煞】，諸本首"駁駁劣劣"一調，而古本首"欺硬怕軟"一調。以上文【白鶴子】資序觀之，當接言己之悍劣喜殺，而後及戲張之詞。如古本，則文勢顛倒矣，不若從今本為是。"駁"，馬色不純，又驕駁之謂，言己之莽戇好殺也；古本作"剝"，亦非。"忐忑"，俗字，恐懼意；本作"忑忐"，心或上或下也，此從韻倒用。朱本作"忒忺"，音義並同，然"忺"亦字書不載。

①　[王眉] 此等解，非大雅之士，卻不能識。

"打熬成不厭天生敢"，謂打熬成的不厭，天生的勇敢也。"沒掂三"，不着緊要之意。（賈仲名《蕭淑蘭》"柳下惠等閑沒掂三"。）"怕勒馬停驂"，言不肯勒馬停驂，而以去為快也。

【二煞】：此皆譴張之詞。言你莫道我憨劣好殺，可激以成你之親事也；蓋我雖欺硬，而遇軟則柔，寧受苦口，而不好甘詞。你今日但當以眞情求我，不可貪圖親事，而僥倖萬一以誤我也。若書去，而杜將軍不來，你不乾擔風月而為此無益之妄舉哉？又譴言，你若為親事而僥倖戲我，則我此去亦將戲你，且把你不志誠的言詞，對將軍以賺你，致將軍不來；而你之計策差謬，則親事斷然不成，不亦大羞慚哉！"胡撲俺"，筠本作"胡撲掩"，"掩"字入廉纖韻，非。"倒大"，北人語詞，與後"倒大福蔭"一例。

【收尾】："繡幡開"句，語俊甚，押"俺"字甚奇。（董詞"開門但助我一聲喊"。）俗本此後有偽增【賞花時】二曲，鄙惡甚，從古本削去。

［陳尾］如許入手，便不落莫。

［孫尾］描寫惠明處，令人色壯。

［劉尾］如許入手，便不落莫。

［湯尾］描寫惠明處，令人色壯。

［合尾］湯若士總評：兩下只一味寡相思，到此便沒趣味。突忽地孫彪出頭一攬，惠明當場一轟，便助崔張幾十分情興。李卓吾總評：描寫惠明處，令人色壯。徐文長總評：杜將軍、惠和尚都是護法善神，飛虎將軍亦是越客猛虎。

［魏尾］總批：張惶惠明處，大為禪林增采。

［峒尾］批：如許入手，便不落莫。

［潘尾·說意］二月十五日修齋，十六日即兵起。《法華經》誦聲甫徹，《梁皇懺》拜具未收，而鐘磬變為金皷，旛幢變為旗幟，一片空王境界，幾歸劫火。謂念經禮懺之所致與？非念經禮懺之所致與？夫業有由造，緣有由生。孫飛虎非孫飛虎也，白馬將軍非白馬將軍也，惠明非惠明也。自當日業緣初遘，苦厄便生，從空造色，因色成魔。而法本老僧，不能開示本來，還歸清淨，而又搆諸男女，陳經設懺，鶉奔獐逐，點污空王。借先靈為媒媾，假啼哭作睇笑，業高十丈，魔高百丈。則見有猛

火光中，若羅刹王鳩槃荼王，率諸無量、藥叉、牛頭、獸面，齒牙猙獰，齊來噬人；若刀山鐵橛，劍樹劍輪，殺氣飛動；若轟雷霹靂，飛砂炮石，為擊為衛；若水火鐵圍，重重匝繞，不可度脫。此業由因生，現前果報爾。時世尊在清淨國土，大發慈憫，命火頭阿羅漢現身惠明，降伏此魔；命韋馱尊者現身白馬將，鎮定山門。庶爾後一切比丘、比丘尼、善男子、善女人，勿以念經禮懺造諸業緣，流逸不生，塵根永斷，偕歸樂土，獲大安穩。此不念《法華經》，不禮《梁皇懺》，是惠大師自道本覺，虛明真性，不受輪迴，為現前一切比丘、比丘尼、善男子、善女人懺悔說法也。

信陵之救趙也，非救趙也。非救趙，而何以竊符奪兵，若是其急也？則以平原使書相屬於道也。夫平原之於信陵，肺腑之戚也。以肺腑之戚，當累卵之危，信陵食其下嚥乎？是以不憚拯溺救楚以趨之也。逮長平之圍解，而趙之社稷以存，若是乎趙非信陵不救也。而何以曰"救趙"者？非救趙也。夫信陵因平原而救趙，固欲使平原樹功於趙，而厚結於王也。此竊符奪兵之志也。今觀杜將軍帶甲十萬，坐鎮雄關，寇生肘腋，勢將燎原，而猶託言偵候，逗留不前，安所稱北門鎖鑰也？及尺書飛至，銜枚疾渡，不因肺腑之交，豈能倍道兼馳若此乎？則解普救之圍者，非真謂蒲東塗炭，慰望來蘇，特以故人誼重，失陷請援，欲為之樹功於崔而厚結於夫人也。此銜枚疾發之志也。然虞卿請封，而信陵固辭；君瑞求婚，而夫人卒拒者，又何其樹功則同，而食報則異也。

第三折

[夫人上云] 今日安排下小酌，單請張生酬勞。^[潘旁] 題目便遠。娘，疾忙去書院中請張生，着他是必便来，休推故。[下]^[文眉] 夫人云"酬勞"，悔盟意有在焉。[末上云] 夜来老夫人說，着紅娘来請我，卻怎生不見来？我打扮着等他。皂角也使過兩個也，水也換了兩桶也，烏紗帽擦得光掙掙的。怎麼不見紅娘来也呵？^[陳眉] 舌頭已在酒筵上了。^[孫眉] 舌頭已在酒筵上了。^[劉眉] 舌頭已在乞席

上了。[淩眉] 酸得妙！自是元人賓白。[封眉] 　[紅娘上云] 老夫人使我請
即空主人曰：酸得妙！自是元人賓白。

張生。我想若非張生妙計呵，俺一家兒性命難保也呵。

【中呂】【粉蝶兒】　[畫徐眉] 此套總妙！[田徐眉] 此套總妙！[文眉]【粉蝶
兒】入【中呂】調，其調俱屬古點齒之音。[廷眉] 此套總
妙！[湯沈眉] 半萬賊兵，卷浮雲片時掃淨①，　[田徐旁] 作“净”。[田徐眉]
此套總妙！ 　“盡”字，屬眞文韻，非。

[淩眉]“淨”，俗本作“盡”，是眞文韻。俺一家兒死裏逃生。舒心的列山
非。[封眉]“淨”，俗本作“盡”，非。

靈②，陳水陸，張君瑞合當欽敬。　[廷旁] 三句言寺裏當日所望無成；
敬心，好做道場。

誰想一緘書倒為了媒證。　[謝眉]“水陸”，言湖海州道由此功德也。張生客
寄，附此功德，故云“水陸”。[畫徐眉] 賊兵掃盡，
寺裏暢心，可以列仙靈而陳水陸道場也。[田徐眉] 賊兵掃盡，寺裏暢心，可以列仙
靈而陳水陸道場也。[新徐眉] 此時小紅報恩心急勃，情意更濃矣。[參徐眉] 還要
媒婆來後封書。[王夾]“淨”，舊作“盡”；“仙”，作“山”。俱非，詳《注》。
[陳眉] 還要媒婆傳了那封書。[孫眉] 還要媒婆傳了那封書。[劉眉] 還要媒婆傳此
封去。[廷眉] 賊兵掃盡，寺裏暢心，可以列仙靈而陳水陸道場也。[廷夾]“淨”，
舊作“盡”；“仙”，作“山”。俱非。[張眉]“淨”，亦作“盡”。“仙靈”，物之珍；
“水陸”，物之備。言“陸”即該“山”矣，何得重出？“誰想”訛“則那”，非。
[湯沈眉]“片時掃淨”，自來諸本俱作“掃盡”。“盡”字屬眞文韻，非，蓋“淨”、
“盡”聲相近之誤。唯張筵，故列山靈之物並水陸之味。方以“仙靈”為畫，徐以
“水陸”為道場，殊可笑。“水陸”，出《禮記》。[合眉] 惟張筵故陳水陸之味，非
陳水陸道場。[魏眉] 還是媒婆傳後封書。[峒眉] 還要媒婆傳了那封書。[封眉] 即
空主人曰：“山靈”、“水陸”，猶山珍海錯也。徐本改“山”為“仙”，謂賊兵掃盡，
可以列仙靈而陳水陸道場，豈不噴飯？[潘夾] 好個賊媒人！只此一語，出自紅口中，
增多少香豔。為崔張竊幸有之，將崔張輕謔有之。○“舒心”，猶言發願也。賊退身
安，凡發願心的，尚且欲陳列仙靈，建水陸道場，酬報神佛護持之力。況張君瑞實實
請兵退賊，功伐顯著，豈不“合當欽敬”乎？隱然道：君瑞之功，還在佛力之上。
是極推重之詞，但口
角來得婉雋可思。

【醉春風】今日個東閣玳筵③開，　[畫徐眉]“帶煙開”，言早早開門待客也，
正對“和月等”。俗作“玳筵開”，笑殺，

---

① “掃淨”：畫徐本、田徐本作“掃盡”。
② “列山靈”：畫徐本、王本、廷本、張本、毛本作“列仙靈”。
③ “玳筵”：畫徐本、合本、封本、毛本作“帶煙”。

笑殺！〔田徐眉〕"帶煙開"，言早早開門待客也，正對"和月等"。俗作"玳筵開"，笑殺，笑殺！〔淩眉〕"玳筵"，朱石津本改為"帶煙"，與"和月"對；徐解云"早開閣以待客也"，亦有致。然恐不如"玳筵"之自然。作者正未必如是字字比對耳。〔湯沈眉〕"玳筵"，朱本作"帶煙"，徐釋以"帶煙早早開閣待客"，真堪捧腹。〔合眉〕"帶煙開"，言早早開閣待客，正對"和月等"。俗作"玳筵開"，笑殺，笑殺！〔封眉〕"帶煙"，時本誤作"玳筵"，即空主人謂是朱石津所改，非也。

西廂和月等。薄衾單枕有人溫，早則不冷、冷①。 〔淩夾〕"不冷、冷"，上"冷"字句，下"冷"字一字成句。此曲本調，此句當用韻中疊字，餘仿此。〔張眉〕"早則"句，始合調，少四字，非。**煞強如受用足②寶鼎香濃，繡簾風細，綠窗人靜。** 〔士眉〕"受用足"四句，所謂人生清福。〔余眉〕"受用足"四句，所謂人生清福。〔容眉〕有味！〔起眉〕王曰："受用足"三句，正這妮子哆口情態，詞曲高處。〔畫徐眉〕"受用足"四句，或指為人生清福。乃豔福也，豈清福耶？"那冷"，言不冷也。〔田徐眉〕"受用足"四句，或指為人生清福。乃豔福也，豈清福耶？"那冷"，言不冷也。〔王夾〕"玳筵"，朱本作"帶煙"。〔廷眉〕"受用足"四句，或指為人生清福。乃豔福也，豈清福耶？〔廷夾〕"玳筵"，朱作"帶煙"。〔湯眉〕有味！〔毛夾〕"掃盡"，"盡"字入真文韻，然元劇不拘，說見前折。"畫采仙靈"與"備諸水陸"，皆古成語，"仙靈"指畫，"水陸"指味。俗改"仙靈"作"山靈"，與"水陸"對，不知"仙"與"靈"、"水"與"陸"自為折對，原非以"水"對"仙"也。"舒心"，安心也，言安心如此者，以張生合當敬也。"帶煙"，勿作"玳筵"。"帶煙、和月"對起，【醉春風】調固如此；且開屬東閣，用平津侯開東閣事。若著"玳筵"，則是開玳筵矣。王伯良動稱古本，而獨此二字，故依坊本，亦不可解。"薄衾單枕"句，頂"西廂"句；"受用足"三句，頂"東閣"句。"那冷"，諸本作"早則不冷"，非。"那"是虛字，言等西廂時，其衾枕有人溫耶，抑冷也？若今開東閣，無論衾枕，先受用如許境地矣，所以"強似"也。曲文全在口氣，而人不解，妄者將襯字一改，則陸沉矣。薄衾單枕，自不指成親，言成親而猶用一條布衾、三尺瑤琴乎？"人靜"，"人"字亦不指鶯。古人凡填詞，必通詞例，使以"人靜"為寫鶯，則元詞嘗有"夜闌人靜"語，不聞滿街皆鶯鶯也。參釋曰：二曲為開宴原始也。李昌齡《因話錄》："孫承佑，吳越王妃之兄，召諸帥食，水陸鹹備。"舊注以"水陸"為水陸道場，不合。〔潘夾〕"寶鼎香濃"三句，就新婚宴爾處，寫出一段風流蘊藉，令人想李易安夫妻。○"靜"字尤下得妙。添了一個"人"，偏說是個"靜"。此從《齊風》"靜好"二字得來。非深於琴瑟之理者，不知此味。

---

① "早則不冷、冷"：畫徐本、廷本、毛本作"那冷、冷"。

② "足"：起本作"些"。

可早來到也。

【脫布衫】 [張眉] 借用【正宮】。幽僻處可有人行，[畫徐眉]"可有"，本無有之意，疑詞也。[田徐眉]"可有"，本無有之意，疑詞也。[廷眉]"可有"，本無有之意，疑詞也。[湯沈眉]"可有人行"，言無有之意，疑詞也。與"可曾慣經"一例。點蒼苔白露泠泠。隔窗兒咳嗽了一聲，[潘旁] 作態。[紅敲門科] [末云] 是誰來也？

[紅云] 是我。他啟朱脣①急來答應。[繼眉] 一本作"啟朱脣"，與"隔窗兒"不叶。[槐眉] 一本作"啟朱脣"，與"隔窗兒"不叶。[畫徐眉] 一作"啟朱脣"，與"隔窗"句不叶。一作"啟蓬門"，是生唱；豈一大套俱是紅唱，而此句獨張唱耶？夫曰"蓬門"，乃張生謙詞，而紅可代謙耶？況寺裏豈得云"蓬門"耶？的是"啟朱脣"而紅唱穩。[田徐眉] 一作"啟朱脣"，與"隔窗"句不叶。一作"啟蓬門"，是生唱；豈一大套俱是紅唱，而此句獨張唱耶？夫曰"蓬門"，乃張生謙詞，而紅可代謙耶？況寺裏豈得云"蓬門"耶？的是"啟朱脣"而紅唱穩。[參徐眉] 不若"啟紅脣"更妥。[王夾]"泠"，平聲，與前"冷"不同。[文眉]"僻"，音匹。"嗽"，音瘦。[廷眉] 一作"啟朱脣"，與"隔窗"句不叶。一作"啟蓬門"，是生唱；豈一大套俱是紅唱，而此句獨張唱耶？夫曰"蓬門"，乃張生謙詞，而紅可代謙耶？況寺裏豈得云"蓬門"耶？的是"啟朱扉"而紅唱穩。[廷夾]"泠"，平聲，與前"冷"不同。[張眉]"啟朱扉"屬張生身上，訛"朱脣"，非。[湯沈眉] 一本作"啟朱脣"，與"隔窗兒"不叶。[合眉]"啟朱扉"，俗作"啟朱脣"，與"隔窗"句不叶。[封眉]"扉"，即空本作"脣"。[毛夾]"泠"，音零。北語以"豈有"為"可有"，反詞。"啟朱脣"就答應言，勿作"朱扉"，"答應"何關啟扉耶？參釋曰：自此至【滿庭芳】曲，皆散寫赴宴情形，並開宴大意。[潘夾] 既作"咳嗽"，便不用敲門。張生自到蕭寺，豈有女子聲音吹到愡前？忽聞咳唾，豈非九天珠玉？宜其啓扉急應也。

　　[末云] 拜揖小娘子。[紅唱]

【小梁州】 [張眉] 借用【正宮】。則見他叉手忙將禮數迎，我這裏②"萬福，先生"。烏紗小帽耀人明，白襴淨，角帶傲③黃鞓。[士眉] 約見風情如此，阿婆子寧能不愛？"鞓"，音汀。[余眉] 約見風情如此，阿婆子寧能不愛？"鞓"，音汀。[繼眉]"傲黃鞓"，"傲"當作"鬧"。白樂天詩"貴主冠浮動，親王帶鬧裝。"薛田

────────────

①　"朱脣"：繼本、畫徐本、王本、廷本、張本、湯沈本、合本、封本作"朱扉"。

②　"我這裏"：張本作"剛道個"。

③　"傲"：畫徐本、王本、凌本、張本、湯沈本作"鬧"。

詩："九包縮就佳人髻，三鬧裝成子弟轎。"今京師有鬧裝帶。[槐眉]"傲黃鞓"，"傲"當作"鬧"。白樂天詩"貴主冠浮動，親王帶鬧裝。"薛田詩："九包縮就佳人髻，三鬧裝成子弟轎。"今京師有鬧裝帶。[容眉]妙！[畫徐眉]今京師有鬧裝帶，凡帶必以骨鑲，故從角。俗改"鬧"為"傲"者，不通。[畫徐夾]"鞓"，音汀。

[田徐眉]今京師有鬧裝帶，凡帶必以骨鑲，故從角。俗改"鬧"為"傲"者，不通。[田徐夾]"鞓"，音汀。[新徐眉]描畫出新郎小像。[王夾]"鬧"，舊作"傲"，非；"鞓"，音汀。[孫眉]妙！[文眉]"叉"，音抄。[淩眉]楊用修曰："角帶鬧黃鞓。"俗作"傲黃鞓"，非。京師有鬧裝帶。白樂天詩"親王帶鬧裝"；薛田詩"三鬧裝成子弟鞓"。[廷眉]今京師有"鬧裝帶"，凡帶必以骨鑲，故從角。俗改"鬧"為"傲"者，不通。[廷夾]"鬧"，舊作"傲"，非；"鞓"，音汀。[張眉]少"剛道過"三字，調既不合，文亦不聯。"鬧黃鞓"，言鬧裝帶鞓黃也，訛"傲"，非，亦少一字。[湯眉]妙！[湯沈眉]"白襴"，唐時士子皆着白襴，袍類。"鬧"，俗本作"傲"，非。白樂天詩："貴主冠浮動，親王帶鬧裝。"薛田詩："九包縮就佳人髻，三鬧裝成子弟鞓。"鬧裝，猶雜裝之謂，不獨帶為然。"烏紗"、"白襴"、"黃鞓"，參差對。

[合眉]帶必用骨鑲，故從角。今京師有鬧裝帶。俗改"鬧"為"傲"者，不通。[合夾]"鞓"，音汀。[封眉]楊升庵曰："角帶鬧黃鞓。"俗作"傲黃鞓"，非。京師有鬧裝帶，白樂天詩"親王帶鬧裝"，薛田詩"三鬧裝成子弟鞓"。[毛夾]"鞓"，音汀。

【幺篇】衣冠濟楚龐兒俊①，[淩旁]"整"，俗本作"俊"，犯真文，非。[湯沈旁]一作"俊"。[謝眉]古本"整"，今本"俊"，從古本為是。[文眉]風情如此，寧能不愛？可知道引動俺鶯鶯。據相貌，[潘旁]非徒以貌取人。

憑才性，我從來心硬，[容旁]說謊！[孫旁]說謊！[湯旁]說謊！[參徐眉]真個心硬？誰信你！[魏眉]真個心硬？誰肯信？[峒眉]真個心硬，誰信？一見了也留情。[孫眉]腐！[湯眉]腐！[合眉]紅娘又看上小張了。[毛夾]"則見他"一氣至"龐兒整"止。衹"萬福先生"四字是答"拜揖小娘子"語，此是以曲帶白法，或添"我這裏"，或添"剛道個"，俱非。"襴"，衫也。"角帶"，以角飾帶也。"鞓"，則帶質之用皮者。帶尾翹出曰"傲"，即撬尾也，黃鞓色。沈存中《記》：屯羅繫唐人黃鞓角帶，而宋待制服紅鞓犀帶。《梧桐雨》劇亦有"鳳帶紅鞓"語，皆隨染成飾者。楊升庵見近世有鬧裝帶，因引白樂天詩"親王帶鬧裝"，薛田詩"三鬧裝成弟子鞓"，謂"傲"是"鬧"字。不知樂天詩是"親王彎鬧裝"，薛田詩是"三鬧裝成弟子轎"，並非"鞓"字。蓋唐時馬飾用鬧裝，無裝帶者，觀微之詩亦有"鬧裝彎頭繡"，可驗也。且鬧裝，雜裝也；既飾以角，焉能雜裝？天下有金鑄鐵佛《西廂記》乎？升庵考古不精，一生鹵莽；而

---

① "俊"：少本、熊本、淩本、湯沈本作"整"。

吠聲之徒，遍改"閙"字。嗟乎！古文之亡，亡於盲夫，深可痛也。［潘夾］在張生，則云"我往常見傅粉的委實差，今見了有情娘，心兒裏早癢、癢"；在雙文，則云"我往常見個客人，慍的早嗔，從見了那人，兜的便親"；今在紅娘，又云"我從來心硬，一見了也留情"。三人如出一口，說得一向眼底無人，是自家僭地步處。其自家僭地步，實實
為彼家僭地步也。

　　　　［末云］"既來之，則安之。"［容旁］腐！請書房內說話。小娘子此行為何？［紅云］賤妾奉夫人嚴命，特請先生小酌數杯，勿卻①。

［潘旁］此處漏去"請"字，妙，妙！［末云］便去，便去。敢問席上有鶯鶯姐姐麼？

［容眉］是好！［新徐眉］問得妙！［陳眉］何須問？［劉眉］何須問？［峒眉］何須問？　　［紅唱］

【上小樓】"請"字兒不曾出［湯沈旁］一作"住"。聲②，"去"字兒連忙答應；可早鶯鶯根前，"姐姐"呼之，喏［湯沈旁］音惹。喏連聲。秀才每聞道"請"，［張眉］"每"字失韻。恰便似聽將軍嚴令，和他那五臟神

［潘旁］妙至此乎！願隨鞭鐙。　［士眉］一躬措大，乃為小妮子嘲哂如此，良可笑也。然亦無奈其貪婪何！［余眉］一躬措大，為小妮子嘲哂如此，良可笑也。然亦無奈其貪婪何！［繼眉］《周亞夫傳》："軍中聞將軍令，不聞天子詔。"［容眉］苦惱秀才，有誰人請他？［起眉］李曰："'請'字兒不曾出聲，'去'字兒連忙答應"，甚淺甚俚，卻甚天然。更百良工，無所庸其雕琢。［田徐眉］言我未說"請"字，便連忙答應；若鶯鶯呼之，當何如"喏喏連聲"以應耶？［新徐眉］須知秀才徒鋪啜也。［參徐眉］形容張生快暢，甚工甚淺。［王夾］"喏"，音惹。［陳眉］世上大半慷慨人。［孫眉］苦惱秀才，有誰人請他？［劉眉］世上大半慷慨人。［文眉］"五藏"，心、肝、脾、肺、腎也。［凌眉］"可早鶯鶯"三句，正指上白"席上有鶯鶯姐姐麼"一問。乃王謂"我請而忙應，若鶯鶯呼之，當如何喏喏連聲耶"？則"可早根前"等字，如何着落？牽強可笑。［廷夾］"喏"，音惹。［湯曰］是好！苦惱秀才，有誰人請他？［湯沈眉］唐開元中有鄭嬰齊者，見五色衣神，曰"五臟神"。臟腑賴飲食以養，故聞請則喜而欲往，大家願隨秀才之鞭鐙也。［合眉］苦惱秀才，誰人請他？請則定然如此。［魏眉］甚淺甚俚，卻甚天然。更百良工，無所聽其雕琢。

① 潘本無"特請先生小酌數杯，勿卻"兩句。
② "出聲"：封本作"吐清"。

[岣眉] 甚淺甚俚，卻甚天然。更百良工，無所聽其雕琢。[封眉] 時本作"不曾出聲"，誤。[毛夾] "喏"，音惹。"請字兒"二句，應賓白"便去便去"句；"可早鶯鶯"三句，應賓白"席上有姐姐麼"句。言既連忙答應"去"字，可又早將鶯鶯以"姐姐"呼之，如此喏喏連聲也。數語一氣。"可早"，又早也，與前"可早來到也"同，與後折"可早嫌玻璃盞大"不同。王注謂：若鶯鶯呼之，當何如喏喏連聲以應耶？則不特"可早"二字無理，即"鶯鶯"、"姐姐"諸字疊逕，皆不通矣。"願隨鞭鐙"承"將軍令"來，言逐將令行也。但元詞嘲趨飲食者，多用此句，如《鴛鴦被》劇"教灑酒願隨鞭鐙"，《東堂老》劇"你則道願隨鞭鐙，便闊一千席也填不滿你窮坑"。若其稱"五臟神"者，則用董詞"五臟神兒都歡喜"語。徐天池曰：陸雲《笑林》："有人常食蔬茄，忽食羊肉，夢五臟神曰'羊踏破菜園矣'"。"五臟神"當用此。[潘夾] "姐姐呼之"，正接他"可有鶯鶯姐姐"一問來。此時方未見鶯鶯，便已像在他跟前，遂用"姐姐"呼之，連聲答應矣。張一種躍躍神情，可想。"五臟神"句，謔之也，豈真窮秀才害饞至此也？只人心若好，吃水都甜。總是描他一種樂於趨命之意。

[末云] 今日夫人端的為甚麼筵席？[孫旁] 討個端得。[紅唱]

【幺篇】第一來為壓驚，第二來因謝承。不請街坊，不會親鄰，不受人情。避眾僧，請老兄，[田徐旁] 音興。和鶯鶯匹聘。[容眉] 曲甚自然，好，好！[湯眉] 曲甚自然，好，好！[末云] 如此小生歡喜。[紅唱] 則見他歡天喜地，謹依來命。

[參徐眉] 張生早則喜也，只恐好事多磨。
[王夾] "兄"，音興。[廷夾] "兄"，音興。

[末云] 小生客中無鏡，敢煩小娘子看小生一看何如？[容眉] 他未必看你在眼裏。[陳眉] 紅娘眼中有鏡。[孫眉] 他未必看你在眼裏。[湯眉] 他未必看你在眼裏。[合眉] 他早早看你在眼裏。[岣眉] 紅娘眼中有鏡。[紅唱]

【滿庭芳】來回顧影，[湯沈旁] 整粧貌。文魔①秀士，風欠[廷旁] 音要。[湯沈旁] 如字。酸丁。下工夫將額顱②十分掙，遲和疾擦倒蒼蠅，光油油耀花[湯沈旁] 一本無"花"字，於下句對更工。人眼睛，酸溜溜螫③得人牙疼。[謝眉] "欠"，作要。[士眉] "來回

---

① 王本於"文魔"前多一"哎"字。
② "額顱"：張本作"頭顱"。
③ "螫"：王本、毛本作"蜇"。

顧影”，整粧貌。“欠”，當作“欠”，音要。[**余眉**]“來回顧影”，整粧貌。“欠”，當作“欠”，音要。[**繼眉**]“來回顧影”，整粧貌。“欠”，音要。一本無“花”字，於下句對更工。[**起眉**]李曰：那一字不錚錚稜稜？[**畫徐眉**]“文魔”，猶云書癡也。“欠酸丁”，乃調侃秀才話，即南諺云欠氣之謂。“酸溜”句，猶俗言牙齒骨頭痛也。

[**田徐眉**]“文魔”，猶云書癡也。“欠酸丁”，乃調侃秀才話，即南諺云欠氣之謂。“酸溜”句，猶俗言牙齒骨頭痛也。[**文眉**]“欠”，音洒。“蟄”，音折。[**淩眉**]“欠”，如字，不讀“要”。詳《解證》中。無非贊其過於打扮。王謂譏其酸與油，又説夢矣。[**廷眉**]“文魔”，猶云書癡也。“欠酸丁”，乃調侃秀才話，即南諺云欠氣之謂。“酸溜”句，猶俗言牙齒骨頭痛也。[**張眉**]“頭”字，俗作“額”字，復以仄韻作平聲，何如仍“頭”字省便妥當耶？牙疼是取笑張生輕薄，令人牙痒也。[**末**

云]夫人辦甚麽請我？[**紅唱**]茶飯已安排定，淘下陳倉米數升，[**潘旁**]妙！煠[**湯沈旁**]音闐。下七八碗①軟蔓青。[**湯沈旁**]菜也。[**謝眉**]“蔓青”，乃是菜名。[**槐眉**]“軟蔓青”，菜也，出《事物紀原》。陳宋謂之“蕈”，齊梁謂之“蕘”，關西曰“蕪青”，趙魏曰“大芥”。□□物。[**容眉**]原來是吃飯秀才！[**畫徐眉**]“淘下”句，乃嘲之之詞，倉米酸蕈，秀才家受用。“煠曼青”，所以作“蕈”。當時呼秀才為“酸蕈甕”，用“甕”字有意。俗人不知，因“七八甕”太多，改“甕”為“碗”，竟失作者之意。[**畫徐夾**]“蟄”，先的切；“煠”，音闐。[**田徐眉**]“淘下”句，乃嘲之之詞，倉米酸蕈，秀才家受用。“煠曼青”，所以作“蕈”。當時呼秀才為“酸蕈甕”，用“甕”字有意。俗人不知，因“七八甕”太多，改“甕”為“碗”，竟失作者之意。[**田徐夾**]“蟄”，先的切；“煠”，音闐。[**王夾**]“文”，古作神；“欠”，如字，俗音要，非；“哎”，呼蓋反；“溜”，平聲；“蟄”，音哲；“煠”，音闐；“蔓”，音瞞。[**陳眉**]只要一味，餘俱不必辦。[**孫眉**]只要一味，餘俱不必辦。[**劉眉**]那一味也勾了。[**文眉**]“煠”，音闐。[**廷眉**]“淘下”二句，乃嘲之之詞，倉米酸蕈，秀才家受用。“煠曼青”，所以作“蕈”。當時呼秀才為“酸蕈甕”，用“甕”字有意。俗人不知，因“七八甕”太多，改甕為“碗”，竟失作者之意。[**廷夾**]“文”，古作神；“欠”，如字，俗音要，非。“哎”，呼蓋反；“溜”，平聲；“蟄”，音哲；“煠”，音闐；“蔓”，音瞞。[**張眉**]末二句俱多一字。[**湯眉**]原來是吃飯秀才。[**湯沈眉**]“文魔”，猶今言書癡。“風”，猶風狂；“欠”，猶呆癡；“風欠”，言其如風狂而且呆癡也。秀才調侃為“酸丁”。“拵”，擦拭也。“蟄”，方作“蟄”；“碗”，方作“甕”。[**湯沈夾**]“溜”，叶平聲。[**合夾**]“煠”，音闐。[**魏眉**]只消一味。[**峒眉**]只要一味，餘俱不必辦。[**毛夾**]“欠”，如字；“溜”，平聲；“蟄”，音哲；“煠”，音闐；“蔓”，音瞞。《㑳梅香》劇白“似此文魔了，可怎生奈何”；《蕭淑蘭》劇“改不了強文撇醋饑寒臉，斷不了詩

---

① “碗”：畫徐本、廷本作“甕”。

云子曰酸風欠";《竹塢聽琴》劇"女娘們休惹這酸丁"。"文魔"、"風欠"、"酸丁",總作癡解;"欠"字屬廉纖韻。自俗本以"文魔"為"神魔",俗注以"欠"音"耍",遂至曲韻有此字而人不識矣。"揂",擦拭也,董詞"把臉兒揂得光瑩"。"遲和疾",言不分遲早,管教"擦倒蒼蠅也"。"蛆",諸作"螫",字形之誤。"茶飯"數語,用董詞"春了幾升陳米,煮下半甕黃虀"語,此嘲生也。與《鴛鴦被》劇"則他這酸黃虀怎的吃,粗米但充饑"同。參釋曰:偽古本有以此曲列【四邊靜】後者。

[潘夾]"欠",音耍。○挽弓極作態、極風魔處,全在"來回顧影"四字上;賣弄風騷,波瀾俱借"無鏡"二字生來。鹿照水磨角,鶴臨風修氅,美人對鏡簪花,俠士當場舞劍,皆在"顧影"處生出神彩。"酸溜溜"二句,寫出紅胸中無數疼熱,真覺一碗冷水吞得他下。"淘下陳黃米"二句,因其"何物請我"之問,而調侃之也。言黃飯酸虀,秀才家常用,我家安排款待,亦只有此
而已。略將"五臟神"淡蕩一番,真覺字字生風。

　　　[末云]小生想來:自寺中一見了小姐之後,不想今日得成婚姻,豈不為前生分定[容旁]正未定?　[新徐眉]猶未。[孫眉]正未定。[湯眉]正未定。　[紅云]姻緣非力所為,天意爾。

【快活三】噷人一事精,百事精;一無成,百無成①。世間草木本無情,自古云:"地生連理木,[士眉]此草木出羅浮山,乃男寵所致祥異,世人多不識之。[余眉]此草木出羅浮山,乃男寵所致祥異,世人多不識之。水出並頭蓮。"② 他猶有相兼併③。[湯沈旁]一作"肩並"。[繼眉]"兼併",一作"肩並"。[起眉]無名:"肩並",今本作"兼併"。[畫徐眉]首句言其才學如此;二句言萬一親事無成,則因此而誤,彼總有才學亦百無成矣;三句四句俱言無怪其然,恕之也,言人情大抵然也,雖草木亦然。解者引"羅浮",迂矣。[田徐眉]首句言其才學如此;二句言萬一親事無成,則因此而誤,彼總有才學亦百無成矣;三句四句俱言無怪其然,恕之也,言人情大抵然也,雖草木亦然。解者引"羅浮",迂矣。[參徐眉]人情好,定不消兼味。[文眉]云草木本無情,猶有連理樹、並頭蓮也。何況人乎?[凌眉]此調即"有緣千里能相會,無緣對面不相逢"之大意也。徐、王皆支離分疏,不必。[廷眉]首句言其才學如此;二句言萬一親事無成,則因此而誤,彼總有才學亦百無成矣;三句四句俱言無怪其然,恕之也,言人情大抵然也,雖草木亦然。解者引"羅浮",迂矣。[張眉]"務",言一定之意,文情方合;訛"無",非。

---

① "一無成,百無成":張本、封本作"一務成,百務成"。
② 張本無"自古云"至"並頭蓮"一段說白,只有動作提示云:"[背科]"。([張眉]"背",向關目最着眼,俗竟無是脈絡,幾不可辨。)
③ "兼併":起本、封本、毛本作"肩並"。

［封眉］時本多作"兼併"。［潘夾］"一事精"，切指其修容而言；"百事精"，可決
其件件風雅也。"一無成"二句，是反辭，言即其退賊之功有成，連婚姻之事有成矣。
以與上"得成婚姻"句相應。"草木無情"二句，言張與崔，本是
漠不關切的人，今也有配偶之日。以與上"前生有定"句相應。

【朝天子】休道這生，年紀兒後生，恰學①〔湯沈旁〕一作"學"。害相思病。

〔畫徐旁〕妙！
〔田徐旁〕妙！天生聰俊，打扮素淨②，奈夜夜成孤另。才子多情，

佳人薄倖，兀的不擔閣了人性命。　〔士眉〕紅娘之善謔如此！［余眉］此
娘之善謔如此！〔畫徐眉〕四段整然。

妙，妙！〔田徐眉〕四段整然。妙，妙！〔陳眉〕好話！〔孫眉〕好話！〔凌眉〕"才
子"二句，是私念其美而評之。若此極自明白。王注"葛藤"，可笑。〔張眉〕"打
扮"下添"素"字，作兩句，非。〔湯沈眉〕四段整然，妙，〔末云〕你姐姐果有
妙！"天生聰俊"勿斷，"俊"字元不用韻，七字句襯二字。

信行？〔紅唱〕誰無一個信行，誰無一個志誠，你兩個今夜親折

證。　〔起眉〕無名："親"，坊本間作"新"，非。〔畫徐眉〕上三段言張生之如此，
末一段言己助成之如此，矜功也。"信行"、"志誠"，紅自述己德。"您兩個"
句，言今夜面證便知也。〔田徐眉〕上三段言張生之如此，末一段言己助成之如此，
矜功也。"信行"、"志誠"，紅自述己德。"您兩個"句，言今夜面證便知也。〔王夾〕
"俊"，勿斷；"行"，去聲。〔凌眉〕誰無"信行、志誠"，因問鶯信行而謾詞以答
耳。徐謂紅自述己德，而王又曲為之解，皆可笑。〔廷眉〕四段整然。妙，妙！上三
段言張生之如此，末一段言己助成之如此，矜功也。"信行"、"志誠"，紅自述己德。
"您今夜"句，言今夜面證便知也。〔廷夾〕"俊"，勿斷；"行"，去聲。〔湯沈眉〕
"親"，一作"新"，非。〔封眉〕"信行"、"志誠"上，俗本多"一個"二字。〔毛夾〕
"行"，去聲。此二曲一截，頂白中"天意"來，轉到鶯上，言凡人成敗，一了百了，
總由天意，況婚姻大事？即草木猶然，何況人乎？且莫說這生以少年害相思也，即今
日打扮，如許才貌，而孤另可惜，此天意之所以有在也。然天意雖可知，鶯情亦難泯，
倘佳人薄倖，在當日雖有退兵願嫁之言，而誠信不屬，不仍擔誤耶？此中當自曉耳。
"嗏這人"，猶言我等人也。"一事精"四句，是成語，如《誤入桃源》劇"也是我一
事差，百事錯"類。"信行、志誠"指鶯，與末折"有信行"，後折"別離了志誠種"
同。天池、伯良謂"誰無"俱紅自指，若以指鶯，則此時無逾牆後負盟意也。不知逾
牆後，信在期約；此時之信，正在婚姻耳。若謂鶯無負盟，則紅幾曾負盟耶？且紅此
時何志誠耶？《禮記·祭儀》曰："行肩而不併肩"，"併"謂並肩、並行也，此以比

_____

① "學"：湯沈本作"早"。
② "天生聰俊，打扮素淨"：張本作"天生聰俊打扮淨"。

草木之叢生而林立者。從來誤作"兼併"，或誤作"肩並"。如許學人皆不識一經典字，而陋君於"肩並"下且注曰"並，上聲"。嗟乎！其善解《西廂》乃爾！[潘夾] 呼他"後生"，紅儼然前輩自居，反追惜其前此孤另，已作痛定思痛話。見紅娘多少憐惜處，豈知又為下文作讖。○"誰無信行"三句，因張"姐姐果有信行"之問，隨以"誰無"二字接口。言你道自家有信行，有志誠，

我姐姐誰獨無之？你兩個今夜親自折證，便知矣。

　　　　我囑咐你咱！

【四邊靜】今宵歡慶，[畫徐旁]妙！[田徐旁]妙！軟弱鶯鶯、可曾[湯沈旁]言"不曾"。慣經①。[田徐旁]絕妙！你索款款輕輕，燈下交鴛頸②。[田徐旁]秀雅絕倫！端詳可憎，好煞③人也無乾淨！[繼眉]【四邊靜】一折，收入《中原音韻》。周德清曰：務頭在第二句及尾。"可曾"，俊語也。[槐眉]【四邊靜】一折，收入《中原音韻》。周德清曰：務頭在第二句及尾。"可曾"，俊語也。[畫徐眉]人死方得個乾淨，今好煞而猶不得乾淨，如業緣未淨，死而還好。甚言其好之至也。"無乾淨"，猶言不了結也，甚言纏綿之極。他解甚誤。[田徐眉]人死方得個乾淨，今好煞而猶不得乾淨，如業緣未淨，死而還好。甚言其好之至也。"無乾淨"，猶言不了結也，甚言纏綿之極。他解甚誤。[新徐眉]語自纏綿之極。[參徐眉]想殺了人，紅娘也口角流涎。[文眉]"款款輕輕"，含蓄一團意趣。[凌眉]王伯良曰："無乾淨"，無盡極也。《陳摶高臥》劇"但臥時一年半載無乾淨"，《黑旋風》劇"這一場雪冤報恨無乾淨"，可證。[廷眉]人死方得個乾淨，今好煞而猶不得乾淨，如業緣未淨，死而還好。甚言其好之至也。"無乾淨"，猶言不了結也，甚言纏綿之極。他解甚誤。[張眉]"那"訛"何曾"，非；"前"訛"下"，並添"鴛"字，非。[湯沈眉]【四邊靜】一折，收入《中原音韻》。[合眉]"無乾淨"，猶言無盡極也。甚言纏綿之極。[魏眉]紅娘口不流涎？[峒眉]紅娘口不流涎？[封眉]王伯良曰："無乾淨"，無盡極也。《陳摶高臥》劇"但臥時一年半載無乾淨"，《黑旋風》劇"這一場雪冤報恨無乾淨"，可證。[毛夾]此又預擬為合歡之詞。北人以"何曾"為"可曾"。"可憎"，見第二折。"好殺人無乾淨"，好不了也，《陳摶高臥》劇"但臥呵一年半載無乾淨"。參釋曰：《中原音韻》載此曲，刪去襯字，彼以立譜故耳。[潘夾]"乾淨"，佛家猶言"結果"。言你今夜，兩個成親，恩愛起頭，正無了結。即此可悟業緣之難盡。

　　[末云]小娘子先行，小生收拾書房便來。敢問那裏有甚麼景

---

① "可曾慣經"：張本作"那慣經"。

② "燈下交鴛頸"：張本作"燈前交頸"。

③ "煞"：王本作"殺"。

致？［紅唱］

【耍孩兒】［張眉］借用【般涉調】。俺那裏落紅滿地胭脂冷，休辜負了良辰美景。

［湯沈旁］景，一作"媚"。

［起眉］王曰："落紅①滿地胭脂冷"，情語中富麗語。能令人豔，能令人消。［畫徐眉】【耍孩兒】，人以為大好，予亦然之，然能詞者大抵可辦。［田徐眉】【耍孩兒】，人以為大好，予亦然之，然能詞者大抵可辦。［參徐眉］措情語中當麗，能令人豔，能令人消。［陳眉］這妮子哄殺人。［劉眉］哄殺人！［文眉］"辜"，音孤。［廷眉】【耍孩兒】，人以為大好，予亦然之，然能詞者大抵可辦。［魏眉］情語中富麗。能令人豔，能令人消。［峒眉］這妮子哄殺人。

夫人遣妾莫消停，請先生勿得推稱。俺那裏準備着鴛鴦夜月銷金帳，孔雀春風軟玉屏。樂奏合歡令，有鳳簫②象板，錦瑟鸞笙。

［謝眉］"合歡令"是排兒名。［士眉］"合歡令"是排兒名，元樂府也。［余眉］"合歡令"是排兒名，元樂府也。［繼眉］《杜陽編》云："興國貢軟玉，可以曲直。""合歡令"是元樂府排兒名。［槐眉］《杜陽編》云："興國貢軟玉，可以曲直。"［容眉］如此等曲，已如家常茶飯，不作意，不經心，信手拈來，無不是矣。我所以謂之"化工"也。［起眉］無名："軟"，今本或作"欵"，非。《杜陽編》："興國貢軟玉，可以曲直。"［田徐眉］崔家至此時亦寥落矣。況曰"母子孤孀路途窮"，焉得有此"玉屏"？與前不合。［孫眉］如此等曲，已如家常茶飯，不作意，不經心，信手拈來，無不是矣。我所以謂之"化工"也。［張眉］"板"，亦作"管"。［湯眉］如此等曲，已如家常茶飯，不作意，不經心，信手拈來，無不是矣。我所以謂之"化工"也。［湯沈眉］"合歡令"是排兒名，元樂府。"鳳簫"，方作"玉簫"。［峒眉］情語中富麗。能令人豔，能令人消。［潘夾］黃飯酸齏，調侃秀才的話頭；金帳玉屏，鋪敍相門的體統。兩不相妨。

［末云］小生書劍飄零，無以為財禮，卻是怎生？　　［合旁］窮神！
　　　　　　　　　　　　　　　　　　　　　　　　［容夾］窮神！

［湯夾］窮神！　［紅唱］

【四煞】聘財斷不爭，婚姻自有成，新婚燕爾安排定③。你明博

----

① 楊案："紅"，原作"花"，據起本正文而改。

② "鳳簫"：王本作"玉簫"。

③ "聘財斷不爭，婚姻自有成，新婚燕爾安排定"：張本作"聘財斷不爭，婚姻使有成，新婚燕爾安排慶"。"婚姻"，封本作"姻緣"。"自"，封本作"使"。"定"，毛本作"慶"。

得跨鳳乘鸞客，我到晚來①臥看牽牛織女星。休傒倖，不要你半絲兒紅綫，成就了一世兒前程。[士眉]"你明博得"二句對，而意反承，妙甚！[余眉]"你明博得"二句對，而意反承，妙甚！[繼眉]"跨鳳"，蕭史、弄玉故事。"臥看牽牛織女星"，杜牧之詩；一作王建詩。二集中俱載。[槐眉]牽牛織女：出詩文。天河之東有女，乃天帝之孫，勤習□□□，織機織成碧錦。天女容貌無心整理，帝憐其獨處，□嫁與河西牽牛為夫婦。嫁後覺廢織工，帝怒，責令歸河東，但使其一年一度與牽牛相會而已。即今之七夕日是也。[起眉]無名：今本"晚"字下增一"來"字。[田徐眉]"休傒倖"，言你莫作等閑戲謔看，蓋已不要你半絲聘禮，而成就一世前程矣可矣。[陳眉]也要一個月老傳言。[劉眉]張怕惹他相思病。[文眉]《毛詩·穀風》篇，宴賞也。"新婚燕爾"，蓋夫婦方且宴樂其新婚也。[凌眉]"博"，入聲作平。王以為仄聲不叶，而改作"明"，為何謬也！[湯沈眉]方云："明博得"句，"博得"用仄聲，不叶。"跨鳳"，蕭史、弄玉故事。"臥看牽牛織女星"，杜牧之詩。"休傒幸"，言你莫作等閑戲謔看。[張眉]"使"訛"便"與"事"者，皆非。"新婚"下兩句添"你今日"、"俺到晚"，非。[合眉]"休傒幸"，言莫作等閑戲謔看。[魏眉]又不用媒，卻又可疑。[峒眉]也要一個月老傳言。[封眉]
"姻緣"，時本多作"婚姻"。

【三煞】憑着你滅寇功，舉將能，兩般兒功效如紅定。[士眉]"紅定"，即牽紅。

[余眉]"紅定"，即牽紅。[繼眉]"紅定"，即牽紅。[槐眉]"紅定"，出氏族。胡奮為征西大將軍，有女名芳。晉武帝選士庶女有姿色者以充后宮，中選者先以絳紗繫其臂。芳入選，拜貴妃。今人定親亦用。[畫徐眉]聘定之禮，必用紅。"滅寇、舉將"二大功，婚姻可諧，勝如以紅定之也。[田徐眉]聘定之禮，必用紅。"滅寇、舉將"二大功，婚姻可諧，勝如以紅定之也。[新徐眉]夫人之意，小紅不知，而張生崔子之情則已一口道盡。其如事有不然，首尾翻覆，能堪哉？[文眉]"紅定"，乃繡幕牽紅。[凌眉]"紅定"，聘定之禮。元劇多有之。《鴛鴦被》劇："當初也無紅定，可也無媒證"。[廷眉]聘定之禮，必用紅。"滅寇、舉將"二大功，婚姻即此可諧，勝如以紅定之也。[湯沈眉]"紅定"，言聘定之禮，必用紅。為甚俺鶯娘心下十分順，都則為君瑞胸中百萬兵。越顯得文風盛，受用足珠圍翠繞，[張眉]"足"訛"盡"，非。結果了黃卷青燈。[起眉]李曰："結果了"三字，足當屠門大嚼。[參徐眉]笑張生魂飛魄越。[潘夾]世族所號為薦紳巨俗家，凡育一女，必居奇貨。媒

———————————

① 起本無"來"字。

妁接踵於門，曰某氏某氏，不怒於言，則怒於色，曰彼豈能出聘金若干也？及選配高門，爭誇紅定。至所謂嘉客也者，明經則顧人答策，公讌則假手賦詩，甚至對面談琴，滿身銅臭。而所謂某氏某氏子，則已胸中成錦繡，橫筆掃千人也。紅定誇人，要成何濟？鶯鶯自爾特達，不意紅娘胸中，更有此一片。

【二煞】夫人只一家，老兄無伴等，為嫌繁冗尋幽靜。[田徐眉]"夫人只一家"，言夫人家無別人；"老兄無伴伙"，言張生又無他伴侶也。[文眉]此數句足見首尾照應之意。[末云]別有甚客人？[紅唱]

單請你個有恩有義閑中客，且迴避了無是無非窗下僧。夫人的命，道足下莫教推託，和賤妾即便隨行。[合眉]他如何肯推託？夫人试慮過。

[末云]小娘子先行，小生隨後便來。[紅唱]

【收尾】先生休作謙，夫人專意等。常言道"恭敬不如從命"，休使得梅香再來請。[下][謝眉]"紅娘再來請"，有作"梅香"者，作"梅紅"者。"紅娘"者為是。[繼眉]"梅香"，一作"紅娘"，亦是本來面目。此後段還是六折之數。[起眉]"無名"："梅香"，一作"紅娘"。亦是本來面目。[參徐眉]善請善催，好個女使！[文眉]收尾復言"休作謙"，庶使張、紅不好並行。[凌眉]"梅香"，俗作"紅娘"，非。[湯沈眉]"梅香"，一作"紅娘"，亦是本來面目。[封眉]即空主人曰："梅香"，俗本作"紅娘"，非。[毛夾]謝靈運《擬魏太子鄴宮詩序》云："天下良辰美景"，俗作"媚景"，非。"請先生勿得推稱"，紅自語。"道足下莫教推託"，述夫人語。"鳳簫"，或作"玉簫"，與"玉屏"字重。"自有成"，或作"事有成"，字聲之誤。"僝僽"、"前程"，俱解見第三折。"休僝僽"，猶言不當耍也。"紅定"，以紅為定，關漢卿《救風塵》劇白"你受我的紅定來"。參釋曰：數曲申請命也。"安排慶"，今本作"安排定"為是。但原本不容改耳。或曰："安排"猶現成，言現成之慶喜也。亦通。[潘夾]不曰"紅娘"，而曰"梅香"，非指自家也。言我今已去，休要教使梅香再請。此時紅方自居為撮合山，豈甘與金釵並列？

[末云]紅娘去了，小生拽上書房門者。我比及得夫人那裏，夫人道："張生，你來了也，飲幾杯酒，去臥房內和鶯鶯做親去！"

[容旁]醜甚，妙甚！小生到得臥房內，和姐姐解帶脫衣，顛鸞倒鳳，同諧魚水之歡，共效于飛之願。[容眉]凡秀才受用，都在口裏說過，心上想過，於身邊並無半分也。觀此可見。[陳眉]恐日子不吉利。

[孫眉]凡秀才受用，都在口裏說過，心上想過，於身邊並無半分也。觀此可見。[劉眉]卻是夢裏譚。[湯眉]凡秀才受用，都在口裏說過，心上想過，於

身邊並無半分也。觀此可見。[湯沈眉] 多是夢裏説夢。[合眉] 秀才受用，都在口裏説過，心上想過，身邊並無半分。觀此可見。[魏眉] 許大受用，恐只疑口頭説，心頭説，心頭想，未必身邊有。[峒眉] 恐日子不利。

覷他雲鬟低墜，星眼微矇，被翻翡翠，

襪繡鴛鴦。

[天李旁] 妙！[文眉] "覷"，音趣；"翡"，音匪。

不知性命何如？且看下回分解。

[凌眉] "下回分解"，時本作"去時怎麼"，毫無意味。王又直刪之。

[笑云] 單羨法本好和尚也：只憑説法

口，遂卻讀書心①。[下]

[繼眉] "憑"，今本作"因"。[參徐眉] 依張生道，真不知性命如何。[凌眉] "單羨"，王本作"譚羨"，而云未解，不知彼自見誤刻者耳。[湯沈眉] 謝法本也想到了。[峒眉] 許大受用，恐只是口頭説、心頭想，未必身邊有。[潘夾] 篇中寫紅娘處，極諧謔，又極蘊藉。一字不犯惡口，語語輕雋，婉妙可思。鄭康成家那得有此俊物？

[容尾] 總批：文已到自在地步矣。

[新徐尾] 此等曲皆不作意，不經心，信手拈來，悠悠自在之文。

[王尾·注一十五條]

【粉蝶兒】：自來諸本俱作"捲浮雲片時掃盡"，"盡"字，屬眞文韻，非；蓋"淨"、"盡"聲相近之誤。下又作"列山靈"，殊無謂；蓋"仙"、"山"字形相近之誤。"舒心"，放心也。初從徐説，言賊兵既退，可放心列仙靈之像，而陳水陸道場；然較寬一步。《酉陽雜俎》：邢和璞謂其徒曰：三五日有一異客，可辦一味，數日備諸水陸，張筵一亭。李昌齡《因話錄》：孫承祐，吳越王妃之兄，召諸帥食，水陸鹹備。蓋紅言今日可舒展其心，列仙靈之畫、備水陸之珍，以酬謝張生而致其欽敬，即後折"殷勤呵於禮，欽敬呵合當"之謂。此於上下文似更近情耳。"一緘書"，古本作"半緘"，與上"半萬賊兵"，兩"半"字重，非。

【醉春風】：諸本作"東閣玳筵開"，即筠本亦然。朱本作"帶煙開"。"帶煙"對"和月"似整，然亦好奇之過。徐云：言早早開門以待客也。今並存之。"那冷"，謂不冷，猶言那裏冷也。

【脱布衫】"可有人行"，言無有也；與"可曾慣經"一例。古本

---

① "[笑云] 單羨"數句：湯沈本作"[狂笑云] 法本好和尚也，多虧了他。只因説法口，遂卻讀書心。""單羨"，王本作"譚羨"。

“啟蓬門”，或作“啟朱唇”，遂以張生唱，誤。詞隱生云：寺中不必言蓬門，不若從夏本作“朱扉”。今並存。

【小梁州】：（董詞“驀見紅娘歡喜煞，叉手奉迎他”。）“萬福先生”句，以白作曲，俗本添“剛道個”，便贅。“白襴”，唐時士子皆着白，故客譏宋濟有“白袍子何太紛紛”之語。楊用修《秾林伐山》云“角帶鬧黃鞓”。今作“傲黃鞓”，非①。京師有鬧裝帶，其名始於唐白樂天詩“貴主冠浮動，親王帶鬧裝”；薛田詩“九包縮就佳人髻，三鬧裝成子弟鞓”。今按元微之詩“鬧裝彎頭繡，淨拭腰帶斑”。蓋鬧裝猶雜裝之謂，不獨帶為然也；用修只指帶言耳。古本亦作“傲”，古注謂：“傲”，整勁之意。第入曲不雅耳，今從楊。“烏紗”、“白襴”、“黃鞓”，參差對也。

【上小樓】：言我未説“請”字，便連忙答應；若鶯鶯呼之，當何如“喏喏連聲”以應耶？（董詞“再見紅娘，五臟神兒都歡喜。請來後何曾推避”。）唐開元中，有鄭嬰齊者，見五色衣神曰“五臟神”。臟腑賴飲食以養，故聞請則喜而欲往，大家願隨秀才之鞭鐙也。徐云：陸雲《笑林》：有人常食蔬茹，忽食羊肉，夢五臟神曰：“羊踏破菜園。”實甫當用此，成紅娘之謔耳。亦見《啟顏錄》。

【滿庭芳】：此曲及上白，古本次【四邊靜】曲後。然詳文勢，張生既諾赴席，便當有整飭衣冠之事，下紅娘既稱讚其打扮之俏麗，然後有“一事精百事精”之語，當從今本為是。“文魔”，猶今言書癡。（《㑳梅香》白“似此文魔了，可怎生奈何？”）亦用此語。古本作“神魔”，猶言降神而魔，如巫者跳神之類；但不見他出，或系傳誤。今並存之。“風欠”，呆也，癡也，北人方言。猶今俗語説人之呆者為欠氣，欠氣即呆氣之謂。“風欠”，言其如風狂而且呆癡也。《墨娥小錄》載，秀才調侃為“酸丁”。言張生往來自顧其影，如文魔風欠的人也。（《蕭淑蘭》劇“改不了強②文撒醋饊寒臉③，斷不了詩云子曰酸風欠”。）④ 正此意。以“風欠”押韻，其無他音可知。又（楊景賢《劉行首》劇“醉猻兒磨障欠先

___

① ［王眉］舊“傲”字，元不成語。
② ［王夾］去聲。
③ ［王夾］音斂。
④ ［王眉］千古卓見，不隨人觀場者。

生")亦自可證。自俗本作"耍"字音,遂紛然起庸愚之信。至崔時珮《南西廂》① 改作"文魔秀士欠酸丁",並文理亦不通矣。蓋字書從無此字,不知是何盲瞽倡為此説,金在衡又載入《正訛》。讀者猥自不察,群為吠聲之助,正須寸磔以謝實甫耳。"挣",擦拭也(董詞"把臉兒挣得光瑩")。"遲和疾擦倒蒼蠅",言其額顱擦拭得光滑之甚也。"光油油"句,譏其油;"酸溜溜"句,譏其酸。倉米酸虀,皆秀才受用。當時呼秀才為酸虀甕。用"甕"字有意;俗改作"碗"字,非。(董詞"我見春了幾升陳米煮下半甕黃虀"。)"蜇",諸本多作"螫"。"螫",《音釋》注:蟲毒也。當從"蜇"。

【快活三】:此承上諸曲來。"喒",北人你我之通稱,猶言我和你之謂。言你這樣人,自才能之美,及瑣至衣冠打扮,真是一精百精的。若今日婚姻一件不成,則他日功名諸事,件件不成了,所以汲汲於親事之就,如上文所云也。然亦莫怪你如此,世間草木本無知之物,然又有如連理並頭而相兼併者,況你千伶百俐之人,而能不思配偶乎?此調頗難解,古注亦未爽。

【朝天子】紅娘謔生,言你些小年紀就害相思病了。你倒也真個生得聰俊,真個打扮得俏麗,其奈尚無室家,如夜夜獨宿何?你如今一見我每小姐,便恁地癡想。然設你個才子縱然多情,俺那小姐若是薄倖,前日兵圍普救之時,不説能退賊軍者情願嫁他,不開這條門路,你卻枉自相思成病,不擔閣了你性命耶?兩"誰無",俱紅娘自謂②。又言:你前日央及了我,我也曾再三替你慫恿玉成,你平常道我"無信行"、"無志誠",你今既成親,見俺小姐,你親自問他,便知之耳。徐云:"佳人薄倖"及"無信行、志誠",俱不得實指鶯鶯説。蓋此施於踰牆搶白之後則可,此時鶯初無背盟之意也。"天生聰俊"勿斷,"俊"字元不用韻,七字句,襯二字。

【四邊靜】"可曾",言不曾也;"可憎",可愛也。俱反詞。"好殺人無乾淨",言好之甚,無盡極也。(《陳摶高臥》劇"但臥呵一年半載沒

---

① [王夾] 俗作李日華,非;日華校增之耳。
② [王眉] 得作者之髓。

乾淨"。）（《黑旋風》劇"這一場雪冤報恨無乾淨"。）（《㑳梅香》劇
"只恐怕夫人知道無乾淨"。）可證。古注謂人死便成乾淨，謬甚！此曲元
有襯字，《中原音韻》所載，蓋削去襯字，獨存本調。世遂謂皆後人增
入，非也。末句止載"好殺無乾淨"。

【耍孩兒】"美景"，古作"媚景"；然良辰美景、賞心樂事謂之"四
美"，古有是語，作"媚景"當誤。"夫人"二句一直下，教我速來，而
且教先生莫推辭也。"玉簫象板、錦瑟鸞笙"是的對，俗本作"鳳
簫"，非。

【四煞】：諸本"明博得跨鳳乘鸞客"，"博得"用仄聲，不叶。"休
傒倖"，言你莫作等閑戲謔看。蓋已不要你半絲之聘禮，而成就你一生前
程之大事矣。

【三煞】：聘定之禮必以紅，即上"紅綫"之謂。（關漢卿《風月救
風塵劇》白："你受我的紅定來"。）（石君寶《秋胡戲妻》劇"這個是紅
定"。）（《鴛鴦被》劇"當初也無紅定，可也無媒證。"）蓋北人鄉語也。

【二煞】："夫人只一家"，言夫人家無別人；"老兄無伴等"，言張生
又無他伴侶也。

【收尾】：北劇凡婢皆曰"梅香"；俗本作"紅娘"，非。

［白］"譚羨"二字未詳，疑有誤字。

［陳尾］行雲流水，悠然自在之文。

［孫尾］行雲流水，悠然自在之文。

［劉尾］行雲流水，悠然自在之文。

［湯尾］文已到自在地步矣。

［合尾］湯若士總評：先將《請宴》一齣，虛描宴中情事，後齣
《停婚》，只消盡描乍喜乍驚之狀。有此齣後齣，便省多少支離。此詞家
安頓法，不可不知。李卓吾總評：此齣曲如家常茶飯，不作意，不經心，
信手拈來，無句不妙，所以為化。徐文長總評：諸人以為佳，吾從眾。

［魏尾］總批：此等曲皆不作意，不經心，信手拈來，悠悠自在
之文。

［峒尾］批：此曲毫無色相，若鏡月水花，令人難以摸捉。妙，妙！

［潘尾·說意］此篇文情，與前後絕不相同。前後文，或寫其慕思，

或寫其愁怨，或寫其驚疑，臨入手來，亦少跚蹜滿志之意。此篇張生與
紅娘，純用欣欣喜色之詞。張之欣欣喜色，在文魔而不俗；紅之欣欣喜
色，在善謔而不虐。張之文魔，一味工於修容，急於趨命，神情躍躍，
擬於天際眞人；紅之善謔，亦即以其工於修容、急於趨命而調侃之，或
寓諷於稱揚，或故褒於慶幸，使張生愈加騰躍，神骨俱飛，此固紅之工
於諧雋，而要亦其情之所會，不能自禁者。子瞻不善飲，見人飲，則為
之陶陶然；紅亦為之陶陶然也。紅見張之文魔，而為之陶陶；張得紅之
善謔，而愈加躍躍。蓋極寫其跚蹜滿志之意也。而要之，張不自知也，
身未離西廂，魂已在東閣，反茫然不知其事之安出者；而紅亦不自知也，
三分遊戲，七分愛敬，喜時之言多失信，又未免稱許過望。蓋必如是，
而後為跚蹜滿志之極也。唯如是其滿志，則下文《停婚》一篇，勢便跌
得重、截得開也。故讀是篇者，當作鏡中看花，水中看月，極明明切切，
又極縹縹緲緲，純是一片空靈。若有一語沾滯，胸中便成鐵障，而鈍根
必欲將夫人豫先猜破。此便慣偷石人石馬，豈是巧賊？

第四折

［夫人排桌子上云］ ［謝眉］或將此段為上折者，非。今依古本，訂為七折，又似有串意。 紅娘去請張
生，如何不見來？ ［紅見夫人云］張生着紅娘先行，隨後便來也。
［末上見夫人施禮科］ ［夫人云］前日若非先生，焉得有今日；我一家
之命，皆先生所活也。聊備小酌，非為報禮，勿嫌輕意。 ［潘旁］辭令皆已冷淡。
［末云］"一人有慶，兆民賴之。"此賊之敗，皆夫人之福。萬一杜將
軍不至，我輩皆無免死之術。此皆往事，不必掛齒。 ［容夾］有甚麼未來事？ ［陳眉］還
有未來事在？ ［孫眉］還有未來事在？ ［文眉］彼此應答，皆有
讚美，謙遜。 ［湯眉］有甚麼未來事？ ［合眉］有甚未來事？ ［夫人云］將酒
來，先生滿飲此杯。 ［末云］"長者賜，少者不敢辭。" ［參徐眉］張生雖辭功，實欲居功。
［末做飲酒科］ ［末把夫人酒了］ ［夫人云］先生請坐！ ［末云］小子

侍立座下，尚然越禮，焉敢與夫人對坐。[合旁] 空奉承！[容夾] 空奉承了！[孫眉] 空奉承了！[湯眉] 空奉承了！[夫人云] 道不得個"恭敬不如從命"。[末謝了，坐] [夫人云] 紅娘，去喚小姐來，與先生行禮者！[潘旁] 此一語差強人意。[紅朝鬼門道喚云] 老夫人後堂待客，請小姐出來哩！[旦應云] 我身子有些不停當，來不得。[合眉] 張生定是大藥王。[紅云] 你道請誰哩？[潘旁] 多此一折。[容眉] 關目好。[旦云] 請誰？[參徐眉] 難道請別人也好叫你出來？假！[陳眉] 難道請別人也叫你出來相陪不成？關目好。[孫眉] 難道請別人也叫你出來相陪不成？[劉眉] 請別人叫你陪不成？[湯眉] 關目好。[魏眉] 難道請別人也好叫你出來？假情不妙。[峒眉] 難道請別人也叫你出來相陪？假情不妙。[紅云] 請張生哩！[旦云] 若請張生，扶病也索走一遭。[文眉] 鶯鶯聞呼，先辭後允，於中淫意特露，恥哉！[紅發科了] [旦上] 免除崔氏全家禍，盡在張生半紙書。

【雙調】【五供養】若不是張解元識人多，別一個怎退干戈，[畫徐眉] 妙！[田徐眉] 妙！[廷眉] 妙！排着酒果，列着笙歌。篆煙①微，[田徐眉] 串香，元詞用之最多。[凌眉] "篆煙"，徐本妄改"串煙"，前一折《解證》中已有辨。王前亦作"篆煙"，而此忽從"串煙"，且引《梧桐雨》、《漢宮秋》諸劇為證。及查彼本，仍是"篆"字。不知何僻，而必欲強更之以申徐説。[湯沈眉] "篆"，徐作"串"。花香細，散滿東風簾幕。救了嗒全家禍，殷勤呵正禮，欽敬呵②當合。[孫眉] 爽！好！[廷夾] "幕"，叶磨；"合"，叶何。[張眉] 第四五六句俱少二字。"篆"，訛"串"，非。第十句"呵"字是正調，末句亦添"呵"，非。[潘夾] 解元只識一個杜將軍，今亦止用得一個杜將軍，雙文偏説出"識人多"三字來，便看得交遊上有力量、有識見。解元豈漫與噲等伍者，遂覺有一時瑜亮之概。嘗念雞鳴昧旦之夫婦，從琴瑟上看出金蘭，讀"知子之來"四字，足令天地四方亦為感動。不意雙文於張，遂爾臭味至此。

---

① "篆煙"：畫徐本、王本、毛本作"串煙"。
② 張本無"呵"字。

【新水令】恰纔向碧紗窗下畫了雙蛾，拂拭了羅衣上粉香浮流①，[湯沈旁]"污"，與"臥"同叶。[張眉]"浮"，訛"油"，非。只將指尖兒輕輕的貼了鈿窩。

[士眉]嬌養喬態，不覺自名。[余眉]嬌養喬態，不覺自名。[容眉]嬌態如畫，妙，妙！[畫徐眉]妙！[田徐眉]妙！[新徐眉]又畫出新婦行徑。[參徐眉]畫出嬌態，可詡西施，彈壓紅娘。[陳眉]嬌態如畫，妙甚，妙甚！[孫眉]嬌態如畫，妙甚，妙甚！[劉眉]畫不嬌態！[文眉]嬌養喬態，不覺自名。[凌眉]徐士範曰：嬌養喬態，不覺自名。[廷眉]妙！[湯眉]嬌態如畫，妙，妙！[湯沈眉]喬妝做親，如畫。[峒眉]如畫。若不是驚覺人呵，猶壓着繡衾臥。[湯沈旁]"臥"，借叶去聲。[起眉]王曰：畫出嬌養嬌態，便是楊貴妃睡醒海棠。[王夾]"污"與"臥"同叶；"着"，借叶去聲。[廷夾]"污"與"臥"同叶；"着"，借叶去聲。[合眉]風韻轉佳。[魏眉]畫出驕養嬌態，便是玉眞睡醒海棠。[峒眉]畫出驕養嬌態，便是玉眞睡醒海棠。[毛夾]"着"，借叶去聲。"識人"，相識之人也。"串煙"，串餅之煙，《漢宮秋》劇"再添黃串餅"，《梧桐雨》劇"淡氤氳串煙裊"。"於禮當合"一語，而拆用作分合語也。次曲頂上，言惟自殷勤，所以扶病起粧梳也，不然還臥耳。"臥"承賓白中"病"來。"驚覺"，指紅喚。此撒嬌處見殷勤意，最妙。[潘夾]事到得手來，便欲作太平話，一味説得自家無心。恐終宵轉輾，繡衾亦未必壓得牢也。

[紅云]覷俺姐姐這個臉兒吹彈得破，[湯沈旁]是喝采語。張生有福也呵！

[士眉]"吹彈得破"，是喝采語。[余眉]"吹彈得破"，是喝采語。[文眉]"吹彈得破"，羨嬌之極也。[旦唱]

【幺篇】沒查沒利謊儸儑②，[謝眉]"儸科"，作"儸儑"者，誤。[畫徐眉]"沒查立"，猶云無準誠也，襯貼"謊"字之意。"儸科"，猶云小輩也。宋人謂幹辦者曰儸儑，小説家多有之。[田徐眉]"沒查立"，猶云無準誠也，襯貼"謊"字之意。"儸科"，猶云小輩也。宋人謂幹辦者曰儸儑，小説家多有之。[新徐眉]□未□□。[凌眉]"儸科"，今本作"儸儑"。[廷眉]"沒查沒立"，猶云無準誠也，襯貼"謊"字之意。"儸科"，猶云小輩也。宋人謂幹辦者曰儸儑，小説家多有之。[張眉]"沒查立"，猶云"沒正經"。徐文長解作"無準誠"，杜撰。[湯沈眉]古注："儸科"，猶云小輩；"沒查利"，方言，無準誠也，襯貼"謊"字之意。[合眉]沒查立，猶云無準誠。"儸科"，猶云小輩。你道我宜梳粧的[封眉]即空主人曰："儸科"，俗本俱作"儸儑"。

---

① "流"：王本、湯沈本作"污"。
② "儸儑"：少本、畫徐本、王本、凌本、廷本、毛本作"儸科"。

臉兒吹彈得破。〔紅云〕俺姐姐天生的一個夫人的樣兒。〔旦唱〕你那

裏休聒，^{〔湯沈旁〕}不當一個信口開合。^{〔畫徐旁〕妙甚！}知他命福是如
　　　　　　叶"果"。　　　　　　　　　　　　　〔田徐旁〕妙甚！

何①？^{〔繼眉〕"儍儸"，音樓羅。"聒"，音郭。〔張眉〕"不當"下添"一個"，非。}

^{"知他我"系襯，俗於"福"下添"又"字，遂訛為正文，作兩句，非。}

我做一個夫人也做得過。^{〔王夾〕"聒"，叶果。〔陳眉〕恐未必然，錯了相}

^{法。〔劉眉〕今日來必然。〔凌眉〕"知他命福如何"，}

"知他"略斷，本自明白。徐增一"我"字，而曰"他我"猶言"你我"，何解？且

言北人鄉語，說己而曰我和你。北人亦未嘗然，不知何見？〔廷夾〕"聒"，叶果。

〔合眉〕自是閨房之秀。〔毛夾〕"聒"，叶果。〔潘夾〕言你這沒準誠、調謊的小輩，

說我臉兒恁般，又不當隨口道我是一個夫人，焉知他與我命中福分如何。若論起我

來，就做夫人也做得過。作幾分謙

讓，又作幾分矜貴，總是自負不淺。

　　　〔紅云〕往常兩個都害，今日早則喜也！〔旦唱〕

【喬木查】我相思為他，^{〔湯沈旁〕}他相思為我，從今後兩下裏相
　　　　　　　　　　　音"拖"。

思都較可。酬賀間禮當酬賀②，俺母親也好心多。^{〔士眉〕此忖夫人}

^{停婚，自是聰惠女}

子。然望合憂離之思，轉逼迫甚矣。〔余眉〕此忖夫人停婚，自是聰惠女子。然望合

憂離之思，轉逼迫甚矣。〔容眉〕且不要太作準了。〔起眉〕王曰：此先忖度夫人恐

有悔心，顯得鶯鶯聰惠；更見得望合憂離，轉生逼迫。〔畫徐眉〕上枝末一句，是啟

下枝首句。〔田徐眉〕"較可"，可也。上枝末一句，是啟下枝首句。〔參徐眉〕相思

從此較深。〔王夾〕"他"，音拖；"和"，一作"賀"。〔孫眉〕俱不要忒作準了。

〔廷眉〕上枝末一句是啟下枝首句。〔廷夾〕"他"，音拖；"和"，一作"賀"。〔湯眉〕

俱不要忒作準了。〔湯沈眉〕"酬和"，今本作"酬賀"，非。蓋除賊是唱，結親是和，

皆理也。末句便有不足母親之意。〔合眉〕且不要忒作真。〔毛夾〕"你看這"至"當

酬賀"止，皆折紅調己語，妙在一句不承認。蓋此時紅刻意調新人，而新人刻意推

撒，大妙！且正為下文諱親作勢。盲者不識，便謂鶯鶯實做夫人。與"相思"、與"臉

兒"，宜梳粧矣。"沒查沒立"，起"謊"字，猶言沒準繩也。"儍科"，即"嗖囉"，

謊人也。"不當個"，不值得也，解見第三折。"信口開合"，隨口開閉也，《爭報恩》

劇"怎當他只留支剌信口開合"。"知他"，"他"是活字，北人凡稱"知道"為"知

他"，如董詞"知他是我命薄，你緣業"，以"我、你"上重著"他"字可驗；此頂

───────────

①　"不當一個信口開合。知他命福是如何"二句：王本作"不當一個信口開
合。知他我命福又如何"；張本作"不當信口兒開合。知他我命福如何"。

②　本句中兩個"酬賀"，王本、廷本俱作"酬和"。

賓白"做夫人"語並"有福"來言。莫聒絮，不見得你個口快也，你知道福分如何，便云"做得夫人過"耶？一氣下。"較可"，可也。酬謝曰"酬賀"，與董詞"些兒禮物莫嫌薄，待成親後再有別酬賀"同。諸本或作"和"，而天池生且解作"唱和"之和，不通。此頂賓白言，據所云果是兩下相思，今日"較可"耶，也則為酬謝他於禮當合，故殷勤耳。此一語繳上起下，且直與首二曲照應，最妙。末句帶起下曲，是元詞過遞法，言但此酬賀筵席微有異耳。參釋曰：諸本"知他"下有"我"字，或竟認作韻腳。而天池生又以"他我"為"你我"之解，不知"他"不得稱"你"。且天下豈有七句【新水令】耶？

　　　　[紅云] 敢着小姐和張生結親呵，怎生不做大筵席，會親戚朋友，安排小酌為何？ ^{[合眉] 固}_{應疑此。} [旦云] 紅娘，你不知夫人意。

【攬箏琶】^{[張眉]《西廂》此}_{曲第七句俱少二字。}他怕我是賠錢貨，兩當一便成合。^[湯沈旁]"合"，叶可。[容眉] 聰明倒聰明！[畫徐眉] 心多為此，妙，妙！[田徐眉] 心多為此，妙，妙！[參徐眉] 鶯鶯雖聰明，尚未料及反側，亦人情之至變處。[陳眉] 聰明到底！[劉眉] 聰明到底！[文眉] 此引俗語以證其實。[廷眉] 心多為此，妙，妙！[湯眉] 聰明倒聰明。[湯沈眉] 此正說母親心多處。[合眉] 心多為此，妙，妙！[魏眉] 真聰明！[峒眉] _{到也聰明。}據着他舉將除賊，也消得家緣過活①。^[湯沈旁]"活"，叶和。費了甚一股^[湯沈旁]_{一作"股"。}那，便待要結絲蘿②；休波，省人情的奶奶③忒慮過，^[湯沈旁]_{應前"心多"句。}恐怕張羅。[謝眉]"張羅"，猶云鋪設也。[士眉]"波"字，是襯語。"張羅"，猶云羅列。[余眉]"波"字，是襯語。"張羅"，猶云羅列。[槐眉]"波"字，是襯語。[起眉] 無名："花"，今本盡作"活"。音似之誤，一至於此。今本"便"字下或加一"待"字，不通。[畫徐眉]"波"，是襯語。"張羅"，猶云張列。[田徐眉]"波"，是襯語。"張羅"，猶云張列。[新徐眉] 崔子又性急矣。[王夾]"合"，叶哥，上聲；"賊"，叶平聲；"活"，叶和。[文眉]"妳"，音乃。[凌眉]"一股那"為句，用韻，"那"即"耶"字解。曲中多有此句法，猶《世說》"公是韓伯體那？""汝欲作沐德信那？"俗本"股"字句，便非韻。徐、王疑之而改為"甚麼"以就韻，且云下句是"古那"，故俗訛為"古"。然元曲只有"大古裏、猶古"，自無"古那"之語。[凌夾]"張羅"，

---

① "活"：起本作"花"，連下讀。
② "費了甚一股那，便待要結絲蘿"：王本作"費了甚麼古那，便結絲蘿"。"股"，湯沈本作"古"。起本"便"字後無"待"字。
③ "奶奶"：文本作"妳妳"。

元語即多羅，猶俗言扯闊了、弄大了之謂。詞中有“圖甚苦張羅”可證，正與上“省人情”意反。[廷眉]“波”，是襯語。“張羅”，猶云張列。[廷夾]“合”，叶哥，上聲；“賊”，叶平聲；“活”，叶和。[張眉]“便待”訛“古那”，非。[湯眉]好關目。[湯沈眉]“古”、“波”，皆助詞。“張羅”，猶言羅列。古本“費了甚麼”作句，“古那便結絲羅”又作句。俗本訛“古”作“股”，又訛屬上句，不叶韻，文理亦不通。[合眉]“波”，是襯語。“張羅”，猶云羅列。[峒眉]好事將成，不消讚賞。[毛夾]“合”，叶哥，上聲。此以筵席揣夫人意，反激下諱親也。方語指女子為“賠錢貨”，元詞多用之。“兩當一”，謂以兩事作一事也。“便成合”，將就混併也，與“便結絲蘿”不同。“古那”、“波”，俱語詞，俗本以“古”作“一股”，此以字聲之誤，而又添“一”字者。“張羅”，張施羅列，歇後語也，《貨郎旦》劇“則要我慶新親，茶飯張羅”。[潘夾]只此消得“家緣過活”四字，便將崔氏家私，全盤打點。雙文甫出閨門，遽作不平之鳴，未免責望太過。所以反成不足也。此亦造化謙盈之理，不
可不省。

　　　　　[末云] 小子更衣咱。[做撞見旦科]①　[容眉] 好關目！[封眉] 俗本多誤作 [生撞見鶯科]。

　　[旦唱]

【慶宣和】門兒外，簾兒前，將小腳兒那。我恰待②[湯沈旁] 一作“我只見”。目轉秋波，[謝眉] 應前“秋波一轉”意。[繼眉] 一本作“我只見目轉秋波”，與下句不相應。今從古本改定。[槐眉] 一本作“我只見目轉秋波”，並下句不相應，今從古本人定。[起眉]“我只見”，一作“我卻待”，不通。誰想那識空便的靈心兒早瞧破。唬得我倒躲，倒躲。[士眉] 趙本作“我卻待目轉秋波”。“空”，音控。[余眉] 趙本作“我卻待目轉秋波”。“空”，音控。[畫徐夾]“空”，音控。[田徐眉]“識空便”句，語俊甚。[田徐夾]“空”，音控。[王夾] 上“那”字，平聲；下“那”字，去聲；“空”，去聲。[陳眉] 好事將成，不消讚賞。[孫眉] 畫！[文眉]“空”，音控；“趖”，音朵。[凌眉] 此用鶯自言：“我那動了腳，打點轉眼看他，誰想他已瞧破，誒得我倒躲”，極自明白。時本作生唱，改“恰待作只見”，其意謂“秋波”不宜鶯自稱，不知“秋波”是詞家語，只當得“眼”字。若是生則正要撞見，豈怕其瞧破而倒躲耶？查舊本惟趙本同，今徐、王二本皆是。[廷夾] 上“那”字，平聲；下“那”字，去聲；“空”，去聲。[張眉]“靈心”，言心之透靈空便也。添“識”字，豈言識我耶？[湯眉] 畫！[湯沈眉] 此曲方本、諸本俱作生唱，

――――――――――

① “[做撞見旦科]”：封本作“[出科，鶯撞見科]”。
② “我恰待”：繼本作“卻待”；熊本、起本作“我只見”。

然"目轉秋波"語殊不類，斷作鶯唱無疑。"識空便"句，語甚俊。"倒趄、倒趄"，
各二字成句。[合眉] 活現傳神。[合夾] "空"，音控。[魏眉] 好事將成，不消讚賞。
[封眉] 即空主人曰：時本作生唱，誤。"我恰待"，時本多誤作"我只見"。[毛夾]
上"那"字，平聲；"趄"，音朵。此下三曲，諸本將【甜水令】生唱一曲，互為顛
倒，反以【慶宣和】、【雁兒落】、【德勝令】三曲屬生唱，而以【甜水令】屬鶯唱。
王伯良諸君因其有誤，遂將【甜水令】一曲亦不作生唱，則餒羊盡去矣。院本原有參
唱例，只此三曲非是耳。參釋曰："那"者，那移不前也。"倒趄"，退步也。鶯甫覷
而生已覺，生突至而鶯又不前，寫初見關目宛然。若作生唱，則自稱"秋波"不合，
且生無見鶯誚倒之理。原本之不可改如此。王伯良曰：
"倒趄、倒趄"，各二字成句，俗本去下二字，非。

[末見旦科] [夫人云] 小姐近前拜了哥哥者！[末背云] 呀，
聲息不好了也！[旦云] 呀，俺娘變了卦也！[容夾] 只"哥哥"二字，便這樣不好。[參徐眉] "拜哥哥"三字，令人魂消魄怖。[新徐眉] 夫人言，滿堂喝泣。[陳眉] 家人變睍。[劉眉] 家人變睍。[孫眉] 只説出"哥哥"二字，便這樣不好。[合眉] 只"哥哥"二字，便這般不好。[紅云] 這相思又索害也。[容眉] 畫！[湯眉] 畫！[潘夾] 中間人着急。這邊相思又索害，你的殷勤卻動頭也。[旦唱]

【雁兒落】荊棘剌怎動那！死沒騰無回豁①！[湯沈旁] 形容失意景態宛然。措支剌不對答！軟兀剌難存坐！[士眉] 俱鄉語。[余眉] 俱鄉語。[容眉] 畫！[起眉] 無名：此金元時語。每折間有，觀者貴在會意，不必求其盡解也。[畫徐眉] "荊棘列"，皮破也；"死木藤"，不動也；"措支剌"，被剌也；"軟兀剌"，不安也：並方言。"兀剌"，胡語是靴。[畫徐夾] "剌"，音辣。[田徐眉] "荊棘列"，皮破也；"死木藤"，不動也；"措支剌"，被剌也；"軟兀剌"，不安也：並方言。"兀剌"，胡語是靴。[田徐夾] "剌"，音辣。[孫眉] 畫！[文眉] "剌"，音臘。[凌眉] "荊棘剌"等語諸解，詳《解證》中。[廷眉] "荊棘列"，皮破也；"死沒藤"，不動也；"措支剌"，被剌也；"軟兀剌"，不安也：並方言。"兀剌"，胡語是靴。[張眉] 藤死木上，絕不活動，訛"沒騰"，非。"支生"，方言，支哩支生，不自然也。[湯眉] 畫！[湯沈眉] 各上三字襯貼下三字。"回和"，亦酬答之意。"荊棘列"，皮破也；"死木藤"，不動也；"措支剌"，被剌也；"軟兀剌"，不安也。並胡語。[封眉] 即空主人曰：此皆鶯狀生爾時光景如此，俗本作生唱，誤。

———————————

① "荊棘剌怎動那！死沒騰無回豁"："荊棘剌"，畫徐本、廷本、張本、湯沈本、毛本作"荊棘列"；"死沒騰"，畫徐本、張本作"死木藤"；"豁"，王本、湯沈本、毛本作"和"。

[毛夾] 此元詞呼襯法，每句著呼襯數位，詞例如此。"荊棘列"，即"荊棘律"，猶冰兢也，《黑旋風》劇"唬得我荊棘列膽戰心驚"；俗作"荊棘剌"，非。"死沒藤"，即死沒騰呆僗也，《貨郎旦》劇"氣的我死沒騰軟癱做一堆"。"回和"，應和也，《黃粱夢》劇"噤聲的休回和"，俗作"回豁"，非。"措支剌"，即"錯支剌"，錯亂也。

語言不對，故曰"不對答"。"軟兀剌"，軟癱也；軟癱不安故曰"難存坐"。"措支剌"只是"措"意；"支剌"與"兀剌"同是語詞，如《勘頭巾》劇"我跟前聲支剌叫喚，因甚的此襯不答"，

彼又襯"叫喚"，可見。

【得勝令】誰承望這即即世世①老婆婆， [潘旁] 句法中俱用疊韻。 着鶯鶯做妹妹拜哥哥。 [陳眉] 哥妹相呼，更好圖後一着。 [孫眉] 哥妹相呼，好圖後一着。 [劉眉] 哥妹相呼，更好圖後一着。[凌眉]"即即世世婆婆，鶯鶯妹妹哥哥"，正以疊字暗對。此自可襯字。王伯良謂於本調多二字，非也。本傳【得勝令】七字八字九字者，正自不少。[張眉]"積世"，猶言積年，詆"即即世世"，非。

[合眉] 便是求死不得。[峒眉] 哥妹相呼，好圖後話。[封眉] 即空主人曰："即即世世婆婆，鶯鶯妹妹哥哥"，正以疊字暗對。此自可襯字。王伯良謂於本調多二字，非也。本傳【得勝令】七字八字九字者，正自不少。 白茫茫溢起藍橋水，不鄧鄧② [湯沈旁] 方作"不鄧鄧"。 點着祆廟火。碧澄澄清波，撲剌剌將比目魚分破；急攘攘因何，疙搭 [湯沈旁]"蓋打"，猶言雲時。 地把雙眉鎖納 [湯沈旁] 那，去聲。 合。 [士眉]"藍橋水"，白公事；"祆廟火"，陳氏子事。"疙搭地"，猶云雲時。"合"，音呵。[余眉]"藍橋水"，白公事；"祆廟火"，陳氏子事。"疙搭地"，猶云雲時。"合"，音呵。[繼眉]"藍橋水"，白公事；"祆廟火"，陳氏子事。"疙搭地"，猶云雲時。[槐眉]"藍橋水"：尾生與女子期於橋下，女子不來，尾生不還，水淹藍橋，抱柱而死。[容眉] 傳神至此！[起眉] 李曰：一部《西廂》，往往逗漏出重重疊疊。字面見短處，政見長處。觀者自不厭，惟恐終場。譬入賈胡航上，珍寶堆落，不嫌其為渾雜。[畫徐眉]"疙搭"，即打結。[田徐眉]"疙搭"，即打結。"雙眉鎖"對"比目魚"，"納合"對"分破"。[參徐眉] 嬌客頓成悶客。可恨，可恨！[王夾]"祆"，音軒；"疙"，音蓋；"搭"，叶打；"納"，叶囊亞反；"合"，叶何。[文眉]"祆"，音軒；"疙搭地"，猶云雲時。[凌眉] 王伯良曰："雙眉鎖"對"比目魚"，"納合"對"分破"。《酷寒亭》劇"拽後門將三簧鎖納合"。

[廷眉]"疙搭"，即打結。[廷夾]"祆"，音軒；"疙"，音蓋；"搭"，叶打；"納"，囊亞反；"合"，叶何。[張眉]"赤騰騰"，火之色與聲也，詆"不鄧鄧"，非。"疙

———————————

① "即即世世"：王本、張本作"積世"；毛本作"即世"。
② "不鄧鄧"：湯沈本、張本作"赤騰騰"。

搭"，打結也。[**湯眉**] 傳神至此！[**湯沈眉**] 舊作"即即世世"，於本調多二字，不叶。"雙眉鎖"對"比目魚"，"納合"對"分破"。"扢搭"，即打結。"納合"者，納而合之也。[**魏眉**] 哥妹相稱總是！你後話可成。[**毛夾**] "祆"，音軒。"即世"與"積世"同，董詞"被這個積世的老虔婆瞞過我"，勿作"即即世世"。"藍橋"，裴航遇雲英事；"祆廟"，蜀帝公主事。元詞並用，如《爭報恩》劇"我着他火燒祆廟，水淹了藍橋"。"雙眉鎖"，以愁眉如鎖也，即董詞"頓不開眉尖上悶鎖"，與《魯齋郎》劇"雙眉不鎖"正反。"納合"，納而合之也，《酷寒亭》劇"拽後門將三簧鎖納合"。"扢搭"、"撲剌"，俱呼襯詞。[**潘夾**] "急嚷嚷"句，言其急難立功，為著何來？○"積世老婆婆"，幾於呪罵矣。向稱怨女，不知怨誰？樂府曰："阿婆許嫁女，今年無消息。"此怨阿婆之言也。今雙文亦明明怨着阿婆。

[夫人云] 紅娘看熱酒，小姐與哥哥把盞者！[旦唱]

【甜水令】我這裏粉頸低垂，蛾眉頻蹙，芳心無那，[**士旁**] 猶云無奈我何。[**余旁**] 猶云無奈我何。[**湯沈旁**] 言無那何。俺可甚"相見話偏多"？星眼朦朧，檀口嗟咨，擷窖不過，這席面兒暢好是烏合。[**士眉**] "擷窖"，是鄉語，《琵琶記》云"終朝擷窖。"又，小兒啼曰"喑"。"烏合"，聚而易散；易散，又恐是烏有之意。[**余眉**] "擷窖"，是鄉語，《琵琶記》云"終朝擷窖。"又，小兒啼曰"喑"。"烏合"，聚而易散；易散，又恐是烏有之意。[**繼眉**] 擷窖，《琵琶記》："終朝擷窖。""烏合"，聚而易散。[**起眉**] 無名："烏"，或作"鳴"，非。[**畫徐眉**] "無那"，是無奈何。"俺這席面"句，言只是尋常會眾之席，見其非做親酒饌也。"烏合"，重易散意，初意合而不散也。[**田徐眉**] "無那"，是無奈何。"俺這席面"句，言只是尋常會眾之席，見其非做親酒饌也。"烏合"，重易散意，初意合而不散也。[**新徐眉**] 懷所懷而來，怒所怒而去。[**王夾**] "那"，音糯；"擷窖"，音迭蔭；"合"，同上。[**陳眉**] 轉①神至語！[**孫眉**] □□□□□□便傳□□此□□②。[**文眉**] "烏合"，聚而易散。[**凌眉**] "相見話偏多"，成語，今反言之，故曰"俺可甚"。王解為夫人之多辭說，便與上下文何干。徐士範曰："擷窖"，鄉語；《琵琶記》"終朝擷窖"。[**廷眉**] "無那"，是無奈何。"俺這席面"句，言只是尋常會眾之席，見其非做親酒饌也。"烏合"，重易散意，初意合而不散也。

[**廷夾**] "那"，音糯；"擷窖"，音迭蔭；"合"，同上。[**張眉**] "那"，音懦。"可甚"句，言既悔親，多言為甚？徒着人煩惱，如下文云云。"擷窖"，提掇也，與後"跌窖"不同。[**湯眉**] 傳神至此！一語便傳神至此！神！[**湯沈眉**] "可甚"句，怪夫人之悔親，相見徒多其詞說。"擷"，頓足；"窖"，怨悶。"烏"，是易合而易散的，

---

① 楊案："轉"，當為"傳"。

② 此句或同容本、湯本評語，應作："傳神至此！一語便傳神至此！神！"

言這席面聚散倏忽，故致悵恨。"暢好"，言着實好一場烏合也。[合眉]"可甚"句，怪夫人悔親，相見徒多詞説。"擸"，頓足也；"窨"，怨悶也；"暢好"，着實也；"烏"，易合易散。[毛夾]"那"，去聲；"擸窨"，音跌蔭。此曲參生唱，於忙中反寫鶯二比，且與上【雁兒落】彼此摹寫，最有意趣。他本將生唱錯注，反以此為鶯唱，覺鶯寫張，於"粉頸"、"蛾眉"、"芳心"、"星眼"、"檀口"並"低微朦朧"諸語，多少不合。"相見話偏多"，言歡會也，俺可有甚耶？"席面似烏合"，言易散也，此不暢似耶？"擸窨"，擸躓而窨悶，與《豬八戒》劇"着我獨懷跌窨"、《琵琶記》"怪得終朝嗔暗"，俱同。北音無正字，多通用也。王注泥董詞"擸頓金蓮"句，謂"擸"是頓足，則《漢宮秋》劇"攀欄的怕擸破了頭"，《黃粱夢》劇"這一交險擸破了天靈蓋"，亦頓足耶？"烏合"，用《史記》"烏合之眾"語。赤文曰：王本以此作鶯唱，刪去"則見"二字，不知"粉頸、蛾眉"等
自指，指生真不可解。[潘夾]"烏合"，言易散也。

　　　　　[旦把酒科]　[夫人央科]　[末云]小生量窄。[旦云]紅娘接了
臺盞者！　[容眉]傳神至此，一語
　　　　　　便傳神至此！神，神！

【折桂令】他其實咽不下玉液金波。誰承望月底西廂，變做了夢裏南柯。淚眼偷淹，酪子裏搵濕香羅。他那裏眼倦開軟癱做一
垛；[湯沈旁]墮。[繼眉]"垛"，音墮。[容眉]畫，畫！[參徐眉]兩相摹擬，不爽毫釐。如畫！[孫眉]畫！[文眉]"癱"，音貪。[湯眉]畫，畫！[峒眉]
畫，畫！[魏眉]我這裏手難抬稱不起①肩窩。[田徐眉]"稱不起"比"勾不着"更俊。[張眉]"稱不
畫，畫！
起"，言着氣低垂，不能舉也。光景可想。病染沉疴，斷然②難活。則被你
[合眉]真趣一時都盡。可憐，可憐！
送了人呵，當甚麼嘍囉③。[畫徐眉]"傻儸"，狡猾也。鶯鶯意謂夫人改悔
親事，則己與張生，決無俱生之理，送了人性命，
則是忘恩悖德，當你甚傻儸而可為哉？[田徐眉]"傻儸"，狡猾也。鶯鶯意謂夫人改
悔親事，則己與張生，決無俱生之理，送了人性命，則是忘恩悖德，當你甚傻儸而可
為哉？[王夾]"垛"，音墮。[文眉]"當"，音黨。"當甚嘍囉"，此言嗔母身安悔
盟，不如不退孫賊。[淩眉]"稱不起肩窩"亦軟意，王改"勾不着"，無解。"嘍囉"，
即花言巧語之意，亦"耍"字之意。詳《解證》。[廷眉]"傻儸"，狡猾也。鶯鶯意
謂夫人改悔親事，則己與張生決無俱生之理，送了人性命，則是忘恩悖德，當你是甚

────────────

①　"稱不起"：王本作"勾不着"。
②　"斷然"：王本、毛本作"斷復"。
③　"嘍囉"：畫徐本、王本、廷本、湯沈本、毛本作"傻儸"。

僂而可為哉？［廷夾］“垜”，音墮。［湯沈眉］一垜，猶言一堆；“斷復”，諸本作“斷然”。僂儸，幹辦、雜事之稱。［毛夾］身不遂為“軟癱”。“僂儸”，即“嘍囉”，調謊也。《酷寒亭》劇“孩兒伶便口嘍囉”，無名氏有“休來閑嗑，俺奶奶知道罵我，逞甚麽僂儸”，俱指利口可見。“當甚”，當不得也，與“不當個”同，解見第三折。此又合承上【雁兒落】、【甜水令】來。“送了人呵”，亦不專指生。參釋曰：“斷復”，�本作“斷後”，字形之誤。“僂儸”，《五代史·漢臣傳》劉銖謂李鄴等曰：“諸君可謂僂儸兒矣。”［潘夾］“僂儸”，小輩。言送人性命，猶同兒戲。

［夫人云］再把一盞者！［紅遞盞了］［容眉］好關目！［陳眉］關目妙！［孫眉］關目好！［劉眉］關目妙！［湯眉］好關目！［旦唱］

【月上海棠】［張眉］二曲俗本前後錯亂，不惟文義不屬，抑且於調不合。今更定。一杯悶酒尊前過，低首無言自摧挫。不甚醉顔酡，卻早嫌玻璃盞大。［士眉］“大”，音惰。韻書亦有叶此聲者。［余眉］“大”，音惰。韻書亦有叶此聲者。［繼眉］“大”，古音惰，今韻書收入廿一個，無一駕切者。［槐眉］“玻璃盞”：外國所出，用寶石料□□燒成也。以李白《清平調三章》以進，上命李龜年以歌之，太眞持玻璃盞酌梁州葡萄酒以賜之。［文眉］“大”，音惰。韻書亦有叶此聲者。［淩眉］“不甚醉”正與“卻早嫌”相應。俗本俱作“不堪”，不思此句第二字須仄聲，乃合調。［湯眉］妙，妙！［張眉］“大”，音舵。［封眉］即空主人曰：“不甚醉”正與“卻早嫌”相應。俗本俱作“不堪”，誤。從因我，酒上心來較可。［畫徐眉］言凡此悶而厭酒，非眞為酒所苦，皆因我而然也。然酒可解愁，則又賴於醉，故曰“酒上略較可”耳。［田徐眉］言凡此悶而厭酒，非眞為酒所苦，皆因我而然也。然酒可解愁，則又賴於醉，故曰“酒上略較可”耳。［王夾］“大”，音墮。［廷眉］言凡此悶而厭酒，非眞為酒所苦，皆因我而然也。然酒可解愁，則又賴於醉，故曰“酒上心來”略“較可”耳。［湯沈眉］此曲俱指張生，言張悶而厭酒，豈眞嫌玻璃盞大哉？只為我也！若眞酒醉固猶較可，而不至如此之摧挫耳。［封眉］“較”，時本多作“覺”。［毛夾］“大”，音墮。

［紅背與旦云］姐姐，這煩惱怎生是了！［旦唱］

【幺篇】而今煩惱猶閑可，久後思量怎奈何？［士旁］説擔兩頭。［余旁］説擔兩頭。［潘旁］便尋思後着。［容眉］妙，妙！［新徐眉］怨裏添□。［魏眉］妙，妙！［峒眉］妙，妙！有意訴衷腸，爭奈母親側坐，［湯沈旁］怨意不堪。成抛趓，咫尺間如間闊。［湯沈旁］二字一作“天河”。［謝眉］下“間”作“澗”。［士眉］此間親親之情下於卿卿，正鶯鶯所自云“兒女之情不能自固”者也。[余眉] 此間親親之情下於卿卿，正鶯鶯所自云“兒女之情不能自固”者也。[田徐眉] “抛趄”，猶言抛閃。[參徐眉]欲親怎親？咫尺天涯！[王夾] 下“間”字，去聲；“闌”，叶上聲。[陳眉] 後來醜惡，全是這個老乞婆！[劉眉] 後來醜惡，全是這個老乞婆！[凌眉] 王伯良曰：“咫尺”句一連唱，下“間”字勿斷。調法如此。[廷夾] 下“間”字，去聲；闌，叶去聲。[張眉] “間”字，上平聲，下去聲。[湯沈眉] “抛趄”，猶言抛閃；下句正抛閃之意。[湯沈夾] “間”，去聲；“闌”，上聲。[合眉] 恨殺此嫗，那得陽羨生吐出錦行帳來。[封眉] 王伯良曰：“咫尺”句一連唱，下“間”字勿斷。調法如此。[毛夾]下“間”字，去聲。“爭奈”諸句，用董詞“咫尺半如天邊”、“奈夫人間阻”諸語。“抛趄”，抛撒也。“一杯”三語，承生辭酒來。“可早”，或作“可是”，與“可曾”、“可有”“可”字同，言不勝醉者，可因酒乎？因我耳。若因酒，猶較可耳。屏侯曰：“一杯”六句，順文自曉，索解實難。向或於飲次，懸觥屬解，人各沾醉，解終不得，大抵誤認。末句為勸飲釋悶，便索然矣。始知順文亦非易也。[潘夾] “月上海棠”兩闋，與長亭把盞，遙遙相對。一邊道“母親側坐”，一邊道“子母當避”；一邊道“有意訴衷腸”，一邊道“有心與他舉案”；一邊道“低首無言自摧挫”，一邊道“眼底空留意”。是一副心腸，卻有兩番情事。“東閣”情事，有成敗之傷；“長亭”情事，有合離之感。然寧為“長
亭”，不願為“東閣”也。

　　　　[夫人云] 紅娘送小姐臥房裏去者！　　[容旁]惡！　　[旦辭末出科]　　[旦

　　云] 俺娘好口不應心也呵！

【喬牌兒】老夫人轉關兒沒定奪，啞謎兒怎猜破；[廷旁]好！黑閣落

甜話兒將人和，請將來着人不快活。[士眉] “黑閣落裏”，猶云背地。“和”，去聲。[余眉] “黑閣落裏”，猶云背地。“和”，去聲。[繼眉] “黑閣落”，猶云背地裏。“和”，去聲。[容眉] 怎麼便快活？[畫徐眉] 好！背地裏許人結絪緣，是“黑閣落”云云；今日席上命拜兄妹，是“請將來”云云。[田徐眉] 好！背地裏許人結絪緣，是“黑閣落”云云；今日席上命拜兄妹，是“請將來”云云。[參徐眉] 怎麼不快活？你又作一主意，與他一個快活到底。[王夾] “奪”，叶多。[孫眉] □生□出□。[劉眉] 後來醜惡，全是這個老乞婆！[文眉] “謎”，音媚。[凌眉] “黑閣落”，北人鄉語，今猶然。[廷眉]好！背地裏許人結絪緣，是“黑閣落”之云；今日席上命拜兄妹，是“請將來”云云。[廷夾] “奪”，叶多。[張眉] “黑閣落”，暗地也；“和”，去聲，打和也。言暗地打和，如何捉摸？[湯眉] 怎麼便快活？[湯沈眉] “轉關”句，言無準誠。“啞謎”句，言術之狡。“黑閣落”，謂屋角暗處。背地裏許人結親，是“黑閣落”云云；今席上拜兄妹，是“請將來”云云。[合眉] “黑閣落”，猶云暗地裏。如何便快活？[魏眉] 怎麼不快活？[峒眉] 真不快活！[毛夾] 惟“轉關”，故“沒定奪”，即下

文"難着摸"也。"黑閣落",不明白也。"和",即"回和"之"和"。"甜句",指婚姻,與末曲"甜句兒落空他"相應,謂不明不白以婚姻許人,請將來教人煩惱耳。董詞"及至請得我這裹來,教我腌受苦"。參釋曰:此後雜作惆悵語也。[潘夾]許成親,忽然不成,而又不明説出到底成不成。全無定奪,這等啞謎難猜。觀此語,雙文尚有三分幾倖之心。

【江水兒①】 ［封眉］即空本無此白、與"不爭你"白。將此曲亦作鶯唱,誤。不思前紅替鶯祝云"拖帶紅娘咱"也。佳人自來多命薄,［湯沈旁］叶破。秀才每從來懦。［陳眉］眞個是懦!［劉眉］眞個是懦!［魏眉］眞是懦!［峒眉］眞是懦! 悶殺沒頭鵝,撇下陪錢貨;［士旁］應前語。［余旁］應前語。［湯沈旁］鶯自謂。不爭你不成親呵,下場頭那答兒發付我!［湯沈旁］怨母使己之無適從。［謝眉］"沒頭鵝",諺云:是鵝寒趨頭插入翅內也。［士眉］"沒頭鵝",舊解或是。

諺云:鵝寒插翅,鴨寒下水。［余眉］"沒頭鵝",舊解或是。諺云:鵝寒插翅,鴨寒下水。［繼眉］"沒頭鵝",舊解或是。諺云:鵝寒插翅,鴨寒下水。［畫徐眉］天鵝群飛,有頭鵝領之,則其行次整然不亂;如失頭鵝,則亂矣。故以頭鵝比人家之有家長。今崔早喪其父,故使其雜亂無定向也,即婚姻大事,亦冒冒如此,如沒頭鵝然。"撇下"句,即父死撇其女也。"久以後"句,猶云日後且看他着落在何處也。見紅娘亦失望,與前請生【幺篇】相照應。［田徐眉］天鵝群飛,有頭鵝領之,則其行次整然不亂;如失頭鵝,則亂矣。故以頭鵝比人家之有家長。今崔早喪其父,故使其雜亂無定向也,即婚姻大事,亦冒冒如此,如沒頭鵝然。"撇下"句,即父死撇其女也。"久以後"句,猶云日後且看他着落在何處也。見紅娘亦失望,與前請生【幺篇】相照應。[王夾]"薄",叶波。［凌眉］沒頭之鵝、陪錢之貨,語意自對。王伯良證"頭鵝",非不博要,未免飾經從傳。詳《解證》中。［廷眉］天鵝群飛,有頭鵝領之,則其行次整然不亂;如失頭鵝,則亂矣。故以頭鵝比人家之有家長。今崔早喪其父,故使其雜亂無定向也,即婚姻大事,亦冒冒如此,如沒頭鵝然。"撇下"句,即父死撇其女也。"下場頭"句,猶云日後且看他着落在何處也。見紅娘亦失望,與前請生【幺篇】相照應。［廷夾］"薄",叶波。［湯沈眉］天鵝群飛,首一隻為引領,謂之"頭鵝"。此以頭鵝比人家之有家長,今鶯喪父而母悔親,如無頭的鵝一般,而留下我這賠錢貨在耳。［封眉］"那答",時本作"那些",非。［毛夾］首句自怨,次句怨生,以生任悔親,是為懦也。天鵝以引前一隻為頭鵝,無頭鵝則群鵝失序,故曰"沒頭鵝"。關漢卿詞"我便似沒頭鵝、熱地上蚰蜒"。蓋鶯因父亡而親事不的,故云悶殺我無主之家,而撇我在此,久後不知安放在何處也。此又怨父也。王伯良曰:

———————————

① "【江水兒】":毛本作"【清江引】"。封本於該曲前有説白云:"［紅云］姐姐休怨別人"。

《輟耕錄》載，元鷹房每歲以所養海青獲頭鵝者，賞黃金一錠。劉靜修《詠海青》詩"平蕪未灑頭鵝血"。［潘夾］此闋向下作紅唱，延閣訂本仍作鶯唱，其理更深。讀末句，自知之。○"命薄"句，正與前文"福命何如"對針相應。"懦"字是張生病根，卻被俊眼洞口拈破。"久以後那裏發付我"，崔可謂深思熟慮。今日圖賴張生，且不必言。鄭公子誼在中表，終風謔浪，小姐寧不稔聞？倘母氏必踐前盟，是投珠於路而抵璧於蛟也，是縛駿鹽車而烹琴焚下也，是不成為王適敗為寇也，是出聖門而入禽門也。通身一想，

如何將算子打下？

【殿前歡】恰纔個笑呵呵，都做了江州司馬淚痕多。［士眉］"江州司馬"，白樂天事。［余眉］"江州司馬"，白樂天事。［繼眉］"江州司馬"，白樂天事，見《琵琶行》。［凌眉］"笑呵呵"、"都做了"、"淚痕"，何等妙語！徐改為"變做"，便如嚼蠟。［封眉］即空主人曰："笑呵呵"、"都做了"、"淚痕"，何等妙語！徐改為"變做"，便如嚼蠟。若不是一封書①將半萬賊兵破，俺一家兒怎得存活。他不想結姻緣想甚麼？［湯沈旁］粗中精語。［士眉］"不想姻緣"句，粗中精語。［余眉］"不想姻緣"句，粗中精語。［張眉］"書"字上添"一封"，非。到如今難着莫②。老夫人謊到天來大；當日成也是您個母親，今日敗也是您個蕭何③。［士眉］語云：成蕭何，敗蕭何，亦因韓信事而遺此語。［余眉］語云：成蕭何，敗蕭何，亦因韓信事而遺此語。［繼眉］語云：成蕭何，敗蕭何，亦因韓信事而遺此語。［起眉］王曰："成也恁個母親，敗也恁個蕭何"，橫以口舌翻弄，聽之者心折，言之者無罪。［新徐眉］寧忍女於賊，而□女於□，夫人失言矣，夫人又失信矣！夫人終□淫亂□矣，婦人之不足有為□如是。［參徐眉］問夫人一律。［王夾］"摸"，叶磨，去聲。［文眉］語云：成也蕭何，敗也蕭何，因韓信事而遺此語。［廷夾］"摸"，叶磨，去聲。［湯沈眉］白樂天《琵琶行》："就中泣下誰最多，江州司馬青衫濕。""難着摸"，猶言難撈模也。［湯沈夾］語云：成蕭何，敗蕭何，亦因韓信事而遺此語。［封眉］此乃鶯對紅怨訴之詞，時本有作紅唱者，誤。"捉摸"，時本有作"着莫"，義同。［毛夾］"江州司馬青衫濕"，見白樂天詩。"若不是"數語，又照起"張解元退干戈"語作結。"着摸"，或作"捉摸"，音義並同。"成也蕭何，敗也蕭何"系俗語，劉時中詞"女蕭何成敗了風流漢"，即此。［潘夾］"不想因緣想甚麼"，與前"急攘攘因何"相照。前

---

① "一封書"：張本作"書"。

② "着莫"：王本、毛本作"着摸"；封本作"捉摸"。

③ "您個母親，您個蕭何"：起本兩個"您"字皆作"恁"。

是喝，此是應。○ "老夫人"三字，書法也，來得詞嚴義正。夫人者何？上奉誥命於朝廷，下端母儀於家室，此何等風範！而反失信義，至於若此，不稱母尊之也，所以深責之也。俗人不解，因 "老夫人"三字，遂將此闋改作紅唱，殊昧作者之意。

【離亭宴帶歇指煞】 從今後玉容寂寞梨花朵，[士旁] 久後相思。[余旁] 久後相思。胭脂①淺淡櫻桃顆，這相思何時是可？[士眉] 前云 "相思較可"，此期 "何時是可"？[余眉] 前云 "相思較可"，此期 "何時是可"？[繼眉] 前云 "相思較可"，此則 "何時是可"？[起眉] 王曰："梨花朵"、"櫻桃顆"，寂寞的情，熱鬧的語。[田徐眉] "玉容"自當對 "脂唇"。[參徐眉] 安排着憔悴死，亦太性急，此必是老母親未了之局。[凌眉] "胭脂"，徐、王俱作 "脂唇"。[湯沈眉] "玉容"自當對 "脂唇"，俗作 "胭脂"，誤。前云 "相思較可"，此則 "何時是可"？[封眉] "胭脂"，徐、王本作 "脂唇"，無味。昏鄧鄧黑海來深，[凌眉] "鄧鄧"，俗作 "澄"，誤。白茫茫陸地來厚，碧悠悠青天來闊；太行山般高仰望，[士旁] 倒裝句。[余旁] 倒裝句。東洋海般深思渴。[湯沈旁] 叶可。[士眉] "太行山高"處，評者謂全不成語，覽之信然。豈有務多之病歟？[余眉] "太行山高"處，評者謂全不成語，覽之信然。豈有務多之病歟？[槐眉] "太行山"：在今孟河內縣內。天□之春，上有九所□□為險，太行之路能摧車。又云：小人智慮險，平地在太行。[田徐眉] 何元朗云："太行山"二句，全不成語。[文眉] "行"，音杭。[凌眉] "太行山般高，東洋海般深"，猶夫 "蠹魚似不出"一樣句法也。舊評謂全不成語，不知曲家調法耳。[張眉] "太行"二句，無 "高、深"字。毒害的恁麼。俺娘呵，將顫巍巍②雙頭花蕊搓，香馥馥同心縷帶割，[湯沈旁] 叶哥。長攙攙連理瓊枝挫。白頭娘不負荷，[謝眉] "白頭娘"，即司馬相如、卓文君《白頭吟》一意。[士眉] "白頭吟"，卓文君事。[余眉] "白頭吟"，卓文君事。[文眉] 柳耆卿云：羅帶結同心。[封眉] "毒害"句是結上幾句。青春女成擔閣③，將俺那錦片也似前程蹬脫。[湯沈旁] 叶妥。[合眉] 此恨亦何可少？俺娘把甜句兒落空了他，虛名兒誤賺了我。

---

① "胭脂"：畫徐本、田徐本、王本、湯沈本作 "脂唇"。

② "顫巍巍"：王本作 "嫩巍巍"。

③ "白頭娘不負荷，青春女成擔閣"：王本作 "道白頭堪負荷，奈青春成擔閣"。

[下]　[容眉] 妙!　[畫徐眉]"也似",猶言一般也。"前程",猶言設果成親,則向前光景如錦片然,有無窮之好,而今則蹭脱之矣。"也"字是助語。[田徐眉]"也似",猶言一般也。"前程",猶言設果成親,則向前光景如錦片然,有無窮之好,而今則蹭脱之矣。"也"字是助語。[王夾]"渴",叶可;"割",叶哥,上聲;"閣",同上叶;"脱",叶妥。[孫眉] 妙!　[文眉]"賺",音暫。[凌眉]"前程",元劇中語,即姻緣、即終身、即結果之義。"錦片也似前程",言錦片一樣的前程,即好姻緣之謂。徐解曰:"前程,向前光景也"。豈不呆殺![廷眉]"也似",猶言一般也。"前程",猶言設果成親,則向前光景如錦片然,有無窮之妙,而今則蹭脱之矣。"也"字是助語。[廷夾]"渴",叶可;"割",叶哥,上聲;"閣",同上叶;"脱",叶妥。[湯眉] 妙!　[湯沈眉]"同心縷帶"對"雙頭花蕊",世本"縷帶同心",非也。"似"句,猶云設果成親,則向前光景如錦片然,有無窮之好,今則蹭脱之矣。"也"字是助語。[合眉] 焉知非福?　[毛夾] 是調多三句對,調法如此。"同心縷帶",用唐詩"同心結縷帶"句,俗以"心"字宜仄,"帶"字宜平,改作"壽帶同心",在調例則過拘,在詞例則不通矣。"毒害的恁麼"頂上二句,言如何害相思也。"道白頭"二句,諸本作"白頭娘不負荷,青春女成擔閣",謬甚。"前程",解見第三折。參釋曰:"毒害的恁麼",指夫人説,亦通。但上二句作追溯語,則微不合耳。"恁",勿作"怎"。[潘夾]"負荷",猶言主持也。高堂無主嫁之心,少女成愆期之憾。前言老夫人,尊之以寓刺也;此言白頭娘,親之以致怨也。

　　[末云] 小生醉也,告退。夫人根前,欲一言以盡意,未知可否? 前者賊寇相迫,夫人所言,能退賊者,以鶯鶯妻之。小生挺身而出,作書與杜將軍,庶幾得免夫人之禍。今日命小生赴宴,將謂有喜慶之期;不知夫人何見,以兄妹之禮相待? 小生非圖哺啜而來,此事果若不諧,小生即當告退。[潘旁] 不宜自作決詞。[容眉] 為何而來? [參徐眉] 張生此時緘口不得。[孫眉] 為何而來? [湯眉] 為何而來? [合眉] 為着何來?

[夫人云] 先生縱有活我之恩,奈小姐先相國在日,曾許下老身侄兒鄭恒。[陳眉] 前日該早對孫飛虎説。[劉眉] 前日何不早説? [文眉] 此是夫人悔親張本。[峒眉] 前日該早對孫飛虎説。即日有書赴京喚去了,未見來。如若此子至,其事將如之何? 莫若以金帛相酬,先生揀豪門貴宅之女,別為之求,先生臺意若何? [末云] 既然夫人不與,小生何慕金帛之色? 卻不道"書中有女顏如玉"? [槐眉] 古文云:"書中有女顏如玉"。[湯沈眉] 此數語説得不緊要。則今日便索告辭。[夫人云] 你且住者,今日有酒也。紅娘扶將哥哥去書房中歇息,到明

— 157 —

日嗒別有話説。［下］　　［參徐眉］與不與，當斷然行之，卻又逗留何故？
　　　　　　　　　　　　　［潘旁］夫人心中，也有幾分過不去。但當斷不斷耳。

［容眉］由他去了便了，又留他做怎？做出來都是這個老虔婆。［陳眉］由他去了便了，又留他做怎？做出來都是這個老阿婆。［孫眉］由他去了便了，又留他做怎？做出來都是這個老阿婆。［劉眉］留出後面事來。［湯眉］由他去了便了，又留他做怎？做出來都是這個老虔婆。［湯沈眉］書房中是難歇的。［合眉］由他去便了，留他怎底？做出事來都是此乞婆。［魏眉］當厚謝任去便是，卻又遲留，果是陰人無斷。　　　［紅扶末科］［末念］

有分只熬蕭寺夜，無緣難遇洞房春。［紅云］張生，少吃一盞卻不好！［末云］我吃甚麼來！［末跪紅科］小生為小姐，晝夜忘餐廢寢，魂勞夢斷，常忽忽如有所失。自寺中一見，隔牆酬和，迎風待月，受無限之苦楚。甫能得成就婚姻，夫人變了卦，使小生智竭思窮，此事幾時是了！小娘子怎生可憐見小生，將此意申與小姐，知小生之心。就小娘子前解下腰間之帶，尋個自盡。　　　［容旁］好方法！［文眉］張生貪一女色而屈膝於婢，豈不厚顏乎？［合眉］雖是圖賴人，亦是烈漢語。　　　［末念］可憐刺股懸樑志，險作離鄉背井魂。

［繼眉］“竟”，今本作“險”，不通。［槐眉］“股”，音古。［湯沈眉］“險”，一作“竟”。　　　［紅云］街上好賤柴，燒你個傻角。　　　［繼眉］“傻”，音灑。你休慌，妾當與君謀之。　　　［潘旁］俠甚！［容眉］這丫頭是個老馬泊六。
　　　　［槐眉］“傻”，音灑。

［陳眉］這個丫頭是個老馬泊六。［孫眉］這丫頭是個老馬泊六。　　　［末云］計將
［湯眉］這丫頭是個老馬泊六。［合眉］這丫頭是個老馬泊六。

安在？小生當築壇拜將。［紅云］妾見先生有囊琴一張，必善於此。俺小姐深慕於琴。　　　［潘旁］伶俐人！觸眼的東西，便有用處。　　　今夕妾與小姐同至花園內燒夜香，但聽咳嗽為令，先生動操；看小姐聽得時説甚麼言語，卻將先生之言達知。若有話説，明日妾來回報，這早晚怕夫人尋我，回去也。

［下］　　［謝眉］諸本以此段隨上折，則貫下不來。今考正訂此。［參徐眉］金鐘煉銅。［劉眉］從計如流。［峒眉］善媒善納，事宜有成。［潘夾］落白，張正以不能盡詞為妙，絕無一語唐突夫人，含蓄多少情況。夫人未免腸柔心轉，所以有“明日別有話説”之詞。但事在兩難，優柔不斷，遂至經權兩失耳。

［新徐尾］總批：賞功不明者召叛，報德不稱者起怨。怨自外至，機從內應，如何不敗崔家事？

[王尾·注一十六條]

【五供養】"串煙"，串香，元詞用之最多，如（《秋夜梧桐雨》劇"淡氤氳串煙裊"。）（《漢宮秋》劇"再添黃串餅"。）（散套"火半溫串香香"；又"寶串焚金鼎"；又"寂寞羅幃冷串香"。）之類。俗本作"篆煙"，非。末二名言"殷勤"、"欽敬"於禮當合也。（董詞"落花薰砌，香滿東風簾幙"）。

【新水令】："鶯覺人呵"，以紅娘喚之也。此段（董詞"出隊子"）佳甚，中（"眉上新愁壓舊愁"）及（"背面相思對面羞"）等句，與實甫可稱雙美。【新水令】句字可增減，故此調與他折不同。下【幺篇】又與此調不同。金本欲於"指尖"下益一"呵"字，與下【幺篇】"聒"字相對，可笑。

【幺】：古注："傻科"，猶云小輩；"沒查沒立"，方言，無準誠也，襯貼"謊"字之意。蓋此曲首二句自謙之詞，下因紅娘"天生就一個夫人"之語，鶯時真以為親事已成，謙言中又稍帶欣幸自誇之意。徐云："他我"，猶言"你我"，北人鄉語多連搭說，猶今說己而曰我和你也。言你且莫信口多說，不知我之福分如何，若論容貌，便做個夫人亦不忝耳。然"他"字即指張生亦得，恐不必以"你我"說也。

【喬木查】："較可"，可也。末句屬下曲看。"酬和"，今本作"酬賀"。徐云：此倡和之"和"，非慶賀之"賀"。舉將除賊，張生之以恩而倡也；今日結親以報其恩，正酬和之。理當如此也。

【攬箏琶】：此正說母親心多處。今鄉語謂人家女子為"賠錢貨"，言夫人算慳，以酬謝、成親兩件事，並作一次酒席也。"古"、"波"皆語詞。"張羅"，張排羅列之謂。（元楊顯之《酷寒亭》劇"他將那醉仙高掛，酒器張羅"。）古本："費了甚麼"作句，"古那便結絲羅"又作句。俗本訛"古"作"股"，又訛屬上句，遂既不叶韻，並文理亦復不通。今改正。

【慶宣和】：此曲諸本俱作生唱，即古本亦然。然"目轉秋波"，語殊不類，斷作鶯唱無疑。"識空便"句，語俊甚。末"倒躲、倒躲"與（馬東籬詞"魏耶、晉耶"）一例，各二字成文，實二句也。俗本有去下二字者，非。古本亦如上句，增"諕得我"三字者，亦非。

【雁兒落】：各上三字襯貼下三字，俱鄉語也。"回和"，亦酬答之意。（馬東籬《黃樑夢》劇"禁聲的休回和"。）

【德勝令】：（董詞"被這個積世的老虔婆瞞過我"。）舊作"即即世世"，於本調多二字，不叶①。"教鶯鶯做妹妹拜哥哥"，上四字是襯字；古本作"教鶯鶯妹妹拜做哥哥"，如此則似【折桂令】，非【德勝令】矣。"藍橋"，裴航遇云英事，俗解謂女子與尾生相期死此，可笑。《抱樸子》止言"橋下"，不言"藍橋"也。"祆廟"，舊言蜀帝公主事，出小說。然《酉陽雜俎》載：《釋老志》言，祆神從波斯國來，常著靈異。人不信，將壞其祠；忽火燒，有兵，遂不敢毀。似以此證更雅。"雙眉鎖"對"比目魚"，"納合"對"分破"。（《酷寒亭》劇"潤紙膔把兩個都瞧破，拽後門將三簧鎖納合"。）（《魯齋郎》劇"把雙眉不鎖"。）（董詞"頓不開眉尖上的悶鎖"。）不可以"雙眉鎖"讀斷，把"鎖"字作活字看。"扢搭"，鎖聲；"納合"者，納而合之也。"撲剌"，舊作"撲剌剌"，當去一字，與"扢搭"相對。"雙眉鎖"，不若即用"雙簧鎖"妙，恐誤。

【甜水令】：都甚"相見話偏多"，怪夫人之悔親，徒多其辭說，猶言有甚許多說話也。"無那"，無奈何也。"攧窨"，方言。（《琵琶記》"怪得你終朝嗔喑"，）當從此作"攧窨"。"攧"，頓足也；"窨"，怨悶而忍氣也。蓋失意之甚，攧弄其足，而窨氣自忍之謂。（董詞"攧頓金蓮，搓損蔥枝手"），又（"吞聲窨氣理冤"。）可證。史"烏合之眾"，言如烏之易合而易散也。"暢"，見前解。"好"，是好生之意。鶯初意是結婚之席，為久長會合之計，而不意聚散倏忽，故為此悵恨之辭。猶言這酒席着實好一場烏合也。古本"暢"作"常"，及解言：此等席面，不過尋常眾會之席，非酬謝之禮也。語氣較懈，且與前"省人情"二句似復，非是。古本"星眼朦朧"上多"則見"兩字，如此則似他人見之，非鶯鶯口氣矣。今不從。然總之，"星眼"、"檀口"之稱，俱不妥也。

【折桂令】："軟癱"，（董詞作"軟攤"。）"一垛"，猶言一堆。"勾不着肩窩"，俊語也。"斷復難活"，諸本作"斷然"，笪本作"斷後"，

---

① ［王眉］剖析精的，那得不醒人鼾睡。

俱謬；"後"蓋"復"字之誤也，從朱本更定。《五代史·漢臣傳》劉銖謂李鄴等曰："諸君可謂僂儸兒矣"。"僂儸"，《蘇氏演義》謂幹辦、雜事之稱，此借作狡猾之意。鶯鶯意謂夫人悔親，則己與張生俱有死之理，是夫人實送人性命，忘恩背德，當甚狡猾而忍為之哉！（《曲江池劇》"使不着你僂儸"，）（小令"逞甚麼僂儸"）正此意。

【月上海棠】："拋趖"，猶言拋閃；下"咫尺間如間闊"，正拋趖之謂。此句一連唱，下"間"字勿斷，調法如此。

【幺】：此曲俱指張生。言生不堪其醉，豈眞嫌玻璃盞大之故？蓋只為我也。若眞酒醉固猶較可，而不至如此之摧挫耳。

【喬牌兒】："轉關兒沒定奪"，言其無準誠也；"啞謎兒怎猜破"，言其術之狡也。暗地裏以結婚姻許人，是"黑閣落甜句兒將人和"也；今日席上命拜兄妹，是"請將來教人不快活"也。"黑閣落"，北人鄉語，謂屋角暗處；今猶謂屋角為閣落子。古本作"老"，"落"與"老"聲相似。（馬東籬《薦福碑》劇"則索各剌裏韞匵藏諸"。）北音初無正字也。

【江水兒】："懦"，弱也，言張生懦弱無用，不能於夫人之前堅執前盟也。"鵝"，天鵝也；天鵝群飛，以首一隻為引領，謂之"頭鵝"；如得頭鵝，則一群可致。《輟耕錄》載，元鷹房每歲以所養海青獲頭鵝者，賞黃金一錠。以首得之，又重三十餘斤，且以進禦膳，故曰"頭"。元人亦常用此語，劉靜修《詠海青詩》"平蕪未灑頭鵝血"；近王元美詩亦云"奪取頭鵝任眾嗔"。"沒"字，當"無"字用，今鄉語猶然。鵝群中打去頭鵝，為無頭之鵝也[1]。鶯鶯因母悔親，卻思其父，言父在決不為此失信之事。今既死矣，徒使我悶殺。人如無頭的天鵝一般，撇下我這賠錢貨在此，今日不嫁張生，不知久後欲怎生着落我也。（關漢卿詞"我便似沒頭鵝，熱地上蚰蜒"。）亦用此語。俗解可笑。

【殿前歡】：白樂天《琵琶行》"就中泣下誰最多，江州司馬清衫濕"。"難着莫"，猶言難撈摸也。末用俗語成敗蕭何之說。（元劉時中小令"女蕭何成敗了風流漢"。）

【離亭宴帶歇拍煞】："玉容"自當對"脂唇"，俗本作"胭脂"，誤。

①　［王眉］天壤間有如此快心之解。

"縷帶同心"，與上"雙頭花蕊"及下"連理瓊枝"，是三對法，然對的而於調不合。此句當用仄仄平平，後折"竊玉偷香膽"句可證。古本作"壽帶同心"，良是；然對復不整。唐駱賓王《帝京篇》"同心結縷帶"，"壽帶"亦無出，今並存。"毒害的恁麼"，言夫人毒害得怎生，下"嫩巍巍"三句，正是也。"似"，猶言一般。何元朗云："太行山"二句，全不成語。

[合尾] 湯若士總評：此齣夫人不變一卦，締婚後趣味渾如嚼臘，安能譜出許多佳況哉？故知文章不變不奇，不宕不逸。李卓吾總評：我欲贊一辭不得。徐文長總評：讀此乍喜乍怨之辭，何如和風甘雨，淒風苦雨，忽忽從山窗相繼而至。

[魏尾] 總批：賞功不明者召叛，報德不稱者起怨。怨自外攻，機從內應，如何不敗崔家事？

[峒尾] 批：賞功不明者召叛，報德不稱者起怨。怨自外攻，機從內應，如何不敗崔家事？

[潘尾·説意] 夫人急難求援，而安樂棄之，以包胥乞秦之舉，而出於張儀詐楚之謀。此夫人之過也。此時為生計者，當堂堂正正，持大義，責夫人之負約，明集兩廊僧眾，共證前盟。退賊者予婚，昊天上帝，實聞斯言。今口血未乾，而遂背之，夫人將何辭以對？倘夫人堅持崔鄭之盟，遂不妨聲言功伐，存亡繼絕，誰實為之？倘一紙之師不興，將章台弱質，立折於沙叱之手矣，其能全樂昌之鏡，以俟德言之至乎？此勢之必不得者也。然則崔鄭之盟，不寒於東閣陳觴之日，而寒於寺門多壘之時。今復印刊不予，是夫人既寒一盟，而又寒一盟也。其何堪此數悔也！是故歸鄭，禮也；予張，權也。權不離經，此仁之至、義之盡也。而惜乎張之計不出此也，則以"懦"之一字害之也。夫當言不言謂之訥，臨事不為謂之懦。此時不言，無復可言之時矣；此日不為，無復可為之日矣！乃以告天矢日之盟，下出於竊玉偷香之計，張於此經權兩失矣。則懦之為害，豈淺鮮哉！惠法師有偈矣，曰"打熬成天生敢"，授之也，而張不復憶也；崔小姐有詞矣，曰"秀才們從來懦"，激之也，而張不得聞也。是以若彼其訥訥也。幸而夫人復留書院，紅即授以琴挑，倘夫人因其婉言求去，聽從結靷，將鴻鵠一別千里，徘徊遙望秦川，肝腸斷絕，

復何及哉？則甚矣！懦之為害也。雖然懦，吾猶取乎爾也。漸亦入道，大雄氏之寶筏也。柔能馭剛，猶龍氏之金丹也。息壤在彼，夫人得以朝縱而暮橫者，幾以懦失之；劫火不灰，小姐所以死心而貼地者，終以懦得之。則懦亦無可厚非也。

第五折

［末上①云］［封眉］"生上"至"去者"，時本多誤上折之尾，惟即空本同此。　紅娘之言，深有意趣。

天色晚也，月兒，你早些出來麼！［焚香了］呀，卻早發撣②也；［繼眉］"撣"，古"撣"字。　呀，卻早撞鐘也。［做理琴科］［容眉］畫！［文眉］"撞"，音壯。［孫眉］畫！琴呵，小生與足下湖海相隨數年，今夜這一場大功，都在你這神品、金徽、玉軫、蛇③腹、斷紋、嶧陽、焦尾、冰弦之上。［容旁］煩得妙！［槐眉］"徽"，音灰；"軫"，音枕；"虵"，音移；"嶧"，音亦。［陳眉］從計如流。［孫眉］從計如流。［峒眉］從計如流。［合眉］當不負知己。　天那！卻怎生借得一陣順風，將小生這琴聲吹入俺那小姐玉琢成、粉捏就、知音的耳朵裏去者！④［文眉］"捏"，音聶。［湯沈眉］真切有味。

［容尾］總批：我欲贊一辭也不得。

［陳尾］若不變了面皮，如何做出一本《西廂》？

［劉尾］若不變卦，如何弄出一本《西廂》？

［湯尾］總批：我欲贊一辭也不得。

［旦引紅上，紅云］小姐，燒香去來，好明月也呵！［旦云］事已無成，燒香何濟！月兒，你團圓呵，嗏卻怎生？［參徐眉］燒香本情，不覺漏出。［陳眉］燒香本意，一一漏出。［孫眉］燒香本意，一一漏出。［劉眉］燒香本意，一一漏出。［魏眉］燒香本情，不覺漏出。［峒眉］燒香本意，一一漏出。

---

① "末上"：封本作"生上"。

② "撣"：繼本作"攝"。

③ "蛇"：廷本作"虵"。

④ 容本、陳本、劉本、湯本、峒本皆於此處分折（齣），此前併入上折（齣）。

【越調】【鬭鵪鶉】雲斂晴空，冰輪乍湧；風掃殘紅，香階亂擁；[田徐眉]"雲斂"四句，扇面對法。離恨千端，閑愁萬種。夫人那，"靡不有初，鮮克有終。"[張眉]第七八句俱多一字。他做了個影[湯沈旁]一作"鏡"。兒裏的情郎，我做了個畫兒裏的愛寵。[士眉]駢儷中情語。[余眉]駢儷中情語。[繼眉]古本"影兒裏"，今本作"鏡兒裏"，便板樣了。[槐眉]古本"影兒裏"，今本作"鏡兒裏"，便板樣了。[容眉]好！[起眉]王曰：駢儷中情語。實從"水中月、鏡中花"變化來的句法。[畫徐眉]"他做了"三句，指昨日開宴時，未命拜兄妹之前，猶是夫妻，故云云。"影裏"、"畫裏"，又見其非眞。[田徐眉]"他做了"三句，指昨日開宴時，未命拜兄妹之前，猶是夫妻，故云云。"影裏"、"畫裏"，又見其非眞。[新徐眉]是情是愛，便非影非畫矣。[陳眉]媚殺！[孫眉]媚殺！[文眉]點月夜景，妙！[凌眉]本調止是"影裏情郎"，"畫兒愛寵"，餘俱襯字。王謂末句襯"兒"字者，非。[廷眉]"他做了"三句，指昨日開宴時，未命拜兄妹之前，猶是夫妻，故云云。"影裏"、"畫裏"，又見其非眞。[湯眉]好！[湯沈眉]二語猶言只是虛名，非實。[潘夾]"會"，猶言一會兒也，即一霎兒之謂。○"影裏"、"畫裏"，專指昨日開宴時不得眞做夫妻。兩心脈脈相對，非眞如影如畫，已極縹緲，況聚又倏忽，如同一夢。即此可悟，過眼空花，終歸漚泡。所云百年偕老況味，不過如此也。

【紫花兒序】則落得心兒裏念想，口兒裏①閑提，則索向夢兒裏相逢。[士眉]此二句應"影兒"、"畫兒"二句。[余眉]此二句應"影兒"、"畫兒"二句。[起眉]王曰：此又應上"影兒"、"畫兒"二句。[新徐眉]非不得□杯，此言□□，若言之可憐。[參徐眉]無限傷感！[劉眉]佑則兒□未是終有。[文眉]此二句應"影兒"、"畫兒"二句。[封眉]時本多脫"則辦得"三字。俺娘昨日個大開東閣，我則道怎生般炮②[湯沈旁]音枹。鳳烹龍？朦朧，可教我"翠袖殷勤捧玉鐘"，[士眉]與"淘下陳倉米"二句相應。[余眉]與"淘下陳倉米"二句相應。[繼眉]宴叔原詞："彩袖殷勤捧玉鐘"。[槐眉]宴叔原詞："彩袖殷勤捧玉鐘"。[湯沈眉]"東閣"，用公孫弘事。卻不道"主人情重"？[潘旁]怨極！[容眉]連那酒席也不盛了。卻不道人心若好，吃水也甜。[孫眉]連那酒席也不盛了。卻不道人心若好，吃水也甜。[湯眉]連那酒席也不盛了。卻不道人情若好，吃

---

① 封本於"口兒裏"前有"則辦得"三字。
② "炮"：毛本作"炰"。

水也甜。[合眉]人
情若好，飲水也甜。則為那兄妹排連，因此上魚水難同。[田徐眉]"情
重"、□□，言

令我一奉酒於生，便當做許大人情也。[參徐眉]對景愈感。[王夾]"炮"，音袍。
[廷夾]"炮"，音袍。[毛夾]"炰"，音袍。"昨日"至末，是敘前事，為訕怨，連
作數轉。"我則道"，我只道怎樣也。則教我，只教我如是也。"卻不道"，然只此亦
得也。"只因他"、"以此上"，惟其如是，所以如是也。諸本以"卻不道"作"早是
他"，便前後不接矣。"開閣"，解見第六折。"翠袖"二句，見詩餘。參釋曰："做了
個"或作"做了會"，言情郎、愛寵只一會兒也，亦通。[潘夾]此段正實敘昨日影
中、畫中之事。"早是他主人情重"句，怨
甚。言把盞相陪，亦便是異數恩典了。

　　　[紅云]姐姐，你看月闌，明日敢有風也？[田徐眉]"月闌"，月暈
也。語新。[文眉]"月闌"，
即月暈也。[湯沈眉]
"月闌"，月暈也。[旦云]風月天邊有，人間好事無。[容夾]處處傷
情。[田徐夾]

觸目皆是傷心之處。[陳眉]終有！[孫眉]處處傷
情。[湯眉]處處傷情。[封眉]時本鶯白多缺落。

【小桃紅】人間看波，[湯沈旁]助語。[封眉]"人
間看波"，非句，起語也。玉容深鎖繡幃中，怕
有人搬弄。想嫦娥，西沒東生有誰共？怨天公，裴航不作遊仙夢。
[湯沈旁]裴遇云翹夫人仙去。[封
眉]"天公"，時本多誤作"天宮"。"這雲"[湯沈旁]俗
本添二字，謬。似我羅幃數重①，
只恐怕嫦娥②心動，因此上圍住廣寒宮。[士眉]裴航遇云翹夫人後，諸
後仙去。又自見情，所謂"思
而不淫，怨而不怒"者也。[余眉]裴航遇云翹夫人後，諸後仙去。又自見情，所謂
"思而不淫，怨而不怒"者也。[繼眉]裴航遇云翹夫人後仙去。[槐眉]裴航遇云翹
夫人後升仙而去。[起眉]李曰：此是唐詩"天為素娥媚怨苦，故教西北起浮雲"翻
案法也，略得"思而不淫、怨而不怒"的意趣。[畫徐眉]人間玉容，着繡圍深鎖，
是怕人搬弄，此則有理矣。嫦娥在天上，裴航又未必作遊仙之夢，升騰以犯之也，天
公何用怕其心動，而用月闌以圍嫦娥於廣寒之內，亦若人間之繡圍深鎖之耶？此所以
怨天公也。蓋受母拘禁而並為嫦娥伸冤，此深得懷春之情也。俗本於"則似嗒"上
添"這雲"二字，卻不知是"月闌"，未常熟看賓白故也。[田徐眉]人間玉容，着
繡圍深鎖，是怕人搬弄，此則有理矣。嫦娥在天上，裴航又未必作遊仙之夢，升騰以
犯之也，天公何用怕其心動，而用月闌以圍嫦娥於廣寒之內，亦若人間之繡圍深鎖之

---

①　"這雲似我羅幃數重"：畫徐本、王本、張本作"這似嗒羅幃數重"。
②　"嫦娥"：峒本作"姮娥"。

耶？此所以怨天公也。蓋受母拘禁而並為嫦娥伸冤，此深得懷春之情也。俗本於"則似嗒"上添"這雲"二字，卻不知是"月闌"，未常熟看賓白故也。[新徐眉]以"月闌"自況，蓋受母拘禁而並為嫦娥伸冤，無限懷春之情。[參徐眉]若春心動，想粉牆圍不住，安能與姮娥耐永乎？[陳眉]春心動矣，粉牆圍他不住！[孫眉]春心動也，粉牆圍他不住！[劉眉]春心動也，粉牆圍他不住！[廷眉]人間玉容，着繡圍深鎖，是怕人搬弄，此則有理矣。嫦娥在天上，裴航又未必作遊仙之夢，升騰以犯之也，天公何用怕其心動，而用月闌以圍嫦娥於廣寒之內，亦若人間之繡圍深鎖之耶？此所以怨天公也。蓋以受母拘禁而並為嫦娥伸冤，此深得懷春之情也。俗本於"則似嗒"上添"這雲"二字，卻不知是"月闌"，未常熟看賓白故也。[張眉]"人間看波"是白，"玉容"連下一句。俗白、"玉"斷作兩句者，非。"則似嗒"句，即指月闌而言，添"這雲"，非。[湯沈眉]首句襯字，從月闌生來，言人間玉容，怕人搬弄，故繡幃深鎖。彼嫦娥誰與共？又無遊仙夢搬弄之，天公何怕其心動而遮以月闌耶！所以怨之。此以嫦娥比說，實怨母拘束之詞。[合眉]受母拘禁，並為嫦娥伸冤，深得懷春之情。俗本於"則似嗒"上添"這雲"二字，不知此言"月闌"。[魏眉]而春心動，恐粉牆圍他不住。[峒眉]春心動矣，粉牆隔他不住。[封眉]徐文長曰：俗本多作"這雲似我"，卻不知是"月闌"，未常熟看賓白故也。[毛夾]此承賓白"月闌"來，借作感歎，言從人間觀之，鎖玉容於繡幃者，怕有人調弄耳。想嫦娥有誰共耶？既無人共，而猶似我之羅幃數重，若惟恐心動而圍之以闌，此可怨也。"怨天公"三字，攙入在急口中，與漢武《瓠子歌》"燒蕭條兮，噫乎何以禦水"，於急句中攙"噫乎"二字同。元詞每稱天為"天公"，如"天公肯與人方便"類。俗作"天宮"，謂自怨於天宮，不通。裴航無夢月事，此但頂"有誰共"句耳。王伯良曰："人間看波"，四襯字也。"玉容"連下讀，勿斷，七字句也。《開元遺事》："龜茲國進瑪瑙枕，夢則遊仙，號遊仙枕。"[潘夾]句句借嫦娥寓怨詞，恰句句是直寫怨詞。妙在夾天、夾人、夾嫦娥、夾自己，敘得一片怨亂。"裴航"句，並為那壁廂人致憤絕矣。

　　　[紅做咳嗽科]　[末云]來了。[做理琴科]　[旦云]這甚麼響？

　　[紅發科]　[旦唱]

【天淨沙】莫不是步搖得寶髻玲瓏？莫不是裙拖得環珮玎咚①？莫不是鐵馬兒簷前驟②風？莫不是金鈎雙控③，[田徐旁]鈎上弓雙鳳如鼓響。[凌眉]"控"，王改為"鳳"，且曰雙鳳故響；雙鈎敲簾，獨不能響耶？[張眉]"動"訛"控"，失韻，且"控"則不響矣。吉丁當敲響簾櫳？[士眉]虛擬。

----

①　"咚"：封本作"東"。

②　"驟"：封本作"闘"。

③　"雙控"：畫徐本、田徐本、王本、湯沈本作"雙鳳"；張本作"雙動"。

［余眉］虛擬。［繼眉］虛擬。一折二折狀其似，三折狀其聲，四折五折狀其情，六折狀其調。一聽琴而曲盡其妙。［槐眉］一折二折狀其似，三折狀其聲，四折五折狀其情，六折狀其調。一聽琴而曲盡其妙。［容眉］好琴，好琴！眞個是不是知音不與彈。［畫徐眉］擬琴聲，詞雖麗，卻不甚切，然亦不得不如此也。［田徐眉］擬琴聲，詞雖麗，卻不甚切，然亦不得不如此也。［孫眉］好琴，好琴！眞個是不是知音不與彈。［文眉］此詠聲之細。［湯眉］好琴，好琴！眞個是不是知音不與彈。［湯沈眉］虛擬。“步搖”與“裙拖”對。“金鈎雙鳳”語俊，俗改“雙控”，非。鈎上有雙鳳，故能敲響。［合眉］擬琴聲麗而不切。［封眉］“東”，時本作“珍”；“鬬”，作“驟”；“丁當”，作“玎璫”。

【調笑令】莫不是梵王宮，夜撞鐘①？［淩眉］王以“夜撞鐘”句第二字當用平聲，用不得去聲，而從徐本妄改為“聲鐘”。不思“撞”字，從童者，鋤霜切，本平聲也；惟從重者則去聲耳。豈未攷韻書耶？［張眉］“梵宮”句，添“王”非。“撞”，平聲，用木撞也，俗譌作去聲。徐文長亦以為然，嫌不諧調，遂改“聲”字，成何文理？［湯沈眉］“撞鐘”，方作“聲鐘”。莫不是疏竹瀟瀟曲檻中？

［士旁］以上二折想像模擬，皆有憑據。莫不是牙尺剪刀聲相送？莫不是［余旁］以上二折想像模擬，皆有憑據。

漏聲長滴響壺銅？潛身再聽在牆角［湯沈旁］一本無“角”字。東②，原來是近西廂理結絲桐。［謝眉］與上枝相似。［士眉］一、二折狀其似，三折狀其聲，四、五折狀其情，六折狀其調。一聽琴而曲盡其妙若此。［余眉］一、二折狀其似，三折狀其聲，四、五折狀其情，六折狀其調。一聽琴而曲盡其妙若此。［容眉］有態致！［起眉］無名：一作“牆角東”，只多一字，便成累句。［畫徐眉］“聲鐘”，猶鳴也。此上未知是琴。［田徐眉］“聲鐘”，猶鳴也。此上未知是琴。［新徐眉］狀琴俱作兒女子聲口，□切實□，妙，妙！［參徐眉］作假癡假聾，老奸！［王夾］“梵宮”，斷；“聲鐘”，俗作“撞鐘”。［陳眉］假不知處，有致！［孫眉］假不知處，有致！［劉眉］假不知處，有致！［文眉］此詠其聲之大。［廷眉］擬琴聲，詞雖麗，卻不甚切，然亦不得不如此也。“鐘聲”，猶鳴也。古人俱如此用字。此上未知是琴。［廷夾］“梵宮”，斷；“聲鐘”，俗作“撞鐘”，誤。［湯眉］有態致！

［湯沈眉］“理結”，撫弄之意。［合眉］“理結”，撫弄之意。［魏眉］作假不知，妙盡！［峒眉］妙絕！［封眉］“牆東”，有作“牆角東”者，非。［毛夾］二曲暗寫琴聲，後一曲明寫琴聲。至【聖藥王】則又寫琴意，漸轉入曲弄矣。此一步近一步法。“步搖”，步而搖之也，古飾有步搖冠，亦以此得名。“雙控”，雙引也，或改“雙鳳”，

---

①　“梵王宮”：王本、廷本、張本作“梵宮”。“撞鐘”：畫徐本、王本、廷本、張本、毛本作“聲鐘”。

②　“牆角東”：起本、封本作“牆東”。

以古鈎式有鳳頭者耳。王伯良曰："梵宮"二字句，"夜聲鐘"三字句。或改"聲鐘"為"撞鐘"，不知下句第二字當平聲也。"聲鐘"，用《神僧惠祥傳》"聲鐘告眾"語。

[潘夾] 至此而絃已畢。○此二闋，方是和絃未入弄時。觀末句"理結絲桐"，其理便明。未曾譜曲成調，故用猜詞，然句句自切琴理。或摩其老絃，或摩其中絃，或摩其小絃，要不是

胡猜亂猜也。

【禿廝兒】其聲壯，似鐵騎刀槍冗冗；其聲幽，似落花流水溶溶；其聲高，似風清月朗鶴唳空；其聲低，似聽兒女語①，小窗中，喁喁。 [士旁] 東坡《聽琴詩》。[余旁] 東坡《聽琴詩》。[謝眉] 此一折狀其聲。[士眉] 實擬。以上皆句句實擬，惟此初句自受驚賊兵得來，愈見作者苦心處。[余眉] 以上皆句句實擬，惟此初句自受驚賊兵得來，愈見作者苦心處。[繼眉] 實擬。"兒女"句，東坡《聽琴詩》。[槐眉] "兒女"句，東坡《聽琴詩》。[容眉] 知音！[畫徐眉] 此兼韓蘇二詞。此知琴而未識其意。[田徐眉] 此兼韓蘇二詞。此知琴而未識其意。[王夾] "喁"，尼容反。[文眉] 此詠其聲之高下。

[凌眉] "兒女語、小窗中"，皆三字句，本調也。徐增"私"字，王去"語"字，皆不合。[廷眉] 此兼韓蘇二詞。此知琴而未識其意。[廷夾] "喁"，尼容反。[湯沈眉] "兒女"句，東坡《聽琴詩》。"聽兒女小窗中"，作句；"喁喁"，又句。[湯眉] 知音！[合眉] "喁"，音濃。[封眉] 即空主人曰："兒女語、小窗中"，皆三字句，本調也。徐、王增減，皆不合。時本於"兒"字上增"聽"字，更謬。[毛夾] "喁"，尼容反。[潘夾] 至此曲調方成。

【聖藥王】他那裏思不窮，我這裏意已通，嬌鶯雛鳳失雌雄；他曲未終，我意轉濃，爭奈伯勞飛燕各西東： [畫徐旁] 承上二句。[田徐旁] 承上二句。

[廷旁] 承上二句。盡在不言中②。 [田徐旁] 本意好極！[謝眉] 此一折與下一折狀其情。[士眉] 此用六句排對，而結語關鎖有力。伯勞性好單棲；燕出飛即相背，故詩人以"燕燕于飛"為別離之比。[余眉] 此用六句排對，而結語關鎖有力。伯勞性好單棲；燕出飛即相背，故詩人以"燕燕于飛"為別離之比。[繼眉] 伯勞性好單棲；燕出飛即相背，故詩人以"燕燕于飛"為別離之比。[槐眉] 伯勞性好單棲；燕出飛即相背，故詩人以"燕燕于飛"為別離之比。[畫徐眉] "嬌鶯"句與"伯勞"句字相對，俗本於"伯勞"上添"爭奈"二字，大誤。此得其情意矣。[田徐眉] "嬌鶯"句與"伯勞"句字相對，俗本於"伯勞"上添"爭奈"

---

① "聽兒女語"：畫徐本作"聽兒女私語"；王本、湯沈本作"聽兒女"。

② 該【聖藥王】曲中，畫徐本、王本、張本、湯沈本無"他那裏"、"我這裏"、"他"、"我"、"爭奈"等字。

二字，大誤。此得其情意矣。[新徐眉]□知音。[參徐眉]心評之久矣，聽此越加痛癢。[陳眉]子期今是卓文君。[孫眉]子期今是卓文君。[劉眉]子期今是卓文君。[文眉]伯勞性好單棲；燕出飛即相背，故詩人以為別離之比。[廷眉]"嬌鶯"句與"伯勞"句字字相對，俗本於"伯勞"上添"爭奈"二字，大誤，大誤！此得其情意矣。[張眉]"伯勞"句與"嬌鶯"句相對，上添"爭奈"，非。[湯沈眉]"嬌鶯"句，言其怨親事之不成。伯勞性好單棲；燕出飛即相背，故詩人以"燕燕于飛"為別離之比。兩段各三句對。"失雌雄"以意言，故曰"思"；"各西東"以詞言，故曰"曲"。徐云：此得生琴中之情意矣。[合眉]"嬌鶯"句與"伯勞"句相對，俗本於"伯勞"上添"爭奈"二字，大誤，大誤！伯勞好單棲；燕出飛即相背，故詩以"燕燕于飛"為別離之比。[魏眉]子期今是卓文君。[峒眉]子期今是卓文君。

[封眉]徐文長曰："嬌鶯"句與"伯勞"句字字相對。俗本於"伯勞"上添"爭奈"二字，大誤。[毛夾]白樂天詩"鐵騎突出刀槍鳴"，韓退之《聽穎師彈琴》詩"昵昵兒女語，恩怨相爾汝"，董詞"恰似嬌鶯配雛鳳"，古樂府"東飛伯勞西飛燕"。"失雌雄"，言配偶不成；"各西東"，行將散去也。與起"離愁萬種"、結"別離志誠種"相應。"盡在不言中"，總承兩段，以琴傳，故不言此；又借曲弄，起另彈意。參釋曰："伯勞"，惡鳥，好獨宿；"燕"則向宿而背飛，故取以喻離別。[潘夾]此二闋乃譜曲成操之時。上闋是聞其聲，下闋是察其意。純是一團別恨。

　　　　我近書窗聽咱。[紅云]姐姐，你這裏聽，我瞧夫人一會便來。

[容夾]關目好！[孫眉]描幽如畫。[湯眉]關目好！[末云]窗外有人，已定是小姐，我將弦改過，彈一曲，就歌一篇，名曰《鳳求凰》。昔日司馬相如得此曲成事，我雖不及相如，願小姐有文君之意。[歌曰]有美人兮，見之不忘。一日不見兮，思之如狂。鳳飛翩翩兮，四海求凰。無奈佳人兮，不在東牆。張弦代語兮，欲訴衷腸。何時見許兮，慰我彷徨？願言配德兮，攜手相將！不得于飛兮，使我淪亡。[文眉]"彷徨"，步回旋。[旦云]是彈得好也呵！其詞哀，其意切，淒淒然如鶴唳天；故使妾聞之，不覺淚下。[參徐眉]聽之當潸然淚下。[陳眉]千古眼淚，至今未乾。[孫眉]千古眼淚，至今未乾。

【麻郎兒】這的是令他人耳聰，訴自己情衷。知音者芳心自懂[1]，

────────────

① "懂"：王本、毛本作"融"，封本作"憒"。

［田徐旁］情眞語切。感懷者斷腸①悲痛。　［畫徐旁］湊插！［田徐旁］湊插！［繼眉］“懂”，音董。［起眉］李曰：如怨如慕，如泣如訴。“無名”：傷心，今本或作“斷腸”。［容眉］你懂也不懂？痛也不痛？［畫徐眉］“耳聰”，堪聽意。北人謂省曰“懂”，市語亦有之。［田徐眉］“耳聰”，堪聽意。北人謂省曰“懂”，市語亦有之。［新徐眉］“他人”、“自己”，是一是二。［王夾］“斷腸”，一作“傷心”。［孫眉］你懂也不懂？痛也不痛？［凌眉］“懂”，北語，省得也。然此字宜平聲，而考舊本皆作“懂”。王改為“融”，雖叶，不敢從。疑是“憧”字之誤耳。［凌夾］“懂”，一古本作“憧”，注“感貌”，未知的否？［廷眉］“耳聰”，堪聽意。［廷夾］“斷腸”，一作“傷心”。［湯眉］你懂也不懂？痛也不痛？［湯沈夾］“懂”，一本作“融”。［合眉］鶯鶯姐，你懂也不懂？痛也不痛？［魏眉］你也懂麼？痛麼？［峒眉］你也懂麼？痛麼？［封眉］“憷”，時本誤作“懂”。查字書，“憷”，平聲，音鬆，惺憷了慧也；懂，上聲，音董，懵懂，心亂也。即空主人未見元本，故曰：此字宜平，而舊本皆作“懂”，疑是“憧”字之誤耳。查“憧”字之義，又了無涉也。王本改為“融”，更可笑。“愁腸”，作“斷腸”，誤。［毛夾］“融”，曉也，平韻，勿作“懂”。“知音”頂“耳聰”，“感懷”頂“情衷”。［潘夾］至此乃改絃易調。“芳心自懂”，言已領得曲中之意；“斷腸悲痛”，以其正有未遂鸞凰之感也。

【幺篇】這一篇與本宮、始終、不同。　［田徐旁］“這一篇”三字必不可少，與“改過”一曲有關。又不是清夜聞鐘，　［湯沈眉］語語着琴。又不是黃鶴②醉翁，又不是泣麟悲鳳。

［謝眉］此折狀其調。“本宮”句亦六聲三韻。“清夜”、“黃鶴”、“泣麟”三句，俱古琴操。［士眉］“本宮”句亦六聲三韻。“清夜聞鐘”、“黃鶴醉翁”、“泣麟悲鳳”，俱古琴操。［余眉］“本宮”句亦六聲三韻。“清夜聞鐘”、“黃鶴醉翁”、“泣麟悲鳳”，俱古琴操。［繼眉］“本宮”句亦六聲三韻。“清夜聞鐘”、“黃鶴醉翁”、“泣麟悲鳳”，俱古琴操。［槐眉］“清夜聞鐘”：漢武未央宮前殿，鐘無故自鳴三晝夜。帝詔東方朔問，朔言：銅者，山之子。以類告之，子母感而相應，山恐崩其鍾先鳴。三日，南郡太守上言山崩。帝大笑。［容眉］是甚麼？［田徐眉］“清夜”三句，皆琴曲。［參徐眉］想遍了！［王夾］“鶴”，借叶去聲。［文眉］“本宮”句六聲三韻。［廷夾］“鶴”，借叶去聲。［湯眉］是甚麼？［湯沈眉］“本宮”句亦六聲三韻。凡琴曲各宮調自為始終；張先弄一曲，後改弦作《鳳求凰》，故言此曲與初彈本宮，始終改換不同也。“清夜聞鐘”等語，俱古琴操名。［合眉］是什麼？“清夜聞鐘”等語，俱古琴操名。［峒眉］假不知，妙甚！［毛夾］“鶴”，借叶去聲。

【絡絲娘】一字字更長漏永，　［畫徐旁］今夜長也。　［田徐旁］今夜長也。一聲聲衣寬頻鬆。

---

① “斷腸”：起本、畫徐作“傷心”；封本作“愁腸”。

② “黃鶴”：少本、士本、熊本、繼本作“黃鸝”。

［畫徐旁］令人瘦也。
［田徐旁］令人瘦也。別恨離愁，變成一弄①。［新徐眉］"更長漏永"，愁也；"衣寬頻鬆"，病也。［文眉］"變做一弄"，云離情別恨，皆向琴中彈出。［張眉］"做一弄"，添"變"者，非。［湯沈眉］"一弄"，猶一曲。古有"蔡邕五弄"，言變做別恨離愁之一弄也。"變"字正應"不同"意。［合眉］張生呵，越教人知重。［畫徐眉］上枝"嬌鶯"與"伯勞"二句，是琴中間隔意。間隔，好個女伯牙！即離別之謂也。此一弄"更長"、"衣寬"二句，是愁恨意，言琴前調是離別，而此調又變作愁恨一弄，故曰"別恨離愁，變作一弄"。何等貫串！言一字字一聲聲皆愁恨也，更長捱不過夜也。"衣寬帶鬆"，病也，非愁恨而何？［田徐眉］上枝"嬌鶯"與"伯勞"二句，是琴中間隔意。間隔，即離別之謂也。此一弄"更長"、"衣寬"二句，是愁恨意，言琴前調是離別，而此調又變作愁恨一弄，故曰"別恨離愁，變作一弄"。何等貫串！言一字字一聲聲皆愁恨也，更長捱不過夜也。"衣寬帶鬆"，病也，非愁恨而何？［廷眉］上枝"嬌鶯"與"伯勞"二句是琴中間隔意。間隔，即離別之謂也。此一弄"更長"、"衣寬"二句，是愁恨意，言琴前調是離別，而此調又變作愁恨一弄，故曰"別恨離情，變作一弄"。何等貫串！言一字字、一聲聲皆愁恨也，更長捱不過夜也。"衣寬帶鬆"，病也，非愁恨而何？［毛夾］"融"，曉也，平韻，勿作"懂"。"知音"頂"耳聰"，"感懷"頂"情衷"。琴有宮調，宮有始末，生改弦另彈，與初彈本調始末有別，故曰"不同"。"清夜聞鐘"三句，皆琴曲名，此借他曲，迸出本曲來。"更長漏永"，愁寂也；"衣寬頻鬆"，憔悴也。"弄"，猶"操"也，如《連珠弄》、《悅人弄》類。"變做一弄"，改本宮做一曲也。［潘夾］此三闋，是改絃易曲之時。"本宮"，指現在所操之調；"始終不同"，言與始初所操之調不同。"又不是"三句，俱以別樣曲名反挑《鳳求凰》。【絡絲娘】一闋，正見曲調不同處；"更長漏永"，捱遣不過也；"衣寬頻鬆"，立地消瘦也。前曲嬌鶯雛鳳，伯勞飛燕，已寫別恨；此曲則合卻離愁，翻作一弄。深表張之精於琴理，越教人知重；又深表己之傾倒於張也，先生將移我情，信哉！

　　［末云］夫人且做忘恩，小姐，你也說謊也呵！［旦云］你差怨了我。［陳眉］真怨差了人！［孫眉］真怨差了人！［劉眉］真怨錯了他！［魏眉］真個錯怪！［峒眉］果怨差了！

【東原樂】這的是俺娘的機變，非干是妾身脫空；［湯沈眉］到此不由不推娘身上來。

若由得我呵②，乞求得效鶯鳳。［田徐旁］兜率宮。［潘旁］點還鳳求凰意。［凌眉］此俱鶯聽其言而意中自語，非與生

─────────

① "變成一弄"：張本作"做一弄"。
② "若由得我呵"：封本作"由的我"。

言也。俗本添出生白，似相問答者，大謬。［合眉］詞意委婉，**俺娘無夜無明並**
女工①；　　［張眉］"餂俺"連下一句，添"呵"字截斷，非。**我若得些兒閑空，**
　　"無明夜"、"折腰"六字句，用兩"無"字，非。
張生呵，怎教你無人處把妾身做俑②。　［士眉］此與文君夜奔之意同出一
轍。［余眉］此與文君夜奔之意同
出一轍。［容眉］待如何？［起眉］王曰："無人處把妾身作俑"，奪得王孫女夜奔衣
鉢也。太史公作《相如傳》，插入卓文君聽琴事，成千載奇談。王實夫為鶯鶯傳奇，
亦設琴一段，豈無亦從太史法傳來？［新徐眉］句句貞女情腸。［王夾］下"空"字，
去聲。［陳眉］令人愛死！［文眉］此有效文君夜奔之意。［凌眉］"作誦"，猶作念；
"無人處作誦"，猶言背地裏説我也。俗作"作俑"，謬。［廷夾］下"空"字，去
聲。［湯眉］待如何？［合眉］待如何？［毛夾］"乞求效鸞鳳"，正借琴曲《鳳求凰》
以指婚姻，言婚姻之成由不得我也。"無夜"下又作一轉，言即使婚姻
不成，而稍有閑空，亦當有以慰君耳。參釋曰：數曲皆深悲極怨之詞。

【綿搭絮】疏簾風細，幽室燈清，都則是一層兒紅紙，幾榥③
［凌旁］"榥"，俗　　　　　［繼眉］"清"、"櫺"，旁出庚韻，與東冬韻不叶。"榥"，
作"棍"，謬甚。**兒疏櫺，**　音光，去聲。［田徐眉］"疏簾"、"幽室"，是董語。
［文眉］"櫺"，音灵。［凌眉］"清"字、"櫺"字，本調原不用韻，非失韻也。何元
朗譏之，亦大憒憒！《苦海回頭》劇"移商刻羽，流徵旋宮，心隨流水，志在高山，
沒了知音絕了弦"；《知機詞》"門迎童稚，架滿琴書，困盈倉積，水色山光，被俺閑
人每結攬絕"，皆然。後"眉黛遠山"四句，亦此法。即用韻者自不少，然非必用韻
者也。［張眉］首四句失韻，後"問病"折内亦然。［湯沈眉］此曲元非失韻，方辨
之甚確。"榥"字作"棍"，誤甚！［封眉］即空主人曰："清"字、"櫺"字，本調
原不用韻，非失韻也。何元朗譏之，亦大憒憒！後"眉黛遠山"四句，亦此法。即
用韻者不少，然非必用韻者也。"棍"，時本俱同，惟即空本作"榥"，且謂"棍"字
謬。查字書，"榥"為讀書床，**兀的不是**　［湯沈旁］　**隔着雲山幾萬重，怎**
又帷屏之屬，與"窗"了無涉。　　　一作"似"。
得個人來信息通？便做道十二巫峰，他也曾賦④**高唐來夢中。**
［謝眉］"高唐"，楚襄王故事。［士眉］"高唐"，楚襄王事。［余眉］"高唐"，楚襄
王事。［繼眉］《高唐賦》，宋玉作。［容眉］妙，妙！［新徐眉］正是對面不相逢。

---

①　"乞求得效鸞鳳。俺娘無夜無明並女工"：張本作"餂俺乞求得效鸞鳳。他
無明夜並女工"。熊本於"女工"下多一段白云："［生云］既蒙小姐相憐，何不尋空
出來一會？"

②　"做俑"：熊本、王本、凌本作"做誦"。

③　"榥"：封本作"棍"。

④　"賦"：封本作"赴"。

[參徐眉] 夫人以針指消磨鶯鶯，黃昏白晝，姆訓當然。[王夾] 此曲元非失韻，見注。[陳眉] 醒也來得！[孫眉] 關目好。[劉眉] 醒也來得！[湯眉] 妙，妙！[合眉] 絕妙好辭！[封眉] "雲山"，時本作"巫山"，誤。"赴"，作"賦"，非。[毛夾] 此曲從窗內外寫出怨來。"榥"，俗作"棍"，字形之誤；"賦"，或作"赴"，字聲之誤。"疏簾"二語，亦本董詞。王伯良曰：何元朗以"疏簾"四句為失韻，不知【綿搭絮】調原有此例，如陳石亭《苦海回頭記》第二折中【綿搭絮】用先天韻，其云"你聽那移商刻羽，流徵旋宮，心隨流水，志在高山，端的是沒了知音絕了弦"，亦第五句纔押韻，與此曲正是一格。後《問病》折【綿搭絮】"眉似遠山"四句無韻，同此。

[潘夾] 此一闋，都作室邇人遐之感。滿腔
子純是別恨離愁，聲音之入人深也若此！

　　　[紅云] 夫人尋小姐哩，喒家去來。[旦唱]

【拙魯速】則見他走將來氣衝衝，怎不教人恨匆匆，唬得人來① 怕恐。早是不曾轉動，女孩兒家直恁響喉嚨！緊摩弄，索將他攔縱，則恐怕夫人行把我來廝葬送②。[容眉] 眞，眞！[畫徐眉] 形容紅娘不做美，妙！"響喉嚨"二句，並形容紅之粗糙，下三句言己恨其然，而欲攔禁之、驅縱之，然又恐葬送於夫人也。結末二句，言萬不得已，則己當自為之矣，即時赴約之謂。[田徐眉] 形容紅娘不做美，妙！"響喉嚨"二句，並形容紅之粗糙，下三句言己恨其然，而欲攔禁之、驅縱之，然又恐葬送於夫人也。結末二句，言萬不得已，則己當自為之矣，即時赴約之謂。[參徐眉] 紅娘聲息，多為你撮合，不必嗔他。[陳眉] 光景必眞。[孫眉] 光景必眞。[文眉] 嗔紅高聲，其意在怕人知覺。[凌眉] 因其"響喉嚨"，故欲將他攔縱，恐使夫人覺而怒也。徐、王謂恐紅於夫人處搬是非，恐非鶯意。[廷眉] 形容紅娘不做美，妙！"響喉嚨"二句，並形容紅之粗糙，下三句言己恨其然，而欲攔禁之、驅縱之，然又恐葬送於夫人也。結末二句，言萬不得已，則己當自為之矣，即時赴約之謂。[張眉] 第五句失韻，訛作褓白，非。第七句少一字，第九句少四字。[湯眉] 眞，眞！[湯沈眉] 形容紅不做美，妙！"摩弄"，猶言搏弄，亦制縛之意。"攔縱"，徐言搓挼也。意紅雖可恨，如何得搓挼曲從，不敢譴怒之者，恐在夫人處葬送我耳。

[合眉] 形容紅不做美，妙甚！[封眉] "心來"，時本作"人來"，非。[毛夾] "攔"，音軟。既恨其急遽，又云"怕恐"，是既煩惱又怯也。"不曾轉動"，自解說也。"響喉嚨"，責之也，然責紅祇此一句耳，下又急作自忖語。"緊摩弄"不頂"響喉嚨"來，"摩弄"與"攔縱"相對。摩挲、拊弄，閑之緊也；搓挪、寬縱，待之弛也。彼

――――――――――――――

① "人來"：封本作"心來"。

② "索將他攔縱，則恐怕夫人行把我來廝葬送"：張本作"索將他攔縱，則怕夫人行葬送"；毛本作"索將他攔縱，則恐怕夫人行把我來廝葬送"。

方嚴視我，而我反須以寬遇之，恐葬送我耳。後本有"話兒摩弄"語。董詞"鶯鶯何曾改，怪嬌癡似要人攔縱"。"攔"，俗作"攔"，字形之誤。元詞多有調排而氣轉者，如"緊摩弄"類。參釋曰："攔縱"，搓挪

而散之；"攔就"，搓挪而成之。皆元詞習語。

[紅云] 姐姐則管聽琴怎麼？張生着我對姐姐說，他回去也。

[陳眉] 明日有意抱琴來。[孫眉] 明日有意抱琴來。[劉眉] 明日有意抱琴來。[合眉] 好說客！[峒眉] 明朝有意抱琴來。[旦云] 好姐姐呵，是必再着他住一程兒！[紅云] 再說甚麼？[旦云] 你去呵，

【尾】則說道夫人時下有人唧噥，[畫徐旁] 妙！[田徐旁] 妙！[潘旁] 此何人哉？好共歹不着你落空。不問俺口不應的狠毒娘，怎肯着別離了志誠種？[並下]

[畫徐眉] "不問娘"，即不管娘也。"不應口"，即不信口也。時下雖不決裂，"到底不空"，指親事也。[田徐眉] "不問娘"，即不管娘也。"不應口"，即不信口也。[新徐眉] 已自訂囗①子也。[參徐眉] 問張生死不死？[文眉] "狠"，音亭，上聲。[凌眉] "唧噥"，亦似擃掇之意，故以好歹不落空，緊接欲生之住，而權詞以緩之也。舊解"唧噥"為多言不中，未識確否？"志誠種"指張生，意自明。王謂鶯自指，無是理。[廷眉] "不問娘"，即不管娘也。"不應口"，即不信口也。時下雖不決裂，"到底不空"，指親事也。[湯沈眉] "唧噥"，不決裂意。"到底不空"，指親事言。"志誠種"，鶯自謂，言捨得夫人，捨不得我這志誠待你之心之人也。

[魏眉] 問張死不死？[峒眉] 問張死不死？[毛夾] "時下有人唧噥"，言夫人前目下有人為你作說，定不落空也。急作一轉，言且你亦休問夫人如何，只此志誠小姐亦難捨去也。"不教落空"仍指婚姻言，若以"唧噥"為間阻，則"不教落空"，須別有他期，大無理矣。此時只綽略款生耳。"我則怕"，"我"字指紅，體紅語氣也。《誤入桃源》劇"成就了風流志誠種"。[潘夾] 從琴聲中看出一種志誠來，微哉！蓋賦詩可以觀志，彈琴亦可以知志。昔鍾子期聞伯牙鼓琴，曰"志在流水"，曰"志在高山"。何意雙文精微更過於此！

【絡絲娘煞尾】不爭惹恨牽情鬥引，少不得廢寢忘餐病症②。

[繼眉] 一本有【絡絲娘煞尾】："不爭惹恨牽情，少不得廢寢忘餐病症。"今刪去。

[槐眉] 一本有【絡絲娘煞尾】："不爭惹恨牽情，少不得忘餐廢寢病症。"今刪去。

[湯沈眉] 一本亦有【絡絲娘煞尾】："不爭惹恨牽情鬥引，少不得廢寢忘餐病損。"今並刪去。[毛夾] 此起後本也，解見第四折。諸本列此曲在【尾】後旦下場前，後

----

① 楊案：此處缺字似當為"日"字。

② 湯沈本無"【絡絲娘煞尾】"一曲，卻多一段說白云："[紅見生云] 先生心耐者。[生云] 小生專候小娘子同話。"

二本亦然。此獨列此者，意此曲與正
名在套數之外，或別有唱念例耶？

　　題目　張君瑞破賊計　莽和尚生殺心

　　正名　小紅娘畫請客　崔鶯鶯夜聽琴①

［容尾］總批：無處不似畫。

［新徐尾］批：如怨如慕，如泣如訴，鶯固多情，描者亦是畫筆。

［王尾・注一十五條］

【鬪鵪鶉】："雲斂"四句，扇面對法也。引詩二句，總見夫人之有始
無終也。末二句，指昨日開宴時，未拜兄妹之前，猶是夫妻，是做一會
兒之情郎、愛寵也。語俊！

【紫花兒序】："早是他主人情重"，指"翠袖殷勤"一句，言令我一奉
酒於生，便當做許大人情也。本晏叔原詞。"東閣"，用公孫弘事。《內典》
言飲食之侈，曰"炮鳳烹龍，雕蚶鏤蛤"；李白詩"烹龍炮鳳玉脂泣"。

［白］："月闌"，月暈也。語新。

【小桃紅】：首"人間看波"四字，系襯字。"玉容"勿斷，一句下，
七字句。此曲從前白"月闌"二字生來，言人間玉容，怕有人搬弄，故
深鎖繡幃之中。嫦娥卻有誰共？不過自怨天宮，縱有裴航，亦不能作遊
仙之夢以搬弄之也，何必慮其心動，而以月暈遮之。亦似我之羅幃數重，
而圍住廣寒宮耶？此以嫦娥比說，實怨其母拘束之辭。俗本添"這雲"
二字，謬甚。裴航只會云翹夫人，不曾有遊仙夢事，借用耳。《開元遺
事》：龜茲國進瑪瑙枕，寐則十洲三島盡在夢中，因號"遊仙枕"②。

【天淨沙】："步搖"作虛字用，與下"裙拖"相對，不得泥古皇后
首飾名為解。"金鉤雙鳳"語俊，俗改作"雙控"，非。鉤上有雙鳳，故
能敲響；若止金鉤，何緣有雙控成聲之理？渠自不深思耳。

【調笑令】："梵宮"二字作句，"夜聲鐘"三字作句。俗本上句增一
"王"字，下句改"聲鐘"為"撞鐘"。不知下句第二字當用平聲，用不
得去聲。《神僧惠祥傳》"聲鐘告眾"，又《僧一行傳》"普寂禪師命弟子

---

① 容本無此"題目正名"。

② ［王夾］"龜茲"，音丘慈。

云：遣聲鐘，一行和尚滅度矣”。實甫蓋用此語，非無出也。“理結”，撫弄之意。徐云：此上未知是琴。

【禿廝兒】：白樂天《長恨歌》“鐵騎突出刀槍鳴”，古本作“鐵馬”，非。“聽兒女小窗中”，作句；“喁喁”，又句。韓退之《聽穎師彈琴》詩：“昵昵兒女語，恩怨相爾汝”。徐云：形容琴聲徒美觀聽，不甚親切。而膚淺者，顧爭賞之。此知琴而未識其意。

【聖藥王】：（董詞“恰似嬌鸞配雛鳳”），又（“雛鸞嬌鳳乍相見”）。古樂府“東飛伯勞西飛燕”。李公垂《鶯鶯歌》“伯勞飛遲燕飛疾”。“伯勞”，惡鳥，性好單棲。《埤雅》引《禽經》，謂燕常向宿背飛，故取以為離別之喻。兩段各三句為對。“嬌鸞雛鳳”句，言其怨親事之不成；“伯勞飛燕”句，言其有離別之恨。蓋因前白，生對夫人有“此事果若不成，小生即當告退”之語也。末句謂不必其言，而此情已盡見琴聲中矣。“嬌鸞雛鳳失雌雄”，以意言，故曰“思”；“伯勞飛燕各西東”，以詞言，故曰“曲”。作者苦心，非細味之，不能知也。古本作“嬌鳳雛鸞”，於本調不叶，今不從。徐云：此得生琴中之情意矣。

【麻郎兒】：無心者聽之，則動其芳心；感懷者聽之，則令其傷心也。“融”，俗本作“懂”；“懂”字，懵懂之外無他訓。調法亦當用平聲，從“融”字為是。然北人常以“董”字作“曉”字用，曰“董得”猶言“曉得”。俗本不解“融”字義，遂改作“董”，又偽作“懂”耳。（董詞“令知音者暗許，感懷者自痛”。）“斷腸”，古本作“傷心”，並存。

【幺】：凡琴曲，各宮調自為始終。初彈之宮調，為本宮本調。張生先弄一曲，後改弦作【鳳求凰】，故言此曲與初彈本宮，始終改換不同也。“清夜聞鐘”三句，皆琴曲名。

【絡絲娘】：此接上曲看。“弄”，琴曲名，古有《蔡邕五弄》、《楚調四弄》，如《陽春弄》、《悅人弄》、《連珠弄》之類。“一弄”，猶云一曲，言變做別恨離情之一弄也。“變”字正應上“與本宮始終不同”意。“更長漏永”，即俗言寂寞恨更長；“衣寬頻鬆”，言頓成消瘦也。

【東原樂】：歸罪夫人，亦人情宜爾。“乞求的學鸞鳳”，較率而俚，下以夫人並女工而不能相就自釋，意既宛委，而詞亦姿媚可念。

【綿搭絮】：何元朗謂：後第三折“眉黛遠山不翠”四句為失韻，此四句亦然。俗士遂群然疵之，至有欲私為改易者。不知北詞故有此法①。元諸劇中，如【混江龍】調有中段全不用韻，三字或四字成文，至一二十句許；【攬箏琶】調末段不韻，至六七句許者。實甫守法故嚴，且兩曲俱【綿搭絮】。前"卻尋歸路"一調，又復不爾，故知此屬變體，特庸人未考耳。（陳石亭《苦海回頭記》，第二折用先天韻，其【綿搭絮】一調，"你聽：那移商刻羽，流徵旋宮，心隨流水，志在高山，端的是沒了知音絕了絃"。）亦第五句纔押"絃"字，正與此曲一格，足為明證②。實甫受抑良久，特為一洗雪之。（"幽室燈青，疎簾風細"系董語。）"椳"，俗作"棍"，誤甚。"賦高唐"，古作"赴"，似與"來"字重。

【拙魯速】"氣衝衝"，言紅娘來之急也；"恨匆匆"，言己別之速也。"早是不曾轉動"，言幸無他故也；"響喉嚨"、"緊摩弄"，皆言催促之甚也。"摩弄"，猶言摶弄，亦制縛之意。徐云："攔縱"，猶言搓捼也；言紅之促己，事屬可恨，然只得搓捼曲從，而不敢譴怒之者，恐夫人處搬說是非而葬送我也。

【尾】：此為夫人諱過，而又以己意留張也。"唧噥"，多言之謂，言親事不成，以有人在夫人處間阻之也。"間"，即管字意；"口不應"，心口不相應之意；"志誠種"，鶯鶯自謂。言夫人即以人間阻而負你，我決不負你也。下二句分應上二句，言不須管夫人之肯不肯捨得，夫人捨不得，我尚有志誠待你之心也。（王子一《誤入桃源》劇"成就了風流志誠種"。）蓋亦見成語也，然語殊不俊。

　　[陳尾] 纔拜幾拜月，便有好新郎至，豈天道從願如響乎？

　　[孫尾] 纔拜幾拜月，便有好新郎至，豈天道從願如響乎？

　　[劉尾] 纔拜幾拜月，便有好新郎至；鎮日裏拜彌陀，獨不有好新郎至乎？

[淩尾·西廂記第二本解證]

第一折

篆煙：香煙之文，屈曲如篆。與"裊"字合。《竹塢聽琴》劇"寶

---

① [王眉] 二曲千古疑獄，今始得並脫桎梏。然非後證，俗士猶呶呶也。
② [王眉] "山"字屬寒山韻，與"絃"字屬先天韻，故是二韻。

篆氤氳熱金皙"，《連環計》劇"爐焚着寶篆香"，《誤入桃源》劇"焚盡
金爐寶篆空"，《赤壁賦》劇"雕盤靄篆香"，《明皇望長安》劇"寶篆煙
消"。元曲"篆煙"、"篆香"、"篆餅"、"寶篆"之類，用"篆"字者不
少。而徐本改為"串煙"，注曰掛香也，後"篆煙微"亦然；其意只為寄
居蕭寺，止是佛前盤香串，陋視崔家，如前所云"途路窮"之見，不化
耳。不思本曲有"寶皙香濃會真詩"，有"衣香染麝"，豈亦可謂掛香耶?

也是崔家後代孫： 此是未盡之詞，直貫下後二段者。言歡郎雖小，
也是崔家後代，若不獻出，便有不留韶齓之禍。王伯良解謂：我既獻與
賊，須不害及他，而得為崔家子孫。迂拙牽強。

生忿： 即俗所謂生煞煞之意。謂如上"獻賊、自盡"等語，疑我使
性劣撒，不知我有難言衷曲也。下數語亦是女孩兒難啟齒者故耳。元詞
中"生忿"亦是戾氣之解。《金綫池》劇，白中云"有你這般生忿忤逆
的"，曲即云"非是我偏生忿，還是你不關親"；《對玉梳》劇，白云
"別人家兒女孝順，偏我家這等生分"，曲即云"常言道母慈悲兒孝順，
則為你娘狠毒兒生分"。要知是孝順之反、忤逆之類矣。或曰："生分"，
忤逆也。禍始於鶯，故自言都做了是我的忤逆，猶言孩兒不孝之意，亦
得。徐解為"出位"，既無干，又曰"與前'氣分'之'分'同"，更不
知何謂。

楔子

楔子： 歷考諸劇，"楔子"止用【仙呂】【賞花時】或一或二，及
【仙呂】【端正好】一曲耳。此獨竟以【正宮】諸曲演而成套，若另為一
折然者。此因欲寫惠明之壯勇，難以一調盡，而為此變體耳。近本竟去
"楔子"二字，則此劇多一折。若並前【八聲甘州】為一，則一折二調，
尤非體矣。

【仙呂】【賞花時】 那廝擄掠黎民德行短，將軍鎮壓邊庭機變寬。他
彌天罪有百千般。若將軍不管，縱賊寇騁无端。[幺篇] 便是你坐視朝廷
將帝主瞞。若是掃蕩妖氛着百姓歡，干戈息，大功完。歌謠遍滿，名譽
到金鑾：此亦"楔子"也。《楔子》無重見，且一人之口，必無再唱
《楔》之體。周憲王故是當家手，必不出此，定系俗筆。徐以前後白
多，去之覺冷淡，而姑存之。不知劇體正套前後，原不妨白多者。王伯

良去之為是。

第二折

舒心的列山靈，陳水陸，張君瑞合當欽敬："山靈、水陸"，猶山珍海錯也。"列山靈、陳水陸"，言開筵也。"舒心"，猶暢懷也，為其恩重，暢懷排設，皆是該的，故曰"合當欽敬"，意本一貫。徐本改"山"為"仙"，而曰賊兵掃盡，寺裏暢心，可以列仙靈而陳水陸道場也，豈不噴飯？前時道場已完，崔家豈日日做道場耶？寺本禪門，即作道場，豈列仙靈？總認"水陸"二字誤。而見有刻"仙"字者，遂傅會耳。即果為"仙靈"，要亦謂開筵擺設，如今用仙糖之類。詞中筵宴亦有用"仙獅"等語者，必非道場也。王伯良謂列仙靈之畫，陳水陸之珍，較是。《菩薩蠻》劇白中云"圖書張掛，百味珍饈，水陸俱備"，便與此合。

啟朱唇：徐本改為"朱扉"，言"朱唇"與"隔窗"句不叶。夫"啟朱唇"，不過言其啟口耳。"朱唇"自是詞家語，豈必面見而後知其唇之朱？"隔窗"遂不可仿佛以為有黑有白耶？其議論拘而可笑。至有謂"啟蓬門"而為張生唱者，此弋陽遊腔醜態，元非正音，復何足駁。

風欠酸丁："欠"字，俗傳以為"欠"字音要，此杜撰也。唯"傻角""傻"字，宜如是讀耳。詞中有"本性謙謙，到處干風欠"，《蕭淑蘭》劇"改不了強文撇醋饞寒臉，斷不了詩云子曰酸風欠"，原押廉纖韻。"風欠"，方語，兼風流、風狂二意，猶文魔之義。自李日華《南西廂》妄去"風"字，而徐本亦遂去之，且為"欠酸丁"之解。竟不思【滿庭芳】首三句皆用四字耶，即【南五供養】二句亦須四字節，如"公公可憐俺的爹娘，望你周全"是也。日華不宜昧律至此，應是盲伶誤沿之，而並流禍及北矣。

第三折

荊棘列怎動那！死沒騰無回豁！措支剌不對答！軟兀剌難存坐：皆當時慣用方語。詞中有"顫蒍速過嶺穿崖，荊棘列登天下井"，總是驚恐意。《妓乘馬》詞有"死沒騰暗付，呆打孩嗟吁"，總是唬呆了、看呆了之意。詞中又有"干支剌瘦肌膚"，《詠蚊》云"薄支剌翅似葭灰"，皆以"支剌"為助語。則"措支剌不對答"，亦是措不得詞之意。《馬踐楊妃》詞云"把娘娘軟兀剌諢倒"，《辰鉤月》劇"軟兀剌身體無絲力"。

總之，"軟"意而"兀刺"助語也。然則"怎動那"三字即上"荊棘列"方言之注脚，正不必另解矣。徐本改"死沒騰"為"死木藤"，而解云："荊棘列"，皮破也；"死木藤"，不動也；"措支刺"，被刺也；"軟兀刺"，不安也。不動不安，意猶相近，至皮破被刺，更不知作何藝語矣！且"刺"作"辣"音，乃是"刺"耶？此皆鶯狀生爾時光景如此，突作生唱，亦謬。

當什麼嘍囉：《藍采和》劇"吏典每也逞不得嘍囉"，《對玉梳》劇"拽大拳人面前逞嘍囉"，《鄭孔目》劇"那孩兒靈便口嘍囉"。《摭言》載沈亞之嘗客遊，為小輩所試，曰：某改令書，俗各兩句：伐木丁丁，鳥鳴嚶嚶；東行西行，遇飯遇羹。亞之答曰：如切如磋，如琢如磨；欺客打婦，不當嘍囉。觀此則其為方言也久矣。徐解為狡猾，亦差近。

佳人自來多命薄，秀才每從來懦。悶殺沒頭鵝，撇下陪錢貨；下場頭那答兒發付我：此鶯自怨命薄，而恨張生不出一語相爭，故言"悶殺沒頭鵝"，正見得秀才懦也。舊解云：諺云：鵝寒插翅，鴨寒下水。余謂鵝沒頭於毛中，則不鳴一聲，故似為不敢出一語者之喻。上"措支刺"、"不對答"是也。"陪錢貨"，鶯自指。悶殺了他，撇下了我，爾時光景如此，不知如何是我下場頭也。總是怨憾之語。徐本作紅唱，而解"沒頭鵝"云：頭鵝比人家之有家長，鶯早喪其父，故使雜亂無定向，如沒頭鵝也；"撇下"，即父死撇其女也。不知此時如何説得到喪父，豈紅娘孝心陡發耶？牽強可笑。又曰：那裏發付我，見紅娘亦失望。更可笑！紅娘異日豈別無所配，定是鶯鶯幫身耶？此一折俱鶯唱，正不得雜以生、紅。時本亦多有誤者。以古本一人唱者，賓白之下，不復注所唱之人。不知者遂以屬説白者，而私意注之耳。

[湯尾] 無處不似畫。

[合尾] 湯若士總評：一曲瑤琴，一聲"回去"，愁慘慘牽動崔娘百種情窩。若無好姐姐樹此奇勳，幾乎埋怨殺老娘狠毒。李卓吾總評：無處不似畫，無處不入化。徐文長總評：這琴定是神物，不然那得感動人心乃爾。

[魏尾] 總批：如怨如慕，如泣如訴。鶯固多情，描者實是畫筆。

[峒尾] 批：怨慕令人酸鼻，描想更是神筆。

[毛尾] 附詞話。甲稱：《西廂》第六折【滿庭芳】曲，"淘下陳倉米數升"、"煠下七八甕軟蔓菁"二語，與後曲"玉屏錦帳"、"鳳瑟鸞笙"諸句，終似矛盾；不如俗本改"淘下"作"收下"，"煠下"作"藏下"為穩，蓋嘲生寓況之酸也。時集田子相許，子相雜引董詞"我見春了幾升陳米，煮下半甕黃虀"折之，且曰："黃米酸虀，原是嘲生；樂奏合歡，何嘗矛盾？必以米甌、菜甕屬之生寓，反覺穿鑿。"甲猶不伏。予曰："固然此時生寓恐無此物，子不聞第五折白'昨已移寓入花園內'乎？"眾大笑，稱快乃罷。

[潘尾·説意]《聽琴》一篇，便將琴理琴心，曲曲寫出，能使彈者聽者，性情俱見紙上。撫絃動操，各有一天然節次，有急不得、緩不得處，有詳不得、略不得處。如張生方當在禦，不寫其和絃，而遽寫其入弄，則急不得款矣。若寫和絃，而用三大闋詞以寫之，則緩而失款更甚矣。客意宜虛描，此所謂詳不得也；本意宜曲寫，此所謂略不得也。此篇【天淨沙】、【調笑令】二闋，是寫其調絃未入弄，不知是琴也，故用猜詞。【禿廝兒】、【聖藥王】二節，是寫其入弄，雖泛然譜曲，卻已見意也，故用聞聲察意之詞。【麻郎兒】、【絡絲娘】三闋，是寫其改操，已是變宮變徵，一片深情也，故純作感心合志之詞。有一節深一節、一節緊一節意在。而情詞恰適，節次俱調，淵然一片琴理。惜不遇鍾子期，將何處覓索解人也？

奇哉！"志誠種"三字。何類吾《中庸》之旨也？《中庸》曰："唯天下至誠。"夫至誠者，天下之一人也，開闢來所或絕或續於天地間者也。當斯世，而有次於至誠者焉？固昔聖賢所急急以求，而唯恐或失焉者也。何則？以其種之不可絕也。若夫所謂"至誠"者，固所稱能盡其性者也。生而靜者謂之性，感而動者謂之情，情由性出，性從情用，故用情而能盡其情者，則亦謂之至誠也。夫情亦惡能盡乎？有直用之不盡，而曲用之者；有顯用之不盡，而隱用之者；有淺用之不盡，而深用之者；有正用之不盡，而奇用之者。天下豈無有能用其情者乎？何雙文炭炭乎其如綫也？蓋世之所謂用其情者，吾知之矣。彼登徒子，豈好色者哉！以司馬長卿之援琴切切，而猶煩男兒意氣之諄復也，是故用情而能盡其情者，誠炭炭乎如綫也。求之泉刀主人，不得也；求之聲伎司空，不得也；求之腹負將軍，不得也；求之乞食王孫，不得也；求之封侯年少，不得也；求之耐寒學士，不得也；求之鎪臂公子，不得也；甚而求之赴蹈□生，不得也。誠岌岌乎其如綫也！是何也？是或□（知）直用而不知曲用，知顯用而不知隱用，知淺用而不知深用，知正用而不知奇用，則皆不可謂之能盡其情者也。若張君瑞之情，豈尚有不盡者乎？宋玉東牆曲矣，天女散花隱矣，賦詩退鹵奇矣，援琴感心深矣。此固劫火之所不能燒，而①……

---

① 潘本下缺。

西廂記第三本

張君瑞害相思雜劇

楔　子

［旦上云］自那夜①聽琴後，聞説張生有病，我如今着紅娘去書院裏，看他説甚麼。［潘旁］故意尋頭討腦。［封眉］"前夜"，時本多誤作"昨夜"、"那夜"，後同。［叫紅科］［紅上云］姐姐喚我，不知有甚事，須索走一遭。［文眉］喚紅探望，可見思慕之極也。［旦云］這般身子不快呵，你怎麼不來看我？［參徐眉］鶯鶯不得張生到手，牽腸掛肚，乃"女之耽兮"。［陳眉］你的病症和他一般。［孫眉］你的病症和他一般。［劉眉］兩病一狀！［魏眉］你病他病，總一般病。［峒眉］你的病症和他一般。［紅云］你想張……［旦云］張甚麼？［紅云］我"張"［容旁］妙！着姐姐哩。［容眉］關目好！［孫眉］關目妙甚！［湯眉］關目好！［旦云］我有一件事央及你咱。［紅云］甚麼事？［旦云］你與我望張生去走一遭，看他説甚麼，你來回我話者。［紅云］我不去，夫人知道不是耍。［潘旁］先作一跌，後便撒强得來。［旦云］好姐姐，我拜你兩拜，你便與我走一遭！［合眉］情急了！［紅云］侍長請起，我去則便了。説道："張生，你好生病重②，［潘旁］語則俺姐姐也不便雙關。

---

① "那夜"：封本作"前夜"。
② "病重"：潘本作"害病"。

弱。"只因午夜調琴手,引起春閨愛月心。　[潘夾] "害病"二句,將張生、小姐,對針一挑,故將崔

張關情深處,明明點破。亦早為下數節
許多"一個"、"一個"埋伏下綫索也。

【仙呂】【賞花時】俺姐姐針綫無心不待拈,脂粉香消①懶去添。

春恨壓眉尖,若得靈犀一點,敢醫可了病懨懨。[下]　[士眉] 古曲云:身無彩鳳

雙飛翼,心有靈犀一點通。[余眉] 古曲云:身無彩鳳雙飛翼,心有靈犀一點通。
[繼眉] 古曲云:身無彩鳳雙飛翼,心有靈犀一點通。[槐眉] 靈犀一點:古曲云:
身無彩鳳雙飛翼,心有靈犀一點通。[畫徐眉] 犀角之根,有一點白,直通至尖,謂
之駭雞犀。古詞有靈犀一點通,極褻之詞也。如此用卻亦免俗。[田徐眉] 犀角之根,
有一點白,直通至尖,謂之駭雞犀。古詞有靈犀一點通,極褻之詞也。如此用卻亦免
俗。俊![新徐眉] 若得靈犀一點,二病霍然俱起矣。[參徐眉] 相思畫不出,被此
說出如畫。[陳眉] 說真方![孫眉] 說真方![劉眉] 說真方![文眉] 古本有削去
此引詞,覺無為處。[廷眉] 犀角之根,有一點白,直通至尖,謂之駭雞犀。古詞有
靈犀一點通,極褻之詞也。如此用卻亦免俗。[湯沈眉] 此曲語甚俊。"胭粉",今本
作"脂粉";"消香",今本作"香消";與上"針綫無心"不對。[魏眉] 相思畫不
出,被此說出。[峒眉] 逼真語。[毛夾] 徐天池
曰:通天犀有白星透角,曰靈犀一點;褻詞。

　　[旦云] 紅娘去了,看他回來說甚話,我自有主意。[下]　[潘夾]
下文許

多撒假之意,此
時已先算定了。

第一折

　　[末上云] 害殺小生也。自那夜聽琴後,再不能夠見俺那小姐。
我着長老說將去,道張生好生病重,卻怎生不見人來看我? 卻思量
上來,我睡些兒咱。[紅上云] 奉小姐言語,着我看張生,須索走一
遭。我想嗒每一家,若非張生,怎存俺一家兒性命也?

【仙呂】【點絳唇】相國行祠,寄居蕭寺。因喪事,幼女孤兒,

① "脂粉香消":王本、湯沈本作"胭粉消香"。

將欲從軍死。[容眉] 敍事如見。[畫徐眉] 三詞鋪敍，迢遞明顯，事事不亂。[田徐眉] "行祠"，猶言行宮、行臺之謂。寄居祠中，以值喪事也。孤幼欲死，又值兵亂也。三詞鋪敍，迢遞明顯，事事不亂。[新徐眉] 數語鋪敍，迢遞明顯，事事不亂。[孫眉] 敍事如見。[文眉] "蕭寺"，梁武帝姓蕭，好佛，因名焉。[湯眉] 敍事如見。[湯沈眉] 三詞鋪敍，迢遞不亂。[魏眉] 敍事簡而盡。[峒眉] 敍事簡而盡。[毛夾] 參釋曰：自此至"害相思"作一段，為兩人相思原始耳。赤文曰："祠"字是陰字，然

元詞不拘，說見第一折。

【混江龍】謝張生伸志，一封書到便興師。顯得文章有用，足見天地無私。[潘旁] 二句見文章有靈，天作之合。若不是剪草除根半萬賊，險些兒滅門絕戶了俺一家兒。鶯鶯君瑞，許配雄雌；夫人失信，推託別詞；將婚姻打滅，以兄妹為之。如今都①廢卻成親事，[參徐眉] 夫人可謂負了張生。[陳眉]

說來可恨！[劉眉] 說來可恨！[凌眉] "鶯鶯君瑞"俱四字疊句，可有可無，可多可少，並可不用韻，直至"成親事"三字，始入本調正句耳。[張眉] "廢卻"句，承上文來，言夫人也。添"都"字，非。[湯沈眉] 殄滅賊徒，是其無私。[合眉] 鋪敍迢遞明顯，敍事不亂。[魏眉] 真可恨！[峒眉] 悔盟可恨。[封眉] 即空主人曰："鶯鶯君瑞"俱四字疊句，可有可無，可多可少，並可不用韻，直至"成親事"三字，始入本調正句耳。一個價②愁糊突了胸中錦

繡，一個價淚搵濕③了臉上胭脂。[謝眉] "價"字，俱是助語詞。[繼眉] "一個價"作白，是。[槐眉] "胸中錦繡"，出詩學。唐《李太白送弟序》：嘗醉，自語曰："兄心肝五臟皆錦繡也？不然，何開口成章、下筆霧散也？"[田徐眉] "糊突了"與下"淚流濕"作對不整，疑有誤。[文眉] "突"，音禿。[封眉] 時本作"一個價"者，謬。[毛夾] "伸志"，只作"奮志"解，若以得鶯為張之志，則"謝"字不合矣。參釋曰："文章有用"頂"一封書"來，"天地無私"頂"便興師"來，言除暴亦天意也。"一個價"二句，連下曲作一氣。"糊突"，參見後第二十折。又參曰："滅門絕戶"句，亦元詞成語，如《蝴蝶夢》劇"那裏便滅門絕戶了俺一家兒"。勿訴其俗。[潘夾] 此二闋，歷敍前文，似為閑筆，因欲描寫兩人害病，遂不得不將緣由提綴一番。此是一路來心口自想之詞。有心人事事記在心頭，未嘗忘卻也。○"天地無私"句，暗指許婚說，便有皇天后土實聞斯言之意。

---

① 張本無"都"字。

② 此句及下句中"一個價"，封本俱作"一個"。

③ "淚搵濕"：田徐本王本作"淚流濕"。

【油葫蘆】憔悴潘郎鬢有絲；杜韋娘不似舊時，帶圍寬清減①了瘦腰肢。　[繼眉]潘安仁《秋興賦》："春秋三十有二，始見二毛。"劉禹錫詩："浮揎梳頭宮樣粧，春風一曲杜韋娘。"[起眉]"瘦"，一作"小"，覺勝。[畫徐眉]"杜韋娘"之"腰瘦"，對"潘郎"之"鬢絲"。"不似舊時"，乃助語。過到"瘦腰"，不得添"一個"二字，下文六句"一個"方是對。[田徐眉]"杜韋娘"之"腰瘦"，對"潘郎"之"鬢絲"。"不似舊時"，乃助語。過到"瘦腰"，不得添"一個"二字，下文六句"一個"方是對。[文眉]對句甚妙！[凌眉]王伯良曰："潘郎、杜韋娘"二句，參差相對；"帶圍"句對"鬢有絲"，俗本添"一個"二字，謬甚。[廷眉]"杜韋娘"之"腰瘦"，對"潘郎"之"鬢絲"，"不似舊時"，乃助語。過到"瘦腰肢"，不得添"一個"二字，下文六句"一個"方是對。俗本"帶圍"上有"一個"二字。[張眉]第二句多一字，"帶圍"上添"一個"，非。[湯沈眉]"憔悴潘郎"句與"杜韋娘"二句，參差相對。"寬減"二字相連讀，勿斷，調法如此。下六句自相對偶。[封眉]徐文長曰："杜韋娘"之"腰瘦"，對"潘郎"之"鬢絲"。"不似舊時"，乃助語。過到"瘦腰"，不得添"一個"二字於"帶圍"之上，下文六句"一個"方是對。

一個睡昏昏不待觀經史，一個意懸懸懶去拈針指；　[士眉]"拈"，一作"繭"。[余眉]"拈"，一作"繭"。[張眉]第四五句俱多一字。

一個絲桐上調弄出離恨譜，一個花箋上刪抹成斷腸詩；一個筆下寫幽情，一個弦上傳心事②：兩下裏都一樣害相思。　[士眉]結句千鈞之力。[余眉]結句千鈞之力。[新徐眉]通出害相思，狀態如流。[參徐眉]兩人病症一般，一要發汗，一要下針。非此，盧扁無術，紅娘亦怕□□。[陳眉]眞郎中！看出一病兩症。[孫眉]眞郎中！看出一病兩症。[劉眉]看出兩邊一狀病症。[張眉]"筆下"兩句，同繳上文，添"一個"字，蠢絕。[湯沈眉]結句千鈞之力。[魏眉]少不得太醫院一名。[峒眉]的確是一樣症候。[毛夾]"杜韋娘"二句對"潘郎"一句，俗本"帶圍"上添一個"兩"字，謬。"帶圍"，"圍"字是襯字。"帶寬清減瘦腰肢"，七字句也，王本刪"清"字，反以"寬"、"減"連讀，不通。[潘夾]許多"一個"、"一個"，都兩兩相對說，與前"張生害病，小姐也不弱"相應，又將"一樣害相思"句總結一筆，通勢方有結束。

【天下樂】方信道③才子佳人信有之，紅娘看時，有些乖性兒，

---

① "清減"：王本作"減"。

② "一個筆下寫幽情，一個弦上傳心事"：張本作"筆下寫幽情，弦上傳心事。"

③ 湯沈本、合本、封本無"方通道"三字。

則怕有情人不遂心也似此。　[畫徐旁] 妙甚！　他害的有些①抹　[凌旁] 一
　　　　　　　　　　　　　[田徐旁] 妙甚！　　　　　　　　　作“魔”。

媚，我遭着沒三思，一納頭安排着憔悴死。　[天李旁] 忽然説到自家身
　　　　　　　　　　　　　　　　　　　　　　上，妙甚，趣甚！ [湯沈旁]

紅原極有韻致的。“一納頭”，鄉語。[士眉] “一納頭”，是鄉語。[余眉] “一納頭”，
是鄉語。[繼眉] “一納頭”，是鄉語。[槐眉] “一納頭”，是鄉語。[畫徐眉] 既有
“信有之”，又贅以“方通道”，可笑，故刪之。此一枝絕妙之詞，而解者盡昧。蓋言
常人牽情不過常態，而崔張二人，一個如此，一個如彼，如上文云云，是其害相思，
有些害得喬樣也。看來才子佳人，雖是害相思，亦與常人不同，故曰“信有之”。既
又言，或者有一種有情人，不遂心時，容亦有如此者。但説使是我遭着，決沒許多喬
樣，只“一納頭”準備“憔悴死”而已。是何等風趣！“抹眉”，方言，喬樣也；“乖
性兒”，亦即喬樣意。言看來此等乖性、此等喬樣，惟才子佳人有之也。即使他人容
或有之，然如我遭着，決沒此喬樣做出來也。此入骨入髓之妙語！凡紅言崔張，必將
己插入，否則冷淡無味。此詞僅五十字，分作五段，有許多轉折。“情思”句法錯縱
而理則調貫，妙極、妙極！[田徐眉] 既有“信有之”，又贅以“方通道”，可笑，故
刪之。此一枝絕妙之詞，而解者盡昧。蓋言常人牽情不過常態，而崔張二人，一個如
此，一個如彼，如上文云云，是其害相思，有些害得喬樣也。看來才子佳人，雖是害
相思，亦與常人不同，故曰“信有之”。既又言，或者有一種有情人，不遂心時，容
亦有如此者。但説使是我遭着，決沒許多喬樣，只“一納頭”準備“憔悴死”而已。
是何等風趣！“抹眉”，方言，喬樣也；“乖性兒”，亦即喬樣意。言看來此等乖性、
此等喬樣，惟才子佳人有之也。即使他人容或有之，然如我遭着，決沒此喬樣做出來
也。此入骨入髓之妙語！凡紅言崔張，必將己插入，否則冷淡無味。此詞僅五十字，
分作五段，有許多轉折。“情思”句法錯縱而理則調貫，妙極、妙極！[新徐眉] 此
言才子佳人害相思亦害得喬樣也。“抹媚”即方言“喬”。[王夾] “三”，去聲。[文眉]
“一納頭”，是鄉語。[廷眉] 俗本“才子”上有“方通道”三字；既有“信有之”
又贅以“方通道”。可笑，故刪之。此一枝絕妙之詞而解者盡昧。蓋言常人彼此牽情
不過常態，而崔張二人，一個如此，一個如彼，如上文云云，是其害相思，有些害得
喬樣也。看來才子佳人，雖是害相思，亦與常人不同，故曰“信有之”。既又言，或
者有一種有情人，不遂心時，容亦有如此者，但説使是我遭着，決沒許多喬樣，只一
“納頭”準備“憔悴死”而已。是何等風趣！“抹媚”，方言，喬樣也；“乖性兒”，
亦即喬樣意。言看來此等乖性，此等喬樣，惟才子佳人有之也。即使他人容或有之，
然如我遭着，決沒此喬樣做出來也。此入骨入髓之妙語！凡紅言崔張，必將己插入，
否則冷淡無味。此詞僅五十字，分作五段，有許多轉折。“情思”句法錯縱而理則調
貫，妙極、妙極！[廷夾] “三”，去聲。[凌眉] 此等正不必瑣解，以意得之可也。

---

① “有些”：王本作“有”；張本作“恁”。

[張眉] 第四句多一字。"抹媚"，喬樣之謂，言害相思恁般喬樣。"恁"，訛"有些"，非。[湯沈眉] 此一枝絕妙之詞。"方通道"與"信有之"重，去之。言害相思的常有，自紅看來，倒有乖性兒。"乖性兒"，即"抹媚"，喬樣之謂。或有一種多情人不遂心時，也如此害相思，但他有些喬樣。我若遭着，不暇三思，如上絲桐傳恨、花箋寄詩事也，只一直頭安排個憔悴死而已。[合眉] 既曰"信有之"，又贅以"方通道"，可笑，故刪去。"抹媚"，方言，喬樣也。[魏眉] 亦怕自己害此病。真情，真情！

[峒眉] 亦怕自害此病。真情，真情！[封眉] "才子"上，時本有"方通道"三字，可笑。[毛夾] 此承上曲"一樣"來，言兩人相思害作一樣，始知"才子佳人信有之"也。特我看自己亦有乖性，或者遇有情而不得遂，當亦一樣。但他有抹媚，我無抹媚，直害死而已。此借己之不一樣處，以見兩人一樣之妙。"抹媚"，猶粧喬；"三思"，即抹媚也。解見下【後庭花】曲。[潘夾] "抹眉"，方言，喬樣也。○前邊只用敘事，此一節遂因前事而評斷之，寫出無數深情妙致來。首句緊承害相思說下，言才子佳人信有害相思的，似亦不足為怪；但似我看來，我倒有些乖覺。從來有情人，如你們害相思也有，只是你們害得來偏喬樣。若我遭此不遂心的事，別無他計，只索死便休，決不如你們喬樣也。○此段要不是真話，特將自己襯說。正所以深寫崔張之多情，所謂過量人也。

　　　卻早來到書院裏，我把唾津兒潤破窗紙，看他在書房裏做甚
麼。　[陳眉] 到處唾津用。[孫眉] 到處津唾用。
　　　[劉眉] 紅也會用唾！[合眉] 此味卻少不得！

【村裏迓鼓】我將這紙窗兒潤①^[湯沈旁]破，悄聲兒窺視。多
_{方作"潤"。}

管是和衣兒睡起，羅衫上前襟褶袵。孤眠況味，淒涼情緒②，

[湯沈旁]方
作"活計"。無人伏侍。覷了他澀滯氣色，聽了他微弱聲息，看了

他黃瘦臉兒。張生呵，你若不悶死多應是害死。　^{[謝眉] 三句調得體，}
_{折折有情。[田徐夾]}

"袵"，音至。[參徐眉] 不得鶯鶯，總是一死。[陳眉] 望聞問切。[孫眉] 望聞問切。[王夾] "袵"，音至。[文眉] "褶袵"，音折至。"澀"，音色。[凌眉] "睡起"、"況味"、"情緒"、"聲息"，俱元不用韻。[廷夾] "袵"，音至。[張眉] "孤眠"六句俱多一字。[魏眉] 望聞問切。[峒眉] 望聞問切。[毛夾] "袵"，音至。此於未叩門時預寫一段。"多管"二句，寫其睡起時也，二句呼應，言似乎和衣睡起者，何也？只看他前襟之褶袵，則非坐褶可知也。"孤眠"三句，寫其寂寥；"澀滯"二句，

---
　① "潤"：湯沈本作"濕"。
　② "情緒"：王本作"活計"。

寫其憔悴。俱不用韻，衹以"伏侍"、"臉兒"作韻，調法如此。末句總結，正點問病意，言不病亦死耳。參釋曰："潤破"，勿作"濕破"，此用董詞"把紙窗兒潤破，見君瑞披衣坐"語，《㑇梅香》劇"潤破紙窗兒偷瞧"。[潘夾] 不是畫出紅娘，只欲畫出一個害相思的張生來。獨自臥病書齋，種種情態，誰人見來？特借紅娘挖窗俏視，曲曲傳寫。○不是"病"，是"害"，妙甚！是
紅娘代張生伸訴也。夫人害之？抑小姐害之？

【元和令】金釵敲門扇兒。[末云] 是誰？[紅唱] 我是個散相思的
五瘟使。[畫徐旁] 焦猗園云："氤氳"，非"五瘟"也。[田徐旁] 焦猗園云："氤氳"，非"五瘟"也。[潘旁] 妙致此乎？[新徐眉] 相思誰可散？俺
小姐想①着風清月朗夜深時，使紅娘來探爾。[繼眉]"五瘟使"，當是"氤氳使"之誤。朱起慕
女伎寵寵，精神恍惚。一日，郊外逢青巾杖藥籃者，熟視起曰："郎君幸遇貧道，否則危矣。君有急，直言，吾能濟汝。"起再拜，以寵事訴。青巾笑曰："世人陰陽之契，有繾綣司統之，其長名氤氳大使，諸夙緣當合者，須鴛鴦牒下乃成。我即為子囑之。"疑是此。[槐眉]"五瘟使"，當是"氤氳使"之誤。朱起慕女伎寵寵，精神恍惚。一日，郊外逢青巾杖藥籃者，熟視起曰："郎君幸遇貧道，否則危矣。君有急，直言，吾能濟汝。"起再拜，以寵事訴。青巾笑曰："世人陰陽之契，有繾綣司統之，其長名氤氳大使，諸夙緣當念者，須鴛鴦牒下乃成。我即為子囑之。"疑是此。[起眉]王曰："散相思"、"五瘟使"，單語中雕琢於法者乎？人巧極，天工錯。[陳眉] 使乎？使乎？[劉眉] 使乎？使乎？[凌眉] 王伯良：俗本謂"五瘟使"是"氤氳使"之誤。渠自不識調，五字當用仄聲，用不得平聲也。[湯沈眉] 俗本"五瘟"，"瘟"字平聲，失韻，當是"氤氳使"。昔朱起慕女伎寵愛，逢一青巾問之，青巾笑曰："世人陰陽之契，有繾綣司統之，其長名氤氳大使，諸夙緣當合者，須鴛鴦牒下乃成，我即為子囑之。""探爾"，俗作"你"，非韻。紅娘早已窺破鶯心事。[合眉] 使乎？使乎？[封眉] 王伯良曰：俗本謂"五瘟使"是"氤氳使"之誤。渠自不識當用仄聲，用不得平聲也。"探爾"，[末云] 既然小娘子來，小姐必有言語。[紅唱] 俺
俗作"探你"，非。

小姐至今脂粉未曾施，念到有一千番張殿試。[潘旁] 妙至此乎！千
聲念佛，不如一念慈悲。

[容眉] 妙！[參徐眉] 張生聽得此言，病減大半。[文眉] 按殿試自唐起，元亦有之。[湯眉] 妙！[毛夾]"趁着這風清月朗夜深時"，因乘夜訪生，故見簡在曉。諸本"趁"字作"想"字，不可解，豈想前聽琴時耶？挑白一問，起末二句，言無他語也，衹念之甚耳。"至今"，指聽琴後言。他本刪挑白二句，全失詞例。參釋曰：

---

① "想"：毛本作"趁"。

"五瘟使",俗作"氤氳使","氳"是平聲字,與曲調不合。又參曰:"你"字入齊微韻,然元詞不拘,解見第五折。[潘夾]"五瘟使"者,專以瘟病散之人間。紅娘此來,亦將以相思病散之張生。此雖為一時謔浪之詞,卻未下文許多"請醫寫方"作領也。○"風清月朗",自是星夜的話。大凡人初念最誠,機變皆生於轉念。雙文連夜教紅探張,此初念最誠處也。一則聞琴知感,憐才心急;一則朗月清風,輒思雲度。念到一千番張殿試,見口下心頭,絕無他語。情詞至此,使人口頰流芬。

[末云] 小姐既有見憐之心,小生有一簡,敢煩小娘子達知肺腑咱。[紅云] 只恐他翻了面皮。

【上馬嬌】他若是見了這詩,看了這詞①,他敢顛倒費神思。[嶼眉]是費神思。[封眉]"那詩"、"那詞",時本俱誤作"這"。他搊紮起面皮來:"查得誰的言語你將來,這妮子怎敢胡行事?"他可敢嗤、嗤的扯做了紙條兒②。[士眉]侍兒料驕主嬌羞情狀,

犁然如契。[余眉]侍兒料驕主嬌羞情狀,犁然如契。[容眉]妙,妙![起眉]李曰:紅娘料鶯鶯嬌羞情狀,犁然如契。[畫徐夾]"嗤",音癡;"撦",音者,韻書:猶云裂開。[田徐眉]"嗤",一字句。[田徐夾]"嗤",音癡;"撦",音者,韻書:猶云裂開。[新徐眉]"撦",猶云裂開。[參徐眉]識破鶯鶯行藏。[王夾]"嗤",音"參差"之"差",一字句。[文眉]"嗤",音痴。嗤者,扯紙之聲。[凌眉]"嗤"字用韻,一字句,下"嗤"字乃襯下句者。[廷夾]"嗤",音"參差"之"差",一字句。[張眉]"搊紮"句,是插白,俗訛正曲,非。添兩"嗤"字,非。[湯眉]妙,妙![湯沈眉]"嗤",音癡;"撦",音者,猶言裂開。[合眉]決不割捨得。[魏眉]真諸葛![封眉]即空主人曰:"嗤"字用韻,一字句,下"嗤"字乃襯下句者。"管",時本作"敢",非。[毛夾]"紮",音劄。"嗤",音雌。此時尚未寫書,紅不知是書,故稱"詩詞"。諸本以"只恐他"作"他若是",以"詩"、"詞"上添兩"這"字,俱似現成者,皆非也。"嗤",裂紙聲,亦作"撦",一字句也,《倩女離魂》劇"被我都嗤嗤的扯做紙條兒",《劉行首》劇"撦撦撦扯碎布袍"。與《㑳梅香》"嗤的失笑"不同。王解作笑聲,誤。[潘夾]"嗤",音癡,裂紙聲;"撦",音者,韻書:猶云裂開。○此是紅娘故作波瀾,乃不幸言而中。

[末云] 小生久後多以金帛拜酬小娘子。[紅唱]

---

① "他若是見了這詩,看了這詞":封本作"他若是見了那詩,看了那詞";毛本作"只恐他見了詩,看了詞"。
② "他可敢嗤、嗤的扯做了紙條兒":張本作"嗤撦做紙條兒"。"扯",畫徐本、新徐本、湯沈本作"撦";"敢",封本作"管"。

【勝葫蘆】哎，你個饞窮①酸俫沒意兒，［謝眉］“俫”字是北人鄉語，助辭。賣弄你有家私，莫不圖謀你的東西來到此？先生的錢物，與紅娘做賞賜，是我愛你的金資②？［合旁］愛他甚麼？［容眉］愛他甚麼？［王夾］“俫”，郎爹反。［畫徐眉］“挽弓”，拆白“張”字也；“酸俫”，調侃秀才也。“莫不我圖謀”至“金賚”，是與張生相詈之詞，一口數去。若“愛”字上著“非是我”三字，便懶散不成片段。［田徐眉］“挽弓”，拆白“張”字也；“酸俫”，調侃秀才也。“莫不我圖謀”至“金賚”，是與張生相詈之詞，一口數去。若“愛”字上著“非是我”三字，便懶散不成片段。［參徐眉］你愛他甚麼來？所愛者在言外。［孫眉］愛他甚麼？［凌眉］“饞窮”，徐、王改為“挽弓”，以為拆白“張”字，後對奕中亦有“姓挽弓”語。然舊本不然。［廷眉］“挽弓”，拆白“張”字也；“酸俫”，調侃秀才也。“莫不我圖謀”至“金賚”，是與張生相詈之詞，一口數去。若“愛”字上着“非是我”三字，便懶散不成片段。［廷夾］“俫”，郎爹反。［湯眉］愛他甚麼？［湯沈眉］此因張金帛相酬之言發怒也。“饞窮”，方本作“挽弓”。“酸俫”，調侃秀才也云云。二曲正與快口婢子動氣時傳神。［合眉］“酸俫”，調侃秀才。

［魏眉］你愛他甚麼來？［峒眉］你愛他甚麼來？［毛夾］“俫”，郎爹反。

【幺篇】你看人似桃李春風牆外枝，［潘旁］自立身價。賣俏③倚門兒。［士眉］《史記》：“刺繡文不如倚市門。”［余眉］《史記》：“刺繡文不如倚市門。”［繼眉］《史記》：“刺繡文不如倚市門。”［畫徐眉］“你看人”句與“賣俏倚門”句，皆數落張生輕己之意。如“賣俏”句上著“又不比”三字，亦緩卻口氣；此所以貴古本之眞也。［田徐眉］“你看人”句與“賣俏倚門”句，皆數落張生輕己之意。如“賣俏”句上著“又不比”三字，亦緩卻口氣；此所以貴古本之眞也。二曲正與快口婢子動氣時傳神。［孫眉］妙！［文眉］倚門：《史記》云：“刺繡文不如倚市門。”［廷眉］“你看人”句與“賣俏倚門”句，皆數落張生輕己之意。如“賣俏”句上著“又不比”三字，亦緩卻口氣；此所以貴古本之眞也。［張眉］“賣笑”句，緊接上文，添“又不是”，隔斷文義，非。［封眉］時本“賣俏”有“又不比”三字，誤。我雖是個婆娘有志氣。④［湯沈旁］一本添出“家”、“些”二字。［起眉］無名：

---

① “饞窮”：少本、畫徐本、廷本、毛本作“挽弓”。

② “是我愛你的金資”：容本、湯沈本、峒本作“非是愛你的金賚”；畫徐本、廷本作“愛了你金賚”；王本、毛本作“受了你金賚”。

③ “賣俏”：王本、張本作“賣笑”。

④ “我雖是個婆娘有志氣”：起本、陳本作“我雖是婆娘家有些氣志”。

今本無"家"、"些"字。則説道："可憐見小子，隻身①獨自！" [潘旁] 妙
[陳眉] 果有志氣！ 至此乎！

[容眉] 妙！ [容夾] 也妙！ [新徐眉] 説出眞情，何用□□。 [孫眉] 妙，妙！ [劉眉]
孤客眞可憐！ [張眉] "可憐小子，雙身獨自"二句，俱叶韻；訛一句，非。 [湯眉]
妙！也妙！ [合眉] 説得楚楚可 憑的呵，顛倒②有個尋 [湯沈旁] 思。 [起眉]
憐。 [魏眉] 妙！ [峒眉] 妙！ 一作"意"。 無名：
"尋"，一作"意"。 [凌眉] 徐文長曰：二曲妙在一氣急急數去，正與快口婢子動氣
時傳神。 [張眉] "到有"，訛"顛倒有"，非。 [湯沈眉] 紅娘的是個女俠！ [毛夾]
兩曲一氣頂賓白"酬謝"語來。拆白"張"字曰"挽弓"；"酸俫"，即酸丁。"挽弓
酸俫"總稱張秀才也。"受"，勿作"愛"，言你以錢物酬我，是做我賞賜也，而謂我
受之，則輕人甚矣。"倚門"，倚市門也，見《史記》。"顛倒"，猶"反"也，言你
只憑説，我反有個主張耳。元曲如此一氣甚多，亦是詞例。參釋曰："可憐見小子"，
"子"字是韻，俗作"小生"，非。 [潘夾] 此處忽將張生呵斥一番。
張生一味愚誠，不能相席打令，遂惹動這張快嘴，卻是耐他俊利。

[末云] 依着姐姐，可憐見小子隻身獨自！ [合眉] 一教便會，
張生亦善領略。 [紅

云] 兀的不是也，你寫來，喒與你將去。 [末寫科] [紅云] 寫得好

呵，讀與我聽咱。 [容眉] 書柬甚不風流。 [末讀云] 珙百拜奉書芳卿可
[合眉] 書柬甚不風流。

人粧次：自別顏範，鴻稀鱗絕，悲愴不勝。 [潘旁] 柬牘
淺俗乃爾！ 孰料夫人以恩

成怨，變易前姻，豈得不為失信乎？使小生目視東牆，恨不得腋翅

於粧臺左右，患成思渴，垂命有日。因紅娘至，聊奉數字，以表寸

心。萬一有見憐之意，書以擲下，庶幾尚可保養。造次不謹，伏乞

情恕！後成五言詩一首，就書錄呈：相思恨轉添，謾把瑤琴弄。樂

事又逢春，芳心爾亦動。此情不可違，芳譽何須奉？莫負月華明，

且憐花影重。 [潘旁] 故有"待月拂花"之答也。 [容眉] 詩稱之。 [參徐眉]
柬乏風流，多因病思不揚。詩句佳，末興方濃處。 [陳眉] 書乏

風流意味，詩卻稱之。 [孫眉] 書柬甚不風流。 [文眉] 有詞必有詩，情文兩盡

也。 [湯眉] 書甚不風流，詩稱之。 [合眉] 詩妙於柬。 [魏眉] 柬乏風流氣味。

[峒眉] 書欠風流意味，詩卻稱之。 [毛夾] "前因"，諸本作"前姻"為是。然

"因"亦解"姻"，《逸雅》"姻，因也"；《南史·王元規傳》"姻不失親，古人

---

① "隻身"：王本作"一身"；張本作"雙身"。

② "顛倒"：張本作"倒"。

所重，豈敢輒婚非類”，亦
以“姻”為“因”，可證。 ［紅唱］

【後庭花】我則道拂花箋打稿兒，原來他染霜毫不構①思。 ［士眉］“不勾
思”三字，可登詞場神品。［余眉］“不勾思”三字，可登詞場神品。［起眉］李曰：
“不勾思”三字，細入冰鹽絲口。［文眉］數句接續其妙。［凌眉］徐士範曰：“不勾
思”三字，可登詞場神品。“不勾思”，猶言不消思量得，言才有餘，不勾他思索也。
董詞“不打草、不勾思”可證，徐、王俱改為“構”，便索然。［張眉］“構”，亦作
“勾”。［封眉］即空主人曰：“不勾思”，言先寫下幾句寒溫序，後題着五
才有餘也。徐、王改為“構”，便索然。
言八句詩。不移時，把花箋錦字，疊做同心方勝兒。忒聰明，
忒敬 ［湯沈旁］ 思②，忒風流，忒浪子。雖然是③假意兒， ［潘旁］ 小
　　　一作“煞”。　　　　　　　　　　　　　　　　　　　妙！
可的難到此④。 ［謝眉］【後庭花】類多但名同，而字有多寡。［士眉］“煞”，音
廈，太甚曰廈。今京師猶有此語。［余眉］“煞”，音廈，太甚曰
廈。今京師猶有此語。［繼眉］“煞”，音廈，太甚曰“殺”。今京師猶有此語。白樂
天詩：“西日憑輕照，東風莫殺吹。”自注：“殺，去聲。”俗書作“傻”，平水韻。傻
俏不仁，一曰不慧也。［槐眉］太甚曰“殺”，今京師猶有此語。白樂天詩：“西日憑
輕照，東風莫殺吹。”［容眉］難得賞鑒如此！［畫徐眉］謂上文作簡題詩，恭敬的意
兒雖是假，小可人兒亦難辨其真假也。俗改“辨”為“到”，殊謬。［田徐眉］謂上
文作簡題詩，恭敬的意兒雖是假，小可人兒亦難辨其真假也。俗改“辨”為“到”，
殊謬。［新徐眉］此言其賣弄文藝，正小才莫辨。［凌眉］太甚曰“煞”，今京師猶有
此語。徐、王俱改為“三”，無謂。［凌夾］“煞思”者，有意思之思，非思量之思也。
［廷眉］“雖是些”三字，意謂上文作簡題詩，恭敬的意兒雖是假，小可人兒亦難辨
其真假也。俗改“辨”為“到”，殊謬。［張眉］“辨”，言此書非小可人兒所能辨者。
訛“到”者，既非矣；徐文長又改“辨”，謂作題詩，恭敬意兒雖是假，小可人兒
亦難辨其真假，更支離不通。［湯沈眉］“風流”、“浪子”，皆稱人美詞。［合眉］鑒
賞至此，難得，難得！［封眉］“聰明”四句，時本多舛。［毛夾］
“勾”，音構。［潘夾］此處又將張讚揚一番。紅便是賞鑒家。

【青歌兒】顛倒寫鴛鴦兩字，方信道“在心為志”。 ［天李旁］用頭巾，
　　　　　　　　　　　　　　　　　　　　　　　　　妙！［畫徐眉］是

---

　　① “構”：士本、余本、起本、凌本、毛本作“勾”。
　　② “忒敬思”：少本、士本、余本、熊本、槐本、凌本作“忒煞思”；畫徐本、
王本、湯沈本、毛本作“忒三思”。
　　③ “雖然是”：廷本、毛本作“雖是些”。
　　④ “難到此”：畫徐本、王本、張本作“難辨此”。

以作簡存心為志，言其專心致志也。［田徐眉］是以作簡存心為志，言其專心致志也。
［文眉］如今行禮書，顛倒寫"鴛鴦"兩字。［廷眉］在心是己作簡，在心為志，是
以作簡為志，言其專心致志也。　　　［末云］姐姐將去，是必在意者！［紅唱］看
［魏眉］妙！［崦眉］妙！

喜怒其間覷個意兒①。放心波學士！我願為之，並不推辭，自有

言詞②。　　［容眉］好！［田徐眉］"道甚言辭"二語，以白作曲，淡而濃，簡而俊，
俱屬妙境。［參徐眉］妙，妙！［凌眉］"顛倒"至"意兒"，俗作生唱，
謬甚。［湯眉］好！［魏眉］　　則説道："昨夜彈琴的那人兒，教傳示③。"
妙！［崦眉］妙！

［士旁］題起衷腸。［余旁］題起衷腸。［新徐眉］"道甚言詞"句，自是傳束主意如
此。［凌眉］"那人兒"，"兒"字用韻，非襯字也。【青歌兒】本調末句宜三字，本傳
"成秦晉"、"愁無奈"，《悟真如》劇"瀉向紅蓮葉兒中，菩薩種"，《千里獨行》劇
"漢室江山漸漸消，兵傾倒"，馬東籬小令云"翡翠坡前那人家，黿山下"，皆可證。
徐、王皆以"兒"字為襯而去"教"字，非調矣。［張眉］"教"者，那人教也。訛
"來"者，豈那人來也？［湯沈眉］"在心為志"，小心在意之謂。紅言我此行須看他
喜怒意思方投束，你自放心。"波"，助語。"學士"，稱張之謂。我既應求了你，願
為之而不必推辭也。我見時亦何以措詞哉，"則説道"云云。［封眉］即空主人曰：
"那人兒"，"兒"字用韻，非襯字也。【青歌兒】本調末句宜三字，本傳"成秦晉"、
"愁無奈"，《悟真如》劇"瀉向紅蓮葉兒中，菩薩種"，《千里獨行》劇"漢室江山
漸漸消，兵傾倒"，皆可證。徐、王皆以"兒"字為襯而去"教"字，非調矣。［毛夾］
"勾思"，即"構思"，元詞通用。"風流"、"浪子"，"三思"、"聰明"，俱誦美詞。
《謝天香》劇"不三思，越聰明，不能勾無外事"，鮮于伯機詞"元來則是賣弄他風
流浪子"。不然，"不勾思"而又稱"三思"，自矛盾矣。觀此，則前曲"沒三思"，
正所云"不抹媚"也。"假意"，猶俗言"撮空"，指上"賣弄"言，非以其偽也。
"在心為志"，出《毛詩大序》："在心為志，發言為詩"，此正嘉其能發為詩，故引此
一句作歇後語，猶下曲"有美玉於斯"一例。若《謝天香》劇"聖人道'在心為志，
發言為詩'"則全引之者。俗解謂娼家封書，鈐作"志"字，拆開則為"心干"二
字，固妄誕可笑。王伯良既破其誤，而亦解作"小心在意"。始知解詞曲亦未易也。
"自有言詞"，承上二句來；他本作"道甚言詞"，則"推辭"句住不得矣。言我將於
喜怒間窺其機而投之，你自可放心也。況我既許之，自有詞説，但説昨夜彈琴人教我
傳示，則彼自曉然耳。參釋曰："喜怒其間"勿斷，七字句也。俗於"喜怒"上添一
"看"字，與"覷"字重矣。又參曰："拂花箋"數語及"顛倒寫鴛鴦"字，俱用董
詞。［潘夾］"喜怒"二字，即下文性難按納處；彈琴那人，便是志誠種。諒得雙文心

---

① "看喜怒其間覷個意兒"：毛本作"我喜怒其間覷那意兒"。
② "自有言詞"：畫編本、田徐本、王本、凌本作"道甚言詞"。
③ "那人兒，教傳示"：士本無"兒"字；王本作"那人兒來傳示"。

死。〇此處又將張生安慰
一番。紅便是個俠客。

這簡帖兒我與你將去，先生當以功名為念，休墮了志氣者！　[合眉]
張生又

該長跪
受教。

【寄生草】你將那偷香手，準備着折桂枝。休教那淫詞兒污①了
龍蛇字，藕絲兒縛定鴛鵬翅，黃鶯兒奪了鴻鵠志；休為這②翠幃
錦帳一佳人，誤了你“玉堂金馬三學士”。　[士眉] 愛不忘規，何物妮
子如此！[余眉] 愛不忘規，

何物妮子如此！[容眉] 紅娘也道學起來。[起眉] 李曰：淫蕩中不忘箴規之意。字
字眼目，色色神采。《滑稽傳》無此象，柏梁體無此韻。[畫徐眉] 人情然也。王云：
“誤”字，“污”字勝之，宜從今。[田徐眉] 人情然也。王云：“誤”字，“污”字
勝之，宜從今。[新徐眉] 慰之且勉之，兒女子意態往往如是，然亦情之不已也。
[參徐眉] 風浪中着篙亦見力，量紅娘有之。[陳眉] 這丫環也來講道學。[孫眉] 紅
娘也學得道學。[文眉] 數句説，欲張生上進。[廷眉] 人情然也。[湯眉] 紅娘也道
學起來。[湯沈眉] 此詞句句皆對。歐陽文忠公《與趙概呂公著同宴作口號》有“玉
堂金馬三學士，清風明月兩閑人”之句。[魏眉] 紅娘也來講道學。[峒眉] 這丫頭
也來講道學。[封眉] “為着那”，時本作“休為這”，非。[毛夾] 忽作憐生語，因簡帖
而惜其才也，兩“休”字懇切。王本注：《澠水燕談》載，歐陽文忠公、趙少師、呂
學士同宴，作口號云：“金馬玉堂三學士，清風明月兩閑
人”。[潘夾] 此處又將張生勸勉一番。紅便是一個嚴師。

[末云] 姐姐在意者！[紅云] 放心，放心！

【煞尾】沈約病多般，宋玉愁無二，清減了③相思樣子。　[潘旁] 妙
至此乎！

則你那④眉眼傳情未了時；中心日夜藏之。怎敢因而，　[張眉] “因
而”，怠緩也。

“有美玉於斯”，　[謝眉] “美玉於斯”，《論語》中義。[繼眉] 沈約求外補，不
許。陳情於徐勉曰：“老病百日瘦損，不堪金帶垂腰。”宋玉作
《九辨》有云：“獨悲愁其傷人兮，馮鬱鬱其何極！”[槐眉] “沈約病”，出氏族，又《文
選》。沈約少烏志，左目重瞳，聰敏過人。集書萬卷，久處端揆，有志主司。梁武帝

---

① “污”：畫徐本作“誤”。
② “休為這”：封本作“為着那”。
③ “了”：毛本、封本作“做”。
④ “則你那”：毛本作“則這”。

不用，求出外，不許。乃致書中陳情於徐勉曰："某病百日，瘦損不堪，今帶中腰。"故謝事求歸。[**畫徐眉**]"因而"，方言，怠緩也。"美玉"句，是言不敢韞櫝而藏，此帖不達；是紅娘調文袋作謎語也，謔詞也，甚有趣。此下數句，俱申言此一句。[**田徐眉**]"因而"，方言，怠緩也。"美玉"句，是言不敢韞櫝而藏，此帖不達；是紅娘調文袋作謎語也，謔詞也，甚有趣。此下數句，俱申言此一句。[**凌眉**]"有美玉於斯"，以成語泛贊生耳。徐謂調文袋，以為"韞櫝而藏之"歇後，王謂珍重其書，皆牽強。[**廷眉**]"因而"，方言，怠緩也。"美玉"句，是言不敢韞櫝而藏，此帖不達；是紅娘調文袋作謎語也，謔詞也，甚有趣。此下數句，俱申言此一句。[**湯沈眉**]沈約求外補，曰："老病百日瘦損，不堪金帶垂腰。"宋玉云："獨悲愁其傷人兮，憑鬱鬱其何極！"首三句俊甚，極言其瘦之甚。"怎敢因而"，作句；"因而"，方言，輕慢之意。"有美玉"句，以此珍重其書之意。[**合眉**]"因而"，方言，輕慢之意。[**封眉**]"做"，時本作"了"，誤。

我須教有發落歸着這張紙。憑着我舌尖兒上說詞，更和這簡帖兒裏心事①，管教那人兒來探你一遭兒。[下] [**起眉**]無名："心事"，一作"才思"，殊不妥。[**田徐眉**]《記》中紅娘諸曲，大多掉弄文詞，而文理每不甚妥貼。正摸寫婢子情態，用意如此，非妙手不能。[**新徐眉**]小紅獨非至誠種乎？[**參徐眉**]看他一個打心秋。[**文眉**]"説"，音税。[**峒眉**]説話太滿！[**毛夾**]此許其傳書之用心也，頂賓白來。"清減做相思樣子"，言清減處做個相思榜樣也。俗作"清減了"，非。"因而"，坊語"苟且"意，《隔江鬥智》劇"這姻緣甚的天賜"；且"因而，有美玉於斯"，借下文"韞櫝"語，以比珍重其書之意，歇後語也。"則這眉眼傳情"，諸本作"嗒這"，非也。言為你憔悴，只這眉眼傳情未了之時，便中心不忘，今既得書，豈敢苟且暴露乎？當定有歸結也。憑我之能，與汝之才，管教那人降心也。"眉眼傳情"，指從前初會時，故云"未了"。徐天池曰：紅娘諸曲，多掉弄文詞，而文理每不甚妥貼。正摸寫婢子情態，用意如此。參釋曰：首二句用董詞"沈約一般，潘安無二"。[**潘夾**]好個"相思樣子"！還是將來作前車之鑒，還是將來駿骨之收？"眉眼傳情"二句，直從"眼花繚亂、臨去秋波"時説來，言從你兩個眉眼關情起頭，我便為你兩個留心，豈到今日，反浮沉你的束貼？②教張生"聽候發落"，妙，妙！"這張紙"，又輕薄得妙！許他主考處去説人情，見我舌頭有靈，你試卷也未必得力。管教那人探你，將此事又一肩挑去矣。忽謔忽莊，直如戲海游龍。徐文長曰：

維摩天女，隨地説法，隨處徵

心。今看紅娘舌底，真有青蓮。

[末云]小娘子將簡帖兒去了，不是小生説口，則是一道會親的符籙。他明日回話，必有個次第。且放下心，須索好音來也。"且將

---

① "心事"：王本作"才思"。
② [**潘夾**]："有美玉於斯"，歇後"韞櫝而藏"也。

宋玉風流策，寄與蒲東窈窕娘。"［下］

［容夾］忒饞！
［孫眉］忒饞！

［容尾］曲白妙處，盡在紅口中摹索兩家，兩家反不有實際。神矣！

［新徐尾］批：生慧不如鶯鶯，巧不如紅，故生被鶯擒了神魂，鶯被紅持了綫索。

［王尾・注一十三條］

【賞花時】：俊詞也。《游宦紀聞》：通天犀有白星徹端。古詩"心有靈犀一點通"。古本"胭粉"，較今本作"脂粉"似俊。"消香"，今本作"香消"，與上"無心"不對，今正。徐云：此極褻之詞，卻用得免俗。

【點絳唇】："行祠"，猶言行宮、行臺之謂。相國之寄居祠中，以值喪事也；幼女孤兒之欲死，以又值兵亂也。

【混江龍】：詞隱生云："伸志"，言張生伸己之意志，而拯救其危也。"文章有用"，指興師之書；"天地無私"，言不容賊徒之肆惡而亟殄滅之也，即下"剪草除根"之意。"糊突"，即"糊塗"，北人"塗、突"元同音，然"糊突了"與下"淚流濕"作對不整，疑有誤。

【油葫蘆】："憔悴潘郎鬢有絲"，與"杜韋娘不似舊時"、"帶圍寬減了瘦腰肢"句，參差相對。"杜韋娘"對"潘郎"，"不似舊時"對"憔悴"；"帶圍"系七字句，襯一字，對"鬢有絲"；"寬減"二字相連，讀勿斷，調法如此。下六句自相對偶。俗本於"杜韋娘"句下添"一個"二字，謬甚①。"筆下寫幽情"，頂"花箋"句；"絃上傳心事"，頂"絲桐"句。末句總承上文。"筆下寫幽情"二句，法當用七字句，以對偶，俏變。

【天下樂】：承上曲來，言張生鶯鶯二人，如此情致，如此聰明，所謂才子佳人，世間信有；便害相思，亦與他人不同②。看來我紅娘倒也是個乖巧伶俐的人，或者遇着有情之人，不得遂心，也要如此害相思。但他每害得有些喬樣，我若遭着時，不暇如此三思，但一直頭安排個憔悴死而已。"抹媚"，猶言粧喬，即下之"三思"，上之絲桐傳恨、花箋寄詩等事也。"他害的有抹媚"與"我遭着沒三思"，二語正相對。今本

---

① ［王眉］俗本之訛往往如此。
② ［王眉］說得淋漓委曲動人。

"有"字下添"一些"字，遂爾不整。意亦後人誤增，今第削去，便自瞭然①。"媚"字原不用韻。古注謂紅娘說自己性乖，故不像二人之憔悴至死。徐謂：紅娘不能為上文"三思"之事，反言己之呆，倒是乖。而皆以"有情人不遂心"句，泛指天下人，俱覺纏擾不妥耳。今並存之。

【村裏迓鼓】：（董詞"把紙窗兒微潤破，見君瑞披衣坐"。）又（鄭德輝《翰林風月》劇"門掩蒼苔書院悄，潤破紙窗偷瞧。"）古本作"濕破"，並前白亦然。"潤"字佳，當是傳寫之誤，今從"潤"。"睡起"、"況味"、"活計"、"聲息"，俱元不用韻。各三句，鼎足對法也。

【元和令】：（董詞"手取金釵把門打"。）"散相思"，以相思散與人也。俗本謂"五瘟使"是"氤氳使"之誤，渠自不識調。"五瘟"之"五"字，當用仄聲，用不得平聲也。"探爾"之"爾"，俗本作"你"，便非韻。蓋元省作"爾"，又"爾"、"你"字形相近之誤耳。（董詞"起來梳裹，脂粉未曾施"。）"張殿試"，猶言張狀元也。

【上馬嬌】："這妮子"下，替鶯鶯口氣說；"妮子"勿斷，七字成文。"嗤"，笑聲，笑其扯做紙條也。（《倩女離魂》劇"被我都嗤嗤扯做紙條兒"）正用此語。"嗤"字另唱，與首折"偏、宜貼翠花鈿""偏"字另唱一例。

【勝葫蘆】：此因張生"金帛相酬"之言而發怒也。二曲一氣連看下，勿斷。"張"、"章"二姓，俗有"挽弓"、"立早"之別。"挽弓"，拆白"張"字也。"酸俫"，調侃秀才也，言你個張秀才好沒意思，你說多以金帛酬我，欲賣弄自家有家私耶？我之此來，為圖謀你的東西而來耶？若你把錢物作賞賜，而我受了你，是看我做牆花路柳，賣笑倚門而為娼妓等人也。我雖婢子，卻有志氣而不重錢物，你只下個小心求我，我倒有個尋思，而替你寄去不辭耳。"可憐見小子"作句，"一身獨自"作句。徐云：二曲妙在一氣急急數去，正與快口婢子動氣時傳神。俗本添許多墊字，口氣便緩而懈矣。此可與智者道耳。"賣笑"，今本作"賣俏"。《史記》："刺繡紋不如倚市門。"

【後庭花】：董詞："也不打草，不勾思，先序幾句俺傳示，一揮揮就

---

① ［王眉］逕削去"些"字更爽。此等之疑，不關可也。

一篇詩"。"勾",從古本作"搆",然元詞俱止作"勾"。"風流浪子",皆稱人美詞。(鮮于伯機詞"元來則是賣弄他風流浪子"。)(《倩女離魂》劇白"那王秀才生的一表人物,聰明浪子"。)(顧君澤詞"風流浪子怎教貧"。)可證。末"小可的難辦此","辦",猶言優為也,言上文作柬題詩,雖是弄聰明而為此假意,然使小可之人,亦不能優為之也。"辦",諸本作"到",筠本作"辨"字解,俱非。"辦"、"辦",古字元通用。朱本只作"辦"。

【青歌兒】:(董詞"須臾和淚一齊封了,上面顛倒寫一對鴛鴦字"。"在心為志",小心在意之謂;有俗解謂娼家對書,於交縫處作一"志"字,拆開則成"心干"二字,殊非大雅。紅娘言:我此行,看他意思喜怒,然後投柬,你自放心,我既應承了你,決不又推辭而誤你也。我見小姐何以措辭,則説昨夜彈琴之人教我傳示於你,而待他自尋思之也。"喜怒其間"勿斷,七字句。"那"字系襯字。徐云:"道甚言辭"二語,以白作曲,淡而濃,簡而俊,俱屬妙境。

【寄生草】:此調句句皆對。筠本"淫詞兒污了龍蛇字"作"誤了",下"誤了玉堂金馬三學士",作"送了",今從朱本。《澠水燕談》,歐文忠公與趙少帥概、呂學士公著同宴,作口號,有"玉堂金馬三學士,清風明月兩閑人"之句。

【煞尾】如沈約之病多般,與宋玉之愁無二。"相思樣子",語俊甚,極言其瘦之甚也。(董詞"沈約一般,潘安無二"。)"怎敢因而"作句;"因而",方言,輕慢之意。(《謝天香》劇"初相見,呼你為學士,謹厚不因而"。)及後寄書折"勿得因而",可證。"有美玉於斯",以比珍重其書之意,卻借用下文"韞匵而藏"語也。因賓白張生有"姐姐在意"之囑,故言你二人向日眉眼傳情未了之時,我已中心藏之而不敢忘矣;你之書與重價之美玉一般,我怎敢輕慢而沉匿了你;我須教此去定有發落,歸着這一張紙也。《記》中紅娘諸曲,大都掉弄文詞,而文理每不甚妥帖。正以模寫婢子情態,用意如此,非妙手不能①。"那人兒"勿斷,斷則兩"兒"字矣,元七字句。

①　[王眉] 三昧語。

　　[陳尾] 不裝病景，不極相思滋味。

　　[孫尾] 曲白妙處，盡在紅口中摹索兩家，兩家反沒有實際。神矣！

　　[劉尾] 不裝病景，不極相思滋味。

　　[湯尾] 曲白妙處，盡在紅口中摹索兩家，兩家反不有實際，神矣。

　　[合尾] 湯若士總評：紅娘委實是個大座主，張生合該稱紅為老老師，自稱為小門生。恐今之稱老師、稱門生者，未必如紅娘惓惓接引，白白無私也。李卓吾總評：曲白妙處，盡在紅口中摹索兩家，兩家反不有實際。神矣！徐文長總評：讀"靈犀一點"，紅是大國手；讀"剪草除根"，紅是公直人；讀"賣弄家私"，紅是清廉使客；讀"可憐見小子"，又是慈悲教主；讀"忒聰明"數語，又是賞鑒家；讀"偷香手"數語，又是道學先生。總之是維摩天女，隨地説法，隨處徵心。今而後余不敢以侍兒身目紅娘矣。

　　[魏尾] 總批：生慧不如鶯鶯，巧不如紅，故生被鶯擒了神魂，鶯被紅持了綫索。

　　[峒尾] 批：不裝病景，不極相思滋味。此使女的是個勾魂使者。

　　[潘尾·説意] 此篇寫得紅娘一片風雲，使人捉着，猶將飛去。當其未晤張前，純是一段憐才盛心，何其悽憫！一入門來，便作恢諧排調之詞，將自家攛到九霄雲裏，罵得張生酸氣直逼。及尺牘方成，忽然大聲讚揚，張生一時弄巧市才情景，被他洞見肺腑。乃讚揚未已，復加安慰；安慰未已，又加教訓。即良醫之於病人，嚴師之於學者，未有體貼諄復至於如此者也！忽嗔忽喜，忽予忽奪，使張生一時捉摸不來，幾於顛倒豪傑矣。張懦於用情，波瀾不出，紅事事從中提掇，故不覺入其玄中也。紅真人傑也哉！

　　【點絳唇】至【天下樂】四闋，如湘靈降渚，眇眇言愁。【村裏迓鼓】一闋，如山鬼窺人，倚燈欲泣。【元和令】、【上馬嬌】二闋，如天女散花，列真微笑。【勝葫蘆】二闋，如麻姑鳥爪，咄咄逼人。【後庭花】、【青歌兒】、【寄生草】三闋，如青鳥西來，喜見劉郎已具仙骨。【賺煞】如紅綫反命，出潞州城，曉風殘月，瞥然竟去。

第二折

[旦上云] 紅娘伏侍老夫人不得空便，偌早晚敢待來也。 [文眉] "偌"，音熱。"偌"字起得早了些兒，困思上來，我再睡些兒咱。 [容眉] 嬌態！ [參徐眉] 是乃北人鄉語。 個相思態。 [湯眉] 嬌態！ [合眉] 嬌態，軟哈哈。 [魏眉] 嬌態！ [峒眉] 嬌態！ [睡科] [紅上云] 奉小姐言語去看張生，因伏侍老夫人，未曾回小姐話去。不聽得聲音，敢又睡哩，我入去看一遭。 [容眉] 關目好！ [湯眉] 關目好！

【中呂】【粉蝶兒】風靜簾閑， [廷旁] 妙！ [湯沈旁] 透 —作"繞"。 紗窗麝蘭香散，啟朱扉搖響雙環。 [畫徐眉] 香逸紗窗，以無風而簾不動也。 [田徐眉] 香逸紗窗，以無風而簾不動也。 絳臺高，金荷小，銀釭 [湯沈旁] 音江。 猶燦。 [合眉] 濃豔婉麗，周昉《仕女圖》亦不過此。 比及將暖帳輕彈，先揭起這梅紅羅軟簾偷看。 [繼眉] 宴叔原詞："今宵剩把銀缸照。""缸"，古亦作"虹"；李長吉詩："飛燕上簾鉤，曉虹屏中碧。"亦謂貴人晏眠，而曉燈猶在缸也。 [槐眉] 宴叔原詞："今宵剩把銀缸照。"古亦作"虹"；李長吉詩："飛燕上簾鉤，曉虹屏中碧。"亦謂貴人晏眠，而晚燈猶在缸也。 [容眉] 好！ [畫徐眉] 妙！ [田徐眉] 妙！元時上表箋，以梅紅羅單紙封裹，蓋當時所尚。 [王夾] "釭"，音薑，與"缸"不同。 [廷眉] 妙！ [廷夾] "釭"，音薑，與"缸"不同。 [湯眉] 好！ [湯沈眉] 首三曲濃豔婉麗，委曲如畫，周昉《仕女圖》亦不過此。"釭"，古亦作"虹"；李長吉詩："飛燕上簾鉤，曉虹屏中碧。"亦謂貴人晏眠，而曉燈猶在釭也。 [合眉] 紅娘也要作賊。 [封眉] "釭"與"缸"不同；"缸"，罌也，俗多誤。 [潘夾] 由牕外入房門，由入門見房內，由房內至榻前，由榻前啟羅帳，凡添香換履，啟帳吹燈，皆貼緊侍兒職也。曲曲寫來，嬌女深閨春曉，及侍兒惜玉憐香，種種情況，俱宛然可想。"輕彈"、"偷看"，惟恐驚覺雙文也。有多少小心次候處，更有多少深心愛護處。
紅之殷勤，亦於此可見一斑。

【醉春風】則見他釵嚲玉斜橫①， [凌旁] 朱本作"斜橫"。 鬢偏雲亂挽。 [廷旁] 妙！

---

① "斜橫"：畫徐本、凌本、湯沈本作"橫斜"。

［畫徐眉］妙！ ［田徐眉］妙！ 日高猶自不明眸①，暢好是懶、懶。 ［謝眉］"懶"字，作二句韻。 ［繼眉］"鬟"，音朵，下垂貌。 ［田徐眉］《洛神賦》"明眸善睞"。 ［孫眉］畫！ ［凌眉］"明眸"，開目也，本無可疑。王謂語費力而改為"凝"，何謂？且既以注視解"凝"，而又曰朦朧未開，不注視與朦朧亦遠。 ［張眉］第一二句俱少一字，第四句俗失三字。 ［湯沈眉］"鬟"，音朵，下垂貌。"橫斜"，徐作"斜橫"。"明眸"，方作"凝眸"。"暢好"字，見前注。 ［合眉］我見猶憐，何況小張？

［旦做起身長歎科］ ［紅唱］半晌抬身，幾回搔耳，一聲長歎。

［潘旁］我見猶憐。 ［士眉］模寫困郁之狀宛然。 ［余眉］模寫困郁之狀宛然。 ［容眉］畫！ ［起眉］李曰：大是嬌淫豐度。本自《離騷》"既含睇兮又宜笑，子慕余兮善窈窕"，變化而調成之者也。妙在意，不在象。 ［新徐眉］狀鶯之懶之恨，字字生活。 ［王夾］"鬟"，音朵；"凝眸"，一作"明眸"。 ［陳眉］便是個會真像。 ［文眉］摹寫困鬱之狀寂然。 ［廷眉］妙！ ［廷夾］"鬟"，音朵；"凝眸"，一作"明眸"。 ［湯眉］畫！ ［魏眉］大是嬌淫豐度。妙在意，不在象。 ［峒眉］大是嬌淫豐度。妙在意，不在象。 ［毛夾］"鬟"，音朵。此一折絕大關鍵。首二曲寫鶯初起時，是曉閨之絕豔者也。"風靜"二句相承語，惟"風靜"故"簾閑"，惟"簾閑"故"香繞"，此從外看人者，故以"啟朱扉"承之。"絳臺"、"金荷"承"燭盤"也。既曉而"銀釭猶燦"者，閨房多停燭，猶吳宮詞"見日吹紅燭"也。"彈"即"揭"也，將彈暖帳，先揭軟簾，亦漸入次第也。"玉斜橫"則"釵鬟"，"雲亂挽"則"髻偏"，"日高"而目未明，故"懶"，然統是意中語。今或以"暢好懶"為向鶯語，為鶯怒之由，則不知紅當日何以必唱【醉春風】曲使鶯得聞也。《洛神賦》"明眸善睞"，"不明眸"以朦朧言。"半晌"三句，亦只是懶，而繼以長歎，則其情可知耳。參釋曰：梅紅羅軟簾，以梅紅之羅為之。《翰墨全書》載元時上箋表者以梅紅羅單綖封裹，即此。 ［潘夾］則"見他"三字，緊承"偷看"二字說下，"懶懶"二字，寫出繡戶春深，海棠未足來。"半晌擡身"三句，猶然懶也。一種春睡惺憽、神思恍惚景象，宛然在目。崔之多情，亦於此可見一斑。

我待便將簡帖兒與他，恐俺小姐有許多假處哩。我則將這簡帖兒放在粧盒兒上，看他見了說甚麼。 ［容眉］關目好。 ［參徐眉］一片心事安排做得。 ［陳眉］關目好。 ［劉眉］料得出！ ［湯眉］關目好。

［旦做照鏡科，見帖看科］② ［合眉］天喜星送來的。 ［紅唱］

---

① "明眸"：王本、廷本作"凝眸"。

② 合本於"［旦做照鏡科，見帖看科］"後，有說白云："［紅偷覷科］［鶯］這是那裏來的?"

【普天樂】晚粧殘，烏雲軃①，輕勻了粉臉，亂挽起雲鬟。[士眉]大是嬌淫豐度。[余眉]大是嬌淫豐度。將簡帖兒拈，[凌旁]“拈”字元不用韻，非犯廉纖韻也。把粧盒兒按，開拆[凌旁]俗作“拆開”，非也。第二字宜仄。封皮孜孜看，[潘旁]心中何其歡喜！顛來倒去不害心煩。

[新徐眉]“亂挽起”句，是見書而罷也。[文眉]“孜”，音茲。[凌眉]“軃”字是歌戈，非寒山，然舊本皆然，豈亦可借音“彈”耶。寒山中多“彈”、“憚”等字。古字偏旁同者皆可叶，如“旂”字叶斤、“煇”字叶軍之類。然詞家未聞有之。王改為“散”，是韻非舊本，不敢從。王伯良曰：《緋衣夢》“睡起來雲鬢兒覺偏軃，插不定秋色玉連環”，則“軃”或又作“彈”音。[張眉]“撣”，北方言，不整齊之謂。訛“軃”，失韻；亦作“散”。第八句多一字。[湯沈眉]“軃”，朱本作“散”。“臉”，方作“面”。晨而曰“晚粧”，宿粧未經梳洗也。前“雲亂挽”，此“烏雲軃”及“亂拘起雲鬟”，稍重。[魏眉]好嬌才，好老奸！[峒眉]好嬌才，好老奸！[封眉]“彈”，音灘，弊貌。時本多誤作“軃”，非。《詩》“檀車嘽嘽”，徐廣曰：車弊則木連，及韋革金鏤飾皆起若敗巾，故從巾。此蓋言睡起粧殘而髮巾鬆綽也。即空主人曰：“拈”字元不用韻，非犯廉纖韻也。又曰：俗作“拆開”，非也，第二字宜仄。[旦怒叫②][容旁]假得妙！[潘旁]假意！紅娘！[紅做意

云]呀，決撒了也！厭的③早挖[湯沈旁]音蓋。皺了黛眉。[旦云]小賤人，不來怎麼！[紅唱]忽的波低垂了粉頸，氳的呵改變了朱顏。

[容眉]也要如此做一做。[畫徐眉]“晚粧殘”三句，以昨晚之粧已殘而梳洗；“亂挽起”句，是見書而罷也。“不害心煩”，言不以費心為害也。“厭的”句，是見書不悅；“忽的”句，自想此事，明與紅言耶？抑瞞紅耶？“氳的”句，畢竟自不認錯。[田徐眉]“晚粧殘”三句，以昨晚之粧已殘而梳洗；“亂挽起”句，是見書而罷也。“不害心煩”，言不以費心為害也。“厭的”句，是見書不悅；“忽的”句，自想此事，明與紅言耶？抑瞞紅耶？“氳的”句，畢竟自不認錯。[參徐眉]此是鶯鶯伎倆，紅娘畣識。[王夾]“散”，上聲；“挖”，音蓋。[孫眉]也要如此做一做。[文眉]“挖皺”，音螢奏。[廷眉]“晚粧殘”三句，以昨晚之粧已殘而梳洗；“亂挽起”句，是見書而罷也。“不害心煩”，言不以費心為害也。“厭的”句，是見書不悅；“忽的”句，是想此事，明與紅言耶？抑瞞紅耶？“氳的”句，畢竟自不認錯。[廷夾]“散”，

---

① “軃”：王本、廷本作“散”；封本作“彈”。
② “旦怒叫”：容本作“鶯怒叫云”。
③ 毛本於“厭的”前有“則見”二字。

上聲；"扢"，音蓋。[張眉] 此處"了"字，皆已然之詞，雖襯字，卻去不得。[湯眉] 也要如此做一做。[合眉] 卻要如此做做。[封眉] "厭的"、"忽的"、"氲的"下，時本多妄增字。[毛夾] 不曰"曉粧"，而曰"晚粧"，以宿粧未經理也，前言"雲亂挽髻偏"故也。此言"烏雲散"，則髻解將理矣。又曰"亂挽起雲鬟"，則因見簡帖而又倉卒縮結也。此正模畫入阿堵處，而不知者以為重復，何也？湯若士曰："則見"三句，遞伺其發怒次第也。"皺眉"，將欲決撒也；"垂頸"，又躊躇也；"變朱顏"，則決撒矣。參釋曰：此私寫其見簡之狀也。"則見"三句，亦用董詞"低頭了一晌，讀了又尋思"諸語。[潘夾] "撒假"二字，是雙文一生性子，被紅娘鶻眼拈出。【普天樂】一闋，自作兩截寫。"不害心煩"以上，言其心中實喜，"扢皺眉黛"以下，乃言其外面粧喬，皺眉是打算，垂頸是沉思，變顏方是做出，三句有無數轉關。此事如何應付？還是認真認假？低頭一算，便決計撒起假來。不但一時撒假，並寫回書的意思，此時已算到了。○此事畢竟是紅娘不是。他明明使你去，你自該明明覆他。將書暗投粧盒，自家反立在野裏閑，看來未免弄乖使巧。雙文此時即欲開心見意，能不為小妮子所忽笑？便尋思一計：他當面做個鬼過關，我也當面使個仙人跳，落得將他打個下馬威，仍要罰他做個星趕月。紅娘十二分尖酸，
小姐偏廿四分狡獪。看他兩個，便鬥出無數法來。

　　　　[旦云] 小賤人，這東西那裏將來的？我是相國的小姐，誰敢將這簡帖來戲弄我，我幾曾慣看這等東西？ [田徐旁] 純乎賈語。[潘旁] 虧你出得口來！[陳眉] 那也是張尚書的公子。[劉眉] 他也是尚書的公子。[湯沈眉] 喬舌！ 告過夫人，打下你個小賤人下截來。[紅云] 小姐使將我去， [容旁] 妙！ 他着我將來。我不識字，知他寫着甚麼？

[容眉] 推到他身上，高！
[湯眉] 妙！[湯沈眉] 利口！

【快活三】分明是你過犯，沒來由把我摧殘；使別人顛倒惡心煩，你不慣，誰曾慣？ [孫旁] 沒得説！[容夾] 沒得説！[畫徐眉] 妙，妙！[田徐旁] 妙，妙！言你不曾看慣，我亦不曾寄慣。俗解直指鶯説，謬甚！[新徐眉] 妙，妙！[參徐眉] 一轉語便將鶯鶯調弄。[王夾] "惡"，去聲。[陳眉] 一轉語便將鶯兒玩弄掌股之上。[孫眉] 一轉語便將鶯兒玩弄掌股之上。[文眉] 此紅娘將鶯鶯指實也。[凌眉] "別人"，紅自指，今俗猶有此語。"顛倒惡心煩"即無頭惱、不耐煩之意。王謂使我去而顛倒作惱，恐未是。"你不慣"三字，即以鶯白語而反詰之，非直言鶯慣也，極明白。王謂鶯原不真慣，而解為你不慣看，我不慣寄，穿鑿甚。[廷眉] 妙，妙！[廷夾] "惡"，去聲。[湯沈眉] "惡"，去聲。"慣"，應白"幾曾慣來"？[魏眉] 一轉語便將鶯兒調弄。[峒眉] 一轉語便將鶯鶯調弄。[毛夾] "惡"，去聲。使我去，是"過犯"也。"顛倒"，只作"反"字看，要使別

人反憚煩耶？你固不慣，誰則曾慣耶？此頂賓白"慣"字來。"惡"，即好惡之"惡"，古樂府"中心靡煩"，《切鱠旦》劇"你卻便引得人來心惡煩"。參釋曰："你不慣"句，不斷而意斷，勿一氣讀下。不然，似鶯真慣矣。
王解為鶯不慣看，紅不慣寄，增出二字，又非語氣。

姐姐休鬧，比及你對夫人說呵，我將這簡帖兒去夫人行出首去來。[潘旁] 妙，妙！此先着也。[旦做揪住科] 我逗你耍來。[槐眉] "首"，去聲。[容眉] 關目好。[容夾]

露出本來面目。[孫眉] 露出本來面目，妙甚！[湯眉] 關目好。[合眉] 羞，羞！[紅云] 放手，看打下下截來。

[容旁] 妙！[潘旁] 妙！[潘夾] 即將"慣"字劈面翻來，使小姐對口無言。復將"出首夫人"一劫，使小姐急無應着，不得不把真情畢露。先被他鬪出一法。紅娘輸了雙帖，[旦云] 張生近日如何？[紅云] 我則不說。[容旁] 妙！小姐幾乎無梁。

[旦云] 好姐姐，你說與我聽咱！[紅唱]

【朝天子】張生近間、面顏，瘦得來實難看。[謝眉] "面顏"，兼上句者為是。[畫徐眉] 妙，妙！[田徐眉] 妙，妙！[新徐眉] 又畫出張生來。[廷眉] 妙，妙！不思量茶飯，怕待動彈①；[凌眉] "思量"句，王謂連下七字句，而此四字二句為變體。非也，乃襯一字耳。[張眉] 俗訛"飯"為韻，添字作兩句，非。[封眉] "揮"，時本誤作"憚"。曉夜將佳期盼，廢寢忘餐。黃昏清旦，望東牆淹淚眼。[合旁] 可憐！[士眉] 所謂冷語剩言，傳情篤至。[余眉] 所謂冷語剩言，傳情篤至。[容夾] 說得可憐！[起眉] 王曰：冷語刺人，透入心骨。[田徐眉] "黃昏清旦"與"曉夜"字似重。[文眉] 提起東牆，方顯出西廂來意。[湯眉] 說得可憐！[旦云] 請個好太醫看他證候咱。[容夾] 你便是大藥王。[紅云] 他證候吃藥不濟。病患[凌旁] 作平。、要安，則除是出幾點風流汗②。[容夾] 怎麼樣出？[參徐眉] 對症發方，藥到即愈。[陳眉] 郎中藥包內，恐無這一味妙藥。[孫眉] 你便是大藥王。□□□□郎中藥包內恐無這一味妙藥。[劉眉] 郎中藥包中無此妙味。[合眉] 你便是好太醫。[魏眉] 妙句！[峒眉] 妙句！[封眉] 時本作"患病"，非。"患"，平聲，作句，音還。[潘夾] 紅娘對病發藥，便是扁鵲復生。後日雙文藥方，遂從此語參出。

---

① "動彈"：封本作"動揮"。

② 國家圖書館藏孫月峰批評《硃訂西廂記》自此曲至本折末原缺。

[旦云] 紅娘，不看你面時，我將與老夫人看，看他有何面目見夫人？雖然我家虧他，只是兄妹之情，焉有外事。紅娘，早是你口穩哩；若別人知呵，甚麼模樣。 [潘旁] 偏要使乖！真人前説甚假語。 [容眉] 老世事！ [湯眉] 老世事！ [合眉] 何勞你這般獎奉？ [魏眉] 關目好。 [紅云] 你哄着誰哩， [潘旁] 更乖！你把這個餓鬼弄得他七死八活，卻要怎麽？ [封眉] 時本此白誤置【四邊靜】後。

【四邊靜】怕人家調犯①， [湯沈旁] 一作"泛"。 "早共晚夫人見些破綻，你我何安？"問甚麼他遭危難？攧斷②得上竿，掇③了梯兒看。 [士眉] "調泛"，是鄉語，猶云不穩貼。 [余眉] "調泛"，是鄉語，猶不穩貼。 [繼眉] "調犯"，是鄉語，猶云不穩貼。 [槐眉] "調犯"，是鄉語，猶云不穩貼。 [畫徐眉] 以下五套，曲盡人情，妙，妙！"人家"，即伊家、他家之謂。"問甚"，是"管"字意，言你執吝不成就，恐怕他家調犯不已，萬一夫人見些破綻，則必累及張矣，而你我何安哉？苟有此事，皆你拿班做勢以至此也。我之要你與他成就，省得他犯出此樣，累及你我，豈是管張危難耶？今你既不肯矣，卻叨叨在此問他甚病，勢之危難也。"攧掇"二句，又言鶯不管張危難而弄他意。"危難"，即上文所云"病症"。 [田徐眉] 以下五套，曲盡人情，妙，妙！"人家"，即伊家、他家之謂。"問甚"，是"管"字意，言你執吝不成就，恐怕他家調犯不已，萬一夫人見些破綻，則必累及張矣，而你我何安哉？苟有此事，皆你拿班做勢以至此也。我之要你與他成就，省得他犯出此樣，累及你我，豈是管張危難耶？今你既不肯矣，卻叨叨在此問他甚病，勢之危難也。"攧掇"二句，又言鶯不管張危難而弄他意。"危難"，即上文所云"病症"。 [新徐眉] 小紅之心大是惻隱。 [王夾] "難"，去聲，後同；"攧"，粗酸反。 [文眉] "調犯"，猶云不穩貼。 [凌眉] 即把鶯白中意敷演幾句，言如此怕人，怕夫人又問他危難，怎的哄人上了竿，去了梯兒便是。蓋恨鶯拿班，而反言以誚之也。"早晚"二句，亦體鶯意中語，如白所云"將與老夫人看"、"看他有甚面顏"之謂也。徐、王之解，俱費力甚。"調犯"，即調舌；"攧斷"，即竄掇。 [廷眉] "人家"，即伊家、他家之謂。"問甚"，是"管"字意，言你執吝不成就，恐怕他家調犯不已，萬一夫人見些破綻，則必累及張矣，而你我何安哉？苟有此事，皆你拿班做勢以至此也。我之要你與他成就，省得他犯出此樣，累及你我，豈是管張之危難耶？今你既不

---

① "泛"：繼本、文本、湯沈本作"犯"。

② "攧斷"：畫徐本、王本、廷本作"攧掇"。

③ "掇"：張本作"撤"。

肯矣，卻叨叨在此問他甚病，勢之危難也。"擸掇"二句，又言鶯不管張危難而弄他意。"危難"，即上文所云"病患"。[**廷夾**]"難"，去聲，後同；"擸"，粗酸反。[**張眉**]"撒"，亦作"掇"。[**湯沈眉**]此下五套，曲盡人情，妙，妙！"人家"，指張生言；"調犯"，鄉語，猶言調戲也；"擸斷"，即斷送之意。[**魏眉**]"擸"，呂官反。[**毛夾**]"病患"以下，皆使氣語，言何必太醫也，只恁足矣；且亦何必問病也。既怕調犯，則萬一破綻，大家不安，遑問甚病乎？只賺人上竿而掇梯看之足矣。此以反激為使氣語，最妙。初最愛王伯良解，但過於奧折，且曲白不對，又與爾時情理稍有未合，今並參之。王伯良曰：我之寄書，非為張也，怕調弄之久，夫人偶覺，你我何安耶？故每為汲汲以成其事，正為你我，所謂為楚非為趙也。若彼病勢之危，何足問哉？掇梯賺人，固吾本事耳。參釋曰：陳大聲詞："風風雨雨，擸斷得病兒重"。[**潘夾**]"人家"，猶言"他家"，指張。言小姐不早成就，恐此人調犯不已，夫人必見破綻，喪他行止，你我於心何安？苟或至此，皆是你害他的。你竟不管，明明送上高竿，掇了梯也。句句疼痛
張生，句句緊鞭小姐。

　　　　[旦云] 將描筆兒過來，我寫將去回他，着他下次休是這般。
　　　　[旦做寫科][起身科云] 紅娘，你將去説："小姐看望先生，相待兄妹之禮如此，非有他意。再一遭兒是這般呵，必告夫人知道。"和你個小賤人都有話説。[旦擲書下]① 　[**潘旁**]丟書竟去，妙極！一語留參，更妙極。[**容眉**]畫，畫！[**參徐眉**]正在此生支，即鶯鶯奸巧也。納書名為拒書。[**湯眉**]畫！好關目！[**合眉**]活強盜！[**潘夾**]寫書罵張，雙文又闖一法。"好沒分曉"，嗔紅娘之不解事也。此是雙文啞謎，紅娘多少鶻伶，一時　[紅唱]
猜他不破也。算紅娘輸了一帖。

【脱布衫】　[**繼眉**]此枝一本作鶯唱者，謬甚。[**槐眉**]此折一本作鶯唱者，謬甚。[**張眉**]借用[正宮]。[**湯沈眉**]此曲今本作鶯唱，大謬。小孩兒家口沒遮攔，一味②[**田徐旁**]去聲。[**凌旁**]去聲。的將言語摧殘。[**謝眉**]"小孩兒"，應前"大孩兒家"意。[**王夾**]"迷"，去聲。[**凌眉**]【脱布衫】、【小梁州】系【正宮】調，【哨遍】、【耍孩兒】系【般涉調】。本傳前後皆入【中呂】。至【中呂】之【滿庭芳】、

――――――――――

　　① "[旦云] 將描筆兒過來"一段説白：容本、陳本、劉本、峒本作："紅娘，早是你口穩哩！若別人知呵，甚么模樣？將紙筆過來，我寫將去問他，着他下次休是這般。([**容眉**]好關目！[**陳眉**]鶯果有老世事！[**劉眉**]果是高手！[**峒眉**]關目好。)[鶯寫科]紅娘，你將去説：'小姐看望先生，兄妹之禮如此，非有他意。'再一遭兒是這般呵，必告知夫人，和你小賤人都有話説。[鶯擲書下][紅拾書作怒指鶯科]。"潘本作："[鶯丟書科]這丫頭好沒分曉呵。"
　　② "一味"：畫徐本、田徐本、王本、凌本、廷本、封本、毛本作"一謎"。

【快活三】、【上小樓】、【朝天子】、【四邊靜】，又入【正宮】。即元曲多有然者，意此數調可互用耶。[張眉]"摧"，訛"傷"，非。[封眉]"一迷"，時本多作"一味"。

把似你使性子，[潘旁]指丟書說。休思量秀才，做多少好人家風範。[廷夾]"迷"，去聲。[毛夾]"小孩兒"指鶯，俗作鶯唱，非。"沒遮攔"，無遮蔽也，亦詞中習語。"一謎"，猶一味，方語也。"把似"，何如也。"把似"數語一氣下，言如此使性，何如使性不做歹勾當，只做好勾當也。此與《㑇梅香》劇"見他時膽戰心驚，把似你休眠思夢想"，語氣同。[潘夾]"把似你"二句，言你這樣粧喬，怪不得秀才越禮。

"休思量好風範"，即上"調犯"意。[紅做拾書科]①[合眉]原是妙人。

【小梁州】[張眉]借用【正宮】。他為你②夢裏成雙覺後單，廢寢忘餐。羅衣③不奈五更寒，愁無限，寂寞淚闌干。[士眉]單語中佳語。[余眉]單語中佳語。[起眉]王曰：單語中佳語。一黍米煉成舟，頭餘皆靈光照映耳。[畫徐眉]"我為你"云云，是鑽鶯之心也。五句一氣讀下，亦是一意。[田徐眉]"我為你"云云，是鑽鶯之心也。五句一氣讀下，亦是一意。[新徐眉]小紅之勞惟天知之，亦必天使之也。[參徐眉]何當有此醜態？[王夾]"覺"，音較。[陳眉]好！千錢難買此段話。[廷眉]"我為你"云云，是鑽鶯之心也。五句一氣讀下，亦是二意。[廷夾]"覺"，音較。[張眉]第二句少三字，末句少一字。[湯沈眉]"我"，紅自謂；"你"，鶯也。言為你如此如此。"想他羅衣"句，謂起得早也。"闌干"，縱橫貌；俗作"欄杆"，非。[峒眉]千金難買此曲。[封眉]時本作"羅衣"，非。

【幺篇】似這等辰勾④[凌旁]一本"勾"下有"月般"二字。[湯沈旁]一本無"月"字。空把佳期盼，我將這角門兒世⑤[湯沈旁]一作"世"。不曾牢拴，則願你做夫妻無危難⑥。我向這筵席頭上整扮，做一個縫了口的撮合山⑦。[士眉]"辰勾月"是院本傳奇，元人

---

① 合本於"[紅做拾書科]"前有說白云："姐姐道我使性子，便索將去，只是還殺那人相思也。"
② "他為你"：畫徐本、新徐本、王本、廷本、湯沈本、毛本作"我為你"。
③ "羅衣"：封本作"羅衾"。
④ "辰勾"下，少本、士本、繼本、湯沈本下有"月"字；熊本有"月般"兩字。
⑤ "世"：湯沈本作"是"。
⑥ "危難"：封本作"疑難"。
⑦ "我向這筵席頭上整扮，做一個縫了口的撮合山"：毛本作"你向這筵席頭上整扮，我做一個縫了口的撮合山。"

吳昌齡撰，托陳世英感月精事。舊解附會，謬甚。近《西廂正偽》作"辰勾"，遺去"月"字，又為可笑。解《西廂》當以意會，如"撮合山"，即兩下說合意，亦是鄉語，舊解謬甚。[余眉]"辰勾月"是院本傳奇，元人吳昌齡撰，托陳世英感月精事。舊解附會，謬甚。近《西廂正偽》作"辰勾"，遺去"月"字，又為可笑。解《西廂》當以意會，如"撮合山"，即兩下說合意，亦是鄉語，舊解謬甚。[繼眉]"辰勾月"是院本傳奇，元人吳昌齡撰，托陳世英感月精事。舊解附會，謬甚。近《西廂正偽》作"辰勾"，去"月"字，尤為可笑。解《西廂》當以意會，如"撮合山"，即兩下說合意，亦是鄉語，舊解謬甚。[槐眉]"辰勾月"是院本傳奇，元人吳昌齡撰，托陳世英感月精事。舊解附會，謬甚。近《西廂正偽》作"辰勾"，去"月"字，尤為可笑。解《西廂》當以意會，如"撮合山"，即兩下說合意，亦是鄉語，舊解謬甚。

[畫徐眉]"似等"云云，亦是鑽鶯鶯之心，中有為鶯之忌己而怨之之意，言己只要成就此事，完全兩邊，並不洩漏，不勞忌己也。"辰勾"，水星，其出雖有常度，見之甚難；盼佳期如等辰勾，以見無夜不候望也。"撮合山"，荷包上壓口，取以比之不洩漏矣。[田徐眉]"似等"云云，亦是鑽鶯鶯之心，中有為鶯之忌己而怨之之意，言己只要成就此事，完全兩邊，並不洩漏，不勞忌己也。"辰勾"，水星，其出雖有常度，見之甚難；盼佳期如等辰勾，以見無夜不候望也。"撮合山"，荷包上壓口，取以比之不洩漏矣。[新徐眉]"辰勾"，水星。其出雖有常度，見之甚難。[王夾]"合"，音閤。[文眉]"辰勾月"，是最難得也。不勾平平；若勾之，往往年豐、祥雲現、出賢人。[凌眉]"辰勾"有三說，皆載《解證》中。"角門不牢拴"，以便私出入做夫妻也，意本明。王解多費轉折，多費過文。徐謂中有為鶯忌己而怨之之意，益遠。"撮合山"，媒人也。婚姻進席，媒人與焉，故戲言"筵席間整備做不漏洩的媒人"。王改轉"你我"字而強解之，甚拙。[廷眉]"似等"云云，亦是鑽鶯之心中，有為鶯之忌己而怨之之意，言己只要成就此事，完全兩邊，並不洩漏，不勞忌己也。"辰勾"，水星，其出雖有常度，見之甚難；盼佳期如等辰勾，以見無夜不候望也。"撮合山"，荷包上壓口，取以比己不洩漏意。[廷夾]"合"，音閤。[張眉]"辰勾"，是最難見，言盼佳期如等辰勾之難也。[湯沈眉]"辰"，星名。辰星勾月最難得，勾之，主年豐國泰。"撮合山"，稱媒人，謂其兩下說合耳。[合眉]"辰勾"，水星。其出雖有常度，見之甚難。"撮合山"，荷包上壓口，比己不洩漏。[封眉]即空主人曰：徐逢吉本舊評："辰勾月"是院本傳奇，元人吳昌齡撰，托陳世英感月精事；舊解附會，謬甚；近《西廂正偽》作"辰勾"，遺去"月般"字，可笑。"疑難"，時本作"危難"。

[毛夾]"夢裏成雙"六句，俱着鶯言，言我因你如此故也。"羅衣不耐五更寒"，言徹夜不睡也，勿作起早解。乘夜往來，故角門不關，此與前折"趁着這風清月朗夜深時，使紅娘來探你"正相發明。俗解候張入來，大非。"無危難"，言無阻滯耳。"你"向下一轉，言既要撮合，又要不傳遞，將欲為新人者"整扮"，而使為媒人者"縫口"，無是理矣。"縫口"，詬人語，董詞"打折你大腿，縫合你口"，與下"縫合唇送暖偷寒"一意；但此重"縫口"，下重"偷送"耳。王解"縫口"為不漏泄，大非。"撮

合山"，媒人諢名，如《揚州夢》劇"將你這個撮合山慢慢酬答"可驗。參釋曰："我為你"一氣至"佳期盼"止；"我為你""我"字，紅自指也，俗改"他"為"你"，指生，不通。王伯良曰："闌干"，縱橫貌，《長恨歌》"玉容寂寞淚闌干"。"辰勾"，辰星，即水星，《博雅》謂之鈎星。鈎星難見，故曰等辰勾，言無夜不候望也。俗本添一"月"字，且引吳昌齡《辰勾月》劇為證，可笑。"撮合山"，元詞稱媒人皆然；古注謂是荷包上壓口，更屬杜撰。[潘夾]"辰勾"，水星出有常度，見之甚難。○此二闋，紅自言苦心熱中，巴不得兩個成雙作對，曉夜用心，為之撮合。緘口不洩，不必疑我也。

[紅云] 我若不去來，道我違拗他，那生又等我回報，我須索走一遭。[下] [陳眉] 還該去一去。[劉眉] 還該去一去。[末上云] 那書倩紅娘將去，未見回話。我這封書去，必定成事，這早晚敢侍來也。[紅上云] 須索回張生話去。小姐，你性兒忒慣得嬌①了；有前日的心，那得今日的心來？[天李旁] 妙絕，妙絕！世間談禪，不能解此。[潘旁] 二句關起下【石榴花】、【鬥鵪鶉】兩闋。[廷夾] "喬"，舊作"嬌"。

【石榴花】當日個晚粧樓上杏花殘，猶自怯衣單，那一片[湯沈旁]一作"遍"。聽琴心[湯沈旁]一作"時"。清露月明間。[士旁]不脫聽琴。[余旁]不脫聽琴。昨日個向晚，不怕春寒，幾乎險被"先生饌"②，[湯沈旁]音暫，方作"撰"，非。那其間豈不胡顏。為一個不酸不醋風魔漢，隔牆兒險化做了望夫山。[容眉]那裏瞞得他過？[畫徐眉]"撰"，做弄之意。"胡顏"，是及於亂也。[田徐眉]"撰"，做弄之意。"胡顏"，是及於亂也。《寰宇記》：夫行役，妻每登高而望，故名。[新徐眉]□景如畫。[參徐眉]那裏瞞得他過？[王夾]"曰"，借叶作平。[文眉]"賺"，音暫。[淩眉]言晚粧怕冷，聽琴就不怕冷？"先生饌"，調成語也，言聽琴時幾乎被他到了手也；俗作"賺"，閉口韻，固非；徐、王作"撰"，以為戲弄，亦造。"胡顏"，羞也。曹植《責躬應詔表》云"詩人胡顏之譏"甚明。徐云"胡顏，是及於亂"，不通。[廷眉]"撰"，做弄之意。"胡顏"，是及於亂也。[廷夾]"曰"，借叶作平。[張眉]第四句少三字。"饌"，有改作"賺"者，亦佳，但非韻，不如成語之得也。[湯眉]那裏瞞得他過？[湯沈眉]

---

① "嬌"：廷本作"喬"。
② "險被"：封本作"好被"。"饌"：畫徐本、王本、廷本作"撰"；文本作"賺"。

此曲笑鶯，前繫情於張，今何粧喬如此！［合眉］那裏瞞得他過？［魏眉］那裏瞞得他過？［峒眉］那裏瞞得他過？［封眉］先説“那一片聽琴心”，方説“前日個向晚”，倒鎖法也。“好被”，時本作“險被”。即空主人曰：“先生饌”，調成語也，言幾乎被他到了手也。俗本作“賺”，閉口韻，固非；徐、王作“撰”，亦造。［潘夾］此一闋，是敘小姐前日的眞情，與賓白“前日的心”相應。見平日極是怕寒，偏聽琴之夜，不畏風露，豈非鍾情所至，所謂愛他風雪耐他寒也。

【鬬鵪鶉】你用心兒撥雨撩雲，我好意兒傳書寄簡。不肯搜自己狂［湯沈旁］一作“胡”。為，則待要覓別人破綻。［容眉］自己早已破綻多了。［陳眉］自己早已破綻多了。［湯眉］自己早已破綻多了。［峒眉］自己早已破綻了。受艾焙權時忍這番，暢好是奸①。［繼眉］“狂”，一作“胡”。［起眉］王曰：“不肯搜自己狂為，則待要覓別人破綻”，點破鶯鶯肝竅。雖不如化工肖物，自是顧愷之、陸探微寫生。李曰：“受艾焙，也權時忍這番”，似稚卻蒼，似浮卻俏。金穀園中，那一些小物不為珍寶？［畫徐眉］“暢好是乾”，言乾乾受這一番艾焙也，言前番受鶯鶯一場摧殘折挫也。“艾焙”，艾火也，譬喻受苦。［田徐眉］“暢好是乾”，言乾乾受這一番艾焙也，言前番受鶯鶯一場摧殘折挫也。“艾焙”，艾火也，譬喻受苦。［新徐眉］“暢好是乾”，言乾乾受這一番艾焙也。［淩眉］古本是“奸”字，下二句正言其奸處。徐、王作“乾”，無謂。［廷眉］“暢好是乾”，言乾乾受這一番艾焙也，是上枝受鶯鶯一場摧殘折挫也。“艾焙”，艾火也，以譬喻受苦。［張眉］第六句少二字。［湯沈眉］“艾焙”，灼艾之火也。“受艾焙權時”句，猶俗言忍灸只忍這遭，此後再不為之傳送也。“暢好是奸”，言鶯滿情滿意的奸詐。徐本作“乾”，亦趣甚。［封眉］即空主人曰：舊本是“奸”字，下二句正言其奸處。徐、王作“乾”，無謂。“張生是兄妹之禮，焉敢如此！”對人前巧語花言；——沒人處便想張生，——背地裏愁眉淚眼。［謝眉］“巧語”、“愁眉”，眞好“折證”。［參徐眉］如見鶯鶯肺肝。［劉眉］果被他斟破了！［王夾］“焙”，音貝；“乾”，音干，一作“奸”。［廷夾］“焙”，音貝；“乾”，音干，一作“奸”。［毛夾］“焙”，音貝。“當日個”，酬詩時；“昨日個”，聽琴時。總承賓白“前日”二字來，蓋疏前事歷數之也。諸本誤吟詩為聽琴時，遂致假為古本者，去“昨日個”三字，則【石榴花】調將少一句。“昨日個向晚”，五字句也。又或去“當日個”三字，則前二句既無所屬，“昨日個”三字仍接不上。不知“吟”與“琴”，字聲之誤，“詩”與“時”，字形之誤；向非原本，幾乎刪盡矣。當日樓頭晚粧，杏花初謝，猶是“怯衣單”時也，如許一會月明清露間，而不之顧。昨日向晚，則春光已盡，不畏晚寒矣，然亦險為彼所算，爾時豈不愧耶？且不特此也。為個酸丁，常盼望欲死，然則我之為此者，以你用心，故我亦好意也，乃不責己而責人耶？

① “奸”：畫徐本、新徐本、王本、廷本、毛本作“乾”。

"先生饌"，正用四書語，借作調侃。元詞多如此，如《岳陽樓》劇"總是個有酒食先生饌"。諸本或作"賺"，或作"撰"，俱非。"艾焙"，艾火也，《㑳梅香》劇"着碗來大的艾焙燒"。"權時忍這番"，言非可久耐受也。"暢好乾"，言即耐受亦枉也。"巧語花言"頂"覓綻"言，"愁眉淚眼"頂"狂為"言，言對面搶白，背地又胡做耳。董詞"花言巧語搶了俺一頓"。"乾"，諸本作"奸"，然奸意尚在後曲"心腸轉關"句內。王本注："望夫山"，以夫行役，妻登望得名，見《寰宇記》。[潘夾] 此一闋，是敘小姐今日的假意，與賓白"今日的心"相應。言自己藏頭露尾，徒將我來鞭迫，我亦只得忍耐此一番，所謂解惺惺處惜惺惺也。末二句又雙收兩節，正見性難按納處。"對人前"句，是一個"假"字；"背地裏"句，是一個"真"字。到底真心假不來，看他如何瞞我。

[紅見末科]　[末云] 小娘子來了。擎天柱，大事如何了也？

[紅云] 不濟事了，先生休傻。[槐眉] "傻"，音灑。[末云] 小生簡帖兒是一道會親的符籙，則是小娘子不用心，故意如此。[紅云] 我不用心？有天理，你那簡帖兒好聽！

【上小樓】這的是先生命慳，[湯沈旁] 一作"慳"。須不是紅娘違慢。那簡帖兒①倒做了你的招狀②，[繼眉] "伏"，一作"狀"。[槐眉] "伏"，一作"狀"。[畫徐眉] "招伏"，猶供招。伏作"狀"字，誤。[田徐眉] "招伏"，猶供招。伏作"狀"字，誤。[廷眉] "招伏"，猶供招，伏作"狀"字，誤。[張眉] "招伏"，供招也，訛"狀"，非。[封眉] "伏"，時本多作"狀"。他的勾頭，我的公案。[陳眉] 那裏就打奸情？[湯沈眉] 文有波瀾，語亦甚俊。[岷眉] 那裏就招奸情？若不是覷面顏，廝顧盼，擔饒輕慢③，先生受罪，禮之當然。賤妾何辜？爭些兒把你娘④拖犯。[繼眉] "紅娘"，一作"你娘"，非。[起眉] 無名："紅"，今多作"你"。按本奇，紅呼張生則有云云者，既稱張"先生"，則不應突有"你娘"之戲。何今本之多戾也！[畫徐眉] 紅自己稱"娘"，謔詞。[田徐眉] 紅自己稱"娘"，謔詞。[新徐眉] 不驟得，妙！"招伏"，猶供。[參徐眉] 都是虛唬話頭，張生那裏聽着，畢竟靠定紅娘，到手方休。[凌眉] "你娘"，元劇用字之常。一作"紅娘"，一作"嗒"，無味。[廷眉] 紅自己稱"娘"，謔詞。[湯沈眉]

① "那簡帖兒"：王本、毛本作"那的"。
② "招狀"：畫徐本、張本作、湯沈本"招伏"。
③ "慢"：封本作"判"。
④ "你娘"：繼本、起本作"紅娘"；畫徐本、封本作"娘"。

"招伏"，謂供招；"勾頭"，即勾牒；言鶯若不看我面皮，不顧盼我，不擔饒你書詞之輕慢，他險些打我，而把你娘拖犯矣。"你娘"，紅自稱，以謔張也。"擔饒"，情恕之意。[合眉]"招伏"，猶供招；紅自稱"娘"，謔詞。[封眉]"判"，時本作"慢"，誤。時本作"把你娘"、"把紅娘"，皆非。[潘夾]紅自己稱"娘"，雋甚！此處自己稱"娘"，矜貴得妙！《巧辯》自己稱"小賤人"，卑賤得妙！其

自己矜貴處，奢遮張也；其自己卑賤處，調侃崔也。各有風雲。

【幺篇】① 從今後相會少，見面難。月暗西廂，鳳去秦樓，云斂巫山。你也趄②，[魏旁] 音訕。 我也趄；請先生休訕，早尋個酒闌人散。 [謝眉]"趄"，乃教坊中語。[士眉]"趄"，教坊中語。[余眉]"趄"，教坊中語。[繼眉]"訕"，音疝，戲謔也。[槐眉]"酒闌"：出《高帝記》：大晏之後，上有數十餘人飲者皆散，帝曰："酒闌人散"。又曰：牛酣曰闌。[畫徐眉]"趄"，冷淡之義，言你我大家冷淡，再無指望矣。"訕"，怨謗也，言張生亦不得怨謗己，但丟手走散而已。[田徐眉]此直以危詞絕生，亦戲生而故窮之也。"趄"，冷淡之義，言你我大家冷淡，再無指望矣。"訕"，怨謗也，言張生亦不得怨謗己，但丟手走散而已。[新徐眉]"趄"，冷淡之義。[王夾]"樓"，一作"臺"；"趄"，音盞，平聲。[文眉]上"趄"字，散誕之辭；下"訕"字，戲謔之辭。[淩眉]"趄"，教坊中語，今猶然。趄臉兒，即厚顏之意，則此"趄"字可想。王謂北人謂走為"趄"，舊注亦曰奔走也，恐未是。徐謂冷淡無指望，亦近之。[廷眉]"趄"，冷淡之義，言你我大家冷淡，再無指望矣。"訕"，怨謗也，言張生亦不得怨謗己，但丟手走散而已。[廷夾]"樓"，一作"臺"；"趄"，音盞，平聲。[張眉]"趄"，冷淡意，言大家冷淡也。[湯沈眉]此直以危詞絕生，還是信鶯不真處。北人方語謂走為"趄"。"訕"，謗也。言今事已無成，只大家走散，不必再怨訕留戀之也。"趄"字諸本多作"訕"，非。[合眉]"趄"，冷淡也，言你我大家冷淡，一去留戀。[魏眉]都是虛嚇語。[峒眉]都是虛嚇語。[封眉]"辿"，時本多作"趄"。[毛夾]"訕"，走蘭切。此盡情辭生也。數曲極見頓挫之妙。"那的"三句，言那簡帖已如此矣。"面顏"、"顧盼"，俱自指；"輕慢"，指生。言若不看我而怨汝，則幾及我矣。"趄"，走散也，《酷寒亭》劇"你與我打鬧處先趄過"，皆鬧場走散之意。"酒闌人散"，調語，取"散"字也。參釋曰："招伏"，即供招；"勾頭"，即勾牒，多見元詞。俗本作"招狀"，偽古本作"勾當"，俱非。[潘夾]"趄"，散淡也，言大家冷淡。○此一闋，忽然將長亭、草橋景象閃逗出來，使人恍然在月落鐘鳴、撤歌聞哭之時。百年聚散，只是如此，必待長亭、草橋而後知"酒闌人散"者，罔也。將秦樓巫山，陪說西廂，妙甚！見古人雲月，同歸夢幻。此乃全書關鎖，不止為下文起波。

---

① 潘本【幺篇】前有張生説白云："小姐幾時能夠相見一面。"（[潘夾]胸中尚作會親符籙的想頭。）

② "趄"：封本作"辿"。

[紅云] 只此再不必申訴足下肺腑，怕夫人尋，我回去也。[容旁] 妙！

[潘旁] 已到水窮處。[湯眉] 妙！[潘夾] "只此"二字，忽加一閃，將前後文情，一筆截斷。如空中飛來卓錫聲，使人陡然失驚，嗒然收住。[末云] 小娘子此一遭去，再着誰與小生分剖；必索做一個道理，方可救得小生一命。[陳眉] 又恐人命牽連了。[末跪下揪住紅科] [嶋眉] 畫！[魏眉] 畫！[紅云] 張先生是讀書人，豈不知此意，其事可知矣。

【滿庭芳】你休要呆裏撒奸；[文眉] "呆"，音捱。 你待要恩情美滿，卻教我骨肉摧殘。老夫人手執①[湯沈旁] 音闌。 着棍兒摩娑看，粗麻綫怎透得針關。直待我拄着拐幫閑鑽懶，縫合唇送暖偷寒。待去呵，小姐性兒撮鹽入火，消息兒踏着[湯沈旁] 一作"定"。 泛②；待不去呵，[謝眉] 元人樂府，半雅半俗，俱從老宿參禪中打出來。[士眉] 元人樂府，半雅半俗，俱從老宿參禪中打出來。[余眉] 元人樂府，半雅半俗，俱從老宿參禪中打出來。[繼眉] "麤"、"粗"，同。"幫"，一作"棒"，非。"踏着泛"，一作"踏定泛"。[槐眉] "踏着泛"，一作"踏定泛"。[畫徐眉] "骨肉摧殘"，即鶯之執棍要打之意。"幫閑鑽懶"者，須手腳伶俐；"送暖偷寒"者，須口舌無忌。今紅娘慮小姐捶楚之嚴，故為此說。拄拐，是撻之有所傷，可幫閑鑽懶乎？縫唇，是制之不得言，可送寒偷暖乎？言傳送不已，其禍必至於此；其後不欲傳送，亦必至此。故"消息兒"以下，又有同心為計之意。模擬婦人之心軟，絕妙！[田徐眉] "骨肉摧殘"，即鶯之執棍要打之意。"幫閑鑽懶"者，須手腳伶俐；"送暖偷寒"者，須口舌無忌。今紅娘慮小姐捶楚之嚴，故為此說。拄拐，是撻之有所傷，可幫閑鑽懶乎？縫唇，是制之不得言，可送寒偷暖乎？言傳送不已，其禍必至於此；其後不欲傳送，亦必至此。故"消息兒"以下，又有同心為計之意。模擬婦人之心軟，絕妙！[新徐眉] 拄拐是撻之有所傷，縫口是制之不得言。[參徐眉] 紅娘善調弄小。[文眉] 此是紅娘假做疑難之狀。[凌眉] 鶯每言"告過夫人、打下截"，故紅亦只言"老夫人"。徐、王改為"他"，意指鶯。不思鶯實未嘗自言打之也。

[廷眉] "骨肉摧殘"，即鶯之執棍要打之意。"幫閑鑽懶"者，須手腳伶俐；"送暖偷寒"者，須口舌無忌。今紅娘慮小姐捶楚之嚴，故為此說。拄拐，是撻之有所傷，可幫閑鑽懶乎？縫唇，是制之不得言，可送寒偷暖乎？言傳送不已，其禍必至於此；其後不欲傳送，亦必至此。故"消息兒"以下，又有同心為計之意。模擬婦人之心

---

① "老夫人手執"：王本、廷本、湯沈本作"他手搭"。
② "泛"：王本、湯沈本作"犯"。

軟，絕妙！［湯沈眉］"摧殘"，即執棍意；"他"字，指鶯。"搭"，按也。言你癡想好事，卻教我骨肉相殘，按着棍兒打，譬粗麻綫思透針關耶！直待打傷了，教我柱着拐幫襯你；縫了口，為你傳送耶？言去則幫傳消息，踏着罪犯；不去，又為張熱意催趲。是左右做人難也。　［末跪哭云］　［容夾］忒極！　［湯眉］忒極！

小生這一個性命，都在小娘子身上。　［起眉］王曰："拄着拐幫閑鑽懶，縫合唇送暖偷寒"，打諢中別出駢儷語也。"待去呵"、"待不去呵"，描寫進退維谷，女中英雄弄丸解兩家之難。何事其人生活語，令我喉中嘍喈？　［紅唱］禁不得你甜話兒熱趲：

好着我兩下裏難人做。　［王夾］"搭"，音闒，又音糯，一作"搦"；"合"，借叶去聲。［陳眉］可憐！［廷夾］"搭"，音闒，又音糯，一作"搦"；"合"，借叶去聲。［合眉］終是婦人心軟。［魏眉］"拐"，音乖，上聲。"趲"，音斬。［毛夾］"搭"，音搦；"合"，借叶去聲。"呆裏撒奸"，系方語，謂呆處用巧也。你要成就，只使我摧殘耶？若只顧寄送而不顧摧殘，是欲使拄拐行幫襯、縫口作傳遞矣，此必不能也。"消息兒"，機括兒也；"踏着"，揣着也。"消息兒踏着犯"，言揣着不是好消息也。元詞有"踏着消息兒"語，又有"踏不着主母機"語。參釋曰："粗麻綫怎透針關"，亦方語，言放不過也。或作"怎過"，遂有訛作"縱過"者，"縱"、"怎"字音之轉。［潘夾］兩"去"字，去對小姐說也。"待去呵"，先作一颺；"待不去呵"，又作一颺。幾於飄鷹脫兔，又作路轉峰迴，想來想去，中有無數
情事。

　　　　我沒來由分說；小姐回與你的書，你自看者。　［潘旁］復看雲起時。
　　　　　　　　　　　　　　　　　　　　　　　　　［容眉］好關目！

［陳眉］赦書到！［劉眉］赦書到！［湯眉］好關目！［魏眉］赦書到！［峒眉］赦書到！　［末接科，開讀科］呀，有這場喜事，撮土焚香，三拜禮畢。早知小姐簡至，理合遠接，接待不及，勿令見罪！　［凌眉］白之酸處，正是元人伎倆處。時本改削之，便失本色。［封眉］即空主人曰：白之酸處，正是元人伎倆處。時本改削之，便失本色。

小娘子，和你也歡喜。［紅云］怎麼？［末云］小姐罵我都是假，　［潘旁］"假"是雙文一生妙用，挽弓不宜說破。　書中之意，着我今夜花園裏來，和他"哩也波哩也囉"哩。　［容眉］老張不濟，不如鶯鶯多矣。［田徐眉］"哩也波哩也囉"，北人方言，猶言"如此如此"。［新徐眉］喜出望外。［湯眉］老張不濟，不如鶯鶯多矣。［湯沈眉］"哩也波哩也囉"，北人方言，猶言"如此如此"也。［合眉］老張不如鶯鶯多矣。"哩也波"二句，方言，猶"如此如此"。

［魏眉］老張不濟，不如鶯鶯多矣。　［紅云］你讀書我聽。［末云］"待月西廂下，迎風

戶半開，隔牆花影動，疑是玉人來。" [文眉] 密約佳期， [紅云] 怎見是詩分蓄殆盡。

得他着你來？你解與我聽咱。 [湯沈眉] 紅故是有心人。 [末云] "待月西廂下"，着

我月上來；"迎風戶半開"，他開門待我；"隔牆①花影動，疑是玉人來"，着我跳過牆來。 [容眉] 不濟不濟，如何都説出來！ [參徐眉] 張生能解鶯鶯意，未解瞞紅娘心語，以洩敗。信然不如鶯鶯多矣。 [陳眉] 似淺！ [湯眉] 不濟不濟，如何都説出來！ [合眉] 不濟不濟，緣何都説出來！ [峒眉] 老張不濟，不如鶯鶯多矣。 [封眉] "拂牆"，時本多作"隔牆"， [紅笑云] 他着你跳過牆來，你做下來。端的有此説麼？ [末誤。

云] 俺是個猜詩謎的社家，風流隋何，浪子陸賈，我那裏有差的勾當。 [畫徐眉] 《輟耕錄》載雜劇目，有"杜大伯猜詩謎"一題，但不見其有本耳。 [田徐眉] 《輟耕錄》載雜劇目，有"杜大伯猜詩謎"一題，但不見其有本耳。 [凌眉] "社家"，猶言作家也；俗本作"杜"。徐引《輟耕錄》有《杜大伯猜詩迷》證其為"杜"。非古本，不敢從。 [廷眉] 《輟耕錄》載雜劇目，有"杜大伯猜詩謎"一題，但不見其有本耳。 [合眉] 《輟耕錄》有"杜大伯猜詩謎"一題，但不見其有本。 [封眉] 徐文長曰：《輟耕錄》載雜劇目，有"杜大伯猜詩謎"一題，但不見其有本耳。 [毛夾] 董詞讀詩時亦有"哩哩囉"、"哩哩來"諸和聲，皆合歡調語。"你做下來了"言你定做破也，與第十四折"我道你做下來了"同。紅白三句，凡三轉，急急頂去，皆疑忌語氣。"猜詩謎杜家"，陶九仍錄雜劇名目有《杜大伯猜詩謎》題，是詞家故事，如"李白嚇蠻"等。"陸賈"、"隋何"，見《漢史》。然無他風流事，惟 [紅云] 你看我姐姐，在李賀詩"陸郎騎斑騅"，注是陸賈，然亦烏有也。

[凌夾] "道兒"，方語，元白中多有"休着了道兒"等我行也使這般道兒。語。《水滸傳》李逵云："着了兩遭道兒"可證。王增一"乖"字，贅。 [封眉] 時本作"這乖道兒"，誤。 [潘夾] 妙在直至此時，方記出書來，前半日幾同説夢。試問紅娘姐，此來為何？懷書不達，臨去猶忘，平生多少機警，而忽同於魯人徒宅，一時愚不至此！不知紅娘無數熱中，在此寫出。夫袖中一緘非他，乃授命絕交者也。院中之人，肅境以待將軍，乃不以玉帛，而以干戈。躬為盟主，而不能合晉楚之成，豈所稱慷慨然諾者乎？一路行來，踟躕百計，未免相對芒芒，擔憂失事。殷深源熱中過甚，竟達空函，手致之而手忘之，世固有此咄咄怪事也。及至開緘説詩，使人頤解；而紅娘一肚皮牢騷，反從此生出。與人家國之事，而不蒙腹心之託，一腔熱血汛灑何地？冷冷含笑，

---

① "隔牆"：封本作"拂牆"。

便思量闊
起一法來。

【耍孩兒】〔張眉〕借用〔般涉調〕。幾曾見寄書的顛倒瞞着魚雁①，〔潘旁〕崔试□
（作）乖，紅也

料不小則小心腸兒轉關。〔繼眉〕坊本"瞞"字上增"顛倒"二字，便覺纏
到此。繞。〔起眉〕李曰："寄書的瞞着魚雁"，句句折倒
鶯鶯公案。"小心腸兒轉關"，又得宗門轉語，乃為入妙。〔槐眉〕"魚雁"，出《群
玉》。陳勝以川帛書成黑字，置漁腹中，令賣之。買者烹之，乃得著文。古樂府云：
"客從時方來，遺我雙鯉魚，呼童烹鯉魚，中有尺素書"云云。〔畫徐眉〕"小則小"
句，謂鶯鶯年紀雖小，卻揣摩不定，如轉關然。〔田徐眉〕"小則小"句，謂鶯鶯年紀
雖小，卻揣摩不定，如轉關然。〔新徐眉〕□□魚雁之受瞞者多矣。〔陳眉〕也難直
對魚雁說。〔廷眉〕"小自小"句，謂鶯鶯年紀雖小，卻揣摩不定，如轉關然。〔封眉〕
時本多漏"顛倒"二字，寫着道西廂待月等得更闌，着你跳東牆"女"
"魚"上乃多"着"字。

字邊"干"。〔湯沈旁〕此原來那詩句兒裏②包籠着三更棗，〔謝眉〕
句舊本所無。"三更棗"，
高僧參五祖事。〔士眉〕"三更棗"，高僧參五祖事，是隱語。〔余眉〕"三更棗"，高
僧參五祖事，是隱語。〔繼眉〕高僧參五祖，與粳米三粒、棗一枚，僧悟曰："令我三
更早來。"〔凌眉〕"女字旁干"，折白"奸"字。簡帖兒裏埋伏着九里山。
〔合眉〕"女字旁干"，是"奸"字，折白道字也。

他着緊處將人慢，〔潘旁〕足您會雲雨鬧中取靜，我寄音書忙裏
令豪傑灰心。
偷閑。〔畫徐眉〕"三更棗"，六祖黃梅園傳佛事；"九里山"，韓淮陰徐州伏兵折楚
事。以其瞞人也，借用，故下文有"鬧中取靜"云云。"女"字邊着"干"
字，是"奸"字，所謂拆白道字也。末折有"肖字邊着個立人"，"木寸馬戶尸巾"，
同此。〔田徐眉〕"三更棗"，六祖黃梅園傳佛事；"九里山"，韓淮陰徐州伏兵折楚事。
以其瞞人也，借用，故下文有"鬧中取靜"云云。〔參徐眉〕以行奸目張鶯，亦憤心
所發笑，果不當是幹事人。〔王夾〕"謎"字，仄聲；"籠"字，平聲；俱不叶。〔劉眉〕
恐你口嘴不好！〔文眉〕一作"西廂待月等，更闌跳東牆"。"女字邊干"，語亦便捷。
蓋舊本所無，必不與易，是茲刻意也。〔廷眉〕"三更棗"，六祖黃梅園傳佛事；"九
里山"，韓淮陰徐州伏兵折楚事。以其瞞人也，借用，故下文有"鬧中取靜"云云。
"女"字邊着"干"字，是"奸"字，所謂拆白道字也。末折有"肖字邊着個立人"，
"木寸馬戶尸巾"，同此。〔廷夾〕"謎"字，仄聲；"籠"字，平聲；俱不叶。〔湯沈眉〕
"轉關"，言揣摩不定。"女字邊干"，是"奸"字，所謂拆白道字也。"三更棗"，高

① "顛倒瞞着魚雁"：起本無"顛倒"兩字。"瞞着魚雁"，封本作"瞞魚雁"。
② "詩句兒裏"：王本、廷本作"詩謎也似"。

— 217 —

僧參五祖，與粳米三粒、棗一枚。僧悟曰：“令我三更早來。”“九里山”，韓信伏兵折
楚事，以其瞞人也，借用，故又有“鬧中取靜”云云。[合眉]“三更棗”，六祖黃梅
園傳佛事。“九里山”，韓信徐州援兵折楚事。[毛夾]“籠”，借叶上聲。[潘夾] 將
詩謎背地傳人，如佛祖授偈；把簡帖暗中埋伏，如大將伏兵。極言雙文使者多少機心。

【四煞】紙光明玉板，字香噴麝蘭，行兒邊涅透非春汗？ [繼眉] 陳
師道詩：

“南朝官紙女兒膚，玉板云英比不如。”今本“非”字下增一“是”字，句便羞澀。
[起眉] 無名：今本“非”字下增一“是”字，句便羞澀。[田徐眉]“玉板”，紙名。

一緘情淚紅猶濕，滿紙春愁墨未乾。從今後休疑難，放心波玉
堂①學士，穩情取金雀鴉鬟。 [起眉] 無名：一作“放心波玉堂學士”，辭則
工，而意索然矣。[田徐眉]“金雀鴉鬟”，指鶯
鶯也。李公垂《鶯鶯歌》“金雀鴉鬟年十七”。俗本以為是紅娘，遂改作“丫鬟”，謬
甚！[文眉]“倩”，音青，去聲。[凌眉] 王伯良曰：李公垂《鶯鶯歌》云“金雀鴉
鬟年十七”；俗改“丫鬟”，謬甚。[湯沈眉]“玉板”，箋名。“金雀鴉鬟”，指鶯；
俗本以為紅娘，改作“丫鬟”，謬甚。[合眉]“玉版”；箋名，“金雀鴉鬟”，指鶯。

[封眉] 王伯良曰：李公垂《鶯鶯歌》云“金雀鴉鬟年十七”；俗改“丫鬟”，謬甚。
[潘夾]“紙光明玉板”五句，即“背地裏愁眉淚眼”意，從紙墨上看出真情。“休疑
難”以下，竟一肩推開矣。道他既瞞我，亦便不干我事；你
們滿意自做你們的工夫，當得穩穩到手。句句是皮裏春秋。

【三煞】② 他人行別樣的親，俺根前取次看，更③做道孟光接了
梁鴻案。別人行甜言美語④三冬暖，我根前惡語傷人六月寒。

[凌旁] 一作“九夏寒”，亦妙。[槐眉]“梁鴻案”，出《列女傳》。梁鴻見孟光姿色
甚醜而德行甚修，鄉里皆求而女執不肯，行年三十。父母問其所欲，對曰：“欲節操
如梁鴻者”。時鴻未娶，世家多願妻者，亦不許。聞孟氏女言，遂求納之。孟氏盛飾
入門，七日而禮不成。妻跪問曰：“竊聞夫子高義，斥數妾；妾亦已偃蹇數夫。今來
而見擇，請問其故。”鴻曰：“吾欲得衣裘褐之人，共遁避時。今若衣綺繡，傅黛墨，
非鴻所願也。”“竊聞夫子不堪，妾幸有隱居之具矣。”乃更粗衣，椎髻而前。鴻喜曰：
“如此誠鴻妻也。”鴻家貧，賃舂為事。妻每進食，舉案齊眉，不敢仰視。共遁霸陵山
中，耕織以供衣。[田徐眉]“他人”、“別人”，俱指張生。[參徐眉] 怪不得紅娘怨

---

① 起本無“玉堂”二字。
② 潘本【三煞】前有張生說白云：“我張珙全靠着小娘子。”（[潘夾] 張亦居
然自謂得手，連此語也做個虛人情。）
③ “更”：毛本作“便”。
④ “美語”：畫徐本、王本作“媚你”；毛本作“媚汝”。

恨！[魏眉]怪不得他怒恨！ 我為頭①兒看：看你個離魂倩女，怎發付擲
[峒眉]怪不得他怒恨！

果潘安。　[士眉]"離魂倩女"，出《虞初志》。[余眉]"離魂倩女"，出《虞初志》。
[繼眉]"離魂倩女"，出《虞初志》。潘安仁妙有姿容，少時挾彈出洛陽，
婦人遇者，莫不聯手共縈之。或以果擲之滿車。[容夾]不干你事！[畫徐眉]"為
頭"，猶言打頭也，從頭也，言我且從頭看，只倩女卻怎生擲果與潘安。此紅言看他
怎生瞞過己也。[田徐眉]"為頭"，猶言打頭也，從頭也，言我且從頭看，只倩女卻
怎生擲果與潘安。此紅言看他怎生瞞過己也。[新徐眉]小紅前□□□，今則怪洽。
鶯鶯深心覿面，於此具見。[王夾]前"看"字，平聲；"倩"，音千，去聲。[凌眉]
"甜言"二句，謔語也，故對不整。徐本作"媚你"以對"傷人"則整矣。然元人用
此二句，又有作"甜言"與"我"者，不知竟當何從？"為頭看"，從頭看也。今本
作"回頭"，非。[廷眉]"為頭"，猶言打頭也，從頭也，言我且從頭看，這倩女卻
怎生擲果與潘安。此紅言看他怎生瞞過己也。[廷夾]前"看"字，平聲；"倩"，音
千，去聲。[湯沈眉]"他人"、"別人"，俱指張。"媚你"，諸本作"美話"，與"傷
人"不對。"回頭"，作"為頭"，非。"怎發付"，言如何瞞我也。[合眉]不干你事！
[封眉]"甜言"二句，謔語也，故對不整。徐本"媚你"以對"傷人"，可發一笑。
即空主人曰："為頭"，猶從頭也，俗本作"回頭"，非。[毛夾]數曲反復，悵鶯兼
慫恿生也。"魚雁"，寄書者也，寄書而瞞魚雁，猶寄書而瞞寄書人也。"顛倒"，猶
反也，與前折"顛倒有個尋思"、前曲"顛倒惡心煩"同。俗解瞞之顛倒，非。"非
春汗"，豈非春汗耶？嘲之也。"情浹"、"春愁"，亦嘲語。"金雀鴉鬟"，指鶯，見李
公垂《鶯鶯歌》。"他人"、"別人"，俱指生。"便做道"，諸本作"更做道"，字形之
誤，言便做夫婦相待，亦不必一過親而一過憎也。"梁鴻"、"孟光"，借夫婦嘲之也。
"為頭"，從頭也，勿作"回頭"，元《天寶詞》"為頭兒引見根苗"，《勘頭巾》劇
"為頭兒對府君説詳細"，爾時直欲從旁作冷眼矣。王伯良曰："女字邊干"，拆白"奸"
字；"三更棗"，六祖事；"九里山"，項羽事。"玉版"，箋名，陳後山詩："南朝官紙
女兒膚，玉版云英比不如"。參釋曰："媚汝"，或作"浼汝"，或作"美語"，皆字聲
之誤。"甜言"頂"別樣親"來，"傷人"頂"取次看"來。[潘夾]"為頭"猶言從
頭看也。言我只立開身子，閑閑冷覷。意中便思鬭出一法來。○崔張之交且成矣，紅
何為而呶呶也？則以臣無勳焉故也。嘻！此何事也，而
可使卿有勳耶？此又何事也？而可不使卿有勳耶？

　　　[末云]小生讀書人，怎跳得那花園過也？[容夾]腐甚滯 [紅唱]
　　　　　　　　　　　　　　　　　　　甚，實亦喜甚。

【二煞】隔牆花②又低，　[田徐眉]朱本及諸本作"隔牆花又低"，笟本作"隔
　　　　　　　　　　　花階又低"。[湯沈眉]一本"拂花牆又低"，笟本作

----

① "為頭"：王本、湯沈本作"回頭"。
② "牆花"：王本、廷本作"花階"。

"隔花階 又低"。 迎風戶半拴，偷香手段今番按。 ［陳眉］豈不曾讀《孟子》"不搜 則不得妻"句？ ［魏眉］豈不曾讀

《孟子》"不搜則不得妻"句？ ［峒眉］怕牆高怎把龍門跳，嫌花密難將仙 《孟子》云："不搜則不得妻。"

桂攀。 ［容眉］俗！ ［新徐眉］跳龍門、攀仙桂者， 正未可借口。［陳眉］俗！［湯眉］俗！ 放心去，休辭憚；你若

不去呵，望穿他① ［張眉］俗少"莫教" 兩字，便承接無味。 盈盈秋水，蹙損他淡淡春山。

［畫徐旁］湊！［田徐旁］湊！［廷旁］湊！［謝眉］"盈盈"、"淡淡"，世未有如此之 句！［士眉］秦少游詞：也應似舊，盈盈秋水，淡淡春山。［余眉］秦少游詞：也應 似舊，盈盈秋水，淡淡春山。［繼眉］秦少游詞：也應似舊，盈盈秋水，淡淡春山。 ［王夾］"花階"，一作"牆花"；"拴"，屍關反。［文眉］"秋水"，喻眼；"春山"， 喻眉。［廷夾］"花階"，一作"牆花"；"拴"，屍關反。［毛夾］"拴"，屍關反。"隔 牆花又低"，此借詩作調笑語。他本作"隔花階又低"，指階為低固謬；且下"怕牆高" 二語，一頂"牆"字，一頂"花"字，與階無涉。"望穿他"、"蹙損他"，兩"他" 字俱指鶯，與前【耍孩兒】曲兩"你"字，俱着眼處，蓋於懲悪中並詆之也。"盈盈 秋水"二語，見秦少游詞。［潘夾］極力贊成，極力攛掇，卻句句是皮裹春秋。跳龍 門、攀仙桂，手段雖高，卻不如開角門的便。紅娘如何肯做美？紅娘亦如何得做美！

［末云］小生曾到那花園裏，已經兩遭，不見那好處；這一遭知 他又怎麽②？ ［容夾］一 發滯極了。 ［紅云］如今不比往常， ［潘夾］張一味愚誠，至 此亦漸漸露些乖覺。閱

歷既久之後，天下遂 少一味樸實頭人。

【煞尾】你雖是去了兩遭，我敢道不如這番。你那隔牆酬和都胡 侃，證果的是今番這一簡。 ［紅下］ ［起眉］李曰：一刀截斷眾流，不着枝 枝蔓蔓語，舌尖兒自倒斷，自甘軟。

［畫徐眉］釋氏收成云"證果"。［田徐眉］"胡侃"，無准實之意。釋氏收成云"證 果"。［參徐眉］未來事暗如漆，□難□過。［文眉］"侃"，音坎。［廷眉］釋氏收成 云"證果"。［湯沈眉］"胡侃"，無準實之意。［合眉］自引入這勝地。［毛夾］參釋 曰：佛家以圓成為"證果"。［潘夾］落句純用反詞，諷刺雙文變卦，早已決撒。

○【耍孩兒】五闋，"顛倒瞞着魚雁"句，是其總領也。只因礙着他眼前釘，又要將 他作鬼使，肚裏未免藏幾分牢騷，口頭亦帶無數諷刺。卻一味蘊藉尖酸，略無憤怒之

---

① "望穿他"前，張本有"莫教"二字。
② "怎麽"：容本作"如何"。

色。千伶百俐人，
莫看得麤狠。

　　〔末云〕萬事自有分定，誰想小姐有此一場好處。小生是猜詩謎的社家，風流隋何，浪子陸賈，〔天李旁〕二用。好！到那裏挖絮幫便倒地。今日

頹天百般的難得晚。天，你有萬物於人，何故爭此一日？〔封眉〕"天"，一字句，做"天

那"者，非。疾下去波！讀書繼晷怕黃昏，不覺西沉強掩門；欲赴海棠

花下約，太陽何苦又生根？〔看天云〕呀，纔晌午也，再等一等。

〔容眉〕畫，畫！畫亦不到此！〔湯眉〕妙！〔合眉〕一幅相思畫。〔又看科〕今日萬般的難得下去也

呵。碧天萬里無雲，空勞倦客身心；恨殺魯陽貪戰，不教紅日西沉！

呀，卻早倒西也，再等一等咱。無端三足烏，團團光爍爍；安得后

羿弓，射此一輪落？〔新徐眉〕一味慌得妙。〔陳眉〕一幅相思畫。〔劉眉〕一幅相思畫。〔湯眉〕一幅相思畫。〔合眉〕又弄發。

〔魏眉〕相思畫。〔峒眉〕相思畫。謝天地！卻早日下去也！呀，卻早發擂也！呀，卻早

撞鐘也！拽上書房門，到得那裏，手挽着垂楊滴流撲跳過牆去。

〔下〕①　〔容夾〕一幅相思畫。
　　　　〔文眉〕"拽"，音葉。

〔謝尾〕本傳為二帙，雜記為一帙，覽者便明，各有次序。

〔容尾〕總批：嘗言吳道子、顧虎頭，只畫得有形象的，至如相思情狀，無形無象，《西廂記》畫來的的逼真，躍躍欲有。吳道子、顧虎頭又退數十舍矣。千古來第一神物，千古來第一神物！又評：白易直，《西廂》之白能婉；曲易婉，《西廂》之曲能直。所以不可及，所以不可及！又評：《西廂記》耶？曲耶？白耶？文章耶？紅娘耶？鶯鶯耶？張生耶？讀之者李卓吾耶？俱不能知也。倘有知之者耶？又評：《西廂》曲文字，如喉中退出來一般，不見有斧鑿痕、筆墨蹟也。又評：《西廂》文字，一

────────────

① "少本此後有"：
"題目　老夫人命醫士　崔鶯鶯寄情詩
　正名　俏紅娘問湯藥　張君瑞害相思"

味以模索為工。如鶯張情事，則從紅口中模索之；老夫人及鶯意中事，則從張口中模索之。且鶯張及老夫人未必實有此事也。的是鏡水花月，神品，神品！又評：作《西廂》者，妙在竭力描寫鶯之嬌癡、張之笨趣，方為傳神。若寫作淫婦人、風浪子模樣，便河漢矣。在紅則一味滑便機巧，乃不失使女家風。讀此《記》者，當作是觀。

[新徐尾] 批：曲中全是以摸索為工。如鶯張情筆，則從紅口中摸索之；老夫人及鶯鶯意中事，則從張口中摸索之。便如鏡花水月，以神傳神。

[王尾·注二十條]

【粉蝶兒】：首三曲穠豔婉麗，委曲如畫。周昉《仕女圖》故不過此。元喬夢符論作詞之法曰：鳳頭、豬肚、豹尾，謂起要美麗，中要浩蕩，結要響亮。《西廂》正得此體，每曲皆然。《翰墨全書》載元時上表箋者，以梅紅羅單絨封裏，蓋當時所尚。徐云："香繞窗紗"，以無風而簾不動也。

【醉春風】：朱本"玉斜橫"，諸本俱作"玉橫斜"。但對下"雲亂挽"，則當從"玉斜橫"為的。諸本"日高猶自不明眸"，語頗費力；朱本作"凝眸"，謂注視也。言日高而目尚朦朧未開也。詞隱生引《洛神賦》"明眸善睞"，謂語非無出。今並存之，然似終有誤字。

【普天樂】：朱本"烏雲散"；諸本作"䰄"。"䰄"，音朵，見上文。然（關漢卿《緋衣夢》劇"則今番臨繡床有些兒不耐煩，則我這睡起來雲鬢兒覺偏䰄，插不定秋色玉連環"），則"䰄"或又可作"嚲"音耶？第此曲止宜作"散"字耳。晨而曰"晚粧"，宿粧未經梳洗也。前云"亂挽"，此"烏雲散"及"亂挽起雲鬟"，稍重。（董詞"把柬帖兒拈，抬目視是一幅花箋，寫着三五行字兒，是一首斷腸詩。低頭了一晌，讀了又尋思"。）

【快活三】：言招惹張生寄簡，分明是你過犯，卻緣何罵我，把我摧殘？你使我去，而顛倒作惱，此何理也？你固不慣，誰人又曾慣耶！言你不曾看慣，我亦不曾寄慣也①。因上白"我幾曾慣看這東西"而言。

---

① [王眉] 看得委曲。

俗解你不慣卻誰慣耶？直指鶯説。謬甚！鶯何嘗眞慣耶？"惡心煩"之"惡"，去聲。（《切鱠旦》劇"你卻便引得人來心惡煩"）可證。俗作"如"字音，非。

【朝天子】：第四句元七字，此作四字二句，系變法。"病患、要安"，與上"近間、面顏"，各二字為句。"黃昏清旦"與"曉夜"字似重。

【四邊靜】：此反詞以激鶯也。"人家"，指張生，猶他家、伊家之類，今北人鄉語猶然。言我今日非為張生，怕他日逐在此調戲，萬一老夫人見出些破綻，則你與我將如之何？是大家不好看也。故今日我汲汲於你二人之成就者，亦為你我自身計也。若張生病勢危難，我那裏管他，正要哄他上竿，掇了梯兒閑看之耳①。徐云：言掇梯賺人，此等本事，本來能做，只為你計較利害，故如此委曲為他傳遞，你如何反怪我耶？"擓斷"，即斷送之意。（石子章《竹窗雨》劇"擓掇了人生有限身"。）（陳大聲詞"雨雨風風，擓斷的病兒重"。）

【脫布衫】：此鶯鶯已去，背後罵之之詞。"小孩兒"正指鶯也。俗本改作鶯唱，非是。"一迷"②，鄉語，今吳越間亦有之，即前"一納頭"之意。

【小梁州】：此二曲一直下，"我為你"三字直管到"佳期盼"句；"我"，紅娘自謂；"你"，鶯鶯也。言為你如此想他，故不憚勤勞，替你傳消問息，而如今倒做嘴臉③罵我耶？俗本作"他為你"，則"他"字謂張生矣，於上下文全無謂，謬甚。"羅衣不耐五更寒"，謂起得早也。"闌干"，縱橫貌。白樂天《長恨歌》"玉容寂寞淚闌干"。"廢寢忘食"與前【朝天子】重，"寂寞淚闌干"亦與"望東牆淹淚眼"重。

【幺】："辰勾"，水星。其出雖有常度，然見之甚難。《西漢天文志》及《淮南子》，謂一時不出，其時不和；四時不出，天下大饑。張衡云：辰星，一名勾星。《博雅》云：辰星謂之鈎星，故亦謂之辰勾。李尋曰：四時失序，則辰星作異；政絕不行，則伏不見，而為彗孛。晉灼謂：常

---

① ［王眉］"擓掇上竿"作指鶯説，未為不可，與"問甚"句便不相蒙。必如此看，方巧俊動人。

② ［王夾］去聲。

③ ［王夾］音斂。

以四仲之月分，見奎婁東井角亢牽牛之度，然亦有終歲不一見者①。盼佳期如等辰勾之出，見無夜不候望也。(《青衫淚劇》"恰便似盼辰勾、逢大赦"。) 俗本添一"月"字，俗注又引吳昌齡《辰勾月》劇為證，可笑之甚。"撮合山"，世以比稱媒人，元劇用之最多。如（喬夢符《揚州夢》劇"將你這個撮合山慢慢酬答"。）（王煥《百花亭》劇"索那撮合山花博士"。）（《陳搏高臥》劇"撮合山錯了眼光"。）（《鴛鴦被》劇"當初是那撮合的姑姑，送了這望夫石的玉英"。）（《㑳梅香》劇"那時將撮合山恁時節賞"。）等可證。古注謂是荷包上壓口，杜撰無據。言我為你如此盼望佳期，着我貪夜奔走，不曾牢關角門，今反如此摧殘於我耶？又猜你既如此思想張生，而又佯怪我之傳書送簡，意或怕我之漏洩言語而然耳。你何用如此疑我，我只願你安穩做了夫妻，向筵席頭上打扮去做新人，我做個縫了口的媒人，決不漏洩此事也。

【石榴花】："不怕春寒"，正應"猶自怯衣單"句。"撰"，戲弄之意；俗本改作"賺"，便落閉口韻，非。"胡顏"，羞也。此皆極形容以嘲鶯之意。"猶自怯衣單"及"不怕春寒"二語，與前【小梁州】"羅衣不耐五更寒"又重。"向晚"上，古本無"昨日個"三字，然調法當五字作句，"晚"字宜韻。若"向晚"與"不怕春寒"一句下，本調便少一句，今從諸本存之。但"日"字須作平聲唱，乃叶耳。"晚"字與上"晚粧樓"亦重。"望夫山"，《寰宇記》謂夫行役，妻每晚登高而望，故名；《路史》謂是"望敷"之訛，以望敷淺原也。

【鬥鵪鶉】：此承上曲意來。"艾焙"，灼艾之火也。"受艾焙權時忍這番"，猶俗言忍灸只忍這遭，言此後再不為之傳送也。古本"暢好乾"，今本作"奸"。徐云："暢好乾"，乾之甚也。"巧語花言"，即上覓人破綻之意，謂我着甚要緊，管你這事？你今日對我有許多巧語花言，傷犯着人；到背地裏，卻又愁眉淚眼，不能自持也。詞隱生云："乾"似不如"奸"字明白，言鶯之奸詐為甚也；然接上"受艾焙"句語氣，則"乾"字就紅娘言，又似較勝耳。今並存。

【上小樓】："那的"，謂簡帖也。"招伏"，謂供招。（張仲章《勘頭巾》劇白，“掌刑名者有十個字，是原法、事頭、正犯、招伏、結案”。）
（鄭廷玉《後庭花》劇“若是有證見，便招狀”。）“勾頭”，即“勾牒”。
（馬東籬《岳陽樓》劇“將勾頭來吊你”。）（《百花亭》劇“追人命的勾
頭”。）（《魯齋郎》劇“那一個官司敢把勾頭押”。）古本作“勾當”，語
既與招伏、公案不倫；而此句下二字，法當用平聲，若“勾當”則去聲
矣，今不從。下言鶯鶯若不看我的面顏，有顧盼我的意思，而擔饒你書
辭之輕慢，他險些打及我，而把你娘拖犯矣。“你娘”，紅娘自稱，以謔
張生也。“擔饒”，情恕之意。（董詞“官人每更做擔饒”。）

【幺】：此直以危詞絕生，亦戲生而故窮之也。北人方語謂走為
“趄”，見《墨娥小錄》。（劉時中小令“馮魁破產，雙生緊趄，小姐先
趄”。）“訕”，謗也，言今日事已無成，只大家走散，不必再怨訕留戀之
也。“秦樓”，筠本作“秦臺”。徐云：不如“樓”字。

【滿庭芳】：“撒奸”，使乖之意；“呆裏撒奸”，亦方言，謂事勢如
此，用不得乖也①。“他”字，指鶯鶯。“搭”，按也。“怎透針關”，古作
“縱過”，似費力。紅娘言：你如今休再癡想。你要恩情美滿，卻做我着，
教我骨肉摧殘；小姐手按着檀棍，只要打人，譬“粗麻綫怎透得針關”
耶？幫閑鑽懶，須手脚利便；送暖偷寒，須口舌無禁忌。又言：你如今
直待要我打得傷了，挂着拐去幫襯；禁得不説話，縫了唇，去傳遞耶？
下又形容其心軟不能拒絕之意。“犯”，諸本作“泛”，非。言去則傳遞消
息，踏着罪犯；不去，又難為張生熱意催趲。是左右做人難也。“他”
字，俗本改作“老夫人”，謬，渠不通上下文理耳。（董詞“打折你大腿，
縫合你口”。）［白］：“哩也波哩也囉”，北人方言，猶言如此如此也。

【耍孩兒】：“小則小”，謂鶯年紀雖小，卻揣摩不定，如轉關然。
“女字邊干”，拆白“奸”字。“三更棗”，六祖事；“九里山”，項羽事。
“鬧中取靜”，言使他人奔走，而自處安逸也。

【四煞】：“玉版”，箋名。宋陳後山詩“南朝官紙女兒膚，玉版云英
比不如”。“金雀鴉鬟”，指鶯鶯也。李公垂《鶯鶯歌》“金雀鴉鬟年十
七”。俗本以為是紅娘，遂改作“丫鬟”，謬甚！

---

① ［王眉］本文元自直截，俗本誤人多矣。

【三煞】："他人"、"別人"，俱指張生。"更做道孟光接了梁鴻案"，言其既以夫婦之情待之矣①。"甜言媚你"，諸本俱作"甜言美語"，一本作"甜言浼汝"。"美語"與下"傷人"不對，又與"惡語"犯重；"浼汝"，對整而太文。蓋皆聲相近之誤。古本"為頭看"，今本作"囘頭"；"為頭看"，猶言從頭看也。謂鶯約你偷期，而又以惡言傷我，我且從頭看，你這離魂倩女與擲果潘安兩個，到其間如何做事，如何瞞我也。"離魂"、"擲果"，俱不作用力看，只借言倩女、潘安而帶言之耳。如此解，庶與上下文勢相貫。古注謂：起初就看見你倩女，欲投果潘安，言鶯先去調戲張生；語氣既懈。徐說紅恨鶯瞞己又辱己，而擬欲管束之，謂我且看這倩女，如何離魂，如何擲果，猶言決瞞我不得也；此又與上下意不屬。詞隱生云："為"字難解，不如"囘頭"明白。今並存。

【二煞】：朱本及諸本作"隔牆花又低"，筠本作"隔花階又低"，並存。"嫌花密"，古本作"嫌花鬧"，似不如"密"字勝。"盈盈秋水、淡淡春山"用秦少游詞句；兩"他"字，用在句上更俊。俗本作"望穿他"、"瘦損了"，便俗。徐云：後【二煞】紅雖攛掇張去，亦稍露功不由己意，在冷言冷語中。據下折張事敗而紅多訕辭，可見。

【煞尾】："胡侃"，無準實之意。"證果"，見佛書。釋氏得道謂之"證果"。（元詞"證果了風流少年子"。）

[陳尾] 胸中如鏡，筆下如刀，千古傳神文章！

[劉尾] 鶯鶯喜慶成嗔，紅娘囘嗔作喜，千種翻覆，萬般風流。

[湯尾] 總批：嘗言吳道子、顧虎頭，只畫得有形象的，至如相思情狀，無形無象，《西廂記》畫來的的逼真，躍躍欲有。吳道子、顧虎頭又退數十舍矣。千古來第一神物，千古來第一神物！又評：白易直，《西廂》之白能婉；曲易婉，《西廂》之曲能直。此所以不可及也。又評：《西廂記》耶？曲耶？白耶？文章耶？紅娘耶？鶯鶯耶？張生耶？讀之者湯海若耶？俱不能知也。倘有知之者耶？又評：作《西廂》者，妙在竭力描寫鶯之嬌癡、張之笨趣，方為傳神。若寫作淫婦人、風浪子模樣，便河漢矣。在紅則一味滑便機巧，乃不失使女家風。讀此《記》者，當

---

① ［王眉］天成之語，天然之對。

作是觀。又評：《西廂》文字，一味以摸索為工。如鶯張情事，則從紅口中摸索之；老夫人及鶯意中事，則從張口中摸索之。且鶯張及老夫人，未必實有此事也。的是鏡水花月，神品，神品！

〔合尾〕湯若士總評：崔家娘，風流蘊籍；至誠種，參透了一緘詩謎。張解元，狂魔癡潑；可喜娘，賺得來半戶花魂。哎！若不是撮合山，乾受些摧殘言語，則這道會親符險些兒見人散酒闌。李卓吾總評：吳道子、顧虎頭，只畫得有形象的，至如相思情狀，無形無象，《西廂記》畫來的的逼真，躍躍欲有。吳道子、顧虎頭又退數十舍矣。千古來第一神物！徐文長總評：痛喝熱罵，美語甜言，都是皮裹春秋，藥中甘草。

〔魏尾〕總批：曲中全是以摸索為工。如鶯張情事，則從紅口中摸索之；老夫人及鶯鶯意中事，則從張口中摸索之。張及老夫人，未必實有是事也。的是鏡花水月，以神傳神。又批：胸中如鏡，筆下如刀，千古傳神文章！

〔峒尾〕曲中全是以摸索為工。如鶯、張情事，則從紅口中摸索之；老夫人及鶯鶯意中事，只從張口中摸索之。張及老夫人，未必實有是事也。的是鏡水花月，以神傳神。胸中如鏡，筆下如刀，千古傳神文章。

〔潘尾·說意〕觀於《窺簡》一篇，而知紅之當日所處之勢，為最難也。夫紅亦何難乎爾也？彼雙文者，固所稱多情小姐也；張生者，又所稱至誠種也。非至誠，不足以結多情之感；非多情，不足以繫至誠之心。加以紅娘鶻伶之識，殷勤之意，見事風生，迎機導款，以此遨遊二帝之間，周旋兩宮之側，宜其言聽計從，情投意浹者也。則紅亦何難乎爾也？雖然，以張之至誠，而竟以懦用；以崔之多情，而純以假用也。夫懦者，君子所以自節其情者也；不懦，則為強暴，則為狂且。懷朕情而不發，託蹇修以致辭，是以江思、漢思而不敢求也。假者，士女之所以自坊其身者也；不假，則為招搖，則為奔越。心不同兮媒勞，恩不甚兮輕絕，是以胡帝胡天而不可測也。以不敢求之志，當不可測之情，紅即有懸河之口，鍊石之才，其能使之驟為合哉？況懦以志誠用，則懦益纏綿而不已；假以多情用，則假又詭出而不窮。距張生而遂絕之，不忍也，憐其至誠，尤憐其懦也；取雙文而驟致之，不能也，畏其假，尤畏其多情也。此紅所以致歎於左右"做人難"也。雖然，張之懦，張之誠為之也；雙文之假，夫乃非人情乎哉？吾為深思故，而知夫假也者，亦由情而起，緣性而作，而竊歎夫先王之禮之所由來也。君與臣可合也，而不可驟合也，為之賦蘭以招之，執雉以見之，若是其多文也；朋與友可合也，而不可驟合也，為之聞聲而思之，涉江以贈之，若是其多飾也；夫與婦可合也，而不可驟合也，為之問名以求之，閉閣以避之，若是其多節也。夫先王豈不能徑情而直行，而必為是文之飾之、節之之多端者，誠惡夫徑情而直行，而天下遂相率而出於亂也，故不得已而出於此也。柱史有言曰："禮者，性之華，而偽之首。"此以明夫禮之所由來為甚假也。然則雙文之假，殆雙文之猶能以禮範身，而不竟同於淫奔者乎？故事可合而不欲其即合，情可合而不予以遽合，心可合而不求其驟合，誠為之致難乎於其間也。此紅之所尤斷斷者也。君子曰："禮失而求諸假，差猶愈於賄遷也。"

第三折

[紅上云] 今日小姐着我寄書與張生，當面偌多般假①意兒，**[封眉]**"多般"，時本作"多假"，非。原來詩內暗約着他來。小姐也不對我說，我也不瞧破他，則請他燒香。**[潘旁]**兩下俱在暗中鬬法。今夜晚粧處比每日較別，我看他到其間怎的瞞我？**[參徐眉]**鶯鶯瞞紅娘，正是瞞自己。**[新徐眉]**魚雁有心。**[陳眉]**果瞞不得！**[劉眉]**果瞞不得！**[魏眉]**鶯鶯自瞞，如何瞞得他過？**[峒眉]**果瞞不得！**[紅喚科]**姐姐，嗒燒香去來。[旦上云] 花陰重疊香風細，庭院深沉淡月明。**[容眉]**淡中有滋味。**[田徐眉]**"庭院無人"語佳；然上句"花香重疊"，則作"庭院深沉"亦似較整對耳。**[孫眉]**淡中有滋味。**[湯眉]**淡中有滋味。**[湯沈眉]**古本作"庭院無人"，語崔；然"無人"，對不過"重疊"。**[合眉]**可作"西廂"聯。[紅云] 今夜月明風清，好一派②景致也呵！**[潘旁]**此語便蓄機鋒。**[封眉]**俗作"派"，非。

---

① 封本無"假"字。
② "派"：封本作"派"。

"泒"，音孤，水名。[潘夾] 不說破
他，看他怎的？此便是紅娘鬪的法。

【雙調】【新水令】晚風寒峭透窗紗，控金鈎繡簾不掛。門闌凝暮靄，樓角①[淩旁] 一作"閣"。[張眉]"角"，訛"閣"，非。 斂殘霞。恰對菱花，樓上晚粧罷。 [余眉]"菱花"，鏡也，狀若菱花。魏武帝時有此制。[容眉] 好！[畫徐眉] 妙！[田徐眉] 妙！[新徐眉] 寫得人景俱靜。[陳眉] 妙！[孫眉] 曲妙！

[劉眉] 妙！[文眉] 點暮景，妙！[廷眉] 妙！[湯眉] 好！[湯沈眉] 即入丹青，亦成妙手。"樓角"，方作"樓閣"。[封眉]"簷角"，時本作"樓角"，非。

【駐馬聽】不近喧嘩，嫩綠池溏藏睡鴨；自然幽雅，淡黃楊柳帶棲鴉。金蓮②蹴損牡丹芽，玉簪抓住荼蘼架。夜涼苔徑滑，露珠兒濕透了淩波襪。 [士眉] 駢儷中景語。"淡黃楊柳帶棲鴉"，賀方回詞。此演出四句，可謂青出於藍，無方③並美。[余眉] 駢儷中景語。

"淡黃楊柳帶棲鴉"，賀方回詞。此演出四句，可謂青出於藍，無方並美。[繼眉]"淡黃楊柳帶棲鴉"，賀方回詞。此演出四句，可謂青出於藍，無妨並美。《洛神賦》："淩波微步，羅襪生塵。"[槐眉]"淡黃楊柳帶棲鴉"，賀方回詞。此演出四句，可謂青出於藍，無妨並美。[起眉] 無名："嫩綠、睡鴨、淡黃、棲鴉、蹴損牡丹、抓住荼蘼架"字，有色有韻，半疑濃粧，半疑淡掃，華麗中自然大雅。予故稱《西廂》"北曲壓卷"。[畫徐眉] 是隔句對，妙！[田徐眉] 是隔句對，妙！"淡黃"句，賀方回詞。

[參徐眉] 天然語足當天然景。[王夾]"抓"，音爪；"滑"，叶呼佳反；"襪"，忘罵反。[文眉]"淡黃楊柳帶棲鴉"，賀方回詞。此演出四句，可謂青出於藍，無方並美。[廷眉] 是隔句對，妙！[廷夾]"抓"，音爪；"滑"，叶呼佳反；"襪"，忘罵反。[湯沈眉]"不近喧"四句，王元美謂"駢儷中景語"。[合眉] 得此勝地，便足了一生。[毛夾]"抓"，音爪。[潘夾] 上闋，樓上晚粧甫畢，此闋次弟入園。時已初夏，寫景處，筆筆襯染，卻句句帶出晚色。非畫家可到。

　　　　我看那生和俺小姐巴不得到晚。[新徐眉] 小紅口裏摸索人情，無所不至。

【喬牌兒】自從那日初時[湯沈旁] 一本"初出時"。想月華，[廷旁] 佳！揾一刻似一

---

① "樓角"：王本、湯沈本作"樓閣"；封本作"簷角"。
② 王本於"金蓮"前有"我則怕"三字。
③ 楊案："方"，當作"妨"，參見繼志齋等本。下句余本、文本批語同此。

—— 229 ——

夏；見柳梢斜日遲遲下，早道"好教賢聖打"。① ［謝眉］"賢聖打"，舊解或是。［士眉］
"賢聖打"，舊解或是。［余眉］"賢聖打"，舊解或是。［容夾］只在紅娘口中模擬，
妙，妙！［參徐眉］紅娘口中出畫，舌上生蓮。［王夾］"打"，當雅反。［陳眉］紅娘
口中有筆，一一描寫極真。［孫眉］紅娘口中有筆，一一描寫極真。［劉眉］紅娘口
中有筆，一一描寫極真。［凌眉］"賢聖打"，羲和鞭日為是，必非魯陽揮戈。王伯良
曰：北人稱菩薩神，不曰"聖賢"，則曰"賢聖"；前"拜了聖賢"可證。［廷夾］
"打"，當雅反。［張眉］小說言：二郎賢聖彈打日落。［湯沈眉］北人稱菩薩神祇曰
聖賢。此因日之不下，欲令聖賢打之。［合眉］都只在紅娘口中模擬，故佳。［魏眉］
紅娘口中有筆，一一描寫極真。上段模。［峒眉］紅娘口中有筆，一一描寫極真。
［封眉］時本多漏"見"字與"早道"二字。李白詩："大力運天地，羲和無停鞭。"
［毛夾］"打"，當雅反。"樓角"，勿作"樓閣"；下"樓"字頂上"樓"字。既曰
"夜涼露濕"，又曰"柳梢斜日"，不相背者，以夜涼是實指，斜日是倒溯耳。參釋
曰：首二曲晚闈最佳。【喬牌兒】曲合寫張、鶯，【攬箏琶】曲單寫鶯。"淡黃楊柳帶
棲鴉"，賀方回詞。"賢聖"，解見第一折；此以日不下，教賢聖打日，用董詞"不
當道你個日光菩薩沒轉移，好教賢聖打"語。［潘夾］"夏"字，趁筆記時也。

【攬箏琶】打扮的身子兒詐②， ［畫徐眉］"乍"，角角撐張之意，亦爾爾之
意。今俗人亦有此語，曰"乍蓬鬆"，但音
疑似"涉大"字耳。此言衣服之整也。［田徐眉］"乍"，角角撐張之意，亦爾爾之
意。今俗人亦有此語，曰"乍蓬鬆"，但音疑似"涉大"字耳。此言衣服之整也。
［新徐眉］"乍"，角角撐張之意。［凌眉］王伯良曰："詐"，喬也。董詞"不苦詐打扮，
不甚豔梳掠"可據。［張眉］"乍"，撐張也，言衣服之整也。［合眉］"乍"，撐張
也，言衣服之整。如準備着雲雨會巫峽。只為這燕侶鶯儔③，鎖不
俗語云"乍蓬鬆"。
住④心猿意馬。不則俺那姐姐，害那生呵！二三日來水米不粘牙。
因姐姐⑤閉月羞花，真假、這其間性兒難按納，一地裏胡拿。
［士眉］"燕侶鶯儔"二句的對，又自一法。［余眉］"燕侶鶯儔"二句的對，又自一
法。［繼眉］"二三日來水米不粘牙"句，一本作白，則【攬箏琶】缺一句。"粘"，音
拈。［槐眉］"二三日來水米不粘牙"，一本作白，則【攬箏（琶）】缺一句。［起眉］無名：
"二三日"句，坊本間作唱，若謂牽合牌名，而於此記責之，是猶騁龍媒而欲計數其

---

① 容本有此處有說白云："［紅云］俺那小姐呵！"（［容夾］"只在紅口中模
擬，妙，妙。"）
② "詐"：畫徐本、新徐本、張本作"乍"。
③ "燕侶鶯儔"：毛本作"燕子鶯兒"。
④ "鎖不住"：王本作"爭扯殺"。
⑤ "因姐姐"：毛本作"想姐姐"。

踟蹰也。［畫徐眉］"眞假"二字極難解，古本解亦未及此。愚意顏色既閉月羞花矣，如此其美而又獨留情於生，一時非假，一時非眞，猝難猜料，然未必不眞也，因此惑人，故"色性難按，一地胡拿"耳。萬一拿着，亦未見得。［田徐眉］"眞假"二字極難解，古本解亦未及此。愚意顏色既閉月羞花矣，如此其美而又獨留情於生，一時非假，一時非眞，猝難猜料，然未必不眞也，因此惑人，故"色性難按，一地胡拿"耳。萬一拿着，亦未見得。［參徐眉］綫索在手，暗暗調弄，鶯鶯若傀儡。［王夾］"峽"，叶霞；"納"，叶囊亞反。［文眉］"燕侶鶯儔"的對，又自一法。［廷眉］"眞假"二字極難解，古本解亦未及此。愚意顏色既閉月羞花矣，如此其美，而又獨留情於生，一時非假而一時若眞，猝難猜料，然未必不眞也，因此惑人，故"色性難按，一地胡拿"耳。萬一拿着，亦未見得。［廷眉］"峽"，叶霞；"納"，叶囊亞反。［張眉］"燕侶鶯儔"，成語，言配偶也。徐文長改"燕子鶯兒"，無味。第六句多一字。"眞假"，言非眞非假，猝難捉摸，故云"難按納，一地胡拿"也。［湯沈眉］"詐"，古本作"乍"，無解。"詐"者，猶言打扮待喬也。想小姐兒雖美而情意或眞或假，捉他不着，則這色性越難按納，一迷裏胡為亂做也。還着張說。［合眉］"眞假"，言崔色既閉月羞花而美，乃獨留情於生，一時非假非眞，猝難猜料，故"色性難按，一地胡拿"。［封眉］"羞花"，句；"眞假"，二字句。［毛夾］此曲單指鶯言。俗本於"水米不粘牙"上，添"那生呵"一句，以為此曲直頂前白言。"水米不粘牙"，為生與鶯大家飲食俱廢，則"打扮身子"句又去不得矣。曲白之不可刪易如此。"想姐姐"以下，疑之甚也。"閉月羞花"，如許容貌，乃忽有此事，眞耶？假耶？這其間果性兒難按納，一地胡做耶？"閉月羞花"以貌言，與"性兒"對，此就其打扮之詐而故作擬議語。王解泥"羞"、"閉"二字，以為借言其深藏密護，不令人見之意，則迂曲矣。"按納"，按而納之；"胡拏"，胡弄也。《兩世姻緣》劇亦有"怎按納"，《梧桐雨》劇亦有"一地胡拏"語。參釋曰：巧樣曰"詐"，偽古本作"乍"，非。董詞"不苦詐打扮"。"燕子鶯兒"，見張小山詞，俗作"燕侶鶯儔"，非。《百花亭》劇"成就他燕子鶯兒"。［潘夾］"乍"，修整收束也。子建云："肩若削成，腰如約素"，於此一字可想。○"眞假"二字，寫盡鶯情。道他是眞，忽而桩喬；道他是假，忽而央及。今夜之來，還是眞，還是假？捉摸他不定，只好胡猜耳。紅於此處，未免入其玄中。

　　姐姐這湖山下立地，我開了寺裏角門兒。怕有人聽俺說話，我且看一看。［做意了］偌早晚傻角卻不來？赫赫赤赤，來。［末云］這其間正好去也。赫赫赤赤。［紅云］那鳥來了。［孫眉］妙！［凌眉］"赫赫赤赤"，暗號也。

元人偷期號多用之，《燕青搏魚》劇可證。［魏眉］好關目！［毛夾］"鳥"，音丁了切。［潘夾］夜闌人靜，深院有誰竊聽？明明將約下的人來點逗，紅娘思闢一法，未免機鋒稍露。雙文極是心多，聞之陡然刺心，那得不思變法。

【沉醉東風】我則道槐影風搖暮鴉，原來是玉人帽側烏紗。[田徐眉]"風搖暮鴉"，思巧甚。[湯沈眉]一個潛身曲檻邊，一個背立在湖山下，那"風搖暮鴉"，思甚巧。[湯沈旁]上聲。裏敘寒溫，並不曾打話①。[容眉]妙！[起眉]王曰：恒語、口語，拈成巧語。[田徐眉]"那"字作上聲讀。[參徐眉]不打話，定有差錯處。[文眉]此形容崔張二人實事。[湯眉]妙！[合眉]不交一言，亦極有會。[封眉]"那裏"，方言，即何曾、並不曾之意。

[紅云]赫赫赤赤，那烏來了。[末云]小姐，你來也。[摟住紅科]。

[容夾]好關目！[孫眉]好關目！[張眉]"那"，平聲，"那裏"，即是言那會云云。俗添"並不曾"，重疊文義，非。[湯眉]好關目！[峒眉]好關目！[紅云]禽獸！是我！你看得好仔細着！若是夫人怎了？[末云]小生害得眼花，摟得慌了些兒，不知是誰，望乞贖罪！[紅唱]便做道摟得慌呵，你也索覷咱，多管是餓得你個窮神②眼花。[繼眉]"酸"，今本作"神"。[槐眉]"酸"，今本作"神"。

[陳眉]那飽秀才更多眼花的。[劉眉]那飽秀才更多眼花的。[凌眉]"窮神"，嘲酸子之常語。一本作"窮酸"，無味。[合眉]餓得眼花，方可稱"風魔情士"。[峒眉]即飽秀才更多眼花的。[封眉]"窮酸"，即空本妄改"窮神"。[毛夾]參釋曰："那裏不曾也摟慌"一段，亦用董詞"你便做摟慌，敢不開眼"。[潘夾]紅娘潛去偷瞧，張先閃入檻邊。紅已見張，張不見紅，故有"摟慌"之事。○"打話"二字，正撮合山的本等。從來賓主交接，必有擯介從中打話；兩國通好，必有使臣從中打話；男女婚媾，必有媒妁從中打話。今崔張竟訂私交，不煩牽合，那裏有這樣事？蓋早已決其事之不成也，明明顯出破法神通。

[末云]小姐在那裏？[紅云]在湖山下③，我問你咱。真個着你來哩？[容眉]妙！[孫眉]妙！[湯眉]妙！[末云]小生猜詩謎社家，風流隋何，浪子陸賈，[槐眉]"陸賈"：出《通論》。陸賈稱詩書，號其書曰《新語》。奉使南越，南越王賜印，封為王，稱臣。拜賈為中書大夫。[天李旁]三用。準定挖紮幫便倒地。[紅云]你休從門裏去，則道我使你來。好！

[潘旁]欲入而閉其門，賣弄手段。你跳過這牆去，今夜這一弄兒助你兩個成親。[畫徐眉]"一弄兒"，

---

① 張本無"並不曾"三字。
② "窮神"：繼本、封本作"窮酸"。
③ "在湖山下"前，峒本有"背立"二字。

即一番之謂。下"淡雲籠月"、"似"字，通貫一曲纔是。〔田徐眉〕"一弄兒"，
即一番之謂。下"淡雲籠月"、"似"字，通貫一曲纔是。〔新徐眉〕"一弄兒"，
即一番之謂。〔廷眉〕"一弄兒"，即一番之謂。下"淡雲籠月"、我說與你，依
"似"字，通貫一曲纔是。〔魏眉〕妙，妙！〔峒眉〕妙，妙！

着我者。　〔潘夾〕角門本是開的，公然走去關了，人已闖入
門內，翻教他出去跳牆。着着有操縱在手之意。

【喬牌兒】你看那淡云籠月華，似紅紙護銀蠟；柳絲花朵垂簾
下，綠莎茵鋪着繡榻。　〔繼眉〕"莎"，音梭。〔容眉〕亦巧。〔畫徐眉〕俱以
"花"字比鋪蓋供帳，以"雲月"比燈籠。"下"，是
"放下"之"下"，即"掛"字意。〔田徐眉〕俱以"花"字比鋪蓋供帳，以"雲月"
比燈籠。"下"，是"放下"之"下"，即"掛"字意。〔新徐眉〕□□□□□□□
□，以"雲月"比燈籠。〔參徐眉〕紅娘真老手！〔王夾〕"蠟"，郎架反；"莎"，音
梭；"榻"，叶湯打反。〔陳眉〕亦巧。〔文眉〕"淡雲籠月"，"似紅紙護臘"，比喻甚
妙。〔廷眉〕俱以花草比鋪蓋供帳，以"雲月"比燈籠。"下"，是"放下"之"下"，
即"掛"字意。〔廷夾〕"蠟"，郎架反；"莎"，音梭；"榻"，叶湯打反。〔張眉〕末
句多一字。〔湯眉〕亦巧。〔湯沈夾〕"莎"，音梭。〔魏眉〕巧！〔峒眉〕亦巧。〔潘夾〕
"下"，即"放下"之"下"，猶言"掛"也。"淡雲籠月華"一闋，甚言野合佳況。
○雲月作花燭，花柳作簾幃，莎
茵作繡榻，皆是緝染的話也。

【甜水令】①良夜迢迢②，　〔凌眉〕迢迢，王易以"迢遙"，似是。　閑庭寂
　　　　　　　　　　　　　　〔封眉〕迢遙，時本多作"迢迢"。
靜，花枝低亞。他是個女孩兒家，你索將性兒溫存，話兒摩弄，
意兒謙〔湯沈旁〕一洽③；休猜做敗柳殘花。〔士眉〕偷香能事畢此。〔繼眉〕
　　　　　作"謙"。　　　　　　　　　　　　　"【甜水令】"，今本誤作"【新
水令】"。〔容眉〕不要你管，漢家自有制度。〔起眉〕"【甜水令】"，今或作"【新水
令】"，這是訛。"浹"，一作"謙"。〔畫徐眉〕"亞"，襯貼也。〔田徐眉〕"亞"，襯貼
也。夜長人靜，工夫有餘，正須緩性溫存，莫作敗柳殘花，造次摧挫之也。〔田徐夾〕
前言教他款款輕輕，疑鶯鶯軟弱；又教他溫存，恐其燥急也。可謂細心之極。〔王夾〕
"洽"，叶霞。〔陳眉〕不要你管，漢家自有制度。〔孫眉〕不要你管，漢家自有制度。
〔劉眉〕不要你管，漢家自有制度。〔文眉〕"洽"，音甲。〔廷眉〕"亞"，襯貼也。
〔廷夾〕"洽"，叶霞。〔湯沈眉〕偷香能事畢此。〔湯沈夾〕"洽"，叶霞。〔湯眉〕不
要你管，漢家自有制度。〔合眉〕不要你管，漢家自有制度。〔魏眉〕漢家自有制度。

---

① "【甜水令】"：湯沈本作"【新水令】"。
② "迢迢"：王本、封本作"迢遙"。
③ "謙洽"：起本、湯沈本作"浹洽"。

［峒眉］不要你管，
漢家自有制度。

【折桂令】他是個嬌滴滴美玉無瑕，粉臉生春，雲鬢堆鴉。恁的般^①受怕擔驚，^{［潘旁］自言}_{平素閑心。}又不圖甚浪酒閑茶。則你那夾被兒時當奮發，指頭兒告了消乏；打疊起^{［湯沈旁］一本}_{無"起"字。}嗟呀，畢罷了牽掛，收拾了憂愁，準備着撐達。［繼眉］一本無"起"字。"撐達"，音鐺塔，往來相遇貌。［容夾］為他人作嫁衣裳。［槐眉］一本無"起"字。［畫徐眉］"夾被奮發"，言被窩中亦有春意也。古法：探春者剪爪，故曰"指頭消乏"，非褻詞也。後篇"不強如手勢指尖兒恁"乃是褻詞也。準擬支撐了達，以快此大欲也。［田徐眉］"夾被奮發"，言被窩中亦有春意也。古法：探春者剪爪，故曰"指頭消乏"，非褻詞也。後篇"不強如手勢指尖兒恁"乃是褻詞也。準擬支撐了達，以快此大欲也。［新徐眉］"夾被奮發"，言被窩中亦有春意。古法：探春者剪爪，故曰指頭消乏。［參徐眉］為他人作嫁衣裳。［王夾］"發"，方雅反；"乏"，扶加反；"疊"，一作"迭"；"達"，當家反。［孫眉］為他人作嫁衣裳。［文眉］數語一團意趣。［凌眉］"夾被兒時當奮發"，言被裏亦及時興頭也。"指頭兒告了消乏"，玩董詞，只是因彈琴以挑之之故，故云。徐謂採春者剪爪，王謂褻詞，皆陋甚。［廷眉］"夾被奮發"，言被窩中亦有春意也。古法：探春者剪爪，故曰"指頭消乏"，非褻詞也。後篇"不強如手勢指尖兒恁"乃是褻詞也。準擬支撐了達，以快此大欲也。［廷夾］"發"，方雅反；"乏"，扶加反；"疊"，一作"迭"；"達"，當家反。［湯眉］為他人作嫁衣裳。［湯沈眉］古法：探春者剪爪，故曰"指頭消乏"。"撐達"，解事之謂，音鐺塔。［湯沈夾］"疊"，一作"迭"。［合眉］"夾被奮發"，言被窩中有春意。古法：探春者剪爪，故"指頭消乏"。［魏眉］為他人作嫁衣裳。［峒眉］為他人作嫁衣裳。［封眉］即空主人曰："指頭兒"句，玩董詞，只是因彈琴挑之之故，故云。王謂褻詞，陋甚。"夾被"句，言亦及時興頭也。［毛夾］"淡雲"三句，參差對。"垂簾下"，如垂簾之下。"謙洽"，和洽也，勿作"浹洽"，《看錢奴》劇"沒半點和氣謙洽"。"指頭兒告消乏"，褻語，謔生。"奮發"，即動彈，言憐其被底時時動彈，使指頭勞苦告消乏耳。後折有"手勢指頭兒恁"語，董詞"彈琴時，有十個指頭兒，自來不孤你。今夜裏彈琴，你也須得替"諸語，亦同。"撐達"，謂不惡縮，《琵琶記》"不撐達害羞的喬相識"。俗注解"指頭兒"句，謂預辦偷春，剪落指甲，一何可笑！參釋曰："淡雲"三句，頂賓白"助成親"來；"嬌滴滴"三句，頂上曲"休猜做"來；"俺這般"四句，是謔生語；"打疊起"四句，是慰悅生語。

─────────

① "恁的般"：王本作"俺這般"。

［潘夾］兩闋寫得情意濃至，正反襯後文之
冷淡也。"受怕擔驚"二語，略帶牢騷。

　　　［末做跳牆摟旦科］［旦云］是誰？　　　　　　［合眉］為他
人作嫁衣裳。　　　［末云］是小生。

　［旦怒云］張生，你是何等之人！我在這裏燒香，你無故至此；若夫
人聞知，有何理説！　　　［合眉］怎説得個　　　［末云］呀，變了卦也！　　　［潘旁］
"無故至此"？　　　　　　　　　　　　　　　　　　　　　　　　　　愚甚！

　［潘夾］"無故"二字，當面説謊。花前待月，開戶迎風，豈是無因而至乎？而
顯然執為聲罪之辭，使張生禅詔出諸袖中，崔將何辭以對？只因眼前礙着一人，
便欲口中説句強話，固其性難按　　　［紅唱］
納處，然其意正欲使張生意會。

【錦上花】為甚媒人，心無驚怕；　　　［潘旁］此言　赤緊的夫妻每，意
　　　　　　　　　　　　　　　　　　　　今日放膽。
不爭差①。我這裏躡足潛蹤，悄地聽咱：一個羞慚，一個怒發。
［容眉］畫！［起眉］無名：今本間作"赤緊的夫人意不差"，便與上"無驚怕"字、
下"呀"字不應。［畫徐眉］兩言相協，故為媒者無驚怕。［田徐眉］兩言相協，故
為媒者無驚怕。［陳眉］丹青難及舌頭巧。［孫眉］丹青難及舌頭巧。［劉眉］丹青難
及舌頭巧。［文眉］到此緊中取緩，又狀其形容。［廷眉］兩言相協，故為媒者無驚
怕。［張眉］"有爭差"，即下文云云；訛"不"，非。［湯眉］畫！
［湯沈眉］兩言相協，故為媒者無驚怕。［峒眉］丹青難及舌頭巧。

【幺篇】　［封眉］【幺　張生無一言，呀，鶯鶯變了卦。一個悄悄冥
　　　　　篇】見前。
冥，一個絮絮答答。卻早禁住隋何，迸住陸賈，　　　［畫徐旁］應賓白。
　　　　　　　　　　　　　　　　　　　　　　　　　　　　［田徐旁］應賓白。
［廷旁］應賓白。［天李旁］四用。妙甚，趣甚！［繼眉］"隋何"、"陸賈"，應前語。
［槐眉］"隋何"、"陸賈"，注見前。［田徐眉］"悄悄冥冥"，正生之無言；"絮絮答
答"，正鶯之變卦饒舌。［新徐眉］隋、陸無能。［凌眉］"隋何"、"陸賈"，即以前
生白語調之也。［張眉］"悄悄"以下，敷衍上文也，一氣讀，妙。且兩"一個"字，
前已分明，何必再出耶？［湯沈眉］"隋何"、"陸賈"，　叉手躬身，粧聾做啞。
應前語，二人善於舌辯，謂其風流浪子，無事實也。
［容眉］真滯貨！［參徐眉］描鶯張模樣□。［王夾］"答"，叶平聲。［文眉］"叉"，
音抄。［凌眉］王伯良謂：此教張生語，非替鶯數落張生也。看後【清江引】一曲，
良然。［廷夾］"答"，叶平聲。［湯眉］真滯貨！［魏眉］非紅娘巧舌，怎描得兩家
模樣？［峒眉］非紅娘，怎描的兩家模樣？［毛夾］所以不害怕者，為其真相許，無

―――――――――

　　① "不爭差"：張本作"有爭差"。

差繆也；不意如此也。四“一個”與前【沉醉東風】兩“一個”相應。陋君改去兩“一個”，自誇獨得，而不敢改此四“一個”，何也？“卻早”四句，遂借生自誇語調寫之。《西廂》譜《會真》耳。“三五”之召，《會真》自愬其意，此正胡然胡然處。近有盱衡抵掌者，斷謂見簡已前，怒紅之肆；召生已後，恨生之愚。則《會真》未嘗有開簡前幾曲子也。若謂《會真》作法，須仿《昆侖奴傳》為之，則小說家亦須著律令矣。李卓吾評《西廂》了無是處，而獨於此折云：“若便成合，則張非才子，鶯非佳人”，最為曉暢。《會真》之奇，亦祇奇此一阻耳。且即此一阻，亦並無他意，忽然決絕，即倏然成就，是故奇耳。必欲盱衡抵掌，強為立說，而刪改舊文，無一字本來。嗟乎！亦獨何也？［潘夾］“心無驚怕”四字，特特與上文“受怕擔驚”相反。受怕擔驚，是局中人行徑；心無驚怕，是局外人心腸。“赤緊”，言其平日之疼熱也，言這樣好夫妻，成就了也不差。為何又撒開，這番干繫，卻不在我身上。○“又手躬身”二句寫得張愚懦，醜態畢露。

> 張生背地裏嘴那裏去了？向前摟住丟翻，告到官司，怕羞了你！

［潘旁］紅的是個老法家！［容眉］這丫頭倒通得！［田徐眉］紅娘見生無用，故教唆他，言羞鶯而不羞你也。［陳眉］虧這丫頭咬破牙。［孫眉］這丫頭倒通得！

［湯眉］這丫頭倒通得！

［合眉］這丫頭倒通得！

【清江引】沒人處則會閑嗑牙，就裏空奸詐。［廷眉］妙！怎想湖山邊，不記“西廂下①”。香美娘處分破②花木瓜。［謝眉］“香美娘”，是排兒名。“花木瓜”，好看不好吃。

［士眉］“香美娘”，是排兒名。“處分”，猶云發付。“花木瓜”，搬演者云：看得吃不得。［余眉］“香美娘”，是排兒名。“處分”，猶云發付。“花木瓜”，搬演者云：看得吃不得。［繼眉］“香美娘”，是排兒名。“花木瓜”，看得吃不得。［槐眉］“香美娘”，是排兒名。“花木瓜”，看得吃不得。［起眉］無名：元本有“處”字，今本皆缺。［畫徐眉］嘲他當場沒有，妙！“處分”，猶言打發也，發落也。木瓜酸，嘲其為措大也。［田徐眉］嘲他當場沒有，妙！“處分”，猶言打發也，發落也。木瓜酸，嘲其為措大也。［新徐眉］木瓜酸，嘲其為措大也。［王夾］“嗑”，音課。［文眉］“香美娘”，是排兒名。“處分”，猶云發付。“花木瓜”，搬演者云：看得吃不得。［凌眉］“花木瓜”，言中看不中吃，非調酸子也。詳《解證》。［廷眉］“處分”，猶言打發也，發落也。木瓜酸，嘲其為措大也。［廷夾］“嗑”，音課。［張眉］“不意”，不料也，訛“記”，非。“處分”，處置也，訛“分破”，非。［湯沈眉］此嘲笑張生當場沒用處。“香美娘”，指鶯鶯，亦見成語；木瓜味酸，嘲其為措大也。“分破”，方本

---

① “不記”：張本作“不意”。“西廂下”：毛本作“垂楊下”。

② “處分破”：士本作“分破了”；畫徐本、王本、廷本、張本、毛本作“處分”；湯沈本作“分破”。

作"處分"，難解。[合眉]"處分"，猶言打發。木瓜酸，嘲其為措大。[毛夾]誰想到"湖山邊"，便忘卻"垂楊下"、"挖綦幫"之語。此"花木瓜"也，花木瓜外看好，不中吃，須得香美娘處分之，此又預起下"處分"作一過語，大妙！《李逵負荊》劇"花木瓜外看好"，《誤入桃源》劇"空結實花木瓜"。徐天池謂以酸嘲生，謬。參釋曰：此頂賓白"慇懃"語，而又嘲之。又參曰：《埤雅》云"木瓜於熱時，鏤紙作花粘之，以漍㗫其上，得露日之氣乃紅，其花如生，名花木瓜。[潘夾]木瓜味酸，嘲其措大。寫張懦處，便懦殺人，得不令抱雞翁悶死？○紅讖雙文，則云"對人前巧語花言，背地裏愁眉淚眼"，其讖張生，則云"沒人處則會閑磕牙，就裏空奸詐"。一個人前會講，一個沒人處會講，一假一懦，鑿鑿不刋。"垂楊下"，閑話處；"湖山邊"，今立地也。"香美娘"兩句，紅娘在暗地裏看雙文如何處分，料想必從我衙門經過。

　　　[旦]紅娘，有賊。[紅云]是誰？[田徐旁]賈（假）不知，妙，妙！　[末云]是小生。[紅云]張生，你來這裏有甚麼勾當？[旦云]扯到夫人那裏去！[紅云]到夫人那裏，怕壞了他行止。我與姐姐處分他一場。

[潘旁]解上臺不如發下司，易於結局。[容夾]看你兩個如何處分？[參徐眉]鶯鶯明忍這一遭，還猶己見不定。[陳眉]鶯鶯捉得賊，紅娘不放贓。[劉眉]鶯鶯捉得賊，紅娘……[湯眉]看你兩個如何處分？[合眉]看你兩個如何處置？[峒眉]鶯鶯捉得賊，紅娘不放贓。張生，你過來跪着！你既讀孔聖之書，必達周公之禮，黃夜來此何幹？[潘夾]喊賊奇矣，問賊又奇，認賊更奇，拷賊不可言！

【雁兒落】不是俺一家兒喬作[田徐旁]何其自大！衙①，説幾句衷[凌旁]一作"坐"。腸②話。　[容旁]妙！[士眉]北人謂假為喬。"喬坐衙"，猶云假裝家意。[余眉]北人謂假為喬。"喬坐衙"，猶云假裝家意。[槐眉]北人謂假為喬。"喬坐衙"，猶云假裝家意。[繼眉]北人謂假為喬。"喬坐衙"，猶云假裝家意。[畫徐眉]"喬坐衙"，自據其所而自大意，猶云七石缸、門裏大也。[田徐眉]"喬坐衙"，自據其所而自大意，猶云七石缸、門裏大也。[文眉]北人謂假為喬。"喬坐衙"，猶云假裝家意。[廷眉]"喬坐衙"，自據其所而自大意，猶俗云七石缸、門裏大也。[張眉]"喬坐衙"，據其所而自大之意，言此番不是俺自大，喒説衷腸話，如下文云云。俗添"怎能夠"三字。[湯眉]妙！[湯沈眉]"喬作衙"，猶云假裝家。[合眉]"喬坐

───────────

①　"喬作衙"：士本、畫徐本、王本、廷本、張本作"喬坐衙"。
②　"衷腸"：王本、廷本作"中長"。

衙",自據其所而自大意,猶 我則道你文學海樣深,誰知你色膽有天
俗云七石缸、門裏大也。

來大? [新徐眉]張生怎不説出詩媒? [王夾]"中長",今作"衷腸";"大",唐乍反,與前折音"墮"不同。[廷夾]"中長",今作"衷腸";"大",唐乍反,與前折音墮不同。[毛夾]"大",唐乍反。[潘夾]與賊説衷腸,這便是腹心之賊,與肘腋不同。孫飛虎肘腋竊發,五千人可以奪帥;酸措大腹心為奸,恐十萬師難以力破。

[紅云]你知罪麽? [末云]小生不知罪。[紅唱]

【得勝令】誰着你黃夜入人家,非奸做賊拿①。 [凌眉]王伯良以次句拗,而易為"非盜做奸拿",且引周挺齋譏"沉煙裊繡簾",宜"沉宴裊修簾"乃叶。不知第四字不可不平,第二字用平者極多。即如本傳"莊周夢蝴蝶,難忘有恩處",《抱粧盒》劇"得推辭且推辭",《慶賀詞》"諸邦盡朝獻",皆然。況"非奸即盜"是成語,亦無"非盜做奸"之説。"賊"字,入聲,叶平,非仄也。[封眉]時本作"非奸做賊拿",誤。

【得勝令】次句,第二字可平可仄,第四字不可不平。 你本是個折桂客,做了偷花漢;不想去跳龍門,學騙馬。 [士眉]北人謂哄婦人為騙馬。[余眉]北人謂哄婦人為騙馬。[繼眉]北人謂哄婦人為騙馬。[槐眉]北人謂哄婦人為騙馬。

[畫徐眉]如此蹤跡,可以入奸盜條律,故曰"做得個",此北方常語。北人謂哄婦人為"騙馬"。[田徐眉]如此蹤跡,可以入奸盜條律,故曰"做得個",此北方常語。北人謂哄婦人為"騙馬"。[陳眉]粉牆把做龍門跳,樹梢權做仙桂攀。[孫眉]粉牆把當龍門跳,樹梢權做仙桂攀。[文眉]"騙",音片。[廷眉]如此蹤跡,可以入奸盜條律,故曰"做得個",此北方常語,雜劇每用之。北人謂哄婦人為"騙馬"。[張眉]支離隔礙,全不省章法,可笑。"騙馬",欺哄婦人也。"折桂客、跳龍門"兩句是襯。

[湯沈眉]"騙馬",躍而上馬之謂,借字義以形容,言大才而小用之耳。俗注謂哄婦人,非。 姐姐,且看紅娘面饒過這生者!

[容眉]老面皮! [湯眉]老面皮! [合眉]説分上的都是紅娘。 [旦云]若不看紅娘面,扯你到夫人那裏去,看你有何面目見江東父老? [潘旁]卻有詩為證。起來! [容眉]也妙! [湯眉]也妙! [紅唱]

謝小姐賢達,看我面遂② [湯沈旁]一作"遂"。[繼眉]今本誤作"逐"。[槐眉]"遂",今本誤作"逐"。 情罷。

---

① "非奸做賊拿":王本作"非賊做盜拿";封本作"非賊做奸拿"。

② "遂":湯沈本作"逐"。

［田徐眉］先謝小姐而卻為求饒，正是紅娘狡獪。下又云"官司詳察"云云，又代鶯鶯發落，皆是妙處。若到官司詳察，"你既是秀才，只合苦志於寒窗之下，誰教你黍夜輒入人家花園，做得個非奸即盜。"先生呵，準備着精皮膚吃頓打。［參徐眉］犯人無惡，張生之謂。［王夾］"察"，叶上聲。［陳眉］誰敢凌辱斯文？［文眉］面叱數言，張生豈不自赧？［廷夾］"察"，叶上聲。［張眉］末句多一字。［合眉］到官司，張家央個分上，崔家反要問個一兩三。［魏眉］誰敢凌辱斯文？［峒眉］誰敢凌辱斯文？［毛夾］"賊"，平聲。此處分也。"喬坐衙"，即"喬作衙"，妄自尊大之謂，《青衫淚》劇"俺那愛錢娘一日坐八番衙"即此。"衷腸"，或作"中長"，字聲之誤。"做的個"頂賓白"不知罪"來，言做得這個罪也。"非奸做賊拿"，是成語。雖"奸"字宜仄，"賊"字宜平，與調不合，見周德清"務頭"。然元詞每用成語，便不拘；且"賊"本平聲，"奸"字在可平可仄之間，原非不合。如《昊天塔》劇"五臺又為僧"，後本《莊周夢蝴蝶》"怎忘有恩處"，俱可驗。且"務頭"諸論，與元曲毫釐不合。往欲遍作引斷，以袪其妄，因無暇，且俟知者。若詞隱生、王伯良輩，竟改此句為"非盜做奸拿"，陋矣。"騗馬"，言跳而上馬，比跳牆也，《合汗衫》劇"穩拍拍乘舟騗馬"，《任風子》劇"我騗土牆騰的跳過來"，可驗。俗以"騗馬"為哄婦女，總是杜撰。"謝小姐賢達"，將欲為解釋，而先作是語，以邀其必然；然亦詞例如此，如欲處分而先為"香美娘"句一類。參釋曰：第十七折有"有意訴衷腸"語，定知非"中長"。［潘夾］紅娘精於律例，斷案簡明，但云"做賊拿"，未免又深文矣。○承問衙門，反為賊到上臺說人情，上臺亦遂聽從批允。甚矣！賊之通神也。何時而其鋒稍戢哉？

［旦云］先生雖有活人之恩，恩則當報。既為兄妹，何生此心？萬一夫人知之，先生何以自安？今後再勿如此，若更為之，與足下決無干休。［下］［參徐眉］鶯鶯色屬內荏，瞞過誰來？［末朝鬼門道云］你着我來，卻怎麼有偌多說話！［容旁］畫！［潘旁］何不早說？懦！［容眉］何不當面說？［孫眉］何不當面說？［劉眉］何不明訴？正是色令智昏！［湯眉］畫！何不當面說？［合眉］何不盡說？［魏眉］何不當面說？滯才！［紅扳過末云］羞也，羞也，卻不"風流隋何，浪子陸賈"？［天李旁］五用。妙絕，趣絕！［末云］得罪波"社家"，今日便早則死心塌地。［紅唱］

【離亭宴帶歇指煞】再休題"春宵一刻千金價"，準備着"寒窗更守十年寡"。［畫徐旁］男人守寡。［田徐旁］男人守寡。［廷旁］男人守寡。［潘夾］自此自"西廂下"，掃去猜詩謎一案。［封眉］《爾雅》云：

無夫無婦，_{並謂之寡。}猜詩謎的社家①，竹 [畫徐旁] 音"欺"。[田徐旁] 竹 音"欺"。[廷旁] 音"欺"。拍了"迎風

戶半開"，山障了"隔牆花影動"，綠慘了"待月西廂下"。[田徐旁]
此數語言

其猜不_{著也。}你將何郎粉面搽，[田徐旁]去搽
粉不如做賊。他自把張敞眉兒畫②。[畫徐旁]
妙，妙！

[田徐旁] 妙，妙！[廷旁] 妙，妙！[潘旁] 自此自"偎紅話"，強 風情措大，
掃去風流浪子一案。[封眉] 即空本作"何郎粉面"，欠自然。

晴乾了尤雲殢雨心，悔過了竊玉偷香膽，刪抹了倚翠偎紅話。

[謝眉]"竹"，音欺，或音"水"者，非。[士眉]"竹"，音欺，或音水。"措大"，
北人謂酸丁為窮措大。[余眉]"竹"，音欺，或音水。"措大"，北人謂酸丁為窮措大。

[繼眉]"竹"，音欺。"傅粉"，今本作"膩粉"，太鑿。"措大"，宋太祖與趙普論桑
維翰，帝曰：措大賜與十萬貫，則塞破屋了。[槐眉]"措大"，宋太祖與趙普論桑維
翰，帝曰：措大賜與十萬貫，則塞破屋。[起眉] 無名："傅粉"，一作"粉面"，不
通；一作"膩粉"，又鑿了。"措大"，一作"醋大"，非。昔宋太祖與趙普論桑維翰，
帝曰：措大賜與千萬貫，則塞破屋了。[畫徐眉]"竹拍"、"山障"、"綠慘"，皆方
言。"竹拍"，不中節之謂，猶俗云不停當也；"山障"，隔絡之謂；"綠慘"，陰暗之
謂。並是不濟事意。紅娘謂張生自稱"猜詩"云云，卻一件件都猜不著。[田徐眉]
"竹拍"、"山障"、"綠慘"，皆方言。"竹拍"，不中節之謂，猶俗云不停當也；"山
障"，隔絡之謂；"綠慘"，陰暗之謂。並是不濟事意。紅娘謂張生自稱"猜詩"云
云，卻一件件都猜不着。[新徐眉]"竹拍"，猶云不停當也。[參徐眉] 一天好事頓
丟了。[文眉]"竹"，音欺。"措大"，北人謂酸丁為窮措大。[張眉]"竹拍"，不停
當也；"山障"，隔絕也；"綠慘"，陰暗也。皆言不濟事也。"粉去搽"、"眉來畫"，
又虛泛，又實帖，訛云"眉兒畫"猶可，"傅粉搽"是何語？"強"，去聲，猶言硬有
理也，與《鬧道場》折內"口強"意同。[廷眉]《輟耕錄》載雜劇目錄，有《杜大
伯猜詩謎》一題，但不見其本耳。"竹拍"、"山障"、"綠慘"，皆方言。"竹拍"，不
中節之謂，猶俗云不停當也。"山障"，隔絕之謂。"綠慘"，陰暗之謂。並是不濟事
意。紅娘謂張生自稱猜詩云云，卻一件件都猜不着。[湯沈眉]"竹"，音祁，亦音欺。
"竹拍"，不中節之謂；"山障"，隔絕也；"綠慘"，陰暗也。都是不濟事意。紅笑張
猜詩謎，卻一件件猜不着。"措大"，調侃秀才，即"酸丁"之謂。[合眉]"竹
拍"，不停當也；"山障"，隔絕也；"綠慘"，陰暗也。皆方言，皆言不濟事。[末云]

---

① "社家"：王本作"杜家"。
② "粉面"：起本、封本作"傅粉搽"；王本作"膩粉搽"；張本作"粉去搽"。
"眉兒畫"：張本作"眉來畫"。

小生再寫一簡，[潘旁]頭醋不酸。煩小娘子將去，以盡衷情如何？[紅唱]淫詞兒早則休，簡帖兒從今罷。猶古自參不透風流調法①。[畫徐旁]嘲他。[田徐旁]嘲他。[廷旁]嘲他。[合眉]嘔殺！從今後悔罪也②[湯沈旁]一作"波"。卓文君，你與我遊③學去波[湯沈旁]助語。漢司馬。[下][起眉]無名：元本"悔罪波"，今本無"波"字；一作"了"字，又不好。[畫徐眉]"古"，助語字，猶"沙"字、"波"字之類，但看合用仄用平耳。"你早則"二句，上句勸解鶯，下句勸解張。[田徐眉]"古"，助語字，猶"沙"字、"波"字之類，但看合用仄用平耳。"你早則"二句，上句勸解鶯，下句勸解張。[新徐眉]"古"，助語字，猶"沙"字、"波"字之類。[參徐眉]紅娘也丟手了。[王夾]"仐"，音祁，俗音欺，非；"學"，借叶去聲。[陳眉]沒趣，沒趣！[孫眉]沒趣，沒趣！[文眉]"漢司馬"，乃相如也。[凌眉]"猶古自"，即"尚兀自"，曲中常語，猶言猶復爾也。徐不知而解曰："古"，助語字，猶"沙"字、"波"字之類，但看合用平用仄耳。不思此襯字，豈深論平仄？即宜用平而曰猶"沙"猶"波"，亦不通。"學去波漢司馬"，譏其不能及相如，言這樣漢司馬還須再學學去也，即前白調其"隋何"、"陸賈"一例。俗本作"遊學去波"，不通。王解為勉其再去讀書，酸甚。[廷眉]"古"，助語字，猶"沙"字、"波"字之類，但看合用仄用平耳。"你早則"二句，上句勸解鶯，下句勸解張。[廷夾]"仐"，音祁，俗音欺，非。"學"，借叶去聲。[湯沈眉]"調法"，戲弄也，一作"調發"。徐云：末上句勸其休怪鶯鶯，下句勉其再去讀書。真透頂之針！[合夾]"仐"，音欺。[封眉]即空主人曰："猶古自"，即"尚兀自"，猶言猶復爾也。"他如今"，時本多作"從今後"。即空主人曰："學去波"句，譏其不能及相如，還須再學學去也。徐作"遊學去波"，不通。[毛夾]"仐"，音祁；"學"，借叶去聲。此雜嘲之而勸其已也。"十年寡"，指生，《爾雅》"男女無夫婦並謂之寡"，故《左傳》"崔杼生成及疆而寡"。"仐"，參錯之貌；"拍"，合也。"仐拍了迎風戶半開"，言半開之戶，今錯關矣。"山障"，如山之隔。"綠慘"，不明也。拂牆如山，待月而暗，皆就詩語極嘲之，正頂"猜詩謎"來，言只此數語，皆誤猜者。"一任"二語，言任君傅粉，他無煩畫眉也，所謂"強風情"者也。"何郎粉"與"張敞眉"對，"去"字與"兒"字各虛字對，最整。俗本作"傅粉搽"，則"搽"、"傅"復出，他本改"膩粉"，則"膩"與"眉"又不對矣。"尚古"，即"猶古"，"古"是襯字，《岳陽樓》劇"猶古自參不透野花村霧"。"調發"，戲弄也，《竹塢聽琴》劇"出家

———————

①　"調法"：王本、毛本作"調發"。
②　"從今後悔罪也"：畫徐本、田徐本、廷本作"你早則息怒嗔波"。"從今後"，封本作"他如今"。"也"，起本作"波"；湯沈本作"了"。
③　封本無"遊"字。

人休調發我"；俗作"詞法"，一是形誤，一是聲誤。末二句，上句指鶯，下句指生。元劇【煞】調法俱然，此與《兩世姻緣》劇"息怒波忒火性卓王孫"指張延賞，"嚌聲波強風情漢司馬"指韋皋，正同。徐天池謂：末二句俱指生，上句勸其休怒鶯，下句勸其再讀書。反傷巧矣。烏知元曲【煞尾】有成數耶？況生幾嘗敢怒鶯耶？參釋曰："措大"，亦作"醋大"，與"酸丁"同。宋藝祖謂桑維翰"措大賜與十萬貫，則塞破屋子矣"。"淫詞兒早則休"諸語，用董詞。"晴乾"，即曬乾，北詞。[**潘夾**] 紅娘也竟去了。○"矣"，音欺。○雙文滿眼前礙着紅娘，紅娘滿肚裏也只怪着小姐。今將無數牢騷，發洩在張生身上。秀才家從來懦，或者不激不奮耳。○再寫一簡，的是措大行徑，專靠弄筆頭過日子。"猶自參不透"句，明授以三昧教參也。參得透者，便可立登彼岸，親證菩提；參不透者，縱使九年面壁，終無一字。便知上文十數語，不是大概冷淡話，欲其脫盡從前知解，別求頓悟。前曰"一地胡拿"，紅自己且參不透，今則撇下蒲團矣。

> [末云] 你這小姐送了人也！此一念小生再不敢舉。[**潘旁**]懦甚！ 奈有病體日篤，將如之奈何？夜來得簡方喜，今日強扶至此，又值這一場怨氣，眼見得休也。只索回書房中納悶去。桂子閒中落，槐花病裏看。[下] [**毛夾**] 他本或以"休也"作"休矣"；"休矣"與上押韻，如此則又不當贅"回書房"一句矣。總是改本，定無妥處。

[**容尾**] 總批：此時若便成交，則張非才子，鶯非佳人，是一對淫亂之人了，與紅何異？有此一阻，寫盡兩人光景：鶯之嬌態，張之怯狀，千古如見。何物文人，技至此乎！

[**新徐尾**] 批：中緊外寬，虧這美人做出樣子來。然亦理合如此。倘一逾即從，趣味便爾索然。

[**王尾·注一十五條**]

【白】：今本"花香重疊和風細，庭院深沉淡月明"，古本作"庭院無人"，語佳；然上句"花香重疊"，則"庭院深沉"似對較整耳。

【新水令】：即入丹青，亦成妙手。"樓閣斂殘霞"，古作"樓角"，上曰"門闌"，則對須從"樓閣"耳。兩"晚"字、兩"樓"字重。

【駐馬聽】："淡黃楊柳帶棲鴉"，賀方回詞，對句景調俱稱。"我則怕"三字管至末。

【喬牌兒】：北人稱菩薩神祇，不曰"聖賢"，則曰"賢聖"。前遊寺折"拜了聖賢"可證。此因日之不下，而欲令賢聖打之也。（董詞"一刻兒沒巴臂抵一夏，不當道你個日光菩薩，沒轉移好教賢聖打"。）

【攪箏琶】："身子詐"，古本作"乍"。打扮的詐，猶言打扮得喬也。（董詞"不苦詐打扮，不甚豔梳掠"。）可證①。"乍"字無據，今不從。"水米不粘牙"句，屬上文看，自前調"自從日初想月華"，至此調"水米不粘牙"九句，皆並指鶯、生二人言②。觀上紅白"我看那生和俺小姐巴不得到晚"及"爭扯殺"三字可見。"水米不粘牙"承上句來，言大家都為心猿意馬所牽繫，而飲食俱廢也。下又言我想小姐平日閉月羞花，深自珍重，由今日觀之，果眞耶假耶？不意今日其風流之性，一旦難自按納，而遂一地裏胡為亂做至此也。"閉月羞花"，借言其深藏密護，不易令人見之意，不得泥平常稱人之美說。此曲頗難解。若以"水米不粘牙"屬下文，遂以張生想鶯鶯言，便大瞶瞶矣。（元張小山詞"燕子鶯兒，蜂媒蝶使"）蓋亦見成語。金本謂"眞假"是"直家"，可噦；朱本作"直加"，亦大無謂。

【沉醉東風】：徐云："風搖暮鴉"，思巧甚。"那裏"之"那"，作上聲讀，言其不曾敘寒溫也。與下"並不曾打話"相對。（董詞"女孩兒諕得一團兒聲顫，低聲道'解元聽分辨'，你更做搜荒敢不開眼"。）亦佳。

【喬牌兒】："淡雲籠月"似紅紙護燭，"柳絲花朵"似簾幙下垂，綠莎如茵似鋪繡榻，正應賓白"今日這一弄兒助你兩個成親"意。"下"字作活字用。

【甜水令】："良夜迢遙"三句相對。"迢遙"，元作"迢迢"，不應一句獨用疊字，今直更定③。言夜長人靜，工夫有餘，正須緩性溫存，莫作敗柳殘花，造次摧挫之也。

【折桂令】：首三句屬上曲看，正見不可摧殘之意。"夾被兒時當奮發、指頭兒告了消乏"，即後折"手勢指頭兒恁"之意，褻詞也。（董詞"十個指頭兒，自來不孤你。孤眠了一世，不閑了一日。今夜裏彈琴，不同恁地，還彈到斷腸聲，得姐姐學連理。指頭兒，我也有福囉，你也須得替"。）即此意。言我為你成就此事，不圖你謝，只憐你"夾被奮發"

---

① 〔王眉〕"詐"字無證，便不可解。

② 〔王眉〕此調意本曲折，解得妙絕。

③ 〔王眉〕曲中誤字類此甚多，賴具眼拈出，甚快！

之時，指頭已告消乏，故不辭受怕擔驚，替你説合。你從今盡可"打疊起"舊時之"嗟呀"云云，以省你指頭之勞苦，但須準備撐達以快其事也。"打迭"，或作"打疊"，義同。"撐達"，解事之謂。（《揚州夢》劇"禮數撐達"。）（《紅梨花》劇"這秀才暢撐達，將我問根芽"。）（《琵琶記》"不撐達害羞的喬相識"。）古注謂：夾被獨宿清寒，今有伴侶，乃是奮發；指頭預辦偷春，剪落指甲，乃是消乏。過為求文，非作者本色，謬甚①；又解"撐達"為支撐了達，亦無據。

【錦上花】：言今夜踰牆，我何為放膽？只道鶯鶯眞許張生做夫妻，而意不爭差耳。卻緣來如此變卦也。"悄悄冥冥"，正張生之無言；"絮絮答答"，正鶯鶯之變卦而饒舌也。"隋何"、"陸賈"，亦不過取其舌辯，能哄動人。二人未嘗有風流浪子事實。《史記》：隋何，只紀其説英布事；陸生自説尉佗之外，又言其安車駟馬，從歌舞琴瑟、侍者數十人為娛。其所著《南中行紀》，謂云南中，百花惟素馨香特酷烈，彼中女子以綵絲穿花心，繞髻為飾。楊用修詩有"曾把風流惱陸郎"之句，他無所見也。

［白］："張生背地裏嘴那裏去了"數句，紅娘見張生無用，故教唆他，言何不向前摟住丟番。便告到官司，亦羞他而不羞你也。若作替鶯鶯數落張生口氣，便失作者之意。

【清江引】：此即前賓白意，且以嘲笑張生也。言其只會背後誇口，當場沒用，卻何故湖山相遇之時，忘卻垂楊下準備之語，而令香美娘得處分你這個花木瓜也。"香美娘"，指鶯鶯，蓋亦見成方語；"處分"，發落之謂。徐云：此隱語也。舊解花木瓜，言其好看不中吃。《本草》：木瓜味酸。以酸丁嘲張生。《方輿勝覽》云：宣州人種木瓜始成，則鏃紙花以貼其上，夜露日曝而變紅，花紋如生可愛，故曰"花木瓜"。又見《爾雅翼》。（《兩世姻緣》劇有"那等花木瓜長安少年"。）（《誤入桃源》劇"空結實花木瓜"。）皆用此語。又（《舉案齊眉》劇"則你那花木瓜兒外看好"。）則舊解似亦可據。

【雁兒落】：凡官員坐堂鞫事，謂之坐衙；"喬坐衙"，假意尊大之謂。（馬致遠《青衫淚》劇"俺那愛錢娘，一日坐八番衙"。）古本"中長

---

① ［王眉］正爾不必過為求文。

話"，今本作"衷腸"。"中長話"，猶言有道理好説話也。言非是我每妄
自尊大，待説幾句中長好話以教訓你，你讀書人，緣何不用心文學，而
如此大膽好色也？古注以中長話無出，欲從今本作"衷腸"。詞隱生云：
"中長"二字似太生澀，然安知非當時常用方語也。今並存。"海樣深"，
古作"海量寬"，似上語勝。

【德勝令】："做得個"，猶言入得你這個罪也。諸本舊作"非奸做賊
拿"，於本調不叶，今更定。周挺齋極譏《陽春白雪集》【德勝令】"沉
煙裊繡簾"，須唱作"沉宴裊羞簾"，正此句也。詞隱生云：《中原音
韻》："賊"字叶平聲，易作"盜"字佳。今從。躍而上馬謂之"騗馬"，
今北人猶有此語。（《雍熙樂府》《詠西廂》【小桃紅】詞"騗上如龍
馬"。）（馬東籬《任風子》劇"我騗土牆騰的跳過來"。）可證。以"騗
馬"對"跳龍門"，正猶上句以"偷花漢"對"折桂客"，上有"漢"
字，其旨甚明；下止言"騗馬"，不過借字義以形容，謂大才而小用之
耳。俗注謂哄婦人為騗馬，不知何據①。紅求饒之白，置此曲後，先謝小姐
而卻為求饒，正是紅娘狡獪。下又云"若官司詳察"云云，又代鶯鶯發落，
皆是妙處。俗本移在"謝姐姐"前，正不達詞人深意耳。今從古本更正。

【離亭宴帶歇拍煞】："猜詩謎的杜家②"，《輟耕錄》劇名目有《杜大
伯猜詩謎》；即古本亦偽作"社家"，今改正。"尒拍"，是拍參差不中節
之謂；"山障"，隔絕之謂；"綠慘"，陰暗之謂。張生前説是"猜詩謎的
杜家"，紅娘笑他一件件都猜不着：説"迎風戶半開"是開門等你，今
"尒拍"了也；説"拂牆花影動"是着你跳過牆來，今"山障"了也；
説"待月西廂下"是鶯鶯等你，今"綠慘"了也。"膩粉"，或作"傅
粉"，則"傅"字與"搽"字相犯；或作"粉面"，又與下"眉兒"不
對。元人呼粉曰"膩粉"③。《輟耕錄》：制漆方，用黃丹膩粉，無名異。
可見。又白樂天詩"素豔風吹膩粉開"）又（元《舉案齊眉》劇"重整
頓布襖荆釵，打迭起胭脂膩粉"。）（《百花亭》劇"花費了些精銀響鈔，

---

① ［王眉］俗注之可恨以此。
② ［王眉］向來誤作"社家"，非此證，終瞶瞶矣。
③ ［王眉］曲中用膩粉，亦方言也。

收買了膩粉胭脂"。)（《後庭花》劇白"膩粉輕施點翠翹"。）皆用此語，其為"膩粉"無疑。二句言：一任你如何郎之傅粉，強自粧飾，以哄動他，他卻不來采你，不要你這張敝來替他畫眉也。"措大"，調侃秀才。宋藝祖謂桑維翰，"措大賜與十萬貫，則塞破屋子矣"。"強風情"，勉強風情也。"晴乾"，猶言曬乾。（董詞"情詩兒自後休吟，簡帖兒從今莫寫"。）"猶古"，北語；"古"與"兀"同，猶今俗言"還、固"也。（董詞"尚古子不曾梳裏"。）亦此意。"調發"，戲弄、哄誘之意。（石子章《竹塢聽琴》劇"出家人休調發我"。）（喬夢符詞"休把我這紙鷂兒廝調發"。）（鄭德輝《王粲登樓》劇白"是丞相數次將書調發，小生來到京師"。）① 徐云：末二句，一句勸其休怪鶯鶯，一句勉其再去讀書。言其於風流家數，尚參不透，何可怪得鶯鶯？你還用再去遊學讀書，以長見識也。古注謂上句勸解鶯鶯，下句勸解張生，便索然非本旨矣。

[陳尾]中緊外寬，虧這美人做出模樣來。然亦理合如此。倘一逾即從，趣味便爾索然。

[孫尾]此時若便成夢，則張非才子，鶯非佳人，是一對淫亂之人，與紅娘何異？有此一阻，寫盡兩人光景：鶯之嬌態，張之情狀，千古如見。何物文人，技至此乎！

[劉尾]中實好而外作樣，卻是美人態，然其妙處在瞞着紅娘以自重，□所以逾牆之變。

[湯尾]總批：此時若便成交，則張非才子，鶯非佳人，是一對淫亂之人了，與紅何異？有此一阻，寫盡兩人光景：鶯之嬌態，張之怯狀，千古如見。何物文人，技至此乎！

[合尾]湯若士總評：看這懦秀才做事，俾我黯然悶殺，恨不得將紅娘兌做張生，把嬌滴滴的香美娘扢紮幫便倒地也。李卓吾總評：此時即便成合，則鶯張是一對淫亂之人，非佳人才子矣。有此一阻，寫出張生怯狀，鶯子嬌態，千古如生。何物文人，技至此乎！徐文長總評：須看張之熱，崔之媚，紅之冷。熱令人豪，媚令人憐，冷令人達。

[魏尾]批：中緊外寬，虧這美人做出模樣來。然亦理合如此。倘一

① [王眉]真是透頂之針。

踰即從，趣味便爾索然。

　　[峭尾] 批：中緊外寬，虧這美人做出模樣來。然亦理合如此。倘一踰即從，趣味便爾索然。

　　[潘尾・説意] 此篇寫盡紅娘隱情，有口中説不出者。作兩大截看。自【新水令】至【甜水令】七大闋，在崔張未晤以前，多用信疑未定之辭；自【錦上花】至【離亭宴】五大闋，在崔張既晤以後，多作驚喜得志之辭。其信疑未定者，危其事之成也；其驚喜得志者，快其事之不成也。蓋紅無日不欲其事之成者也，乃一旦出於禍成樂敗之意，是豈廢寢忘食、擔驚受怕之素志哉？吾謂雙文所以任之者不誠，忌之者大過，既足以灰豪傑之心；而張生又方以登庸指日，此事無復須卿，尺一飛來，滿懷當璧，遂無一語借援。將紅十年之功，棄於一旦，固其所由，五嶽方寸，隱然難平者也。前文有之曰“幾會見寄書的顛倒瞞著魚雁”，此文有之曰“那裏敘寒溫，並不曾打話”，凡以見己之投足可為輕重，一言勝於鼎呂；彼吳楚舉事，而不收劇孟，早已知其事之無成矣。然而，紅不能無疑也。彼懷人之句，誠不知其有焉否也。今崔且僮僮其飾矣，成之有其徵矣；且珊珊其來矣，成之益有其徵矣；且悄乎其思，偢乎其望矣，成之有其徵矣。於是遂以“閉門瞧人”之語，略破機關，以示肺肝之見，而雙文應惻惻其心動也。乃未幾而張且為上宮之要矣，成之決矣；且為東家之摟矣，成之愈決矣。信然矣，無可疑矣。以腹心奔走之才，而竟不得與於定策之勳，紅於此，將何以自解與？於是以極無聊之意，姑為相慰慶之辭，而孰知雙文竟以一語刺心，終於變計哉！紅今而後，喜可知也已。踟躕四顧，自鳴得意，忌我者不成，忘我者亦敗，驚怕可無驚怕也，處分須我處分也。拷賊、縱賊，公然上下其手；猜詩、刪詩，盡廢從來公案。如欲平治天下，當今之世，捨我其誰哉？今而後，莫予忌也已。此紅自恃之機權，而不言之衷曲也。則引斯情以斷斯獄，而不謂紅之敗其成者，非法也。

第四折

　　[夫人上云] 早間長老使人來，說張生病重。[參徐眉] 老夫人豈不知生病根，姑掩飾耳。我

着長老使人請個太醫去看了。一壁道與紅娘，看哥哥行問湯藥去者，問太醫下甚麼藥？證候如何？便來回話。〔下〕〔紅上云〕老夫人纔說張生病沉重，昨夜吃我那一場氣，越重了。鶯鶯呵，你送了他人。〔下〕〔旦上云〕我寫一簡，則說道藥方，**〔潘旁〕**此續命丹、回生訣也。着紅娘將去與他，證候便可。**〔文眉〕**此方見鶯鶯實處。**〔合眉〕**是個眞正聖惠方。〔旦喚紅科〕〔紅云〕姐姐喚紅娘怎麽？〔旦云〕張生病重，我有一個好藥方兒，與我將去咱！〔紅云〕又來也！娘呵，休送了他人！**〔潘旁〕**紅尚疑崔爲庸醫。**〔陳眉〕**便是雅謔。**〔劉眉〕**謔得妙！**〔魏眉〕**便是雅謔。〔旦云〕好姐姐，救人一命，將去咱！**〔潘旁〕**崔自信爲國手。**〔合眉〕**一個說"送命"，一個說"救命"，**〔紅云〕**不是你，一世也救他不得。是那個是？**〔潘旁〕**此便會意。紅見地最敏捷。如今老夫人使我去哩，我就與你將去走一遭。〔下〕〔旦云〕紅娘去了，我繡房裏等他回話。〔下〕〔末上云〕自從昨夜花園中吃了這一場氣，投着舊證候，眼見得休了也。**〔文眉〕**爲色損軀，如此狼狽，豈不自省？老夫人說着長老喚太醫來看我；我這頹證候，非是太醫所治的；則除是那小姐美甘甘、香噴噴、涼滲滲、嬌滴滴一點兒唾津兒**〔潘旁〕**勝過金莖露一杯。非此無以解相如之渴。嚥下去，這屄**〔廷眉〕**"屄"，音雕，上聲。**〔槐眉〕**"頹"，音□。"滲"，參，去聲。"唾"，拖，去聲。病便可。**〔容眉〕**此藥宜廣施。**〔參徐眉〕**眞是靈丹妙藥！**〔陳眉〕**此藥宜廣施。**〔孫眉〕**此藥宜廣施。**〔凌眉〕**"屄"，吊，上聲，晉語也。**〔湯眉〕**此藥宜廣施。**〔合眉〕**自身有病自心知。**〔魏眉〕**此藥宜廣施。**〔峒眉〕**此藥宜廣施。**〔毛夾〕**"屄"，底鳥反。〔潔引太醫上，《雙鬭醫》科範了〕〔下〕①**〔凌眉〕**《雙鬭醫》，元劇名，見《太和正音譜》。必有科諢可仿，故古本如此。猶今南戲中所謂"考試照常"之類。**〔封眉〕**時本多漏"醫

---

① 〔潔引太醫上，《雙鬭醫》科範了〕〔下〕：封本作"〔本引太醫上，與生診脈科，醫云〕此病由於七情所傷，抑鬱所致，只下寬中理氣藥一兩劑便好了，先生放心。〔下〕"；潘本作"〔本引醫上診脈下藥科〕〔醫〕此症兩手脈沉細，由夫七情感傷抑鬱之疾。只一貼藥便好，我包好了，先生放心。〔下〕"（**〔潘旁〕**藥只消一貼。但另有好方，非大醫可治。）

云"一[潔云]下了藥了，我回夫人話去，少刻再來相望。[下]　[紅上
段。

云]俺小姐送得人如此，又着我去動問，送藥方兒去，^[潘旁]此方對
症，可以無憂。

越着他病沉了也。我索走一遭。異鄉易得離愁病，妙藥難醫腸斷人。

[潘夾]此篇專為投贈藥方，即以太醫下藥開端。贈方是雙文三昧，卻從紅娘前
日"病患要安"一語參出。若依紅娘定方，只須發汗，當用麻黃桂枝湯；若據
張生撮藥，又須止渴，當用乾葛
細辛湯。不知雙文如何治法？①

【越調】【鬪鵪鶉】則為你彩筆題詩，迴文織錦；送得人臥枕着
床，忘餐廢寢；折倒得鬢似愁潘，腰如病沈。恨已深，病已沉，
昨夜個熱臉②兒對面搶白，今日個冷句兒將人廝侵。^[士眉]駢儷中
諢語。"腰如病
沈"，乃衰老之態。辭家往往舉為風流之症，良可笑也。[余眉]駢儷中諢語。"腰如
病沈"，乃衰老之態。辭家往往舉為風流之症，良可笑也。[繼眉]"腰如病沈"，本
衰老之態。辭家往往舉為風流話柄，亦沿襲之誤。[槐眉]"腰如病沈"，本衰老之
態。辭家往往舉為風流話柄，亦沿襲之誤。[起眉]王曰："熱臉兒搶白"，"冷句兒
廝侵"，本是諢語，不是莊語；卻自諢，卻自莊，卻自冶。[畫徐眉]二詞從"真假
性兒難按"上來，議論、鋪敍俱妙。前詞說張，後詞說崔。與"相國行祠"結構、敷
演統不相類，而序事則一也。[田徐眉]二詞從"真假性兒難按"上來，議論、鋪敍
俱妙。前詞說張，後詞說崔。與"相國行祠"結構、敷演統不相類，而序事則一也。
廝侵，亦做弄之意。[新徐眉]二詞從"真假性兒難按"上來，議論、鋪序俱妙。
[參徐眉]紅娘為張生着恨，亦無如何。又述鶯鶯語，更覺鶯鶯可嗤。[陳眉]雪上
加霜，如何不重？[孫眉]雪上加霜，如何不重？[文眉]"熱臉兒"、"冷句兒"，天
然句段。[凌眉]此謂鶯以《待月》一詩哄生致病也。徐云"說張"，誤。[廷眉]二
詞從"真假性兒難按"上來，議論、鋪敍俱妙。前詞說張，後詞說崔，與"相國行
祠"結構、敷演統不相類，而序事則一也。[湯沈眉]"腰如"句，衰老之態，往往
舉為風流話柄，亦沿襲之誤。末二句，王元美謂駢儷中諢語。"廝侵"，做弄之意。
[魏眉]張之病，正謂火裏添油。[峒眉]雪上加霜，如何不重？[潘夾]"則為那"
三字，直從病根發源處探討來。扁鵲治病於形，故名出於國；扁鵲之兄治病於神，故
名不出於里。若依紅娘，則病根上早治，亦何至名出於國哉？然而雙文願為扁鵲也，
不願為扁鵲之兄也。齊桓存三亡國，必待其既危而後救之，
於是有存亡繼絕之名。小姐用藥，純是霸道，不是王道。

————————————————

①　[潘旁]：兩方並用為是。
②　"臉"：王本做"劫"。

昨夜這般搶白他呵！

【紫花兒序】把似你休倚着櫳門兒待月，依着韻脚兒聯詩①，側着耳朵兒聽琴。　[潘旁]事事落紅娘眼裹。眞人前何須假語！[謝眉]到事成，又歷數前事。[士眉]事將成，把前事歷數，的的良心。[余眉]事將成，把前事歷數，的的良心。[文眉]事將成，把前事歷數，的的良心。　見了他撇假喬多話："張生，我與你兄妹之禮，甚麼勾當！"　[容旁]妙，妙！[容夾]述他二語，無限光景。妙絕，妙絕！[畫徐眉]妙！[田徐眉]妙！[廷眉]妙！[湯眉]述他二語，無限光景。妙絕，妙絕！[合眉]述鶯數語，無限光景，妙絕！[魏眉]述他二語，光景妙絕！[峒眉]述他二語，光景妙絕！　怒時節把一個書生來跌窨②，　[繼眉]"吟"，一作"聯"。"迭窨"，音蝶窨。[張眉]"跌窨"，葬埋之謂，猶言推跌黑窨處也。[淩眉]背地評跋，宛如話出。此等方是元劇中本色勝場。今人但知賞其俊麗處者，皆未識眞面目者也。[湯沈眉]言若依昨日搶白之情，則再休提前事矣。"迭窨"，即擷窨意，一作"迭噾"。"從今後"三句，怨鶯負張之詞。[封眉]即空主人曰：背地評跋，宛如話出；此等方是元劇中本色勝場。"暗"，時本誤作"噾"，字書無。"暗"，音音，兒啼不止也；又聚氣貌；又聲也；又暗噁懷怒氣。此蓋謂鶯慍怒，責生不已也。　歡時節——"紅娘，好姐姐，去望他一遭！"——將一個侍妾來逼臨。難禁，好着我似綫脚兒般殷勤不離了針。從今後教他一任，　[畫徐旁]不管他！[田徐旁]不管他！[廷旁]不管他！　這的是俺老夫人的不是：　[容夾]白甚妙！[新徐眉]暗中細數兒女子情話喁喁。[孫眉]白妙甚！　將人的義海恩山，都做了遠水遙岑。　[毛夾]二曲作一節，數鶯之負生也。北人謂"重"為"沉"。"冷句廝侵"，但指使己言，與下"侍妾逼臨"相應；若解"冷句"為送方，則此時未知是詩也，何"冷句"耶？"把似"，何如也，解見第十折。"休倚着"三句一氣，頂賓白來，言這般搶白，何如休恁般也。他本不解"把似"，將賓白一句，與"休倚着""休"字一併刪去，便無解矣。"怒時節"頂"熱臉"句來，"歡時節"頂"冷句兒"來。"迭窨"與"跌窨"、"鐵窨"、"擷窨"同，解見第九折。"綫脚不離針"，言我反不得開交也。"從今後教他一任"，與下二句一氣，言今後但爾反省纏繞耳，此反激之詞。參釋曰：元詞無正字，故"跌窨"亦作"迭窨"。碧筠齋稱為古本，

---

① "聯詩"：繼本作"吟詩"。

② "跌窨"：王本作"擷窨"；淩本、湯沈本、封本作"迭噾"；毛本作"迭窨"。

而以“窨”作“害”，此何説也？［潘夾］“怒時節”、“歡時節”，即前“喜怒其間”“性難按納”實實註腳。“殷勤”二字，紅説出自家情分。崔只是一個假，張只是一個懦，紅娘只是一個殷勤。一個越假，一個越懦；一個越懦，一個越假；兩個越假、越懦，一個越殷勤。“從今教他一任”句，寫出殷勤，言從今自家不復再出主意，任他或眞或假，我去應之東西南北，

唯君所使耳。不是坐觀成敗之論。

　　　［紅見末問云］哥哥病體若何？［末云］害殺小生也！我若是死呵，小娘子，閻王殿前，少不得你做個干連人。［潘旁］死亦把娘拖犯。［陳眉］閻王殿前，姦情人命，干證好難做。［湯眉］白妙甚！［合眉］生死把娘拖犯。　　［紅歎云］普天下害相思的不似你這個傻角。［繼眉］“傻”，音灑。［槐眉］“傻”，音灑。

【天淨沙】心不存學海文林，夢不離柳影花陰，［張眉］第一二句俱多一字。則去那竊玉偷香上用心。［陳眉］妙！［孫眉］妙！［劉眉］説卻是難做！又不曾得甚①，自從海棠開想到如今。［容旁］妙！［湯沈旁］孫夫人詞。［謝眉］打覷張生，與前“空妄想”相應。［士眉］打覷張生，與前“空妄想”相應。孫夫人詞：“海棠開後想到如今。”［余眉］打覷張生，與前“空妄想”相應。孫夫人詞：“海棠開後想到如今。”［繼眉］鄭文妻孫夫人詞：“海棠開後想到如今。”［槐眉］鄭文妻孫夫人詞：“海棠開後想到如今。”［起眉］李曰：“竊玉偷香上用心”、“又不曾得甚”，堪人咀嚼。“自從海棠想到如今”，又把孫夫人詞變換出餘味，津津不了。［田徐眉］“不曾得恁”，正下文所謂“乾相思”也。［參徐眉］何必“得甚”的？越想越有意味。［文眉］打覷張生，與前“空妄想”相應。孫夫人詞：“海棠開後想到如今。”［湯眉］妙！［湯沈眉］打覷張生，與前“空妄想”相應。［魏眉］何必“得甚”？第越想越有意味。［峒眉］何必“得甚”？第越想越有意味。［毛夾］“不曾得恁”，猶云無甜頭也。孫夫人詞：“海棠開後望到如今”。［潘夾］“不曾得恁”，即下文所云“乾相思”也。言其費心於無益。

　　　　因甚的便病得這般了？［末云］都因你行——怕説的謊——因小待長上來，當夜書房一氣一個死。小生救了人，反被害了。［合眉］救人反被人害，

---

① “又不曾得甚”：王本作“不曾得恁”。畫徐本、田徐本作“不從得甚”；又在“從”字旁批“曾”，“甚”字旁批“恁”。

而今比比。自古云："癡心女 [紅唱]
子負心漢。"今日反其事了。

【調笑令】我這裏自審①，這病②為邪淫； [封眉]"的是"，時
本作"這病"，非。 屍骨岩

岩鬼病侵。更做道秀才們從來恁③，似這般乾相思的好撒唔④！

功名上早則不遂心，婚姻上更返吟復吟。 [畫徐旁]自然好。[田徐旁]
自然好。[廷旁]自然好。

[謝眉]年頭為伏吟，對宮為返吟。星命云：返吟伏吟，涕泣淋淋。[士眉]年頭為
伏吟，對宮為返吟。星命家云：返吟伏吟，涕泣漣漣。[余眉]年頭為伏吟，對宮為
返吟。星命家云：返吟伏吟，涕泣漣漣。[繼眉]"嵒"，音岩。年頭為復吟，對宮為
返吟。星命家云：返吟伏吟，涕泣漣漣。[槐眉]"返吟復吟"：年頭為復吟，對宮為返
吟。星命家云：返吟伏吟，涕泣漣漣。[畫徐眉]就使秀才每宜犯此病，然不應於乾
相思中如此着意也。"撒唔"，猶言扯淡。六壬課有"吟復吟，並不成事"。[田徐眉]就
使秀才每宜犯此病，然不應於乾相思中如此着意也。"撒唔"，猶言扯淡。六壬課有
"吟復吟，並不成事"。[新徐眉]"撒吞"，猶言扯淡。[王夾]"唔"，他禁反；"撒
唔"，古作"掇浸"。[文眉]辭家應舉，阻行寓邸，貪歡染恙，良可笑也！[凌眉]
"撒唔"，猶含忍也。詞中有"低着頭凡事兒撒唔"，與"粧憨推聾"並用。徐士範曰：
年頭為伏吟，對宮為返吟；星命家云："返吟伏吟，涕泣連連"。[廷眉]就使秀才每
宜犯此病，然不應於乾相思中如此着意也。"撒唔"，猶言扯淡。六壬課有"反吟復
吟，並不成事"。[廷夾]"唔"，他禁反；"撒唔"，古作"掇浸"。[張眉]"撒唔"，
猶言扯淡也。"反吟復吟"，六壬課云：不成事也。[湯沈眉]"撒唔"，猶言扯淡，或
作"掇浸"。"返吟復吟"，術家占婚姻事，遇此不成。[合眉]"撒唔"，猶言扯淡。
六壬課有"吟復吟，並不成事"。[毛夾]"唔"，他禁反。院本凡四折內，必用一折
參他人唱，此定體也。他本改俱作紅唱，反失體矣。且"功名"二句，與"秀才家"
語，俱與紅語氣不合。凡改舊文，並無有一得當者，人亦何苦必為此也。"暗沉"，暗
暗而沉重也。"邪淫"，邪之過也，猶扁鵲傳精神，不能止邪氣，與佛書"正淫邪"
"淫"不同。然此是反詞，言豈為邪淫耶？"鬼病侵"，謂病得不明白也。"便做道秀
才家從來恁"，謂讀書人雖易病。"撒唔"，猶調誕，言這乾相思的好調誕也；劉庭信
詞"不提防幾場兒撒唔"。"伏吟反吟，涕淚淫淫"，見《命書》；言功名既不遂，婚
姻又不成，自傷之詞。詞家重頓挫，故既寫生病，便爾極筆描寫。此作詞之法。必欲
盱衡抵掌，謂生病不極，則鶯必不至。嗟乎！《會真記》何嘗着太醫診脈看病耶？參

---

① "自審"：王本、毛本為"暗沉"。
② "這病"：封本作"這的是"。
③ "更做道秀才們從來恁"：毛本作"便做道秀才家從來恁"。
④ "唔"，新徐本、潘本作"吞"。

釋曰：若此曲作紅唱，則"好教撒唔"與上曲"不曾得怹"，意復出矣。"撒唔"，猶言"做弄"，今南人調人猶有稱唔人者。或改作"撥浸"，反稱古本，可恨。[潘夾]"撒吞"，猶言扯淡，六壬課有"吟復吟"，並不成事。○"乾相思"以上四句，言張生自討苦吃；"功名不遂心"三句，言張生命中所犯。皆極力慰勸之詞。○前闋語似師保，此闋上半語似醫巫，下半語似星卜。

紅娘辭鋒簇簇，觸事靈通，便可療疾。

　　　　[紅云] 老夫人着我來，看哥哥要甚麼湯藥。小姐再三伸敬，有一藥方送來與先生。[末做慌科] 在那裏？[紅云] 用着幾般兒生藥，各有制度，我說與你：　[參徐眉] 說鶯鶯有方，病即可。

【小桃紅】"桂花"搖影夜深沉，酸醋"當歸"浸。[末云] 桂花性溫，當歸活血，怎生制度？[紅唱] 面靠着湖山背陰裏窨，這方兒最難尋。[謝眉] 地窨曰窨，載酒之所。[士眉] 地窨曰窨，所以藏酒。[余眉] 地窨曰窨，所以藏酒。[繼眉] 地窨曰窨，所以藏酒。[槐眉] 地窨曰窨，所以藏酒。[淩眉] 徐士範曰：地窨曰窨，所以藏酒；又曰：隱藏六藥名。一服兩服令人怹。[末云] 忌甚麼物？[容夾] 多此白，反失光景。[孫眉] 多此白，反失光景。[合眉] 傷巧！[紅唱] 忌的是"知母"未寢，怕的是"紅娘"撒沁。[湯沈旁] 音侵，去聲。吃了呵，穩情取"使君子"一星兒"參"。[士眉] 隱藏藥名。[余眉] 隱藏藥名。[繼眉] 古有藥名詩。[容眉] 傷巧可厭！[畫徐眉] "撒沁"，北人謂不用心，怠慢也。[田徐眉] 六藥名，借以寓意，總言此方能使君子之病，有一星之痊可也。"撒沁"，北人謂不用心，怠慢也。[新徐眉] 小紅已開出生藥鋪。[參徐眉] 鶯鶯是藥，紅娘是方，此劑無不對症。[王夾] "沁"，音侵，去聲。[陳眉] 妙藥妙方，國手國手。[孫眉] 傷巧可厭！[劉眉] 海上丹方。[文眉] 以藥方含蓄衷情，深有意趣。[淩眉] "撒沁"，放潑也；又不同心之意。《菩薩蠻》劇有"正好教他撒沁"。[淩夾] "參"，痊可也。[廷眉] "撒沁"，北人謂不用心，怠慢也。[廷夾] "沁"，音侵，去聲。[張眉] "撒沁"，謂不用心也。末句多一字。[湯眉] 傷巧可厭！[湯沈眉] "一服兩服"句，趣甚。"怹"，謂好也。"撒沁"，不瞅睬之謂。"參"，借言病可滲滲然也。"使"，借作上聲。[合眉] "撒沁"，北語，不用心、怠慢也。[魏眉] 國手國手，藥到病痊。[峒眉] 國手國手，藥到病痊。[封眉] 即空主人曰："參"，痛可也。[毛夾] "沁"，音侵，去聲。不急出藥方，先口傳方藥，作波瀾。如六朝藥名詩，雙關見意，最妙。"廮"，熨藥之法。"怹"，這等，隱言好也。"撒沁"，撒清之意，《蕭淑蘭》劇"為我自己輕浮不能管束，正好教他撒沁"。"參"，即葠，此借作"參差"之"參"，言病當差耳。王伯良曰："桂"、"當歸"、"知母"、"紅娘子"、"使君子"、"人參"，六藥名。"使君子"之

"使"，本作去聲，因郭使君有子服此藥而愈，故名；今借作上聲。"一星"，以分兩言。[潘夾] 雙文贈方之意，本從紅娘前日"病患要安"一語參出，今日聞生病劇，遂不得不用其方。紅在此日，蓋不參已透，明屬雙文，以意語意，不復瞞着魚雁也。但到張前，不先道破。紅真捕風捉影，全非解事。隨將贈方之意，順口謅成一篇《藥性賦》，將機關隱隱道破，使張

開緘讀之，便可啞然失笑。

這藥方兒小姐親筆寫的。[末看藥方大笑科] [末云] 早知姐姐書來，只合遠接。小娘子—— [紅云] 又怎麼？卻早兩遭兒也。[末云] ——不知這首詩意，小姐待和小生"哩也波"哩。[新徐眉] 此因張生有"待和小生哩也波"一句，乃不明說出，而含糊言鶯許己成就意，故紅猶疑之。[紅云] 不少①了一些兒？[毛夾] "又怎麼"句，斷。"不差了一些兒"，非疑詰詞，是調詞，言一些不差的，俗增"不要又差"，非。

【鬼三臺】足下其實啉，[廷旁] 妙！[湯沈旁] 音林，去聲。休粧唔。[謝眉] "粧唔"，是鄉語。[士眉]

口閉為"啉"；"粧唔"，是鄉語。[余眉] 口閉為"啉"；"粧唔"，是鄉語。[繼眉] 口閉為"啉"；"粧唔"，是鄉語；"啉"，音禁。[槐眉] 口閉為"啉"；"粧唔"，是鄉語。[文眉] 口閉為"啉"；"粧唔"，是鄉語。笑你個風魔的翰林，無處②問佳音，向

簡帖兒上計稟③。[湯沈旁] 音筆錦反。[潘旁] 說盡張生積習。得了個紙條兒恁般綿裏針，[士眉] "綿裏針"，是教坊中語。[余眉] "綿裏針"，是教坊中語。[文眉] "綿裏針"，是教坊中語。若見玉天仙怎生軟廝

禁？[湯沈旁] 平聲。俺那小姐忘恩，赤緊的傻人負心。[容眉] 妙！[畫徐眉] 此詞因張生白中有"待和小生哩也波"一句，乃是不明說出，而含糊言鶯鶯許己成就意。故紅疑其無處討真實信，而就此柬帖中行計，以套取之也，此即綿裏藏針之計也。"綿裏針"，軟纏人也，猶言軟尖刀也。既又言，得一個柬帖，不過紙條耳，亦綿軟軟相纏不已如此；倘見得鶯鶯，怎當其軟綿哉？但不知鶯鶯打緊是個負心之人，未必柬帖中許你也。"禁"，當也；"廝禁"，猶言當不得你之纏也。紅自謂參透張生奸滑，又量得鶯鶯為人，亦是忘恩之輩；而不知鶯之柬帖中，實約之成就也。[田徐眉] 此詞因張生白中有"待和小

---

① "少"：王本、毛本作"差"。

② "無處"：張本作"無投處"。

③ "計稟"：王本作"行計稟"。

生哩也波"一句，乃是不明説出，而含糊言鶯鶯許已成就意。故紅疑其無處討眞實信，而就此束帖中行計，以套取之也，此即綿裏藏針之計也。"綿裏針"，軟纏人也，猶言軟尖刀也。既又言，得一個束帖，不過紙條耳，亦綿軟軟相纏不已如此；倘見得鶯鶯，怎當其軟綿哉？但不知鶯鶯打緊是個負心之人，未必束帖中許你也。"禁"，當也；"廝禁"，猶言當不得你之纏也。紅自謂參透張生奸滑，又量得鶯鶯為人，亦是忘恩之輩；而不知鶯之束帖中，實約之成就也。〔參徐眉〕妙，妙！〔王夾〕"㑀"，音林，去聲，古注音齊，非。"唔"，音見前，古注音吞，去聲，非；"稟"，筆錦反，俗音丙，非；"禁"，平聲。〔孫眉〕妙！〔淩眉〕王伯良曰："㑀"，愚也。"唔"，撒也。見王文璧本韻注："稟"，筆錦反。"恩"字元不用韻。〔廷眉〕此詞因張生白中有"待和小生哩也波"一句，乃是不明説出，而含糊言鶯鶯許已成就意。故紅疑其無處討眞實佳音，而就此束帖中行計，以套取之也，此即綿裏藏針之計也。"綿裏針"，軟纏人也，猶言軟尖刀也。既又言，得一個束帖，不過紙條耳，亦綿綿軟軟相纏不已如此；倘見得鶯鶯，怎當其軟綿哉？但不知鶯鶯打緊是個負心之人，未必束帖中許你也。"禁"，當也，"廝禁"，猶言當不得你之纏也。右一折紅自謂參透張生奸滑，又量得鶯鶯為人亦是忘恩之輩，而不知鶯之束帖中，實約之成就也。〔廷夾〕"㑀"，音林，去聲；古注音齊，非；"唔"，音見前，古注音吞，去聲，非；"稟"，筆錦反，俗音丙，非；"禁"，平聲。〔張眉〕首句少三字。第三句少一字。"無投處"，言尋路頭不着也。〔湯眉〕妙！〔湯沈眉〕"㑀"，愚也，作貪解，非。"唔"，即撒唔，哄人之意。"綿裏針"，猶言軟尖刀也。"軟廝禁"，不能硬掙布擺之謂。〔合眉〕紅疑張無處討實信，就此束帖中設計套取。此即綿裏鍼之計。〔魏眉〕妙，妙！"㑀"，音禁；"唔"，音吞；"傻"，音要。〔峒眉〕妙，妙！〔毛夾〕此紅以調笑為疑詰語。"㑀"，癡也，王元鼎詞"笑吟吟粧呆粧㑀"。"唔"，即"撒唔"之"唔"；"風魔"，亦"癡"意；"綿裏針"，有心計也；"計稟"，即"計較"，亦"綿裏針"意；"軟廝禁"，不掙揣也。紅疑生所喜是假為探己之法，故云足下是眞癡人，不須假為調誕，以探我也。你個癡翰林無處討消息，只向簡帖兒上使計較，得了個紙條兒有許多心計，緣何那日親遇着反不掙揣耶？你道俺小姐尚有意耶？俺小姐正在打緊負心時耳。參釋曰："傻人"即"傻科"、"傻儸"，解見第六折。〔潘夾〕此一闋故作揚語。見張一片風魔，略將冷風吹破。若紅尚懷鬼胎，則前【小桃紅】一闋，又何其見事明瞭也？"軟廝禁"，指昨夜之懦，言得書即踴躍，見人便畏縮，如何得有成就日子？且小姐正爾忘恩負心，意中全不儦保，莫要一天歡喜。皆極力作揚語也。

書上如何説？你讀與我聽咱。〔合眉〕紅娘專會耳朵當眼睛。〔末念云〕"休將閑事苦縈懷，取次摧殘天賦才。不意當時完妾命①，豈防今日作君災？

---

① "完妾命"：毛本作"完妾幸"。

仰圖厚德難從禮，謹奉新詩可當媒。[潘旁] 既有媒妁之言，可廢親迎之禮。 寄語高唐休詠賦，今①宵端的雨雲來。" [繼眉] "明宵"，一作"今宵"，非。[容眉] 要死！ [起眉] 無名："明"，今本皆作"今"，豈不失十三折次第。[文眉] 數語露出一種心裏私通苟合。[陳眉] 禱雨卦得水天需。 [孫眉] 禱雨卦得水天需。[劉眉] 勝似還魂湯！[湯眉] 要死！[魏眉] 要死！ [峒眉] 此韻非前日之比，小姐必來。[紅云] 他來呵怎生？ [毛夾] 參要死！

釋曰："完妾幸"，以全我為幸也，即董詞"豈防因妾幸，卻被作君災"語，俗改"妾行"，非。"今宵"，宜作"明宵"，此亦照董詞而誤者。[潘夾] 雙文此偈，直捷了當，己是明明囑咐，不比"待月迎風"之句，尚作噓噓聲。張解元在西廂座下三年，喫了百頓棒，至此梅子熟了也。

【禿廝兒】 身臥着一條布衾，頭枕 [湯沈旁] 去聲。 着三尺瑤琴； [畫徐旁] 妙，妙！

[田徐旁] 妙，妙！ 他來時怎生和你一處寢？凍得來戰兢兢②，説甚③ [廷旁] 妙，妙！
知音？ [畫徐眉] "不煞"，方言，猶云不怎麼也。"身臥着"云云，譏其寒寐，若鶯鶯眞來，何以待之？[田徐眉] "不煞"，方言，猶云不怎麼也。"身臥着"云云，譏其寒寐，若鶯鶯眞來，何以待之？[參徐眉] 紅娘善譏，節節有情趣。[王夾] "枕"，去聲。[文眉] "凍"，音洞。[廷眉] "不煞"，方言，猶云不怎麼也。"身臥着"云云，譏其寒寐，若鶯鶯眞來，何以待之？[廷夾] "枕"，去聲。[湯沈眉] 此紅嘲生寒寐之狀。[合眉] 虧殺小張受此寒寂。[峒眉] 要生恨鶯，節節妙！[毛夾] 此頂賓白來，言未必然也。此是何處而肯來耶？"不煞知音"，言不甚知音也，嘲其詩句往來，故稱"知音"。"凍得戰兢兢"，五字句；俗作"戰戰兢兢"，於本調多一字，固非。若王本以"兢"字為失韻，改作"欽"字，則謬甚矣。元詞用韻寬，解已見前；若以"欽欽"為元詞慣用，則元詞豈無用"兢兢"者？《硃砂擔》劇"唬得我戰兢兢提心在口"，豈非"兢兢"乎？參釋曰："布衾"、"瑤琴"，即起下"鴛鴦枕"、"翡翠衾"一調。[潘夾] 前則誚他黃飯酸虀，此則嘲他布衾木枕，俱是調侃窮措大的話。

都從他極濃豔處，撒得他極寡淡也。當冷風吹背。

【聖藥王】 果若你有心，他有心， [畫徐旁] 此尚疑其未眞。[田徐旁] 此尚疑其未眞。[廷旁] 妙！此處尚疑其未眞。

---

① "今"：繼本、起本作"明"。
② "戰兢兢"：王本作"戰欽欽"。
③ "説甚"：畫徐本、田徐本、王本、廷本、毛本作"不煞"。

昨日鞦韆院宇夜深沉；花有陰，月有陰，"春宵一刻抵千金"，[謝眉] 引古詩作詞曲，妥則甚。[繼眉] 唐天寶時，宮中呼鞦韆之樂為半仙之戲。"鞦韆"四句，蘇東坡《春宵詩》。[槐眉] 一刻千金：宋蘇東坡詩云，"春宵一刻值千金"云云。[容夾] 你那知？[畫徐眉] 紅娘因張讀詩，鶯鶯真意，恨昨夜之可惜。若肯成就，真是一刻千金，何必今日吟甚詩也。[田徐眉] 紅娘因張讀詩，鶯鶯真意，恨昨夜之可惜。若肯成就，真是一刻千金，何必今日吟甚詩也。[新徐眉] 此尚疑其未真。[凌眉] 王伯良曰：此紅猶疑鶯之許未必然。言設若有心，昨宵便當成事，何必今日寄詩耶？古注追惜昨宵，稍懈。[廷眉] 紅娘因張讀詩，鶯鶯真意，恨昨夜之可惜。若肯成就，真是一刻千金，何必今日吟甚詩也。[湯夾] 你那知？[湯沈眉] 紅猶疑其未真。情若果真，則昨夜當成就，又何必今日寄詩以訂約耶？末句，古語也。[合眉] 紅那得知？[毛夾] 此又作一轉，正言其未必然也。彼果有心，何不昨宵成之，而必以詩訂約？如所云"詩對會家吟"耶。"會家"，解會之家，即知音；此元詞成語，如《蕭淑蘭》劇"早難道詩對會家吟"。徐天池欲移此曲 [東原樂] 後，以為上下語勢不合。不知【禿廝兒】後必次【聖藥王】，此調例也。且【禿廝兒】言無衾枕，雖來無歡也；【聖藥王】言未必來也；【東原樂】言若果來，雖無衾枕，猶無害也。文勢最順，徐不深解耳。[潘夾] 非說昨夜不成，今晚亦未必成；言你兩下有心，昨夜便可成事，何須今日吟詩復訂。惜張自家錯過千金一刻。

紅至此，蓋已漸漸用着激發之詞。

[末云] 小生有花銀十兩，有鋪蓋賃與小生一付。[容夾] 賃鋪蓋，奇妙！[湯眉] 賃鋪蓋，奇妙！[合眉] 賃鋪蓋，奇妙！

[紅唱]

【東原樂】俺那鴛鴦枕，翡翠衾，便遂殺了人心，如何肯賃？至如你不脫解 [廷旁] 小看！和衣兒更怕甚①？[廷旁] 大妙語！不強如手執② [湯沈旁] 徐作"勢"。定指尖兒恁。[廷旁] 譴甚！[孫眉] 奇妙！倘或成親，到大來福蔭③。[畫徐眉] "至如"以下，如云縱不脫解，和衣與鶯共臥，更要甚翠衾鴛枕也？卻勝如手勢之多也。"手勢指尖兒"，極褻之詞，意會可也。倘或成親，君瑞福蔭豈小小哉？"手勢"云，出《五代史·史弘

---

① "更怕甚"：張本、毛本作"更待甚"。

② "執"：畫徐本、王本、廷本、封本、毛本作"勢"。

③ "到大來福蔭"：王本作"到大福蔭"。

肇①傳》。[田徐眉]"至如"以下,如云縱不脫解,和衣與鶯共臥,更要甚翠衾鴛枕也?卻勝如手勢之多也。"手勢指尖兒",極褻之詞,意會可也。倘或成親,君瑞福蔭豈小小哉?"手勢"云,出《五代史·史弘肇傳》。[王夾]"心"字勿斷。[文眉]"蔭",音應。[淩眉]"遂殺了人心",猶言像意煞也。"手執定指尖兒怎",疑不過握拳忍耐之意。徐、王皆從手勢,云是極褻之詞,恐度詞者未必陋惡之想至此。至引史弘肇"手勢令"為證,益無干。[廷眉]"至如"以下,如云縱不脫解,和衣與鶯共臥,更要甚翠衾鴛枕也?卻勝如手勢之多也。"手勢指尖兒",極褻之詞,意會可也。倘或成親,君瑞福蔭豈小小哉?"手勢"云,出《五代史·史弘肇傳》。[廷夾]"心"字,勿斷。[張眉]"你便"句,俗添"如許"字,勾輈難讀。尖,訛"頭",非。[湯沈眉]言縱不脫解,即和衣與鶯共臥,亦自好。更待甚"翠衾鴛枕"也?[湯沈夾]"心"字勿斷。[魏眉]"翡",音非。[封眉]"手勢"句,徐、王云:極褻之詞,意可會也,出《五代史·史弘肇傳》。恐未然。然有作"手勢定"者,則非。[毛夾]此以嘲生,而兼疑其未必然。言衾枕便佳,但不肯賃耳,且亦何必衾枕也?假如不脫解和衣兒更怕甚耶?不強如恁般耶?且亦未必來耳,倘來則厚幸矣,尚計衾枕耶?"待甚",非待衾枕也,猶言"怕甚"耳,董詞"便是六丁黑煞待甚麼"?"手勢",手其勢也,凡稱"穢"曰"勢",元詞"村勢煞娘勢煞,搭着只管獨磨",正手勢之解;與《史弘肇傳》"手勢令"不同。"倒大",解見第五折。[潘夾]紅娘見地,事事俏。便錦衾角枕,必待借來鋪設,猶不脫秀才門面氣味,那得其事速成?從來英雄舉事,揭竿便可聚眾,必待鍛甲修矛
而後往者,正恐坐失事機也。

[末云]小生為小姐如此容色,莫不小姐為小生也減動丰韻麼?

[參徐眉]自然消瘦![陳眉]自然![劉眉]自然![合眉]
兩下裏一樣害相思。[魏眉]自然![峒眉]自然!　　　[紅唱]

【綿搭絮】他眉彎^[湯沈旁]遠山鋪^[湯沈旁]翠②,眼橫秋水無
　　　　　　　　　　一作"黛"。　　　　一作"鋪"。
塵③,體若凝酥,腰如嫩柳④,^[張眉]俊的是龐兒俏的
　　　　　　　　　　　　　首四句失韻,
　　　　　　　　　　　　　與《聽琴》折同。
是心,體態溫柔性格兒沉。雖不會法灸神針,更勝似救苦難觀
世音。[士旁]與首折相應。[余旁]與首折相應。[謝眉]與前"水月觀音"相
應。[士眉]此折【越調】用侵尋韻,本閉口,而此間誤入眞文,乃知全璧

────────────

① "史弘肇":原作"史肇弘",據《舊五代史》卷一〇七、《新五代史》卷三
〇而改。下"田徐眉"、"廷眉"、"封眉"同。
② "眉彎":魏本作"眉黛",毛本作"眉似"。"鋪翠":王本、淩本、湯沈本、
封本作"不翠"。
③ "眼橫":毛本作"眼如"。"無塵":王本、淩本、廷本作"無光"。
④ "嫩柳":王本、淩本、廷本作"弱柳"。

之難也。［余眉］此折【越調】用侵尋韻，本閉口，而此間誤入眞文，乃知全璧之難也。［繼眉］飛燕妹合德，召入宮中，為薄眉，號遠山眉。成帝謂合德觸體皆蘼，名為"溫柔鄉"，曰："吾老是鄉矣！不能效武皇求白雲鄉也。"此枝【越調】用侵尋韻，本閉口字，而"秋水無塵"句，誤入眞文韻，白璧微瑕，政自不免。［槐眉］"秋水"，謂眼也，水經霜後，徹底澄清。以目美，如秋水之澄清。［新徐眉］卻就相思而相憐，張生又現出情癡。［參徐眉］畫成一幅美人圖。［王夾］首四句不韻，詳見注。

［陳眉］眞妙！［孫眉］妙！［劉眉］眞妙！［文眉］詠體貌心性，鋪緒得停當。"難"，去聲。［淩眉］"眉彎"四句，本董解元本白。言眉則使"遠山不翠"，眼則使"秋水無光"也。四句不用韻故然，已詳第二本末折中。俗本強叶韻而易以"無塵"，且又有譏其犯眞文者，皆憒憒。［廷眉］"秋水無光"，原作"秋水無塵"，解者謂"塵"字非閉口字，以為誤入眞韻。不知古韻有轉用、通用二等，出入寬甚，非誤也。唯中州韻乃嚴其禁耳。不必甚拘拘也。［廷夾］首四句不韻。［湯眉］妙！［湯沈眉］飛燕妹合德，召入宮中，為薄眉，號遠山眉。［魏眉］好一幅美人圖！"黛"，音代。［峒眉］妙絕！［封眉］即空主人曰："眉斂"四句不用韻。是也。乃作"眉彎遠山不翠，眼橫秋水無光"，謂是本董白中語；以"無塵"為強叶，殊膠柱也。時本"斂"作"黛"，"眉"作"體"，俱非。［毛夾］"難"，去聲。此對賓白"小姐也減些丰韻"一問，言不減也，此正疑其未必然，故調生乾思處。碧筠齋本賓白有誤，王本又從金在衡本刪改賓白，遂至曲文俱不達矣。"雖不會"二句，略借病意調之，仍說不減耳。首四句用董詞而改數字者，王本仍改照董詞，最為多事。"無塵"，"塵"字原不用韻，解見第八折。參釋曰：他本以"眉似"為"眉黛"，以"眼如"為"眼橫"，如許拖累。

［潘夾］寫出絕世獨立意象。末
二句，言勝於求醫禱佛也。

　　　［末云］今夜成了事，小生不敢有忘。［紅唱］

【幺篇】你口兒裏漫沉吟，夢兒裏苦追尋①。往事已沉，只言目今，［起眉］王曰：警語。今夜相逢管②教恁。不圖你甚白璧黃金，則要你滿頭花，拖地錦。［畫徐眉］古本注云："滿頭花"，粧雜。"拖地錦"，裙長；掩足之不纖也。並娘子粧也。此亦太鑿。［田徐眉］言你把今夜景象，子細想像，往事休題，今番管教成事也。古本注云："滿頭花"，粧雜。"拖地錦"，裙長；掩足之不纖也。並娘子粧也。此亦太鑿。［新徐眉］"滿頭花"，雜粧也；"拖地錦"，長裙也。［陳眉］多謝，多謝！［孫眉］多謝，多謝！［劉眉］多謝，多謝！［文眉］結尾收拾得更妙。［廷眉］古本注云："滿頭花"，粧雜。"拖地錦"，

---

① "夢兒裏苦追尋"：毛本作"心兒裏再追尋"。
② "管"：毛本作"敢"。

裙長，掩足之不纖也。並婢子粧也。此亦太鑿。[張眉] 第六句少二字，訛連下作一句，非。末句多一字。"滿頭花"、"拖地錦"，首飾、衣服上下備也。[湯沈眉] 篇中上幾段，語法有數個"恁"字韻腳，皆極蓄有味。[合眉] "滿頭花"，粧雜；"拖地錦"，裙長，皆娘子粧也。[峒眉] 多謝，多謝！[毛夾] 對賓白，慢言謝也，仍恐未必然也。"心兒裏"，諸作"夢兒裏"，非。此是到底作未信語，故云請再思之。"敢教恁"，果教如是耶？果如是，則何必謝，祇以媒人待我足矣。"滿頭花"，媒所帶者；"拖地錦"，謝媒之物。《牆頭馬上》劇"也強如帶滿頭花向午門左右把狀元接，也強如掛地紅兩頭來往交媒謝"，正同。舊解謂"梅香服飾"，王解謂"泛等粧飾"，俱謬。參釋曰："敢教恁"，諸本誤以"敢"作"管"，遂使解者以沉吟追尋為想像會合，繚繞不妥。[潘夾] 張亦疑昨夜敗事，皆由紅不做美，故特為乞援之詞。"管教恁"三字，紅亦便一力擔當，
然口氣亦居功不淺。

[末云] 怕夫人拘繫，不能夠出來。[合眉] 那怕能管束的親娘。[紅云] 則怕

小姐不肯，果有意呵，

【煞尾】雖然是老夫人曉夜將門禁，好共歹須教你稱心。[起眉] 王曰：甚

淺，甚俗，卻 [末云] 休似昨夜不肯。[紅云] 你掙揣咱，來時節肯不肯
真，卻俊。

盡由他，[廷旁] 懲前 見時節親不親在於您。[並下] [畫徐眉] "來時
事，戒之也。 節"，至"盡在恁"，

乃懲前事而戒之也。[田徐眉] "來時節"，至"盡在恁"，乃懲前事而戒之也。
[新徐眉] 小紅已久畫計如此。[參徐眉] 若來定肯，何須囑咐。[文眉] "您"，音寧，
上聲。[凌眉] "來時節"二句，語意明白。時刻多作"怎由他"、"盡在恁"。夫來時
節肯不肯，如何不由他耶？所謂肯否，正謂肯來與否。如白中所云"只怕小姐不肯"
之說耳。若說來後之肯不肯，即已來矣，豈同生之往而有不肯耶？不必商榷矣。[張眉]
四句俱多一字。[湯沈眉] 末二句慫恿張生着實下手，不可如前日再放過也。[魏眉]
"掙揣"，與"闃閫"同。[毛夾] 首二句頂賓白來。"來時節"、"見時節"重提疊喚，
雖屬慫恿，然亦正恐未必然耳。果然，則掙揣在此不在彼矣。[潘夾] 紅至此，便將
一"敢"字和盤托出，頓使懦夫有立志。使昨
夜用着紅娘，受此秘密法藏，何憂石頭路滑？

【絡絲娘煞尾】因今宵傳言送語，看明日攜雲握雨。[繼眉] 一本有
【絡絲娘煞尾】：

"因今宵傳言送語，看明日攜雲握雨。"今刪去。[槐眉] 一本有【絡絲娘煞尾】："因
今宵傳言送語，看明日攜雲握雨。"今刪去。[湯沈眉] 一本有【絡絲娘煞尾】："因
今宵傳言送語，看明日攜雲握雨。"今刪去。[魏眉] "握"，音岳。
[毛夾] 諸本列紅下場在此曲下，後本生下場亦然。余解見前。

題目　老夫人命醫士　崔鶯鶯寄情詩

正名　小紅娘問湯藥　張君瑞害相思

[毛夾] 兩次傳簡，何以不復？此處頗廢措置，作者着眼俱在下一折內。如初次約生，下一折是跳牆，則於訕怨中盡情相許，以起下不成就意；二次約生，下一折是合歡，則於驚疑中盡情撇脱，以起下成就意。總是抑揚頓挫之法。

[容尾] 總批：妙在白中述鶯語。

[新徐尾] 批：眞病遇良醫，藥未即服，畚已心寬三分，病減七分。

[王尾·注一十四條]

[白] "老夫人説張生病沉"，北人謂"重"為"沉"。（《團圓夢》劇白"妾的擔兒沉，怎生放得下"）可證。

【鬪鵪鶉】："彩筆題詩"二句，指前日寄詩而言；"熱劫兒對面搶白"，指跳牆時説；"冷句將人廝侵"，指寄藥方説。"廝侵"，亦做弄之意。（《蕭淑蘭》劇"誰想你夢裏也將人冷侵"。）徐云："昨夜今日"須活看，言昨夜如此，今日又如此，句冷句熱以調弄之也。蓋紅娘不知是情詩訂約，眞以為送藥方，又哄之也。

【紫花兒序】：朱本"迭窨"，筠本作"迭害"。"迭"，與"攧"通。"攧窨"，見前"張解元識人多"折解；"迭害"，不見他詞，必字形相似之誤。"把似你"直管至"侍妾逼臨"。"綫脚殷勤不離針"，言終日傳書寄簡也；"從今後教他一任"，言今後你只管是這樣忘恩負義也。蓋怨鶯負張之詞。

【天淨沙】："不曾得恁"，正下文所謂"乾相思"也。"海棠開"勿斷，一直下，六字句；"開"系襯字。孫夫人詞"海棠開後想到如今"。

【調笑令】："喑"，泣不止貌；"沉"，言病之重也。今本"撒唔"，"唔"字義見後【鬼三臺】注。古本作"掇浸"，注謂全無滋潤之謂，未知何據。（元王元鼎詞"走將來乜斜頭撒嗄"。）或"撒嗄"與"掇浸"字形相近之誤，或直是"撒唔"，亦未可知。詞隱生云：當從"撒唔"。今並存之。"好教"，猶言好喚做也。言張生病之喑沉，非正項症候，蓋為邪淫所致，所以屍骨嵓嵓，成了鬼病也。便做道秀才家從來如此邪淫，但似他乾相思，好喚做乾之甚耳。"反吟伏吟"，見沈括《筆談·六壬論》。又《命書》：年頭為伏吟，對宮為反吟，云"伏吟反吟，涕淚淫淫"。術家占婚姻，遇此雖成，亦有遲留之恨。言前日功名不遂，今日又婚姻不成，蓋憐之也。

【小桃紅】："桂"、"當歸"、"知母"、"紅娘子"、"使君子"、"人參"，六藥名，藉以寓意，猶古之有藥名詩也。"酸醋"，又以嘲張生為酸丁也。"恁"，猶言這樣，隱詞謂好也。"撒沁"，不偢采之意。（《蕭淑蘭》劇"為我自己輕浮，不能管束，正好教他撒沁"。）"知母"，借指夫人；"君子"，借指張生。"一星"，以分兩借言；"參"，借言病可，滲滲①然也。總言此方能使君子之病，有一星之痊可也。《本草》："使君子"之"使"，本作去聲；有郭使君者，其子病，服此藥而愈，故遂名曰"使君子"。此卻借上聲，作"役使"之"使"用。

[白]：紅云"又早兩遭兒也"，指前猜詩謎說，猶言你又如此也。下云"不差了一些兒"，猶言你說小姐書中許你如何如何，果然認得真切，不差錯乎？紅蓋疑張詐己，如下曲所云也。

【鬼三臺】："啉"、"唔"二字，俱系閉口音，鄉語俗字也。筠注謂："啉"，貪也。誤。"啉"，古又與"婪"通用。渠見作婪之啉，注作貪，遂並此"啉"字，亦以"貪"字解耳。《石林燕語》謂啉為燘；即聲相近，殊非。"唔"，筠注作欲吐復吞解，亦意會之說，非本義也②。蓋"啉"，愚也，見王文璧本韻注，又（王元鼎詞"笑吟吟粧呆粧啉"），（元人小令"粧啉粧呆瞞過咱"）可證。"唔"，亦見王注，謂撒也。北語"撒唔"，徐云：是哄人之意。（元劉庭信詞"不提防幾場兒撒唔"）可證。"綿裏藏針"，有心計之意；"軟廝禁"，言不硬掙也。紅蓋不知鶯書中實有詩以約張，見張之見書大笑及欣幸之詞，疑張為用計餂己，欲得其實，故云"足下其實愚"，乃佯粧伶俐以哄套我實話，是無處審問佳音，特從簡帖中行計槀，而希圖得之也。又嘲而挫之云：你得一紙書，有許多綿裏藏針的計較，何故前番正要緊時，遇着鶯鶯，卻又軟了，而不能硬掙布擺之耶？又謔：你如今還癡想他如此如此③，而撒唔以套我消息，不知小姐他偏會忘恩，赤緊的負心，固小人之常事也。"風魔翰林"，

① [王夾]平聲。
② [王眉]訓字稍不精博，便爾誤人，賴此洗發。
③ [王眉]解得俊！

猶俗言呆先生之謂。"行計稟"，"稟"字音筆錦反，亦屬閉口，在庚清韻，別作丙音。下"忘恩"之"恩"，元不用韻。

【禿廝兒】："身臥着"三句，指張生；"凍得"二句，揹鶯鶯。古本及諸本俱作"戰戰兢兢"，於【禿廝兒】調多一字。今去一"戰"字，此五字句，當韻；下二字句，又韻。"兢"字，入庚青韻，不叶①。（馬東籬《薦福碑》劇"我戰欽欽撥盡寒爐"。）（元《風雪漁樵記》"戰欽欽凍得我話難言"。）近（周獻王《曲江池》劇"送的我戰欽欽忍冷擔饑"。）"兢兢"，蓋"欽欽"之誤無疑，今直改正。"不煞知音"，謂此時凍得沒甚高興也。

【聖藥王】：此紅猶疑鶯之許未必然也。言設若彼此有心，則昨良宵邂逅，便當成事了，又何必今日之寄詩以訂約耶？古注謂紅追惜昨夜之可惜，亦通，第稍懈耳。"詩對會家吟"，古語也。徐本以此曲置【東原樂】後，觀上下語勢，良是；但自來【聖藥王】曲必與【禿廝兒】相次。今並存之。

【東原樂】：言我家衾枕自有，你倒便遂殺人心，卻如何肯賃與你耶？你便不解脫，和衣得與鶯寢，亦幸矣，更待甚衾枕？不強如你平常無妻之時，長用手勢指頭作那樣事耶？倘得真個成就，便大是福蔭矣，又何必忒要肆意為也。《五代史·史弘肇傳》"酒酣為手勢令"。"倒大"，語詞。（竇娥冤劇"倒大來喜"。）（《曲江池》劇"倒大來冷"。）今本有"來"字。"遂殺人心"、"如何肯賃"，一句下。

【綿搭絮】："眉彎遠山不翠"四句，俱系董白。言眉則能使遠山不翠，眼則能使秋水無光也。"眉彎"原對"眼橫"，"彎"字作活字用。俗作"眉黛"，下"無光"作"無塵"，"弱柳"作"嫩柳"，俱非；即古本亦然。從董本改正②。四句全不用韻，說見前"疏簾風細"條。即"無光"作"無塵"，亦俗子強取叶韻，而易此一字，然不知入真文韻，非侵尋閉口本韻也。舊上文白作"小生為小姐如此容色，莫不小姐為小生也減動丰韻麼？"與此曲全不相蒙，今從金本參正。"龐兒"及下"溫

① ［王眉］從來無人究解至此！
② ［王眉］洗盡冤枉。

柔"，俱勿斷，七字句。

【幺】：言你把今夜景象，子細想像，往事休題，今番管教成事也。古注謂梅香好帶滿頭花，長裙可遮大腳，故曰則要"滿頭花、拖地錦"，謔言本等服飾也。然拖地錦，元劇屢用，不專以梅香言。蓋紅娘只要粧飾之物為謝，故云不要白璧黃金，則要"滿頭花、拖地錦"也。

[收尾] 末二句慫恿張生，須着實下手，不可如前日之再放過也。徐云：言魚入網，本沒逃處，卻在漁翁手腳利鈍耳。

[陳尾] 真病遇良醫，良藥雖未曾服，而十病減九矣。

[孫尾] 妙在白中述鶯語。

[劉尾] 真病遇真藥，雖未曾服，而十病減九矣。

[淩尾·西廂記第三本解證]

第二折

辰勾：舊注云：出《天文志》。辰是星名，居於卯地；月是陰精，晝夜行天。俱照下土。辰星勾月最難得也。不勾平平，若勾之，主年豐國泰，慶云見，賢人出。徐逢吉本舊評："辰勾月"，是院本傳奇，元人吳昌齡撰，托陳世英感月精事。舊解附會，謬甚。近《西廂正偽》作"辰勾"，遺去"月般"字，可笑。王伯良曰："辰勾"，水星，其出雖有常度，見之甚難。張衡云：辰星，一名勾星。《博雅》云：辰星謂之鈎星，故亦謂之"辰勾"。晉灼謂常以四仲之月分，見奎婁東井角元牛度，然亦有終歲不一見者。盼佳期如等辰勾之出，見無夜不候望也。三說似王為確，然詞中有"勾辰就月，總是難成就"意，則舊解亦非無處。

三更棗：舊注：《高僧傳》：一僧參五祖，五祖與粳米三粒，棗三枚。僧遂去。人問故，僧曰："師令我三更早來"。

第三折

花木瓜：調中看不中用也，亦有遊花、奸滑之意。舊詞云"那回期，今番約，花木瓜兒看好"，又有"外頭花木瓜，裏頭鐵豌豆"。《誤入桃源》劇云"不似你猱兒每狡猾，似宣州花木瓜"；《李逵負荊》劇"元來是花木瓜兒外看好"；《水滸傳》亦有"花木瓜，空好看"。其意可想而見。徐解云："木瓜"，酸嘲措大也。他詞豈亦皆為措大發耶？

騙馬：王伯良云：躍而上馬謂之"騙"。今北人猶有此語。《雍熙樂府‧詠西廂》【小桃紅】詞“騙上如龍馬”,《任風子》劇“騙土牆騰的跳過來”可證。不過借字義以形容,謂大才而小用之耳。俗注謂哄婦人為騙馬,不知何據？按唐人有“蜀馬臨堦騙”之嘲句,則其來已遠矣。

　　看我面遂情罷：因賓白鶯言“若不看紅娘之面,扯到夫人那裏去”,故紅云然。“遂情罷”者,遂爾情恕也。坊本刻為“逐情”,便不可解。徐本又去“我”字,作“看面逐情”,更不知何語矣。

　　[湯尾] 總批：妙在白中述鶯語。

　　[合尾] 湯若士總評：紅娘是個精細人,只因昨夜虛套,賺殺窮神,故今日當場,並不敢下一實信語。李卓吾總評：妙在白中述鶯語。徐文長總評：張生受過許多摧挫,只是一味癡癡顛顛,到底也被他括上。故知沒頭情事,越是癡人,越做得來。

　　[魏尾] 總批：眞病遇良醫,藥未即服,早已心寬三分,病減七分。

　　[峒尾] 批：眞病遇良醫,良藥雖未曾服,而十病九減矣。

　　[潘尾‧說意] 上篇結尾處,紅娘竟將張生一交推出,絕不更為設一謀,建一策。而張生亦遂百念索休,略無一語借援。將崔張向來情事,漸漸鬭笱①,浸浸合縫,忽復一斧劈開,幾於懸崖墜石,絕不復續矣。不知文章之勢,如轆轤然,此落則彼上；如數珠然,此盡則彼生。在停婚之日,縫已不合矣,自紅先鬭一笱,而援以琴挑,縫可合矣,而未合也。於是張復鬭一笱,而托以簡誘,縫可合矣,而竟不合也。此時而必欲張復一謀,紅又一策,非但覆軍之將不足言勇,沒石之技未堪再試,而文思重疊,豈足與盡變乎？於是作者特留此一笱,以待雙文之自鬭也。夫笱由人鬭者,雖慘澹經營,而苦於鑿枘,故屢鬭而未合也。笱由己鬭者,必得心應手,而巧於運斤,故一鬭而即合也。此藥方所以授自雙文也。夫琴以耳治,簡以目治,藥以心治。聞聲而思,固不如見意而察也；見意而察,又不如取懷而予也。縫之合有淺深,笱之鬭有疏密也,然未聞聲而思,而遂欲其見意而察,不入也；未見意而察,而遽欲其取懷而予,不能也。則縫之合,必由淺入深；笱之鬭,亦由疏入密也。苟非張鬭一

――――――――――

　　① “楊案”：“笱”,原作“苟”,據上下文意改。

筍於崔之前，紅更鬭一筍於張之前，而遽欲崔之自鬭也，得乎哉？此筍必於漸漸鬭，而縫亦以浸浸合。蓋文章之次第有法，而情事之曲折多端也，而特於將合之頃，故為之勢高而跌重焉。所以有前文之截斷也。

西廂記第四本

張君瑞夢鶯鶯雜劇

楔　子

[旦上云] 昨夜紅娘傳簡去與張生，約今夕和他相見，等紅娘來做個商量。[潘旁] 瞞他不得。[合眉] 偷漢的也要個主文。[紅上云] 姐姐着我傳簡帖兒與張生，約他今宵赴約。俺那小姐，我怕又有説謊，送了他性命，不是耍處。[槐眉]“耍”，音灑。我見小姐去，看他説甚麼①。[旦云] 紅娘收拾臥房，我睡去。[紅云] 不爭你要睡呵，那裏發付那生？[容夾] 你就發付他便了！[孫眉] 你就發付他便了！[湯眉] 你就發付他便了！[合眉] 你就發付他便了！[旦云] 甚麼那生？[紅云] 姐姐，你又來也！送了人性命，不是耍處。你若又翻悔，我出首與夫人，你着我將簡帖兒約下他來。[潘旁] 此是紅娘按納得定處。[文眉] 如此淫亂，有玷相門也。恥哉！[旦云] 這小賤人倒會放刁，羞人答答的，怎生去！[槐眉]“刁”，音凋。[容眉] 不是他放刁，還是你生事。[參徐眉] 鶯鶯又來作假，紅娘又信他是真。[孫眉] 不是他放刁，還是你生事。[湯眉] 不是他放刁，還是你生事。[合眉] 不是他放刁，還是你生事。[魏眉] 不是他放刁，還是你生事。[峒眉] 不是他放刁，還是你生事。[紅云] 有甚的羞，到那裏只合着眼者。[容夾] 傳授心法，是第一好計策！[陳眉] 傳授心法。[孫眉] 傳授心法，是第一好計策！[合眉] 傳授心法，是第一妙策！[峒眉] 傳授心法。

---

① “我見小姐去”二句：峒本作“我且見小姐，看説甚麼”。

［紅催鶯云］去來去來，老夫人睡了也。［旦走科］［紅云］俺姐姐語言雖是強，腳步兒早先行也。［繼眉］"強"，音降。［潘夾］此時崔已到九分九了，猶帶半毫假。此半毫假斷是缺不得的，缺則不成崔矣。眞種子絕不得，假種子尤絕不得。

【仙呂】【端正好】因姐姐玉精神，花模樣，無倒斷曉夜思量。着一片志誠心蓋抹了漫天謊①。［起眉］李曰："着一片志誠心蓋抹了瞞天謊"，有籠罩千古的口氣。［文眉］"謊"，音恍。出畫閣，向書房；離楚岫，赴高唐；學竊玉，試偷香；巫娥女，楚襄王；楚襄王敢先在陽臺上。［下］［田徐眉］"因姐姐"四句，俱指張生。"無倒斷"，即無休歇之謂。"今夜着個志誠心"，指鶯鶯；"嗒"，紅娘謂己。平常似紅娘代為説謊，今始得"改抹"之也。［新徐眉］佳會良無驟，至此始交歡。［凌眉］此在【仙呂宮】之【端正好】，時作【正宮】，誤。然考【正宮】調，此止多"出畫閣"至"楚襄王"數疊句耳。凡疊句皆可增，不礙本調。如【混江龍】之六句以後，【新水令】五句以後，【後庭花】之十一句以後，【六幺令】、【青歌兒】之三句以後，皆是類也。但首尾須合本調，字句不可移易，則此與【正宮】"法華經"、"碧雲天"毫無異也。而《太和正音》載字句可增減，止及【正宮】【端正好】，反不及【仙呂】，豈可通用耶？［張眉］少第五、九字一句，多"出畫閣"下三字六句。【端正好】在【正宮】者，可惟意增減，此處卻誤。或曰作【正宮】亦可。然本折【仙呂】，似未應參錯也。［封眉］即空主人曰：此在【仙呂宮】之【端正好】，時本作【正宮】，誤。然考【正宮】調，此止多"出畫閣"至"楚襄王"數疊句耳。凡疊句皆可增，不礙本調。如【混江龍】之六句以後，【新水令】之五句以後，【後庭花】之十一句以後，【六幺令】、【青歌兒】之三句以後，皆是也。但首尾須合本調。［毛夾］此調本【仙呂宮】，然元詞多標【正宮】，不拘。王伯良疑其有誤，竟改【仙呂】，正坐不解耳，説見卷首。"因姐姐"指生，"漫天謊"指前簡言。［潘夾］崔從來撒假，至此方顯出至誠來。張的至誠，是天生成，顛樸不破的；崔之至誠，直至水落石出而後見耳。紅前有言曰"誰無至誠"，誰知直至此時，方能證果。

第一折

［末上云］昨夜紅娘所遺之簡，約小生今夜成就。這早晚初更盡

_____

① "着一片志誠心蓋抹了漫天謊"：田徐本、王本作"今夜着個志誠心改抹嗒漫天謊"。

也，不見來呵，小姐休説謊咱！人間良夜靜復靜，天上美人來不來。[參徐眉] 這樣日子果是難過。[陳眉] 眞是難過日子！[劉眉] 眞是難過日子！[魏眉] 這樣日子果是難過。[峒眉] 這日子眞難過！

【仙呂】【點絳唇】佇立閑階，夜深香靄、橫金界。瀟灑書齋，悶殺讀書客。[槐眉]“金界”，出《釋氏要覽》。文經云：須達多長者佛言：弟子欲營精舍請佛住，惟有祇陀太子園廣八十須，林木茂盛，可以請佛居住。太子戲曰：滿以金布，便當相典。須達出布，佈滿八十須，精舍告成。故謂之金也，又謂之金界。[田徐眉] 此套全篇莽率俚淺，殊寡蘊籍。《記》中諸曲，此最稱殿。[王夾]“客”，叶楷。[文眉]“佇”，音住。[廷夾]“客”，叶楷。[張眉]【點絳唇】第二句雖用韻，乃連下句讀，謂之折腰體。此曲得之。[湯沈眉] 此曲莽率俚淺，殊寡蘊藉。[合眉] 瀟灑書齋，那得悶殺你？是別有納悶處。

【混江龍】彩雲何在，月明如水浸樓臺。僧歸①禪室，鴉噪庭槐。風弄竹聲，則道金珮響；月移花影，疑是玉人來。[士眉] 秦少游詞：“風搖翠竹，疑是故人來。”[余眉] 秦少游詞：“風搖翠竹，疑是故人來。”[繼眉] 秦少游詞：“風搖翠竹，疑是故人來。”[容眉] 妙，妙！[田徐眉]“僧居禪室”，語稍不倫。李後主所謂“風乍起，吹皺一池春水，干卿何事”耳！[陳眉] 妙，妙！[孫眉] 妙，妙！[劉眉] 妙，妙！[文眉] 秦少游詞：“風搖翠竹，疑是玉人來。”[湯眉] 妙，妙！[湯沈眉]“僧居禪室”，語稍不倫。意懸懸業眼，急攘攘情懷，身心一片，無處安排；則索呆答孩②倚定門兒待。[畫徐眉]“呆打孩”，北方語，言如呆子與孩兒打做一隊也。[田徐眉]“呆打孩”，北方語，言如呆子與孩兒打做一隊也。[參徐眉] 好事漸漸來，必須小心守到。[陳眉] 曉得了！[孫眉] 曉得了！[凌眉]“意懸懸”可四字作數疊句，止“門兒待”三字入本調正句。見前。[廷眉]“呆打孩”，北方語，言如呆子與孩兒打做一隊也。[張眉]“呆打孩”，言其癡狀，如呆子、孩子打作一隊也。[合眉]“呆打孩”，北方語，言如呆子與孩兒打做一隊。[封眉] 即空主人曰：“意懸懸”可四字作數疊句，止“門兒待”三字入本調正句。見前。越越的靑鸞信杳，黃犬音乖。[潘旁] 用事湊搭。[士眉]“靑鸞”，漢武事；“黃犬”，陸機事。[余眉]“靑鸞”，漢武事；“黃犬”，陸機事。[繼眉]“靑鸞”，漢武事；“黃犬”，陸機事。[新徐眉] 餓窮酸小登科，措大大登科，大抵如此。[湯沈眉]“靑鸞”，漢武事；“黃犬”，陸機事。[毛夾] 先着“佇立”句，後入“夜深”，以立階之久也。

———————————

①　“歸”：田徐本、湯沈本作“居”。
②　“呆答孩”：畫徐本、廷本、張本作“呆打孩”。

若倚門則反從立階後，漸向內耳。參釋曰：前七曲一節，後十曲一節，俱極刻畫。"答孩"，即"打孩"，助詞。"身心一片"數語，俱出董詞。[潘夾] "彩雲何在"四字，設想縹緲，可抵《高唐》一賦。"月移花影"
二句，即用崔之前語。此重公案，今日方始參出。

小生一日十二時，無一刻放下小姐，你那裏知道呵！

【油葫蘆】情思昏昏眼倦開，單枕側，夢魂飛入楚陽臺。早知道無明無夜因他害，想當初"不如不遇傾城色"。[士眉] 白樂天云：人非木石皆有情，不如不遇傾城色。[余眉] 白樂天云：人非木石皆有情，不如不遇傾城色。[容眉] 曲盡形容。[孫眉] 曲盡形容。[文眉] 白樂天云：人非木石皆有情，不如不遇傾城色。

[湯眉] 曲盡形容。人有過，必自責，勿憚改。我卻待"賢賢易色"將心戒①，怎禁他兜的上心來。[天李旁] 參些道學越妙！[容眉] 妙，妙！[起眉] 李曰：委委曲曲，藕斷絲連，詞場中連珠乎？[畫徐眉] 此張生怨己怨人，到此欲罷不能了。[田徐眉] 此張生怨己怨人，到此欲罷不能了。頭巾！[新徐眉] 又做女悔，書生本色。[參徐眉] 都是如此說。[王夾] "側"、"責"，俱叶齋，上聲；"色"，叶篩，上聲。[陳眉] 妙，妙！[凌眉] 徐文長謂"人有過"以下數語，不免頭巾。不知元人慣掉"四書"以為當行也。[廷眉] 此張生怨己怨人，到此欲罷不能了。[廷夾] "側"、"責"，俱叶齋，上聲；"色"，叶篩，上聲。[張眉] 第二句少三字。第七句少三字。[湯眉] 妙，妙！到此真要急。[湯沈眉] 此張生怨己怨人，到此欲罷不能了。方云："人有過"以下數語，不免頭巾。[合眉] 此張生怨己怨人，欲罷不能光景。[魏眉] 委委曲曲，藕斷絲連，詞場中連珠手。[峒眉] 曲盡形容。[封眉] 時本作"將心戒"，誤。[潘夾] "賢賢易色"一句，正言所思改過之意。"兜的上心來"，言欲改而終不能改也，是形容到盡頭話。上"勿憚"二字，正反起下"兜的"二字。《左傳》楚靈王獵於乾豀，聞子革之諫，終夜思之，不能自克；隋煬帝欲幸江都，聞"楊謝李開"之謠，而去思莫挽。皆是將心戒而不勝其兜的上心來也。未見好德如好色，宣尼蓋已難之；張解元日
習經史，只從"如好好色"句參得一個"誠"字。

【天下樂】我則索②倚定門兒手托腮，好着我難猜：來也那不來？夫人行料應難離側。望得人眼欲穿，想得人心越窄，多管是冤家不自在。[容眉] 畫，畫！[田徐眉] "又早"與上"則索"相應。"不自在"，又疑其病不能出也。[王夾] "窄"與"側"同叶。[陳眉]

---

① "將心戒"：封本作"將身戒"。
② "我則索"：畫徐本、田徐本作"又早"。

畫出相思骨！〔孫眉〕畫，畫！〔劉眉〕畫出相思骨！〔文眉〕盼望如此，忒甚！〔廷夾〕"窄"與"側"同叶。〔湯眉〕畫，畫！〔魏眉〕曲盡形容。〔峒眉〕畫出相思骨。

〔毛夾〕"情思"三句，頂賓白來。"單枕側"，追指病中，緊接"無明無夜因他害"句，正所謂"害"也。若此時則但倚門耳，故前曲"則索倚門"，後曲"則索倚門"，兩下相應，最妙。解者必謂此時是"倚枕"，則此時何時，尚"眼倦開"也，尚"夢"去也。夫如是，則不得不將賓白盡刪矣。北人稱病為"不自在"。"行難離側"與"冤家不自在"句，兩猜語，參錯見妙。參釋曰："不如不遇傾城色"，見白樂天詩。"人有過"數語，正酷寫欲撇不下意。"則索倚定門兒手托腮"，出董詞。此正與前作照應，而王伯良指為重，何也？蕭孟昉曰：前疑一會，等一會，悔一會，撇一會；此又等一會，猜一會。步步轉變。〔潘夾〕一怕夫人拘管，一恐冤家不自在，情到入手來，愈加着急。宋之問所云"近鄉情更怯，不敢問來人"也。

喏早晚不來，莫不又是謊麼？　　〔容夾〕到此眞要急！〔新徐眉〕此番穩些！〔孫眉〕到此眞要急！〔湯眉〕到此眞要急！〔合眉〕至此不得不急！

【那吒令】他若是肯來，早身離貴宅；他若是到來，便春生敝齋；他若是不來，似石沉大海。數着人①脚步兒行，倚定窗櫺兒待。　〔容旁〕妙！〔孫旁〕妙！寄語多才：　〔謝眉〕俱三轉頭，得法。〔士眉〕無聊延佇，至此極矣！〔余眉〕無聊延佇，至此極矣！〔槐眉〕"早身離"，一作"早離了"。〔容眉〕妙！〔起眉〕王曰："數着脚步兒行"句，極有思想。無名："語"，坊本或作"與"，非。〔田徐眉〕揣摩，故是人情。"石沉大海"，不稱。〔新徐眉〕想望如此！〔參徐眉〕教人怎猜？教人怎解？〔王夾〕"宅"，叶池齋切。〔陳眉〕逼眞欲死！〔孫眉〕逼眞欲死！〔劉眉〕逼眞！〔文眉〕無聊延佇，至此極矣！〔廷夾〕"宅"，叶池齋切。〔張眉〕末句少三字。〔湯眉〕妙！〔封眉〕時本"脚"字上多一"他"字，誤。〔潘夾〕"肯來"、"到來"、"不來"，作三層寫，即現過去、未來、現在三相。

【鵲踏枝】怎的般惡搶白，並不曾記心懷②；撥③　〔畫徐旁〕"搏"，換也。〔田徐旁〕"搏"，換也。

---

① 封本無"人"字。
② "心懷"：封本作"胸懷"。
③ "撥"：畫徐本、田徐本作"搏"，張本作"怎"。

得個意轉心回，夜去明來①。空調眼色經今半載②，這其間委實
難捱。　　[繼眉]"搶"，音槍。[田徐眉]今本作"夜去明來"，亦佳。"空調"句，
本調變體。[新徐眉]不必念及舊惡。[參徐眉]不來死得成？[王夾]"白"，
叶巴埋切；"實"，借叶去聲。[文眉]"搶白"，鬪言語也。[凌眉]"空調"二句，
王伯良謂本調變體，非也。二句本一句，多襯一"空"字耳。乃三字一節、四字一節
者。[廷夾]"白"，叶巴埋切；"實"；借叶去聲。[張眉]"怎"，是覬望之詞，訛
"博"，非。加"空"字於"調眼色"上，更添"今"字作兩句，非。[湯沈眉]"夜
去"句，別本作"頻去頻來"。"空調"二句，本調變體。[合眉]委實難捱！[峒眉]
死得成？[魏眉]死得成？[封眉]時本"胸懷"作"心懷"，誤。即空主人曰："空
調"二句，王伯良謂本調變體，非也。二句本一句，襯一"空"字耳。乃三字一節、
四字一節者。[毛夾]"實"，借叶去聲。[潘夾]意轉心回，這便是懦的效驗，所謂
漸亦入道也。張
也竟以懦得之。

　　　　　小姐這一遭若不來呵，

【寄生草】安排着害，準備着抬。想着這異鄉身強把茶湯捱，則
為這可憎才熬得心腸耐，辦一片志誠心留得形骸在。試着那司
天臺打算半年愁，端的是太平車約有十餘載③。　　[士眉]"司天臺"句，
　　　　　　　　　　　　　　　　　　　　　　　　　　可謂狹邪中慢語。
[余眉]"司天臺"句，可謂狹邪中慢語。[起眉]王曰："司天臺"句，狹邪中謾語。
[田徐眉]首二句言拼個害死也。[新徐眉]中孚可以格豚魚。[參徐眉]不來愁有一
天，豈但半年耶？[王夾]"載"，音在，勿作"再"音。[文眉]"司天臺"句，可
謂狹邪中謾語。[廷夾]"載"，音在，勿作"再"音。[張眉]第三四五六七句，俱
多一字。"試教"，是設詞，訛"試着"，非。"敢"，即多管意，訛"約"，非。
[湯沈眉]太平車重大，推橷不能速行，緩急難濟，故俗謂云云。[封眉]"形骸"，
時本有作"形體"者，誤。[毛夾]"捱"，去聲；"載"，音在。三"他若是"重呼
疊喚。"石沉大海"，亦元詞習語，如《蝴蝶夢》劇"我則道石沉大海"。前云"倚門"，
此又云"倚窗"，漸反入內，不惟照應，兼為下科白"敲門"作地步也。"寄語"句
起下曲也。"恁的般"二語，轉；"怎得個"二語，又轉；"空調"三語，又轉；"安
排"二語，又轉；"想着這"已後，又轉。凡五轉，皆思前想後語。參釋曰："太平
車"，牛車也。董詞"欲問俺心頭悶打頦，太平車兒難載。"又參曰："寄語多才"，
是虛擬語。王解謂對紅説，何故？[潘夾]此一闋追痛從前，幾無活理，惟辦一片志
誠心，捱得到今，果有意轉心回之日。張之至誠，全部中四言之矣。始於惠大師曰

────────────

① "夜去明來"：畫徐本、田徐本、王本作"頻去頻來"。
② "空調眼色經今半載"：張本作"調眼色空經半載"。
③ "試着"二句：張本作"試教司天臺打算半年愁，端的太平車敢有十餘載"。

"你不志誠"，是喝問；嗣於紅娘姐曰"誰無至誠"，是教參；既於雙文曰"恐離了至誠種"，是為入地；終於自認曰"至誠心留得形骸在"，是為證果。紅亦謂雙文曰："今夜着個片至誠心，改抹嚕瞞天謊。"
而張之至誠，遂得與親折證也。

　　　[紅上云] 姐姐，我過去，你在這裏。[紅敲門科] [容夾] 如何不開門待？

[孫眉] 如何不開門待？[湯眉] 如何不開門等？
[魏眉] 如何不在門外等？[峒眉] 如何不在門外等？　[末問云] 是誰？

[潘旁] 你道是誰？[容夾] 癡人，還要問？
[湯眉] 癡人，還要問？[合眉] 癡人，還要問？　[紅云] 是你前世的娘。

[潘旁] 妙！　[末云] 小姐来麼？[紅云] 你接了衾枕者，[潘旁] 省了花銀十兩。小姐入来也。張生，你怎麼謝我？[合眉] 便索謝媒錢。[末拜云] 小生一言難盡，寸心相報，惟天可表！[紅云] 你放輕者，休唬了他！[陳眉] 不消分咐！
[劉眉] 不消分付！

[紅推旦入云] 姐姐，你入去，我在門兒外等你。[末見旦跪云] 張珙有何德能，敢勞神仙下降，[潘旁] 蠢甚！知他是睡裏夢裏？[容眉] 酸東西！
[參徐眉] 死，死！

[孫眉] 酸東西！[湯眉] 酸東西！[合眉] 是欣幸實境，亦是酸境。[魏眉] 酸東西！[峒眉] 酸東西！[潘夾] "惟天可表"四字，是對崔的話，豈是對紅的話？只因前者"金帛相酬"一語，受紅灑落，今者無意可將，聊指天表意。然一時匆忙倒屣、無暇答對意象，於此可想。

【村裏迓鼓】猛見他可憎模樣，——小生那裏得病來——早醫可九分不快。[文眉] 一見病痊，何如此愈之速也！先前見責，誰承望今宵歡愛！着小姐這般用心①，不才張珙，合當跪拜。小生無宋玉般容，潘安般貌，子建般才；姐姐，你則是可憐見為人在客！[謝眉] "潘安"，什之重疊，故不重注。[槐眉] "宋玉般容"：宋玉，楚懷王時人也，為楚大夫，美姿容。楚懷王曾與□□□□之台。又作《九辨》，歌以悲師屈原是也。[容眉] 酸得夠了！[田徐眉] 董詞"張珙殊無潘沈才，輒把梅犀點污"。[新徐眉] 覿面又如醉矣。[參徐眉] 何須把心事細剖？[陳眉] 酸得夠了！[張眉] "相待"，訛"歡愛"，雅俗遠矣。"這般心"下，每句俱添襯字，

---

　　① "誰承望今宵歡愛！着小姐這般用心"：張本作"誰承望今宵相待！姐姐這般心"。

非。〔湯眉〕酸得夠了！〔合眉〕紅娘傳授。〔魏眉〕酸得夠了！〔峒眉〕酸得夠了！
〔毛夾〕此曲雜用董詞。〔潘夾〕"早醫可九分不快"，藥方靈驗至此！"可憐為人在
客"，是紅娘傳授的心法兒。凡一切不
周，伏祈見諒之意，亦即寓於其間。

【元和令】繡鞋兒剛半拆①，柳腰兒夠②一搦，〔謝眉〕"搦"，叶作力。〔繼眉〕"夠"，一作"恰"。

〔田徐眉〕"一羞答答不肯把頭抬，只將鴛枕捱③。〔容旁〕妙！〔田徐旁〕眞極！雲鬟
搦"，一捻也。

仿佛墜金釵，偏宜鬢髻兒歪。〔潘旁〕二語幽豔不俗。〔士眉〕人生情欲之
會，大都相似。〔余眉〕人生情欲之會，大都
相似。〔容眉〕妙，妙！〔起眉〕無名："恰"，諸本作"勾"。〔新徐眉〕羞處貞情畢
露。〔參徐眉〕嬌羞難描。〔王夾〕"拆"，叶釵，上聲；"搦"，叶奈；"鬆"，音狄。
〔陳眉〕都是妙畫。〔文眉〕人生情欲之會，大都相似。〔廷夾〕"拆"，叶釵，上聲；
"搦"，叶奈；"鬆"，音狄。〔張眉〕末句下少一字。〔湯眉〕妙，妙！〔峒眉〕嬌羞
描盡。〔魏眉〕嬌羞描盡。〔封眉〕"半折"，即空本作"拆"；"恰一捏"，作"勾一
搦"。皆誤。董詞："三停來繫青布行纏，折半來着黃紬絮襖"；又"穿一對曲彎彎的
半折來大弓鞋"。則"折"字不應做"拆"，明矣。"一捏"，今
語猶然。"挨"，做"捱"，誤。〔毛夾〕"鬆"，音狄，平聲。

【上馬嬌】我將這鈕扣兒鬆，把縷帶④兒解；蘭麝散幽齋。不
良會把人禁害，〔起眉〕無名：一作"把人忒禁會"。哈，〔田徐旁〕一字句！怎不肯回過臉兒來？

〔容眉〕妙！〔田徐眉〕此是平日想慕之極，既乍得親近，而問嘴之詞。又不面他回
答，故又曰"終不肯回過臉兒來"也。〔田徐夾〕小姐之廉恥也。〔王夾〕"哈"，音
海，平聲。〔劉眉〕怕羞呵！〔凌眉〕"不良"與"可憎"一樣，喜極而反言。猶稱
"冤家"之類也。"哈"字，句，例見前。〔廷夾〕"哈"，音海，平聲。〔湯眉〕妙！
〔湯沈眉〕"不良"，猶曰"可憎"，反詞也。"哈"，笑聲，一字句。〔封眉〕即空主
人曰："不良"與"可憎"一樣，喜極而反言也。"哈"字，句，例見前。〔毛夾〕
"哈"，海
台切。

【勝葫蘆】我這裏軟玉溫香抱滿懷。呀，阮肇⑤〔凌旁〕今作"劉阮"。到天臺，

---

① "拆"：封本、毛本作"折"。
② "夠一搦"：封本作"恰一捏"。"夠"，起本作"恰"。
③ "捱"：封本作"挨"。
④ "縷帶"：毛本作"搜帶"。
⑤ "阮肇"：王本作"劉阮"。

春至人間花弄色。將柳腰款擺，花心輕拆，露滴牡丹開。^[畫徐旁]

不應如此形容。[田徐旁] 不應如此形容。[士眉] 駢儷中諢語。[余眉] 駢儷中諢語。[繼眉] "拆"，音趾，今誤作"折"。[槐眉] "軟玉"，出《杜陽雜編》。異國貢獻軟玉，屈之則首尾相就，舒之則徑直。[參徐眉] 便宜死了你！[文眉] 駢儷中諢語。[湯沈眉] 不應如此形容。[合眉] 如此形容，便俚穢可厭。[封眉] "輕拆"，作"輕折"，誤。

【幺篇】但蘸^{[湯沈旁]音"湛"。}着些兒麻上來，魚水得和諧，嫩蕊嬌香蝶恣採。^{[畫徐旁]俚穢。}[田徐旁] 俚穢。 半推半就，又驚又愛，檀口揾香腮。^{[廷旁]何必如此！}

[田徐旁] 如此描寫，喪盡元氣也。[繼眉] "蘸"，音湛。[容眉] 畫！[起眉] 王曰：又是駢儷中諢語。朗吟飛過洞庭湖，諢是龍，諢是鶴。[田徐眉] 唐昭、僖時，宮中點唇，有"聖檀心"等名。謂鶯揾檀口於香腮也。[田徐夾] 其事畢則氣衰力竭也。[新徐眉] 有香不可把，有花不可折，是香非香，是花非花。妙！難向人言。[參徐眉] 愛殺人！[王夾] "着"，借叶去聲；"推"，吐囘反。[陳眉] 嬌態可憐殺！[孫眉] 嬌態可憐殺！[文眉] 此口世相總盡於此矣。[凌眉] 王伯良曰：首語大傷蘊藉，次語較陳，"半推"二句卻入妙諦。[廷眉] 此等人以為好。[廷夾] "着"，借叶去聲；"推"，吐囘反。[湯眉] 畫，畫！[湯沈眉] 首語俚穢，次語較陳。"半推"二句，王元美謂"駢儷中諢語"。"檀口"，言香也。[魏眉] 嬌態可憐殺！[峒眉] 嬌態可人。[毛夾] "着"，借叶去聲；"推"，吐囘反。"繡鞋"六句，從下數上，以捱枕故也。"半折"，他本作"半拆"，王本又引董詞"穿對曲彎彎的半拆來大弓鞋"為證。今考董本亦作"折"。蓋中絕曰"折"，"半折"亦猶言"折半"，沒多許耳。"捱"，作"靠"解，《牆頭馬上》劇"將畫屏兒緊捱"。"鬆髻"，即鬅髻，假髮為之，《兒女團圓》劇"沒揣的便揪住鬆髻"。"不肯把頭抬"，是垂頭；"不肯囘過臉來"，是轉臉。各不同。"摟帶"，拴帶也。《牆頭馬上》劇"解下這摟帶裙刀"，俗作"縷帶"，非。"不良"句，正指下"怎不肯"句，言專會奈何人，如董詞"薄情的奶奶，被你刁蹬得人來，實志地咱"。王伯良曰：唐昭、僖時，宮中點唇有"聖檀心"等名。"檀口香腮"，俱指鶯，謂揾檀口於香腮也。詞隱生曰："檀口"句最難解，生口無點檀理，自稱香腮又不當。"揾者"，以手扶物，如"揾淚"之"揾"，從手；此推就之際，似羞其不潔而扶口在頰，真刻魂鏤象語。參釋曰："不良"，猶"可憎"，與董詞"不良的下賤人"不同。[潘夾] 敘述幽歡，情辭太盡，不欲更添一語，以傷雅道。嘗讀樊嬺《秘辛》之篇，具述微妙，豔等《九歌》，奧同《天問》。雖極情極態，何嫌其褻。

　　[末跪云] 謝小姐不棄，張珙今夕得就枕席，異日犬馬之報。

[容旁]
腐！

[旦云] 妾千金之軀，一旦棄之。此身皆托於足下，勿以他日見棄，使妾有白頭之歎。^{[田徐旁]盡在不言中。}[末云] 小生焉敢如此？[末看

手帕科]

【後庭花】春羅原瑩白，早見紅香點嫩色。[繼眉]"瑩"，音熒，去聲。[文眉]"瑩"，音迅，潔白也。[旦云]羞人答答的，看甚麼？[末]燈下偷睛覷，胸前着肉揣。

[潘旁]大褻大俚。暢奇哉，渾身通泰，[容旁]酸！不知春從何處來？[容眉]酸人不宜有此奇遇。

[畫徐眉]俚俗且湊。[田徐眉]俚俗且湊。"暢奇哉"，奇之甚也，與前"暢好乾"一倒。[新徐眉]病從去處春從來。[參徐眉]張生得到手，就來調情。[凌眉]王伯良曰："胸前"三句，少涉假俗。[廷眉]俚俗且湊插。[湯眉]酸人不宜有此奇遇。[湯沈眉]"胸前"三句，亦涉猥俗。[合眉]如此酸貨，不應有此奇遇。[魏眉]酸人不宜有此奇遇。[峒眉]酸人不宜有此奇跡。無能的張秀才，孤身西洛客，自從逢稔色，思量的不下懷；[潘旁]渾是張打油。憂愁因間隔，相思無擺劃①；謝芳卿不見責。[繼眉]"稔"，音妊。[槐眉]"芳卿"，□□□夫人名也。[王夾]"隔"，叶皆，上聲；"劃"，叶槐。[廷夾]"隔"，叶皆，上聲；"劃"，叶槐。[合眉]俚惡。[毛夾]"刮劃"，音擺槐。

【柳葉兒】我②將你做心肝兒般看待，[潘旁]成何語？點污了③小姐清白。

[畫徐眉]更俚惡！[田徐眉]更俚惡！[廷眉]更俚惡！[封眉]即空本無"斷不"兩字，便非。忘餐廢寢舒心害，若不是真心耐，志誠捱，怎能夠這相思苦盡甘來？[士眉]此處語意稍露，殊無蘊藉。昔人有濃鹽赤醬之誚，信夫！[余眉]此處語意稍露，殊無蘊藉。昔人有濃鹽赤醬之誚，信夫！[繼眉]"斷不"句，坊本去"斷不"二字，讀之輒令人意惡。[容眉]"斷不"句妙甚！[起眉]無名："斷不"句，諸本無"斷不"二字，讀之輒令人意惡。[田徐眉]"舒心害"，放心受害也。[新徐眉]幾忘卻小紅之力。[文眉]此處語意稍露，殊無蘊藉。昔人有濃鹽赤醬之誚，信矣！[凌眉]徐士範曰：此處語意少露，殊無蘊藉。昔人有"濃鹽赤醬"之誚，信夫！王伯良曰："舒心害"，放心受害也。[湯眉]"斷不"句妙甚！[湯沈眉]首三語亦墮惡境。[魏眉]苦的去也，甘的是來。[峒眉]苦的去也，甘的是來。

---

① "擺劃"：毛本作"刮劃"。

② 毛本於"我"後多一"則"字。

③ "點污了"：繼本、容本、起本、湯沈本、封本作"斷不點污了"。

【青哥兒】成就了今宵歡愛，魂飛在九霄雲外。[田徐旁]張打油。投至得

見你多情小奶奶，憔悴形骸，瘦似麻稭。[湯沈旁]音皆。[畫徐眉]惡俗。[田徐眉]惡俗。"今宵"及"九霄"二字，雙疊。此撅彈

家所增，非本調也。[廷眉]惡俗。今夜和諧，猶自疑猜。[容旁]畫！[湯旁]畫！露

滴香埃，風靜閑階，月射書齋，雲鎖陽臺；[潘旁]有亂音促怖怖致。[陳眉]天孫巧成相逢錦。

[孫眉]天孫巧成相逢錦。[劉眉]天孫巧成相逢錦。[嶼眉]天孫巧成相逢錦。審問明白，[容旁]畫！只疑是昨夜夢中

來，愁無奈。[潘旁]妙！[容]畫！[起眉]李曰："審問明白"，愈顯得猜疑；"愁無奈"，愈顯得歡愛。[畫徐眉]"審問"以下，謂昨宵夢與會合，醒後成空，今疑其又如此，以此"愁無奈"。實然而喜。[田徐眉]"審問"以下，謂昨宵夢與會合，醒後成空，今疑其又如此，以此"愁無奈"。實然而喜。[新徐眉]於眞裏又生出疑來，正是人情快不可言處。[參徐眉]人生若夢，雖夢亦奇。[王夾]"稭"，音皆。[凌眉]王伯良謂此調字句可增減，又非也。止"憔悴"以下四字疊句可多用耳，前後須合本調。[廷眉]"審問"以下，謂昨宵夢與會合，醒後成空，今疑其又如此，以此"愁無奈"。實然而喜。[廷夾]"稭"，音皆。[湯沈眉]"審問"以下，謂昨宵夢與會合，醒後成空，今疑其又如昨夜，故"愁無奈"。然實喜之詞。[合眉]更惡俗！[封眉]即空主人曰：王伯良謂此調字句可增減，又非也。止"憔悴"以下四字疊句可多用耳，前後須合本調。"猶自"，即空本作"猶似"，非。[毛夾]"稭"，音皆。燈下偷睛覰，非看帕也，又看鴛耳；"胸前着肉揣"，非又揣鴛也，但自揣其肉耳。與董詞"猶疑夢寐之間，頻捫肌膚"同。"我則"二句，文氣不接，大概言我則惟看待到極處故如是耳，不知其唐突也。"舒心"，解見第六折。"瘦似麻稭"，生自指也。上曲言非誠求不至此，此曲言及至此而憔悴則已甚耳。"今宵"、"九霄"，各重二字，元詞多有此。"今夜"九句，猶"今夕何夕"意。風月在望，庭階儼然，豈其夢耶？以時及天曉，故既稱"今宵"，亦稱"昨宵"，與末曲稱"今夜"同。天池生謂昨宵曾夢，今恐仍然，則眞説不得夢矣。董詞"猶疑慮，實曾相見，是夢裏相逢"。曹受可曰："渾身通泰"，甚俗，然與"醫可九分不快"句相應，正十分也。不然，前欠一分，無謂耳。[潘夾]張生至誠，雙文多情，前邊處處各開説，此兩闋中方合併説來。所謂大家團欒頭，共説無生話也。情到極眞處，常疑是假；到極樂處，反生起愁來。偏有此一種不知其然之故，非深於情者，不知也。讀"愁無奈"三字，張幾欲為情
死，我亦當喚奈何！

　　[旦云]我回去也，怕夫人覺來尋我。[末云]我送小姐出來。

【寄生草】多丰韻，忒慜色。[畫徐眉]"慜"，豐也，言豐其色也。[田徐眉]"慜"，豐也，言豐其色也。[新徐眉]"慜"，豐

— 277 —

也，言豐
其色也。乍時相見教人害，霎時不見教人怪，些兒①得見教人愛。

今宵同會碧紗廚，何時重解香羅帶。　[士眉] 旅況寒酸，得此亦是天生之
福。[余眉] 旅況寒酸，得此亦是天生之福。[槐眉]"碧紗廚"，即今之有門簾床也，以碧紗為帳，故云。[容眉]"教人害"、"教人怪"、"教人愛"，三語酷盡形容。[起眉] 王曰："教人害"、"教人怪"、"教人愛"，三句三轉，足入三昧。[田徐眉] 訂後會。[陳眉]"教人害"、"教人怪"、"教人愛"，三語酷盡形容。[孫眉]"教人害"、"教人怪"、"教人愛"，三語酷盡形容。[劉眉]"害"、"怪"、"愛"三字，酷盡形容。[文眉] 旅況寒酸，得此亦是天生之福。[廷眉]"稔"，豐也，言豐其色也。[湯眉]"教人害"、"教人怪"、"教人愛"，三語酷盡形容。[合眉]"教人害"三句，酷盡形容。[魏眉]"教人害"、"教人怪"、"教人愛"，三句三轉，足入三昧。[峒眉]"教人害"、"教人怪"、"教人愛"，三句酷盡形容。[毛夾] 參釋曰："稔色"，解見第四折。"乍見"，不見得見；極纏繞，以起下句。"何時"，徹詞，與是必應。[潘夾] 此闋將從前向後情事，一一道盡。"乍時相見"，是佛殿初逢時情事；"霎時不見"，是行吟、彈琴等時情事；"些時得見"，如齋堂、赴宴等時情事。三者，皆過去時事；"今宵得見"，是現在時事；"何時重解"，是未來時事。張生處處從前、後、中三際入想，可謂一往有深情。

　　[紅云] 來拜你娘！張生，你喜也。姐姐，嗒家去來。　[凌眉] 一舊本此白下有末念"上堂已了各西東"之詩，此王播詩也，與此無涉。想因引以解"碧紗"二字，而誤混白中耳，不從。　[末唱]

【煞尾】春意透酥胸，春色橫眉黛，賤卻人間玉帛。杏臉桃腮，乘②着月色，嬌滴滴越顯得紅白。　[繼眉]"乘"，一作"襯"。[起眉] 無名："襯"，今多作"乘"，無味。[湯沈眉] 此處見餘嬌餘情，無限風光，妙，妙！[封眉]"襯"，即空本作"乘"，誤。下香階，懶步蒼苔，動人處弓鞋鳳頭窄。歎鰍生不才，謝多嬌錯愛。若小姐不棄小生，此情一心者，你是必破工夫明夜③早些來。[下]　[謝眉]"破"，本"吞"，一作"破"者，非。[畫徐眉] 五更別去，如云"明夜"，乃黃昏矣，此見作者用心。[田徐眉]"下香堦"二句，形容其會合之後，倦態難勝也。五更別去，如云"明夜"，乃黃昏矣，此見作者用心。[參徐眉] 張生又囑

---

① "兒"：潘本作"時"。
② "乘"：起本、封本作"襯"。
③ "明夜"：畫徐本、王本、廷本作"今夜"。

"明夜"，無已太康！［**王夾**］"帛"與"白"同叶。［**文眉**］"鯫生"，卑小之稱。
［**凌眉**］"明夜"，徐、王作"今夜"，以董詞正之。然舊本不然。且上有兩"今宵"，
此自應為"明夜"矣。［**廷眉**］五更別去，如云"明夜"，乃黃昏矣，此見作者用心。
［**廷夾**］"帛"與"白"同叶。［**張眉**］第七句少一字。［**合眉**］引慣了他。［**封眉**］
徐、王改"明夜"為"今夜"，云：五更別去，如云"明夜"，乃黃昏矣。殊未思前
既有兩"今宵"，又云"昨夜夢中"，則此自應云"明夜"矣。［**毛夾**］此皆乘月送歸
語。復及"弓鞋"者，承"懶步"來，但前曰"半折"，此曰"窄"，則以捱枕時與
下階時所見別也。"不才"，無能。凡三謝，然有三候，各不同。王伯良曰：此時將
曉，故稱"今夜"，董詞"囑咐你那可人的姐姐，教今夜早來些"。［**潘夾**］只"今夜
早些來"一語，包盡"夜去明來，停眠整宿"許多節次，便可省卻多少歡愉之辭。

　　［**容尾**］總批：極盡驚喜之狀。

　　［**新徐尾**］批：幽思處，雲愁雨駭；歡會時，月朗風和。相之致佳，
嘗之味美。

　　［**王尾·注一十八條**］

　　【**端正好**】：此調有二，此屬【仙呂宮】，古本及今本俱誤作【正
宮】，今改正。"因姐姐"四句，俱指張生。"無倒斷"，即無休歇之謂。
"今夜着個志誠心"，指鶯鶯；"喈"，紅娘謂己。平常若似紅娘代為主謊，
今始得"改抹"之也。

　　【**點絳唇**】：此套全篇莽率俚淺，殊寡蘊藉①。《記》中諸曲，此最稱
殿。然實甫《絲竹芙蓉亭》劇內，有【仙呂】曲一套，亦與此曲同韻，
殊綺麗濃秀，大是妙絕。若出兩手，何耶？

　　【**混江龍**】："僧歸禪室"，語稍不倫。李後主所謂"風乍起，吹皺一
池春水，干卿何事"耳！唐李君虞詩"開簾風動竹，疑是故人來"。"打
孩"，助語詞。董詞："合不定這一雙業眼"，又"勞勞穰穰，身心一片，
無處安排，又悶打孩地愁滿懷"。

　　【**油葫蘆**】：此調又追敍平日之思慕，與上曲不相蒙。白樂天詩："人
非木石皆有情，不如不遇傾城色"。徐云："人有過"以下數語，不免
頭巾。

　　【**天下樂**】：此調又接前【混江龍】調意來。"又早"正與"則索"
相應。"倚定門兒手托腮"，系董詞。"倚門"，犯重。"不自在"，又疑其

---

　　① ［**王眉**］誠然！

病不能出也。

【那吒令】：揣摩，故是人情。"石沉大海"，不稱。

【鵲踏枝】：上"寄語多才"一句，當屬此曲看，直管至【寄生草】曲末，皆對紅娘説，欲其達之鶯鶯也。古本"頻去頻來"，今本作"夜去明來"，亦佳；但與後【鬭鵪鶉】曲重耳。"空調眼色"二句，本調變體。

【寄生草】：首二句言拼個害死也。（董詞"欲問俺心頭悶打孩，太平車兒難載"。）"太平車"，大車也。《邵氏聞見錄》：沈括對神宗曰：今民間輜車，重大椎樸，以牛挽之，日不能行三十里，少雨雪，則跬步不進。故俗謂之"太平車"，可施於無事之日，兵間不可用也。

【村裏迓鼓】："可憎"，見前。（董詞"張珙殊無潘沈才，輒把梅犀點污"。）

【元和令】："半拆"，猶言半開。（董詞"穿對兒曲彎彎的半拆來大弓鞋"。）諸本俱作"折"，非。"一搦"，一撚也。"髻鬇"，筠本作"鬇髻"，非。"鬇"與"剃"同，剪髮也。

【上馬嬌】：（董詞"好教我禁不過這不良的下賤人"。）白仁甫《流紅葉》劇"不良才，歹兒頭"。）本罵人語。此言"不良"，猶曰"可憎"，反詞也。言你不良，卻這樣把人禁害也。此是平日想慕之極，既乍得親近，而問嘴之詞。鶯鶯不面他回答，故又曰"終不肯回過臉兒來"也。"哈"，笑聲，一字句，例見前。

【勝葫蘆】：古本作"阮肇到天臺"，不若今本"劉阮"勝。然二句殊俚。

【幺】：首語大傷蘊藉，次語較陳，"半推半就，又驚又愛"卻入妙諦。二語俱就鶯鶯説。（丘汝晦《月下聽琴》詞"半羞半肯，又喜又驚"。）正祖此語。（董詞"那孩兒怕子個、怯子個、閃子個"。）亦俊。《清異錄》：唐昭、僖時，宮中點唇，有"聖檀心"等名。"檀口①香腮"，亦俱指鶯説，謂搵檀口於香腮也。

【後庭花】："春羅"二句，言手帕也。"胸前"三句，亦少涉猥俗。

---

① ［王眉］"檀口"，亦只言其香也。

"暢奇哉"，奇之甚也，與前"暢好乾"一倒。既云"思量不下懷"，又云"相思無擺劃"，兩"思"字重，有誤字。

【柳葉兒】：連上曲看。首三語亦墮惡境。"舒心害"，放心受害也。

【青歌兒】：首二句"今宵"及"九霄"二字，舊俱雙疊。此撧彈家所增，非本調也，從朱本去之。"投至得"二句，言比及見得你時，已自形骸瘦盡也。只疑是昨宵夢中來，正猶自疑猜處，猶詩"今夕何夕"之意。（董詞"猶疑慮實曾相見，是夢裏相逢"。）徐云：謂昨宵夢與鶯鶯會合，醒後成空；今疑其又如昨夜，故"愁無奈"。雖云愁，實喜之之辭也。此調字句可增減，與前折不同。"魂飛在九霄雲外"句，又近周高安所稱張打油，惡語也。

【煞尾】：徐云：女子經男，則眉偃而乳緩。（董詞"春色褪花梢，春恨侵眉黛"。）"下香堦"二句，形容其會合之後，倦態難勝也。此時將及天曉，故曰"今夜早些來①"。（董詞"囑咐你那可人的姐姐，教今夜早來些"。）俗本作"明夜"，非。

［陳尾］千里來龍穴，從此結；萬種想思，盡從此處撇。真令看《西廂》者，熱腸冷氣，一時快活殺！

［孫尾］極盡驚喜之狀！

［劉尾］千里來龍穴，從此結；萬種想思，盡從此處撇。真令看《西廂》，熱腸冷氣，一時快活殺！

［文尾］……纔個美呵，都做了江州司馬淚痕多，若不是一封書得半萬賊兵破。

［湯尾］總批：極盡驚喜之狀！

［合尾］湯若士總評：讀自崔娘人來，張生捱坐，我亦狂喜雀躍。諒風魔酸漢，霍然奇暢，不必索之枯魚之肆。李卓吾總評：極盡驚喜之狀！徐文長總評：疑真疑假憂思，描摹入聖；乍驚乍喜情事，刻畫傷雅。

［魏尾］總批：幽思處，雲愁雨駭；歡會時，月朗風和。想之致佳，嘗之味美。

［峒尾］批：幽思處，雲愁雨結；歡會時，月朗風清。別人間一洞

---

① ［王眉］此"今夜"正與上"昨宵"相照應。

府也。

[潘尾‧説意] 司馬長卿之賦美人也,其卒章曰:"時來親臣,柔滑如脂。"幾於詞之盡矣!夫詞不盡,不足以極情;情不極,不足以見意。長卿欲以曲終之奏,見不亂之志,而因託於甚褻之詞,為最不能定之情,然後繼之曰:"旦旦不囘,翻然長辭。"所謂"昵昵兒女語,劃然變軒昂。分寸不可上,一落千丈強",使人失驚,如同夢破。今觀於崔張定情之夕,抑何其詞之好盡至於如此哉?以甚秘之事,而為是嘖嘖言之,既欲不謂之褻,不可得也。雖然,我世尊嘗言之矣,曰:卵胎濕化,皆由淫欲而正性命。故凡一切眾生,自無始以來,惟愛為根,由愛生欲,由欲生緣,由緣生業。欲不極,則愛根不盡;愛不盡,則緣塵不斷;緣不斷,則業幻不滅。故於平等本際,特示圓滿,而為此極情盡意之詞也。《西廂》前文,俱為此夕;此夕之後,不堪再述。故人知為愛深欲遂之時,而不知其為業盡緣空之時也。迨至陽臺雲散,書室風清,覺當晚之金珮玉人,花香月色,已不知銷歸何所。即使破盡工夫,不過如同昨夢,豈必待草橋驚覺哉?讀此一則,便可絕愛空緣,斷欲除業,誠不必以咒護咒,淫惡破滅也。

第二折

[夫人引侔上云] 這幾日竊見鶯鶯語言恍惚,神思加倍,腰肢體態,比向日不同;莫不做下來了麼? [容眉] 須問過來人![陳眉] 善相法![孫眉] 須問過來人![劉眉] 善風鑒![文眉] 老夫人就裏生疑,悔之遲矣。[湯眉] 須問過來人![合眉] 眞是過來人![魏眉] 須問過來人![峒眉] 善相法! [侔云] 前日晚夕,奶奶睡了,我見姐姐和紅娘燒香,半晌不回來,我家去睡了。 [容眉] 畫![參徐眉] 頭藏尾露處,決不可掩。[湯眉] 畫! [夫人云] 這樁事都在紅娘身上,喚紅娘來! [侔喚紅科] [紅云] 哥哥喚我怎麼? [侔云] 奶奶知道你和姐姐去花園裏去,如今要打你哩①。 [容眉] 畫![劉眉] 你也看幾點。[湯眉] 畫! [紅云]

---

① "如今要打你哩":容本作"如今要打着問你"。

呀！小姐，你帶累我也！小哥哥，你先去，我便來也。〔紅喚旦科〕

〔紅云〕姐姐，事發了也，老夫人喚我哩，卻怎了？〔旦云〕好姐姐，遮蓋咱！〔紅云〕娘呵，你做的隱秀者，我道你做下來也。〔旦念〕

月圓便有陰雲蔽，花發須教急雨催。　〔容眉〕只是忒發些。〔孫眉〕只是忒發些。〔湯眉〕只是忒發些。

〔紅唱〕

【越調】〔湯沈眉〕全套具稱妙絕。【鬭鵪鶉】則着你夜去明來，倒有個天長地久；〔畫徐眉〕妙！〔田徐眉〕妙！〔廷眉〕妙！不爭你握雨攜雲，常使我提心在口。

〔潘旁〕妙！〔謝眉〕反前面"巧語花言"句。〔士眉〕奇中詞多反對，多如此類。〔余眉〕奇中詞多反對，多如此類。〔起眉〕李曰："提心在口"四字，誰人能下得？〔畫徐眉〕苦思慮者，心近咽喉，如欲嘔出。〔田徐眉〕苦思慮者，心近咽喉，如欲嘔出。〔新徐眉〕為之未有不知者。〔文眉〕詞句反對，甚工致。〔凌眉〕"提心在口"，擔干係、小心謹秘之意。此亦方言之常。徐解云：苦思慮者，心近咽喉，如欲嘔出。何謂？〔合眉〕何不蚤訓誨他兩個？〔魏眉〕"提心在口"四字，妙！〔峒眉〕"提心在口"四字，妙！你則合帶月披星，誰着你停眠整宿？老夫人心數①〔凌旁〕"教"，疑為"較"，王本作"數"。多，情性傲；②〔湯沈旁〕一作"傲"。〔湯沈旁〕一作"緒"。使不着我巧語花言，將沒做有。

〔畫徐眉〕"巧語"二句，正實夫人"心數多，情性恠"也。如云夫人能為巧語云云，將沒尚要作有，況實有的事，豈可欺乎？俗本添"使不着"三字，屬紅娘身上，非作者意也。〔田徐眉〕"巧語"二句，正實夫人"心數多，情性恠"也。如云夫人能為巧語云云，將沒尚要作有，況實有的事，豈可欺乎？俗本添"使不着"三字，屬紅娘身上，非作者意也。〔王夾〕"宿"，音羞，上聲；後同。"傲"，音篍，上聲。〔文眉〕"傲"，音騍。〔凌眉〕"使不着"二句，不過言遮飾不過也。徐、王刪"使不着我"，而言"巧語花言"二句指夫人，覺反隔一重。〔凌夾〕俱以成語疊來成曲，足見當家手。〔廷眉〕苦思慮者，心近咽喉，如欲嘔出。"巧語"二句，正道夫人心數多，情性恠也。如云夫人能為巧語云云，將沒尚要作有，況實有的事，豈可欺乎？俗本"巧語"上添"使不着"三字，屬紅娘身上，非作者意也。〔廷夾〕"宿"，音羞，上聲；後同。"傲"，音篍，上聲。〔張眉〕"傲"，言不可輕巧意，讀上聲。〔湯沈眉〕徐本無"使不着"三字，以"巧語"二

---

①　"心數"：凌本、湯沈本、封本作"心較"。
②　"傲"：湯沈本作"惱"。

句作老夫人身上看，與上下文氣相接。[封眉]"你若是"，時本作"則着你"，非。"夜去明來"，是言宜晚去早來，不合"停眠整宿"也。"較"，作"教"，誤。"惚"，即空本作"偢"，誤。"偢"，音驟，妊身也；"惚"，心迫也，然卻音"炒"。但查董詞有："一門親事十分指望着，九部不隄防，夫人性情惚，將下臉兒來不害羞？"又："一封小簡掉在纖纖手，自來心腸惚"。則是應讀作"鄒"，上聲也。或亦有此音，或取神似用之耳。詞中鄉語方言，借音聲偏旁者甚多，不能盡有本字。"將沒作有"，猶將有作沒，調成語耳。徐、王刪"使不着我"四字，謂是亦指夫人言，謬甚！[毛夾]"偢"，音走。[潘夾]"提心在口"四字，恐夫人盤問，時時隄備，將心提在口頭，打點答應。可見其心細，亦徵其才敏。

【紫花兒序】老夫人猜那窮酸做了新婚，小姐做了嬌妻，這小賤人做了牽頭①。

[畫徐旁]此"巧語花言，將沒作有"之實。[廷旁]此"巧語花言，將沒作有"之實。[潘旁]妙至此乎！[繼眉]"只"，今本或作"這"或"遣"，殊無短長。[凌眉]"牽頭"，本自妥當，徐、王皆改為"饒頭"，且曰"妙甚"！不知越人苦認紅娘為幫丁何謂？如前"寫與從良"及"那裏發付我"，俱作是解，可笑！不思《會真本記》張生內秉堅孤，終不及亂，未嘗近女色，止留連尤物，僅惑於鶯，此豈易沾染者？而必以饞目酸態扭煞亂紅娘耶！即玩全劇中曲白，張惟注意鶯爾，曾有一語面調紅者否？紅亦止欲成就二人耳，別無自炫之意也。[凌夾]弋陽梨園作生先與紅亂，醜態不一而足。無怪越人有"饒頭"之癖矣。[張眉]"他那"、"你個"、"我這"等字，亦不輕下。"摔頭"、"饒頭"俱好，"摔頭"人人說得出，不如"饒"字佳爾。[合眉]不是牽頭，倒是個大座主。俺小姐②這些時春山低翠，秋水凝眸③。

[張眉]"秋水"，眼也，瀏清也，言眼之明如水之清也。訛"眸"則不應跟"秋水"來，且對"春山"句不過。

別樣的都休，試把你裙帶兒拴，紐門兒扣，比着你舊時肥瘦，出落得④精神，別樣的風流。

[士眉]描寫殆盡。[余眉]模寫殆盡。[繼眉]"洛的"，今本皆誤作"落得"。[槐眉]"洛的"，今本皆誤作"落得"。[起眉]王曰：一句一字，一紐一摺，快心爽骨。無名："洛的"，今本盡作"落得"。誤至此耶，可笑！

————————————

① "老夫人"三句：繼本作"猜那窮酸做了新婚，小姐做了嬌妻，只小賤人做了牽頭"；張本作"猜他那窮酸做了新婚，猜你個小姐做了嬌妻，猜我這賤人做了饒頭"。"牽頭"，畫徐本、王本、廷本作"饒頭"。

② "俺小姐"：王本作"你"。

③ "眸"：張本作"瀏"。

④ "落得"：繼本、起本作"洛的"。

[畫徐眉] 妙甚！"饒頭"二字絕妙！"出落"，猶言盡也、太也，越人俗言和扇也。
[新徐眉] 婦人則知婦人，於此可見。[參徐眉] 巧語花言，善為形容。[文眉] "裙帶拴，紐門扣"，露出鶯鶯破綻。[廷眉] 妙甚！"饒頭"二字絕妙！"出落"，猶言盡也、太也，越人俗言和扇也。[湯沈眉] 此正夫人"巧語花言，將沒作有"處。"這些時"以下數句，見小姐容態較別，果啟人疑。妙，妙！"出落"，猶言盡也、太也；一本作"洛的"。[魏眉] 一句一字，一紐一摺，皆快心爽骨。[峒眉] 一句一字，一紐一摺，快心爽骨。[封眉] 即空主人曰："出落"，猶俗言"出脫"也。元曲有"出退的全別"，即是出落意。[毛夾] "提心在口"，驚恐之意，猶言魂離了殼也。《趺砂擔》劇"唬得我戰兢兢提心在口"。舊解掛念，非也。"停眠整宿"，指生；故曰"誰許他"。"傷"，猶喬，亦作"撽"，董詞"不提防夫人情性傷"。"巧語花言"，以詈己言，解見第十折。"巧語"二句，俱指夫人說，俗本添"使不着我"四字，謬矣。"窮酸"三句，正承"將沒作有"來，言無可疑尚爾爾，況有可疑也。"低黛"，或作"低翠"；"凝眸"，或作"凝流"，俱非。"眸"難對"翠"，"凝"不可"流"也。"出落"，即"出色"，與"別樣"同，此用董詞"陡恁地精神偏出跳"諸語。然是紅自說，王解作代夫人說，謬矣。[潘夾] "小賤人"，替夫人口氣，實自己作波瀾也。"饒頭"二字尤妙，古人一娶九女，後世金釵十二，皆所謂"饒頭"也。

[旦云] 紅娘，你到那裏小心回話者！[紅云] 我到夫人處，必問："這小賤人，

【金蕉葉】我着你但去處行監坐守，誰着你迤逗的胡行亂走？"
[畫徐眉] 紅擬夫人責己之語，逼真。[參徐眉] 老夫人必是如此問。[文眉] "迤逗"，欲進不進貌。[廷眉] 紅擬夫人責己之語，逼真。[湯沈眉] 紅擬夫人責己之語，逼真。[合眉] 紅擬夫人責己之語，逼真。

若問着此一節呵如何訴休？你便索與他個①"知情"的犯由。
[廷旁] 招供。[潘旁] 妙！拿定主意。[繼眉] "我"，一作"他"。[容眉] 難道一些沒有？[畫徐眉] "我便索與他知情的犯由"，供招也。[孫眉] 難說一些沒有。[廷眉] "我便索與他知情的犯由"，供招也。[湯眉] 難說一些沒有。[合眉] 不由你不招。[毛夾] "迤逗"，即拖逗，董詞"迤逗得鶯鶯去推探張生病"。"犯由"，即招伏，《酷寒亭》劇"則被潑煙花送了犯由牌"。參釋曰：言當檢舉也。"我着你"二句，頂賓白"夫人問"來，故緊接"問着此"句。或改"問着此"為"若知道"，便是難解。[潘夾] 第一句，先認自家知情，便是廿四分膽力。若從崔張說起，便少擔當。

姐姐，你受責理當，我圖甚麼來？[合眉] 也圖些剩酒殘茶。

---

① "你便索與他個"：繼本作"你便索與我個"；畫徐本、廷本、毛本、潘本作"我便索與他個"。

【調笑令】你繡幃①裏效綢繆，倒鳳顛鸞百事有。我在②窗兒外幾曾輕咳嗽，立蒼苔將繡鞋兒冰透③。[潘旁] 更有說不出口處。紅於此際，殊難為情。[謝眉] "湮透" 句，應前 "露珠兒濕透" 句。[士眉] 淫奼、忸怩、咎悔之情，三者備矣。[余眉] 淫奼、忸怩、咎悔之情，三者備矣。[繼眉] "湮"，音因。[槐眉] "綢繆"，出毛詩《幽風·鴟鴞》："□迨天之未陰雨，徹彼桑土，綢繆牖戶" 云云。[起眉] 無名："我卻在"，今作 "着我"，亦可。[畫徐眉] 紅怨己之失，二詞雖曰眞情，卻亦將己插入。[新徐眉] 莫不圖饒頭來？祇為張生□□，生其惻隱之心。不比一種丫鬟，好事者為之也。[參徐眉] 這知趣人罕有！[陳眉] 知趣，知趣！[孫眉] 知趣，知趣！[劉眉] 知趣看顧！[文眉] □□之情，見□詞矣。[廷眉] 紅怨己之失，二詞雖曰眞情，卻亦將己插入。[張眉] "幬"，叶韻，訛 "幃"，非。第三句少一字。"冰"，言地冷久立，涼透鞋也，作 "濕"、作 "湮"，俱非。[湯沈眉] "我卻在"，一本作 "卻着我"。"湮透"，方本作 "冰透"。[魏眉] 這知趣人罕有！[峒眉] 這丫頭甚是知趣！[封眉] "冰透"，時本多作 "湮透"。

今日個嫩皮膚倒將粗棍抽，姐姐呵，俺這通殷勤的着甚來由？[繼眉] "湮"，音因。"粗"，俗作 "麤"。[陳眉] 忠臣，忠臣！[凌眉] 王伯良曰：首當二字句，當韻。"冰透"，俗作 "湮透"，謬。觀紅娘口語如此，豈曾作 "饒頭" 者耶？[合眉] 你自說着甚來由？[毛夾] 此又作怨詞，頂賓白來。"繡幃"，二字句，宜韻，此用董詞 "繡幃深處效綢繆" 句，而偶失之者。"繡鞋湮透"，即詩餘 "夜深沾綻繡鞋兒"。"湮透" 二字，亦元詞慣用，如後本 "新痕把舊痕湮透"、"都一般啼痕湮透" 類。[潘夾] 斬荊棘，犯霜露，相從於矢石之間者，亦欲得茅土，長子孫耳。若使功成不受爵，眞不知其圖甚麼也。不意紅與五湖之遊，同其無我。○每誦 "一將功成萬骨枯" 之句，因歎居功人，亦不易得泰然也。讀紅娘【調笑令】一闋，令崔張靜好時，損多少歡樂。

姐姐在這裏等着，我過去。說過呵，休歡喜，說不過，休煩惱。[紅見夫人科] [夫人云] 小賤人，為甚麼不跪下！你知罪麼？[紅跪云] 紅娘不知罪。[容旁] 妙！[湯旁] 妙！[孫眉] 忠臣，忠臣！[劉眉] 也是個忠臣！[潘旁] 便有歸過夫人意。[夫人云] 你故自口強哩。[繼眉] "強"，音降。若實說呵，饒你；若不實說呵，我

---

① "繡幃"：張本作 "繡幬"。
② "我在"：起本、湯沈本作 "我卻在"。
③ "冰透"：少本、繼本、湯沈本、毛本作 "湮透"。

直打死你這個賤人！誰着你和小姐花園裏去來？〔紅云〕不曾去，誰見來？〔夫人云〕歡郎見你去來，尚故自推哩。〔打科〕〔紅云〕夫人休閃了手，且息怒停嗔，聽紅娘説。〔潘旁〕何等從容自在！〔孫眉〕他□□□。〔文眉〕若非拷訊紅娘，焉得鶯生事露。〔潘夾〕平素則擔驚受怕，臨事則不慌不忙，心細於秋毫之末，而勇足奪三軍之帥。世安得如紅娘者，而與屬天下事哉！

【鬼三台】夜坐時停了針繡，共姐姐閑窮究，説張生哥哥病久。嗒兩個背着夫人，向書房問候。〔畫徐眉〕紅訴已無心犯法。妙！〔陳眉〕認處高甚！〔廷眉〕紅訴已無心犯法。妙！〔湯沈眉〕同話夫人，妙絕！〔凌眉〕【鬼三台】一調，九句用八韻。"事已休"自應為句，"嗒兩個背着夫人"句系襯字耳。但"將恩變為仇"二句宜對，而此少不整，亦少襯字故。〔張眉〕第四句失韻。〔魏眉〕認處高甚，是炙轂口漫天計。〔峒眉〕認處高甚，是炙轂口漫天計。〔封眉〕即空主人曰：【鬼三台】一調，九句用八韻。"事已休"自應為句，"嗒兩個背着夫人"系襯字耳。〔夫人云〕問候呵，他説甚麼？〔紅云〕他説來，〔封眉〕時本漏"來"字，便不暢。道"老夫人事已休，將恩變為仇，着小生半途喜變做憂"①。〔合眉〕張生反無此快語。他道："紅娘你且先行，教小姐權時落後。"〔潘旁〕妙至此乎！〔容眉〕妙！〔新徐眉〕小紅霹靂口，供招得妙！〔參徐眉〕巧紅娘真有見識，該認認！敍事如破竹，索性供來往，怎發落？〔王夾〕"休"字，不作韻，説見後注。〔陳眉〕蘇張舌，孫吳籌。〔孫眉〕蘇張舌，孫吳籌。〔文眉〕"權時落後"，分明説出相通之意。〔廷夾〕"休"字，不作韻。〔張眉〕"説夫人"句，添"休"作兩句，非。〔湯眉〕妙！〔湯沈眉〕"道夫人"二語，方本作一句讀。〔魏眉〕妙！〔峒眉〕妙！

〔夫人云〕他是個女孩兒家，着他落後怎麼！〔容夾〕你自想。〔劉眉〕落後小敍。〔合眉〕你自去想。〔潘夾〕夫人此問，真在無懷、葛天以上。〔紅唱〕

【禿廝兒】我則道②神針法灸，誰承望燕侶鶯儔。他兩個經今月

---

① "他説來"四句：張本作"説夫人事已恩做仇，教小生半途喜變憂"；湯沈本作"道夫人事已休，將恩變做仇，着小生半途喜變做憂"；毛本作"此事休將恩變仇，着小生半途喜變憂"。

② "我則道"：毛本作"端不為"。

餘則是一處宿，何須你^①——問^②緣由？　[謝眉]“神針法灸”應前句。
[容眉]索性説明，老夫人有何

話説？妙，妙！[王夾]“緣由”下，缺二字一句。[陳眉]——供狀，看他怎麼發

落？[凌眉]此調末宜有二字一韻句，舊本皆無，必是脱落；或者“問”字是“究”

字之誤，亦未可知。然舊《冬景詞》【禿廝兒】“布四野滿長空天涯”，用家麻而“空”

字非韻；《嘲伎好睡》詞【禿廝兒】“纔燭滅早魂魄昏迷”，用齊微而“魄”字非韻。

即本傳第三本未折【禿廝兒】“凍得來戰兢兢，説甚知音？”用侵尋而“兢”字非韻。

或此亦可不用韻耳。[廷眉]“宿”，音修。[廷夾]“緣由”下，缺二字一句。[張眉]

“搜”，叶韻；訛“問”，非。[湯眉]索性説明，老夫人有何話説？妙，妙！[湯沈眉]

一本無“則是”二字。[合眉]索性説明，夫人反無話説了。妙人自有妙計。[魏眉]

索性供來，你怎發落？[峒眉]索性供來，你怎發落？[封眉]即空主人曰：此調未

宜用韻句，疑“問”字是“究”字之誤。然考《舊冬景》【禿廝兒】“布四野滿長空

天涯”，用家麻而“空”字非韻；《嘲伎好睡》詞“纔燭滅早魂魄昏迷”，用齊微而

“魄”字非韻；即本傳前折“凍得來戰兢兢，説甚知音”，用侵尋而“兢”字非韻。

或此亦可不用韻耳。“何須的”是句，俗

本多漏“的”字。[毛夾]缺二字。

【聖藥王】他每不識憂，不識愁，一雙心意兩相投。夫人得好

休，便好休，^[廷旁]這其間何必苦追求？常言道“女大不中留”。
　　　　　　妙！

[畫徐眉]妙！[新徐眉]招得好狠，夫人口咋矣。夫人失閨誨之謂，何以大義責人？

小紅渾身膽口，以視男子吃吃者，又當拜小紅之下風。[廷眉]妙！[魏眉]蘇張口，

蕭相律，良平策。[峒眉]蘇張之舌，妙甚！[毛夾]諸曲大概本董詞。“此事休將恩

變仇”，系七字一句。俗本誤認“休”字是韻，遂截作兩句，而改“此事”為“事

已”；“已”非調法。至他本或刪去“將”字，遂盡失本來矣，烏知“休將”是連字

耶？“着小生”句，亦承“休將”來。“端不為”以下，正檢舉處，俗改“端不為”

為“我則道”，不通。言斷不為彼，然亦誰料其有此也。此以投首為推乾法，若與身

無預者然，故下連着兩“他”字，最妙。“何須——問緣由”句下，考【禿廝兒】調，

尚有二字一句，諸本皆缺。詞隱生云：當作“何須——問從頭，緣由”。似有理，然

亦不敢增人。至有改“問”字為“究”字，以“究”為韻，則此句須仄仄仄平平，

“何須——究”俱相反矣。“女大不中留”，元詞習語。參釋曰：“休將恩變仇”，是紅

主意，與下“大恩人怎作敵頭”相應。但此先借作生語，為起下法，最妙。[潘夾]

極出口不得的話，偏説得一路太平；極歇手不來的事，偏説得毫無疑難。有事只當無

事，大氣化做沒氣，紅真可謂辨才無礙，可助廣長説法。《鶡冠子》有云：士有三

---

① “你”：封本作“的”。
② “問”：張本作“搜”。

端可畏：畏猛士之鋒端，説士之舌端，文士之筆端。今紅娘，具
此舌端；作《西廂》者，有此筆端。銳於猛士之鋒端，可畏哉！

　　〔夫人云〕這端事都是你個賤人。〔紅云〕非是張生小姐紅娘之
罪，乃夫人之過也。〔容旁〕妙！〔容眉〕紅娘眞有二十分才，二十分識，二十分膽。有此軍師，何攻不破，何戰不克？宜乎鶯鶯城下乞盟也哉！〔孫眉〕紅娘眞有二十分才，二十分識，二十分膽。有此軍師，何攻不破，何戰不克？宜乎鶯鶯城下乞盟也哉！〔湯眉〕紅娘眞有二十分才，二十分識，二十分膽。有此軍師，何攻不破，何戰不克？宜乎鶯鶯城下乞盟也哉！〔合眉〕紅娘眞有二十分才，二十分識，二十分膽。有此軍師，何攻不破，何戰不克？宜乎鶯鶯城下乞盟也哉！〔夫人云〕這賤人倒指下我來，怎麼是我之過？〔紅云〕

信者人之根本，〔天李旁〕起！ "人而無信，不知其可也。大車無輗，小車無軌，其何以行之哉？"〔士眉〕此段白，以學究之談，逞嬌娃之辯，亦自快人。〔余眉〕此段白，以學究之談，逞嬌娃之辯，亦自快人。〔文眉〕以學究之談，逞嬌娃之辯，亦自快人。當日軍圍普救，夫人所許退軍者，以女妻之。張生非慕小姐顏色，豈肯區區建退軍之策？兵退身安，夫人悔卻前言，豈得不為失信乎？〔潘旁〕夫人過一。既然不肯成其事，只合酬之以金帛，令張生捨此而去。卻不當留請張生於書院，〔潘旁〕夫人過二。使怨女曠夫，各相早晚窺視，所以夫人有此一端。目下老夫人若不息其事，一來辱沒相國家譜；〔天李旁〕好當不得！〔槐眉〕"窺"，音傀；□，音月。〔文眉〕指辯數句，令老夫人緘口。二來張生日後名重天下，施恩於人，忍令反受其辱哉？使至官司，老夫人亦得治家不嚴之罪。〔潘旁〕夫人過三。官司若推其詳，亦知老夫人背義而忘恩，〔潘旁〕夫人過四。豈得為賢哉？紅娘不敢自專，乞望夫人台鑒：莫若恕其小過，成就大事，掩之以去其污，豈不為長便乎？〔謝眉〕"堂前巧辯"元如此，"舌戰群儒"果是眞。〔槐眉〕"掩"，音閨。〔容夾〕這丫頭是個大妙人！〔參徐眉〕紅娘不但小知，尤可大受。責夫人有囘天力量，可稱女中元戎。〔陳眉〕一本《西廂》，全由這女胸中搬演出、口中描寫出，大才，大膽，大忠，大識！〔劉眉〕好一個蘇張平證！〔合眉〕此議更勝。〔魏眉〕此大識見，見大力量，是女流中

大元帥。[峒眉]一本《西廂》，由這女子胸中搬演，大有識見。[潘夾]夫人一句逼緊，紅即用一句跌開，不但為自己卸肩，且為張生小姐摸垢；不但為張生小姐摸垢，且將老夫人頂板。遂發出以下堂堂正正，一片大議論來。一語轉關，捷如飛隼，快如並刀，可畏哉！○"信者人之本"以下，直作上書，體覺甚！釋之以去其污，大作用人語，不但足以排難解紛，且足以救弊幹蠱，那得不令人心折？有此一語，何局結不來？紅洵屬魯仲連一流人物，非儀、秦巧詐可方也。

【麻郎兒】秀才是文章魁首，姐姐是仕女班頭；一個通徹三教九流，一個曉盡描鸞刺繡。[繼眉]"九流"：陰陽家、法家、名家、墨家、縱橫家、雜家、農家、兵家、儒家。[槐眉]"九流"：陰陽家、法家、名家、墨家、縱橫家、雜家、農家、兵家、儒家。[畫徐眉]勸當成親處，一句緊一句，詞意特妙！[王夾]"刺"，音戚，叶上聲。[廷眉]勸當成親處，一句緊一句，詞意特妙！[廷夾]"刺"，音戚，叶上聲。[湯沈眉]紅勸成親處，一句緊一句，詞意妙甚！[毛夾]"刺"，音戚，去聲。

【幺篇】世有、便休、罷手，大恩人怎做敵頭？起① [湯沈旁] 一作"啟"。白馬將軍故友，斬飛虎叛賊草寇。[士眉]既炫能而復歸功，撮合神手。[余眉]既炫能而復歸功，撮合神手。[繼眉]"啟"，今本作"起"，非。[文眉]既炫能而復歸功，撮合神手。[封眉]時本多漏"想當初"三字。[潘夾]"世有、便休、罷手"，六字作三句，音節頓挫，冷冷動人。將驚天動地的事，只説作家常茶飯，分毫不消犯力使盛氣，遇之自平。

【絡絲娘】不爭和張解元參辰卯酉，便是與崔相國出乖弄醜。到底干連着自己骨肉，夫人索窮究。[廷旁]罷！[士眉]參居酉，辰居卯，兩不相見。[余眉]參居酉，辰居卯，兩不相見。[繼眉]參居酉，辰居卯，兩不相見。揚子《法言》"吾不睹參辰"之相比也。[起眉]李曰：【麻郎兒】至【絡絲娘】，一折敘其能，一折敘其功，一折激其"到底干連着自己骨肉"，有范睢諫秦王口吻。參破便是蘇長公一篇諫論。[畫徐眉]參居酉，辰居卯，兩不相見。[新徐眉]句句難解紛，小紅天下士也。[參徐眉]理通山倒，夫人定從此策。[王夾]"肉"，叶柔，去聲。[劉眉]還怕羞？[文眉]參居酉，辰居卯，兩不相見。[凌眉]徐士範曰：參居酉，辰居卯，兩不相見。[廷眉]參居酉，辰居卯，兩不相見。[廷夾]"肉"，叶柔，去聲。[張眉]第三句多一字。[湯沈眉]參辰二星，分居卯酉，常不相見。董詞云：到頭贏得自家羞。[合眉]參居酉，辰居卯，兩不相見。貴家專以此作勝算。[魏眉]露醜不如成美，老夫人定是從此一策。[峒眉]説得天花亂墜。[毛夾]"世有、便休、罷手"，凡三韻，然一氣下，言世固

---

① "起"：繼本作"啟"；封本作"想當初啟"

有，便當休息；而罷手之事，下文是也。"敵頭"，對頭也。"啟白馬"二句，正數其恩也。"不爭和"以下，又一層，言不特當知恩，且宜顧體也。參、辰二星，分居卯酉，以比離異。"不爭"二句，言發露其事，不過與張離異，但家醜可念耳。董詞"到頭贏得自家羞"。〔潘夾〕前論其事之是非，以理折之也；此又論其事之利害，以勢劫之也。

　　　〔夫人云〕這小賤人也道得是。我不合養了這個不肖之女。待經官呵，玷辱家門。罷罷！俺家無犯法之男，再婚之女，與了這廝罷。〔容眉〕老夫人也不得不是了。〔新徐眉〕至此恍慨，夫人終明眼人，呼之即轉。〔孫眉〕老夫人亦不得不是了。〔湯眉〕老夫人亦不得不是了。〔合眉〕也不由你不説個是。紅娘喚那賤人來！〔紅見旦云〕且喜姐姐，那棍子則是滴溜溜在我身上，吃我直説過了。〔潘旁〕純是一塊膽識力量。我也怕不得許多，〔陳眉〕難道不怕？夫人如今喚你來，待成合親事。〔旦云〕羞人答答的，怎麼見夫人？〔紅云〕娘根前有甚麼羞？〔潘夾〕"直説"二字，妙極！不獨膽氣好，直是識力過人。夫人心數多，性情謅，難以情求，不可欺誑，止可理奪，或用勢劫耳。若崔一味假，張一味懦，此事如何結得案來？

【小桃紅】當日個月明繞上柳梢頭，卻早人約黄昏後。〔廷旁〕妙！羞得我腦背後將牙兒襯着衫兒袖。猛①凝眸，〔張眉〕正與上下句光景照應"有情"。訛"乍"，則是瞥然，此時止瞥然耶？如此文心，豈作癡語？看時節則見鞋底尖兒瘦。一個恣情的不休，一個啞②聲兒廝耨。呸！那其間可怎生不害半星兒羞？〔謝眉〕秦少游詞："月在柳梢頭，人約黄昏後。"〔士眉〕炫能歸功之後，又一改情話。秦少游詞："月在柳梢頭，人約黄昏後。"駢言剩句，雜以訕語，侍兒之情曲盡矣。〔余眉〕炫能歸功之後，又一改情話。秦少游詞："月在柳梢頭，人約黄昏後。"駢言剩句，雜以訕語，侍兒之情曲盡矣。〔繼眉〕秦少游詞："月在柳梢頭，人約黄昏後。"〔容眉〕妙人，妙人！〔起眉〕王曰：駢語、麗語，雜以訕語。〔畫徐眉〕"怎凝眸"，即俗云看不得，則"見鞋底"句是寫情態，而能極其形容，又不涉於俚俗。此《西廂》所以有畫筆之工

----

①　"猛"：畫徐本、王本、廷本、張本、合本作"怎"。
②　"啞"：王本、廷本、毛本作"喠"。

也。北人謂相泥①曰"糯"。[新徐眉]"羞不羞"數語，於鶯鶯又是冷水沃湯矣。[參徐眉] 鶯鶯汗流。[王夾]"喱"，音厓。[孫眉] 妙人，妙人！[文眉] 駢言剩句，雜以訕語，待窺之貌，描寫殆盡。[凌眉] 俗本二句"一個"下有"搵香腮"、"搜腰肢"二語，便俗氣熏人。[廷眉]"怎凝眸"，即俗云看不得，則"見鞋底"句是寫情態，而能極其形容，又不涉於俚俗。此《西廂》所以有畫筆之工也。北人謂相泥曰"糯"。[廷夾]"喱"，音厓。[湯眉] 妙人，妙人！[湯沈眉] 秦少游詞："月在柳梢頭，人約黃昏後。""腦背後"勿斷，一直至下"衫袖"，元系七字句。"怎凝眸"，言羞而不堪看也。"則見鞋底"句，寫態逼真，又不涉俚。北人謂相昵曰"糯"。[合眉]"怎凝眸"，言看不得也。北人謂相泥曰"糯"。[魏眉] 駢語、麗語，雜人訕語。[峒眉] 駢語、麗語，雜以訕語。[毛夾]"喱"，音厓。此接賓白"羞"字來，嘲鶯，大妙。"怎凝眸"，言看不得也，即接"看時節"者，言看則如此，故看不得也。詞隱生云：紅見鞋底，與《漢官儀》登岱者"後人見前人足胝"並妙。"喱"，笑聲。徐天池云：北人謂相昵曰"糯"，《金綫池》劇有"糯處散誕鬆寬着糯"，又散套"不記得低低糯"。參釋曰："月在柳梢頭，人約黃昏後"，用朱淑真詞。[潘夾]"怎凝眸"，猶俗言看不得也。〇又接着小姐"羞"字劈面翻來，言與張幽歡時，百般醜態，尚不害羞，娘跟前有甚麼羞？亦欲他老着臉皮過去，見徒羞無益也。

[旦見夫人科] [夫人云] 鶯鶯②，我怎生抬舉你來，今日做這等的勾當；則是我的孽障，待怨誰的是！我待經官來，辱沒了你父親，這等事不是俺相國人家的勾當。[槐眉]"孽障"，音□□。[陳眉] 夫人不曾辱了！[合眉] 不是相國人家，未必有此勾當。[封眉]"賤人"，時本作"鶯鶯"，不肖怒時情景。罷罷罷！誰似俺養女的不長進！紅娘，書房裏喚將那禽獸來！[紅喚末科] [末云] 小娘子喚小生做甚麼？[紅云] 你的事發了也，如今夫人喚你來，將小姐配與你哩。小姐先招了也，你過去。[陳眉] 驚殺！[魏眉] 驚殺！[峒眉] 驚殺！[末云] 小生惶恐，如何見老夫人？當初誰在老夫人行說來？[紅云] 休佯小心，過去③便了。[文眉]"佯"，音羊。[潘夾] 天下最無可奈何者，是老面皮人。紅娘教雙文不必害羞，教張生"老着臉皮"，真正是老作家手筆。

---

① 楊案："泥"，當作"昵"。下[廷眉]、[合眉]同。後王本套末尾注[小桃紅]中作"昵"，意同於"昵"。

② "鶯鶯"：封本作"賤人"。

③ "過去"前，潘本有"老着臉皮"四字。

【幺篇】① 既然洩漏怎干休②？ 是我相[淩旁]"相"，今本俱作"先"。投首。俺家裏陪酒陪茶倒搵就。你休愁，何須約定③通媒媾？我棄了部署不收④，[湯沈旁]一作"周"。你原來"苗而不秀"。呸！你是個銀樣鑞槍頭⑤。

[士眉]"銀樣鑞槍頭"，中看不中用。[余眉]"銀樣鑞槍頭"，中看不中用。[繼眉]"銀樣鑞槍頭"，中看不中用。[槐眉]"苗而不秀"：出《論語》。穀之始生曰苗，吐華曰秀，成穀曰實。子曰："苗而不秀者有矣夫！秀而不實者有矣夫！"蓋譬學而不至於有成也。"部署"，出《史記》。唐玄宗為安祿山第，戒曰："善為部署"。祿山□□大。[畫徐眉]"搵"音純，搓那之意，言搓那成就此親也，猶言曲處。"部署"，是軍中將卒之管束義也。夫人托紅以管束，而今疏漏如此，是"部署不周"之干繫，紅既為之擔當矣。今請其成親，而生反惡縮不進，如白中云云，則是你倒"苗而不秀"也。"何須把定通媒媾"，言只如此成就婚姻，不必做定要先通媒妁也。[新徐眉]"搵"，搓那之意，言成就此親也。[參徐眉]紅娘指張生為"花木瓜、蠟槍頭"，尚未識"綿裏針"。[王夾]"首"，去聲；"搵"，音軟，平聲。"銀"，筠作"人"；"蠟"，朱作"鑞"。[文眉]"銀樣鑞槍頭"，中看不中用者。[淩眉]棄了部署不收，言不管束得也。俗本俱作"棄了個"，少費解。徐、王改為"擔着個部署不周"，亦因"棄"字誤之耳。徐士範曰："銀樣鑞槍頭"，中看不中用。[淩夾]《氣英布》劇有"英布也，你是銀樣鑞槍頭"。徐改"銀"為"人"，而曰與人樣猥駒一例，無謂。《李逵負荊》劇有"翻做了蠟槍頭"，俱從"蠟"。[廷眉]"搵"，音純，搓那之意，言搓那成就此親也，猶言曲處。"部署"，是軍中將卒之管束義也。夫人托紅以管束，而今疏漏如此，是部署不周之干繫，紅既為之擔當矣。今請其成親，而生反惡縮不進，如白中云云，則是你倒"苗而不秀"者。"何須把定通媒媾"，言只如此成就婚姻，亦自不妨，不必做定要先通媒妁也。[廷夾]"首"，去聲；"搵"，音軟，平聲；"銀"，筠作"人"；"蠟"，朱作"鑞"。[張眉]"搵就"，搓挪之意。"不周"，言照管不嚴謹也，訛"收"，非。[湯沈眉]"搵"，音純，搓那成就之意，言曲處親事也。"部署"，是軍中將卒管束之義，言夫人托我管束，而今疏漏如此，今既擔當矣，而爾惡縮不進，是猶苗而不秀也。"鑞槍頭"，不中用之謂。[合眉]"搵"，音純，搓那之意。[峒眉]老張到不如此女子！[封眉]言不能守也。作"臘"，非。[毛夾]"搵"，音軟，平聲。此嘲

---

① 湯沈本把"【幺篇】"併入上支"【小桃紅】"。
② "漏"：湯沈本、毛本作"洩漏"。"干休"：王本作"甘休"。
③ "約定"：毛本作"把定"。
④ "不收"：畫徐本、王本、淩本、張本、毛本作"不周"。
⑤ "銀樣鑞槍頭"："銀"，畫徐本作"人"；"鑞"，少本、士本、繼本、王本、廷本、湯沈本作"蠟"。

生，與前曲作對。"攢就"，搓挪成就也。"把定"，謂聘定，董詞"不須把定，不用通媒媾"；《風光好》劇"我等駟馬高車為把定物"；俗改"約定"，不通。"部署"，部分而署置之，《韓信傳》"部分諸將所擊"。言己於婚姻大事安排處置，尚不以不周為憂，而毅然擔之。今事已垂成，而爾反惶恐，則是有頭無尾，好看不中用矣。"銀樣鑞槍頭"，謂樣是銀而實則鑞，無用物也。"鑞"，他本作"蠟"，誤。劉庭信詞"鑞打槍頭軟廝禁"，《氣英布》劇"英布也，你是個銀樣的鑞槍頭"，俱是"鑞"字。參釋曰："銀樣鑞槍頭"，與後本"人樣蝦駒"一例，以句意相似耳。碧筠本竟以"銀樣"為"人樣"，不通。[潘夾]"擔著個部署不周"一句，代人任過，紅自居也。"是個擎天柱了、苗而不秀"兩句，誚張臨事
畏縮，略無擔當，將從來之懦，一筆寫出。

[末見夫人科] [夫人云] 好秀才呵，豈不聞"非先王之德行不敢行"。[潘旁] 近日督學所獎德行好秀才，大概若此。我待送你去官司裏去來，恐辱沒了俺家譜。我如今將鶯鶯與你為妻，則是俺三輩兒不招白衣女婿，[參徐眉] 怎麼招個先奸的女婿？[陳眉] 難道又肯招禽獸？[孫眉] 難道又肯招禽獸？[劉眉] 難道又肯招禽獸？[魏眉] 怎麼招個先奸的婿？[峒眉] 怎麼招個先奸女婿？你明日便上朝取應去。我與你養着媳婦，得官呵，來見我；駁落呵，休來見我。[潘旁] 此處即轉一峯，妙甚！若入俗套，必先作一番士女行樂圖，然後送別，文勢便不波峭。[合眉] 休來見你，難道鶯鶯又好尋個主兒？[紅云] 張生早則喜也。

【東原樂】相思事，一筆勾，早則展放從前眉兒皺，美愛幽歡恰動頭。既能夠①，張生，你覰兀的般可喜娘龐兒也要人消受。

[起眉]李曰："也要人消受"句，堪着思量。[畫徐眉]"勾"，到手也。"要人消受"，言如此美貌，須如此妙人受用也；"要"字，作"用"字看。"人"字重，猶言非張生不可受用此等渾家也。[王夾] 下"勾"字，去聲。[文眉]"皺"，音奏；"彀"，音媾。[廷眉]"勾"，到手也。"要人消受"，言如此美貌，須如此妙人受用。"也要"字，作"用"字看。"人"字重，猶言非張生不可受用此等渾家也。[廷夾] 下"勾"字，去聲。[張眉] 第五句少三字。[湯沈眉]"早則"句，語俊。"勾"，言到手也。此二句重。"要"字及"人"字看，言如此美麗之人，須是張生才能受用之。"消受"，一作"消瘦"；大謬。[毛夾] 參釋曰："恰動頭"，言歡配方始也。"誰能彀"，

---

① "既能夠"：文本、毛本作"誰能彀"。"夠"，畫徐本、王本、廷本、湯沈本作"勾"。

起下句。[潘夾]"人"字與上"誰"字相呼應，見非
其人，消受不來也。極力印可張生，正極力矜貴雙文。

　　[夫人云] 明日收拾行裝，安排果酒，請長老一同送張生到十里
長亭去。[旦念] 寄語西河堤畔柳，安排青眼送行人。[同夫人下]
[紅唱]

【收尾】來時節畫堂簫鼓鳴春晝，列着一對兒鸞交鳳友。那其間
纔受你說媒紅，方吃你謝親酒。^{[潘旁]妙至此乎！}[並下]^{[繼眉]"那其間"，一作"那時節"。}

[起眉] 無名："那其間"，一作"那時節"。[畫徐眉] 此詞見親事纔成，而紅竟以
遠大期之，次及於己。妙極，妙極！[田徐眉] 此詞見親事纔成，而紅竟以遠大相期之，
次及於己。妙極，妙極！[新徐眉] 夫人怒則不情，先以遠大相期，次及於己。口吻
妙，妙！[參徐眉] 好個官樣媒婆！[文眉] □□紅□□酒，一□一意。[湯沈眉] 此
詞紅以遠大之事期之，言待你名成做親之時，纔受你謝也。應前白"你怎生謝我"句。
[毛夾] 此又起後四折也。[潘夾] 只此一尾，便可省卻多少榮歸合巹惡套。而愚者方
欲續貂，不知已為三語了卻也。○說得如花似錦，到底不必徵
事，使人只如鏡中看花，水中看月，此《西廂》之為至文也。

　　[容尾] 總批：紅娘是個牽頭，一發是個大座主。

　　[新徐尾] 批：紅娘是個牽頭，一發是個大座主。

　　[王尾·注一十四條]

【鬬鵪鶉】："夜去明來"與"天長地久"對，"握雨攜雲"、"提心在
口"與"帶月披星"、"停眠整宿"對。"提心在口"，時時掛念之謂。
"誰教他"，指張生也。"心數"，猶言心事。"傴"，佝傴小人之貌，諸本
俱作"惚"，非。本音上聲，粗叟反，字書並無作平聲音者。（關漢卿
《謝天香》劇【醉春風】第四疊字句"我今日個好傴傴"）可證。（董詞
"不提防夫人情性傴"。）"巧語花言"二句，指夫人說①。言夫人能為巧
語花言，將沒尚要作有，況實有之事，其難掩乎！俗本添"使不着"三
字，卻屬紅娘身上，謬甚。徐云：全套具稱妙絕。

【紫花兒序】：此正夫人之"巧語花言、將沒作有"處。"猜"字總
管三語。"饒頭"，妙甚；今本作"牽頭"，謬。"你這些時"，"你"字亦
替夫人口氣說，直管至末，言夫人已見得你容態較別也。應夫人賓白

————————

① [王眉] 着夫人說，方與上下文氣相接。

"腰肢體態比向日不同"意。"出落"，猶言出類，正對"別樣"，皆形容其甚之詞。（董詞"陡恁地精神，偏出跳轉添嬌，渾不似舊時了，舊時做下的衣服一件小，眼慢眉低胸乳高"。）

【金蕉葉】：此亦體夫人口氣說。"迤逗"，有引誘之意。（董詞"迤逗得鶯鶯去，推采張生病"。）詞隱生云：當作"拖逗"。然元詞多作"迤逗"。《武林舊事》載：元夕，京尹取獄囚數人，列荷校，大書犯由云：某人為搶撲釵環，挨搪婦女。蓋犯由者犯罪之由，即今供招之類。（元羅貫中《龍虎風云會》劇"元來這犯由牌，先把我渾身罩"。）

【調笑令】：（董詞"繡幃深處效綢繆"。）"繡鞋冰透"，"冰"字俊甚。（實甫《芙蓉亭》劇"露華涼冰透繡羅鞋"，又"要你只溫和我浸冷的羅鞋"。）更俊。俗改作"浬透"，非。"通殷勤的"，紅娘自指，言鶯向日受用，即今日夫人嗔責，亦所甘心；我不過是為你通殷勤的人，前日如此淒涼自忍，今又受責，何所利而連累我也？首句當二字句，當韻，觀前後曲可見。

【鬼三台】：徐云：囘話夫人妙絕，末二語更俊。董詞此段微傷直致，須讓實甫數籌。"夫人事已休，恩變作仇"，元是一句，"休"字不必作韻，調法如此。

【禿廝兒】：（董詞：經今半載，雙雙每夜書幃裏宿①，已恁地出乖弄醜。）此調尾須用五字句，次二字句收，前後諸調可見。"何須一一問緣由"下，少二字一句②。

【聖藥王】：（董詞"一雙兒心意兩相投，夫人白甚閑疙皺，常言道女大不中留"。）"女大不中留"，蓋古語也。

【麻郎兒】：（董詞"君瑞又多才藝，姐姐又風流"。）及【般涉調】凡十一對偶，實甫省而為四。

【幺】：首六字作三句，總之言世間自有宜便干休而罷手之事也。敘他退兵之恩，亦拿倒夫人吃緊語，更不可少。《記》中凡"乾休"或作"干休"，朱本作"甘休"。詞隱生云："甘休"、"乾休"皆可，"干休"

---

① ［王夾］音差，上聲。

② ［王眉］少句誠然，但不易補耳。

則传讹耳。

【絡絲娘】：參辰二星，分居卯酉，常不相見。言今日發露其事，不是離拆得張生，是辱莫了先相國耳。（董詞“夫人休出口，怕旁人知道，到頭贏得自家羞。”）

【小桃紅】：秦少游詞“月在柳梢頭，人約黃昏後。”①“腦背後”勿斷，一直下至“衫袖”，元系七字句。不然，與上“黃昏後”押兩“後”字矣。“怎凝眸”，言羞而不堪看也。“鞋底尖兒瘦”，語俊甚。“哂”，作聲貌。徐云：北人謂相昵曰“耨”。（關漢卿《金綫池》劇有“耨處散誕鬆寬着耨”。）又（散套“不記得低低耨”。）“那時不害半星兒羞”，正應賓白“娘跟前有甚羞”意。徐云：褻而雅，真妙手也！

【幺】：“摑”，援挈之謂；“摑就”，摧物而就之也。“把定”，謂下聘也。（董詞“不須把定，不用通媒媾”。）（《風光好》劇“我等馹馬車為把定物，五花誥是撞門羊”。）“部署不周”，夫人托紅娘管束鶯鶯，如部署軍旅然也。紅言：如今此事既然漏洩，夫人如何就肯甘休，我只得從實投首。他如今無可奈何，倒索賠酒賠茶，搓挼你去成這親事矣，你卻何須愁説“惶恐怎去見他”？如前白所云，又何須執定要下聘定、通媒媾，而不將錯就錯成就之耶？況我尚不辭管束不周之罪，你反有頭無尾，不成結果，如蠟槍頭之不中用然，又何為耶？徐云：蓋往往見其臨機不決，以致失事，故極口懲愗之也。笱本“人樣蠟槍頭”，注謂與後“人樣蝦駒”一例，謂具人之樣，而實與蠟槍頭無異，見其無用也。諸本“銀樣蠟槍頭”，朱本又作“鑞槍頭”②。（元劉庭信詞“蠟打槍頭軟廝禁”。）（《百花亭》劇“我是個百花亭墜了榜的蠟槍頭”。）則當從“蠟”。今並存之。

【東原樂】：“展放從前眉兒皺”，俊語也。前時歡愛，猶帶憂懼，今始無所顧憚，故曰“怡動頭”。徐云：“可喜娘”等句，看着只似等閑，卻剛合此處語，非苦心不能。下一“勾”字，猶言到手也。此二句重“要”字及“人”字看，言如此美麗之人，須是張生這樣人，纔能受用

① ［王眉］看曲要如此看。
② ［王眉］畢竟只“銀樣蠟槍頭”為是。

之也。

【收尾】：此以功名成就遠大之事期之，言待你及第後成親之時，纔受你謝也。應白你"怎生謝我的是？"兩句。

[陳尾] 紅娘是個牽頭，一發是個大座主。

[孫尾] 紅娘是個牽頭，一發是個大座主。

[劉尾] 牽頭得成大座主，不是妙事。

[湯尾] 紅娘是個牽頭，一發是個大座主。

[合尾] 湯若士總評：清白家風，都是這乞婆弄壞，更説那個？辱沒家譜，恨不撲殺老狐。李卓吾總評：好事多磨。徐文長總評：當時那得此俊婢？我生不復見此俊婢！

[魏尾] 批：紅娘是個牽頭，一發是個大座主。

[峒尾] 批：紅娘是個牽頭，一發是個大座主。

[潘尾·説意] 嘗讀呂相《絕秦》一書，而歎為策士之濫觴也。凡人之大惠，皆列為罪案；己之邀禍，悉著為義聲。總欲暴己之直於諸侯，而要盟城下也，此蘇、張一縱一橫之所由來也。今觀於紅娘之巧辯，而又覺過之。當其聞堂上之疾呼也，而心不動也，於是安神定氣以赴之；當大杖之驟加也，而心不動也，於是紆談微笑以應之；當嚴詞之深詰也，而心不動也，於是低聲促節以收之。而夫人之怒已平八九也，紅然後正其色，振其詞，以婉異之旨，忽變而為伉直之氣，數夫人之過而備責之，惟吾之所欲言而後已焉。數夫人未已也，復招雙文而數之；數雙文未已也，復招張生而數之。無不唯吾之所欲言而後已焉，而夫人亦遂唯唯而聽其所為也，而崔張亦無不唯唯而感其所成也。而紅乃大有造於張，大有造於崔，而且大有造於夫人也已。蓋辱夫人家譜者，紅也；敗小姐閨范者，紅也；壞張生行止者，紅也；紅誠中冓之孟賊，而有唐之罪人也。乃事事立身於無過有功之地，件件道得出，句句説得響，使人亦不得而驟非之。此與呂相暴秦之惡、匿己之短何異？而因益歎曹孟德《譙東令》一篇，誠奸雄之尤也。

韓非《説難》，其所稱用説之法詳矣，要皆揣合世主之意。而深中其隱，未有能奪其氣而用之，逆其情而折之者也。今觀紅娘之巧辯，而知非策士之所能及也。蓋策士之辯，以巧為巧者也；紅娘之辯，不以巧為巧者也。其曰"直説"，則眞巧之至矣。夫人心數多，性情譎，治家嚴切，難以情求，不可術愚，止堪理奪耳。其所為理奪者，何也？則曰"非張生、小姐、紅娘之罪，乃夫人之過也"。凡人謂罪之在人，必難理遣；知過之在己，自可情恕。今紅娘據事直陳，使夫人通身汗下，而遂以"釋之以去其污"一語急為夫人斡旋，而夫人遂不覺其氣降而心折也已。戰國養士中，可與語此者，惟一毛先生耳。當平原君之與楚議縱也，爭至日中而不決，毛遂按劍而上。楚王方盛色以待之，而遂乃瞋目張膽而前曰："今日之事，兩言而決耳！合縱者為楚，非為趙也。"因以楚之辱先人、喪國土為言，而王乃唯唯而定縱焉。今紅娘之來堂上也，夫人方盛色以待之。若用張之懦，而夫人不可以情求也；若用崔之假，而夫人又不可以術愚也，則有終日而不決耳。而紅遂據理直陳，謂"非張生、小姐、紅娘之罪，乃夫人之過"，亦遂以兩言而決也。因以辱相國、敗家聲為言，而夫人亦唯唯而就事焉。紅於是內召小姐，外召張生，與之訂婚於堂上，殆與毛先生左手持盤血，右手招十九人，相與歃血於堂下等。則張生與鶯鶯，殆亦所謂因人成事者哉！使紅娘而與三千人共處囊中，其為脱穎而出，當何如也？

第三折

[夫人長老上云] 今日送張生赴京，十里長亭，安排下筵席。我和長老先行，不見張生小姐來到。[潘旁] 便伏下"迍迍"、"快快"意。[容眉] 夫人，夫人！長老是同行不得的！[孫眉] 夫人，夫人！長老是同行不得的！[湯眉] 夫人，夫人！長老是同行不得的！[合眉] 長老是同行不得的！[旦、末、紅同上] [旦云] 今日送張生上朝取應，早是離人傷感，況值那暮秋天氣，[潘旁] 記時。好煩惱人也呵！悲歡聚散一杯酒，南北東西萬里程。[士眉] 此折敘離合情緒，客路景物，可稱辭曲中賦。[余眉] 此折敘離合情緒，客路景物，可稱辭曲中賦。[參徐眉] 驟然離別，那人堪此景況？[文眉] 此折敘離合情緒，客路景物，可稱詞曲中賦。[湯沈眉] 此折敘離合情緒，客路景物，可稱辭曲中賦。[魏眉] 驟然離別，那人堪此？

【正宮】【端正好】碧雲天，黃花地，西風緊，北雁南飛。曉來誰染霜林醉？總是離人淚。[士眉] 范希文詞：碧雲天，黃葉地。[余眉] 范希文詞：碧雲天，黃葉地。[繼眉]"碧雲"二句，范希文詞。[槐眉]"碧雲"二句，范希文詞。[起眉] 王曰："碧雲"、"黃花"、"西風"、"北雁"，聲聲色色之間，離離合合之情，便是一篇賦。縱著《離騷》卷中不得，亦自《陽關曲》以上。[田徐眉] 范希文詞"碧雲天，黃葉地"。易"花"字，平聲，從調耳。[新徐眉] 語語貼切"別"上。[陳眉] 點出秋景甚真。[張眉]《南西廂》"總"改"多管"，人以為虛摸較勝。殊不知論文法則彼固佳，若寫兒女子情，所見皆是實境，"總"正描其恨腸也。[湯沈眉] 本無"北"字。[合眉] 絕調！[峒眉] 一派秋聲。

【滾繡球】[湯沈旁] 一本無"我"字。恨相見①得遲，怨歸去②得疾。[起眉] 李曰："遲"字中便是恨，"疾"字中便是怨。著字著句，一段哽咽處，似喉中作關。柳絲長玉驄難繫，恨不倩疏林掛住斜暉。馬兒迍迍③的行，車兒快快的隨，[潘旁] 此崔張所以晚至也。卻告了相思迴避，破題兒又早別離。聽得道一聲去也，鬆了金釧；遙望見十里長亭，減了玉肌：[容旁] 妙！此恨誰知？[謝眉]"鬆金釧"、"減玉肌"，議論尤妙，曲盡本章大旨。[士眉] 李太白："恨不得掛長繩於青天，繫西飛之白日。"[余眉] 李太白："恨不得掛長繩於青天，繫西飛之白日。"[繼眉] 李太白《惜餘春賦》："恨不得掛長繩於青天，繫西飛之白日。"[槐眉]"破題兒"：乃展生之小□也。[容眉] 妙，妙！[畫徐眉]"迍迍行"，不向前途去，倒走回也。馬迍行，則車自然不向前去矣，正利"快快隨"，始稱鶯鶯之心也。馬是生騎，故欲其遲；車是崔坐，故欲其快。"破題兒"，起頭兒也。如云昨夜成親，卻纔迴避了相思，又早別離，相思纔起也。[田徐眉]"迍迍行"，不向前途去，倒走回也。馬迍行，則車自然不向前去矣，正利"快快隨"，始稱鶯鶯之心也。馬是生騎，故欲其遲；車是崔坐，故欲其快。"破題兒"，起頭兒也。如云昨夜成親，卻纔迴避了相思，又早別離，相思纔起也。[新徐眉]"迍迍行"，不向前途去，倒走回也，指生說。"快快隨"，指鶯說。而氣、而睡、而淚，一時思想俱到。[參徐眉] 此時張鶯真如生龜脫筒。[王夾]"疾"，叶精妻反；"運"，音允。[孫眉] 妙，妙！[文眉] 李太白辭云："恨不得掛長繩於青天，繫西飛之白日。"[凌眉]"迍迍"，即

---

① 湯沈本於"恨相見"前有"我"字。
② "歸去"：王本作"別去"，張本作"分別"。
③ "迍迍"：王本、廷本作"運運"；封本作"鈍鈍"；毛本作"慢慢"；潘本作"快快"。

馬遲人意懶也。舊本有作"逆逆"者，要亦不過遲意。徐從之，而解曰：不向前途去，而倒走回。亦只一霎耳，豈不煩牽轉而竟行耶？於義不通。然"迤"字平聲，調不合。王直改"運運"，未經見，不敢從。非"逆逆"，即"逗逗"，字形誤耳。[廷眉]"运运行"，不向前途去，倒走回也。馬逆行，則車自然不向前去矣，正利"快快隨"，始稱鶯鶯之心也。馬是生騎，故欲其遲；車是崔坐，故欲其快。"破題兒"，起頭兒也。如云昨夜成親，卻纔迴避了相思，又早別離，相思纔起也。[廷夾]"疾"，叶精妻反；"运"，音允。[張眉]"分別"，言兩分離，訛作"歸去"，張生方赴京，豈"歸去"可盡詞乎？"破題兒"，起頭也。"猛聽得"二句，俗以"了"字作正字，遂分作四句，非。[湯眉]妙，妙！[湯沈眉]"迤迤"，徐作"逆逆"，方作"運運"，俱未妥。"破題兒"，猶言起頭也，言方纔脫卻相思，今又增別離之恨也。[合眉]馬是張騎，故欲迤行而遲；車是崔坐，故欲快行而隨。"破題兒"，起頭兒也。昨夜成親，卻纔迴避了相思，又早別離，則相思纔起也。[封眉]"鈍鈍"，時本俱作"迤迤"；平聲，調不合。徐改"逆逆"，即空主人擬改"逗逗"，皆因字形誤之耳。[毛夾]"怨歸去"，歸京師也，時生寄居咸陽，故云。"慢慢行"，與"快快隨"對。馬在前，故行慢；車在後，故隨快。不欲離也。或作"運運行"、"快快隨"，"運"亦慢意，"快"便無理。"迴避"，謂告退。"破題"，謂起頭，言相思纔了，別離又起也。"聽得道"四句，雖對，然是轆轤語，言初聽一聲"去"，便已不堪，況將望見長亭耶？是可恨也。參釋曰：此折凡三截：首至【叨叨令】，將赴長亭時語；下"西風"至"長吁氣"，餞時語；"霎時間"至末，別時語。又參曰："碧云"二句，用范希文詞；"曉來"二句，用董詞。[潘夾]"迤迤行"，世本誤作"逆逆"，《易》曰"迤如邅如，乘馬班如"，義本此。"快快隨"，世本誤作"快快"，皆由誤書失之，遂傳訛愈遠。"迤迤"，不前也；"快快"，不快也。送別之舉，都非崔張意中事，故皆遲遲不前，而猶怨去得疾。從意態上寫出情來，並車馬亦無氣色。"妾乘油壁車，郎騎青驄馬。何處結同心？西陵松栢下"，與此意態，相去幾許？

[紅云] 姐姐今日怎麼不打扮？[旦云] 你那知我的心裏呵？

【叨叨令】見安排着車兒、馬兒，不由人熬熬煎煎的氣；有甚麼心情花兒、靨兒，打扮得嬌嬌滴滴的媚；準備着被兒、枕兒，則索昏昏沉沉的睡；從今後①衫兒、袖兒，都搵做重重疊疊的淚。[容眉]妙，妙！[孫眉]妙，妙！[湯眉]妙，妙！兀的不悶②殺人也麼哥！兀的不悶殺人

---

① "從今後"：張本作"一任那"。

② 此句和下句中兩"悶"字，張本、毛本俱作"閃"。

也麼哥！久^[湯沈旁]_{一作"今"。}已後①書兒、信兒，索與我②淒淒惶惶的寄。

[士眉] 連句用重疊字，便見情深。[余眉] 連句用重疊字，便見情深。[繼眉] "今已後"，坊本作"久已後"，非。[槐眉] "今已後"，坊本作"久已後"，非。[田徐眉] "書兒信兒"句，悲愴之極，言後即寄書與張，亦不免恓惶不堪。此對紅娘之詞，不可作望生語。[參徐眉] 心慵意懶，身心無處安排。[王夾] "靨"，叶益夜反。[陳眉] 無限離情，一一畫出。[劉眉] 無限離情，一一畫出。[文眉] 連句用重疊字，便見情深。"搵"，音穩。[廷夾] "靨"，叶益夜反。[張眉] 第一二三四句俱多一字。"一任那"猶言只得也，訛"從今後"，非。"閃"則"悶"繼之，兩用好。末句多二字。[湯沈眉] 連句用重疊字，俱是情深。"書兒"二句，此對紅之詞，非面生語。[合眉] 連用重疊字，都是情深。[魏眉] "靨"、"慪"，入聲。[峒眉] 無限離情，傷心撲鼻。[封眉] "則盼着"，時本多作"久已後"。此時是對紅傷感，非囑生也，大誤。[毛夾] 祇"安排着"一句，是已然準備着。"從今後"、"久已後"，俱是預擬。"索與我"，欲紅為我寄生也，逗後本寄贈意。今本作"索與他"，此恐誤解"與我"為寄己，而以意改竄，殊屬可恨。"閃"，勿作"悶"。[潘夾] "書兒信兒"句，非望張之詞，乃倩紅之詞。紅娘慣作書郵，故以此相屬。只恐此時渭北、江東，非紅鞭長所及。雙文一種癡情可想。

    [做到] [見夫人科] [夫人云] 張生和長老坐，小姐這壁坐，[湯沈眉] 如此分坐法，老夫人終始是提防之嫌。[合眉] 老娘沒趣甚！紅娘將酒來。張生，你向前來，是自家親眷，不要迴避。[合眉] 幾曾迴避？俺今日將鶯鶯與你，到京師休辱沒③了俺孩兒，[槐眉] "辜"，音姑。掙揣一個狀元回來者。[末云] 小生托夫人餘蔭，憑着胸中之才，視官如拾芥耳。[陳眉] 岳母面前説大話！[孫眉] 岳母面前説大話！[魏眉] 説大話！[峒眉] 説大話！[潔云] 夫人主見不差，張生不是落後的人。[參徐眉] 當如此慰夫人。[把酒了，坐] [旦長吁科]

【脱布衫】下西風黃葉紛飛，染寒煙衰草萋迷。酒席上斜簽着坐

---

① "久已後"：繼本作"今已後"；封本作"則盼着"。
② "索與我"：王本作"索與他"。
③ "辱沒"：槐本作"辜負"。

的①，蹙愁眉死臨侵地。[**士眉**] 此是發端，情緒便自淒然。[**余眉**] 此是發端，情緒便自淒然。[**畫徐眉**]"斜簽坐"，即簽坐不正。"死臨侵"，是方言，今南方亦有此語，即"死臨枕"也。"枕"字、"侵"字之語"地"，語助，方言。[**田徐眉**]"斜簽坐"，即簽坐不正。"死臨侵"，是方言，今南方亦有此語，即"死臨枕"也。"枕"字、"侵"字之語"地"，語助，方言。[**文眉**] 此是發端，情緒便自淒然。[**廷眉**]"斜簽坐"，即簽坐不正。"死臨侵"，是方言，今南方亦有此語，即"死臨枕"也。"枕"字、"侵"字之語"地"，語助，方言。[**湯沈眉**] 此是發端，情緒便自淒然。"臨侵"，語詞，方言也；"地"字即"的"字，亦助詞。[**合眉**] 發端處，情緒便覺淒然。"死臨"，死臨枕也；"地"，助語，乃方言。[**毛夾**]"酒席上斜簽着坐的"，指生。因生與本坐，故斜着也；"的"字妙，下句緊承此句。諸作"坐地"，雖不妨連韻，然費解矣。"臨侵"，語詞，《蕭淑蘭》劇"害得我病骨嵓嵓死臨侵"。[**潘夾**]"臨侵"，猶言逼近也；"地"，助語。俱方言。○"斜簽着坐"，此便是對面別離。何異黃公酒壚，視之雖近，邈若山河。

【小梁州】我見他閣淚汪汪不敢垂，恐怕人知；猛然見了把頭低，長吁氣，推②整素羅衣。[**謝眉**] 句句眞，字字緊。[**容眉**] 妙！[**新徐眉**] 兩人對面愁懷，苦當眾見，眞是□□□□。[**參徐眉**] 無限離情。[**孫眉**] 妙！[**張眉**]"覷"，睨視；"見"，正視。"我覷"、"彼見"正相照，寫彼此留情處，有無限波瀾，俗俱作"見"者，非。[**湯眉**] 妙！[**魏眉**] 無限離情，宛然如見。[**峒眉**] 無限離情，宛然如見。[**潘夾**] 雙文自言其怨，則曰"此恨誰知"；代張言愁，則曰"恐怕人知"。寫兒女英雄，各極其致。○"惟整素羅衣"，一"惟"字，寫得最無聊賴。世本誤作"推"字，悖謬之極！

【幺篇】雖然久後成佳配，奈時間怎不悲啼。意似癡，心如醉，昨宵今日，清減了小腰圍。[**繼眉**] 漢劉寬曰："任大責深，憂心如醉"。[**槐眉**]"心如醉"：後漢劉寬見帝，上令□□，寬於座間被酒睡狀。帝問："太尉醉邪？"寬對曰："不敢醉，任重責大，憂心如醉。"[**畫徐眉**] 一大枝中，並是平鋪好語，卻無甚警語。[**田徐眉**] 一大枝中，並是平鋪好語，卻無甚警語。[**文眉**] 漸漸緊，別離之情深也。[**凌眉**]"奈時間"，俗本作"那其間"，徐、王本作"這時節"，俱無味。[**廷眉**] 一大枝中，並是平鋪好語，卻無甚警語。[**湯沈眉**] 徐本"清減"上有"則是"二字，贅；此句與前"鬆釧減肌"重。[**毛夾**]"我見他"，頂前曲來，見其蹙愁眉也。"閣淚汪汪"以下，皆鶯自指。他已

① "坐的"：畫徐本、王本作"坐地"。
② "推"：潘本作"惟"。

攢眉，我將含淚也。或謂"閣淚"指生，則既愁眉又淚眼，復矣。"閣淚"句，見古詞。"見了"與"見他"，兩"見"字應。因見他而恐垂淚，故見畢而即低頭也。

[夫人云] 小姐把盞者！　　[紅遞酒，旦把盞長吁科云] 請吃酒！ [田徐旁] 傍人也斷腸。

【上小樓】 [張眉] 借用【中呂】。合歡未已，離愁相繼。想着俺前暮私情①，昨夜成親，今日別離。我諗 [湯沈旁] 一作"諗"。知這幾日相思滋味，卻原來 [湯沈旁] 一作"卻元來"。此別離情 [湯沈旁] 一本無"情"字。更增十倍②。 [田徐眉] 別離之苦，覺比相思更增十倍。番上"却告了相思□□（迴避）"③兩句意。[參徐眉] 細思細忖，心內成灰。[孫眉] □。[文眉] "諗"，音忍。[凌眉] "我諗知這幾日相思滋味"：三字二句，四字一句。【幺篇】同。王伯良以上三字作襯字，則本調實字缺。言別離情更甚於相思也。時本以"此"作"比"，是相思味重於別離情矣，失當下語意。一本無"此"字，亦可。[張眉] "向"字，即前折"月餘"語，且分別"夜"字。訛"暮"，非。[湯眉] 妙！[合眉] 幾日前惟不知滋味，故鶯鶯情事每從紅口摹出。今既知合味，更知離味矣。故此下紅不復道隻字。文章之極有針綫者。[封眉] "那幾日"，時本多誤作"這幾日"。即空主人曰："我諗知那幾日相思滋味"：三字二句，四字一句。【幺篇】同。王伯良以上二字作襯字，則本調實字缺。"這別離"，即空本作"此別離"，已非；余本作"比別離"，更誤。[潘夾] "別離情"，即相思也。"更增十倍"，以相思喻相思，以相思忘相思也。雖然相思是鳩情狂藥，別離是割愛慧刀，一纏一脫，其滋味又各不同。非善解者，不能立地剖斷耳。

【幺篇】年少呵輕遠別，情薄呵易棄擲。全不想腿兒相挨， [合旁] 和尚前說不得！臉兒相偎，手兒相攜。 [士眉] 上云"卻告了相思迴避"、"破題兒又早是別離"，此又轉深一層。[余眉] 上云"卻告了相思迴避"、"破題兒又早是別離"，此又轉深一層。[容眉] 和尚前說不得如此語。[畫徐眉] 俗而俗！[田徐眉] 俗而俗！[新徐眉] 歡愁之事，雜然踵至，難堪，難堪！[陳眉] 四語欠雅。[孫眉] 和尚前說不得如此語。[文眉] 上云"卻告了相思迴避"、"破題兒又早別離"，此又轉深一層。[湯眉] 和尚前說不得如此語。[魏眉] 語忒眞，

---

① 想着俺前暮私情：張本作"向私情"。

② "我諗知這幾日相思滋味"二句：王本作"我恰知那幾日相思滋味，誰想這別離情更增十倍"；湯沈本作"我恰知這幾日相思滋味，誰想這比別離情更增十倍"；封本作"我諗知那幾日相思滋味，卻原來這別離情更增十倍"。

③ 此處疑有缺字，括弧內文字乃據王驥德本所補。

覺不雅。［峒眉］語忒真，覺不雅。你與俺崔相國做女婿，妻榮夫貴，但得一個並頭

蓮，煞［湯沈旁］一作"煞"。強如狀元及第①。　［謝眉］即地生連理樹，水生並頭蓮。
［起眉］無名：一作"強如你狀元及第"，
不妥。［田徐眉］"並頭蓮"，同枕譚語也。［參徐眉］何用做官？［王夾］"擲"，叶
遲。［廷夾］"擲"，叶遲。［張眉］"崔相國"訛作襯字，非。［合眉］你娘卻是定要
狀元。［毛夾］"稔知"二語，較前"恰告了相思迴避"二語，又進一層，言別離之
難也。"年少"以下，又承"別離"來，言年少薄情，始多離棄，全不想我輩情深，
非是之比，不容離也。然且今必離者，得無謂與相國作婿，不招白衣，必夫榮妻貴而
後已耶？以我言之，但得並頭已足矣，何必爾爾也？此節從來誤解，致使鶯口中，突
作無理誇語，可笑已極。而陋者又復盱衡抵掌，謂從來妻以夫貴，而此則夫以妻貴。
嗟乎！哀家梨已蒸食久矣。參釋曰：此怨生將離也。"前夜"、"昨暮"總承"合歡"，
"今日"承"離愁"。"稔知"或作"恰知"，便淺矣。"卻元來"下，俗增"比"字，
不通。王伯良曰："並頭蓮"，同枕譚語也，《謝天香》劇"嚙又得這一夜並頭蓮"。
赤文曰：為相國婿，便夫榮妻貴，不惟作者無此陋詞，鶯亦定無此穢語。且通體轉
折，俱斷續不合，不知向來何以能耐此二語，不一體貼也？《西廂》詞，世人能誦而
不能解，其中多有未安處；經此論定，俱渙若冰釋。謂非此書之厚幸不可矣。文章有
神，千古文章，自當與千古才子神會。西河之降心為此，或亦作者有以陰啟之耳？

　　　　［夫人云］紅娘把盞者！　［紅把酒科］　［旦唱］

【滿庭芳】［張眉］借用【中呂】。供食太急，須臾對面，頃刻別離。若不是酒

席間子母每當迴避，有心待與他舉案齊眉。　　　　　［士眉］"舉案齊眉"，用梁
　　　　　　　　　　　　　　　　　　　　　　　　　鴻故事。［余眉］"舉案齊
眉"，用梁鴻故事。［繼眉］"舉案齊眉"，梁鴻事。［陳眉］不妨！［孫眉］不妨！
［文眉］形容鶯之極也。［湯沈眉］"他"字，一作"你"。［合眉］真，真！［魏眉］
不妨！［峒眉］不妨！［潘夾］頃刻別離，於怨別中復怨別也。長亭，別地也；長亭
中供食，別筵也；望見長亭，而即恨不復是西廂也；供食太急，而愈恨又不得久戀長
亭也。賈島云："無端更渡桑乾水，卻望并州是故鄉。"雖然是②廝守得一時半
吾為襲其句曰："須臾又別長亭去，卻望長亭是故鄉。"

刻，也合着俺夫妻每共桌而食。［起眉］無名：今本無"每"字。眼底空留意③，尋

思起就裏，險化做望夫石。　　［繼眉］"風流意"，今本作"空留意"。［槐眉］
"望夫石"：古傳云：昔貞婦，其夫從□遠赴，因

---

　① "煞強如狀元及第"句：起本無"煞"字。"煞強如"，湯沈本作"索強似"。
　② "雖然是"：王本作"俺則"；張本作"算則"。潘本此下作"【么】"。
　③ "空留意"：繼本、起本、文本作"風流意"；畫徐本作"淒涼意"。

□攜弱子送至此山，□望其夫而化為石，因為名山。詩曰："山頭怪石古人妻，翹首巍巍望隴西。雲鬟不梳新樣髻，月鈎猶掛舊時眉。衣衫歲久成苔蘚，脂粉年深墜土泥。妾意自從君去後，一番風雨一番啼。"[起眉] 無名："風流意"下接"尋思"句，是尋思舊日風流，何等蘊藉！而今本多作"空留意"者，何哉？[畫徐眉]"廝守得"二句，因夫人着"生和長老坐，小姐這壁坐"而言，亦怨詞也，便是一刻也不欲相隔。[田徐眉]"廝守得"二句，因夫人着"生和長老坐，小姐這壁坐"而言，亦怨詞也，便是一刻也不欲相隔。[新徐眉] 怒而怨。[參徐眉] 分明肯拼死，不肯分離。[王夾]"空留"，一作"風流"；"急"，叶幾；"刻"，叶康里反；"食"、"石"，俱叶繩知反。

[文眉]"風流意"下接"尋思"句，是尋思舊日風流，何等蘊藉！而今本多作"空留意"者，何哉？[凌眉]"雖然"以下，俗本作【幺篇】，非也。【滿庭芳】本調如此。

[廷眉]"廝守得"二句，因夫人着"生和長老坐，小姐這壁坐"而言，亦怨詞也，便是一刻也不欲相隔。[廷夾]"空留"，一作"風流"；"急"，叶幾；"刻"，康里反；"食"、"石"，俱叶繩知反。[張眉]"算則"句，言只好守得頃刻，如何不教一處坐起也。"空留"，訛"風流"，非。[湯沈眉]"廝守"二句，因夫人着生、鶯分坐而言，亦怨詞也。"空留意"，徐作"風流意"，似與上文語不蒙。[魏眉] 尋思舊日風流。[峒眉] 尋思舊日風流。[封眉] 即空主人曰："雖然"以下，俗本作【幺篇】，非也。

【滿庭芳】本調如此。"空留意"，俗本作"風流意"，謬。[毛夾] 以催紅把盞，故云"供食"何"太急"也。我聚首衹"須臾"耳，勿急也。且此須臾中，若非隔席，雖舉案齊眉亦得也，自可勿煩紅也。且此聚首雖須臾，豈宜隔席也？空留眼底，徐思就中焉得不速化也？二曲多少轉折。俗本以"雖然是廝守得"以下作【幺】，與調不合；"空留"，作"風流"，亦謬。[潘夾]"迴避"，言子母同席，凡事皆當避忌。不則我與他，當曲盡夫妻之情也。言母親當面，不便通其殷勤；共桌而食，又打進一□（層）。

　　　　　　[紅云] 姐姐不曾吃早飯，飲一口兒湯水。[旦云] 紅娘，甚麼湯水嚥得下！

[毛夾] 諸本以"紅娘把盞"白移此，以此白移【滿庭芳】曲前，則曲白不接。"舉案齊眉"正承"把盞"，"泥滋土氣"緊接"勸食"，文理瞭然。且紅繼鶯把盞，前有成例，不宜間隔。原本之妙，每如此。

【快活三】[張眉] 借用【中呂】。將來的酒共食，[士旁]"將酒食"兩字，帶映離愁分數。[余旁]"將酒食"兩字，帶映離愁分數。嘗着似土和泥。[繼眉]"將酒食"二字，映帶離愁分數。假若便是土和泥，也有些土氣息，泥滋味①。[士眉] 此處哀而近傷，然自是體驗中語。[余眉] 此處哀而近傷，然自是體驗中語。[容眉] 淡絕，妙，妙！[新徐眉]

────────────

① "土氣息，泥滋味"：張本作"土氣泥滋味"。

心不存焉，舌不存焉。〔陳眉〕話頭甚有意味！〔孫眉〕話頭甚有意味！〔淩眉〕此正形容別情，當行至語。舊有譏其哀而近傷者，非説夢耶？〔張眉〕"氣"下多"息"字，非。〔湯眉〕淡絕，妙，妙！〔湯沈眉〕此曲見飲不得別酒之意。〔合眉〕相思滋味都省得了。〔魏眉〕淡味妙絕！〔潘夾〕幾日飽飫了相思滋味，自然別樣滋味都忘了。但不知此種滋味，是甘是

苦，與土泥相去幾許？

【朝天子】〔張眉〕借用【中呂】。暖溶溶玉醅，〔湯沈旁〕音不。白泠泠似水，多半是相

思淚。眼面前茶飯怕不待要吃，恨塞滿愁腸胃。〔繼眉〕范希文詞：酒入愁腸，化作相思淚。〔畫徐眉〕"玉醅"，酒也。俗本作"玉杯"，與"白泠泠似水"句不應。玉質溫，故冬不凍；況別有一種暖玉。〔田徐眉〕"玉醅"，酒也。俗本作"玉杯"，與"白泠泠似水"句不應。玉質溫，故冬不凍；況別有一種暖玉。〔文眉〕"塞"，音色。〔廷眉〕"玉醅"，酒也。俗本作"玉杯"，與"白泠泠似水"句不應。玉質溫，故冬不凍；況別有一種暖玉。〔湯沈眉〕"玉醅"，酒也。俗本作"玉杯"，與"白泠泠"句不應。〔峒眉〕都被相思味奪了。〔封眉〕"醅"，俗本多誤作"杯"。"怕不待"，方言。

"蝸角虛名，蠅頭微利"，拆鴛鴦在兩下裏。〔士旁〕鴛鴦與蝸角、蠅頭相關。〔余旁〕鴛鴦與蝸角、蠅頭相關。〔謝眉〕鴛鴦與蝸角、蠅頭相關。〔繼眉〕鴛鴦與蝸角、蠅頭作類。"拆"，音跐。〔魏眉〕虛名微利，誤人不少。〔峒眉〕虛名微利，誤人不少。

個這壁，一個那壁，一遞一聲長吁氣。〔起眉〕無名：一本："鴛鴦"下無"在"字；"個"字兩接"在"字。〔新徐眉〕名利之子點醒着！〔參徐眉〕名利誤人不少。〔王夾〕"醅"，音坏，筍作"杯"；"喫"，叶恥；"壁"，叶比。〔文眉〕"遞"，音地。〔廷夾〕"醅"，音坏，筍作"杯"；"喫"，叶恥；"壁"，叶比。〔毛夾〕二曲多用董詞。怕不待吃，言莫不將要吃也，是反語，如《虎頭牌》劇"你可向這裏問，你莫不待替吃"一例。"那壁"、"這壁"，又點清"斜簽坐的"，與【滿庭芳】曲暗相呼應。參釋曰：東坡詞"蝸角虛名，蠅頭微利，算來着甚乾忙"。〔潘夾〕酒是淚成，腸因愁飽，這等滋味，不是玉食錦香中人所辦。崔張將來，只當家常茶飯。《鴻烈解》曰：食氣者，神明而壽。崔張食愁得度，可登離恨界神仙。

〔夫人云〕輀起車兒，俺先回去，小姐隨後和紅娘來。〔下〕

〔合眉〕纔是知趣的老娘！〔末辭潔科〕〔潔云〕此一行別無話兒，貧僧準備買登科錄看，〔潘旁〕勢利法門。做親的茶飯少不得貧僧的。〔陳眉〕也該討些，補洗庵門。〔孫眉〕也該討些，補洗庵門。〔劉眉〕也該討補饒，洗庵門。先生在意，鞍馬上保重者！從今經懺無心禮，專聽春

雷第一聲。〔下〕　〔容眉〕和尚也知趣!　〔新徐眉〕這長老大好地主之情。
〔參徐眉〕知趣和尚!　〔孫眉〕和尚也知趣!　〔湯眉〕和尚也

知趣!　〔魏眉〕知趣和
尚!　〔峒眉〕知趣和尚!　〔旦唱〕

【四邊靜】　〔起眉〕無名:此枝今本盡作生唱,豈有張生不知鶯鶯宿
在那裏之理? 第十六折鶯唱"他何處困歇",是明驗也。　霎時間杯

盤狼籍，車兒投東，馬兒向西，兩意徘徊，落日山橫翠。〔畫徐眉〕"落日"句,
言晚景遮隔。〔田徐眉〕"落日"句,言晚景遮隔。〔廷眉〕"落
日"句,言晚景遮隔。〔張眉〕第二句多一字。第四句多一字。　知他①今宵宿在

那裏? 有夢也難尋覓。　〔士旁〕先埋下"草橋"根子。〔繼眉〕"知他"二句,
先埋下"草橋"根子。〔參徐眉〕當向夢中尋覓。

〔王夾〕"籍",借叶濟;"覓",叶米,去聲。〔文眉〕"今宵宿在那,有夢也難尋覓",
因此二句方增出《草橋夢》來。〔廷夾〕"籍",借叶濟;"覓",叶米,去聲。〔湯沈眉〕
"落日"句,言晚景遮隔,故夢難尋,此中意最微,又伏下《草橋驚夢》張本。妙,
妙!〔合眉〕便埋着《驚夢》一段。〔封眉〕"兩意",時本多作"兩處";"知你",
時本多作"知他"。誤。〔毛夾〕"車兒投東,馬兒向西"二句,出董詞。與前"馬兒
慢慢行,車兒快快隨",後"據鞍上馬,懶上車兒",俱相應。"有夢難尋覓",帶逗
後折。〔潘夾〕此處
將"夢"字一逗。

張生，此一行得官不得官，疾便回來。〔末云〕小生這一去白奪
一個狀元，正是"青霄有路終須到，金榜無名誓不歸"。　〔容夾〕蠢蟲,
不知趣極了!

〔新徐眉〕可以不介而合,兩個痛□薄倖。〔陳眉〕不離酸味。〔孫眉〕蠢蟲,不
知趣極了!〔湯眉〕蠢蟲,不知趣極了!〔合眉〕不識趣的蠢蟲!〔魏眉〕蠢子,
不知趣極矣!〔峒眉〕　〔旦云〕君行別無所謂，口占一絕，為君送行:
蠢子,不知趣極了!

"棄擲今何在②，當時且自親。還將舊來意，憐取眼前人。"　〔封眉〕"何
道",時本多

誤作"何
在"。　〔末云〕小姐之意差矣，張珙更敢憐誰? 謹賡一絕，　〔文眉〕
"賡",
音
庚。以剖寸心:"人生長遠別，孰與最關親? 不遇知音者，誰憐長歎

———————

①　"知他":封本作"知你"。
②　"何在":封本作"何道"。

人?"〔旦唱〕

【耍孩兒】〔張眉〕借用〔般涉調〕。淋漓襟袖啼紅淚，比司馬青衫更濕。伯勞東去燕西飛，未登程先問歸期。〔槐眉〕"紅淚"：魏文帝美人入京，別父母，淚下沾襟。升車就路，淚紅色。及至京師，凝如血。〔畫徐眉〕"先問歸期"，夫婦分別，真切景句。〔田徐眉〕"先問歸期"，夫婦分別，真切景句。〔文眉〕嗟歎別離情由。〔廷眉〕"先問歸期"，夫婦分別，真切景句。〔湯沈眉〕"先問歸期"，夫婦分別真切語。〔合眉〕"先問歸期"，是夫婦分別真切意。雖然眼底人千里，且盡生前①酒一杯。〔謝眉〕又翻司馬案。〔繼眉〕"司馬"句，翻案用事。"且盡生前酒一杯"，韓愈詩。〔起眉〕無名："生"，一作"身"。〔參徐眉〕飲真難下嗌。〔張眉〕"尊"，訛"生"，不通。〔魏眉〕情亦淒然〔峒眉〕情亦淒然。〔封眉〕"尊前"，時本多誤作"生前"。未飲心先醉，眼中流血，心內成灰。〔士眉〕眼中流血，心裏成灰，亦商人故事。〔余眉〕眼中流血，心裏成灰，亦商人故事。〔新徐眉〕已曾從西洛來，此但夫妻喁喁之言，不堪多聽。〔參徐眉〕"悲莫悲兮生別離"，正於此看出。〔王夾〕"濕"，叶世，上聲；"中"，古作"將"；"內"，古作"已"。〔孫眉〕妙絕！〔廷夾〕"內"，古作已"。〔湯沈眉〕"眼中"二句，俗注以商人事為證，可笑！〔潘夾〕此言當下兩分情事。

【五煞】到京師服水土，趁程途節飲食，順時自保揣身體。荒村雨露宜眠早，野店風霜②要起遲！鞍馬秋風裏，最難調護，最③要扶持。〔容眉〕妙，妙！〔畫徐眉〕客邊最着緊事，數言盡矣。〔田徐眉〕客邊最着緊事，數言盡矣。如此囑咐，月下之情也。〔王夾〕"揣"，平聲。〔陳眉〕江湖要訣，曲妙！〔孫眉〕□□□□，分別真切。〔文眉〕囑咐程途調攝。〔廷夾〕"揣"，平聲。〔張眉〕"最難"、"須要"，極有商量；訛兩"最"字，非。〔湯眉〕妙，妙！〔湯沈眉〕客邊最着緊事。〔合眉〕客邊最着緊事，數言盡矣。〔魏眉〕真切！〔峒眉〕江湖要訣，曲妙！〔封眉〕"星霜"，時本多作"風霜"。〔潘夾〕此言張前途情事。

【四煞】這憂愁訴與誰? 相思只自知，老天不管人憔悴。〔士眉〕此下多可人

---

① "生前"：張本、封本作"尊前"。
② "風霜"：封本作"星霜"。
③ "最"：張本作"須"。

唐律。[**余眉**] 此 淚添九曲黃河溢，[**湯沈旁**] 恨壓三峰華嶽低。[**容眉**]
下多可入唐律。 叶溢。 妙！

[**湯眉**] 到晚來悶①[**湯沈旁**] 一作"怕"，把西樓倚，[**槐眉**] "九曲黃河"：原
妙！ 徐本作"定"。 在昆侖山，佰一千里，一
直一曲，直□石至龍門，共九曲。其長九千里，入於海。水皆黃色，因名焉。[**起眉**]
無名："悶"，一作"怕"，似妥。"添"，或作"填"，非。[**田徐眉**] "定"字未然之
詞。金本不審，改作"悶"字，便頭巾耳。[**文眉**] "華嶽"，即西華山，頂有三峰，
名曰蓮花峰、玉女峰、松檜峰。[**凌眉**] 徐改"悶把"為"定把"，而王大譏"悶"
字，然舊本無作"定"字者。[**封眉**] 徐改"悶 見了些②夕陽古道，衰柳長
把"為"定把"，而王大譏"悶"字，蓋不可解。

堤。 [**新徐眉**] 孤樓景、蕭瑟景，一一如見。[**王夾**] "溢"，叶異。[**陳眉**] 描寫光
景入畫。妙！[**孫眉**] 描寫光景入畫。妙！[**劉眉**] 描寫光景入畫。[**廷夾**] "溢"，
叶異。[**張眉**] "怎見那"，言不忍看也；訛"見了些"，有何意味？[**湯沈眉**] 此下多
可入唐律。[**合眉**] 只見些古道、長堤，也不妨得。[**魏眉**] 寫思遠人，光景入畫。
[**峒眉**] 描寫光景入畫。[**潘夾**]
此崔自言歸後情事。

【三煞】笑吟吟③一處來，哭啼啼獨自歸。[**起眉**] 無名："鬆金釧，減
玉肌"，那得"笑吟吟"？亦
是《記》中微疵。[**文眉**] "鬆金釧，減玉肌"，那得"笑吟吟"？亦是《記》中微疵。
[**湯沈眉**] "鬆金釧，減玉肌"，那得"笑吟吟"？亦是《記》中微疵。[**合眉**] "鬆金
釧，減玉肌"，那得"笑吟吟"？此亦曲中微疵。[**魏眉**] "鬆金釧，減玉肌"，那得
"笑吟吟"？亦作者失檢。[**峒眉**] "鬆金釧，減玉肌"，那得"笑吟吟"，亦作者失檢。
[**封眉**] "悶懨懨"，時本誤作"笑吟吟"。湯若士 歸家若到羅幃裏，昨宵個
曰："鬆金釧，減玉肌"，那得"笑吟吟"也？

繡衾香暖留春住，今夜個翠被生寒有夢知。留戀你別無意④，見據
鞍上馬，閣⑤[**湯沈旁**] 不住淚眼愁眉。[**容眉**] 妙！[**起眉**] 無名："別"，
　　　　一作"各"。 今有作"非"者，是削圓方竹杖類
也。"閣不住"三字，一本只以一"各"字代之，亦佳。[**畫徐眉**] 俗本改"因無計"
為"別無意"，改"各"為"閣不住"，謬甚。鶯與生，尚豈有別無意之話耶？"別無
意"成何語？各淚眼，言彼此皆淚，所以然者，正因留戀無計也。[**田徐眉**] 俗本改
"因無計"為"別無意"，改"各"為"閣不住"，謬甚。鶯與生，尚豈有別無意之話

---

① "悶"：畫徐本、王本作"定"。
② "見了些"：張本作"怎見那"。
③ "笑吟吟"：封本作"悶懨懨"。
④ "別無意"：畫徐本作"因無計"；王本、廷本、毛本作"應無計"。
⑤ "閣"：畫徐本、王本、廷本、毛本作"各"。

耶？"別無意"成何語？各淚眼，言彼此皆淚，所以然者，正因留戀無計也。[**參徐眉**]
丟得人可憐見。[**孫眉**] 妙！[**凌眉**] 徐改"別無意"為"因無計"，王引董詞作"應
無計"；"閣不住淚眼"為"各淚眼"。意俱佳。[**廷眉**] 俗本改"應無計"為"別無
意"，改"各"為"閣不住"，謬甚。鶯與生，尚豈有別無意之話耶？"別無意"成何
語？各淚眼，言彼此皆淚，所以然者，正因留戀無計也。[**湯眉**] 妙！[**封眉**] "留戀"
三句，總言不能割捨，無他囑也。詞意甚明。徐改為"因無計"，王作"應無計"；
"閣不住淚眼"皆作"各淚眼"。即空主人謂：意俱佳。語云：有逐臭之夫，信哉！
[**潘夾**] 此又將當下兩分去後獨自情事，合併敘一翻。○"夢"字又作一逗，皆結上
起下之詞。然此二處俱用暗伏，後白中
"夢相隨"則直用顯接矣，此緊一步法。

　　　　[末云] 有甚言語囑咐小生咱？[旦唱]

[**陳眉**] 盟訂分袂，曉得，
記得。[**劉眉**] 盟訂分袂，

曉得，
記得。

【二煞】你休憂"文齊福不齊"，我則怕你"停妻再娶妻"。休
要"一春魚雁無消息"！[**湯沈旁**] 叶洗。[**湯沈旁**] 秦少游詞。[**士眉**] 秦
少游詞：一春魚雁無消息。[**余眉**] 秦少游詞：一春
魚雁無消息。[**文眉**] 我這裏青鸞有信頻須寄①，你卻休"金榜無名
一春魚雁，出秦少游詞。
誓不歸"。此一節君須記，若見了那異鄉花草，再休似此處棲
遲。[**謝眉**] 前後緊關"不落空"。[**槐眉**] 崔鶯鶯□□，生見□□列榜，□□金榜，
次銀榜，小官□□。[**容眉**] 妙！[**田徐眉**] "金榜"句，應前白語。可一不可
二，此婦人嫉妒之心也。[**新徐眉**] 春闈女子，名心絕輕，何況鶯鶯之貴介乎？[**參徐眉**]
光景逼真，令人若有所失。[**王夾**] "息"，叶洗。[**孫眉**] 更有意，輒於張生。[**廷夾**]
"息"，叶洗。[**張眉**] "再休似"，言切莫再如此處云云；訛"再休題"，非。[**湯眉**]
妙！[**合眉**] 不問及，幾乎忘卻這段心事。[**魏眉**] 光景逼真！[**峒眉**] 光景偪真！
[**封眉**] "修"，時本多誤作"須寄"。[**潘夾**]
此又將張到京師後情事，囑咐一番。

　　　　[末云] 再誰似小姐？小生又生此念②？

[**孫眉**] 妙不容言！[**封眉**]
時本作鶯紅下後而生方行，

——————————

①　"須寄"：封本作"修寄"。
②　"[末云]再誰似小姐"一段：封本作："[生云]再誰似小姐？小生又生此
念？小姐放心，小生就此拜別。淚隨流水急，愁逐野雲飛。[下]"潘本作："[生]
再有誰似小姐的？敢生此念？小姐放心，小生就此拜別。忍淚佯低面，含情半斂眉。
[鶯]不知魂已斷，空有夢相隨。[生下]"

誤。[潘夾] 惟有夢相隨，全啓下文也。前云"尋覓"，此云"相隨"，[旦唱]
便生出下"走荒郊曠野"至"今宵酒醒何處也"四大套曲來。

【一煞】青山隔送①行，[張眉]"遠"，訛"送"，非。疏林不做美，淡煙暮靄相遮蔽。夕陽古道無人語，禾黍秋風聽馬嘶。我為甚麼懶上車兒內，來時甚急，去後何遲？[畫徐眉] 妙！[田徐眉] 重前。[陳眉] 畫，畫！[孫眉] 畫！[劉眉] 畫！[文眉]"嘶"，音西。[合眉] 景物亦被他埋怨煞。[魏眉] 妙不容言！[峒眉] 曲盡人情。[毛夾] 諸曲皆絕妙好詞也。層見錯出，有緒無緒，俱臻妙境。"未飲心先醉"、"留戀應無計"諸句，並用董詞。"一春魚雁無消息"，用秦少游詞。"金榜無名誓不歸"，應賓白。"各淚眼愁眉"，指生與己也；俗作"閣不住"，則與"愁眉"有礙矣。"來時甚急"，承"車兒快快隨"言；"去後何遲"，從"懶上車兒內"作一逆問，直起下曲"大小車兒如何載得起"句。此元詞暗度金鍼之法，從來誤解。屏侯曰：若"去後何遲"作"恨歸去遲"解，於義不合；今作逆問意，則"甚急""甚"字即作"因甚"之"甚"，亦得；但下曲只答得"去後"一句耳。[潘夾]"秋風聽馬嘶"，張猶在聲中；"一鞭殘照裏"，張猶在望中。其實張去已遠，崔止設之意中耳。〇來時"迢迢"、"快快"，猶怨去疾，雖遲，以為急也；去後獨行無聊，雖急，以為遲也。俱用反說，以應前文。

[紅云] 夫人去好一會，姐姐，嗏家去！[旦唱]

【收尾】四圍山色中，一鞭殘照裏。遍人間煩惱填胸臆，量這些大小車兒如何載得起？[士眉]"大"字宜略讀。[余眉]"大"字宜略讀。[起眉] 李曰：前云"見安排着車兒馬兒"，煞尾又番云"煩惱填胸臆，這些大小車兒如何載得起"，令人遠行者讀之，思量不得處。[畫徐眉] 邵康節謂程明道兄弟"大小聰明"。凡以"大小"作"多少"者，見他書盡有。"這大小車兒"，言眼前所見之車，能有多少，而載得許多離愁耶？即"太平車端的有十餘載"之意。[田徐眉] 邵康節謂程明道兄弟"大小聰明"。凡以"大小"作"多少"者，見他書盡有。"這大小車兒"，言眼前所見之車，能有多少，而載得許多離愁耶？即"太平車端的有十餘載"之意。[新徐眉] □□絕□。[參徐眉] 前日相思，今日別離，一天愁緒難掩。[王夾]"臆"，叶意。[孫眉] 描畫□□。[文眉]"填"，音田。[凌眉]"這些大小"，言不多大小也，非如舊解"大"字略讀，詳見《解證》。[廷眉] 河南言"大小"猶言"多少"也，邵康節謂程明道兄弟"大小聰明"。凡以"大小"作"多少"者，見他書盡有。"這大小車兒"，言眼前所見之車，能有多少而載得許多離愁耶？即"太平車端的有十餘載"之意。[廷夾]"臆"，叶意。[湯沈眉]"大小"，北人鄉語，謂多少。鶯自謂己之離愁無可比擬，故舉目所見

---

① "送"：張本作"遠"。

之車，能有多少而載得許多耶！非眞“大小”之謂。[**合眉**] 言眼前所見之車，能有
多少，如何載得許多離愁？[**封眉**] 即空主人曰：“些大小”，言不多大小也。元人有
“些娘大些個”，“大”皆言“小”。舊解為隨行大小之車，誤。[**毛夾**] 此緊承上曲，
言四山如圍，一鞭已遠，塞滿人間煩惱矣。是車有多少堪載此耶？所以“遲遲”，所
以“懶上”也。王伯良曰：“大小”猶“多少”，《藍采和》劇“出來的倄大小年紀”，
大抵北人鄉語盡然。如邵康節稱程明道兄弟“大小聰明”是也。俗本於“這”字下
添一“些”字，謂這些大的小車兒，鄙拙可笑。參釋曰：結句與李易安詞“只恐雙
溪舴艋舟，載不動，許多愁”意同。[**潘夾**]“這大”二字下稍頓，言這們大的小車
兒，如何載得這樣煩惱？凡方言甚小的，多以大字襯說，非並言“大小”也。前言
“打算半年愁”，是平素積漸的，甚言其多，故大車也有十餘載。此言“徧人間煩惱”，
是一時塡滿的，甚言其重，故小車如何載
得起？其意各有巧會，作一樣解不得。

　　　　[旦、紅下] [末云] 僕童趕早行一程兒，早尋個宿處。淚隨流
　　水急，愁逐野雲飛。[下]

[**容尾**] 總批：描寫盡情。

[**新徐尾**] 總批：日暮鄉關何處是？煙波江上使人愁。

[**王尾·注一十九條**]

【**端正好**】：范希文詞“碧雲天，黃葉地”。“葉”字易“花”字，平
聲，從調耳。（董詞“君不見滿川紅葉，盡是離人眼中血”。）

【**滾繡球**】：徐本“怨別去的疾”，諸本作“歸去”，似“別”字勝。
“运运”，音隁隁，緩行之意，北人鄉語也；亦見字書。張生之馬，有逡
巡留戀之意，故曰“运运”；鶯鶯之車，有倥傯趁逐之意，故曰“快
快”①。舊、諸本或作“逆逆”，或作“迊迊”，或作“慢慢”；下“快
快”，或作“快快”，或作“慢慢”。“逆逆”語既不通，“迊”字本音平
聲，“慢慢”復傷俚鄙。上既云“运运”，則下當以“快快”為對；蓋
“逆逆”、“迊迊”、“快快”，皆字形相近之誤，今直改正。“破題兒”，猶
言起頭也。言昨夜成親，恰纔迴避得個相思，今又增個別離之恨也。徐
云：“鬆釧”二句，與聽琴折“一字字更長漏永”二句，俱傷過狠。

【**叨叨令**】：（董詞“衫袖上盈盈搵淚不絕”。）“書兒信兒”句，悲愴
之極，言日後即寄書與張，亦不免恓惶不堪也。詞隱生謂：望張生寄書

① [**王眉**] 字義暸然，一洗魯魚之障。

與己。不知此對紅娘之詞，非面生語；且云望生，則與上文語氣全不相接。又，古本元作"索與他"，"他"字明指張生，今本訛作"我"，不足憑也。

【脫布衫】："簽"，朱本作"斂"；"斜簽着坐"，傷離恨別，坐不能正也。"臨侵"，語詞。（《蕭淑蘭》劇"害得我瘦骨岩岩死臨侵"。）（關漢卿《望鄉亭中秋切鱠旦》劇"可怎生獨自個死臨侵地"。）兩"地"字皆助詞，然重用殊疵。徐云：上"地"字當刪去。（《玉鏡臺》劇"我幾曾穩穩安安坐地"。）則"坐地"系現成口語，似不可去。金本作"坐的"，亦後人避"地"而強易之者，然似不成語耳。

【小梁州】：古詞"尊前只恐傷郎意，閣淚汪汪不敢垂"。"閣淚汪汪"，鶯指己言，恐人之知，故閣淚而不敢垂。偶然被人看見，故把頭低，而推整素羅衣也。

【幺】："清減了小腰圍"，與前"鬆釧"、"減肌"重。

【上小樓】："前夜私情"，指未成親時言。我恰知相思滋味之苦，今別離之苦，覺比相思更增十倍也。番上"恰告了相思迴避"兩句意，俗本作"比別離情更增十倍"，謬。

【幺】：惟年少，所以輕遠別；惟情薄，所以易拋擲。"全不想"三句，俚而率，大不成語。此怨張生之重功名而輕別離，言你為相國女婿，便是夫榮妻貴了，但得長相守，為並頭之蓮足矣，何必狀元及第，而去應舉為耶！"並頭蓮"，同枕譚語也。（關漢卿《謝天香》劇"嗏又得這一夜並頭蓮"。）

【滿庭芳】：此調俗本自"俺則廝守得一時半刻"以下，作【幺篇】，非。此怨夫人令己與張生異席，而不得親近之詞。"供食太急"，以紅娘勸飲口湯水，言不要趕急，我與生不過須臾聚首也。"眼底空留意"，古本作"風流意"。徐云：言前日風流況味，只在眼前，今便如此間隔，如此別離，尋思到此，幾於化石也。然與上文語不蒙，意亦稍遠，不若從今本，謂面前間隔如此，即今日席間便幾化石，為妥耳。

【快活三】：（董詞"喫下酒，沒滋味，似泥土"。）

【朝天子】："玉醅"，古本作"玉杯"。詞隱生云：玉醅勝。古詞：莫恨銀瓶酒盡，但將妾淚添杯。（董詞"一盞酒裏，白泠泠的滴殼半盞來淚"。)"茶飯"勿斷。"怕不待喫",徐云:只是"不喫"二字。蘇子瞻詞"蝸角虛名,蠅頭微利,算來着甚乾忙?""一遞一聲",謂己與張生也。

【四邊靜】:(董詞"頭西下控着馬,東回馭坐車兒")較拙。又("馬兒向西行,車兒往東拽"。)故不如"車兒投東,馬兒向西",語簡而俊也。"有夢也難尋覓"①,朱本作"有夢兒尋覓",亦通。

【耍孩兒】:(董詞"我郎休怪強牽衣,問你西行幾日歸?")又("未飲心先醉"。)古本"眼將流血,心已成灰",似不如從今本為妥。二語虛說。俗注以商人事為證,可笑。

【五煞】:"順時自保揣身體",言須揣其身之勞苦,而因時保護之也。然語殊拙。

【四煞】:"老天不管人憔悴",及下"淚添九曲黃河溢"二句,俱屬欠雅。徐云:黃河、華山,並張之去所經山水,故引之耶。不爾,似涉泛。"到晚來定把西樓倚"②,俗本改作"悶把";正可與"一方明月可中庭",改作"滿中庭"作對。

【三煞】:(董詞"離筵已散,再留戀,應無計"。)"各淚眼愁眉",指己與張生,欲留戀而無計可留,所以當據鞍上馬,而各淚眼愁眉也。俗本作"閣",非。

【二煞】:"金榜無名誓不歸",應前白語。秦少游詞"一春魚雁無消息,千里關山勞夢魂"。(董詞"囑咐情郎,若到帝里,帝里酒釅花穠,萬般景媚,休取次共別人便學連理"。)

【一煞】:送來之時,不覺其速;歸去之後,卻恨其遲。又與前"恨相見得遲,怨別去得疾",及"車兒运运行,馬兒快快隨"翻案。"夕陽古道",重前。

【收尾】:"大小",北人鄉語謂"多少"。詞隱生云:猶言偌大也。徐云:宋儒語錄多用之。邵康節謂程明道兄弟"大小聰明"。(董詞"大小身心,時下打疊不過"。)又("悶打孩地倚着窗臺兒盹,你尋思大小鬱

① [王眉]"夢也"作去上,妙!
② [王眉]"定"字,未然之詞;含畜不盡。作"悶"字,便頭巾矣。

閟"。）又（《藍采和》劇"出來的偌大小年紀"。）又（馬東籬《薦福碑》劇"他那年紀兒是大小"。）可證①。俗本卻改云"量着這些大小車兒"，而釋之者於"大"字下一斷，謂這些大的小車兒如何載得起，以為獨得之見。俗士復群然賞之。毋論元本元意元不如此；即如此作句，寧得成語也！蓋鶯從荒郊眾旅中，見往來之車甚多，其形容己之離愁，無可比擬，故言舉目之間，量着這多少車兒，可載得起耶！非真"大小"之謂也。

[陳尾] 日暮鄉關何處是？煙波江上使人愁。

[孫尾] 日暮關鄉何處是？煙波江上使人愁。

[劉尾] 日暮關鄉何處是？煙波江上使人愁。

[湯眉] 總批：描寫盡情。

[合尾] 湯若士總評：丈夫面目，兒女肝腸，描摹不漏針芥，自是神手。李卓吾總評：盡情描寫，故描寫盡情。徐文長總評：樂極則悲，萬事盡然。

[魏尾] 總批：日暮關鄉何處是？煙波江上使人愁。

[峒尾] 批：日暮關鄉何處是？煙波江上使人愁。

[潘尾·說意]《送別》一篇，可謂深於言別矣，而仍有若非詞之所得盡者。如未到長亭之前，有向前不得處，如【端正好】、【滾繡毬】、【叨叨令】三闋之棲棲於馬後車前，而不能盡其詞者也。既到長亭之後，有蹲坐不得處，如【脫布衫】、【小梁州】、【上小樓】、【滿庭芳】、【快活三】、【朝天子】、【四邊靜】諸闋之耿耿於把酒供食，而不能盡其詞者也。臨別長亭之時，有歸去不得處，此【耍孩兒】五闋之惓惓於客程歸路，而不能盡其詞者也。得此，可廢《陽關三疊》。

江文通之賦別也，一語弁之曰："黯然銷魂，惟別而已。"以魂言別，可謂深於言別矣。而獨其所賦者，皆為別人，為別景，為別事，為別情，而反不及別魂也。《易》有之曰"精氣為物，遊魂為變"；《禮》有之曰"魂則無不之也，魄歸於土，魂歸於天"。魂也者，名一而變無算者也。生而不與形守，死而不與物盡，隨所之而可以成形，任所為而難以方物。

---

① [王眉] 解"大小"作"多少"，妙甚。引證的確，能令俗子咋舌。

而況乎以甚結之情，當忽散之勢，其為黯然飛越，又何可言狀哉？乃今觀於長亭之賦別，而知善於言魂也。霜葉黃花，皆為血染；香車寶馬，皆為恨驅。離亭亦是怨築，別筵亦向憂開，而且傾淚為酒，蒸愁為飯，悲填河曲，悶結西樓，相思盈路，煩惱成載，皆崔張之別之所感也，則皆崔張之魂之所變也。浸假而化崔張之魂，以為林亭；浸假而化崔張之魂，以為車馬；浸假而化崔張之魂，以為酒食；浸假而化崔張之魂，以為河山；浸假而化崔張之魂，以為夕陽暮靄；浸假而化崔張之魂，以為古道長堤。而猶未盡也。浸假而又可化崔張之魂，以為崔張之人，是故投東者崔，而崔之魂不東；投西者張，而張之魂不西。迨至草橋復聚，而魂之為靈，因真成幻，隨幻成真，雖萬變也，而實有不變者存焉。此豈劫火之所能灰，而關河之所得限哉！雙文之贈行曰：「不知魂已斷，惟有夢相隨。」夢者何？蓋即魂之所變也。此一篇之大結束也。於是而別之情盡矣，於是而別之情，亦正未可盡矣。

第四折

[士眉] 一部《西廂》，少這一段不得。此意本樂天《長恨歌》來。[余眉] 一部《西廂》，少這一段不得。此意本樂天《長恨歌》來。[繼眉] 一部《西廂》，少這一段不得。此意本白樂天《長恨歌》來。[槐眉] 一部《西廂》，少這一段不得。此意本白樂天《長恨歌》來。[畫徐眉] 與三套同是好語，亦同無警句。[田徐眉] 與三套同是好語，亦同無警句。[文眉] 唐伯虎云：《草橋夢》折是一部小《西廂》。[廷眉] 與十五枝同是好語，亦同無警句。[湯沈眉] 唐伯虎云：此折是一部《西廂》。

[末引僕騎馬上開] 離了蒲東早三十里也。兀的前面是草橋，店裏宿一宵，明日趕早行。這馬百般兒不肯走。行色一鞭催去馬，羈愁萬斛引新詩。[容眉] 是想！[孫眉] 是想！[湯眉] 是想！

【雙調】【新水令】望蒲東蕭寺暮雲遮，[潘旁] 不堪回首！慘離情半林黃葉。馬遲人意懶，風急雁行斜。[文眉]「行」，音杭。[湯沈旁] 徐作「愁恨」。離恨重疊，破題兒第一夜。[謝眉] 又引起前「破題兒」公案。[起眉] 王曰：「慘離情半林黃葉」，景外觀景，情外傷情。[畫徐眉] 天下事原是夢。《西廂》、《會眞》敘事固奇，實甫既傳其奇，而以夢結之甚當。漢卿紐於俗套，必欲以榮歸為美，續成一套，其才華雖不及實甫，而猶有可觀。關後復被後人拾鄭恒求配處插入五曲，如乞兒痛疽，臭不可言。惜乎漢卿欲附驥尾，反坐續貂，冤哉！[田徐眉] 天下事原是夢。《西廂》、《會眞》敘事固奇，實甫既傳其奇，而以夢結之甚當。漢卿紐於俗套，必欲以榮歸為美，續成一套，其才華雖不及實甫，而猶有可觀。關後復被後人拾鄭恒求配處插入五曲，如乞兒痛疽，臭不可言。惜乎漢卿欲附驥尾，反坐續貂，冤哉！[新徐眉] 馬遲風急，是絕眞離況。[參徐眉] 好受用，難久得。[王夾] "葉"，叶夜；"疊"，叶爹。[陳眉] 畫極旅況。[劉眉] 畫極旅況。[廷夾] "葉"，叶夜；"疊"，叶爹。[魏眉] 果好受用！[毛夾] 原本失標【雙調】二字。元詞多以驚夢寫離思，如《梧桐雨》、《漢宮秋》類，原非創體，況此直本董詞，毫無增減。謂《西廂》之文青出於藍可也，必欲神奇懺悅，謂《西廂》能作鄭人蕉鹿之解，吾不知之矣。嗟乎！癡人之不可説夢乃爾。"離恨"，諸本改作"愁恨"，不知"離恨"、"離情"顯然復出，古文不拘撿，每如此。"破題"，解見前折。劉麗華曰："旅舍魂驚，春閨夢斷"，此篇隱語。[潘夾] 開口第一句，便將當日相逢的佛殿一筆打滅。凡則天之勅施金碧，崔相之呵殿經營，張生之琴書下榻，小姐之錦玉香叢，俱付之煙雲滅沒之中已。結末二句，張方以為第一夜離恨起頭，而不知為五百年業冤結果。此時蓋尚在
夢中也。

想着昨日受用，誰知今日淒涼①？　[容眉] 受用甚來？ [孫眉] 受用甚來？ [湯眉] 受用甚來？ [合眉] 受用甚的來？ [毛夾] "便是"，便如是也，言不想便爾。參釋曰：一説想起受用，便是淒涼處也。亦通。

【步步嬌】昨夜個翠被香濃熏蘭麝，欹珊②枕把身軀兒趄。　[張眉] 此曲連襯字讀，與南曲不甚差。"枕"上加"珊"字，特豔其詞爾，非正調，削之。[封眉] "趄"，遷謝切，身斜也。見篇□。臉兒廝揾者，仔細端詳，可憎的別。　[容眉] 妙，妙！ [起眉] 無名：坊本"的"字下添"模樣"二字，便覺小樣。[湯眉] 妙，妙！ [峒眉] 果好受用！鋪③雲鬢玉梳斜，恰便似半吐初生月。　[士眉] 羈旅初情，尤堪悽楚。 [余眉] 羈旅初情，尤堪悽楚。

[畫徐眉] "可憎的別"，可喜的別樣也。[田徐眉] "可憎的別"，可喜的別樣也。[新徐眉] "仔細端詳"，大有不堪。[參徐眉] 何等溫存恩愛，無計留住，奈何？奈何！

----

①　"想着昨日受用，誰知今日淒涼"：王本、毛本作"想着昨夜的受用，便是今日的淒涼"。

②　張本無"珊"字。

③　張本無"鋪"字。

[王夾]“赳”，音且，去聲；“別”，叶邦也反；“月”，叶魚夜反，後同。[陳眉] 快死！[劉眉] 快死！[文眉] 羈旅初情，尤堪淒切。[廷夾]“赳”，音且，去聲；“別”，叶邦也反；“月”，叶魚夜反，後同。[張眉] 舊時婦人髮上多插小梳，或玉或牙或檀，今北方仍間有之，“雲鬟玉梳斜”即事也。加“鋪”字，非。[湯沈眉]“可憎的別”，可愛得異樣之謂。[合眉]“可憎的別”，言可意的別樣也。[魏眉] 死，死！[峒眉] 死，死！[毛夾]“赳”，音且，去聲。此接賓白“正想昨日受用”處。赳，仄也，《黑旋風》劇“那婦人疊坐着鞍兒把身體赳”。詞隱生曰：“臉兒相偎”，以臉着臉；“臉兒廝揾”，以手着臉。“仔細端詳”，正“揾臉”之謂。

　　　　早到也，店小二哥那裏？［小二哥上云］官人，俺這頭房裏下。

［末云］琴童接了馬者！點上燈，我諸般不要吃，則要睡些兒。［僕云］小人也辛苦，待歇息也。［在床前打鋪做睡科］［末云］今夜甚睡得到我眼裏來也！　[潘夾] 全篇只為“夢”字，便段段將“睡”字來接引。此時須記琴童睡也。

【落梅風】旅館欹單枕，秋蛩鳴四野，助人愁的是紙窗兒風裂。

乍 [湯沈旁] 一作“復” 孤眠被兒薄又怯，冷清清幾時溫熱！　[繼眉]“乍”，一作“復”，亦有斟酌。

[槐眉]“乍”，一作“伏”，亦有斟酌。[容夾] 象冬夜了。[起眉] 無名：“乍”，一作“復”，亦有斟酌處。[新徐眉]“乍孤眠”三字，淒涼之極。[王夾]“蛩”，音窮；“裂”，叶郎夜反；“怯”，叶丘也反，後同；“熱”，叶仁蔗反。[孫眉] 像冬夜了。[廷夾]“蛩”，音窮；“裂”，叶郎夜反；“怯”，叶丘也反，後同；“熱”，叶仁蔗反。[文眉]“蛩”，音窮，蟲也，經秋夜則鳴。[張眉]“助人愁”，訛“惱人情”，非。[湯眉] 象冬夜了。[魏眉] 畫極旅況。像冬夜了。[峒眉] 畫極旅況。

　　　　［末睡科］［旦上云］長亭畔別了張生，好生放不下。老夫人和梅香都睡了，我私奔出城，趕上和他同去。　[參徐眉] 相思在兩下裏，想結夢時。[陳眉] 總是開眼夢。

[劉眉] 總是開眼夢。[潘夾] 此時張生睡也，須記老夫人、紅娘都睡也。

【喬木查】走荒郊曠野，把不住心嬌怯，喘吁吁難將兩氣接。

[張眉] 第三句多一字。 疾忙趕上者，打草驚蛇。　[士眉]“打草驚蛇”，王魯事。[余眉]“打草驚蛇”，王魯事。[繼眉]“打草驚蛇”，王魯事。[畫徐眉] 此本非崔張實事，而若此者，正所以說夢也。“打草”句不必帖王魯事，只是狀疾忙意。[田徐眉] 此本非崔張實事，而若此者，正所以說夢也。“打草”句不必帖王魯事，只是狀疾忙意。[參徐眉] 夢魂已逐故人來。[王夾]“接”，叶姐。[陳眉] 夢魂已逐故人去。[劉眉] 夢魂已逐故人去。[凌眉] 此忽入旦唱者，入夢故變體也。王伯良曰：“打草驚蛇”只用見成語，用不得王魯事為解，大略亦疾忙驚動意，亦不必喻行之疾速也。[廷眉]“打草”句不必帖王魯事，只是狀疾

忙意。[廷夾]"接"，叶姐。[湯眉] 這樣想頭，文人從何處得來？[湯沈眉] 末語不必帖王魯事，大略亦疾忙、驚動之意。[合眉] 這般想頭，文人從何處得來？[魏眉] 夢魂已逐故人來。[峒眉] 夢魂已逐故人來。[封眉] 王伯良曰："打草驚蛇"，只用見成語，用不得王魯事為解，大略疾忙驚動意，亦不必喻行之疾也。

【攬箏琶】他把我心腸搇，[士眉]"搇"，音者，今教坊中猶有此語。又《韻書》："搇"，猶云裂開。[余眉]"搇"，音者，今教坊猶有此語。又《韻書》："搇"，猶云裂開。[文眉]"搇"，音者，今教坊中猶有此語。又《韻書》："搇"，猶云裂開。因此不避路途賒。瞞過俺能拘管的夫人，穩住俺廝齊攢①的侍妾。[容眉] 妙，妙！[淩夾]"穩住"，安頓也。徐以紅乃腹心婢，改為"說過"。不知此是夢中語，何為必欲照顧微細乃爾！[張眉]"擠拶"謂緊捱也，訛"齊攢"，非。[湯眉] 妙，妙！想着他臨上馬痛傷嗟，哭得我②也似癡呆。[容眉] 這樣想頭，文人從何處得來？[孫眉] 這樣想頭，文人從何處得來？不是我心邪，自別離已後，到西[湯沈旁] 一本無"西"字日初斜③，[起眉] 無名：今本"到"字下多一"西"字，自朝至中，則"斜"非"西"耶？坊刻妄意信縮，大都蹈此。愁得來陡峻，瘦得來嗐嗻。[謝眉]"嗐嗻"，或云即今之守廟之二鬼，左曰嗐，右曰嗻。[士眉]"嗐嗻"，今廟中守門鬼，東曰嗐，西曰嗻。[余眉]"嗐嗻"，今廟中守門鬼，東曰嗐，西曰嗻。[繼眉] 一本"到日初斜"，"瘦得來嗐嗻"以下，俱無之。大都【攬箏琶】一調，字句可以增損，故多寡不倫。"嗐嗻"，今廟中守門鬼，東曰嗐，西曰嗻。[槐眉] 一本"到日初斜"，"瘦得來嗐嗻"以下，俱無之。大都【攬箏琶】一調，字句可以增損，故多寡不倫。又，"嗐嗻"，今廟中守門鬼，東曰嗐，西曰嗻。[田徐眉] 此曲比元調多"別離已後"以下四句。如白仁甫《秋夜梧桐雨》劇格。[孫眉] 妙！[文眉]"嗐嗻"，今廟中守門鬼，東曰嗐，西曰嗻。[張眉]"別離"四句，插白，訛作正曲，非。"嗐嗻"，形容其瘦之甚也。[湯沈眉] 此曲比元調多"自別離已後"以下四句，變體也。"穩住"，安頓也。"廝齊攢"，即前"影兒也似不離身"也。"嗐嗻"，形容其瘦甚之意。[合眉] 此曲比元調多"自別離已後"四句，變體也。自是有情癡。"嗐嗻"，形容其瘦之甚。則離得半個日頭，[容旁] 妙！卻早又寬掩過翠裙三四褶④，誰曾經這般磨滅？[容眉] 亦曾經來！[新徐眉]"掩過翠裙三四摺"，可謂瘦損之甚。[王夾]

---

① "穩住"：王本作"穩下"。"齊攢"：張本作"擠拶"。

② 封本無"我"字。

③ "到西日初斜"：起本作"到日初斜"；封本作"到日西斜"。

④ "寬"：毛本作"覺"。"褶"：王本作"摺"。

"撏"，音扯；"妾"，音且；"呆"，音耶；"嗹嘍"，音車遮；"摺"，叶者；"滅"，叶迷夜反。[孫眉] 亦曾經來！[凌眉] 此 "自別離已後" 四句非常調，乃二字句，下之可增四字疊句者，本傳第五本 "夫人的官誥、縣君的名稱" 是也。金白嶼削去 "愁得來陡峻" 及末 "翠裙" 二句，竟以 "瘦得來嗹嘍" 止。不知末二句正添句，後之入本調者，亦妄塗抹矣。[廷夾] "撏"，音扯；"妾"，音且；"呆"，音耶；"嗹嘍"，音車遮。[湯眉] 亦曾經來！[合眉] 也曾經過！[魏眉] 亦曾經來！[峒眉] 亦曾經來！

[封眉] "哭得也似癡呆"，是鶯說生。即空本作 "哭得我也似癡呆"，誤。"西斜"，時本多作 "初斜"，已非；即空本作 "西日初斜"，更非。即空主人謂："自別離已後" 四句，非常調。乃 "心邪" 二字句下之可增四字疊句者，後 "夫人的官誥、縣君的名稱" 是也。金白嶼削去 "愁得來陡峻" 及末 "翠裙" 二句，竟以 "瘦得來嗹嘍" 止。不知末二句正添句，後之入本調者，亦妄塗抹矣。徐本亦去 "則離得半個日頭" 句，何哉？"嗹嘍"，疾快急速之意；舊解謂是廟中守門鬼，可笑！[毛夾] "撏"，音扯；"嗹嘍"，音車遮。

【錦上花】有限姻緣，方縈寧貼；無奈功名，使人離缺。害不了①的愁懷，[張眉] "倒"，亦作 "了"。恰縈覺②[凌旁] 作 "較"。些；[潘旁] 一片怨亂！[湯沈眉] "較些"，略可些也。撇不下的相思③，如今又也。[容眉] 妙，妙！[起眉] 王曰："害不了愁懷" 四句，雖晉語無此品。[廷眉] 北人專用 "較" 字作稍可之意，猶言比較將來稍可也。是歇後語。[湯眉] 妙，妙！[合眉] 古本自雋。[魏眉] 妙，妙！

【幺篇】④ 清霜淨碧波，白露下黃葉。下下高高，道路曲折⑤；四野風來，左右亂趷。[湯沈旁] 音雪。[田徐眉] "趷"，風吹盤旋之貌。[參徐眉] 如畫！[孫眉] 妙，妙！[張眉] "坳"，亦作 "凹"。[湯沈眉] "凹折"，《雍熙樂府》作 "曲折"。"曲" 字聲不叶，皆字形相近之誤。"趷"，風吹盤旋之貌。我這裏奔馳，他何處困歇？[田徐夾] "趷"，音雪。[王夾] "貼"，叶湯也反；"缺"，叶區也反；"折"，叶者；"趷"，叶徐靴反；"歇"，叶虛也反。[廷夾] "貼"，叶湯也反；"缺"，叶區也反；"折"，叶者；"趷"，叶徐靴反；"歇"，叶虛也反。[合眉] "趷"，音雪，風吹盤旋之貌。[魏眉] 說得夢景如真景。[峒眉] 夢景如真景。[封眉]【幺

---

① "了"：王本、張本作 "倒"。
② "覺"：王本、廷本、湯沈本作 "較"。
③ "撇不下的相思"：王本、湯沈本、峒本作 "掉不下的思量"。
④ 王本、湯沈本把【幺篇】並入上支【錦上花】曲。
⑤ "曲折"：王本、毛本作 "囘折"；張本作 "坳折"；湯沈本作 "凹折"。

篇】見前。[毛夾]"趷",音薛,平聲。院本參唱例,解已見前。陋者不解,祇拾得"北曲不遞唱"一語,遂以為無兩人互唱之例,致改生在場上聽,且在場內唱,千態萬狀。嗟乎,古詞之遭不幸,一至於此!"打草驚蛇",元詞習語,言趁逐之速也,《百花亭》劇"任從些,打草驚蛇"。"穩住",亦作穩下,安頓也。"廝齊攢",即伏侍的勤也。"陡峻",險也。"哶嘍",已甚也。董詞"那一和煩惱哶嘍",《黑旋風》劇"那些暢好似忒哶嘍"。"又早覺掩過翠裙",或作"又早寬掩過翠裙",字形之誤。"趷",旋倒貌,元詞"羊角風趷地趷天"。"凹折",俗作"凹折",《雍熙樂府》作"曲折",皆字形之誤。參釋曰:"別離已後"數句,與【攪箏琶】本調不合,第二十折亦然。要是字句不拘者,説見卷首、並
第二十折。[潘夾]"趷",音雪。

【清江引】呆答孩店房兒裏沒話説,悶對如年夜。暮雨催寒蛩,曉風吹殘月,今宵酒醒何處也? [士眉] 柳耆卿詞:"今宵酒醒何處? 楊柳岸曉風殘月。" [余眉] 柳耆卿詞:"今宵酒醒何處? 楊柳岸曉風殘月。" [繼眉] 柳耆卿詞:"今宵酒醒何處? 楊柳岸曉風殘月。" [槐眉] 柳耆卿云:"今宵酒醒何處? 楊柳岸曉風殘月。" [畫徐眉] 首二句,崔擬張生如此淒涼。舉盡日光景,故曰"暮雨"、"曉風"、"今宵"云云,正見夢中恍惚尋覓也。這一段是旅境。[田徐眉] 首二句,崔擬張生如此淒涼。舉盡日光景,故曰"暮雨"、"曉風"、"今宵"云云,正見夢中恍惚尋覓也。這一段是旅境。[新徐眉] "如年夜",夜如年似。[王夾] "説",叶書遮反,後同;"醒",平聲。[文眉] 柳耆卿詞:"今宵酒醒何處? 楊柳岸曉風殘月。" [廷眉] 舉盡日光景,故曰"暮雨"、"曉風"、"今宵"云云,正見夢中恍惚尋覓也。這一段是旅境。[廷夾] "説",叶書遮反,後同;"醒",平聲。[湯沈眉] 此曲崔擬張旅邸淒涼之狀。[合眉] 這一段是旅境。[毛夾] 接"何處困歇"來。董詞"床上無眠,愁對如年夜。柳耆卿詞"今朝酒醒何處? 楊柳外曉風殘月"。[潘夾] 四闋情詞急亂,景物荒涼,可抵宋玉《悲秋》一賦。○人生惟情慾最難打滅,通折敘來,僮睡、張睡、夫人睡、紅娘亦睡,人人向寂,獨雙文猶在奔馳。此自無始來不磨的情種,亦自無始來難消的業障,一受顛倒,九地相隨,非具大覺性者,豈能斬斷。○或曰:北曲不用兩人唱,因欲藏過鶯鶯而作鬼聲。噫嘻! 何其舛昧也。彼豈知此篇中原未有鶯鶯唱耶? 蓋鶯鶯在長亭別去矣,草橋店中無鶯鶯也。無鶯鶯,而何以鶯鶯唱? 此即張之魂也,則鶯鶯唱即張生唱也。此時尚認崔張為兩人,何異爭鄭人之鹿、撲莊生之蝶哉?
語云"癡人前不可説夢",洵然!

[旦云] 在這個店兒裏,不免敲門。[末云] 誰敲門哩? 是一個女人的聲音。我且開門看咱。這早晚是誰?

【慶宣和】是人呵疾忙快分説,是鬼呵合速滅。[旦云] 是我。老夫人睡了,想你去了呵,幾時再得見? 特來和你同去。[末唱] 聽説罷

將香羅袖兒搵，卻原來是①姐姐、姐姐。[起眉] 無名："卻元來是"，一作"眞個是"，似妥。[田徐眉]

"搵"，叶夜。[新徐眉] 非人非鬼，是夢是囈。[參徐眉] 非人非鬼，非假非眞，多是相思境。[王夾] "搵"，叶夜。[凌眉] "姐姐"是疊句，前"倒躲、倒躲"，《蟠桃會》

劇"壽齊、壽齊"是也。俗本少二字，非調。[廷夾] "搵"，叶夜。[合眉] 喜從天降！

[魏眉] 非人非鬼，非假作眞。[峒眉] 非人非鬼，非假非眞。[封眉] 即空主人曰：

"姐姐"是疊句，前"倒躲、倒

躲"是也。俗本少二字，非調。

難得小姐的心勤！

【喬牌兒】你是為人須為徹，將衣袂不藉。繡鞋兒被露水泥沾惹，

脚心兒管②踏破也。[繼眉] "藉"，一作"惜"。[畫徐眉] "你是為人"句，

說鶯盡心處，下三句足此句。北人但言"敢"字，都是疑詞，猶言倘也，或者也，俗言七八也。"敢"，亦可訓作"必"。[田徐眉] "你是為人"

句，說鶯盡心處，下三句足此句。北人但言"敢"字，都是疑詞，猶言倘也，或者也，

俗言七八也。"敢"，亦可訓作"必"。[王夾] "徹"，叶扯；"藉"，叶借。[文眉]

"袂"，音媚，衣袖也。[廷眉] "你是為人"句，說鶯盡心處，下三句足此句。[廷夾]

"徹"，叶扯；"藉"，叶借。[張眉] 女人舉步，"跟"與"心"輕重異用，正大小分

明處。訛"心"者，未之思爾！[湯沈眉] 首語説崔有始有終處，下三句足此句。"不

藉"，不顧之意；一作"惜"。[毛夾] "是人呵"數語，全用董詞。"卻元來是俺姐姐、

姐姐"，後二字另作句，調法如此；然勿作"小姐"；此亦用董詞"卻是姐姐那姐姐"。

"為人須為徹"，"須"字不着力。此引成語誦鶯也。"不藉"，猶"不顧"，董詞"幾

番待撇了不藉"。"脚心兒"，勿作"脚心裏"，《伍員吹簫》劇"害得你脚心兒蹾做了

趼"。

[旦云] 我為足下呵，顧不得迢遞。[旦唧唧了]

【甜水令】想着你③廢寢忘餐，[張眉] "我想那"，統括下文 香消玉減，
之詞，訛"想着你"，非。

花開花謝，猶自覺④[湯沈旁] 一 爭些；便枕冷衾寒，鳳隻鸞孤，月
作"覺"。

---

① "卻原來是"：王本作"卻原來是俺"。

② "脚心兒"：張本作"脚跟兒"。"管"：畫徐本作"敢"。

③ "想着你"：王本、張本作"我想那"。

④ "覺"：王本、湯沈本作"較"。

圓雲遮，尋思來有甚傷嗟①。 ［繼眉］無名：“覺”，一作“較”。［槐眉］“覺”，一作“較”，非。［起眉］無名：“覺”，一作“較”，非。［畫徐眉］張生謂想那離愁消瘦，雖對景興懷，猶為可也；便就形單影隻，方團圓而忽分散者，何以堪？所以“尋思來又重傷嗟”也。俱作別後説，不必以四句為追憶往時。［田徐眉］張生謂想那離愁消瘦，雖對景興懷，猶為可也；便就形單影隻，方團圓而忽分散者，何以堪？所以“尋思來又重傷嗟”也。俱作別後説，不必以四句為追憶往時。［新徐眉］日裏想着，夜間憂着，毫釐不爽。［孫眉］——□出衷腸。［凌眉］此曲只為【折桂令】之首一句，言想着害相思猶可，便孤單尋思來亦不苦，而最苦是離別，即前“諗知這幾日相思”數句一意也。王伯良訓“便”為“就”，改“有甚”為“又甚”，強解無味。［廷眉］張生謂想那離愁消瘦，雖對景興懷，猶為可也；便就形單影隻，方團圓而忽分散，其何以堪？所以“尋思來又重傷嗟”也。俱作別後説，不必以前四句為追憶往事。［湯沈眉］此下三調，皆鶯唱也。古注作張生代鶯之詞，殊謬。全曲俱作別後説，不必以前四句為追憶往時事也。末句言不堪分散，所以“尋思來又重傷嗟”，而今來追你同去也。［封眉］即空主人謂，此曲只為【折桂令】之首一句，言想着害相思猶可，便孤單尋思來亦不甚苦，而最苦是離別。即前“諗知那幾日相思”數句一意。王伯良妄改謬解，甚牽強。［毛夾］“遮”，借叶去聲。

【折桂令】想人生最苦離別，可憐見千里關山，獨自跋涉。似這般割肚牽腸，倒不如義斷恩絕。 ［容旁］妙！［新徐眉］割腹牽腸，誰為為之。［參徐眉］夢裏魂靈，都是醒時心事。

［湯眉］妙！［魏眉］夢裏魂靈，都是醒時心事。［峒眉］夢裏魂靈，都是醒時心事。雖然是②一時間花殘月缺，休猜做③瓶墜簪折。不戀豪傑，不羨驕奢；自願的生則同衾，死則同穴。 ［謝眉］“瓶墜簪折”，本白樂天歌。［士眉］山行曰跋，水行曰涉。“瓶墜簪折”，本白樂天歌。［余眉］山行曰跋，水行曰涉。“瓶墜簪折”，本白樂天歌。［繼眉］山行曰跋，水行曰涉。“瓶墜簪折”，本白樂天歌。“同衾”二句，《毛詩·大車篇》。［槐眉］山行曰跋，水行曰涉。“瓶墜簪折”，本白樂天詩云：“井底引銀瓶，銀瓶欲上絲繩絕。石上磨玉簪，玉簪欲成終究折。瓶沉簪折是何如，似妾今朝與別君。”［起眉］無名：坊本間遺“你呵”二字，句便突然。［畫徐眉］“不羨驕奢”四句，乃張生代鶯之言，諒其意如此。［田徐眉］“不羨驕奢”四句，乃張生代鶯之言，諒其意如此。［王夾］“別”，叶平聲；“涉”，叶蛇；“絕”，叶藏靴反；“折”，亦叶蛇；“傑”，

————————

① “便枕冷衾寒”四句：“便”：畫徐本作“就”。“圓”：王本作“滿”。“有甚”：畫徐本、廷本、湯沈本作“又重”；王本、毛本作“又甚”。

② “雖然是”：王本作“你勸我”。

③ “休猜做”：張本作“則怕做”；封本作“則怕你”。起本於句前有“你呵”二字。

叶其邪反；"穴"，叶胡靴反。[陳眉] 奇思突出！[孫眉] 妙！[劉眉] 奇思突出！[文眉] 山行曰跋，水行曰涉。[淩眉] 俗本作"不羨驕奢，只戀豪傑"。王伯良謂：反墮俗境。[廷眉] "不羨驕奢"四句，乃張生代鶯之言，諒其意如此。[廷夾] "別"，叶平聲；"涉"，叶蛇；"絕"，叶藏靴反；"折"，亦叶蛇；"傑"，叶其邪反；"穴"，叶胡靴反。[張眉] "則怕做"，言恐便如此，詆"休猜做"，非。[湯沈眉] "瓶墜簪折"，白樂天歌，即半途拋棄之意。[合眉] 怎生斷絕得來？[封眉] 俗本作"休猜做"。"瓶墜簪折"與上句"雖然"字悖。白樂天詩："井底銀瓶墜，銀瓶欲上絲繩絕；石上磨玉簪，玉簪欲成終久折。瓶墜簪折似何如，似妾今朝與君別。"即空主人曰：俗本作"不羨驕奢，只戀豪傑"。王伯良謂：反墮俗境。[毛夾] 參唱例，說已見前。俗不識例，又拾得"元曲無遞唱"一語，遂依迴其間，或注三曲是生唱，或解三曲是生代鶯唱，無理極矣。《記》中每本有參唱，雖最愚者亦宜自明，但拾"元曲祇一人唱"一語，守為金科。無怪乎天池生作《度柳翠》劇，以南北間調屬一人唱，而恬不知非也。

"廢寢忘餐"一曲，又以相思、離愁比較，言別離比之相思似乎較勝。以相思無着，花開花謝，任其榮落；此則有着矣，何也？以成親故也。但纔成親而陡別離，又甚難堪耳。俗解"猶是較爭"為相思猶可，則"又甚傷嗟""又甚"二字無語氣矣。兩折內比較相思與離愁，凡四見，各不同：初曰"相思迴避"，"破題別離"，一止一起也；繼曰"稔知相思滋味"，"別離更增十倍"，是離愁甚於相思也；又繼曰"愁懷較些，思量又也"，是離愁仍舊是相思也；此曰"猶較爭些"，"又甚傷嗟"，似離愁較勝於相思，而驟得離愁，則又甚也。每轉每深，愈進愈勝。俗注謂此曲俱作別後說，奧曲無理。古文之似順而難明，每如此。"月圓雲遮"，"遮"字於調宜仄，故借叶。王本改作"月滿"，雖亦元詞成語，然調仍不叶。何必為此！"想人生最苦離別"十餘句，俱元習語，似集詞然者。凡作詞重韻脚，既入其押，則彼此襲切脚語，以意穿串，謂之填詞。唐人試題，以題字限韻亦然。今人不識例，全不解何為習語，何為切脚，便欲刪改舊文，此何意也？既云"倒不如義斷恩絕"，隨云"休猜做瓶墜釵折"，似矛盾。此處殊難得語氣，大約言生人苦別，而汝方獨行，所以來也；若任其牽掛而不來相就，是牽掛反不如決絕矣，而可乎？雖然暫離，莫謂可決絕也。我則無他羨，願同行耳。此正自疏其來意，抑揚頓折，妙不可言。他本改"雖然是"為"你勸我"，便覺難解。參釋曰：元劇車遮韻，多與此折語同；"瓶墜釵折"，用白樂天詩；"生則"二句，用毛詩。[潘夾] 敘得夢中情事，倍加愷切濃至，有萬萬割絕不來之意。及至覺來，都屬虛幻，便覺從前況味，俱可付之雪淡矣。

　　[外淨一行扮卒子上叫云] 恰纔見一女子渡河，不知那裏去了？打起火把者。分明見他走在這店中去也，將出來！將出來！[末云] 卻怎了？[旦云] 你近後，我自開門對他說。

【水仙子】硬圍着普救寺下鍬钁①，[起眉] 無名：坊本首句添"當日個"三字。若謂分辨今昔，不知此處偏宜作恍惚語。強當住咽喉仗劍鉞。賊心腸饞眼②腦天生得劣。[士眉] 入神！[畫徐眉] 此架子搭得甚妙。[田徐眉] 此架子搭得甚妙。全篇是夢中語，從天而降，模寫如畫。[張眉] 添"饞"字，非。[湯沈眉] 全篇皆夢中語。從天而降，模寫如畫。[魏眉] 好似夢中恍惚語。[封眉] "傀"，音饞，貌惡也。時本作"饞"，誤。[卒子云] 你是誰家女子，黍夜渡河？[容眉] 妙，妙！逼真夢裏光景。[孫眉] 夢中言語，□亦□切。[劉眉] 光影必真，妙甚！[湯眉] 妙，妙！逼真夢裏光景。[旦唱] 休言語③，靠後些！杜將軍你知道他是英傑，覷一覷着你為了醃④[凌旁] 一作"醃"。一醬，[張眉] "覷覷"兩句，俗多襯字。指一指教你化做膋⑤[凌旁] 一作"膋"。[湯沈旁] 音營。血。騎着匹白馬來也。[士眉] 宛如夢中事，錦心繡口如此。[余眉] 宛如夢中事，錦心繡口如此。[繼眉] "休言語"二句，不但應前，正見崔張魂夢鍾愛處。一本遺"生白"，作鶯對卒唱，大謬。[容夾] 復拈着杜將軍、普救寺，非夢而何？[起眉] 無名："休言語"二句，不但應前，正見崔張魂夢鍾愛處。一本遺"生白"，作鶯對卒唱，大謬。"醬"，一作"膿"，非。[畫徐眉] 至此是夢境。[田徐眉] 至此是夢境。[新徐眉] 一卒子甚是奇特，夢中□□，所以必有說起普救。夢中談虎，妙，妙！[參徐眉] 夢中到也會驚唬人。原是個隔神，驚破一天好事。[王夾] "鍬"，七消反；"钁"，叶渠靴反；"鉞"與"月"同叶；"劣"，叶郎夜反；"醃"，音海；"膋"，音遼；"血"，叶希也反。[陳眉] 夢中猶記杜將軍。[孫眉] 復拈着杜將軍、普救寺，非夢而何？[文眉] "休言語"二句，不但應前，正見崔張魂夢鍾愛處。"醃"，音希，醋也。"膋"，音農。[凌眉] "休言語，靠後些"，鶯叱卒子之辭。"靠後些"之語，元人賓白亦時有，叱之令其退後，猶今叱人云"還不走也"。時本有刻"休言語"一句為生唱，以止鶯；"靠後些"一句為鶯唱，以止生。且批云："夢中兩人猶相愛如此。"真所謂癡人前不堪說夢也。[廷夾] "鍬"，七消反；"钁"，叶渠靴反；"鉞"與"月"同叶；"劣"，叶郎夜反；"醃"，音海；"膋"，音遼；"血"，叶希也反。[湯沈眉] "休言語"二句，不但應前，正見崔張魂夢鍾愛處。[合眉] 復拈着普救寺、杜將軍，逼真夢

---

① "钁"：王本、廷本作"撅"。

② "饞眼"：張本作"眼"；封本作"傀眼"。

③ "言語"：封本作"胡說"。

④ "覷一覷着你為了醃醬"：張本作"覷覷教你為醃醬"；封本作"瞅瞅着你為了醃醬"。

⑤ "膋"：文本、凌本、毛本作"醬"。

中光景。至此是夢境。[合夾]“脅”，音詠。[峒眉]夢中猶記杜將軍。[封眉]即空
主人曰：“休胡説，靠後些”，鶯叱卒子之詞。俗本有刻“休言語”為生唱，以止鶯；
“靠後些”為鶯唱，以止生。且批云：“夢中兩人猶相愛如此。”眞所謂癡人前不堪説
夢也。“醢”，音海，作“醯”，誤。“脅”，音遼，作“醬”，誤。[毛夾]“鍬”，七消
反；“醬”，音盈。“硬圍着普救”，言往事也；“強當住咽喉”，言今日也。“賊心腸”
句，言凡為賊者盡如是耳。俗解三句俱指飛虎，則誤認卒子為飛虎矣。“休言語”二
句，指生靠後些，與賓白“你靠後”同。此於對卒子時急攛二句，殊妙。他本刪去科
白，遂至解者以“休言語”二句指卒子，則“言語”二字既不合，“靠後”與賓白亦
不應，大謬。“你不知呵”，接卒白“你是誰家女子”來，言你不知我，豈不知白馬耶？
他本改“你休胡説”，亦謬。“醢醬”，顧玄緯改作“醢醬”，“醢”是仄字，不叶。王
本又欲改“釃醬”，反以爲“醢醬”無出，不知《曲禮》有“醢醬在内”句，言醢與
醬也。“醬血”，碧筠本改作“膿血”；王本又改作“脅血”，引詩“取其血脅”為據。
但董詞亦有“都教化醬血”語；《漢書》“中山淫醬”。“醬”，酶酒意，言醬與血也。
參釋曰：此卒子與飛虎不涉。“硬圍”句，借引相形起耳。俗認賓作主，遂至扮演家皆
以飛虎入夢，謬甚。[潘夾]憑你説得勢傚，
難免卒子之手。此時連白馬軍也用不着了。

　　　　[卒子搶旦下]①　[潘旁]不必湟槃，已成滅度。自此以後，張口中並無
　　　　　　　　　　　　　　“姐姐、鶯鶯”等字。[起眉]無名：今本皆失琴童白，
則後“天　　[末鶯覺云]呀，原來卻是夢裏。且將門兒推開看。只見
明”白無因。
一天露氣，[潘旁]悟　滿地霜華，曉星初上，殘月猶明。無端燕鵲高枝
　　　　　矣！悟矣！
上，一枕鴛鴦夢不成！[陳眉]光影必眞，妙甚！[孫眉]夢裏□□□。[合
　　　　　　　　　　　眉]崔張命薄，一至於此。便做得一夢也不美滿的。
[封眉]俗本於“生鶯叫”後有“[攛住童科]”惡關目，不思是床前打鋪耶？
[毛夾]“高枝上”，董詞作“高枝噪”，似較妥。[潘夾]長亭別去，鶯鶯之形不
存矣；卒子搶下，鶯鶯之影亦滅矣。所謂最難打滅者，隨即打滅。猛然鶯覺，便
可悟向來色相，都是幻也。○“覺”字是一部西廂大結束處。向來都是夢，在夢
豈知夢耶？惟覺而後知其為大夢也。情緣既盡，關頭悉破，便將門兒推開，現出
天空地濶境界來。此時張生胸中、眼中，豈復存向來妄相乎？“一天露氣”六句，
便可當張回頭一偈。“一枕鴛鴦
夢不成”，所謂既覺不復夢也。

【雁兒落】綠依依牆高柳半遮，靜悄悄門掩清秋夜。疏剌剌林梢

──────────

　　① 起本於此多一段對白云：“[生云]小姐！小姐！[攛住琴童科][琴云]哥
哥怎麼？[生云]小姐搶在那裏去了？[琴云]這裏那有那勾當?”

落葉風，昏慘慘雲際穿窗月。① ［謝眉］按各坊本：執手臨期別婿君，據鞍未語且消魂。舉頭日近長安遠，暮暮朝朝莫倚門。［士眉］疊字對詞，奏之令人淒絕。［余眉］疊字對詞，奏之令人淒絕。［繼眉］疊字絕妙，從古詩“青青河畔柳”脫胎。［容眉］妙，妙！入神！［新徐眉］氣概突兀，大肖夢來。［陳眉］明月蘆花何處尋？［劉眉］明月蘆花何處尋？［文眉］疊字對詞，令人淒切。［湯眉］妙，妙！入神！［湯沈眉］三曲賦旅邸夢同之景，淒絕可念。［峒眉］明月蘆花何處？［潘夾］此一闋，是補寫從前夜境。

【得勝令】驚覺我的是顫巍巍竹影走龍蛇，虛飄飄莊周②夢蝴蝶，絮叨叨［湯沈旁］音刀。促織兒無休歇，韻悠悠砧聲兒不斷絕。 ［容眉］妙，妙！

［孫眉］入神！
［湯眉］妙，妙！ 痛煞煞傷別，急煎煎好夢兒應難捨③；冷清清的咨嗟，嬌滴滴玉人兒何處也！ ［潘旁］五百年公案，至此方結。［槐眉］“莊周蝴蝶”：昔者莊周夢為蝴蝶，栩栩然蝴蝶也；俄睡覺，則蘧蘧然周也。不知其莊周之夢為蝴蝶與？蝴蝶之夢為莊周與？此謂物化。［容眉］妙！［畫徐眉］這第三段是覺境。［田徐眉］這第三段是覺境。［新徐眉］夢後覺境，大堪按拿。［參徐眉］誰想是夢，正好在馬上覓趣。［王夾］“蝶”，叶爹；“叨”，音刀；“舍”，上聲。［陳眉］說夢多韻。［孫眉］妙人！［文眉］促織即蟋蟀，蟲也，秋夜悲鳴。蓋秋夜新涼，婦女皆紡織，故曰“促織”。［凌眉］王伯良因認第二句第二字宜仄，竟改“周”為“子”，非也。說已見前。［廷夾］“蝶”，叶爹；“叨”，音刀；“舍”，上聲。［湯眉］妙！［封眉］即空主人曰：俗本於“虛飋飋”、“絮叨叨”上增字，可厭，讀者勿惑。王伯良改“莊周”為“莊子”，非是。說已見前。［毛夾］“莊周夢蝴蝶”，王本以“周”字平韻不叶，改作“莊子”，大謬。說見第十一折。［潘夾］此一闋，是直寫現前覺境。〇“嬌滴滴玉人兒何處也”一句，乃掃塵語也，一部《西廂記》於此收攝殆盡。非大覺人，道此語不出。自從空王之境，撞着五百年風流業冤以來，蓋無日無時而不知其處也。始而相逢，玉人在佛殿處；繼而聯吟，玉人在花園處；又繼而附薦，玉人在齋壇處；又繼而就宴，玉人在東閣處；又繼而聽琴，玉人在東牆處；又繼而待月，玉人在西廂處；又繼而就歡，玉人在書齋處；即終而送別，玉人在長亭處；及此旅夢初同，爽然自失，竟以一語了之。始悟前者，種種勞塵，都無是處。張於此可謂萬緣俱空，一絲不掛。

　　［僕云］天明也。嗒早行一程兒，前面打火去。［末云］店小二

---

① 熊本於此多一句：“［生歌］竹影響南窗。”
② “莊周”：王本作“莊子”。
③ “捨”：王本、廷本作“舍”。

哥，還你房錢，鞴了馬者。　[潘夾] 始以一童而至逆旅，終以一童而去逆旅，此隻履西歸之候也。○"天明也"三字，童亦恍

然大覺。向來多是夢，則多是黑夜，今早方覺，方是天明。前面是何去處？

及早行程，發大猛勇，童亦善才化身，有此了徹。於是《西廂記》已畢。

【鴛鴦煞】柳絲長咫尺情牽惹，水聲幽仿佛人嗚咽。　[畫徐眉] "咫尺"，猶云近似，

謂柳絲之長，牽惹之物，近似人情之牽惹也。[田徐眉] "咫尺"，猶云近似，謂柳絲之長，牽惹之物，近似人情之牽惹也。[廷眉] "咫尺"，猶云近似，謂柳絲之長，牽惹之物，近似人情之牽惹也。水聲之幽，嗚咽難叩，仿佛人聲之嗚咽也。是風人比真意。斜月殘燈，半明不滅。暢道是①

舊恨連綿，新愁鬱結；別恨離愁②，　[張眉] 乃離為"別"，既別為"離"。滿肺腑難淘

瀉。除紙筆代喉舌，千種相思③　[凌旁] 一作"思量"。[湯沈旁] 一作"相思"。對誰說。[並

下]　[田徐眉] 今夜相思，非紙筆以紀，則此恨無從說與他人。蓋為下折寄書地也。[新徐眉] 新舊交加，苦、苦！[王夾] "咽"，叶衣也反；"結"，叶機也反；"舌"，音蛇。[文眉] "咫"，音止；"淘"，音陶。[凌眉] 此處"唱道是"，徐、王亦皆刪之，猶前見也。"相思"，一舊本作"風流"，蓋此乃王實甫之筆已完，故以"除紙筆"二句結之。"千種風流"，總言《西廂》一記而寓自譽也。要知下本為續筆，無疑矣。[凌夾] "相思"二字仍周本，不敢改作"風流"；然"風流"為是。[廷夾] "咽"，叶衣也反；"結"，叶機也反；"舌"，音蛇。[封眉] "恨塞愁填"，承上二句；俗本誤作"恨塞離愁"，便不成語。"思量"，時本亦作"風情"，亦作"風流"；皆可，然不若"思量"悠永。蓋此乃實甫之筆已完，故以"除紙筆"二句結之，雖統言《西廂》一記而亦以自寓也。[毛夾] "咫尺"，相近也，與"彷彿"同。"別恨離愁"，即"舊恨""新愁"。"千種相思對誰說"，原用柳耆卿詞"縱有千種風流，待與何人說"，董詞亦屢引之，但此改"相思"二字耳。或仍作"千種風流"，不通。徐天池曰：除紙筆代喉舌，言今夜相思，非紙筆以記，則此恨無從說與鶯。蓋為下折寄書地也。[潘夾]【鴛鴦煞】一闋，是作者自寓著書之意，與崔張事無涉。"柳絲長"八句，正所謂"千種相思"處也。自古及今，天下之人，誰無相思？舊恨新愁，連綿鬱結，相思豈是一種？但所思有可對人說者，有不可對人說者。其不可對人說者，則不得不藉紙筆以代喉舌也。自先天一畫以來，凡經史百家，以及騷賦樂章，詩詞歌曲，皆所謂紙筆代喉舌者也。凡肺腑所不能藏者，則宣之喉舌，而又喉舌所不能盡者，則假之紙筆。此皆各有不能告語之故，而特藉是以自為陶寫焉耳。莊子荒虛誕幻，而託之寓言十九；屈平幽憤離

---

① ·"暢道是"：畫徐本、王本無此三字；凌本作"唱道是"。

② "別恨離愁"：封本作"恨塞愁填"。

③ "相思"：湯沈本、封本作"思量"。

愁,惟歎哲王之不寤;太史公文成數十萬,猶以鬱結不能道意,但欲藏之名山,以待後人。此皆所謂相思對誰說也。然則古來著書立說家,斷非無為而作,其必有不得其平而後鳴者乎!而惜乎可以自賠,難以持贈。讀"千種相思對誰說"七字,罵盡世間着衣喫飯人,笑盡世間讀書識字人。作《西廂》者,其自居何等?而尚有《續西廂》,更有《竄西廂》者,
能不蒙面地下與?

【絡絲娘煞尾】都則為一官半職,阻隔得千山萬水。[繼眉] 一本有【絡絲娘煞】"都則為一官半職,阻隔得千山萬水"。今刪去。[參徐眉] 前頭還有趣,莫恨恨。[凌眉] 此【煞尾】必是欲續者所增,應非實甫筆。[湯沈眉] 一本有【絡絲煞】"都則為一官半職,阻隔
得千山萬水"。

　　題目　小紅娘成好事　老夫人問私情
　　正名　短長亭斟別酒　草橋店夢鶯鶯

[容尾] 總批:文章至此,更無文矣。

[畫徐尾] 駱金鄉與徐文長論《草橋驚夢》一篇:金鄉子云:第一段如孤鴻別鶴,落莫悽愴;第二段如牛鬼蛇神,虛荒誕幻;第三段如夢蝶初回,晨雞乍覺。不勝其驚怨悲愁也。文長公復書云:向來尋常看過,今拈出旅、夢、覺三字,所謂鼓不桴不鳴,今而後當作一篇絕奇文字看矣。

[田徐尾] 駱金鄉與徐文長論《草橋驚夢》一篇:金鄉子云:第一段如孤鴻別鶴,落莫悽愴;第二段如牛鬼蛇神,虛荒誕幻;第三段如夢蝶初回,晨雞乍覺。不勝其驚怨悲愁也。文長公復書云:向來尋常看過,今拈出旅、夢、覺三字,所謂鼓不桴不鳴,今而後當作一篇絕奇文字看矣。

[新徐尾] 批:翻空揭出夢境,的是相思畫譜。

[王尾·注一十四條]

【新水令】:(董詞"動是經年,少是半載,恰第一夜"。)"破題兒前",見,言愁恨纔起頭也。

[白]:"想昨夜的受用,便是今日的淒涼",言不想昨夜那樣受用,便變做今日這樣淒涼。見容易離闊也。

【步步嬌】:此正追想昨夜之受用。"可憎的別",言可愛得異樣也。

【喬木查】：徐云：打草驚蛇，只用見成語，以驚蛇喻己趕趁之疾速。"打草"二字元不要緊，特不可削去之耳，卻用不得王魯事為解。又云：大抵詞曲引成句，如摘花不揀枝葉，如此處不揀出"打草"二字。前"怎生教十年窗下無人問"，只言其人之可愛，"十年窗下"四字本無要緊，而亦不揀去。又，紅娘責教張生，所取者只"人散"二字，而不揀出"酒闌"二字，皆此類。又有取渾成一句而拆為兩用者，如鶯拜兄妹處，本是殷勤欽敬，於禮當合，而兩用之曰"殷勤於禮，欽敬當合"；使板漢讀之，必成削圓方竹矣。如此戲用，自是作家一種別趣。然"打草驚蛇"語，元詞常用。（《百花亭》劇"任從些，打草驚蛇"。）大略亦疾忙驚動之意，似不必只以"驚蛇"二字喻行之疾速也。

【攪箏琶】：此曲比元調多"自別離已後"以下四句，變體也①。"撏"，裂開也；"穩下"，安頓也；"廝齊攢"，即前"影兒也似不離身"也。（董詞"哭得俏，似癡呆"。）"陡峻"，高貌；"啀喍"，形容其瘦甚之意。（董詞"那一和煩惱啀喍"。）此調多句元譜不載，然亦不能備載。元詞諸調增減，他曲類可考見。白仁甫《秋夜梧桐雨》劇【攪箏琶】曲，較元譜亦多數句，正此格也。金本不知，遂妄以己意，削去"愁得來陡峻"及末"翠裙"二句，止以"瘦得來啀喍"收調，且訾"掩翠裙"句與"瘦得來"句意重。不知"掩過翠裙三四摺"，正俊語可賞；而謂翠裙之掩過，正以足"瘦得來啀喍"意也。蘇長公謂"小兒強作解事"，正此。

【錦上花】：（董詞"正美滿，被功名，使人離缺"。）"有限姻緣"，有分限之姻緣也。"害不倒"猶言"害不了"；"較些"，略可些也。言向時之愁懷，以成親而較可；向時之思量，以別離而又掉不下也。"踅"，風吹盤旋之貌。（元詞"羊角風踅地踅天"。）"囬折"，或作"凹折"，《雍熙樂府》作"曲折"，"曲"字聲不叶。皆字形相近之誤。

【清江引】：此皆言張生旅館淒涼之狀。（董詞"床上無眠，愁對如年夜"。）末句亦代張生說，客程未免沽酒，醒看已非昨夜歡娛之處，驚疑不知身在何處也。柳耆卿詞"今朝酒醒何處？楊柳外曉風殘月"。

---

① ［王眉］又洗一番冤屈。

【慶宣和】：末"卻元來是俺姐姐、姐姐"，系疊句，見前"張解元識人多"折。俗本去下"姐姐"二字，及古本下句亦有"卻元來是俺"五字，俱非。（董詞"是人後疾忙快分説，是鬼後應速滅云云，卻是姐姐、那姐姐"。）兩後字及"那"字，俱助語詞。

【喬牌兒】："為人須為徹"，是有始有終之意。"不藉"，丟棄之意，言衣服都不顧，繡鞋都沾濕也。（董詞"事到而今已不藉"。）又（"幾番待撇了不藉"。）可證。

【甜水令】：此下三調，皆鶯唱曲也。古注以為張生代鶯之詞，殊謬。第謂俱作別後説，不必以前四句為追憶往事較是。蓋賓白言"我為足下，顧不得迢遞"，故言今日之別離，便離思縈牽，捱過時日，花開花謝，猶為"較可"；但就影隻形孤，纔團圓而忽分散，其何以堪？所以"尋思來又甚傷嗟"。而今來追及你，欲同去也。舊"月圓雲遮""遮"字平聲，不叶。（《牆頭馬上》劇"方通道花發風篩，月滿云遮"。）或"滿"字之誤①。蓋第二字仄，則第四字平不妨矣，今更。然前云"半吐初生月"，又云"曉風吹殘月"，後又云"花殘月缺"，又云"雲際穿窗月"，又云"斜月殘燈，半明不滅"，並此凡六見，不免重疊。

【折桂令】：張生蓋言今日離別，不久相會。故鶯鶯言，你固以此言勸我，但我只慮你做瓶墜簪折，半路拋棄，如使妾有白頭之歎等語。若我則一意從君，不羨他人之豪傑驕奢，而生死以之也。"豪傑驕奢"，只泛語，俗本作"只戀豪傑"，反墮俗境。"瓶墜簪折"，用白樂天詩語。《詩》"穀則異室，死則同穴"。

【水仙子】："硬圍普救"三句，指孫飛虎；"休言語、靠後些"，指卒子。下又舉杜將軍以懼之也。顧本："醢醬"。"醢"，音海，肉醬也。《禮記》有醢人；《史記》漢誅彭越，盛其醢，遍賜諸侯。諸本俱作"醞"，不倫，以字形相近而誤。然據譜得平聲乃叶，或當作"臡醬"耳。"臡"，音尼，亦肉醬也。"臡"與"醢"或音相近之誤。"膋"，音遼，腸間脂膜也。《詩》："取其血膋。"一本作"醬血"。"醬"，音與"營"同，酖酒之外無他解。古本作"膿血"，語殊不雅。董本作"都教化醬

---

① [王眉] 的是"滿"字之誤。

血",實甫語本出此,恐亦"脅"、"膂"字形相近之誤。徐云:全篇皆夢中語,從天而降,模寫如畫。

【雁兒落】:三曲賦旅邸夢囘之景,凄絕可念。(董詞"閃出昏慘慘的半窗月"。)

【德勝令】:為竹聲驚覺,始知是夢。"莊子",元作"莊周"①,不叶,説見第三折。(董詞"急煎煎的促織兒聲相接"。)

【鴛鴦煞】:柳絲之長,將情牽惹;水聲之幽,似人嗚咽。崔娘書所謂觸緒牽情也。"咫尺",猶云近似。古本"千種風流對誰説","風流",今本作"相思"。徐云:"風流",是稱述鶯之情況。然上文皆説旅邸凄涼,此結語不應突稱鶯之風流,當從今本。言今夜相思,非紙筆以紀,則此恨無從説與他人,蓋為下折寄書地也。

[陳尾] 翻空揭出夢境,的是相思畫譜。

[孫尾] 翻空揭出夢境,的是相思畫譜。

[劉尾] 翻空揭出夢境,的是相思畫譜。

[淩尾·西廂記第四本解證]

第二折

出落:猶今言出脫也。元曲有"出退得全別",即是"出落"意。舊評音律精熟詞,有寫"你新詞出落着風流",幸義可想見,大略更新洗發之意。徐解"盡也,太也,越人俗言和扇也",不知何義?王解"出類",以對"別樣",亦影響。

量這些大小車兒如何載得起:甚言其愁多而車小難載也。"這些大小",言不多大小也。元人有"些娘大些個","大"皆言"小",今人言物"小"者,亦言有得"偌多大小",明白可證。向解為隨行大小之車,夫車不過夫人與鶯耳,夫人前白已云"輒起車兒先囘去",此時只有鶯車,有何大小之車在?況鶯只言自己車小,載不起滿胸煩惱耳,豈凡車皆在內耶?固自非是。徐解云:"大小",即多少,言眼前所見之車能有多少,而載得許多離愁?以"大小"為"多少",更悖謬不通。又有謂"大"字下宜讀"而",言這些大的小車兒;意是,而亦不必如此瑣屑。

————————

① "莊子",改得極是。

　　〔湯尾〕總批：文章至此，更無文矣。

　　〔合尾〕湯若士總評：天上事原是夢，《會眞》敍事固奇，實甫既傳其奇，而以夢結之甚當。漢卿紐於俗套，必欲以榮歸爲美，續成一套，其才華雖不及實甫，猶有可觀。關後復有人拾鄭恒求配處插入五曲，如乞兒癩疽，臭不可言。惜乎漢卿欲附驥尾，反坐續貂，冤哉！李卓吾總評：文章至此，更無文矣。徐文長總評：駱金鄉云：第一段如孤鴻別鵠，落莫悽愴；第二段如牛鬼蛇神，虛荒誕幻；第三段如夢蝶初回，晨雞乍覺。不勝其驚怨悲愁也。余向來尋常看過，今拈出旅、夢、覺三字，所謂鼓不桴不鳴。今而後當作一篇絶奇文字看矣。

　　〔魏尾〕總批：翻空揭出夢境，的是相思畫譜。

　　〔峒尾〕批：翻空揭出夢境，的是相思畫譜。

　　〔潘尾·説意〕讀《長亭》一篇，已知爲《西廂》大結束也。天地之理，相交則過，相望則差，萼跗必離，煙灰不守，川行溢坎，蓬飛斷根，苟非形影，豈能長聚哉？即人一身，亦匪堅持，四大本空，五蘊匪有，以神運形，如車隨馬，馬既脫靷，車亦歇轍。況以兩體之人，而必圖共穴之計，不知神與形之相散久矣，則聚也不如速離之爲愈也。《易》曰：“説而後散之，故受之以渙。渙者，離也。”即使崔張百年繾綣，非張死崔，即崔死張，必待皓首涕泣而言長別，不益成見尾之羞哉？則方及其説，而即散之，而後知爲物之不可窮也已。

　　然則《草橋》一篇，又何爲繼《長亭》而作也？夫長亭之別，足以結崔張之案，而未足以結《西廂》之案也。《西廂》捨崔張其別有案乎？凡夫《西廂》之地，《西廂》之事，《西廂》之人，皆爲崔張而設；凡有一之未盡，即崔張之案之尚有未結也。今觀《草橋》一篇，而凡《西廂》之地，《西廂》之事，與《西廂》之人，俱以一夢銷之，及其既覺，而俱無復有存焉者。今夫古今，一逆旅也；大地，一空王也；人生，一夢覺也。以旅店始，即以旅店終，去來之無常也，此《西廂》所由終始也。甫至蒲東，而即遊蕭寺；甫去蒲東，而不見蕭寺。則《西廂》之地，已無復有存焉者也。空王，本空也。翠被香濃，得心之事；花開花謝，傷心之事；硬圍普救，驚心之事；白馬仗劍，快心之事。則皆《西廂》之事也，而今皆付之飄飄蝴蝶也。拘管夫人，齊攢侍妾，皆《西廂》之人也，而今已都睡，則皆已入寂也。嬌滴滴玉人，則尤西廂之一人，而今已不知其何處也。然後知前此之皆為幻設也，則皆夢也。覺而後知其為夢也，則又烏知非逆旅之中如邯鄲生者，授之一枕？而凡自佛殿以來，至於送別；送別之後，忽復追行。幻中生幻，為一晷刻之事，而皆覺不復存者哉！嗟乎！人生天地間，又誰適而非夢也者？恩愛擬於空華，聚散同於野馬，縱以崔張之緣，止以一覺消之。而凡夫《西廂》之地，《西廂》之事，《西廂》之人，俱無復有存焉者。此五百年業冤，所由立時斬盡也。

雖然，《西廂》之地、之事、之人，俱消於張之一夢矣，而張之人遂存，不復消乎？《西廂》之始，張以一童而至逆旅；《西廂》之終，張以一童而去逆旅。始從西來，終從西去。童之言曰："早行一程前面去"，而竟不知其去之何從也。陶朱遊五湖，留侯從赤松，張仲堅入海島，姚平仲入青城山，皆不知其去之何從者。今張生之去，同一見首不見尾焉。則唯有飄飄焉、渺渺焉，望之雲山煙水之外而已。則《西廂》之結，而仍然未結也。物不可窮焉故也，《易》之所以"終未濟"也。

西廂記第五本

張君瑞慶團圞雜劇

[士眉] 關漢卿續《西廂記》，極力模擬，然比之王本，終自妙鍒。元人樂府稱"四大家"，而漢卿與焉。獨以激厲勝，少遜實甫耳，故自不失為兄弟也。[余眉] 關漢卿續《西廂記》，極力模擬，然比之王本，終自妙鍒。元人樂府稱"四大家"，而漢卿與焉。獨以激厲勝，少遜實甫耳，故自不失為兄弟也。[文眉] 元人樂府稱"四大家"，而漢卿與焉。獨以激厲勝少游、實甫耳，故自不失為兄弟也。

楔　子

[末引僕人上開云] 自暮秋與小姐相別，倏經半載之際。托賴祖宗之蔭，一舉及第，得了頭名狀元①。[繼眉] 坊本作"得了頭名狀元"，與後詩、白相背。[槐眉] 坊本作"得了頭名狀元"，與與後詩、白相背。[陳眉] 脫去考試事，甚超卓。[孫眉] 張生亦□□了。[魏眉] 脫出考試事，其超卓。[嶠眉] 脫出考試事，甚超卓。如今在客館聽候聖旨御筆除授，[謝眉] "前朝聖旨"二字，今只用"聖旨"，以別優劣。惟恐小姐掛念，且修一封書，令琴童家去，達知夫人，便知小生得中，以安其心。琴童過來，你將文房四寶來，我寫就家書一封，與我星夜到河中府去。見小姐時說："官人怕娘子憂，特地先着小人將書來。"即忙接了回書來者。過日月好疾也呵！

【仙呂】【賞花時】相見時紅雨紛紛點綠苔，別離後黃葉蕭蕭凝暮靄。[繼眉] 李賀詩："桃花亂落如紅雨。"[槐眉] 李賀詩："桃花亂落如紅雨。"[文眉] 二句詠一年景象。[湯沈眉] "紅雨"，謂落花也。今日

---

① "得了頭名狀元"：繼本、陳本、嶠本作"忝中探花"。

見梅開，別離①半載。［天李旁］好！［新徐眉］秋復徂春，離情佳況，促景無似。［參徐眉］早見花落花開。［封眉］"早離"，時本作"別離"，誤。琴童，我囑咐你的言語記着！則説道特地寄書來。［下］

［起眉］王曰：人傳王實夫至《郵亭夢》而止，又云"碧雲天、黄花地"而止。漢衰卿所補【商調】【集賢賓】、【掛金索】，俊語殊不減前。王固此曲大宗，關亦不北曲宗。［毛夾］參釋曰：李賀詩"桃花亂落如紅雨"。

　　　　［僕云］得了這書，星夜望河中府走一遭。［下］

第一折

　　　　［旦引紅娘上開云］自張生去京師，不覺半年，杳無音信。這些時②神思不快，［凌眉］"些"下宜有"時"字，古本脱落。粧鏡懶擡，腰肢瘦損，茜裙寬褪，好煩惱人也呵！［槐眉］"茜"，音蒨。

【商調】【集賢賓】雖離了我眼前，卻在心上有③；不甫能離了心上，又早眉頭。忘了時依然還又，惡思量無了無休。大都來一寸眉峰，怎當他許多顰皺。新愁近來接着舊愁，廝混了難分新舊。［容旁］相思畫！［天李旁］妙甚！舊愁似太行山隱隱④，新愁似天塹水悠悠。

［謝眉］好辯別，渾然天成。［士眉］宋詞："今朝眼底，明朝心上，後日眉頭。"又李易安詞："纔下眉頭，起上心頭。"［余眉］宋詞："今朝眼底，明朝心上，後日眉頭。"又李易安詞："纔下眉頭，起上心頭。"［繼眉］詩餘："今朝眼底，明朝心上，後日眉頭。"又李易安詞："纔下眉頭，又上心頭。"［槐眉］太行山：唐狄仁傑受并州法曹，親在河陽，仁傑登太行山，反顧見白云孤飛，謂左右曰："吾親在其下。"瞻望久之，雲移乃去。［起眉］李曰："離了心上，又早眉頭"，把古詞融鑄。分"新舊"

---

①　"別離"：王本作"忽驚"；封本作"早離"。
②　凌本無"時"字。
③　"雖離了我眼前，卻在心上有"：王本、廷本、湯沈本、張本、封本作"才離了眼前悶，卻在心上有"。
④　"隱隱"：畫徐本、張本作"穩穩"。

二字，又説"廝混了難分新舊"，使人顛倒費思，聽之顰眉皺眼。[畫徐眉]當"悶"字為句。昨日成親，是眼前之悶少離；今日別離，是悶又有於心上也。"忘了依然還又"句，總了得前四句。末二句是狀其多愁也，舊愁略無減，新愁日有增。俗本"穩"訛為"隱隱"，"隱"是微茫意，未盡形容。[田徐眉]當"悶"字為句。昨日成親，是眼前之悶少離；今日別離，是悶又有於心上也。"忘了依然還又"句，總了得前四句。末二句是狀其多愁也，舊愁略無減，新愁日有增。俗本"穩"訛為"隱隱"，"隱"是微茫意，未盡形容。[新徐眉]山高水深，莫寫愁□。[參徐眉]可謂淚溢九曲，恨壓三峰。[王夾]"眼前"勿斷。[文眉]宋詞云："今朝眼底，明朝心上，後日眉頭。""塹"，音箭。[陳眉]怨度堪憐。[孫眉]相思畫！[劉眉]怨度堪憐。[廷眉]當"悶"字為句。昨日成親，是眼前之悶少離；今日別離，是悶又有於心上也。"忘了依然還又"句，總了得前四句。末二句是狀其多愁也，舊愁略無減，新愁日有增。"隱隱"是微茫意，未盡形容。[廷夾]"眼前"勿斷。[張眉]首二句襯字多，俗又添作四句讀者，非。第三句俗少"時"字，非。第五六七句俱少一字。"穩穩"，言不轉動也，訛"隱隱"，非。[湯眉]相思畫。[湯沈眉]當於"悶"字為句，指昨日成親言也；"卻在我"句，自今日離別言也。"不甫能"，猶云未曾得也。末二句是狀其多愁也。"隱隱"，徐本作"穩穩"，語殊不雅。[合眉]寸結愁腸，一筆勾出。[封眉]時本作"雖離"，誤。"眼前悶"對"心上有"，以"悶"字屬下讀者，誤。"惡思量"，猶"不良會"，亦反詞也。[毛夾]此懷遠詞也。"雖離了眼前"指人；言其上眉頭，亦懷人之見於顰眉者也。俗以人上眉頭難解，遂於"眼前"下增一"悶"字，與下文"愁"字、"思量"字雜見，無理。不知此曲起調只宜七字一句，"離了眼前心上有"，此實七字也；豈有"悶"是實字，而填作襯字之理？況"眼前"、"心上"，俱着人言，亦元詞襲語，如關漢卿《金綫池》劇"這廝閑散了，雖離了眼底，忔憎着又上心頭"，可驗。向非原本，則數百年含冤之句無雪日矣。況此曲純以空筆掀翻，最妙。大略云：雖離了眼前，而忽在心上；纔離心上，又在眉頭。其懷思之無已如此，但眼前心上，尚無痕可尋，而眉則頻皺儼然矣。眉有幾何？容得如許顰皺耶？且思有"新舊"，去時為舊，今來為新；既則新舊廝混，而不可別，然且舊愁如山捱不去，新愁似水方再來也。李易安詞"此情無計可消除，纔下眉頭，又上心頭"。范希文詞"都來此事，眉間心上，無計相迴避"。元詞"忽的眼前無，依然心上有"，並前所引關漢卿《金綫池》劇諸句，與此俱同。陋者但知為用李易安詞，而不知元詞用法原自如此，反訾為"繚戾"，亦可怪矣。況新愁接舊愁，本用董詞"眉上新愁壓舊愁"句。乃並蒙抹殺，且謂未成婚前為舊愁。彼幾曾認古詞，而強分新舊，妄解斷耶？參釋曰："隱隱"，俗作"穩穩"，字形之誤。

[紅云]姐姐往常針尖不倒，其實不曾閑了一個繡床，如今百般的悶倦。往常也曾不快，將息便可，不似這一場清減得十分利害。

[旦唱]

【逍遙樂】曾經消瘦，每遍猶閑，這番最陡。^{[參徐眉] 真傷心！}〔紅云〕姐姐心兒悶呵，那裏散心耍咱。〔旦唱〕何處忘憂？看時節①獨上粧樓，手卷珠簾上玉鈎，空目斷山明水秀；^{[容眉] 妙，妙！[田徐眉] 欲忘憂而上粧樓，所見如此，又增其憂也。}〔孫眉〕妙，妙！〔湯眉〕妙，妙！〔合眉〕舉目淒涼，不堪回首。〔封眉〕時本作"看時節"，誤。見②蒼煙迷時樹，衰草連天，野渡橫舟。〔士眉〕李璟詞："手卷真珠上玉鈎。"王和甫詞："憑高不見，芳草連天遠。"〔余眉〕李璟詞："手卷真珠上玉鈎。"王和甫詞："憑高不見，芳草連天遠。"〔繼眉〕李璟詞："手卷真珠上玉鈎。"王和甫詞："憑高不見，芳草連天遠。"韋蘇州詩："野渡無人舟自橫。"〔新徐眉〕又畫出□愁景象。〔陳眉〕曲入畫影。〔劉眉〕曲③影。〔文眉〕李璟詞："手捲真珠上玉鈎。"王和甫詞："憑高不見，芳草連天遠。"〔張眉〕第四句多一字；俗作兩句，非。"目斷"連下文俱括盡，後又添"見了些"，非。〔湯沈眉〕"空目斷"數語，是見景不見人之意，妙甚！〔魏眉〕曲入畫景。〔峒眉〕曲入畫景。〔毛夾〕"曾經"非"這番"也，"每遍"更不止一番也，但這番險耳。此三句答賓白作一斷；"何處忘憂"，又承挑白，另起文理最明。今或刪去挑白，反訾"這番"句為翻起，"何處"句為接落，以為兩下不稱。此何故也？幸元明以來，相傳幾四百年，不乏文理人，猶存是本；萬一不幸早遇是君，則投爨久矣。吁！可畏也。"何處忘憂"七句，但一路填詞，而意見言外，如云必欲忘憂，除非望遠，但空見爾爾，則又何能忘憂耶？"空"字內有止見此而不見人意，此正如昔人所稱："王龍標詩，外極其象，內極其意"。此填詞最高處。且亦本董詞"無計謾登樓，空目斷，故人何許？"並"楚天空闊，煙迷古樹"諸句。而或者訾為填句，無理。且"手卷真珠上玉鈎"，出李璟詞；"憑高不見，芳草連天遠"，出王和甫詞。竟痛加塗抹，謂"珠玉"等字，隨手雜用，則病狂甚矣。他可勿復道耳。

〔旦云〕紅娘，我這衣裳這些時都不似我穿的。〔紅云〕姐姐正是"腰細不勝衣"。〔旦唱〕

【掛金索】裙染榴花，睡損胭脂皺；紐結丁香，掩過芙蓉扣；綫脫珍珠，淚濕香羅袖；楊柳眉顰，"人比黃花瘦"。^{[謝眉] 四比絕佳，漢卿才思於此見也。}〔士眉〕李易安詞："人似黃花瘦。"〔余眉〕李易安詞："人似黃花瘦。"〔繼眉〕萬楚詩："紅裙妒殺石榴花。"李易安詞："人似黃花瘦。"〔槐眉〕"裙染榴

---

① "看時節"：封本作"悶時節"。
② 張本無"見"字。
③ 楊案："曲"後似缺"入畫"二字。參見該處〔陳眉〕。

花"：萬楚詩："紅裙妒殺石榴花。"李易安詞："人似黃花瘦。"［起眉］王曰："裙染"、"紐結"、"淚濕"、"眉顰"，本描消瘦情態，乃點粧出許多顏色，翻疑入錦繡叢中，了不盡的熱鬧。［畫徐眉］太倉大王首可此折，亦未必盡然耶。此雖不及前四折，以後評之，當以此為最。［田徐眉］太倉大王首可此折，亦未必盡然耶。此雖不及前四折，以後評之，當以此為最。［新徐眉］淡景自然。［參徐眉］杜韋娘不似舊時，把風流頓減。［文眉］譬喻何等切實！［凌眉］王元美獨賞此曲為俊語，謂不減前。不知數語止似佳詞，曲中勝場不在此，前後曲自有勁敵。［廷眉］太倉大王首可此折，亦未必盡然耶。此雖不及前四折，以後評之，當以此為最。［張眉］第二四六句俱少一字。［湯沈眉］此詞俊甚，惜下二語不對。李易安詞："簾卷西風，人似黃花瘦。"［合眉］聲調都隽！［毛夾］此曲寫憔悴，是元詞排調語。《蕭氏研鄰詞説》：四句兼比賦。"榴花睡皺，芙蓉紐寬"，此賦也。"衣淚濕而斷綫如珠，柳眉顰而秋花減盡"，此比也。參釋曰：李易安詞"簾卷西風，人比黃花瘦"。

　　［僕人上云］奉相公言語，特將書來與小姐。恰繞前廳上見了夫人，夫人好生歡喜，着入來見小姐。早至後堂。［咳嗽科］［紅問云］誰在外面？［見科］［紅見僕了］［紅笑云］你幾時來？可知道"昨夜燈花報①，今朝喜鵲噪"。 ［文眉］"爆"，音暴。 姐姐正煩惱哩，你自來？和哥哥來？ ［孫眉］關目妙！［魏眉］有關目，妙，妙！ ［僕云］哥哥得了官也，着我寄書來。［紅云］你則在這裏等着，我對俺姐姐說了呵，你進來。［紅見旦笑科］［旦云］這小妮子怎麼？［紅云］姐姐，大喜大喜，嗒姐夫得了官也。 ［參徐眉］報導故人有書來。 ［旦云］這妮子見我悶呵，特故哄我。 ［士眉］怨曠伎倆，無過此折。［余眉］怨曠伎倆，無過此折。［文眉］怨曠伎倆，無過此折。 ［紅云］琴童在門首，見了夫人了，使他進來見姐姐，姐夫有書。［旦云］慚愧，我也有盼着他的日頭，喚他入來。 ［陳眉］得這一帖解郁湯。［孫眉］得這一帖解郁湯。［劉眉］得這帖解郁易。［合眉］何等喜幸！［魏眉］魂消魄散符到了。［峒眉］魂消魄散符到了。 ［僕入見旦科］［旦云］琴童，你幾時離京師？［僕云］離京一月多也，我來時哥哥去吃遊街棍子去了。［旦云］這禽獸不省得，狀元喚做誇官，遊街三日。［僕云］夫

---

　① "報"：文本作"爆"。

人説的便是，有書在此，［旦做接書科①］　［封眉］時本作"鶯接書科"，非是。

【金菊花】早是我只因他去減了風流，不爭你寄得書來又與我添些兒證候。　［謝眉］上下句相反，意更佳。［容眉］妙，妙！［起眉］無名："早"，一作"只"，非。［畫徐眉］得書不以為喜，誠重恩愛而薄功名也。

［田徐眉］得書不以為喜，誠重恩愛而薄功名也。［新徐眉］得書不以為喜，誠重恩愛而薄功名也。［文眉］此又番上公案。［廷眉］得書不以為喜，而反添證候，誠重恩愛而薄功名也。［湯眉］妙，妙！［合眉］　説來的話兒不應口②，無語低

頭，書在手，淚凝③眸。　［田徐旁］湊！［謝眉］"低頭"、"在手"、"疑眸"，以身體字串。［畫徐眉］似他人語。［田徐眉］似他

得書不以為喜，重恩愛而薄功名也。

人語。［廷眉］似他人語。［張眉］俗少"全"字。末句少一字。［湯沈眉］"説來的"句，言今書至而人不早同來之意。似他人語。［毛夾］此曲接書，後曲開書，又後曲念書，步驟甚細。故未開書以前，純是寫怨；見書以後，然後略及捷音耳。"無語低頭"二句，自摸語，似撝彈家詞，最妙。此尚得《董西廂》遺法，近不能矣。王伯良曰：前賓白謂生，"此一行，得官不得官，疾便間來"；今書至而人不至，是"話不應口"也，故又病也。參釋曰："書在手"句，正描清科白"接書"二字。"書在手"勿斷，

一句下。

　　　　［旦開書看科］

【醋葫蘆】我這裏開時和淚開，他那裏修時和淚修，多管閣着筆尖兒未寫早淚先流，　［容旁］妙！　寄來的書淚點兒兀④［凌旁］一作"猶"。　［湯眉］好！

［湯沈旁］　自有。我將這新痕把舊痕湮透。　［容旁］妙！　正是一重一作"兀"。　［湯眉］妙，妙！

愁翻做兩重愁。　［士眉］秦少游詞："新啼痕間舊啼痕。"［余眉］秦少游詞："新啼痕間舊啼痕。"［繼眉］"兀"，一作"猶"。秦少游詞："新啼痕間舊啼痕。"［槐眉］秦少游詞："新啼痕間舊啼痕。"［容眉］妙，妙！［起眉］"兀"，今作"猶"，亦可。［參徐眉］磣書彼此酸心，三公不以易其愛。［陳眉］知心哉！［孫眉］知心哉！妙！［劉眉］知心哉！［文眉］秦少游詞："新啼痕間舊啼痕。"［湯沈眉］秦少游詞："新啼痕間舊啼痕。"［合眉］愁何其多！［魏眉］知心哉！［峒

---

① "旦做接書科"：封本作"紅接書與鶯科"。
② "不應口"：張本作"全不應口"。
③ "凝"：王本、毛本作"盈"。
④ "兀"：王本作"固"；湯沈本作"猶"。

[眉] 知心哉！[封眉]"這新痕"上，時本多一"將"字，謬。[毛夾] 此曲單拈"開書"二字。因開時而想其修時，因己有淚而想其亦有淚；且不特修時有淚也，其未修之先，應先有淚矣；且不特臆度也，寄來之書，淚點固自有者；開時之淚新痕也，修時之淚舊痕也，新痕將舊痕湮透矣。我淚一重愁，見其有淚又一重愁，非以一愁為兩愁乎？或謂鶯與張各愁為兩重，則是以兩地為兩重矣。"兀自"，他本作"古自"，"古"、"兀"同，解見前。參釋曰：

秦少游詞："新啼痕間舊啼痕。"

[旦念書科]"張珙百拜奉啟芳卿可人粧次： [容旁] 奉承！[孫眉] 奉承！[湯眉] 奉承忒過！

自暮秋拜違，倏爾半載。上賴祖宗之蔭，下托賢妻之德，舉中甲第。即目於招賢館寄跡，以伺聖旨御筆除授。惟恐夫人與賢妻憂念，特令琴童奉書馳報，庶幾免慮。小生身雖遙而心常邇矣，恨不得鶼鶼比翼，邛邛並軀。 [起眉] 張生書與諸本稍異同，但"邛邛"作"鶯鶯"，可笑。[文眉] 重功張生書與他本稍異同，但"邛邛"作"鶯鶯"者，可笑。邛，音昂。名而薄恩愛者，誠有淺見貪饕之罪。他日面會，自當請謝不備。後成一絕，以奉清照①： [槐眉] "鶼"，音箋；"饕"，音豪。[參徐眉] 眞眞恩愛！[魏眉] 奉承，眞酸！ 玉京仙府探花郎，寄語蒲東窈窕娘。指日拜恩衣畫錦，定須休作倚門粧。"② [起眉] 無名：

諸本妄作"頭名狀元"等等語者，曾讀至此不？[田徐眉] 二書皆劣，詩亦多惡，及不着《會眞記》。[凌眉] 徐文長云：二書皆劣，詩亦多惡。觀《會眞記》中，崔與張書何等秀雅悲感，而可如此草草耶。《秦中雜記》曰：進士及第後為探花宴，以少俊二人為探花使。《詩話》曰：進士杏園初曰探花郎，少俊二人為探花使，遍遊名園，若他人先折得名花，則被罰。故此詩言探花郎，正言其得第耳，非如今世之第三名。俗本不解而誤添"第三名"，遂有謂其前後曲白稱"狀元"之自相矛盾者，正未夢見也。[廷夾] "蛩蛩"，亦作"邛邛"，音窮。[湯沈眉] 二書皆劣，詩亦多惡。睹《會眞記》中，崔與張書何等秀雅悲感，而可如此草率耶？[合眉] 二書皆劣，詩亦多惡。觀《會眞記》中，崔與張書何等秀雅悲感，而可如此草率耶？[封眉] 即空主人曰：《秦中雜記》曰：進士及第後為探花宴，以少俊二人為探花使。《詩話》曰：進士杏園初曰探花郎，少俊二人為探花使，遍遊名園，若他人先折得名花，則被罰。故此詩言探花郎正謂其少俊得第耳，非如今世之"第三名"。

---

① 毛本此處多一句賓白云："珙頓首再拜，詩曰："

② 諸本此處多數句賓白，毛本作"［云］慚愧也，探花郎是第三名"；封本作"［鶯云］慚愧也，探花郎是用最年少美姿的"。

俗本不解，而誤添"［鶯云］探花郎是第三名"，遂有謂其前後曲白稱"狀元"之自相矛盾者，正未夢見也。［毛夾］此詩與此白，俱出董詞。或抹此詩，或刪此白。天下固不乏"馬腫背"者，但李代桃僵，則不甘耳。"再拜"，俗作"百拜"，字形之誤。"邛邛"，即"蚩蚩"。"倚門"，謂倚門望也，與倚市門不同。

【幺篇】當日向西廂月底潛，今日向瓊林宴上搋。誰承望跳東牆腳步兒占了鼇頭，［畫徐眉］妥而溜亮，貌亦堂堂。［田徐眉］妥而溜亮，貌亦堂堂。［廷眉］妥而溜亮，調亦堂堂。［湯沈眉］"搋"，以手攙人之謂。［合眉］妥而溜亮，貌亦堂堂。怎想道惜花心養成折桂手，［張眉］"搋"，跳躍意。第三四句俱多一字。

脂粉叢裏包藏着錦繡！［謝眉］應上前面"跳東牆"句。從今後晚粧樓改做了至①公樓。［湯沈旁］一作"誌"。［士眉］即事數對亦自斐然。［余眉］即事數對亦自斐然。［容眉］映帶相思處，妙！［起眉］無名："誌"，今本作"至"，亦可。［畫徐眉］崔誇已識人，故曰"晚粧樓可改做至公堂"矣。［田徐眉］崔誇已識人，故曰"晚粧樓可改做至公樓堂"矣。［新徐眉］句句文人本色，惜無契司馬者。［參徐眉］折桂手多會偷花。［王夾］"搋"，音叉收反。［陳眉］終身成就一個探花郎。［孫眉］映帶相思處，妙！［文眉］即事數對亦自斐然。［凌眉］"晚粧樓改作至公樓"，猶言私宅今為官衙也。唐人凡官宦所居皆曰"至公"，如云公館、公廨。故既為官，則晚粧樓可為至公樓矣。徐、王皆云：崔誇已識人，故云晚粧樓可改作至公堂矣。意亦通。但唐時校士處亦如本朝稱"至公堂"耶？況原言"樓"不言"堂"也。舊本有作"誌公"者，不知何義？［凌夾］"搋"，弄也。王注謂"醉而人扶攙之"，非。［廷眉］崔誇已識人，故曰"晚粧樓可改做至公樓"矣。［廷夾］"搋"，音叉收反。［湯眉］映帶相思處，妙！［湯沈眉］"至公樓"，猶今言至公堂。元詞亦常用此語。崔誇已識人，故云云。［合眉］映帶相思處，妙！［魏眉］映帶相思處，妙！［峒眉］映帶相思妙處。［封眉］元尚仲賢《柳毅傳書》劇："他本望到至公樓，獨佔鼇頭"，楊顯之《瀟湘雨》劇："你若到至公樓，占了鼇頭"，可證。時本多誤作"誌公"。［毛夾］"當日"二句，言此即西廂月下人也。"誰承望"句承上言，"跳牆"者亦然，猶云：此子亦參政也。"怎想到"又轉入自誇意，言誰想折桂者皆從惜花養成之，錦心繡腸皆從脂粉包藏之。然則當日所稱"晚粧樓"上者，不當改名"至公"耶。參釋曰："搋"，搋搜，喬樣也，與"傻"同。《李逵負荊》劇"暢好是忒搋搜"；俗解作攙扶，大謬。劉虛白詩"猶着麻衣待至公"；唐宋試士處，俱有此名。

［旦云］你吃飯不曾？［合眉］餓殺琴童，書那得去？［僕云］上告夫人知道，早晨至今，空立廳前，那有飯吃。［旦云］紅娘，你快取飯與他吃。［僕

————

① "至"：起本作"誌"。

云〕感蒙賞賜，我每就此吃飯，夫人寫書。哥哥着小人索了夫人回書，至緊，至緊！〔旦云〕紅娘將筆硯來。〔紅將來科〕〔旦云〕書卻寫了，無可表意，只有汗衫一領，裹肚一條，襪兒一雙，瑤琴一張，玉簪一枚，斑管一枝。琴童，你收拾得好者。紅娘取銀十兩來，就與他盤纏。

〔繼眉〕《會真記》："玉環一枚，寄充君子下體所佩。玉取其堅潔不渝，環取其終始不絕。兼亂絲一絢，文竹茶碾子一枚。數物不足見珍，意者欲君子如玉之貞，俾志如環不解。淚痕在竹，愁緒縈絲。"此卻衍之成一段佳話，真一莖草可化丈六金身。〔槐眉〕《會真記》："玉環一枚，寄充君子下體所佩。玉是其堅潔不渝，環取其終始不絕。兼亂絲一絢，文竹茶碾子一枚。數物不足見珍，意者欲知君子如玉之貞，俾志如環不解。淚痕在竹，愁緒縈絲。"此卻衍之成一段佳話，真一莖草可化丈六金身。 〔紅娘云〕姐夫得了官，豈無這幾件東西，寄與他有甚緣故？

〔旦云〕你不知道。這汗衫兒呀，

【梧葉兒】他若是和衣臥，便是和我一處宿；〔士眉〕此意本鄒長倩《遺公孫賢良書》來。

〔余眉〕此意本鄒長倩《遺公孫賢良書》來。但貼①着他皮〔湯沈旁〕一作"肌"。肉，
〔文眉〕此意本鄒長倩《遺公孫賢良書》來。

〔起眉〕無名："皮"一作"肌"，覺雅。不信不想我溫柔。〔畫徐眉〕亦可！〔陳眉〕說得親切題目。〔孫眉〕如畫！題目□□親切。

〔廷眉〕亦可！〔張眉〕"貼着皮肉"，插白，俗訛作正曲，非。〔湯〕妙！〔峒眉〕說得親切題目。〔紅云〕這裹肚要怎麼？〔旦唱〕常則不要離了前後，守着他左右，緊緊的繫在心頭。〔紅云〕這襪兒如何？〔旦唱〕拘管他胡行亂走。〔容旁〕妙！〔王夾〕"宿"，叶修，上聲；"肉"，叶柔，去聲。〔新徐眉〕寄着身軀去了，第一要着。〔參徐眉〕節節有意，唯拘管他行走，意自相關切。〔廷夾〕"宿"，叶修，上聲；"肉"，叶柔，去聲。〔湯眉〕更妙，更切！〔合眉〕他要亂走，襪兒也管不得。〔魏眉〕禁他胡行，更真切。

〔紅云〕這琴他那裏自有，又將去怎麼？〔旦唱〕

【後庭花】〔張眉〕借用【仙呂】當日五言詩緊趁逐，〔士旁〕收拾前意。〔余旁〕收拾前意。〔謝眉〕"五言詩"，重重挽起"月色溶溶夜"意，於此更覺相思切。〔文眉〕收拾前意。後來因七弦琴成配偶。〔天李旁〕好！他怎肯冷

———————————
① "貼"：毛本作"粘"。

落了詩中意，我則怕生疏了弦上手。〔紅云〕玉簪呵，有甚主意？
〔旦唱〕我須有個緣由，他如今功名成就，只怕他撇人在腦背後。

〔新徐眉〕琴童愈妙。〔參徐眉〕吊古思今，無不同調。〔紅云〕斑管要怎的？〔旦唱〕湘江兩岸秋，
當日娥皇因虞舜愁，今日鶯鶯為君瑞憂。這九嶷山下竹，共香
羅衫袖口——〔畫徐夾〕帶過下文。〔田徐眉〕言琴而及詩，似屬請客，斑管亦
多繁辭；以娥皇自比，亦不倫。如"玉簪"三語殊簡俊。〔田徐夾〕
帶過下文。〔王夾〕"逐"，叶直由反；"竹"，叶帝。〔廷夾〕"逐"，叶直由反；"竹"，
叶帝。〔湯沈眉〕"九嶷山下竹"是淚所染，"香羅衫袖口"亦是淚所漬，故此處用一
"共"字；而下隨繼云："都一般啼痕湮透"，
方得其趣。〔魏眉〕寄物都是寄人去。妙盡！

【青哥兒】都一般啼痕湮透。似這等淚斑宛然依舊①，〔張眉〕俗少
"並"字。借
用【仙呂】。萬古情緣一樣愁。〔繼眉〕劉夢得樂府："斑竹枝、斑竹枝，淚痕點點寄
相思。楚客欲聽瑤瑟怨，瀟湘深夜月明時。"〔槐眉〕
劉夢得樂府："斑竹枝、斑竹枝，淚痕點點寄相思。楚客欲聽瑤瑟怨，瀟湘深夜月明
時。"〔陳眉〕總是這句着力。〔文眉〕"湮"，音因。〔湯沈眉〕萬古情緣，蓋根上娥
皇之淚，而煞之曰涕淚交流，怨慕難收，〔畫徐旁〕湊！〔田徐旁〕湊！〔陳
"一樣愁"也。　旁〕物去人亦去。〔孫旁〕物去人
亦去。〔天對學士叮嚀説緣由，是必〔湯沈旁〕徐本無休忘舊！〔容眉〕物
李旁〕妙！　　　　　　　　　　"是必"二字。　　　　　去人亦去
矣。〔孫眉〕物去人亦去矣。〔湯眉〕物去人亦去矣。〔封眉〕"非謬"，時本誤作"依
舊"。"休忘舊"上，時本多"是必"二字。〔毛夾〕贈物寓詞，昉於漢秦嘉、徐淑；
然元稹本記亦原有贈貽一段，故董詞與此皆用之。"九嶷山下竹"諸語，尚出董詞。
"他若是和衣臥"，單指臥時因衣而想；至臥，料其不忍卸也。"但粘着皮肉"，則又不
止臥時矣。"裹肚"，本概前後左右，然故折作三層説，此以絮見妙。"繫在心頭"，以
繫結在心也。"趁逐"，猶追隨，《蘇小卿》劇"馮員外怕人相趁逐"。此指聯詩説，因
琴及詩，是因主及客法，以《聯詩》、《聽琴》，從前二大關目也。董詞亦有"瑤琴是
你嗜撫，夜間曾挑鬪奴"語。"撇人腦背後"，猶言撩在一邊也，北凡言僻處皆稱"腦
背後"，如《李逵負荊》劇"把煩惱都丟在腦背後"；此以"腦"字閒説耳。"娥皇"、
"虞舜"，總比夫婦，然亦用董詞"當日湘妃別姚虞"諸語。"這九嶷山下竹"起至曲
末，又因淚斑將衫袖與湘管比觀，以見不可忘舊。總有意為長短參錯，以示章法。"丁
寧"二語，亦雜用董詞"一件件對他分付，並休把文君不顧"諸語。參釋曰："怨慕

————————————————————

① "似這等"：張本作"並"。"依舊"：封本作"非謬"。

難收"，似用《孟子》。"怨慕也"句，指舜皇事。又參曰：元詞亦有"怎肯孤
負了有疼熱的惜花心，生疏了沒包彈的畫眉手"，與"生疏了弦上手"語同。

[旦云] 琴童，這東西收拾好者。[僕云] 理會得。[旦唱]

【醋葫蘆】你逐宵野店上宿，休將包袱做枕頭，怕油脂膩展污了
恐難酬①。[陳旁] 不是愛那東西。倘或水侵②[湯沈旁]一作"侵"。雨濕休便扭，我則怕乾
時節熨不開褶皺。一椿椿一件件細收留。[士眉] 纏綿馳戀之思，疊生錯出。[余眉] 纏綿馳戀
之思，疊生錯出。[繼眉] "侵"，今本作"浸"。"褶"，音蝶。[容眉] 不是愛那東
西！[畫徐眉] 眞率！[田徐眉] 眞率！[新徐眉] 是極眞率語，亦極細密語。[參徐
眉] 珍重物，正所以珍重人。[陳眉] 諄諄叮嚀有深味。[孫眉] 不是愛那東西！[文
眉] 纏綿馳戀之思，疊生錯出。"椿"，音粧。[廷眉] 眞率。[張眉] "褶"，訛"濕"，
非。"細"，訛"自"，非。[湯眉] 不是愛那東西！[湯沈眉] 眞率語。[魏眉] 不是
愛那東西！[峒眉] 諄諄叮嚀，有味。[毛夾] 總囑精細，與下折"傾倒藤箱子"一
曲，工力悉敵。元詞本色，率如此。"怕油脂污了急難酬"，諸本"急"作"恐"，字
形之誤；或遂以"怕"、"恐"字復，刪去"怕"字，則輾轉訛錯矣。"酬"，作回謝
解，猶云"賠"也。"水侵"，俗作"水浸"，亦字形之誤；此字調應平聲，且"侵"
是水入，"浸"是入水，大關文理。一"椿椿"，指囑語；"一件件"，指寄物；然一氣下，
七字句，勿斷。參釋曰：總囑似單
重衣服。下折【耍孩兒】曲同此。

【金菊花】書封雁足此時修，情繫人心早晚休？長安望來天際
頭，倚遍西樓，"人不見，水空流。"[謝眉] 牽引之意，於此發見。[畫
徐眉] 好！[田徐眉] "人不見"句，
秦少游詞。[參徐眉] 不盡餘韻！[張眉] 第一二句俱少一字，第三句少二字。末
句少一字。[湯沈眉] 末語用秦少游詞句。[魏眉] 不盡餘韻！[峒眉] 不盡餘韻！
[毛夾] "書封"二語，對仗精確。"早晚"，猶言"多早晚"，即"幾時"也。"長安
望來"三句，非更倚樓也，正緊承"幾時休"來，追往事耳。言西樓遍矣，人何在
耶？此用董詞"望野橋西畔，小旗沽酒，是長安路"，並"地裏又遠關山阻"諸句。
參釋曰：舊解"人不至"則盼望情絕，故云"早晚休"，如此則"長安望來"又不接
矣。"人不見，水空
流"，見秦少游詞。

[僕云] 小人拜辭，即便去也。[旦云] 琴童，你見官人對他說。

---

① "怕油脂膩"句：王本無"怕"字。"恐"：毛本作"急"。
② "侵"：湯沈本做"浸"。

[僕云] 說甚麼？[旦唱]

【浪裏來煞①】　[封眉] 陶九成論曲：【商調】中是【浪來裏煞】。他那裏為我愁，我這裏因他瘦。臨行時啜賺② [湯沈旁] 哄弄之意。人的巧舌頭，[容旁] 妙！指歸期約定九月

九，不覺的過了小春③時候。到如今"悔教夫婿覓封侯"。[士眉] 觀此詞，
安得少艾之慕奪於慕君？人由情欲中來，固自不可磨滅。[余眉] 觀此詞，安得少艾之慕奪於慕君？人由情欲中來，固自不可磨滅。[繼眉] "悔教夫婿覓封侯"，王昌齡詩。[槐眉] "覓封侯"：漢班超有大志，不修小節。家自為官傭□養母，投筆歎曰："大丈夫當效傅介子張騫，立功西域，以取封侯，安能久事筆硯乎?"左右笑之，超曰："小子安知壯士之志哉?"後出征西域，安集五十余國，封定遠侯。[起眉] 李曰：不肯認一喜字，卻"悔教夫婿覓封侯"，正得這輩人賣弄情態。[畫徐眉] "啜賺"，哄弄之謂。[田徐眉] "啜賺"，哄弄之謂。[新徐眉] 妙，妙！婦人女子情話畢至矣。[參徐眉] 這也由你肯不得。[王夾] "掇"，古作"啜"。[陳眉] 度日如年！[孫眉] 度日如年！[劉眉] 度日如年！[文眉] 觀此詞，安得少艾之慕奪於慕君？人由情欲中來，固自不可磨滅。[凌眉] 如此煞尾詞，豈嫩筆所辦？從來世眼皆取濃麗，不識當行，故"珠簾掩映"等句便為絕倒，而此等法皆抹殺矣。[廷夾] "掇"，古作啜。[張眉] "九月九"在去年，"暮春"正今年放榜後，時節纔相照應。訛"小春"，非。末句多二字。[湯眉] 妙！[合眉] 你何曾教他去？[毛夾] "啜"，音底活反。此以"病"與"愆期"二意囑付作結，與前"添些證候"、"話不應口"二意照應。首二句一斷，言病也。"啜賺"，誆騙也，如《殺狗》劇"啜賺俺潑家私"，王本改"掇賺"，反謂"啜賺"無據，妄矣。古詞之不可改，類此。"啜賺"句另起，一氣至末，言愆期也，約定九月九而過小春者，猶詩云"五日為期，六日不詹"也，猶俗言"約清明而過穀雨"也。此是方語、現成語。而或又嘗云"秋後送別，豈有約歸期在重九之理?"則請問此時已是次年，暮春而尚稱為"小春時候"，此何故也? 嗟乎！蔡中郎已贅牛府，而強解事者必欲打算其何日問聘、何日贅合。古詞之遭不幸，一至此乎！參釋曰：煞曲俱擬致生語，妙在全不及得官一句，且結出"悔"字，若反以得官為恨者，一何俊也！董詞諸曲原如此。"悔教夫婿覓封侯"，見王昌齡詩。又參曰："啜"，元詞音"掇"，與字書音"輟"

不同，說見第四折。

---

① "【浪裏來煞】"：封本作"【浪來裏煞】"。

② "啜賺"：王本、廷本作"掇賺"。

③ "小春"：張本作"暮春"。

　　［僕云］得了回書，星夜回俺哥哥話去。［並下］①

　　[**容尾**] 總批：寄物都是寄人去。妙，妙。

　　[**新徐尾**] 批：看書處，摹盡喜憂情；回書處，訴盡相思味。一轉一摺，步步生情。妙，妙！

　　[**王尾·注一十三條**]

　　【賞花時】："紅雨"，謂落花也，李賀詩"桃花亂落如紅雨"。"忽驚半載"，諸本作"別離半載"，與上句重，誤。

　　【集賢賓】："雖離了這眼前"，謂下文之愁悶，非謂人也；直至"心上有"，作一句讀，襯七字。首三句，大略以"眼前"、"心上"、"眉頭"之愁悶，錯綜成文耳。（元詞"忽的眼前無，依然心上有"。"不甫能"，猶云未曾得也。李易安詞"此情無計可消除，纔下眉頭，又上心頭"。范希文詞"都來此事，眉間心上，無計相迴避"。"隱隱"，古本作"穩穩"，入曲，語殊不雅。

　　【逍遙樂】："陡"，猶俗言陵陡之意。李景詞"手捲真珠上玉鈎"。王和甫詞"憑高不見，芳草連天遠"。欲忘憂而上粧樓，所見如此，又增其憂也。

　　【掛金索】：俊詞也。惜下二語不對。李易安詞："簾捲西風，人似黃花瘦。"

　　【金菊香】：前賓白謂："生此一行，得官不得官，疾早便回來"，今卻書至而人不至，故曰"說來的話兒不應口"也。徐云："無語低頭"，只尋常扯湊，自他人旁觀而狀之則可，不應鶯之自稱。"書在手，淚盈眸"一句下，勿斷，"手"字元不作韻。

　　【醋葫蘆】：古本"淚點兒固自有"，猶言"元自有"也。詞隱生欲作"兀自"。"固"、"兀"聲相近，北人元無正音也。秦少游詞"新啼痕間舊啼痕"。

　　［白］徐云：二書皆劣，詩亦多惡。睹《會真記》中，崔與張書何等

---

　　① 少本此處多出一段云：

　　題　　小琴童傳捷報　　崔鶯鶯寄汗衫

　　目　　鄭伯常干捨命　　張君瑞慶團圓（［**謝眉**］此自當在十七折首，因前目壓之，故錄於此。）

秀雅悲感，而可如此草草耶？

【幺】："摋"，手摋也，以手扶攙人也。言宴之醉而人扶攙之也。"跳東牆"二句，即連用"誰承望"三字，然元不相對。唐王保定《摭言》載，劉虛白與太平裴公早同研席，及公主文，虛白猶舉進士，簾前獻詩曰："二十年前此夜中，一般燈燭一般風。不知歲月能多少，猶着麻衣待至公。""至公樓"，猶今言"至公堂"。元詞亦常用此語。崔蓋誇己識人，故曰晚粧樓今可改做至公堂矣。

【梧葉兒】：董本：鶯鶯寄生，有衣一襲、瑤琴一張、玉簪一枝、斑管一枝，及白羅袴、汗衫、裹肚、綿襪、藍直繫①、絨縧、青衫、褖兒諸物。"褖"，音院，佩絞也。每物俱有囑付之詞。然不如此詞為俊。

【後庭花】："趁逐"，追隨之謂。（《蘇小卿》劇"馮員外怕人相趁逐"。）"撇人腦背後"，俊語也。"簪管"，琴。董疊字《玉臺》三曲，俱繁而率。此言琴而及詩，似屬請客，斑管亦多繁辭；以娥皇自比，亦不倫。不如"玉簪"三語為簡而俊。（元詞有"怎肯孤負了有疼熱的惜花心，生疏了沒褒彈的畫眉手"。）更勝。

【青哥兒】："都一般啼痕湮透"二句，屬上曲；"萬古情緣"以下，又總囑付之也。

【醋葫蘆】："油脂展污恐難酬"，言展污則難以酬贈人也。大都此曲俱傷鏤鑿。"侵"，舊訛作"浸"，"水侵雨濕便扭"等，皆不成語。油脂上元有"怕"字，與下"恐"字礙，今去之。

【金菊香】：前此常望其歸，今既不至，故但修書為寄，而盼望其來歸之情，牽繫人心者，早晚且休也。"倚遍西樓"與前"獨上粧樓"犯重。"人不見，水空流"，用秦少游詞句。

【浪裏來煞】："掇賺"，哄人也。古本作"啜賺"，無據；姑從今本。王昌齡詩："忽見陌頭楊柳色，悔教夫婿覓封侯。"

［陳尾］看書處，摹盡喜憂情；同書處，訴盡相思味。一轉一摺，步步生情。

［孫尾］寄物都是寄人去。妙，妙！

———————————

① ［王夾］疑即所謂"衣一襲"者。

[劉尾] 看書處，摹盡喜憂情；回書處，訴盡相思味。一轉一摺，步步生情。

[湯尾] 寄物都是寄人去。妙，妙！

[合尾] 湯若士總評：愁怨動人。李卓吾總評：寄物都是寄人去。徐文長總評：太倉大王首可此套。此雖不及前四折，以後當以此套為最。

[魏尾] 總批：看書處，摹盡喜憂情；回書處，訴盡相思味。一轉一摺，步步生情。妙，妙！

[峒尾] 批：看書處，摹盡離憂情；回書處，訴盡相思味。一轉一摺，步步生情。

第二折

[廷眉] 此後三枝甚切事情。以後三枝雖無甚警語，卻鋪敍眞樸，化俗語為雅調，則時時有之。前曲屬情易動人，後題切事，其措詞更難於前也。世謂關漢卿續者，便甲乙次品之，予未敢信其品也。

[末上云]"畫虎未成君莫笑，安排牙爪始驚人。"本是舉過便除，奉聖旨着翰林院編修國史。他每那知我的心，甚麼文章做得成。

[合眉] 做得文章成的，也不是人。

使琴童遞佳音，不見回來。這幾日睡臥不寧，飲食少進，給假在驛亭中將息。

[參徐眉] 舊病又發了！[陳眉] 舊病又發了！[孫眉] 舊病又發了！[劉眉] 舊病又發了！[文眉] 書生眷戀之情，何思之切也！[魏眉] 舊病又發！[峒眉] 舊病又發了！

早間太醫着人來看視，下藥去了。我這病盧扁也醫不得。自離了小姐，無一日心閒也呵！

[槐眉]"盧扁"，本渤海郡鄭人；扁鵲姓秦名緩字越人。前扁鵲，黃帝時人；後扁鵲，春秋時人。《八十一難經》云：秦越人典軒轅時，扁鵲相類，故仍曰"扁鵲"。人家於盧國，故人號為"盧扁"。越之東有扁鵲塚，所謂盧扁良侯也。

【中呂】【粉蝶兒】從到京師，思量心旦夕如是①，向心頭橫倘

---

① "如是"：封本作"如熾"。

着俺那鶯兒。^{【容旁】}妙！請醫師，看診罷①，一星星説是②。本意待推

辭，則被他察虛實不須看視③。^{【田徐眉】}"一星星説似"，猶言説得着也。
^{【參徐眉】}指下了了，眞僞難瞞。^{【孫眉】}

妙！^{【文眉】}"胗"，音整。^{【張眉】}言醫説來，皆似是我之虛實，怎禁他早已看破，如

何推辭得？訛"不須看"，非。第七句少二字。^{【湯眉】}妙！^{【封眉】}"如熾"，時本誤

作"如是"。"醫士"，時本作

"醫師"、"良醫"，俱非。

【醉春風】他道是醫雜症有方術，治相思無藥餌。^{【陳眉】}這樣好明
醫！^{【峒眉】}這樣

好明_{醫！}鶯鶯呵，你若是知我害相思，我甘心兒死、死。^{【容旁】}妙，妙！
^{【天李旁】}感恩

知己，不得作情緣會也，眞處不可言喻。^{【繼眉】}楊補之詞："你還知麼？你知後我也

甘心兒摧錯。"^{【田徐眉】}兩"死"字系疊句，與前"早痒、痒"、"那冷、冷"一例。

^{【孫眉】}妙，妙！
^{【湯眉】}妙，妙！四海無家，一身客寄，半年將至。^{【起眉】}無名："死、
死"，一作"為你死"，

便不活潑了。^{【新徐眉】}長房縮地，一咬咀好藥兒。^{【參徐眉】}意越偪側，情越活潑。
^{【廷夾】}"術"，叶繩朱反。^{【王夾】}"術"，叶繩朱反。^{【文眉】}"甘心兒死、死"，合

着前"心兒裏痒、痒"調，此名反關意。^{【凌眉】}俗本作"為你死"，少一"死"字，

便失調矣。^{【張眉】}言害相思，小姐未必知；果知，則死也不枉。"你若"字，正是覷

倖意，訛"還"，非。^{【湯沈眉】}兩"死"字，系疊句，與前"早痒、痒"、"那冷、

冷"一例，不容更着襯字也。一作"為你死"，非但失調，且不活潑了。^{【合眉】}"死、

死"二字妙，言一死不足以曠知己。^{【魏眉】}意越偪窄，情越活潑。^{【峒眉】}意越偪

窄，情越活潑。^{【毛夾】}"向心頭橫倘着鶯兒"，用董詞。"説似"，説與我也，此頂賓

白"明説着我症候"來。本意待推辭，言己欲推辭以諱其説，已早被識破矣。"不須

看視"，與"看胗罷"似矛盾，但此云"不須"，言即不看視亦曉耳，況看視耶？所以

他急道：此相思，無療法也。"鶯鶯"下又轉，言雖是難療，若使鶯知此，則亦甘心

耳。自起至此凡七轉，一轉一妙。"四海"三句，言今乃如此。"甘心為你相思死"，

與"四海無家，一身客寄"，俱出董詞。參釋曰：此與前折作對偶，俱用虛寫。蓋未

合以前，則以傳書遞簡為微情；既合以後，又以寄物緘書為餘思。皆作者阿堵也。

　　　[僕上云] 我則道哥哥除了，原來在驛亭中抱病，須索回書去咱。

　　[見了科][末云] 你回來了也。^{【容夾】}妙！
^{【湯眉】}妙！

―――――――――

① "醫師"：封本作"醫士"。"診"：文本、毛本作"胗"。

② "説是"：畫徐本、王本、毛本作"説似"。

③ "本意待推辭"二句：張本作"似意待推辭，察虛實怎禁窺視"。

【迎仙客】疑怪這噪花枝靈鵲兒，垂簾幕喜蛛兒，［謝眉］"靈鵲"、"喜珠"，翻前案。

［孫眉］妙！正應着短檠上夜來燈爆①［湯沈旁］一作"爆"。時。［參徐眉］必有兆報。［文眉］一紙同音，三報兆應，異哉！

若不是斷腸詞，決定是斷腸詩。［陳眉］俱有之！［劉眉］俱有之！［張眉］"疑怪"是白，口氣貫下，何等文情！於"檠"上加"正應着"，非。［僕云］小夫人有書至此。［末接科］寫時管情②［凌旁］一作"雨"。淚如絲，既不呵③，怎生淚④點兒封皮上漬。［起眉］無名："多管"句，今本"管情淚如絲"，腐甚。［田徐眉］"血"字避上"淚"字。［新徐眉］接書喜愁，兩地相似，故不禁言之淒淒如此。［王夾］"爆"，今作"報"；"淚"，古作"血"。［凌眉］"爆"，今本作"報"，不如"爆"字勝。《漢宮秋》劇"管喜信爆燈花"。末句一本作"淚珠兒滴濕了封皮上字"，較此尤俊。［廷夾］"爆"，今作"報"；"淚"，古作"血"。［魏眉］知心人自猜得。［峒眉］知心人自猜的。［封眉］即空主人曰："爆"，今多作"報"，不如"爆"字勝。《漢宮秋》劇"管喜信爆燈花"。［毛夾］"靈鵲"、"喜蛛"、"燈爆"，皆元時得書襲語，然在所必有。故前折見紅白，此折入生曲，皆其故為佈置處。"清淚如絲"，應前折"修時和淚修"曲，但封書時，衹着"書封雁足此時修"一語，並不及淚，故此又補入，然衹一點便了，與前折纏綿又別。
參釋曰："若不是"二語，是未接書時，擬議如此。

［末讀書科］"薄命妾崔氏拜覆，敬奉才郎君瑞文几：自音容去後，不覺許時，仰敬之心，未嘗少怠。縱云日近長安遠，何故鱗鴻之杳矣。莫因花柳之心，棄妾恩情之意？正念間，琴童至，得見翰墨，始知中科，使妾喜之如狂。［陳眉］直書處無限情味。［孫眉］直書處無限情味。［劉眉］直書處無限情味。［封眉］時本曲白多舛錯。郎之才望，亦不辱相國之家譜也。今因琴童回，無以奉貢，聊布瑤琴一張，玉簪一枝，斑管一枚，裹肚一條，汗衫一領，襪兒一雙，權表妾之真誠。［參徐眉］寄物統在一"詳"字。匆匆草字欠恭，伏乞情恕不備。謹依來韻，遂繼一絕

---

① "正應着短檠上夜來燈爆時"：張本無"正應着"三字；"爆"，湯沈本作"報"。

② "管"：起本作"多管"。"情"：毛本作"清"。

③ "呵"：王本作"沙"。

④ "淚"：畫徐、田徐本作"血"。

云："闌干倚遍盼才郎，莫戀宸京黃四娘。病裏得書知中甲①，窗前覽鏡試新粧。"②

[士眉] 鶯鶯有答微之書，文辭甚佳。何不節其略載之，而為此腐語也？
[余眉] 鶯鶯有答微之書，文辭甚佳。何不節其略載之，而為此腐語也？

[繼眉] 鶯鶯書，坊本偽傳日甚，今依元本正之。[起眉] 無名：鶯鶯書元失真，而坊本訛傳日甚。今照舊本刪正，庶幾可觀。[文眉] 鶯鶯書元失真，而坊本訛傳日甚。今照舊本刪正，庶幾可觀。

那風風流流的姐姐，似這等女子，張珙死也死得着了。

[合眉] 不由你不死！[毛夾] 杜詩"黃四娘家花滿溪"，後凡指狹斜，皆可稱黃四娘，猶晚唐人稱謝秋娘也。記中唱和傳遞，詩凡九首。參釋曰：懷舊事，俗改"知中甲"，既不對，又不雅，可恨！

【上小樓】這的堪為字史，當為款識。[湯沈旁]音志。有柳骨顏筋，張旭張顛③，羲之獻之。此一時，彼一時，佳人才思，俺鶯鶯世間無二。

[槐眉] "張旭張顛"：張旭，吳人也，善畫。每大醉，吁呼狂走，乃下筆，或以髮濡墨而書。既醒，自視以為神不可復得。故稱"張顛"。[容眉] 或者不是字好。[田徐眉] "張旭"即"張顛"，不容易"張芝"。[新徐眉] 情人眼裏西施□。[參徐眉] 有這樣風標，當使鬼哭。豈譽口也！[王夾] "識"，音志。[孫眉] 或者不是字好。[文眉] 想像形容，曲盡一篇大旨。[凌眉] "張旭"即"張顛"。王伯良改為"張芝"，然此句不宜用韻。[廷夾] "識"，音志。[張眉] "識"，去聲。"張芝"，俗作"張顛"；"顛"即"旭"，不應重出。[湯沈眉] "款識"，古鐘鼎銘也。"張旭"即"張顛"，舊重用，是誤。"彼一時"，指顏柳諸人；"此一時"，指鶯鶯。言鶯之才思與昔人無二之謂。[湯眉] 或者不是字好。[合眉] 或者不是字好。"張旭"即"張顛"。"此一時"，指鶯。言鶯之才思與昔人無二之謂。[封眉] 即空主人曰："張顛"，王伯良改為"張芝"。然此句不宜用韻。

【幺篇】俺做經咒般持，符籙般使④。[繼眉]"使"，一作"侍"。[張眉]第一二句少一字，合調。[封眉]"般視"，時本作"般使"，非。高似金章，重似金帛，貴似金資。[天李旁]神物！這上面若

---

① "知中甲"：毛本作"懷舊事"。
② 繼本中鶯鶯的信略異。
③ "張顛"：王本、張本作"張芝"。
④ "般使"：封本作"般視"。

簽個押字，^[廷旁]使個令史，^[廷旁]差個勾使，則是一張①忙不及
"花字"。　　　圖書。

印赴期的咨示。[謝眉]疊三"金"字，用得停妥。[容眉]妙，妙！[起眉]
王曰：俗語、謔語、經史語，裁為奇語，如天衣通身無縫。[田
徐眉]沒正經卻有趣，填詞中之決不可少者。[參徐眉]件件勝人，的是士女班頭。
[王夾]下"使"字，去聲。[孫眉]妙，妙！[廷夾]下"使"字，去聲。[張眉]
咨示必有印。鶯書可當咨示，特無印爾。"則似張"者，言似一張云云，俗不辨正襯
混讀者，非。[湯眉]妙，妙！[魏眉]俗語、謔語、經史語，裁為奇語，如天衣通身
無縫。[峒眉]俗語、謔語、經史語，裁為奇語，如天衣通身無縫。[毛夾]掌字者曰
"字史"，掌文書者曰"令史"，勾人者曰"勾使"。"款識"，古鐘鼎銘也。"張顛"即
"張旭"，古詞不照顧，每如此。此亦用董詞
"若使顆硃砂印，便是偷期帖兒，私期會子"。

　　[末拿汗衫兒科]休道文章，只看他這針指，人間少有。

【滿庭芳】怎不教張生②愛爾，^[凌眉]"爾"，時本作"你"，非韻。[封
眉]即空主人曰："爾"，時本作"你"，
非韻。堪針工出色③^[天李旁]妙！[湯沈旁]一作"生色"。[文眉]"生
後同。　　　　　　色"，今盡作"出色"，非也。[封眉]時本作"生色"。女教
為師。幾千般用意針針④是，可索尋思。^[容旁]妙！[陳眉]極盡贊詞！
[孫眉]妙，妙！[峒眉]極盡
贊長共短又沒個樣子，窄和寬想像着腰肢，好共歹⑤無人試。想
詞！
當初做時，用煞那小^[湯沈旁]心兒。^[士眉]首首應前，更翻新意。古
一作"悄"。　　　詩："裁縫無處等，以意忖情量。"
[余眉]首首應前，更翻新意。古詩："裁縫無處等，以意忖情量。"[繼眉]首首應
前，更翻新意。"生色"，今作"出色"，非。古詩："裁縫無處等，以意忖情量。"
[容眉]妙，妙！或者不是汗衫好？[田徐眉]趣！[王夾]"煞那"，朱作"盡了"。
[陳眉]字好、文章好、針指好，都只是情意好、顏色好。[孫眉]或者不是汗衫好？
[廷夾]"煞那"，朱作"盡了"。[張眉]此曲專美其"針"。兩"針針"，正言其是
處不錯，到底不懈也。"無人試"上，添"好共歹"，非。[湯眉]妙，妙！或者不是

──────────

① "則是一張"：王本、張本作"則似張"。
② "張生"：王本作"張郎"。
③ "出色"：繼本、文本作"生色"。
④ "針針"：張本作"般般"。
⑤ 張本無"好共歹"三字。

汗衫好？〔合眉〕或者不是汗衫好？〔魏眉〕字好、文章好、針指好，都只是情好、意好、顏色好。〔峒眉〕字好、文章好、針指好，都只情好、意好①、顏色好。〔毛夾〕此亦詠物詞，與前折各一機杼。“可索尋思”，可推尋其用意處，“長共短”三句是也。“小心”，即細心，正指用意，與“可索尋思”不同。參釋曰：“你”字入齊微韻，說見
前。

　　小姐寄來這幾件東西，都有緣故，一件件我都猜着了。

【白鶴子】〔張眉〕借用【正宮】。這琴，他教我閉門學禁指②，留意譜聲詩③，調養聖賢心，洗蕩巢由④〔田徐旁〕作“箏笛”耳。〔天李旁〕妙！〔士眉〕忖度件件，兩心如契。〔余眉〕忖度件件，兩心如契。〔槐眉〕“巢由耳”：唐許由聞兄致天下而讓焉，曰：“歸休！君子無所用也。”乃遁於潁水之陽，箕山之下。堯召為九州長，由不欲聞，臨水洗耳。遇巢父牽牛欲飲之，見由洗耳，問故。由：“堯欲召我為官，惡聞其言，是故洗耳。”巢父曰：“子若處高岩深谷，人道不通，誰能見乎？子浮游間間，苟求名譽，非吾友也。恐污牛口。”乃牽牛於上流飲之。〔容眉〕鶯鶯又與琴俱來了。〔畫徐眉〕亦並通。〔田徐眉〕亦並通。東坡《聽琴詩》“歸家且覓千斛水，洗盡從來箏笛耳”。〔參徐眉〕寄來的物件，還要知音人兒解。〔陳眉〕鶯鶯又與琴俱來了。〔孫眉〕鶯鶯又與琴俱來了。〔劉眉〕鶯鶯又與琴俱來了。〔文眉〕忖度件件，兩心如契。〔凌眉〕“巢由”，王伯良以為“箏笛”之誤。東坡《聽杭僧維賢彈琴詩》“歸家且覓千斛水，洗盡從來箏笛耳”，大是。然不敢改舊本。〔廷眉〕亦並通。〔張眉〕用“巢由”原無謂，或改作“箏笛”，亦拗而未妥。〔湯眉〕鶯鶯又與琴俱來了。〔湯沈眉〕五曲“裏肚”最勝，“襪兒”次之，“斑管”重“湘江兩岸秋意”，“玉簪”塞白無謂。“巢由”，方作“箏笛”，東坡詩云“洗淨從來箏笛耳”。〔合眉〕五曲“裏肚”最勝，余皆塞白。鶯鶯與五者俱來。〔封眉〕“箏笛”，時本誤作“巢由”。蘇長公《聽杭僧維賢彈琴詩》“歸家且覓千斛水，洗盡從來箏笛耳”。王前十六折中【白鶴子】、【耍孩兒】皆倒行，此皆順行。

【二煞】這玉簪，纖長如竹笋，細白似蔥枝，溫潤有清香，瑩潔無瑕玼。〔湯沈旁〕“疵”同。〔天李旁〕好！〔容眉〕鶯鶯又與玉簪俱來了。〔王夾〕“玼”，與疵同。〔陳眉〕鶯鶯又與玉簪俱來了。〔孫眉〕鶯鶯又與玉簪俱來了。〔凌夾〕與“疵”同。〔廷夾〕“玼”，與“疵”同。〔湯眉〕鶯鶯又與玉簪俱來

---

① “情好、意好”，原文作“情好意”，此據魏本改。
② “禁指”：毛本作“禁止”。
③ “譜聲詩”：王本作“識聲時”。
④ “巢由”：王本、毛本、封本作“箏笛”。

了。〔**毛夾**〕"玼"、
"疵"，同上聲。

【三煞】這斑管，霜①[田徐旁] 一作"霜"。枝曾②棲鳳凰，淚點漬胭脂，當時舜帝慟娥皇，今日淑女思君子。[繼眉] 此枝坊本訛錯不堪，今依元本正之。[容眉] 斑管裏也有鶯鶯。[畫徐眉] "淚點漬"句，見其為斑管。[田徐眉] "淚點漬"句，見其為斑管。[參徐眉] 看的是物，想的是人，物到人亦到，路遙心不遙。[陳眉] 斑管裏也有鶯鶯。[孫眉] 斑管裏也有鶯鶯。[劉眉] 斑管裏也有鶯鶯。[張眉] "今日"下添"教"字，非。[湯眉] 斑管裏也有鶯鶯。[湯沈眉] "霜枝"，經霜之枝。"淚點漬"句，見其為斑管。[魏眉] 手掩的是物，心想的是人，正是物到人亦到，路遙心不遙。[峒眉] 斑管也有鶯鶯。[封眉] 俗本多作"霜枝曾棲鳳凰"，時因甚"淚點漬胭脂"？學究之氣熏人。

【四煞】這裏肚，手中一葉綿，燈下幾迴絲，表出腹中愁，果稱心間事。[天李旁] 好！[容眉] 裏肚裏也有鶯鶯。[陳眉] 裏肚裏也有鶯鶯。[孫眉] 裏肚裏也有鶯鶯。[文眉] □□察心思，一團意趣。[湯眉] 裏肚裏也有鶯鶯。[峒眉]
裏肚裏也有鶯鶯。

【五煞】這鞋襪兒，針脚兒細似蟣子，絹帛兒膩似鵝脂，既知禮③不胡行，願足下當如此。[容旁] 妙，妙！[容眉] 不見襪，卻見鶯鶯。[田徐眉] 五曲："裏肚"最勝，"襪兒"次之，"斑管"重前"兩岸秋"意，"玉簪"塞白無謂。[新徐眉] 猜出物事，與鶯鶯付琴童，如出一口。自是作者工致處。[文眉] "蟣"，音己。[陳眉] 不見襪，卻見鶯鶯。[孫眉] 不見襪，卻見鶯鶯。[湯眉] 不見襪，卻見鶯鶯。[合眉] 非猜詩謎社家，不能領悟至此。[毛夾]《白虎通》云："琴者，禁也。禁止於邪以正人心也。"孟郊《楚竹吟》云："識聲者謂誰？秋夜吹贈君"。此云"閉門"、曰"留意"，是倒粧語，謂當學禁止而閉門，識聲詩而留意也。俗作"學禁指"，字聲之誤；"識聲時"，字形之誤。"調養聖賢心"，此用白行簡《琴詩》"全辨聖人心"語。"洗蕩箏笛耳"，此用嵇康論"聽箏笛琵琶，則形躁而志越；聞琴瑟之音，則體靜而心閑"語。俗本以"箏笛"為"巢由"，此亦字形之誤；而解者遂起紛紛之疑，不知古無詠琴及巢由者。且"箏笛"又非偶見語，如白樂天《廢琴詩》："不辭為君彈，縱彈人不聽。何物使之然？羌笛與秦箏。"東坡《聽彈琴詩》"歸家且覓千斛水，洗盡從來箏笛耳"，此正現成有本之句。作者既精深淹博絕人，考索而傳解者率皆陋乖舛，遂致古詞之妙，失盡本來。

---

① "霜"：畫徐本、田徐本作"雙"。
② 封本無"曾"字。
③ "知禮"：毛本作"知你"。

即如此曲，亦平平耳。不疑四句字字有出，且不疑四句竟字字差錯。曲中如此盡多，向非有善本蹤跡可尋，其亥豕相去，可勝窮乎？閱古至此，尚不憬然知懼，而妄肆譏彈，任情刪改，嗟乎已矣。"溫潤有清香，瑩潔無瑕疵"，此用董詞"玉取其潔白純素，微累纖瑕不能污"諸語。"霜枝"，諸本作"雙枝"，字聲之誤，方幹詩"松含細韻在霜枝"；古無稱"雙枝"者。"裏肚"四句，似古《子夜歌》，雙關特俊。"襪兒"末句，代鶯語，俏甚。既不"胡行"而又"當如此"，較前"胡行亂走"又進一層。俗本"知你"作"知禮"，亦字聲之誤。王伯良曰：舊注謂雙枝並兩管而吹之，不知此筆管非簫管也。董詞"紫毫管未曾有"可證。

　　　　琴童，你臨行，小夫人對你說甚麼？〔僕云〕着哥哥休別繼良姻。

　　〔末云〕小姐，你尚然不知我的心哩。

【快活三】冷清清客店兒①，風淅淅雨絲絲，雨兒零，風兒細，夢回時②，多少傷心事。〔謝眉〕說盡旅中情況，自覺悽楚。〔士眉〕人言《西廂》後卷不及前卷，自是情盡才盡，何優劣論也？〔余眉〕人言《西廂》後卷不及前卷，自是情盡才盡，何優劣論也？〔繼眉〕"舍"，今作"店"，非。〔起眉〕李曰：人言《西廂》後卷不及前卷。自是情盡才盡，何優劣論！〔參徐眉〕此恨綿綿無盡些。〔文眉〕人言《西廂》後卷不及前卷，自是情盡才盡，何優劣論也？〔廷眉〕人品《西廂》後卷不及前卷，自是情盡才盡，何優劣論也？〔張眉〕第一二句俱多字。"舍"，訛"店"，非。〔湯沈眉〕"雨兒零"九字作一句讀。兩"兒"字襯字，"細"字元非押韻。〔合眉〕"雨兒零"九字作一句讀。兩"兒"字是襯字，"細"字亦非押韻。〔毛夾〕此曲一氣直下，至"到不得蒲東寺"止，總訴其急欲歸而不能歸之情也。王本既刪此曲前賓白，而又以此曲無着，欲移向"一身客寄，半年將至"之下，則錯亂極矣。且此至"蒲東寺"一截，應前折"歸期九月九"一段。"小夫人"至【賀聖朝】一截，應前折"丁寧休忘舊"一段，脈絡甚清。王既刪前白；又因【賀聖朝】曲碧筠本有誤，如"招婿"作"招甚"，"那樣溫柔這般才思"作"溫柔這般才思"，文理難認，遂並刪【賀聖朝】曲，則於"別繼良姻"一囑付又無應矣。豈繼良姻者，而在閑街花柳耶？幸元本瞭然，一雪其舛耳。參釋曰："雨零風細夢回時"本七字句，俗添兩"兒"字，則"風兒細"似韻脚矣，數語最絮聒。客舍清冷，又得風雨；風雨之餘，剛值夢同，傷心可數耶？故曰"多少"。

【朝天子】四肢不能動止，急切裏盼不到③蒲東寺。小夫人須是

---

① "客店兒"：繼本、張本作"客舍兒"。
② "雨兒零，風兒細，夢回時"：毛本作"雨零風細夢回時"。
③ "盼不到"：毛本作"到不得"。

你見時，別有甚閑傳示①？［張眉］"你見"句，俗訛甚。［畫徐眉］語欠調妥。［田徐眉］語欠調妥。［廷眉］語欠調妥。

［湯沈眉］我是個浪子官人，風流學士，怎肯去帶②殘花折舊枝。
語欠調妥。

自從到此③，甚的是閑街市。［田徐眉］"甚的是閑街市"，言從不曾胡亂行走也。［參徐眉］真不忍胡行亂走。［孫眉］便不胡行亂走了。［張眉］"殘花"下添"折"字，非。"始"，叶韻；"從"連下作句，非。［魏眉］便不敢胡行亂走了。［峒眉］便不敢胡行亂走了。［封眉］"何似"，時本誤作"須是"。"戴"，作"帶"，非；"自茲"句作"從"，非。［毛夾］"四肢不能動止"，以傷心得病也。"急切裏到不得蒲東寺"，非不欲歸也。"小夫人"以下，另起。

"別有甚閑傳示"，正接前賓白一問，而又問之，故曰"別有"；曰"閑傳示"，"閑"，餘也。兩問正別，而伯良反以為復，正坐不解耳。"浪子官人"以下，是答"別繼良姻"前一層意，言花柳尚不顧，況繼姻耶。"自思、到此"，各二字成句，或作"自茲"，則無理；或作"自從"，則無韻。"甚的是"，言不識何者是也。

【賀聖朝】少甚宰相人家，招婿的嬌姿。其間或有個人兒似爾，那裏取那溫柔，這般才思？想鶯鶯意兒，怎不教人夢想眠思？［天李旁］妙！［田徐眉］此曲非真實，調不協，前後重復，工拙天淵，便為刪去。［孫眉］妙，妙！［文眉］"眠"，一作"興"。似是不知【二煞】又有"坐想行思"，而興、居二態，描寫殆盡。此可見古本不容易一字也。［凌眉］此調系【黃鐘】。金在衡疑為竄入。王伯良以語句不倫，前後重復，工拙天淵，直刪去，良是。然舊本悉有，姑存之。［張眉］別本此處有【賀聖朝】一曲，不惟本宮內無此調，且詞與末折內【雁兒落】意同，更俗甚，刪之。［湯沈眉］此曲方本不載。［封眉］即空主人曰：此調系【黃鐘】。金在衡疑為竄入。王伯良以語句不倫，直刪去，良是。然舊本悉有，姑存之。天臺陶九成《分調類編》【中呂宮】【賀聖朝】下注云：與【黃鐘】、【商調】出入。則即空說誤。［毛夾］此曲雖系【黃鐘宮】調，然與【中呂】、【商調】本自出入。此正答"休別繼良姻"一囑。衹"鶯鶯意兒"二句，與【賀聖朝】本調不合，似有錯誤。金在衡疑此曲為竄入，而王伯良竟刪之，則妄甚矣。元詞作法，必有參白，參白一刪，勢必刪曲，何者？以曲中呼應盡無着耳。伯良頗識詞例，亦曾

---

　　①　"小夫人須是"二句：王本作"小夫人何似，你見時節別有甚閑傳示？"其下多一段對白云："［僕云］着哥哥休別繼良姻。［生云］小姐，你尚然不知我的心裏。"張本作"你見小夫人近何似，別有甚閑傳示？"湯沈本於"傳示"下多一句說白"［琴云］再無他說"。"須是"：封本作"何似"。

　　②　"帶"：封本作"戴"。

　　③　"自從到此"：王本作"自思到此"；張本作"自始到此"；封本作"自茲到此"。

取元劇參白一探討耶？豈有通本參白一筆刪盡，而猶欲分別曲文定是否者？卷首所謂以曲解曲，以詞覈詞，真百世論詞之法也。"想鶯鶯"二句另起，起下曲"收拾寄物"，正元詞三昧。但其文似有誤耳。今悉照原本；不敢增易，以俟知者。

　　琴童來，將這衣裳東西收拾好者。

【耍孩兒】 ［張眉］借用【般涉調】。 則在書房中傾倒①個藤箱子，向箱子裏面鋪幾張②紙。放時節須索用心思③，休教藤刺兒抓住綿絲。 ［槐眉］應前【醋葫蘆】一枝。 ［容眉］妙，妙！ ［淩眉］"袟"字失韻，復與下重，當有誤。王伯良改為"須索用心思"。 ［張眉］"兒"訛"綿"，非。"須索用心思"訛"用意取包袱"，與下文重，非。 ［湯眉］妙，妙！ ［封眉］時本誤作"用意取包袱"，王伯良因失韻故，改為"須索用心思"。 高擡在衣架上怕吹④了顏色，亂裏在包袱中恐銼了褶⑤ ［湯沈旁］音蝶。 兒。當如此，切須愛護，勿得因而。 ［士眉］應前囑琴童語。 ［余眉］應前囑琴童語。 ［繼眉］應前【醋葫蘆】一枝。"褶"，音蝶。 ［容眉］都是不能描寫的，卻描寫到此，更妙在不了！ ［畫徐眉］何等真率！ ［田徐眉］何等真率！ ［新徐眉］□自真率！ ［參徐眉］故用未了語，乃愁中要，急中閑。 ［陳眉］口頭語，人卻指點不出。 ［孫眉］都是不能描寫的，卻描寫到此，更妙在不了。 ［劉眉］口頭語，人卻指點不出。 ［文眉］"因而"者，乃怠慢之意。 ［廷眉］何等真率！ ［張眉］"切"訛"是"，非。 ［湯眉］都是不能描寫的，卻描寫到此，更妙在不了！ ［湯沈眉］應前【醋葫蘆】一枝。囑付語，果真率。 ［合眉］真率語，亦應前【醋葫蘆】一枝。 ［魏眉］故用未了語，乃愁中要，急中閑。 ［嶠眉］口頭語，人卻指點不到。 ［封眉］"袿"，時本作"褶"，非。 ［毛夾］首曲結寄物，末曲結寄書，次曲申結"歸期不應口"一囑，三曲申結"休別繼良姻"一囑，章法秩然。觀此益信前白與曲之不得刪矣。"傾倒"，或作"頓倒"，或作"顛倒"，皆字形之誤。"須索用心思"，俗作"用意取包袱"，既不叶，又難解，大謬。"高抬"二句，正申上意，言衣架包袱之不當，所以須箱也。北人稱"掛"曰"抬"。"因而"，解見第九折。袟及衣服者，舉一以概餘耳。參釋曰：一曲只一意，反

---

　　① "傾倒"：王本作"頓倒"。

　　② 張本於"張"字後多一"兒"字。

　　③ "放時節須索用心思"：淩本作"放時節用意取包袱"；封本作"放時節用意莫參差"。

　　④ "高抬在衣架上怕吹"：王本作"高掛在衣架上怕風吹"。

　　⑤ "褶"：封本作"袿"。

復纏綿，此是元詞本色。第自《草橋》以前，微有不然，故如出二手。
但不得明指為何人作耳。若過為升降，極訾續貂，則又豈知音者耶？

【二煞】恰新婚，纔燕爾，為功名來到此。長安憶念①蒲東寺。昨宵個②春風桃李花開夜，今日個秋雨梧桐葉落時。愁③如是，身遙心邇，坐想行思。［謝眉］因翻前面"怎敢因而"案。［繼眉］"春風"二句，白樂天詩。［槐眉］"春風"二句，白樂天詩。

［起眉］王曰："昨宵"二句不入唐律，也應入六朝。［畫徐眉］此後三套，備數而已。"春風"二語，白樂天《長恨歌》。［田徐眉］此後三套，備數而已。［廷眉］此後三套，備數而已。［張眉］"春風"緊接來，文法一氣，若添襯字便隔礙，況分"昨宵"、"今日"於兩句首，何謂？［湯沈眉］"東風"二句，白樂天詩。［合眉］此下三段，備數而已。［魏眉］句堪入唐律。［峒眉］句堪入唐律。［封眉］"目斷"，時本俱作"憶念"。"憶"，時本作"愛"，非；"情"，時本作"愁"，非。［毛夾］"恰新婚"三句，言甫婚而即離，則懷歸極矣。"昨宵個春風桃李花開夜"，言昨新婚時，秋夕也，而翻似春夜；"今日個秋雨梧桐葉落時"，言今客寄時，正春候也，而翻似秋日。其愁如是！自"身遙心邇"，"行坐思歸"，而猶疑"歸期不應口"，何也？此申結"冷清清"至"蒲東寺"節。參釋曰："春風桃李"二句，見白樂天詩。"心邇身遠"，見本傳鶯鶯書。

【三煞】這天高地厚情，直到海枯石爛時，此時作念何時止？直到④燭灰眼下纔無淚，蠶老心中罷卻絲。我不比遊蕩輕薄子，輕
［湯沈旁］一作"縛"。夫婦的琴瑟⑤，拆鸞鳳的雄雌。　　［士眉］李義山詩："春蠶到死絲方盡，蠟炬成灰淚始乾。"

［余眉］李義山詩："春蠶到死絲方盡，蠟炬成灰淚始乾。"［繼眉］李義山詩："春蠶到死絲方盡，燭炬成灰淚始乾。""棄"，一作"輕"。［槐眉］李義山詩："春蠶到死絲方盡，燭炬成灰淚始乾。"［田徐眉］"燭灰"二語，李義山詩。［參徐眉］都從心坎中流出。［文眉］李義山詩："春蠶到死絲方盡，燭炬成灰淚始乾。"［湯沈眉］李義山詩："春蠶到死絲方盡，燭炬成灰淚始乾。"［封眉］俗本"燭"上多"直到"二字。"罷卻絲"，俗本有作"卻有絲"者，謬。"夫婦"二句中填"的"字不得。

［毛夾］"天高地厚"二語，鶯情無盡也。"燭灰蠶老"二句，感鶯無盡也。情感如是，而猶疑為棄夫妻繼別姻，何也？此申結"浪子官人"至【賀聖朝】節。參釋曰："春

---

①　"憶念"：封本作"目斷"。
②　"個"：封本作"憶"。
③　"愁"：封本作"情"。
④　封本無"直到"二字。
⑤　"輕夫婦的琴瑟"："輕"，繼本作"棄"；封本作"拋"。封本無"的"字。

蠶到死絲方盡，蠟燭成灰
淚始乾"，見李義山詩。

【四煞】不聞黃犬音，難傳紅葉詩，驛長不遇梅花使。孤身去國①三千里，一日歸心十二時。憑欄視，聽江聲浩蕩，看山色參差②。　[士眉] 此可入律。[余眉] 此可入律。[繼眉] 韓夫人詩："殷勤謝紅葉，好去到人間。"陸凱詩："折梅逢驛使，寄與隴頭人。"[槐眉] 唐僖宗時，宮女韓夫人題詩於紅葉，云："流水何太急，深宮盡日閑。殷勤隨紅葉，好去到人間。"放禦溝流出。士人于祐拾之。復題一葉云："曾聞葉上題紅怨，葉上題詩寄阿誰？"放溝上流入宮。韓夫人拾之。後帝放宮女三千人，韓泳作伐嫁祐，及成禮，各取紅葉視之。祐曰："今日可謝媒。"夫人曰："一聯佳句隨流水，十載幽思滿素懷。今日得成鸞鳳侶，方知紅葉是良媒。"[容眉] 妙在不了。[新徐眉] 此等情思，江山為之流連。[田徐眉] 作"驛長"較俊。[王夾] "使"，去聲。[陳眉] 餘音不絕。[孫眉] 餘音不絕。[劉眉] 餘音不絕。[文眉] "參差"，不齊貌。[廷眉] 此等易為。[廷夾] "使"，去聲。[張眉] "江濤"二句，皆憑欄所視，文有理會；"濤"，俗訛"聲"，非本意。[湯眉] 妙在不了！[湯沈眉] 陸凱詩：折梅逢驛使，寄與隴頭人。"憑闌視"，似於下"聽"字、"看"字不妥，查元本作"處"字。[峒眉] 餘音不絕。[封眉] "客邸"，時本多作"去國"、"去客"、"做客"，皆非。"憑欄"等句，正言其身居帝里，神溯河中。時本"思"作"視"，"濤"作"江"，又漏"恍如"、"空見些"字，則難通矣。[毛夾] 此節結寄書，純用反語，起下曲，言不聞黃犬，不傳紅葉，不逢驛使，所以去國之久，歸心之切，憑欄之遠也。一氣注下。【煞尾】與第十五折作法相近，此正着望童不至時說。或又驚曰：琴童纔至，便云不遇梅使。不知爾在夢中，我在夢中矣。參釋曰："黃犬"，陸機事；"紅葉"，于祐事；"驛使"，范曄事。

【尾】憂則憂我在病中，喜則喜你來到此。投至得引人魂卓氏音書至，險將這害鬼病的相如盼望死。[下]　[繼眉]《史記》：司馬相如常有消渴疾。[容眉] 是那個至？[田徐眉] 俊甚！[參徐眉] 爽語快心，令人酣醉。[湯眉] 是那個至？[湯沈眉] 尾語俊。[封眉] "人魂"，作"魂靈"，非。[毛夾] 此承上來，言始以不得書而致病，今人至而書亦竟至，則始何其可憂，今何其可喜也。"投至得"，又作一轉，言書雖可喜，然病亦幾危矣。"引人魂"與"害鬼病"對，俗本作"引魂靈"，誤。

[容尾] 總批：妙！妙！見物都是見人來。

---

① "去國"：封本作"客邸"。

② "憑欄視"三句：封本作"憑欄思，恍如聽江聲浩蕩，空見些山色參差。""江聲"：張本作"江濤"。

[王尾·注一十五條]

【粉蝶兒】：（董詞"我心頭橫着這鶯鶯"。）"一星星說似"，即前白"太醫指下明說着我證候"意，猶言說得着也。下言，我待推辭不是此證候，他卻察得虛實的確，不須再看視也。古本作"其意推辭"，不妥。

【醉春風】：（董詞"鶯鶯你還知道我相思，甘心為你相思死。"）又（"四海無家，一身客寄"。）古本"甘心兒為你死"，下句多五字，今刪去。兩"死"字系疊句，與前"早痒、痒"、"那冷、冷"一例，不容更着襯字也。俗本去一"死"字，是本調少一句矣，更謬。

【迎仙客】：古本"燈爆時"，今本作"報"，似"爆"字勝。元詞多用"燈爆"。（馬致遠《漢宮秋》劇"管喜信爆燈花"。）"沙"，助語詞。古本作"血點兒"對"皮上漬"，避上句"淚"字耳，然不若"淚點"較妥，今從"淚"。

【上小樓】："字史"，掌字之史也；"款識"；古鐘鼎銘也①。"張旭"即"張顛"，舊重用，定誤。"彼一時"，指顏柳諸人，"此一時"，指鶯鶯。言鶯之才思，僅古昔數人可比，今世無與為伍也。

【幺】：徐云：沒正經卻有趣，填詞中之決不可少者。（董詞"若使顆砂印，便是偷期帖兒、私期會子"。）

【滿庭芳】："張郎愛爾"，俗本作"張郎愛你"，入齊微韻，非。"幾千般用意般般是"作句，"可索尋思"又句，調法如此。而"般般是"三字意，實與下句相屬，言其做時曾費尋思，即下"長共短"數句意。"用煞那小心兒"，正可索尋思也。朱本作"用盡了"，俱佳。徐云：自是趣況可拾。

【白鶴子】：五曲："裹肚"最勝，"襪兒"次之，"斑管"重前"湘江兩岸秋"意，"玉簪"塞白無謂。琴詞"學禁指"，語生。"識聲時"，或作"聲詩"。徐云："識"，當音志，言記憶而不忘也。似太文，更詳。"調養聖賢心"，屬掯大腐語。"箏笛"，舊作"巢由"，蓋字形相近之誤②。東坡《聽杭僧惟賢彈琴詩》"歸家且覓千斛水，洗盡從來箏笛耳"。

---

① ［王眉］自來無人道破。

② ［王眉］此等誤寧獨字形，蓋俗子不解文義，不讀書之故耳。

【三煞】："霜枝棲鳳凰"，筠本作"雙枝"，注又謂並兩管而吹之也，謬甚。此"斑管"是筆管，非簫管也。（董詞"紫毫管未曾有"。）可證。"霜枝"，經霜之枝，即今所謂霜管、霜毫之意也。

【一煞】：末二句代鶯言也。

【快活三】："雨兒零、風兒細、夢同時"，九字作句，兩"兒"字襯字。勿以"風兒細"作句，"細"字元非押韻也。

【朝天子】："甚的是閑街市"，言從不曾胡亂行走也。"自從、到此"當各二字成文，上二字省一韻。今本作"自茲到此"，即叶調，然句殊不妥，不從；詞隱生作"自始"。舊、諸本【快活三】調上，有"生云：臨行時夫人對你說什麼來？"白一段。於"冷清清客店兒"數語，意既不接；且此調有"小夫人何似，見時別有甚閑傳示"，則上白復犯重。凡《記》中多以曲代白，有"小夫人"二句，即並白"夫人說什麼來"一句，亦不必用；與第二折"萬福先生"句一例。今刪去。又【白鶴子】五曲後，當即接【耍孩兒】諸曲，"收拾簪管"等物。今間【快活三】一調，總之上下文義殊不相蒙。似置前"四海無家，一身客寄，半年將至"之下，次序乃當耳。舊本【朝天子】後，又有【賀聖朝】一調。【賀聖朝】系【黃鐘宮】曲，此曲於本調復句字不叶。金在衡以宮調不倫，疑為竄入。不知"少甚宰相人家，招甚嬌姿"，語既不通；"其間或有個人兒似你"，"你"字入齊微韻，不叶。"那裏取溫柔這般才思"，又與前"彼一時，此一時，佳人才思"語重。"鶯鶯意兒，怎不教人夢想眠思"，是窮乞兒湊插作句，全不成語。首"宰相人家"二語，又與末套【雁兒落】"若說起絲鞭士女圖"二語，前後重復，且工拙不啻天淵。其為小人竄入無疑，非直宮調之不協已也。今直刪去。

【耍孩兒】："頓倒"，整頓之意。舊第三句作"放時節用意取包袱"，"袱"字失韻，復與下兩"包袱"重，非。古本"怕風吹了顏色"但對下"怕錯了褯兒"多一字，今本無"風"字。"因而"，見第三折，言當如此愛護，勿得因而輕易損壞之也。漢卿之不逮實甫，無論才情遠近；實甫直以自然為勝場，漢卿極力刻畫，遂損天成，去之更遠①。

---

① ［王眉］確論！

【四煞】：白樂天《長恨歌》："春風桃李花開夜，秋雨梧桐葉落時。"

【三煞】：李義山詩："春蠶到死絲方盡，蠟燭成灰淚始乾。"

【二煞】：今本"驛長不遇梅花使"，古本作"路長"。《南史》陸凱《寄范曄》詩："折梅逢驛使，寄與隴頭人"，則當從"驛"為古；而"路長"亦不若"驛長"語俊，今從"驛"。"江聲浩蕩"，古本作"浩大"，似不如"浩蕩"較妥。

【尾】：尾語俊甚。"引人魂卓氏音書至"，古本脫"人"字。

[陳尾] 見物如見鶯，描盡得遠書景趣。

[孫尾] 見物如見鶯，描盡得遠書景趣。

[劉尾] 見物如見鶯，描盡得遠出書景趣。

[湯尾] 妙在見物都是見人來。

[合尾] 湯若士總評：極力摹畫處，不乏人工，終傷天巧，此關所以不如王也。李卓吾總評：見物都是見人來。徐文長總評：前套因物達誠之意，與此套睹物懷人之思，關合不差。是極得"相思"二字深旨而摹之者。

第三折

[淨扮鄭恒上開云] 自家姓鄭名恒，字伯常。先人拜禮部尚書，不幸早喪。[陳眉] 原來也是公子。[孫眉] 原來也是公子。[劉眉] 原來也是公子。[峒眉] 原來也是公子。後數年，又喪母。先人在時，曾定下俺姑娘的女孩兒鶯鶯為妻。不想姑夫亡化，鶯鶯孝服未滿，不曾成親。[文眉] 此又為起初始末根由。俺姑娘將着這靈櫬，引着鶯鶯，回博陵下葬，為因路阻，不能得去。數月前寫書來喚我同扶柩去；因家中無人，來得遲了。我離京師，來到河中府，打聽得孫飛虎欲擄鶯鶯為妻，得一個張君瑞退了賊兵，俺姑娘許了他。我如今到這裏，沒這個消息，便好去見他；既有這個消息，我便撞將去呵，沒意思。這一件事都在紅娘身上，我着人去喚他。

[謝眉] 白不犯正文，愈見才思。[新徐眉] 俏紅雖巧，難作兩國軍師。[參徐眉] 此行多是撞木鐘，喚紅娘亦難作兩國軍師。[陳眉] 紅娘難做兩國

軍師。［孫眉］紅娘難做兩國軍師。［劉眉］紅娘難做兩國說客。［文眉］"撞"，音壯。［魏眉］俏紅雖巧，難做兩國軍師。［峒眉］紅娘難做兩國軍師。則說"哥哥從京師來，不敢來見姑娘，着紅娘來下處來，有話去對姑娘行說去"。去的人好一會了，不見來。見姑娘和他有話說。［紅上云］鄭恒哥哥在下處，不來見夫人，卻喚我說話。夫人着我來，看他說甚麼。［見淨科］哥哥萬福！夫人道哥哥來到呵，怎麼不來家裏來？［淨云］我有甚顏色見姑娘？①

［封眉］時本［恒云］下有"我有甚顏色見姑娘"一句。此時恒對紅方說"要揀吉日成合親事"，不曾說出鶯鶯復許張生話頭，如何便說"無顏"？大誤！

我喚你來的緣故是怎生？當日姑夫在時，曾許下這門親事；我今番到這裏，姑夫孝已滿了，特地央及你去夫人行說知，揀一個吉日成合了這件事，好和小姐一答裏下葬②去。不爭不成合，一答裏路上難廝見。若說得肯呵，我重重的相謝你。

［參徐眉］恒諒不能施其工巧矣。

［紅云］這一節話再也休題，鶯鶯已與了別人了也。［淨云］道不得"一馬不跨雙鞍"，可怎生父在時曾許了我，父喪之後，母倒悔親？這個道理那裏有？［紅云］卻非如此說。當日孫飛虎將半萬賊兵來時，哥哥你在那裏？若不是那生呵，那裏得俺一家兒來？今日太平無事，卻來爭親；倘被賊人擄去呵，哥哥如何去爭？［容夾］那丫頭也狠。［新徐眉］"賊擄"二字，真可中言折。［參徐眉］"賊擄"二字，片言折獄。［陳眉］一刀兩斷。［孫眉］那丫頭也狠。［湯眉］那丫頭也狠。［魏眉］"賊擄"二字，真可中言折獄。［峒眉］"賊擄"二字，真可中言折獄。

［淨云］與了一個富家，也不枉了，卻與了這個窮酸餓醋。偏我不如他？我仁者能仁、身裏出身的的根腳，又是親上做親，況兼他父命。［紅云］他倒不如你，嗤聲！

［毛夾］此打匹科諢也。元詞原有打牙諢匹調例，院本中所必有者。況鄭恒鬧哨，藍本《董詞》，又不得不爾。此原在文章套數之外，別一眼目。按唐鄭協律，名恒，字伯常，見秦貫《墓銘》。特以配博陵崔氏，偶同。董解元遂取恒實之，後竟相傳為詞家故事，不可易矣。如《鴛鴦被》劇"性狼也夫人，毒心也鄭恒"類。

【越調】【鬥鵪鶉】賣弄你仁者能仁，倚仗你身裏出身；至如

---

① 封本無"我有甚顏色見姑娘？"一句。
② "下葬"：文本作"扶柩"。（［文眉］"柩"，音究。）

你官上加官，也不合親上做親。又不曾執羔雁邀媒，獻幣帛問

[湯沈旁]
徐作"謝"。 肯①。恰洗了塵，便待要過門；枉醃 [湯沈旁]
不潔意。 了他金屋銀

屏，枉污②了他錦衾繡裀。[謝眉] 深好起發意，此關氏不亞於王氏也。[士眉] 俚雅互陳，便是當家。[余眉] 俗雅互陳，便是當家。[繼眉] 此後二齣，以俚語、書語捏合成腔，半俗半雅，故自當行。[槐眉] 此後二齣，以俚語、書語捏合成腔，半俗半雅，故自當行。[起眉] 王曰：蕢梓土鼓，不妨從朔。[田徐眉]"謝肯"，舊有是語。[新徐眉]"醃了"、"臊了"，小紅何等不屑！[參徐眉] 舌劍唇槍。[凌眉] 徐士範曰：俚雅互陳，便是當家。"問肯"，王作"謝肯"。[峒眉] 從這裏講貧富，千古特見。[封眉] 王伯良作"謝肯"。

【紫花兒序】枉蠢了他梳雲掠月，枉羞③了他惜玉憐香，枉村

[湯沈旁]
徐作"紂"。 了他㩼雨尤雲。 [容眉]"枉"得有
趣！[湯眉] 有趣！ 當日三才始判，兩儀初

分；[畫徐旁]
卻不好！ [田徐旁]
卻不好！ [廷旁] 卻不好！ 乾坤：清者為乾，濁者為坤，人在中

間相混。君瑞是君子清賢，鄭恒是小人濁民。④ [容旁] 狠！[士眉]
"三才"以下，是小

兒嘎號，然不妨作鄭家侍婢本色語。[余眉]"三才"以下，是小兒嘎號，然不妨作鄭家侍婢本色語。[槐眉]"三才"：天地人也。《通鑒》云：盤古氏開天地之道，達陰陽之變，為三才首君。[起眉] 李曰：這仵鄭恒處，絕是小兒嘎號，卻不妨侍婢本色語。[畫徐眉]"紂"，村、蠢之意。[田徐眉]"紂"，村、蠢之意。迂板，不似婢子語。[新徐眉]"紂"，即村、蠢之意。這仵鄭恒處，絕無小兒啼號，不如侍婢知己語。[參徐眉] 何當談天論地，分別人品。[王夾] 後"濁"字，借叶去聲。[陳眉] 從這裏講貧富，千古特見！[孫眉] 從這裏講貧富，千古特見！[劉眉] 從這裏講貧富，千古特見！[文眉]"三才"以下，是小兒嘎號，然不妨作鄭家侍婢本色語。[凌眉] 王伯良曰："兩儀"，"儀"字得仄聲乃妙。"三才"以下自是本色，而人以為學究，王元美譏《倩梅香》劇正以此等語。[廷眉]"紂"，村、蠢之意。[廷夾] 後"濁"字，借叶去聲。[張眉]"賢"字不用韻，且與"民"對，訛"貧"，非。[湯沈眉]"三才"以下數語卻迂板，且不似婢子語。[合眉]"三才"以下數語卻迂板，且不似婢子

---

① "問肯"：畫徐本、王本、毛本作"謝肯"。

② "污"：新徐本、毛本作"臊"。

③ "羞"：畫徐本、王本、廷本、毛本為"紂"。

④ "君瑞是君子清賢"二句：其中"君瑞"、"鄭恒"二詞，封本分別作"張生"、"你個"。

語。[魏眉]這作鄭恒處，絕無小兒啼號，不如侍婢知己語。[封眉]王伯良曰"兩儀"，"儀"字得仄聲乃妙。《字彙》叶語綺切音，擬《高唐賦》"惟高堂之大體兮，殊無類之可儀"①。"張生"、"你個"，時本作"君瑞"、"鄭恒"。[毛夾]後"濁"字，借叶去聲。自起至"殢雨尤雲"止，承賓白"做親"來。"仁者能仁"四句皆成語，言賣弄你有德性，倚仗你有門第耶？然做親不可也，至如你官上加官，也不教親上做親也。"至如你"，他本改"你道是"，便不貫矣。"執羔雁"與"獻幣帛"對，碧筠本刪去"羔"字，且謂婚禮無羔，最為可笑，君不聞鄭衛内要牽羊擔酒耶？"謝肯"，勿作"問肯"，系俗禮，今尚有之，《舉案齊眉》劇"想當初許了的親，他不曾來謝肯"。"洗塵"，以鄭初到言。"枉醃了他"，五"他"字俱指鶯。"醃"、"臊"，皆不潔。"紂"，猶"村"也，元詞"你桂英性子實村紂"。"金屋銀屏"五句，由漸而入，最有步驟，顛倒不得。"三才始判"數語，正諢匹之最奇者。《來生債》劇"別是個乾坤歡濁民"，董詞亦有"教我怎不陰唦，是閻王的愛民"，正類此。

[淨云]賊來怎地？他一個人退得？都是胡説！[紅云]我對你説。

【天淨沙】看河橋②[湯沈旁]一作"橋樑。飛虎將軍，叛蒲東擄掠人民，半萬賊屯合寺門③，[張眉]"賊"，訛"兵"，及"屯"下添"合"者，俱非。手橫着霜刃，高叫道要鶯鶯做壓寨夫人。[容旁]畫！[繼眉]"刃"，今作"刀"，非韻。[槐眉]"刃"，今作"刀"，非韻。[起眉]無名："橋樑"，一作"河東"，悖甚。"刃"，一作"刀"，非韻。[參徐眉]仔細序事，着人知因。[孫眉]曲盡如畫。[文眉]"掠"，音略。[湯眉]畫！[封眉]"霜"，作"雙"，誤。

[淨云]半萬賊，他一個人濟甚麽事？[紅云]賊圍之甚迫，夫人慌了，和長老商議，拍手高叫："兩廊不問僧俗，如退得賊兵的，便將鶯鶯與他為妻。"[陳眉]當時若是僧退兵去，鶯卻做尼姑也，那裏到你來？忽有遊客張生，應聲而前曰："我有退兵之策，何不問我？"夫人大喜，就問："其計何在？"生云："我有一故人白馬將軍，現統十萬之眾，鎮守蒲關。我修書一封，着人寄去，必來救我。"不想書至兵來，其困即解。

---

① 楊案：《高唐賦》云："惟高唐之大體兮，殊無物類之可儀比"。此處引文或有出入。

② "河橋"：起本作"橋樑"。

③ "半萬賊屯合寺門"：王本作"半萬兵屯合寺門"；張本作"半萬賊屯寺門"。

【小桃紅】洛陽才子①善屬[湯沈旁]音祝。文，火急修書信②。[畫徐旁] 湊插！ [田徐旁] 湊插！

[廷旁] 湊插！[封眉]"洛陽"上，俗本多"若不是"三字，謬。"陳危困"，時本作"修書信"，犯下。白馬將軍到時分，滅了

煙塵。夫人小姐③都心順，則為他"威而不猛"，"言而有信"，因此上④"不敢慢於人"。[孫旁] 腐得妙！[謝眉] 總翻前案。[士眉] 三學究語，一段天成。[余眉] 三學究語，一段天成。[繼眉]《禮記》：曾子曰："居此能敬其親，而不敢慢於人。"[槐眉]"言而有信"：子夏曰："賢賢易色。事父母，能竭其力；事君，能致其身；與朋友交，言而有信。"[容眉]

腐得妙！[新徐眉] 鄭恒大村，以紅娘小雅應之，何患不咋舌而反走乎？[參徐眉] 真見事有繇來，不比泛泛。[王夾]"屬"，音祝；"分"，去聲。[孫眉] 到得你關名時，卻不好了。[文眉] 三學究語，一段天成。[廷眉] 丫鬟硬調文袋，人情往往如此。反有趣。[廷夾]"屬"，音祝；"分"，去聲。[毛夾] 參釋曰：二曲敍前事也。"半萬兵屯寺門"本六字句，或作"屯合"，或作"賊兵"，俱非。"火急修書信"，屬文之速也。"言而有信"，能踐退兵之語也。又參曰："若不是"、"怎得俺"，兩兩叫應。俗本或無"怎得俺"字，而王本

並刪"若不是"，則無解矣。

[淨云] 我自來未嘗聞其名，知他會也不會。你這個小妮子，賣弄

他偌多！[容眉] 到得你聞名時，卻不好了。[陳眉] 卻早知名了。[湯眉] 到得你聞名時，卻不好了。[紅云] 便又罵我，

【金蕉葉】他憑着講性理《齊論》《魯論》，[廷旁] 此四句卻用得迂，非丫鬟語。作詞

賦韓文柳文，他識道理為人敬[湯沈旁]一作"做"。人，俺家裏有信行知恩

報恩⑤。[繼眉]"俺家人"，今本作"俺家裏"，非。[容眉] 曲好！[起眉] 無名："家人"，今本作"家裏"，非。[畫徐眉]"憑着"四句，卻用得迂，

---

① 毛本於"洛陽才子"前有"若不是"三字。
② "修書信"：封本作"陳危困"。
③ 毛本於"夫人小姐"前有"怎得俺"三字。
④ 王本於"因此"前有"俺"字。
⑤ "他識道理"二句：繼本、起本作"他識道理為人敬人，掩家人有信行知恩報恩"；王本、凌本、廷本、湯沈本作"道禮數為人敬人，有信行知恩報恩"；張本作"識道理為人做人，掩家人有信行知恩報恩"；毛本作"識禮數為人敬人，有信行知恩報恩"。容本、湯本段末多出一句白："[恒云] 就憑你說，也畢竟比不得我。"（[容眉] 醜！[湯眉] 醜！）

非丫鬟語。但丫鬟硬調文袋，人情往往如此，反有趣。"有信行"，俱說張生好處，添"俺家裏"三字，便非作者之意。[田徐眉]"憑着"四句，卻用得迂，非丫鬟語。但丫鬟硬調文袋，人情往往如此，反有趣。"有信行"，俱說張生好處，添"俺家裏"三字，便非作者之意。[參徐眉]若非紅娘，恩也難報，信也難全。[王夾]"論"，平聲。[陳眉]若非紅娘，恩也難保，信也難全。[文眉]數語稱讚張生忒甚。[凌眉]"為人敬人"，無非譽生語；"知恩報恩"，自然説將鶯謝張。王改為"為人做人"，而又言"知恩報恩"説張生好處，則無謂矣。[廷眉]"有信行"，俱說張生好處，添"俺家裏"三字，便非作者之意。[廷夾]"論"，平聲。[張眉]"做"，訛"敬"，非。"有信行"，言張生為人如此，俺家人知其恩，自然報他。徐文長刪"俺家人"，非。[湯眉]曲好！[湯沈眉]丫鬟未必如此通徹，反涉於腐。"有信行"，俱是説張生好處，添出"俺家裏"三字，卻屬老夫人，非。[合眉]"憑着"四句，用得迂，非丫鬟語。但丫鬟硬調文袋，人情往往如此，反覺有趣。[魏眉]曲好！若非紅娘，恩也難報，信也難盡。[岣眉]曲好！
若非紅娘，恩、信兩難全。

【調笑令】你值一分，他值百十分，螢火焉能比月輪？高低遠近都休論，我①拆白道字辨與你個清渾。[容眉]異想！[起眉]無名：今本遺"且"字，讀之便覺間強。

[王夾]"渾"，平聲。[孫眉]異想！[文眉]螢火蟲之光也，腐草受日月精華所化。[廷夾]"渾"，平聲。[張眉]第三句少一字，第五句多一字。[湯眉]異想！[湯沈眉]拆白道字、頂眞續麻，皆元時語。[合眉]拆白道字、頂眞續麻，皆元時語。[淨云]這小妮子省得甚麼拆白道字，你拆與我聽。[紅唱]君端是個"肖"字這壁着個"立人"，你是個"木寸""馬戶""尸巾"。[天李旁]妙！[容夾]聰明！[陳眉]巧語奇思。[孫眉]聰明！[凌眉]拆白道字、頂眞續麻，皆元劇中語。[湯眉]聰明！[合眉]異想！[毛夾]"為人敬人"，頂"禮數"言，或作"為人做人"，字形之誤。"有信行"二句，亦指生。一氣數去，正見彼此俱重恩信人也。俗本增"俺家人"三字，反與上曲復，且錯雜矣。拆白道字，頂針續麻，皆元詞打匹科例。參釋曰："肖"字着"立人"是"俏"字，余見下白。

[淨云]木寸、馬戶、尸巾——你道我是個"村驢屌"。[廷眉]"屌"，音見前。

我祖代是相國之門，到不如你個白衣、餓夫、窮士！[陳眉]他也不是白衣。[劉眉]他也不是白衣。

[魏眉]老張也非白衣。不思，不思！[岣眉]老張也非白衣。不思！不思！做官的則是做官。[容眉]醜！[孫眉]醜極！[湯眉]醜！[紅

---

① 起本於"我"字後多一"且"字。

唱〕

【禿廝兒】他憑師友君子務本，你倚父兄仗勢①欺人。虀鹽日月不嫌貧，〔畫徐旁〕塞句。〔田徐旁〕塞句。〔廷旁〕塞句。博得個姓名新、堪聞。〔謝眉〕此下二折以貧富比喻，有法。〔槐眉〕虀鹽：唐韓愈《送窮文》："太學四年間，朝虀暮鹽。"〔容眉〕這個丫頭也辨，牽強。〔畫徐眉〕太調文矣，一之已甚。〔田徐眉〕太調文矣，一之已甚。〔孫眉〕這個丫頭也牽強。〔文眉〕"虀"，音賫。〔廷眉〕太調文矣，一之已甚。〔湯眉〕這個丫頭也辨，牽強。〔湯沈眉〕大是腐爛。"虀鹽"一語更湊插。〔合眉〕倚父兄勢欺人的都是鄭恒。〔魏眉〕"虀"，音賫。〔封眉〕勢力，時本作"仗勢"。

【聖藥王】這廝喬議論，有向順。〔繼眉〕"有"，一作"無"。你道是官人則②合做官人，信口噴，不本分。你道窮民到老③是窮民，卻不道"將相出寒門"。〔容眉〕大是！〔田徐眉〕《藍采和》劇"信口胡噴"。〔參徐眉〕說得更清貴，不露一"登第"字。〔王夾〕"噴"，平聲。〔陳眉〕大是！〔孫眉〕大是！〔文眉〕疊連迴復，可謂長舌婦也。〔廷夾〕"噴"，平聲。〔湯眉〕大是！〔合眉〕為窮酸出色。〔魏眉〕大是！〔毛夾〕鄭固瞞張及第，見前賓白；而紅又喬為不知，故就賓白中"相門窮士"暗作翻折，非不知張亦宦門之後，非窮民也。"虀鹽"三句，略逗張之得第意，言惟不嫌貧，故到底不貧也。"這廝喬議論"二段，一低一昂，各有語氣。"有向順"，正"無向順"也，故作反語。猶云：此論果然，官人果只合做官人，但信口非本分語也；若以為窮民到了是窮民，則又有不然者。蓋暗應張"堪聞"也。參釋曰："信口噴"，"噴"或作"噴"，不合。《藍采和》劇"都做了狂言詐語，信口胡噴"。

〔淨云〕這樁事都是那長老禿驢弟子孩兒，我明日慢慢的和他說話。〔紅唱〕

【麻兒郎】他出家兒〔湯沈旁〕一作"人"。慈悲為本，方便為門④。〔張眉〕俗少"也"字。橫死眼不識好人，招禍口不知分寸。〔謝眉〕此下三折以善惡比喻，有法。〔繼眉〕古謂"人"為"兒"，如《陶靖節傳》"見鄉里小兒"之類。〔槐眉〕"出家兒"：紀出《毗婆沙論》云：家者，是煩惱途業障之本因緣。夫出家皆為滅垢累，宜遠離也。〔容眉〕紅娘又護和尚

---

① "仗勢"：封本作"勢力"。
② "則"：王本作"只"。
③ "老"：王本作"了"。
④ "慈悲為本"二句：張本作"慈悲也為本，方便也為門"。

了。[畫徐夾]"橫"，去聲。[田徐眉]上二句說長老，下二句說鄭恒。[田徐夾]"橫"，去聲。[參徐眉]素愛和尚，定幫他。[王夾]"橫"，去聲。[孫眉]紅娘又護禾尚。[廷夾]"橫"，去聲。[湯眉]紅娘又護和尚了。[合眉]紅娘又護和尚了。[魏眉]紅娘又作和尚了。[峒眉]紅娘又做和尚了。[毛夾]參釋曰："出家兒"，僧家通稱，"兒"勿作"的"。"慈悲"二句，暗指成就此事意。"橫死"二句，借哨鄭語，反見本之能知人又知事意。

[淨云]這是姑夫的遺留，我揀日牽羊擔酒上門去，看姑娘怎麼發落我。[紅唱]

【幺篇】訕筋，發村，使狠，[容旁]妙，妙！[士眉]中原諺語。[余眉]中原諺語。[文眉]中原諺語。[凌眉]徐士範曰：中原諺語。甚的是軟款溫存。硬打捱強①為眷姻，不睹事強諧秦晉。[湯眉]妙，妙！[繼眉]"訕"，音疝；"毀"，誹也。[王夾]"強"，去聲。[張眉]"硬打奪"句，訛"硬打強奪"，非。"不睹事"，不識事也。[魏眉]"訕"，音散。[峒眉]好計較。[毛夾]倔強者為"訕勐"。"硬打捱"，只是"硬"字。"打捱"，助辭，即"打頦"、"打孩"。隨聲立字，原無定旨，故亦隨地可襯墊；如"呆打孩"、"悶打孩"，《酷寒亭》劇"凍的他顫篤速打頦歌"是也。王本作"打強"，謬；"強"，為"強諧"，與上曲兩"不"字對。參釋曰："軟款"，系元習語；徐本改"願款"，無據。

[淨云]姑娘若不肯，着二三十個伴當，攛上轎子，到下處脫了衣裳，趕將來還你一個婆娘。[容夾]好計較！[陳眉]這計大妙！[孫眉]這計大妙！[劉眉]這計大妙！[湯眉]好計較！[合眉]此計甚妙！[魏眉]好計較！[紅唱]

【絡絲娘】你須是鄭相國嫡親的舍人，須不是孫飛虎家生的莽軍。喬嘴臉、醃軀老、死身分，少不得有家難奔。[容旁]忒毒！[繼眉]"飛虎"句有照應。[畫徐眉]"軀老"，雜劇往往用此為鄙賤人之語。[田徐眉]"軀老"，雜劇往往用此為鄙賤人之語。[參徐眉]罵得臉紅。[王夾]"臉"，音斂。[孫眉]聰明！[文眉]又重提起孫飛虎，方是前後照應。[凌眉]元人謂身為"軀老"，謂錢為"鏝老"，蓋市語。今人亦猶有以"老"為市語者，惟"醃"與"死"乃詈語。徐謂"軀老"為鄙賤人語，未考。[廷眉]"軀老"，雜劇往往用此，為鄙賤人之語。[廷夾]"臉"，音斂。[湯眉]聰明！[湯沈眉]"軀老"，北人鄉語，多以"老"作襯

---

① "硬打捱強"：王本作"硬打強奪"；張本作"硬打奪"。

字。雜劇往往用此為鄙賤人之語。［合眉］"軀老"，為鄙賤人之語。［毛夾］參釋曰：元詞有家生哨。"軀老"，調侃身也。"老"是襯字，如眼為"淥老"類，《爭報恩》劇"爭覷那
喬軀老"。

　　　　［淨云］兀的那小妮子，眼見得受了招安了也。[容眉]聰明！我也不對你

說，明日我要娶，我要娶。［紅云］不嫁你，不嫁你。[容眉]妙！[陳眉]妙！[孫眉]

妙！[湯眉]妙！

【收尾】佳人①有意郎君俊，我待不喝采②[湯沈旁]"嗑"，煩稱也。徐本作"喝采"，非。　其

實怎忍。[張眉]第二句多一字。　［淨云］你喝一聲我聽。［紅笑云］你這般頹嘴臉，

只好偷韓壽下風頭香，傅何郎左壁廂粉。［下］[士眉]"下風"、"左壁"，新甚！[余眉]

"下風"、"左壁"，新甚！[繼眉]"嗑"，音合，口合也。"下風"、"左壁"，新甚！[起眉]王曰：關漢卿自有《城南柳》、《緋衣夢》、《竇娥冤》等雜劇，聲調絕與鄭恒問答語類，亦剩技也。使王實夫不死，恐到此只亦不酸不醋之話。[畫徐眉]末二句拾殘敗之意。隱語嘲之，縱得了，是"下風香"、"傅過粉"也。[田徐眉]末二句拾殘敗之意。隱語嘲之，縱得了，是"下風香"、"傅過粉"也。[陳眉]有趣極！[孫眉]有趣極！[文眉]"嗑"，音喝。[凌眉]言其非韓何一流中人，猶俗云"只好做他脚下泥"之謂。"下風"、"左壁"，語甚俊，他解甚舛。詳《解證》。[廷眉]末二句拾殘敗之意。隱語嘲之，縱得了，是"下風香"、"傅過粉"也。[湯沈眉]末二語俊甚，嘲恒縱得了，不過拾人之殘，是即"下風香"、"傅過粉"也。[合眉]末二句拾殘敗之意。隱語嘲之，縱得了，是下風香、傅過粉也。[封眉]"佳人"二句，乃紅反言，嘲恒也。下二句正其喝采語。人見"有意"字與"俊"字、"喝采"字，以為是贊張生，便誤。"下風"、"左壁"卑，恒非其儔也。徐謂隱語，嘲其拾殘敗，更為謬陋。[毛夾]"佳人有意郎君俊"，調之也。元詞以稱羨為喝采。下二句正喝采也。偷香在下風，傅粉在左壁，則采可知矣。此打匹之最雋者。徐天池云：蓋嘲拾鶯之已殘也。"喝采"，俗作
"嗑來"，字形之誤。

　　　　［淨脫衣科云］這妮子擬定都和那酸丁演撒，我明日自上門去，見

────────

①　王本於"佳人"前有"我則知"三字。

②　"喝采"：繼本、文本、湯沈本作"嗑來"。

俺姑娘，則做不知。[合旁] 既曉，何須問？[容夾] 既知，何必問？[孫眉] 既知，何必問？[湯眉] 既知，何必問？我則道張生贅在衛尚書家，做了女婿。俺姑娘最聽是非，他自小又愛我，必有話說。休說別個，則這一套衣服也衝動他。[容旁] 醜！自小京師同住，慣會尋章摘句。姑夫許我成親，誰敢將言相拒。我若放起刁來，且看鶯鶯那去？[陳眉] 說來得人怕！[孫眉] 說來得人怕！[魏眉] 裝捏鄭恒，不值一文。[峒眉] 裝捏鄭恒，不值一文。且將壓善欺良意，權作尤雲殢雨心。[下] [槐眉]"殢"，音帝。[魏眉]"殢"，替，遲也。[夫人上云]

夜來鄭恒至，不來見我，喚紅娘去問親事。據我的心，則是與孩兒是；況兼相國在時已許下了，我便是違了先夫的言語。做我一個主家的不着，這廝每做下來。擬定則與鄭恒，他有言語，怪他不得也。料持下酒者，今日他敢來見我也。[參徐眉] 夫人好沒分曉！[文眉] 崔老夫人言無決斷，非相門命婦態度也。[淨上云] 來到也，不索報覆，自入去見夫人。[拜夫人哭科] [夫人云] 孩兒既來到這裏，怎麼不來見我？[淨云] 小孩兒有甚嘴臉來見姑娘！[夫人云] 鶯鶯為孫飛虎一節，等你不來，無可解危，許張生也。[淨云] 那個張生？敢便是狀元。我在京師看榜來，年紀有二十四五歲，洛陽張珙，誇官遊街三日。第二日頭答正來到衛尚書家門首，尚書的小姐十八歲也，結着彩樓，在那御街上，則一球正打着他。我也騎着馬看，險些打着我。[合旁] 好嘴臉！[容夾] 醜！[文眉]"我也騎着馬"三句，非古本。而酷肖小人口吻，綽有《水滸》家風。故並錄入。[湯沈眉]"我也騎着馬"三句，非古本。而酷肖小人口吻，綽有《水滸》家風。[合眉]"我也騎着馬"三句，酷肖小人口吻，綽有《水滸》家風。他家粗使梅香十餘人，把那張生橫拖倒拽入去。他口叫道："我自有妻，我是崔相國家女婿。"那尚書有權勢氣象，那裏聽，則管拖將入去了。這個卻纏便是他本分，出於無奈。[容旁] 妙！[湯眉] 妙！尚書說道："我女奉聖旨結彩樓，你着崔小姐做次妻。他是先奸後娶的，不應取他。"鬧動京師，因此認得他。[夫人怒云] 我道這秀才不中擡舉，今日果然負了俺家。俺相國之家，世無與人做次妻之理。既然張生奉聖旨娶了妻，孩兒，你揀個吉日良辰，依着姑夫的言語，依舊入來做女婿者。[謝眉] 讒言用的當，故夫人信之者眞也。[容眉] 小人偏會桩點是非，婆子偏會聽是非。[參徐眉] 小人慣張虛狀，婆子偏聽風聞。[文眉] 了無酌見，豈是宦家規模？[陳眉] 小人偏會桩點是非，婆子偏會聽是非。[孫眉] 小人偏會桩點是非，婆子偏會聽是非。[湯眉] 小人偏會桩點是非，婆子偏會聽是非。[合眉] 小人偏會桩點是非，婆子偏會聽是非。[魏眉] 小人便會張惶虛狀，婆子偏是聽信風聞。[峒眉] 小人便會張惶虛狀，婆子偏是聽信風聞。[淨云] 倘或張生有言語，怎生？[夫人云] 放着我哩，明日揀個吉日良辰，你便過門來。[下][淨云] 中了我的計策了，準備筵席、茶禮、花紅，剋日過門者。[下][潔上云] 老僧昨日買登科記看來，張生頭名狀元，授着河中府尹。誰想老夫人沒主張，又許了鄭恒親事。老夫人不肯去接，我將着肴饌直至十里長亭接官走一遭。[文眉]"肴"，音爻；"饌"，音篆。[魏眉]"肴"，音爻。[下][杜將軍上云] 奉聖旨，着小官主兵蒲關，提調河中府事，上馬管軍，下馬管民。誰想君瑞兄弟一舉及第，正授河中府尹，不曾接得。眼見得在老夫人宅裏下，擬定乘此機會成親。小官牽羊擔酒直至老夫人宅上，一來慶賀狀元，二來就主親，與兄弟成此大事。左右那裏？將馬來，到河中府走一遭。[下]

[謝眉] 承上起下，總是作家；不泛不浮，方為老手。[參徐眉] 亦是為友伸氣。[文眉] 唐宋時，俱以軍民帶管，故有擅專之權。[毛夾] 按元稹娶京兆韋僕射女，其曰衛尚書者，隱"韋"字也。但此本董詞"鄭恒曰：'珙以才授翰林學士，衛吏部以女妻之'"，並"衛尚書家女孩兒新來招得風流婿"諸語，與作者無預耳。參釋曰：張中第三名探花，此又云張生"敢是狀元"，後折亦稱"新狀元"，似矛盾，不知此正撒浪作子虛語處，不可不曉。

[容尾] 總批：紅娘為何如此護着張生？疑心，疑心！

[王尾·一十三注條]

[白]"他倒不如你"作句，"噤聲"另讀。俗本作一句讀，卻換"倒"字作"道"字，非。

【鬪鵪鶉】："仁者能仁"，誇己行止；"身裏出身"，誇己門第。今本"執羔雁邀媒"，古本去一"羔"字。婚禮止有雁、羔，士贄也，去"羔"字，於義似順；而與下"獻幣帛謝肯"對不整，從今本。"謝肯"，舊有是語。（《舉案齊眉》劇"想當初許了的親，他不曾來謝肯"。）俗本作"問肯"，非。"洗塵"，即今洗泥之謂。"過門"，成親也。"金屋銀屏"六句，俱指鶯鶯；"醃醃臢臢"，不潔也。

【紫花兒序】：接上曲來。三"他"字，俱指鶯鶯。"枉紂了他惜玉憐香"，"紂"字即"村"字之意。（元詞"你桂英性子實村紂"。）"二儀"，"儀"字得仄聲乃叶。徐云："三才"以下數語，卻迂板，且不似婢子語。

【天淨沙】："半萬兵屯合寺門"，六字句。"合"字襯，"兵屯"連讀勿斷，調法如此。

【小桃紅】：古本及諸本，調首有"若不是"三字，遂並全調文理不通；惟秣陵本無之，今從。"俺"字，猶言我；"家"，指夫人言也。"威而不猛"，指張之能退賊兵，猶所謂不戰而屈人之兵也。"言而有信"，退兵能副其言也。末句言：我家因此不敢慢他，而以親事酬謝之也。"猛"字元不用韻。

【金蕉葉】：古本"為人做人"，於義似重，然婢子口，正自不妨。今本作"為人敬人"，則"敬"字反無下落矣。下"有信行知恩報恩"，俱是說張生好處，觀文勢自見。俗本添"俺家裏"三字，卻屬老夫人，非。

【調笑令】：拆白道字，頂眞續麻①，皆元時語也。"肖"字着"立人"，"俏"字也。"木寸"，古本作"寸木"。"尸巾"為"屌"，古"豕"字，此卻音彫，上聲，韻書無，俗字也，褻詞也。前第三折末套張生白"這屌病就可"。（董詞"謔得紅娘忙扯着道，休廝合造，您兩個死後不爭，怎結束這禿屌"。）

【禿廝兒】：大是腐爛！"蘿鹽"三句，更大湊插！

【聖藥王】：首六句，兩段相對，末句總承。"有向順"，反言其不識向順也。"官人只合做官人"，正喬議論也；"窮民到了是窮民"，正"信口噴"也。古本作"信口嗊"，"嗊"字於"信口"不倫。（《藍采和》劇"都做了狂言詐語，信口胡噴"。）

【麻郎兒】：古謂和尚為"出家兒"。《冷齋夜話》：安和尚云：出家兒塚間樹下辦那事，如救頭然。上二句說長老，下二句說鄭恒。

【幺】：徐云："軟款"，古語本是"顧款"，誤沿作"軟"。"硬打

___

① ［王眉］頂眞續麻，見元劇，今訛作"頂針"。

強"，斷；"奪為眷姻"作句，與下句對。"打強"之"強"，去聲，系方語。

【絡絲娘】：奴婢所生子，謂之"家生"。（元詞有"家生哨"。）"喬嘴臉、醃軀老、死身分"，九字作句，比元調增二字，各三字為對。"軀老"，調侃身也。北人鄉語，多以"老"作襯字，如眼為"睬老"，鼻為"嗅老"，牙為"柴老"，耳為"聽老"，手為"爪老"，拳為"扣老"，肚為"菴老"之類。（董詞"煞撇撇地做些醃軀老"。）"有家難奔"，罵其不得還鄉也。

【收尾】："我則知佳人有意郎君俊"，言我只曉得佳人之有意，必待郎君之俊者。鄭恒之村蠢，何以動鶯鶯也？故下云"不喝采其實怎忍"。"喝采"，喝恒之決配不得鶯鶯也。末二語俊甚。徐云：蓋嘲恒縱得鶯鶯，亦不過拾人之殘，言其先已婚張，非處子也。香由風送，故着一"風"字。"左壁廂"，猶言左邊，古人尚右而卑左，故曰"左壁廂"。

[白]（鄭恒云："這妮子擬定都和那酸丁演撒"，"演撒"，調侃謂"有"，見前注。言紅娘一定與張生有了。前張生寄詩與鶯鶯，只言"探花郎"，後白又言"得了探花郎"，董本亦言"明年張珙殿試中第三人及第"。此後白，鄭恒言張生"敢是狀元"，法本亦云張生"頭名狀元"，張生亦自稱"新狀元河中府尹"，後曲又言"新狀元花生滿路"。殊自矛盾。

[陳尾] 護張生甚尖利，罵鄭恒忒狠毒。

[孫尾] 護張生甚尖利，罵鄭恒忒狠毒。

[劉尾] 護張生甚尖利，罵鄭恒忒狠毒。

[湯尾] 總批：紅娘如此護着張生？疑心，疑心！

[合尾] 湯若士總評：險些兒嬌滴滴玉人去也，又虧殺白馬將軍來也。李卓吾總評：紅娘為何如此護着張生？怪不得鄭恒疑心。徐文長總評：鄭恒是個勢力中刻薄人。

[魏尾] 總批：頌張生處，是護法善門；罵鄭恒處，是御侮虎賁。

[峒尾] 批：頂張生是護法善門，罵鄭恒是御侮虎賁。

第四折①

［謝眉］"鬧道場"、"跳粉牆"，並此折同體。
［封眉］"榮歸"，時本作"還鄉"，誤。

　　［夫人上云］誰想張生負了俺家，去衛尚書家做女婿去，今日不負老相公遺言，還招鄭恒為婿。今日好個日子，過門者！準備下筵席，鄭恒敢待來也。［末上云］下官奉聖旨，正授河中府尹。今日衣錦還鄉，小姐的金冠霞帔都將着，若見呵，雙手索送過去。

［容旁］妙！［參徐眉］奉承老婆娘。［陳眉］胸中早定。［孫眉］胸中早定。［劉眉］胸中早定。［湯眉］妙！［魏眉］該如此！［峒眉］當如是！誰想有今日也呵！文章舊冠乾坤內，姓字新聞日月邊。

【雙調】【新水令】玉［湯沈旁］一作"玉"。鞭②驕馬出皇都，暢風流玉堂人物。今朝三品職，昨日一寒儒。御筆親除，將名姓翰林注。

［繼眉］"一鞭驕馬出皇都"，自是俊語，別作"玉鞭驄馬"，非。［槐眉］"一鞭驕馬出皇都"，自是俊語，別作"玉鞭驄馬"，非。［起眉］無名："玉鞭嬌馬"對起，是描寫錦歸境界。今或以"一鞭驄馬"自誇俊巧者，是弄巧而成拙也。［王夾］"物"，叶務，後同。［文眉］"玉鞭嬌馬"對起，是描寫錦歸境界。今或以"一鞭驄馬"自誇俊巧者，是弄巧而成拙也。［廷夾］"物"，叶務，後同。［封眉］時本多作"玉鞭"，不如"一鞭"有致。

【駐馬聽】張珙如愚，酬志了三尺龍泉萬卷書；鶯鶯有福，穩請了③五花官誥七香車。

［湯沈旁］徐作"受"。　［士眉］收煞一篇意思，在此兩句。［余眉］收煞一篇關鑰，在此兩句。［起眉］王曰："張珙如愚"四句，收煞了一部《西廂》關鑰。［畫徐眉］"穩情取"，北方人語，放心之意，言做定得也。［文眉］"酬志了三尺龍泉"、"穩請了五花官誥"：收煞一篇關鑰；在此兩句。［魏眉］"如愚"四字，收煞了一部《西廂》關鑰。［峒眉］"如愚"字，一部《西廂》關鑰。

身榮難忘借僧居，愁來猶記題詩處。從應舉，夢魂兒不離了蒲東路。

［繼眉］"身榮"二句，有顧盼。［容眉］

---

①　封本題作"衣錦榮歸"。
②　"玉鞭"：繼本、王本、湯沈本、封本、毛本作"一鞭"。
③　"穩請了"：畫徐本作"穩情取"。

映帶相思處，有情！［**新徐眉**］吐氣身顯，誇耀內榮，不失措大本色。［**王夾**］"福"，叶府；"忘"，去聲，後同。［**陳眉**］酒醒人遠意味。［**孫眉**］酒醒人遠意味。［**劉眉**］酒醒人遠意味。［**廷夾**］"福"，叶府；"忘"，去聲，後同。［**湯眉**］映帶相思處，有情！［**湯沈眉**］當初迷戀鶯鶯，拋棄功名，似癡呆懵懂一般，故曰"如愚"。"身榮"二語，有顧盼。［**封眉**］"忘"，去聲，音妄。［**毛夾**］"忘"，去聲。"一鞭"，或作"玉鞭"；"驕馬"，或作"嬌馬"。"如愚"者，《會真記》生自云："不謂當年終有所蔽"。

［末云］接了馬者！［見夫人科］新狀元河中府尹婿張珙參見。［夫人云］休拜，休拜，你是奉聖旨的女婿，我怎消受得你拜？［末唱］

【喬牌兒】我謹躬身問起居，夫人這慈^{［湯沈旁］一作"辭"。}色為誰怒？我則見丫鬟使數都廝覷，莫不我身邊有甚事故？^{［參徐眉］真猜不破。}［王夾］"廝"，叶借平聲。［陳眉］令人驚疑。［廷夾］"廝"，叶借平聲。［湯沈眉］"使數"，猶言使用人也，亦方語，元詞屢用。末句譜只五字句，以"有"字作襯字，自叶矣。［毛夾］"廝"，叶借平聲。元詞曲身為"躬身"，如董詞"飲罷躬身向前施禮"類。"使數"，使用人數也。"有甚事故"，或以《雍熙樂府》作"有些事故"，遂疑"甚"字宜平，非也。"有"字是正文，則"甚"與"些"字，總襯字，可不拘耳。

［末云］小生去時，夫人親自餞行，喜不自勝。今日中選得官，夫人反行不悅，何也？［夫人云］你如今那裏想着俺家？道不得個"靡不有初，鮮克有終"。我一個女孩兒，雖然粧殘貌陋，他父為前朝相國。若非賊來，足下甚氣力到得俺家？今日一旦置之度外，卻於衛尚書家作婿，豈有是理？［末云］夫人聽誰說？若有此事①，天不蓋，地不載，害老大小疔瘡！^{［容夾］譃！［孫眉］譃！［湯眉］譃！［魏眉］譃！［峒眉］譃！}

【雁兒落】若說着《絲鞭仕女圖》，端的是塞滿章臺路。小生呵此間懷舊恩②，怎肯別處尋親去③？^{［湯沈旁］一作"親配"。［謝眉］心認非認，待推怎推？［士眉］"《仕女圖》"，}出《煙花傳》。"章臺"，張敞事。［余眉］《仕女圖》，出《煙花傳》。"章臺"，張敞事。［繼眉］"《仕女圖》"，出《煙花記》。張敞罷朝會，過走馬章臺街，使禦吏驅，

---

① 峒本於"若有此事"前有"張珙"兩字。
② "舊恩"：毛本作"舊來"。
③ "親去"：封本作"新娶"。

自以便面拊馬。[槐眉]"《仕女圖》"，出《煙花傳》。柳陌花街，仕女花豔，如雲之多色之秀，尤士中出仕，獨其尤者。"仕女"，即仕官之女也。[田徐眉]敘得雅而妥。

[參徐眉]斷斷另無他意。[文眉]"絲鞭仕女圖"、"塞滿章臺路"，言其美麗者且多，而不肯忘舊好也。[凌眉]徐改"此間"為"故園"，夫蒲東路豈故園乎？且字太文，與"別處"對非當行也；況字宜用平，用仄則拗矣。[湯沈眉]敘得妥雅，唐周昉善仕女圖。[封眉]"新娶"，時本多誤作"新配親去"。

【得勝令】豈不聞"君子斷其初"，我怎肯忘得有恩處？^{[廷旁]《雍熙樂府》作"我難忘有恩處"。} 那一個賊畜^{[湯沈旁]作"醜"。}生①行嫉妒，走將來老夫人行廝間阻？

不能夠嬌姝，早共晚施心數；^{[廷旁]此指行妒，畜生也。}說來的無徒，遲和疾上木驢。

[容旁]忒慌！[湯眉]忒慌！[王夾]"斷"，都亂反；"疾"，借叶去聲。[畫徐眉]此指行妒，畜生也；"施心數"，設計較也，指鄭恒也。[田徐眉]"賊醜生"，罵鄭恒為賊牛也。此指行妒，畜生也；"施心數"，設計較也，指鄭恒也。[新徐眉]錦囧而猶有爭親之事，作者深意，可作《請宴停婚》觀也，作《乘夜逾牆》觀也，可作《草橋驚夢》觀也。慎勿草草略過。[參徐眉]忒慌！[孫眉]忒謊！[凌眉]"畜生"，元曲有作"丑生"、"醜生"者一義，北無"畜"字正音耳。[廷眉]"施心數"，設計較也，指鄭恒也。[廷夾]"斷"，都亂反；"疾"，借叶去聲。[湯沈眉]施心數，猶言計較也。"無徒"，無籍之謂。[魏眉]忒慌！[毛夾]"疾"，借叶去聲。"舊來"，俗作"舊恩"，與下曲重。"親去"，俗作"新配"，又失本韻。俱非。"有恩"，指前成親言。觀此，則益信前折"知恩報恩"之宜屬生矣。"醜生"，即"畜生"，字音之轉。北音無正字，如《緋衣夢》劇"殺了這賊醜生"；《魔合羅》劇"老丑生無端忒下的"，又作"丑生"，可驗。"那一個"，不指鄭，泛指，言是誰也。"施心數"，論心事也。北人稱心事為"心數"，如前"老夫人心數多"類。"無徒"，無藉之徒。"木驢"，刑具也。言不能勾與之早晚論心，反說來的似無藉，所為早晚間該爾爾矣。"無徒"、"木驢"，俱自指，與"賊醜生"指他人異。參釋曰：唐周昉有《仕女圖》，漢《張敞傳》"走馬章臺街，君子斷其初"，元詞成語。

[夫人云]是鄭恒說來，繡球兒打着馬了，做女婿也。你不信呵，喚紅娘來問。^{[陳眉]說鄭恒便不足信了。}^{[峒眉]說鄭恒便不足信了。}[紅上云]我巴不得見他，原來得官回來。慚愧，這是非對着也。[末背問云]紅娘，小姐好麼？[紅云]為你別做了女婿，俺小姐依舊嫁了鄭恒也。^{[容旁]妙！[合旁]一餐婆氣。}[末云]

————————

① "賊畜生"：畫徐本、王本、毛本作"賊醜生"。

有這般蹺蹊的事！ ［謝眉］高低相拼，優劣相較，分別盡美惡。［陳眉］驚殺人！［魏眉］天翻地覆！［峒眉］天翻地覆！

【慶東原】那裏有糞堆上長出連枝樹，淤泥中生出比目魚？不明白①展污了姻緣簿？ ［張眉］"明白"，分明也，上添"不"字，非。 鶯鶯呵，你嫁個油煠猢猻的丈夫；紅娘呵，你伏侍個煙薰貓兒的姐夫；張生呵，你撞着個水浸老鼠的姨夫。這廝壞了風俗，傷了時務。② ［畫徐旁］湊！［田徐旁］湊！［廷旁］湊！

［士眉］嘲訕三"丈夫"，成聯的對。［余眉］嘲訕三"丈夫"，成聯的對。［容眉］吃醋！［田徐眉］三"夫"字用得天然。［參徐眉］歡心變作醋心，活活悶死。［王夾］"俗"，叶鋤；"貓"，音毛，作苗音，非。［陳眉］趣！［孫眉］吃醋！［劉眉］趣！［文眉］"油煠"、"煙薰"、"水浸"，三畜形容鄭子極也。［廷夾］"俗"，叶鋤；"貓"，音毛，作苗音，非。［張眉］末二句俱少二字。［湯眉］吃醋！［湯沈眉］舊以"不明白"斷，遂不可解。三"夫"字，用得天然。罵人語，有趣。［魏眉］吃醋！［峒眉］有些醋心。［毛夾］"那裏有"，言斷無此事也；"不明白展污了姻緣簿"，言背地裏豈可便污蔑如此。"猢猻丈夫"諸句，亦一氣，作教坊訕匹，急遽無轉顧語。猶董詞"坐似一猢猻，口啜似貓坑"諸句。"人物"，勿指鶯。"風俗"、"人物"，言所傷實多也。參釋曰："不明白"連"展污"讀，言豈不分明展污了耶？亦通。"人物"，俗作"時務"，非。

　　　　［紅唱］

【喬木查】妾前來拜覆，省可裏心頭怒！間別來安樂否？你那新夫人何處居？比俺姐姐是何如？ ［田徐眉］"省可"，猶言減省也。［參徐眉］你問姐姐。［王夾］"覆"、"否"，俱音府。

［陳眉］耍得極妙！［劉眉］耍得極妙！［淩眉］此忽雜入鶯紅俱唱，北劇之變體也。《雍熙樂府》此曲在【慶東原】前。"省可裏"，猶"猛可裏"也；王謂"減省些"，則下數語何謂？［廷夾］"覆"、"否"，俱音府。［魏眉］耍問極妙！［峒眉］耍問極妙！［毛夾］參唱例，已解見前，但鶯、紅參唱外，祇下場雜數曲為眾唱。此院本科例，更無有參外、淨等諸爨色者。梁伯龍曰：一句一斷，咄咄逼人，真元人本色。

　　　　［末云］和你也葫蘆提了也。 ［天李旁］妙，妙！［文眉］"葫蘆提"，注見前折。 小生為小姐受過的苦，諸人不知，瞞不得你。不甫能成親，焉有是理？

───────────

① "不明白"：張本作"明白"。

② "壞了風俗，傷了時務"：畫徐本、田徐本、王本、毛本作"村了風俗，傷了人物"。

【攬箏琶】小生若求了媳婦，則目下便身姐。怎肯忘得待月迴廊，難撇①下吹簫伴侶。受了些活地獄，下了些死工夫。不甫能得做妻夫②，現將着③夫人誥敕，縣君名稱，怎生待歡天喜地，兩隻手兒分④付與。［起眉］無名：“見將”二句，今或作白，不識何解？你劃地［湯沈旁］即平白地也。倒把人贜誣⑤。［畫徐眉］“夫人”二句，時本作白。［田徐眉］“夫人”二句，時本作白。“劃地”，平白地也。［參徐眉］訴不盡多少隱衷。［王夾］“獄”，叶豫；“夫婦”，古作“妻夫”。［文眉］“劃”，音產。［凌眉］“夫人誥敕”以下二語，本調添句，故不必韻，詳前第四本第四折。［廷眉］“夫人”二句，時本作白。［廷夾］“獄”，叶豫。“夫婦”，古作“妻夫”。［張眉］“夫人”二句，插白。訛作正曲，非。“親”，訛“分”，非。［湯沈眉］“見將”二句，今或作白，不識何解？［合眉］“夫人”二句，時本作白。［魏眉］滿腔心事，滿口説與。［峒眉］滿腔心事，滿口説與。［封眉］“拋撇”，時本誤作“難撇”。“區區”，時本誤作“妻夫”。即空主人曰：“夫人誥敕”二句，系本調添句，故不必韻。俗本作白，非。［毛夾］“受了些”、“下了些”，俱頂賓白來，指舊日言。“不甫能”，纔能也，言我之得此匪易也。“妻夫”，或作“夫妻”，或作“夫婦”；“妻”既失韻，“婦”亦不叶，況“妻夫”習稱，如董詞“不如是權做妻夫”類。“怎生待”，設法如何之意。“劃地”，宰地也。“劃”、“宰”，字聲之轉。“粧誣”，粧砌誣罔也，或作“贜誣”，字形之誤。王伯良曰：“夫人誥敕，縣君名稱”二句，他本或作白，因與原調不合，且失韻耳。不知此調字句可增減，且可攙無韻數句。如《梧桐雨》劇“他不如呂太后般弄權，武則天似篡位，周褒姒舉火取笑，紂妲己敲脛觀人。早間把他哥哥壞了，貴妃有千般不是，也合饒過他一面擒拿”，上六句俱無韻，可證。

　　［紅對夫人云］我道張生不是這般人，則喚小姐出來自問他。［叫旦科］姐姐快來問張生，我不信他直恁般薄情。我見他呵，怒氣衝天，實有緣故。［旦見末科］［末云］小姐間別無恙？［文眉］“恙”，音樣。［旦云］

先生萬福！［容旁］妙！［謝眉］因“先生萬福”四字，以起下文。［湯眉］妙！［紅云］姐姐有的言語，

---

① “難撇”：封本作“拋撇”。
② “妻夫”：王本、廷本作“夫婦”；封本作“區區”。
③ “現將着”：王本作“至如”。
④ 分：張本作“親”。
⑤ 贜誣：毛本作“粧誣”。

和他說破。〔旦長吁云〕待說甚麼的是！ 〔合眉〕美
靜可憐。

【沉醉東風】不見時準備着千言萬語，得相逢都變做短歎長吁。
〔容眉〕畫！〔參徐眉〕夢景逼
真；張鶯奪魄。〔孫眉〕畫！ 他急攘攘卻纏來，我羞答答怎生覷。將
腹中愁恰待申訴，及至相逢①一句也無。祇②道個"先生萬福"。
〔天李旁〕妙！〔士眉〕古詩曰："胸中辟積千般事，到得相逢一語無。"〔余眉〕古
詩曰："胸中辟積千般事，到得相逢一語無。"〔繼眉〕古詩曰："胸中辟積千般恨，到
得相逢一語無。"〔槐眉〕古詩："胸中辟積千般恨，到得相逢一語無。"〔容眉〕窮神
極態，妙絕，妙絕！〔起眉〕李曰：古詩云："胸中辟積千般事，到得相逢一語無。"
此轉添一語曰"剛道個先生萬福"，淵盡頭更着一波，舒舒婉婉，無餘法，有餘味。
〔新徐眉〕欲言不言，若疎若親，的的眞情，亦的的至情。〔參徐眉〕妙境難言！〔陳
眉〕無上妙諦！〔孫眉〕窮神極態，妙絕，妙絕！〔劉眉〕無上妙諦！〔文眉〕"覷"，
音趣。點出相思意。〔湯眉〕窮神極態，妙絕，妙絕！〔湯沈眉〕窮神極態，妙絕！
〔合眉〕的眞兒女子氣骨！〔魏眉〕窮神極態，妙絕！〔峒眉〕窮神極態。妙絕！〔封
眉〕"根前"，時本誤作"相逢"。〔毛夾〕參釋曰：此曲用董詞："比及夫妻每重遇，
各自準備下千言萬語，
及至相逢卻沒一句。"

〔旦云〕張生，俺家何負足下？足下見棄妾身，去衛尚書家為婿，
此理安在？〔末云〕誰說來？〔旦云〕鄭恒在夫人行說來。〔末云〕小
姐如何聽這廝？張珙之心，惟天可表！

【落梅花】從離了蒲東路③，來到京兆府，見個佳人世不曾同
顧。 〔士眉〕心熱如此！〔余眉〕心熱如此！〔槐眉〕"京兆府"：出《地志·禹貢》。
洛州之城，即今西安府也，東晉置京兆尹。〔容夾〕眞！〔湯眉〕眞！〔合眉〕
好個守清 硬揣個衛尚書家女孩兒為了眷屬，曾見他影兒的也教滅
規的丈夫！
門絕戶。 〔起眉〕無名：坊本"的"作"呵"，"教"字下增一"他"字，何等費
力累口。〔田徐眉〕言自蒲東至京兆，一路見婦人，即囘顧尚不曾，焉有
入贅衛家事乎？〔王夾〕"屬"，叶繩朱反。後同。〔孫眉〕眞激切！〔文眉〕"揣"，
音端。〔毛夾〕自蒲至京，恩去時事，但"來到"或作"去到"，反泥。〔封眉〕"揣"，

---

① "相逢"：封本作"根前"。

② "祇"：起本作"剛"。

③ "蒲東路"：王本作"蒲東郡"。

音團。

後同。

　　　〔末云〕這一樁事都在紅娘身上，我則將言語傍着他，看他說甚麼。
〔天李旁〕妙！紅娘，我問人來，說道你與小姐將簡帖兒去喚鄭恒來。〔天李旁〕妙絕！〔畫徐眉〕此倒跌法也，有意趣。〔田徐眉〕此倒跌法也，有意趣。〔廷眉〕此倒跌法，有意趣。〔湯沈眉〕此倒跌法也，有意趣。〔合眉〕此倒跌法也，有意趣。〔紅云〕癡人，我不合與你作成，你便看得我一般了。〔紅唱〕

【甜水令】君瑞先生，不索躊躇，何須憂慮。那廝本意糊塗；俺家世清白，祖宗賢良，相國名譽①。我怎肯他跟前寄簡傳書？
〔謝眉〕重翻寄柬傳書事證果。〔槐眉〕"家世清白"：楊震性公廉，子孫蔬食步行，或欲令開產業，震曰："使後世稱為清白吏子孫，以此遺之，誠厚矣！"〔容眉〕只為你曾寄柬傳書來。〔參徐眉〕與你曾幹此事來。〔王夾〕"突"，叶同盧反。〔陳眉〕一之謂甚，其可再乎？〔孫眉〕只為你曾寄柬傳書來。〔劉眉〕一之謂甚，其可再乎？〔文眉〕"躊"，音酬；"躇"，音除，存想之意。〔廷夾〕"突"，叶同盧反。〔張眉〕□□□□張生□□□云云俺□□□云我怎□□□特那吃□□嚼蛆云云□□下關會毫□□漏行文何□之妙於本意□即添那廝者□無照應，大差。〔湯眉〕只為你曾寄柬傳書來。〔魏眉〕只為你曾幹此事來。〔峒眉〕一之謂甚，其可再乎？

【折桂令】那吃敲才怕不口裏嚼蛆，那廝待數黑論黃，惡紫奪朱。俺姐姐更做道軟弱囊揣，怎嫁那不值錢人樣蝦胊②。你個③東君索與鶯鶯④做主，怎肯將嫩枝柯折與樵夫。那廝本意囂虛，
〔士眉〕"囂"，今樂院中亦有此語。〔余眉〕"囂"，今樂院中亦有此語。〔繼眉〕"猳"，音加，牡豕也。將足下虧圖，有口難言，氣夯
〔湯沈旁〕徐作"夯"。〔凌眉〕音"響"。破⑤胸脯。〔畫徐眉〕"猳駒"，猶云蝦樣人也。此不能仰之醜疾，是謂戚施。"愛你個"二句，以向日退兵活命之恩言也。〔畫徐夾〕"猳"，音蝦；"夯"，音響。〔田徐眉〕"囊揣"，不硬掙之意。"猳駒"，猶云蝦樣人也。此不能仰之醜疾，是謂戚施。"愛你個"二句，以

────────

①　"那廝本意糊塗"四句：張本作"本意便糊突，俺家世清白，祖宗賢良，相國名譽"。"糊塗"：廷本作"糊突"。

②　"蝦胊"：繼本、湯沈本做"猳駒"；畫徐本、凌本作"猳駒"；王本作"蝦駒"。

③　畫徐本於"你個"前多一"愛"字。

④　"鶯鶯"：王本、張本、封本、毛本作"鶯花"。

⑤　"夯破"：文本作"券破"；湯沈本作"破"。

向日退兵活命之恩言也。[**田徐夾**]"猳"，音蝦；"夯"，音響。[**新徐眉**]"猳"，作"蝦"，猶云蝦樣人也，此不能仰之醜疾。[**王夾**]"咀"，音趄；"揣"，平聲；"夯"，音響；"脯"，音蒲。[**陳眉**] 全仗你遮蓋。[**孫眉**] 全仗你遮蓋。[**文眉**] "咀"，音趄；"猳"，音退；"券"，音炫。[**淩眉**] "人樣猳駒"，即馬牛襟裾之意，罟之為畜類也。"猳"，音加，即豬，《左傳》"與猳從己"是也。徐注"猳駒"是"猳樣人"也，此不能仰之疾，是為戚施，蓋見煮熟之蝦跎背而妄意之，並"蝦"字亦不識矣。

王伯良直改為"蝦"，而亦從其説，蓋俗本亦有刻"蝦"字者耳。[**廷眉**]"囊揣"！[**廷夾**]"咀"，音趄；"揣"，平聲；"夯"，音響；"脯"，音蒲。[**張眉**]"夯"，滿極之謂，上聲。[**湯沈眉**]"敲才"，南曲所謂喬才也。"囊揣"，不硬掙之意。"猳駒"，猶言蝦兒樣的人，不能偃仰，戚施之疾也。"嚚虛"，挾詐也。[**合眉**]"猳駒"，猶云蝦樣人也。此不能仰之醜疾，是謂戚施。[**封眉**] 即空主人曰："人樣猳駒"，即馬牛襟裾之意，罟之為畜類也。徐謂猶云"蝦樣人"也，此不能仰之醜疾，是謂戚施。王伯良直改為"蝦"，而亦從其説。俱荒謬可笑。"猳"，母豕也。《左傳》："盍歸吾艾猳？"始皇上會稽，立石文曰："夫為寄猳，殺之無罪。"注曰："他室是所不當淫，故殺之無罪。"則此是説鶯、恒亦是所不當婚也。"鶯花"，時本多誤作"鶯鶯"。"夯"，音響，捷夯，大用力。[**毛夾**]"夯"，音響。"那廝本意"至"名譽"一氣下，句斷而意接，言為此説者，他本意欲塗抹俺門楣也。《薛仁貴》劇"將別人功績強糊突"，即塗抹之意。若以"家世清白"三句為起下，"怎肯"便不通矣。"那廝"、"那吃敲才"、"那廝"，連詬他人誣己者，頂賓白"我問人"來，不指鄭言。至"人樣蝦駒"、"樵夫"，方是詬鄭。"吃敲才"，該吃打人也，《曲江池》劇"那其間悔去也吃敲賊"。

"數黑論黃，惡紫奪朱"，謂言不實也，然亦元時慣用語；《對王梳》劇"據此賊罪不容誅，正待偎紅倚翠、論黃數黑、惡紫奪朱"，《薛仁貴》劇"着甚來數黑論黃，也則是惡紫奪朱"。如此不一，此正所謂切腳填詞之例。而或又詬云：用《論語》矣。噫！渠只認《論語》，不認元詞，又何必自稱解《西廂》也。"囊揣"，即軟弱也，《㑳梅香》劇"往嘗時病體囊揣"。"人樣蝦駒"，言樣是人而實蝦駒也。"蝦駒"，癩駒，猶言骱駞，以蛙蝦本癩物，故癩稱"蝦"。此兼釋賓白"嫁鄭"一語，言我所云嫁鄭者，亦虛語也，況我疇昔為此者，亦祗是愛君得所主耳。伊何人斯，肯復為此耶？此正辨"傳簡"，應賓白"看得一般"諸語。而解者謂"東君"指杜，"敲才"指鄭，便驢頭馬嘴不相對矣。"東君"，日神，見《離騷》、《九歌》及《漢書志》。"鶯花"藉春日為主人，此以"鶯"字借及之耳。"愛你"，是紅愛生；"折與"，是紅折與人，正指"傳簡"也。"那廝嚚虛"，仍詬誣己者。"將足下虧圖"，言將於足下使虧負計策也。"夯"，氣動貌，言將借嚚虛之説以圖足下，於己難辨，故曰"有口難言"。"氣夯胸脯"，若指鄭虧生，何煩紅怒若此耶？二折中多訕匹語，既俱着鄭，若復誤認辨諍為訕匹，則"春秋"最苦是鄭忽矣。"做主"、"嚚虛"、"虧圖"、"氣夯"，俱元習語，《蝴蝶夢》劇"告爺爺與孩兒做主，那裏會定計策廝虧圖"，《竇娥冤》劇"使不着調嚚虛的見識"，《王粲登樓》劇"不由我肚兒裏氣夯"。參釋曰："人樣蝦駒"，舊注謂：

猶俗言蝦兒樣人，指戚施不能仰者。《太平
樂府》高安道詞"靠棚頭的先蝦着脊背"。

[紅云] 張生，你若端的不曾做女婿呵，我去夫人跟前一力保你。等那廝來，你和他兩個對證。[紅見夫人云] 張生並不曾人家做女婿，都是鄭恒謊，等他兩個對證。[夫人云] 既然他不曾呵，等鄭恒那廝來對證了呵，再做說話。[潔上云] 誰想張生一舉成名，得了河中府尹，老僧一徑到夫人那裏慶賀。這門親事，幾時成就？當初也有老僧來，老夫人沒主張，便待要與鄭恒。若與了他，今日張生來卻怎生？ [陳眉] 始終得和尚力。[孫眉] 始終得和尚力。

[劉眉] 始終得和尚力。[合眉] 張生到底得和尚力。[潔見末敍寒溫科] [對[魏眉] 始終得和尚力。[峒眉] 始終得和尚力。夫人云] 夫人，今日卻知老僧說的是，張生決不是那一等沒行止的秀才。 [容眉] 原來有一等沒行止的秀才！[孫眉] 原來有一等沒行止的秀才！[湯眉] 原來有一等沒行止的秀才！[合眉] 原來有一等沒行止的秀才！他如何敢忘了夫人，況兼杜將軍是證見，如何悔得他這親事？ [旦云] 張生，此一事必得杜將軍來方可。 [容眉] 急得狠！[參徐眉] 杜、張一時□□。

【雁兒落】他曾笑孫龐眞下愚，論買馬非英物；正授着征西元帥府，兼領着陝右河中路。 [田徐眉] 末二句，言正管得鄭恒着也。[文眉] "孫""龐""賈""馬"，是孫臏、龐涓、賈誼、馬融。[淩眉] 王伯良曰：末二句言正管得鄭恒着也。[湯沈眉] 曲雅俗。

【得勝令】是嗏①前者護身符，今日有權術。來時節定把先生②助，決將賊子誅。他③不識親疏，啜賺良人婦；你不辨賢愚，無毒不丈夫。 [繼眉] "啜賺"，音拙站。[容眉] 也是令表兄，如何這樣毒？[起眉] 李曰："是嗏前者護身符"，恁般的句巧。下截覺舌木間強，難說非情盡才盡。[田徐眉] "嗏"，語詞，不作"我"字用。[新徐眉] 畢竟杜將軍是始終月老。[參徐眉] 鄭恒也是你令表兄，如何這樣情？[王夾] "術"，叶繩朱反。[陳眉] 也是令表兄，如何這樣毒？[孫眉] 也是令表兄，如何這樣狠？[劉眉] 也是令表兄，不可太毒！[廷夾] "術"，叶繩朱反。[湯眉] 也是令表兄，如何這樣毒？[合眉] 也是令

---

① "是嗏"：毛本作"是他"。
② "先生"：毛本作"他"。
③ 毛本於"他"字後多一"若"字。

表兄，如何這樣毒？［**魏眉**］他也是你令表兄，如何這樣毒？［**峒眉**］也是表兄，如何恁狠？［**毛夾**］"孫龐"二句，用董詞"文章賈馬，豈是大儒；智略孫龐，是眞下愚"。"征西"二句，亦用董詞白"特授鎮西將軍、蒲州太守、兼關右兵馬處置使"。故他本稱杜為"孤"，以其為太守也，但與前杜自開白又不合。此又子虛耳。"是他"、"定把他"、"他若是"三"他"字，俱指生，俗本改"定把他來助"為"定把先生助"，則是對生語矣，大謬。"不識親疏"，言不辨鄭與己是中表，不便做親也。"良人婦"，言己已為生婦也。此正用董詞"鄭衙內與鶯鶯舊關親戚，恐嚇使為妻室，不念鶯鶯是妹妹"語，若以親指張，疏指鄭，則親疏不倫，且以中表許配之人而稱良人婦，更不當。且"啜賺"亦不合，從來誤解。參釋曰："護身符"，指殺賊言。《岳陽樓》劇"則這殺人的須是你護身符"。"有權術"頂上曲來，"征西"二句是有權，"孫龐"二句是有術。"啜賺"，誆
騙也，解見第十七折。

　　［**夫人云**］着小姐去臥房裏去者。［**旦、紅下**］［**杜將軍上云**］下官離了蒲關，到普救寺。第一來慶賀兄弟咱，第二來就與兄弟成就了這親事。［**末對將軍云**］小弟托兄長虎威，得中一舉。今者回來，本待做親，有夫人的侄兒鄭恒，來夫人行說道你兄弟在衛尚書家作贅了。夫人怒，欲悔親，依舊要將鶯鶯與鄭恒，焉有此理？道不得個"烈女不更二夫"。［**容夾**］便是不是個烈女麼？［**陳眉**］卻也一個半丈夫了。［**孫眉**］便是不是個烈女麼？［**湯眉**］便是不是個烈女麼？［**將軍云**］此事夫人差矣。君瑞也是禮部尚書之子，況兼又得一舉。夫人世不招白衣秀士，今日反欲罷親，莫非理上不順？［**夫人云**］當初夫主在時，曾許下這廝，不想遇此一難，虧張生請將軍來殺退賊眾。老身不負前言，欲招他為婿；不想鄭恒說道，他在衛尚書家做了女婿也，因此上我怒他，依舊許了鄭恒。［**文眉**］語言走滾，非命婦之談吐。令人可哂。［**將軍云**］他是賊心，可知道誹謗他。老夫人如何便信得他？［**淨上云**］打扮得整整齊齊的，［**容旁**］好貨！［**湯眉**］好貨！則等做女婿。今日好日頭，牽羊擔酒過門走一遭。［**容夾**］老面皮！［**湯眉**］老面皮！［**末云**］鄭恒，你來怎麼？［**淨云**］苦也！聞知狀元回，特來賀喜。［**合旁**］通得。［**容夾**］也通得。［**孫眉**］□□□。［**將軍云**］你這廝怎麼要誆騙良人的妻子，行不仁之事，我跟前有甚麼話說？我奏聞朝廷，誅此賊子。［**容眉**］唬那個？好個杜硬掙！［**參徐眉**］好個幫媒的！［**陳眉**］好個硬幫手！［**孫眉**］好個硬幫手！［**劉眉**］好

一個硬幫手！〔**文眉**〕"誆"，音匡；"騙"，音片。〔**湯眉**〕唬那個？〔**合眉**〕好個杜硬手！〔**魏眉**〕好個幫媒的！〔**峒眉**〕好幫手！〔末唱〕

【落梅風】你硬撞入桃源路，不言個誰是主，被東君把你個蜜蜂兒攔住。〔**士眉**〕嘲訕之間，且婉且腐。〔**余眉**〕嘲訕之間，且婉且腐。不信呵去那①綠楊影裏聽②〔**田徐旁**〕作"啼"。杜宇，〔**張眉**〕"啼"，訛"聽"，非。一聲聲道"不如歸去"。〔**槐眉**〕"不如歸去"：鳥聲也。名杜宇，又名杜鵑，又名子規。其鳴甚哀，曰："歸去！歸去！"一說：唐明皇與天師游月宮，魂化為杜宇，啼叫："天師歸去！歸去！"〔**容眉**〕曲不好！〔**陳眉**〕曲雅俗。〔**孫眉**〕曲雅俗！〔**湯眉**〕曲不好！〔**魏眉**〕詞語雅俗。〔**封眉**〕時本作"鶯唱"，誤。〔**毛夾**〕"東君"接上"誰是主"來，正自視為主人也，與前曲"東君"相應。"不信呵"，他本改"試聽咱"；"聽杜宇"，王本改"啼杜宇"，俱非。

　　〔將軍云〕那廝若不去呵，祇候拿下。〔淨云〕不必拿，小人自退親事與張生罷。〔**容旁**〕不濟！〔**孫眉**〕不濟！〔**湯眉**〕不濟！〔夫人云〕相公息怒，趕出去便罷。

〔**容旁**〕也勢利！〔**湯眉**〕也勢利！〔淨云〕罷罷！要這性命怎麼，不如觸樹身死。妻子空爭不到頭，風流自古戀風流；"三寸氣在千般用，一日無常萬事休。"〔**容眉**〕也是個大妙人！〔**文眉**〕鄭子觸樹而死，玩之可慘。〔**孫眉**〕也是個大妙人！〔**湯眉**〕也是個大妙人！〔**合眉**〕烈漢子！〔**魏眉**〕死便烈！不是癡。〔**峒眉**〕死便烈！不是癡。

〔淨倒科〕〔夫人云〕俺不曾逼死他，我是他親姑娘，他又無父母，我做主葬了者。着喚鶯鶯出來③，今日做個慶喜的茶飯，着他兩口兒成合者。

〔旦、紅上，末、旦拜科〕〔**新徐眉**〕夫人必欲左祖鄭恒，不知何謂？雖是婦人愛姪俗情，予謂作者故為是團圓圖，無非以求異於諸傳奇之粉本也。〔**參徐眉**〕這死為色乎，抑為氣乎？可以死，可以無死。〔**毛夾**〕鄭死科目，悉藍本董詞，以完由歷，實有不得不然者。董詞"鄭恒對眾但稱死罪，非君瑞之愆，我之過矣。倘見親知，有何面目？今日投階而死"諸語，正與此間科白字字廓填。而陋者必痛詬作者為忍心；田父見伯喈，烏得不切齒不孝耶？院本凡收場，必有演說一篇，在孤等口中，今亡之矣。慶喜筵席，正演說臨了一句；俗本入夫人口中，固非；而偽古本稱杜為孤，仍無演說。此處但當以颺

---

①　"不信呵去那"：王本作"你聽咱"。

②　"聽"：張本作"啼"。

③　"着喚鶯鶯出來"：王本作"請小姐出來"。

羊存意
可耳。　［末唱］

【沽美酒】門迎着駟馬車，戶列着八椒圖，娶了個四德三從宰相

女，平生願足，托賴着眾親故。　［繼眉］《菽園雜記》云：龍生九子，鳳
　　　　　　　　　　　　　　　　贔、鴟吻之類，椒圖其一也。形如螺蛳，
性好閉，故立門上，即今之銅環獸面也。［王夾］"足"，叶疽，上聲。［文眉］"椒"，
音焦。［廷夾］"足"，叶疽，上聲。［張眉］第四句少一字。［湯沈眉］《菽園雜記》
云：龍生九子，鳳贔、鴟吻之類，椒圖其一也。形如螺蛳，性好閉，故立門上，即今
之銅環獸面也。［合眉］"椒圖"，龍九子之一。形如螺蛳，性好閉，立門上。即今之
銅環獸面。［封眉］"椒圖"，龍九子之一。
形如螺蛳，性好閉，立門上，故用之。

【太平令】若不是大恩人撥刀相助，怎能夠好夫妻似水如魚。
［天李
旁］好!得意也當時題柱，①　［凌旁］一作"常記
得當時題目"，尤俊。正酬了今生夫婦。自

古、相女、配夫，新狀元花生滿路。　［繼眉］先主曰："孤之有孔明，如
　　　　　　　　　　　　　　　　　魚之有水也。"［起眉］王曰：一部
煙花本子，到此卻覺淡，政爾不得不淡。［畫徐眉］舉將除賊，當時題目，卻是好
意；佳兒佳婦，今生夫婦，正足以酬之，而無恨也。［田徐眉］舉將除賊，當時題目，
卻是好意；佳兒佳婦，今生夫婦，正足以酬之，而無恨也。"相"，視也。［參徐眉］
夫榮妻貴，可酬夙願。［王夾］"目"，叶暮。［劉眉］不離本相，不佳。［廷眉］舉
將除賊，當時題目，卻是好意；佳兒佳婦，今生夫婦，正足以酬之而無恨也。［廷
夾］"目"，叶暮。［張眉］"自古"三句，俱兩字，俗讀作一句，可笑。［湯沈眉］
"相女"句，蓋成語，猶視也。稱君瑞盡做狀元，直訛到底。［合眉］言舉將除賊，
當時題目，卻是好的。［魏眉］一部煙花本子，到此卻覺淡，正爾不得不淡。［封眉］
"自古"、"相女"、"配夫"，六字三韻。［毛夾］"若不是大恩人"二句，接上"托賴
眾親故"來。"得意也當時題柱"，"得意也"三字，直貫下句；"題柱"用相如題橋
事，以"別時青雲有路"諸語，曾題過不得第不歸也。故此言得意處，以當時題柱，
正足酬配合之意，不然，白衣女婿，辱莫相國，何以成就耶？蓋從來相國之女配夫，
必新狀元花滿路然後可也。所以既賴眾親，又賴得第也。參釋曰：椒圖形似螺，以性
好閉，故銅鐶像之。《尸子》云：法螺蚌而閉戶是也。然似有品制，非泛列者，如
《牆頭馬上》劇"身為三品官，戶列八椒圖"類。又參曰：張初稱
探花，而此稱狀元，說見前。今或改作"新探花新花滿路"，拘極。

　　　　　　　［使臣上科］　［凌眉］舊本有"使臣上科"四字，此必有勅賜常套科分，故後
　　　　　　　　　　　　　　【清江引】云。然以常套，故止言科而不詳耳。猶前云"發科了"、

———

　　① "題柱"：畫徐本、王本、廷本作"題目"。

"《雙鬥醫》科範了"之類。俗本以"四海無虞"為使臣上唱，大非。[封眉] 時本多漏"使臣上科"，並敕旨。則【錦上花】、【清江引】所云，無着落矣。

　　[末唱]

【錦上花】四海無虞，皆稱臣庶；諸國來朝，萬歲山呼；行邁羲 軒，德過舜禹；聖策神機，仁文義武。[謝眉]先鋪排風花雪月，後敷 演忠孝賢良。[繼眉]【錦上花】 今作使臣唱，非。[文眉]"邁"，音賣。[湯沈眉]【錦上花】，一作使臣上唱，亦涉 常套。[合眉]腐氣逼人。[魏眉]好祝願①，不消多！[毛夾]此是樂府結例，如"天 子壽萬年，延年萬歲期"等。所謂 "亂"也，即此。猶漢魏後樂府遺法。

【幺篇】朝中宰相賢，天下庶民富；萬里河清，五穀成熟；戶戶 安居，處處樂土；鳳凰來儀，麒麟屢出。[槐眉]"麒麟屢出"：牝曰麒， 牡曰麟，中國有聖賢出則見。 成康時見郊菆，章帝三年見陳留，元光三年見潁川，晉武帝時見郡國，咸能時見。平 原又見河南，咸和時見遼東。唐高宗時見鄭城、又見鑿城，十七年見京師；玄宗時見 陝西、又見東川。"黃河清"：水克木，黃河清則聖人出、天下平。[容眉]做官的就 說做官話了，醜也不醜？[王夾]"熟"，叶同屬；"出"，叶杵。[陳眉]做官的就說 做官的話，醜！[孫眉]做官的就說做官話了，醜也不醜？[湯眉] 做官的就說做官話了，醜也不醜？[峒眉]做官的就說做官話。

【清江引】謝當今盛明唐聖主②，敕賜為夫婦。永老無別離，萬 古常完聚，[容旁]忒些！[湯眉]忒些！[封眉]時 本"聖"作"盛"，"帝"作"聖"，皆非。願普天下有情[田徐旁] 作"緣"。 的都成了眷屬。[士眉]"普天下"三句，大至公好之量。[余眉]"普天下"三句， 大至公好之量。[容眉]公道！[新徐眉]好色同民，正合看《西 廂》一部傳賛。[參徐眉]最願得是！[孫眉]公道！[廷夾]"熟"，叶同"屬"； "出"，叶杵。[湯眉]公道！[合眉]大菩薩！[魏眉]最願得是！[峒眉]願得是！ [毛夾]此亦元詞習例，如《牆頭馬上》劇亦有"願普天下姻眷皆完聚"類，但此稱 "有情的"，此是眼目，蓋概括《西廂》一書也。故下曲即以"無情的鄭恒"反結之。 觀"敕賜"句，益知當時必有"敕 文演說"一篇作結，惜已軼耳。

【隨尾③】則因月底聯詩句，成就了怨女曠夫。顯得有志的狀元

---

① 楊案：魏本原缺"祝願"二字，此句乃雜取各本評語而成。
② "盛明唐聖主"：封本作"聖明唐帝主"。
③ "【隨尾】"：封本作"【收尾】"。

能，無情①的鄭恒苦。［下］②　[文眉] 先以"孤孀"起之，後以"怨曠"結之。[凌眉] 無情，王改"無緣"，意孤孀起之，後以怨曠結之。[封眉] 時本作"【隨尾】"，非；時本作"無情"，誤。[毛夾] 獨拈聯詩，從所始也，且亦見古來行文者不尚周到意。此以君瑞、鄭恒雙收，董詞反單收鄭恒，更奇。"無情"頂上曲"有情"，一掉作結，如神龍之尾。或改"無情"作"無緣"，彼必以鄭非無情，但無分耳，不知情不如是解也。《會真記》不明云"登徒子非好色者"耶？諸本【清江引】下，無"［下場科］"注，而以此曲為眾唱。此不然者，豈別有唱念例耶？餘說見前。參釋曰：諸本有"幾謝將軍成始終"一詩，又或有"浦東蕭寺景荒涼"一詩，俱系後人詠《西廂》而誤入之者。又或無總目四句，俱非原本。

　題目　小琴童傳捷報　　崔鶯鶯寄汗衫

　正名　鄭伯常乾捨命　　張君瑞慶團圓

　總　　張君瑞巧做東床婿　　法本師住持南贍地

　目　　老夫人開宴北堂春　　崔鶯鶯待月西廂記

[容尾] 總批：不得鄭恒來一攪，反覺得沒興趣。又批：讀《水滸傳》，不知其假；讀《西廂記》，不厭其煩。文人從此悟入，思過半矣。又批：嘗讀短文字，卻厭其多。一讀《西廂》曲，反反覆覆，重重疊疊，又嫌其少。何也？何也？又批：讀他文字，精神尚在文字裏面；讀至《西廂》曲、《水滸傳》，便只見精神，並不見文字耳。咦，異矣哉！又批：或曰：作《西廂》者，鄭恒置之死地，毋乃太毒！我謂：說謊學是非的不死，要他何用？又曰：鶯原屬鄭，獨不思張乃得之孫飛虎之手，非得之鄭恒也。若非杜將軍來救，鶯定為孫飛虎渾家矣。鄭恒去向飛虎討老婆，少不得也是一個死。

[新徐尾] 總批：嘗讀短文字，卻厭其多；一讀《西廂》曲，反反復

---

①　"無情"：王本、封本作"無緣"。
②　少本、熊本於此多出一段，云：
　詩　曰
　蒲東蕭寺景荒涼，至此行人暗斷腸。
　楊柳尚牽當日恨，芙蓉猶帶昔年粧。
　問紅夜月人何處？共約東風事已忘。（[謝旁] 有詩至此二聯，鐵石人便覺慘甚。）
　惟有多情千古月，夜深依舊（[謝旁] 更切！）下西廂。

復，重重疊疊，又嫌其少。何也？何也？

［參徐尾］全在紅娘口中，描寫鶯鶯嬌癡、張生狂興。人謂一本《西廂》，予謂是一軸風流畫。前半本合處粧病，後半本離處……①

[王尾·注二十一條]

【新水令】："一鞭驕馬出皇都"，舊作"玉鞭"，與下"玉堂"重；及"驕"作"嬌"，俱非。

【駐馬聽】：當初迷戀鶯鶯，拋棄功名，如"無意求官，有心聽講"之類，似癡呆懵懂一般，故曰"如愚"。如今纔和了正項功名，酬得平日讀書之志也。"蒲東路"，古本作"蒲東語"，似不妥。

【喬牌兒】："使數"，猶言使用人也，亦系方語，元詞屢用。末句，《雍熙樂府》作"有些事故"，以"甚"字仄聲不叶耳。然此句譜只五字句，以"有"字作襯字，自叶矣。

【雁兒落】：唐周昉善仕女圖。徐云：敘得雅而妥。

【德勝令】："君子斷其初"，是當時見成語，謂君子當決斷於起初也。元詞屢用此語。北人方語，謂牛為"丑生"。（《魔合羅》劇"老丑生無端忕下的"。）（《曲江池》劇白"打這小丑生"。）又（《緋衣夢》劇"殺了這賊醜生，天平地平"。）（《鴛鴦被》劇"去了那個醜生，撞着這個短命"。）"丑"、"醜"，聲同，通用。"賊醜生"，蓋罵鄭恒為賊牛也。"無徒"，謂無藉之徒；"木驢"，剮人刑具也。

【慶東原】："不明白展污了婚姻簿"，七字句，襯二字。"不明白"連下讀，勿斷②。反詞，猶言可不明白也；明白，即分明之謂。言鶯鶯決無配鄭恒之理；若如此，是連理之樹生於糞堆，比目之魚生於淤泥，豈非分明展污了婚姻之簿耶？三"夫"字，用得天然。以鶯配恒，是殺風景的事，而人品又不相當，是"村了風俗，傷了人物"也。"人物"，今本作"時務"，並存。徐云：罵人語有趣，自別。

【喬木查】："省可裏心頭怒"，猶言減省些煩惱也。

【攬箏琶】："息婦"，古本作"新婦"，然北人鄉語類呼妻為息婦子，

① 此處疑缺"粧夢"二字。
② [王眉] 舊以"不明白"斷，遂不可解。

不若從今本。今本"不甫能得做夫妻","妻"字不韻，誤；古本作"妻夫"，良是。但與上句"下了些死工夫"，押兩"夫"字，重；秣陵本作"夫婦","婦"字復仄聲，不叶。今並存。金本以"至如夫人誥敕、縣君名稱"二句作白，渠以較元譜多此兩語，且俱不韻故耳。朱本亦遂因之。不知此調末段增減句字，與句不必韻，元有此體①。（白仁甫《秋夜梧桐雨》劇"他不如呂太后般弄權，武則天似篡位，周褒姒舉火取笑，紂妲己敲脛觀人。早間把他哥哥壞了，貴妃有千般不是，看寡人也合饒過他一面擒拏"。）上六句全不用韻，直至末句以一韻收之，正此體也。"剗地"，猶言平白地也；"賕諕"，古本作"賕語"，誤。

【沉醉東風】：（董詞："比及夫妻每重相遇，各自準備下千言萬語，及至相逢，卻沒一句。"）

【落梅風】："蒲東郡"，今本作"蒲東路"。然首句元不押韻。言自蒲東至京兆，一路見婦人，即回顧尚不曾，焉有人贅衛尚書家之事乎？

【甜水令】：言張生不必疑慮，鄭恒這樣人，我決不替他寄簡傳書也。

【折桂令】："吃敲才"，罵鄭恒之詞。（《曲江池》劇"那其間悔去也吃敲賊"。）（《酷寒亭》劇"吃劍敲才"。）（羅貫中《龍虎風雲》劇"一個個該剮該敲"。）古本作"敲頭"，無據；"敲"，亦刑也。詞隱生云：南曲所謂"喬才"，乃"敲才"之省文訛字也。（孫繼昌散套"寄與你個三負心的敲才自思省"。）"數黑論黃"，謂其言之不實，正嚼咀之意。"惡紫奪朱"，斷章取義，惡張生形己之短也。"囊揣"，不硬掙之意。（馬東籬《黃粱夢》劇"俺如今鬢髮蒼白，身體囊揣"。）（鄭德輝《㑇梅香》）劇"往常時病體囊揣"。）（《玉壺春》劇"那裏怕邏惹着這囊揣的秀才，我則怕兀良殺軟弱的裙釵"。）"人樣蝦駒"，古注謂：猶俗言蝦兒樣人，不能偃仰，戚施之疾也。（《太平樂府》高安道詞"靠棚頭的先蝦着脊背"。）言鶯鶯便極軟弱不長進，亦不嫁鄭恒這等人樣蝦駒的人也。"愛你個俏東君"，"與鶯花做主"，以向日退兵活命之恩言也。"嚚虛"，挾詐也；"虧圖"，謀害也。（關漢卿《竇娥冤》劇"使了些不着調虛嚚的見識"。）（《後庭花》劇"教把誰虧圖"。）"夯"，大用力之謂，謂氣

---

① ［王眉］大抵為人出罪，必證見的確，始能服人。吾謂論詞亦然。

之甚而至破胸脯也。

【雁兒落】：（董詞“文章賈馬，豈是大儒；智略孫龐，是眞下愚。英武，笑韓彭不丈夫。”）末二句，言正管得鄭恒着也。

【德勝令】：前日能退孫飛虎，今日必有權術以退鄭恒也。“不識親疏”，只以情愛言，張生是“親”，鄭恒是“疏”也。

【落梅風】：“東君”，指杜將軍，古本作“東風”。“咱”，語詞，不作“我”字用。舊“綠楊影裏聽杜宇”，與上“你聽咱”之“聽”重，非。

［白］舊作［孤云］：“着喚鶯鶯出來”云云。將軍不當云“喚”，亦不當稱鶯鶯。若作夫人説，又非作者以將軍玉成其婚之意。從今本作“請小姐出來”。餘從古本。

【沽美酒】：“八椒圖”，楊用修《秋林伐山》引《菽園雜記》，謂龍生九子，不成龍，各有所好，如贔屭、鴟吻之類。椒圖，形似螺蜯。性好閉，故立於門上。又《尸子》云：法螺蚌而閉戶。《後漢·禮儀志》：殷以水德王，故以螺着戶，今門上銅環獸面，一名椒圖。元詞所謂“戶列八椒圖”，以此①。

【太平令】：“當時題目”，指退賊兵言，此張生好意，今生既成夫婦，正足以酬之而無恨也。“自古、相女、配夫”，各二字成句。詞隱生云：“相女配夫”，蓋成語；“相”，猶視也，視其女而配夫，言佳人必配才子也。

【隨煞】：“無緣”，諸本俱作“無情”，誤甚。

諸本曲後有“感謝將軍成始終”一詩，此盲瞽説場詩也。笻本總目後有“蒲東蕭寺景荒涼”一詩，亦後人詠《西廂》之作。本記五折，每折後有“正名”四語，末簡以“總目”四語終之。此外不容更加一字矣，今並刪去。“東床婿”，舊作“東窗”；“南贍地”，舊作“南禪”。今佛家南贍部州之“贍”，皆讀作平聲，蓋“贍”、“禪”聲相近之故。俱誤，今改正。

［陳尾］總結處精密工致，出鄭恒來更有興趣。全在紅娘口中描寫鶯鶯嬌癡、張生狂興。人謂一本《西廂》，予謂是一軸風流畫。前半本合處

---

① ［王夾］《菽園雜記》原文，謂出《山海經》、《博物志》，今二書皆不載。

裝病，後半本離處裝夢，相思腔調全在此中迫眞。卓老謂《西廂記》是化工筆，以人力不及而天巧至也。付物肖形，奇花萬狀；摹情佈景，風流萬端；空庭月下，葉落秋空。反復歌詠，不覺凡塵都死，神魂若知。所以卓老果會讀書。

[孫尾] 總結處精密工致，然鄭恒來更有興趣。全在紅娘口中描寫鶯鶯嬌癡、張生狂興。人謂一本《西廂》，予謂是一軸風流畫。前半本合處粧病，後半本離處粧夢，相思腔調全在此中迫眞。卓老謂《西廂記》是化工筆，以人力不及巧至也。付物肖形，奇花萬狀；摹情佈景，風流百端；空庭月下，葉落秋空。反復歌詠，不覺凡塵都死，神魂若知。所以卓老果會讀書。

[劉尾] 全在紅娘口中描寫鶯鶯嬌癡、張生狂興。人謂一本《西廂》，予謂是一軸風流畫。前半本合處粧病，後半本離處粧夢，相思腔調全在此中迫眞。

[淩尾·西廂記第五本解證]

第三折

佳人有意郎君（俊），我待不喝采其實怎忍。則好偷韓壽下風（頭）香，（傅）何郎左壁（廂）粉①：此皆紅娘反語嘲恒也。"佳人有意郎君俊，紅粉無情浪子村"，元人諺語。紅反言覺恒之俊，忍不住要喝采，下二句正其喝采語。元劇中如此類甚多。如《范張雞黍》劇中云"首陽山殷夷齊撐的肥胖，汨羅江楚三閭味的醉也"；《匹配金錢》劇中云"五湖內撐翻了范蠡船，東陵門鋤荒了邵平瓜"；《舞翠盤》云"過來波齊管仲、鄭子產，假忠孝龍逢比干"。今曲有"碎磚兒砌不起陽臺，破船兒撐不到藍橋"。總是反語，一樣機括。今人見"俊"字與"喝采"字，以為贊張生佳語，不知其嘲恒。王伯良解為佳人之有意，必待郎君之俊者；而鄭恒村蠢，何以動鶯鶯？此不知所謂，而強為之辭。又言喝恒之配不得鶯鶯，則"采"字無謂。徐本又注云：縱得了，是"下風香"、"傅過粉"，隱語嘲其拾敗殘，更為謬陋。紅娘方極口罵鄭恒"小人"、"濁氏"、"村驢屌"、"喬嘴臉"、"醃軀老"、"死身分"，"有家難奔"，而暇

---

① 本句括號虎內數字原缺，乃據濼本正文所補。

念及於拾殘香耶？且紅以為“枉蠢了他梳雲掠月”等語，皆是惜鶯，以為非恒記，而暇譏恒拾殘香耶？紅為鶯心腹婢，其護張者皆護鶯也，而自為此敗興之語以作嘲耶？措大管窺之見，貽笑大方。

［闵尾・五劇箋疑］湖上閔遇五戲墨

楔子

楔子：元曲每本止四折。其有餘情，難入四折者，另為“楔子”。止一二小令，非長套也。“楔”，音屑，塾桌小木謂之楔；木器笥鬆，而以木砧之，亦謂之楔。吳音讀如撒。

夫人鶯紅歡郎上：舊本相沿，稱謂各異。有外扮老夫人，旦倈扮紅娘，正旦扮鶯鶯，正末扮張生者；有生、旦、丑、净、老旦、末、外者；有狚孤、靚鴇、捷譏、引戲者；有如上云者。家誇善本，戶信眞傳，亦安所適從哉？既非經世之典，何煩議禮之訟？意者取其長而已矣。記中異同，悉從此例。

鍼黹：“鍼”，古“針”字；“黹”，音指。晉人呼縫衣為“黹”，今俗作“指”。

祿：音慮。北音無入聲，凡入聲字俱入平上去三聲。此風土相沿，非叶也。

梵王宮：“梵”，梵唄也，誦經聲。佛為空王，又曰法王，亦曰仁王，故佛寺為“梵王宮”。

博：去聲。

血：上聲。

杜鵑：鳥名，一名杜宇，又名子規。啼聲哀痛，口至流血。

么：北詞第二曲，謂之“么”。猶南詞云“前腔”也。或作“么篇”。

値：本音稚，去聲字也，並無入聲。然俗有讀作“直”者。徐文長云“借叶去聲”，豈亦未能免俗耶？

蕭寺：南朝齊梁皆蕭姓。好造佛寺，因名焉。

花落：音僗。

腳：音皎。

一之一佛殿奇逢

[一之一佛殿奇逢] 一作第一折，一作第一套，一作第一齣，一無"佛殿奇逢"字。

蓬轉：陳長方《步里客談》云：士人多用轉蓬，竟不知為何物。外祖林公使遼，見蓬花枝葉相屬，團欒在地，遇風即轉。問之，云"轉蓬也"。"轉"，去聲。

望眼連天：一作"醉眼"。

日近長安遠：晉明帝幼聰敏，元帝愛之。長安使來，元帝問曰："日與長安孰近？"對曰："長安近。不聞人日邊來。"明日，宴群臣，又問之，對曰："日近。"帝失色，曰："舉頭見日，不見長安。"帝益奇之。"日"，去聲。

蠹魚般似：或無"般"字。

出：上聲。

鐵硯：桑維翰讀書不第，人或勸其改業。維翰鑄鐵硯示之，曰："硯穿則易他業。"卒進士及弟。"鐵"，上聲。

投至得：巴得到也。"得"，上聲。

鵬程九萬：《莊子》：鵬之徙於南溟也，水激三千里，摶扶搖而上者九萬里。

雪窗：孫康家貧，無油，映雪讀書。後至御史大夫。"窗"，一作"案"，於韻不協；"雪"，上聲。

螢火：車胤家貧，無油，夏月囊螢讀書。"火"，一作"窗"。

俗人之俗：去聲。

雕蟲篆刻：或問揚雄曰："吾子少而好賦？"曰"然。童子雕蟲篆刻。"俄而曰："壯夫不為也。"

九曲風濤何處顯："顯"，或作"險"；曲，上聲。

則除是此地偏：一本無"則除是"三字。

拍：上聲。

竹：上聲。

北、百：俱上聲。

卻便似弩箭乍離弦：一本無"卻便似"三字。"卻"，上聲。

只疑是銀河落九天：陳江總詩："織女今夕渡銀河，當見清秋停玉梭。”言天河也。《孫子》：“善攻者動於九天之上。”此但形容其高。俗本引“東西南北中央等”，無謂。只，音子。一本無“只”字。

淵泉雲外懸：一本“淵泉”作“高源”。

梁園：《西京雜記》：漢梁王好士，有兔園。相如、枚生等，悉延居其中。“萬頃田”，不可解，多士不可以無食耶？

浮槎：《博物志》：張騫居海上，每年八月，見浮槎從水漂來。遂具衣糧乘之。到一處，見城郭屋宇，婦人織機，丈夫牽牛飲。問曰：“此是何處？”曰：“君至蜀，可訪嚴君平。”張還，如其言。君平曰：“某年月日，有客星犯牛渚。”即張騫到天河時也。及得石歸，君平曰：“此織女支機石也。”

節節高：王伯良本作“村裏迓鼓”，云：“【節節高】係【黃鍾宮】。”“曲”字句，亦稍不同。

佛：平聲。

早來到下方僧院：一本無“早”字。

把迴廊繞遍：“把”，或作“將”。

塔：上聲。

羅漢：梵語也。華言“應”供，亦云“殺賊”，亦云“無生”。

菩薩：梵語也，具云“菩提薩埵”。稱“菩薩”，省文也。華言“覺眾生”。“薩”，上聲。

呀！正撞著五百年風流業冤：一本無“呀”字，一本“年”下有“前”字。“業”，去聲。

顛不剌：“不剌”，北方助語辭。“不”，音鋪。如怕人，云“怕人不剌的”；唬人，云“唬人不剌的”。凡可墊助語處，皆帶此三字。“顛”者，輕狂也；“剌”，音辣，去聲。

可喜娘的臉兒罕曾見：“臉”，一作“龐”。

則著人：“則”，音子；“著”，音召。

他那裏儘人調戲：一本無“他那裏”三字。

軃著香肩：“軃”，音朵；一作“軃”。

撚：音乃殄切。

兜率宮：《阿含經》：須彌山半，四萬二千由旬，有四天王天：須彌山頂為帝釋天，上一倍為夜摩天，上為兜率陀天。蓋三十三天之一也。"率"，音律。"兜率"，華言"知足離恨天"，乃謅生之語。本無所出。舊註言"在諸天之上"者，妄也。

翠花鈿：韋固旅次戎城，遇異人何澄撿書。因問曰："何書?"曰："天下婚牘。"固曰："吾娶潘昉女，可成乎?"曰："未也。君婦適三歲。十七入君門。"固曰："安在?"曰："店北賣菜陳嫗之女。"固見，抱三歲女，呵刺損眉間。後十四年，王泰以女妻之，容貌端麗，眉貼花鈿。逼問之：曰"幼時為賊所損，痕尚在。"宋城宰聞之，名其店曰："此訂婚店也。"

泹覘：上音兔，下音腆。俗本以"覘"為"免"，音面，杜造一"覞"字於下，讀為"腆"字。或作"覒腆"。

玉粳：齒也。《曲江池》劇云："玉粳牙，休兜上野狐涎。""玉"，去聲。

白：音排。

半餉卻方言："餉"，他本俱作"晌"；查字書無"晌"字。"卻"，上聲，或作"恰"。

恰便似嚦嚦鶯聲花外囀：一本無"便"字，一本無"恰便似"三字。"恰"，上聲；"嚦"，去聲。

行一步可人憐："憐"，愛也。"可"，猶言恰恰也。生公虎耶講經，宋文帝大會沙門，親饌地筵。食至良久，眾疑過中，以僧律日過中即不食也。帝曰："始可中耳。"生公曰："白日麗天，天言可中，何得非中?"即舉箸食。劉禹錫詩曰："一輪明月可中庭。"皆言恰恰正好。此云：不但容貌聲音，色色堪愛，便走一步兒，也可可為人憐愛也。下四句，正是可人憐處。"一"，上聲。

怎顯得步香塵底樣兒淺："得"，一作"這"。石崇以沉香末布於席上，令姬妾行。無跡者賜珠百顆；有跡者節其飲食，令體輕。閨中相戲曰："若非細骨輕軀，那得百顆珍珠?"

角：音繳。

慢俄延：一本上有"見他"二字。

似神仙歸洞天：一本無"似"字。

空餘下楊柳煙，只聞得鳥雀喧：一本無"下"字、"得"字。

門掩著梨花深院：著，一作"了"。

恨天、天不與人方便："天、天"，連唱勿斷。一本"人"下有"行"字。

好著我難消遣，端的是怎留連：或無"好著我、端的是"六字。

兀：去聲。

芙蓉面：《西京雜記》：卓文君臉際長若芙蓉。

我道是海南水月觀音院："院"，俗本作"現"。"現"，非韻，亦欠工，少風致。"我道是"，或作"我則道"。

空著我透骨髓相思病染："空著我"，一作"怎不教"。"染"，或作"纏"。

臨去秋波那一轉：一本"去"下有"也"字。

意惹情牽："意"，或作"恨"。

花柳爭妍："爭妍"，一作"依然"。

玉人：裴楷儀容端美，時號為"玉人"。

將一座梵王宮："將一座"，一作"這一所"。

武陵源：《桃花源記》：晉時武陵人捕魚，谿行，忽逢桃花夾岸，芬芳鮮美。漁人異之。復前行，有小口，彷彿有光。初極小，復行數步，豁然開朗。屋宇阡陌，雞犬相聞，男女耕織，悉如人世。漁者大驚，問所從來，曰"先世避秦之所"。

一之二僧寮假館

周方：周旋方便。

埋怨殺你個法聰和尚：一本"埋怨"上有"我枉"二字。"你"，一作"一"。或無"你個"二字。"怨殺"，或作"冤煞"，上聲。

借與我半間兒客舍僧房：一本"借與"上有"你則"二字。

可憎才：不曰"可愛"，而曰"可憎"，猶曰"冤家"。愛之極也。反語見意。

彀："彀"、"勾"二字通用。

竊：上聲。

行雲：自古言，楚襄王夢與神女遇。以《楚辭》考之，殊不然。《高唐賦》云:"昔者先王嘗遊高唐,怠而晝寢,夢一婦人曰:'妾巫山之女,朝為行雲,暮為行雨,朝朝暮暮,陽臺之下。'"先王,懷王也。又《神女賦》云:"宋玉賦高唐之事,其夜,玉寢,夢與神女遇。"是前之夢懷王也,後之夢宋玉也。襄王無與焉,從來虛受其名耳。

打當: 猶言准備。"當",去聲。一本"打"上有"兒"字。

往嘗時: 一作"我往嘗"。

今日呵一見了有情娘: 一本"今日寡情人一見了有情娘",一本"今日多情人一見了有情娘"。

著小生心兒裏癢、癢: 一本"癢"上有"早"字,一本作"呀!心兒裏早癢、癢"。

迤逗得腸慌: "迤逗",一作"撩撥"。"得"字,或俱作"的"字。《記》中"得、的"二字通用,後不贅。

我則見頭似雪: 一本"見"下有"他"字。

恰便似捏塑來的僧伽像: "恰便似",一作"卻是,"一作"卻便似"。"僧伽",即西竺祖師也。然梵語謂僧,總曰"僧伽",華言"眾"也。今但云"僧"者,亦省文。"捏",上聲。

寄居咸陽: 一本"居"下有"在"字。

平生正直: "直",去聲。

俺先人甚的是: 一本無"俺先人"三字,並無前"本云老相公在時,敢也是渾俗和光"十四字。

小生無意去求官,有心待聽講: 一本無"去"字,一本無"去"、"待"二字。

量著窮秀才人情則是紙半張: 一本"量著"作"則那",無"則是"二字。

又沒甚七青八黃,儘著你説短論長,一任待掂斤播兩: "又沒甚",一本作"怎強如"。"沒",上聲。《宣和格古》云:"金成色,七青八黃,九紫十赤"。"七",上聲。"儘著你",或作"儘教咱"。"説",上聲;"論",平聲。"一任待",或作"他則待"。"掂"字,字書上不載,俗讀如"顛"。

你若有主張: "你",一作"您"。"有主張",一作"把小張"。

我將你眾和尚死生難忘："我將你"，一作"把您"。"忘"，去聲。

香積廚：《維摩詰經》：上方有國，號香積，以缽盛滿香飯，悉飽眾僧。故今僧舍，廚名"香積"。

枯木堂："木"，去聲。

遠著南軒，離著東牆，靠著西廂，近主廊：一本"遠著"上有"怎生"二字。"遠"，一作"離"；"離"，一作"遠"。"靠"，一作"近"；"近"，一作"靠"。"離"，去聲；"著"，平聲。

你是必休題著長老方丈："你是必"，一作"再"；無"著"字。毘耶城有維摩居士，石室以手板縱橫量之，有十笏，故曰"方丈"。

全沒那："沒那"，一作"不見"。

可喜娘的龐兒：一無"的"字。

胡伶淥老："胡伶"，即"鶻鴒"。徐文長本作"鶻憐"。鶻鳥眼最令俐。董詞有"這一雙鶻鴒眼"。"淥老"，調侃云"眼"也，或作"睩老"，只是讚紅娘好雙垂眼。方言有音無字，不妨通用，正不必拘泥也。"淥"，音慮。

眼挫裏抹張郎："抹"，上聲，塗抹也。亂曰塗，長曰抹。謂作一長圈也。楊億在翰林，日草制，為宰相勾抹，如鞋底樣。楊不平之。因就缺處補足，書其上曰："舊業楊家，鞋底是也。"今人以布轉桌亦曰抹，謂紅娘偷睛在張郎身上抹一轉也。

若共他多情小姐：一本"情"下有"的"字。

怎捨得他疊被鋪床："怎捨得他"，一作"怎教他"。"疊"，上聲。

我親自寫與從良：一作"我獨自寫與個從良。"古法：放出奴婢，等齊民，為從良。

莫不是演撒你個老潔郎：一作"莫不演撒上老潔郎"。"演撒"，有也；"潔郎"，僧也。俱教坊市語。"撒"，上聲。

既不沙，卻怎睃趁著你頭上放毫光，打扮的特來晃："沙"，襯語，猶南曲"呵"字。一本作"既不呵"。"睃趁顯毫光，打扮著特來晃"："睃"，音梭，邪視曰睃趁。"放毫光"，嘲其禿也。

好模好樣忒莽撞："忒"，平聲。一作"好模好樣也特莽撞"。

怎麼耶：一作"則麼耶"。是不必煩惱之意。或以為僧名，不知何據？

唐三藏：玄奘法師陳氏，洛陽緱氏縣人。往天竺取經六百餘部，經一藏，律一藏，論一藏，故號"三藏"。然後稱"三藏法師"者多矣，謂其能通經、律、論也。

若大一個宅堂：一作"偌大個宅司"。"偌"，音惹，平聲；"宅"，音柴。

可怎生別沒個兒郎，使梅香來說勾當：一本無"可"字、"別"字。"使"，一作"教"，一作"使得"。"別"，上聲。

硬抵著頭皮撞：一本"皮"下有"兒"字。"撞"，一作"強"，重上韻。

湯他一湯："湯"，如字；一作去聲。猶俗言擦著之意。元詞多用之。或作探湯義，未是。一本作"蕩"。

紅怒云：噫："噫"，音隘，不可作平聲。見韻書。

比及你心兒裏："比及"，一作"早知"；一無"裏"字。

待颺下教人怎颺：猶俗語"要丟丟不開"也。

赤緊的情沾了肺腑，意惹了肝腸："赤緊"，打緊之意。"赤"，上聲。一本無二"了"字。"惹"，一作"染"。

巫山：巫山縣在夔州府。此言高唐神女難追也，非謂其高。舊注誤。

隔：上聲。

業身軀：一本上有"我這"二字。

本待要安排心事傳幽客："本"，一作"恰"；"幽"，一作"遊"；"客"，上聲。

我則怕：一作"只恐怕"，言鶯怕也。亦是一解。

蝶：去聲。

性兒剛："兒"，今本俱作"氣"。此依舊本。

何郎粉：魏何晏美姿容，面至白。文帝疑其傅粉。夏月，令食湯餅，汗出，以巾拭之而愈白。

韓壽香：晉賈充為相，每宴賓僚，充女輒於青瑣中窺。見韓壽而悅之，形於夢寐。使婢通其意，壽聞而心動。女令夕入與通。時西域貢異香，著人經月不散。韓壽燕處甚馥鬱。充計武帝唯賜已，疑女與壽私。

詰左右，以狀對。充秘之，竟以女妻焉。

纔倒是：一作"終則是"。

小生豈妄想，郎才女貌合相訪："豈"，一作"空"。"訪"，尋訪；"合"，合該也。言如此女貌，正合訪配才郎也。俗本作"彷"義，悖。"合"，上聲。

休直待眉兒淡了思張敞："休"，一作"您"；"思"，一作"尋"。張敞為京兆尹，為婦畫眉，長安中傳"張京兆眉嫵"。有司以奏，上問之，敞對曰："閨房之內，夫婦之私，有過於畫眉者。"上愛其能，弗責也。

阮郎：漢永平中，剡縣有劉晨、阮肇，入天臺山採藥，迷路，糧盡。望見山頭有桃，共取食之。下山飲於澗水。忽見蔓草從山后出，次一杯流至，中有胡麻飯屑、山羊脯，食之甚美。相謂曰："去人不遠矣！"過一水，又過一山，見二女容貌絕美，便呼劉、阮姓名，"郎君來何晚也?"因邀至家，設旨酒。數仙持三五桃來慶女婿，各出樂器，歌調為樂。日暮，盡夫婦之禮。天氣和暖，長如二三月，百鳥和鳴。久之，求歸甚切。女曰："罪根未滅，使君等如此！"更喚諸女仙作樂，以送劉、阮出洞口。還歸，驗得七代子孫。傳聞上祖入山不出。二公欲返於女家，不復得路矣。至晉太康八年，失二公所在。

粉香膩玉搓咽項：言似粉香膩玉，揑成一個咽項也。或作"搽胭項"，誤。"項"，一作"晃"。

金蓮：齊東昏用金為蓮花貼地，令潘妃行其上，曰"此步步生蓮花也"。

玉筍：唐張祐客淮南，日暮，赴宴。杜紫微為中書舍人，南坐。有妓女，無繇見其手，故索骰子賭酒。妓以袖包手而拈骰，紫竟不得見。紫微詩曰："骰子巡巡裏①手拈，無繇得見玉纖纖。但應報道金釵墜，彷彿還應露指尖。"

其實是強：一本無"是"字。"實"，平聲。

你掉下："掉"，一作"撇"。

我拾得："拾"，平聲。一本作"我捨得"。

睡不著："著"，去聲。

---

① 楊案："裏"，似當作"裹"。

花解語：太液池開千葉蓮，帝與妃子共賞。謂左右曰："何似我解語花也？""解"，去聲。

玉有香：唐肅宗賜李輔國玉辟邪香，各長一尺五寸，奇巧非人間所有。其香可聞數百步，雖金函玉匣不能淹其氣。或衣裾誤拂，滌浣數次，亦不消歇。

我則索手抵著牙兒慢慢的想："我則索"，一作"儘教我"，一無"的"字。

一之三花陰倡和

傻角："傻"，音洒。徐文長云：輕慧貌。宋人謂風流蘊藉為角，故有角妓之名也。按今中州齊魯之間以罵駿者曰傻瓜，乃傻角之遺音也。直是罵詞，絕無風流蘊藉之意。徐解非是。聞諸彼中縉紳云。

色：上聲。

側：音子。

躧：上聲。

萬籟：風聲為天籟，木竅為地籟，笙竽為人籟。

沒揣的：猶云不意中。

見俺可憎：一作"見俺那可憎"。

越：去聲。

甫能見娉婷：言纔見也。徐本"甫能勾"，今從之。

比著那月殿裏嫦娥也不恁般撐：羿得不死之藥於西王母，其妻嫦娥竊以奔月。將往，枚筮之於有黃。有黃占之曰："吉！翩翩歸妹，獨將西行。逢天晦芒，毋恐毋驚。後且大昌。"嫦娥遂託身於月，是為蟾蜍。"撐"，音崢，方言美也。言嫦娥未必如此撐達。一本無"比著那"三字，一本無"裏"字，一無"也"字。"恁般撐"，一作"您般爭"。

料應那："那"，一作"來"。

曲檻憑："檻"，一作"欄"。

剔團圞："剔"，上聲。

都則是香煙人氣，兩般兒氤氳的不分明：一本無"都"字，並"兩般兒"三字。

早是那臉兒上撲堆著可憎：一本無"那"字。"撲"，上聲；"憎"，平聲。

　　那更那：一作"那更你"。

　　他把那：一作"將"字。

　　酬和到天明："到"，一作"至"。

　　方信道惺惺的自古惜惺惺：元樂府有"葫蘆提憐懵懂，惺惺的惜惺惺。"

　　欲行："欲"，去聲。

　　便做道謹依來命："便做道"，一作"不當個"。

　　忽聽：一本"忽上"有"我"字，一本"聽"下有"得"字。

　　元來是撲剌剌：一本無"元來是"三字，一本"剌剌"下有"的"字。

　　空撇下："下"，一作"了"。

　　碧：上聲。

　　白日：一作"向日"。

　　再整：一作"投正"。

　　他那裏低低應：一無"那裏"二字。

　　廝徯倖：言幾乎得僥倖成事也。

　　他無緣，小生薄命："他"，一作"你"；"命"，一作"倖"；"薄"，平聲。

　　立：去聲。

　　有四星："四星"，調侃下稍也。古人釘秤，每斤處用五星，唯到稍末為四星。故往往諢言下稍曰四星。《兩世姻緣》雜劇云"我比卓文君，有上稍沒了四星"，是言沒下稍也。今夜雖淒涼矣，卻是有下稍的。淒涼何者？比如他不俅不保，我亦無可奈何。今隔牆酬和、笑臉相迎、低聲答應，是不但俅保，而且傳情，足可卜其有下稍也。或云："四星"，十分也。古二分半為一星。

　　眉眼傳情："眉眼"，作"眼"。

　　燈兒又不明："明"，一作"滅"。

　　窗兒外淅零零：一作"淅瀝瀝"，一零下有"的"字，一無"窗兒外"三字。"淅"，上聲。

忒楞楞：一作“忒嘌嘌”，一本“楞楞”下有“的”字。

枕頭兒上孤另，被窩兒裏寂①靜：一無“上”字、“裏”字。“寂”，平聲。

你便是鐵石人、鐵石人也動情：一無“你”字，一無重“鐵石人”三字。

夜闌人靜：“闌”，一作涼。

喒兩個畫堂春自生：一本無“喒兩個”三字。

分明作證：“作”，一作“照”。

闌：平聲。

則去那：一本“則去這”。

一之四清醮目成

碧琉璃：殿瓦。

諷呪：一作“唪呪”。

檀越：梵語也。華言“施主”。

法鼓金鐸：“法”，上聲。“鐸”，平聲；一作“鐃”。

惟願存在的人間壽考：一作“惟願存人間的壽考”，一本“考”作“高”。一本“的”下有“教”字；下句同。

曾祖父：朱本“父”作“禰”

焚名香：“焚”，一作“爇”。

則願得：一作“只願”。

犬兒休惡：一本上有“崔家的”三字。“惡”，叶豪，去聲。

佛曪：一本無二字。

密約：“約”，音杳。

我則道玉天仙離了碧霄：“則”，一作“只”。《記》中“則”、“只”通用，後不贅。一本“道”下有“這”字，一本無“了”字。

恰便似檀口點櫻桃：“恰便似”，一作“則見他”。

淡白：“白”，上聲。

櫻桃口、楊柳腰：白樂天二姬，樊素善歌，小蠻善舞。詩云：“櫻桃

---

① 楊案：“寂”字原缺，此據正文所加。

樊素口，楊柳小蠻腰。"

　　妖嬈、苗條：一本"妖嬈"作"苗條"，"苗條"作"妖嬈"。

　　法座上也凝眺："上"，一作"下"。

　　癡呆傗："呆"，字書不載。詞中讀"兀"，上聲；俗讀如"孩"。"傗"，勞，去聲。北方罵人多帶"傗"字，如云"囚傗"、"饞傗"之類，不知何義。"癡"，一作"眞"。

　　老的少的："少"，一作"小"。

　　稔色："稔"，音飪，穀熟也。"稔色"，言美得豐足。

　　他家：一作"可意他家"，一作"可意冤家"。

　　淚眼偷瞧：一作"著淚眼兒偷瞧"。

　　滴：上聲。

　　也難學："學"，奚交切。下"纔學"同。

　　把一個發慈悲的臉兒來矇著：一無"一"字，一無"來"字。"著"，平聲。

　　懊惱：一作"意惱"。

　　貫世才學："貫"，一作"冠"。

　　做作："作"，音"早"。

　　窗兒外那會鑊鐸：一本"窗"上有"來"字。"鑊鐸"，是方言，彳亍、踟躕無聊之音。今吳音亦謂慢行曰鐸鑊。解謂為窗外鈴鐸驚醒，殊謬。董解元本《鬧會》詞有"譬如這裏鬧鑊鐸，把似書房睡取一覺"。"鐸"，音刀。

　　到晚來：一無"來"字。

　　比及睡著："及"，平聲。

　　捱不到曉："不"，一作"得"。

　　心緒你知道：一"心上"有"我"字。

　　情思我猜著：一"情"上有"你"字。

　　沙彌又哨："哨"，一作"咷"，一作"跳"。

　　奪：平聲。

　　有心爭似："似"，一作"奈"。

　　勞攘了一宵："攘"，一作"嚷"。

玉人歸去得疾：一本"玉人"上有"唱道是"三字。此是收場語。如四卷曲情已完，則宜用之。此尚有第二本在，未得用此。茲從諸本。"疾"，精齊切。

酪子裏：猶云昏黑。

葫蘆提：見"惺惺惺"註。猶云"昏懂懂"。

【絡絲娘煞尾】：此因四折已完，故為引起下文之詞以結之。盡而不盡，見有第二本在也。非復扮色人口中語，乃自為眾伶人打散語。猶演義小説，每回説盡，有"有分教"云云之類。是宋元院本家數。或刪去者，非矣。

閑春院："閑"，一作"閉"。

小紅娘傳好事："小"，一作"俏"。

<h3 style="text-align:center">二之一　白馬解圍</h3>

早是傷神："傷神"，一作"多愁"。

那值殘春："值"，一作"更"。

能消幾個黃昏："個"，一作"度"。

篆煙：《香譜》：近世作"香篆"。其文為十二辰，分百刻。燃一晝夜乃已。"篆"，一作"串"。

目斷行雲："目"，去聲。

池塘夢曉：謝惠連幼有奇才。從兄靈運云："每有篇章，對惠連輒得佳句。"嘗於永嘉西堂思詩，竟日不就。夢見惠連，即得"池塘生春草"，曰"此語有神助也，非吾語也。"

飛絮雪：謝安石與兒女內集。俄而雪驟，公欣然曰："白雪紛紛何所似？"兄子胡兒曰："撒鹽空中差可擬。"兄女道韞曰："未若柳絮因風起。"公大笑樂。

香消了六朝金粉，清減了三楚精神：六朝之文香豔，多金碧脂粉之辭；屈宋之文清苦，多枯槁憔悴之語。皆借文辭以喻其瘦損也。或云：六朝三楚多麗人，故云。豈別朝別處少麗人耶！舊註引《貨值傳》"孰為南楚，孰為東楚，孰為西楚"，尤堪捧腹。"六"，音溜。

壓：去聲。

錦囊佳句：唐李長吉每出，令小奚奴背古錦囊以隨。得句，即投其中。

登臨又不快，閑行又悶："登臨"上，一本有"我欲待"三字；"登臨"下，一無"又"字。"悶"，一作"困"。

每日價情思睡昏昏：一無"每日價"三字。"睡"，一作"悶"。

紅娘呵，我則索搭伏定鮫綃枕頭兒上眠：《北夢瑣言》：鮫人泉客織於冰室，賣與人間。昔張建章為幽州司馬，嘗以府命行渤海，遇水仙遺鮫綃帕，云："夏月溽暑，展之滿堂凜然。"《瑯環記》：沈休文夜坐，風開竹扉，一女子攜絡絲具，入門便坐，風飄細雨如絲。女隨風引絡，燭未及跋，得數兩。起，贈沈曰："此謂冰絲，贈君造以為冰紈。"忽不見。沈後織成紈，鮮潔明淨，不異於冰製扇。當夏日，甫攜在手，不搖而自涼。一本無"上"字。"伏"，平聲。一無"紅娘呵我"四字。"搭"，一作"搨"。

則怕俺女孩兒折了氣分：舊解云：猶俗語輸了體面。一云："氣分"，猶氣餤也。詳"生"、"小梅香"二句，似作折了福意。一本無"俺"字，一本"兒"下有"家"字。

往嘗但見一個外人，氳的早嗔；但見一個客人，厭的倒褪：一本無二"一"字，一本上下二句倒，一本"但"作"若"。

想著昨夜詩，依前韻：一本"想昨夜的詩，依著前韻"。

吟得句兒匀，念得字兒真：一本二句上下倒。

織錦迴文：竇滔為秦州刺史，被徙流沙。妻蘇若蘭思之，為織錦迴文以寄，旋轉循環，文意淒切。

東鄰：按司馬相如《美人賦》云："臣之東鄰，有一女子，恆翹翹而西顧，欲留臣而共止。登垣而望臣，三年於茲矣。"

想著文章士：一作"風流客"，無"想著"二字。

他臉兒清秀身兒俊：一本無"他"字。"俊"，一作"韻"。

克：上聲。

不繇人口兒裏作念，心兒裏印："不繇人"，一作"教人"，一無二"裏"字。

學得來：一作"恁的般"。

不枉了：一作"怎生教"。

魂離殻：一作"魂離了殼"。"殼"，音巧。

見放著禍滅身："見放著"，一作"放著個"。"見"，音現；"滅"，去聲。

將袖梢兒揾滿啼痕：一無"將"字。"滿"，一作"不住"，一作"住"。

好著我去住無因：一本"著"作"教"，一本無"好著我"三字。

堝兒裏人急偎親："堝兒裏"，猶曰這所塊。"急偎親"，言人方急迫時更相親傍也。"堝"、"窩"同。

奔：去聲。一作"逩"。

喫緊的先亡過了有福之人：一作"赤"；一本無"過"字。

耳邊廂：一無"廂"字。

那厮每："每"，音門。

恰便似：一作"似那"。

送了他三百僧人：一作"送了三百來僧人"。

半萬賊兵：一作"半萬來賊軍"。"賊"，平聲。

一霎時：一作"半會兒"。

國：上聲。

更將那："那"，一作"這"。

則沒那：一作"那裏也"。

博望燒屯：孔明與夏侯惇戰，計燒於博望坡。夏侯惇軍十萬，敗而還。初出茅蘆第一功也。

惜：上聲。

將伽藍火內焚，諸僧污血痕，把先靈為細塵：一本無"將"字、"把"字；一本"諸僧眾污血痕，將伽藍火內焚，先靈為細塵。"前後倒轉。

呀：一本無"呀"字。

齠齔：音條襯，小兒初毀齒也。

辱沒了家門："沒"，一作"莫"。

也須得："也"，一作"你"。

都做了鶯鶯生忿：一本上有"母親"二字。"生忿"與"生分"同，猶言劣撇也。謂如上"獻賊、自盡"等語，母親疑我使性劣撇，不知我實有難言者，如下云云是也。元詞多用"生忿"，或用"生分"，皆是戾氣之意。或云："生忿"，忤逆也。禍始於鶯，而及於母，故自引為己之忤逆，亦得。"忿"，一作"分"。

母親休愛惜：一本無"母親"二字。

殺退賊兵，掃蕩妖氛：一作"掃蕩煙塵，殺退賊軍"。

結：上聲。

秦晉：兩國世為婚姻。

諸僧伴：一作"諸僧眾"。

這生不相識："這生"，一作"他"。"識"，上聲。

玉石俱焚：《尚書》："火炎崑岡，玉石俱焚。""石"，去聲。

雖然是不關親：一無"然"字。

可憐見命在逡巡：一本"見"下有"嚛"字。

權將秀才來儘：一本"權將這個秀才來儘"。

出師表文，嚇蠻書信：孔明前後《出師表》、李白醉草《嚇蠻書》。一本"師"下、"蠻"下俱有"的"字。"嚇蠻"，一作"下燕"。"嚇"，去聲。

張生呵，則願得筆尖兒橫掃了五千人：一本無"張生呵"三字，"則願得"作"敢教那"。"筆"，上聲。

楔　子

梁皇懺：梁武帝后郗氏殂後數日，帝夢寢殿一大蟒。駭曰："朕宮殿嚴密，非爾類可得入也！"蟒為人言曰："吾郗氏之化身也。因在世嫉妬，損物虐人，謫為蟒。感帝眷愛之厚，故爾現形。願帝憐閔，乞令高僧作大功德，可得超升。"帝命志公作《懺》，選高僧建大齋七晝夜。齋畢，郗復見夢，曰："以功德力，脫去蟒身矣。"言訖不見。

黐：音丟，義同。

袒下偏衫：一作"袒下我這偏衫"，一本"偏"下有"紅"字。

烏龍尾鋼椽揝：烏龍尾鋼椽，是鐵裹頭棍。北方以把握為"揝"，音鏨。

知他怎生喚做打參：一無"知他"二字。

窟：上聲。

喫：上聲。

炙煿煎燂："煿"，音博。"燂"，音談；或作"爁"，音覽，聲不叶。"炙"，上聲。

渴：上聲。

醃臢：音奄簪，穢惡貌。

浮沙羹寬片粉：一作"恁將那浮煸羹、寬粉片"。

休調淡："淡"，一作"唻"。

從教按：一作"雖然是黯"。"按"，一作"暗"。

我將五千人：一本"將"下有"這"字，一本"我待教五千人"。

把青鹽蘸："把"，一作"旋教"。

用嗒那：一作"用嗒也"。"嗒"，一作"俺"。

飛虎將聲名播鬥南：一本"飛虎"上有"你道是"三字。長史藺仁基謂狄仁傑，"北斗以南，一人而已。"

誠何以堪："誠"，一作"成"，言攄鶯鶯若成，何以堪乎？

我經文也不曾談，逃禪也懶去參：一作"法空我不會談，逃禪我不會參"。杜詩："醉中往往愛逃禪。"

俗不俗："俗"，平聲。

伽藍：梵語也，華言"土地"。

有勇無憨："憨"，音酣，愚也，癡也。一作"慭"。

撞：平聲，俗作"踵"。

釤：音山，斬去也。

睒：丑，平聲。斜視而瞬曰"睒"。

赤力力："赤"，上聲；"力"，去聲。

軸：平聲。

駁駁劣劣："駁"，上聲，一作"剝"；"劣"，去聲。一本"駁駁劣劣"一枝在後，"欺硬怕軟"一枝在前。

忑忑忐忐："忑"，音忒；"忐"，音吐膽切。俱俗字，恐懼意，並合口音。坊本"忐"音祖，入寒山韻，非。又坊本作"忐忑"，韻不押。《三官經》："忐忑"，音懇倒。

— 412 —

截：上聲。

長居一：猶言每每算我第一。

沒搭三：非鄉語也，調侃不著緊意。

劣性子人皆慘：一作"就死也無憾"。"慘"，一作"摻"。

張解元乾將風月擔：一作"你個張解元，乾將歲月就"。

紕：音批，繒疏也。

借神威：一作"助威風"。

繡旛開：一作"繡旗下"。

【賞花時】：二曲古本無，云是後人增入。

<h3 style="text-align:center">二之二東閣邀賓</h3>

片時掃淨："淨"，一作"盡"。

舒心的列山靈、陳水陸：山靈之物，水陸之珍，是張筵席也。坊木"山"作"仙"，以"仙靈"為畫；徐本以"水陸"為道場。誤矣！"舒心"，猶甘心情願。

誰承望：一作"則那"。

珧筵開：朱本作"帶煙開"，釋以帶煙早早開閣待客。徒以"帶煙、和月"對偶之工，而不顧上句之不通也。豈東閣在廚竈之間耶？

有人溫："人"，一作"誰"，非。

受用些："些"，一作"足"，非是；且與【三煞】重疊。

綠：音慮。

咳：上聲。

啟朱扉：一作"啟朱唇"。"朱唇"字，可以張稱紅，非紅稱張語也。

萬福：宋太祖嘗問趙普，拜禮何以男子跪，婦人不跪？禮官無有知者。王貽孫曰："古詩云'長跪問故夫'，即婦人亦跪也。唐武后朝欲尊婦人，以屈膝為拜，稱萬福。"見孫甫《唐書》及張建國《渤海圖記》。

白襴淨：唐士子俱著白襴袍。

鬧黃鞓：樂天詩"貴主冠浮動，親王帶鬧裝"，薛田詩"九包縚就佳人髻，三鬧裝成子弟韉"。今京師有鬧裝帶，猶雜裝之謂。俗本作"傲裝"，非。"鞓"，帶韋也。

龐兒俊："俊"，一作"整"。

出聲：一作"住聲"。

連忙：一作"忙忙"。

答：平聲。

喏：音惹。

恰便似：一無"便"字。

和那五臟神："和那"，一作"和他那"，一作"我和那"。開元中有鄭嬰齊者，見五色衣神，曰："吾五臟神也"。

兄：音興。

和鶯鶯匹聘："和"，一作"待共"。

文魔秀士：一本"文"上有"哎"字。

風欠酸丁："風"，風狂。"欠"，如字；俗音要，非。"欠酸丁"，調侃秀才話，即今諺云欠氣之謂。

耀花人眼睛：一本無"花"字。

溜：平聲。

螫：音釋，蟲行毒也。本或作"蜇"，音浙；義同。

煠下七八碗軟蔓菁："煠"，音閘。"蔓"，音瞞。陳宋謂之葑，齊魯謂之蕘，關西曰蔓菁，趙魏曰大芥。諸葛孔明所止之地，令軍士種之，號諸葛菜。是菜有五美，可以煮食，久居隨，以滋長根充饑，能消食化氣，多食不厭。"碗"，一作"甕"。

猶有相兼並："兼"，一作"肓"；"並"，一作"併"。

恰早害相思病："恰"，一作"卻"。"早"，一作"學"；一作"單"。

打扮得素净：一無"打"字，一無"得"字。

何曾慣經："何"，一作"可"。

你素款款輕輕：一本無"你"字。

閣：上聲。

誰無一個信行：或無"一個"二字。下句同。

折：平聲。

今宵歡慶：一本"今"上有"若是"二字。

軟弱鶯鶯：一作"俺那軟弱的鶯鶯"。

交鴛頸：司馬相如以琴挑文君，曰："鳳兮鳳兮歸故鄉，遨遊四海求

其凰，時未遇兮無所將。何期今日升斯堂，有美淑女在此方。適爾從遊
愁我腸，何緣交頸與鴛鴦！"

端詳了可憎：一無"了"字。"憎"，平聲。

好煞人也無乾淨："煞"，上聲。一本無"也"字。

莫：去聲。

勿：去聲。

孔雀屏：竇毅仕周，為柱國，有女聰慧。毅曰："此女有奇相，不妄
許人。"因畫二孔雀於屏。求婚者令射二矢，陰約中目者許之。射者數
十，皆不合。唐高祖最後，射各中一目，遂歸於帝。"雀"，上聲。

鳳簫象板：一作"鳳"上有"有"字。

新婚燕爾：《詩》："宴爾新婚，如兄如弟。""宴"、"燕"，通樂也。

跨鳳乘鸞：蕭史，秦人。秦穆公以女弄玉妻焉。教弄玉吹簫，作鳳
鳴。一日吹簫，鳳集，乘之仙去。"乘鸞"，見二之四"廣寒宮"下。

休傒倖：言莫作等閑僥倖看也。

舉將的能：一無"的"字。

兩般兒功效如紅定：一作"兩椿兒功效勝如紅定"。納聘之禮，例用
紅綃。

胸中百萬兵：宋范仲淹代范雍鎮延安。夏人聞之，相戒曰：毋以延
州為意。今小范老子，胸中有數萬甲兵，不比大范老子可欺也。

黃卷：《遯齋閑語》：古人寫書，皆用黃紙。以辟蠹有誤，則以雌黃
塗之。

梅香：一作"紅娘"。

二之三杯酒違盟

別：上聲。

列：去聲。

篆煙微："篆"，一作"串"。

恰纔向：一作"我恰向"，一本無"向"字。

將指尖兒："將"，一作"則將"；一作"將這"。

沒查沒利謊傻科："沒查利"，方言，無準繩也。古註："傻科"，猶
云小輩。宋時謂幹辦者曰"傻科"。"利"，徐本作立。徐本"沒查"上

有"你看這個"四字。"科",一作"儸"。

睞：上聲。

從今後兩下裏相思都較可：一作"今日相思都較可"。

酬和間：一本上有"我想這"三字。

他怕我：一本無"他"字。

據著他：一作"憑著這個"。

也消得家緣過活："也消得",一作"消得個"。"活",一作"花",連下句。"活",平聲。

費了甚麼，古那便結絲蘿，休波："古"、"波",皆北地鄉音,助語詞。"古那",猶云忽地也。《踰牆》有"猶古自",及董詞中用"古"字甚多。"麼"字,句;"蘿"字,句;"波"字,句。一本作"費了甚一股那"句,一本"費了甚麼股"句。"那便結絲蘿"句,一本作"花費了甚一股"。《古詩》："與君為婚姻,兔絲附女蘿。"

張羅：元吳昌齡《西遊記》有"潑毛團怎敢張羅,賣弄他銅筋鐵骨自開合",又元詞有"圖甚苦張羅",皆誇張羅得意。

【慶宣和】：一本此下三曲,皆作生唱。

小腳兒那，我卻待目轉秋波："卻",一作"恰"。"我卻待",鶯目謂。一作"我只見",是見生也;言但見生目轉動,誰知他正瞧我的腳兒也。亦是一解。"那",平聲。

空：去聲。

荊棘列、死沒騰、措支剌、軟兀剌：皆方言也。總是謔得木篤、氣得軟攤之貌,不必下解。甚有逐字體認者,以江南耳目,作燕趙訓詁,徒為識者笑。

誰承望這即即世世老婆婆：鶯雖怨母,不應有如此語。是以有作生唱之說。然《記》中從無生鶯雜唱者。此語出董詞。董詞是旁人不平語,可用狠罵。此處用之,不免累卻全璧。"誰承望",一作"誰想這"。

藍橋水：尾生與女子期於橋下,女子不來。水漲藍橋,尾生抱柱而死。

赤騰騰點著祆廟火："祆",音軒。《蜀志》：蜀帝生女,詔陳氏乳養。陳攜幼子居禁中。後十餘年,陳子出,以思公主故,疾亟。陳入宮,有憂色。公主詢其故，以實對。公主遂託幸祆廟，期與子會。既公主入廟，子沉睡。公主遂解幼時所弄玉環，附之子懷而去。子醒見之，怨氣成火，而廟焚矣。祆廟，胡神也。“赤騰騰”，一作“赤鄧鄧”，一作“不鄧鄧”。

比目魚：東方有魚，其名曰鰈。一魚一目，狀似牛脾。細鱗紫黑色，兩片相合，乃可遊行。人呼為鞋底魚也。

扢搭：即打結也。“扢”，音蓋；“搭”，音打。

納合：“納”，囊亞切。“合”，叶何。

蛾眉輕蹙：“輕”，一作“頻”；“蹙”，上聲。

無那：是無奈何。

俺可甚相見話偏多：“相見話偏多”，是成語。今反言要話不得話也，故云“俺可甚”。王伯良解作夫人話多，非。

攧窨：“攧”，本音跌，此去聲。“窨”，上聲。“攧窨”，鄉語也。《琵琶記》：“終朝攧窨。”

暢好是烏合：“烏合”，易散。言初意此會，合而不散，那生渾似烏合也。“合”，平聲。一無“是”字。

液：去聲。

南柯：淳于生夢入大槐安國，為守二十載。使者送出穴，遂寤乃古槐蟻穴，南枝為南柯郡。

濕：上聲。

斷復難活：“復”，一作“然”。

則被你：一本無。

僂儸：狡猾也；又幹辦集事之稱。言夫人忘恩悔親，徒落得送了我與張生性命耳。當甚麼狡猾能事也？一云：花言巧語之意，亦“耍”字之意。

成拋趓：言似個拋閃趓避者。

尺：上聲。

如間濶：“間”，去聲。“濶”，上聲。一作“似天河”。

不堪醉顏酡，可早嫌玻璃盞大：一本“堪”作“甚”，“可”作“卻”。“大”，音墮。

較可：一作"覺可"。

奪：音多。

黑閣落，甜話兒將人和：一本"落"下有"的"字，"話"作句。

薄：音波。

沒頭鵝：天鵝群飛，有頭鵝領之，則其行次整然不亂。如失頭鵝，則亂矣。故以頭鵝比人家之家長。今婚姻大事，昌昌如此，皆因喪父，如沒頭鵝然。"撇下"句，即恨父死撇其女也。或云：恨生不出一語相爭，如鵝寒插翅，沒頭於毛中，不鳴一聲。

撇：上聲。

下塲頭：一作"久以後"。

那答兒：一作"那裏"。

恰纔個：一無"個"字。

變做了江州司馬淚痕多：白樂天貶江州司馬，作《琵琶行》，曰："凄凄不似向前聲，滿座聞之皆掩泣。就中淚痕誰最多，江州司馬青衫濕。""變"，一作"都"。

難著摸：一作"難捉摸"，一作"難著莫"。"摸"，去聲。

謊到天來大："謊到"，一作"倒謊"，一作"說謊"。"大"，音墮。

當日個、今日個：一本無此六字，一本無兩"個"字。

您個簫何："個"，一作"做"。"您"，尼錦切，你也。

玉容寂寞梨花朵，胭脂淺淺櫻桃顆：一本"寞"下、"淡"下俱有"了"字。"胭脂"，一作"脂脣"。

鄧鄧：一作"澄澄"。

太行山：今河內縣，山高萬仞，上有九折阪，最為險絕。一本上有"想著他"三字。

渴：音可。

顫巍巍："顫"，一作"嫩"。

雙頭花：《天寶遺事》：沉香亭牡丹盛開，一枝兩頭，朝則深碧，暮則深黃，夜則粉白。晝夜之間，香豔各異。

縷帶：一作"壽帶"。

割：哥，上聲。

脫：音妥。

刺股：蘇秦讀書欲睡，引錐自刺其股，血流至足，曰："安有説人主，不能出其金玉錦繡，取卿相之尊者乎？"期年，揣摩成，曰："此眞可以説當世之君矣。"

懸梁：楚孫敬字文寶，嘗閉戶讀書，欲睡，則以繩繫髮，懸於梁上。

築壇拜將：韓信數以策干項羽，羽不能用。歸漢，漢用之不篤，乃亡去。蕭何追返，薦於漢王，以為大將。王欲召信拜之，何曰："王拜大將，如呼小兒，此乃信所以去也。王必欲拜之，擇良日，齋戒設壇場，具禮乃可。"王許之。諸將聞築壇皆喜，人人自以為得大將。至拜大將，乃韓信也。一軍皆驚。

二之四琴心挑引

"他做了會"二句：指昨日開宴時，未命拜兄妹之前，猶是夫妻。故云。"會"，言一霎兒也；一本作"個"。

影兒裏："影"，一作"鏡"。

念想：一作"空想"，一本下有"則辦得"三字。

相逢：一作"相從"。

東閣：漢公孫弘六十餘，舉賢良。天子擢為第一。數年，至宰相，封侯。於是開東閣，以延天下賢士。

則教我：一作"可教我"。

卻不道：一作"早是他"。

則為那：一作"只因"。

月闌：月暈也。

怨天公："公"，一作"宮"。

裴航：裴航遇雲翹夫人，與詩曰："一飲瓊漿百感生，玄霜搗盡見雲英。藍橋便是神仙宅，何必崎嶇上玉京。"後過藍橋，渴。茅舍中有一老嫗，揖之求漿。嫗令雲英以一甌漿水飲之。航欲求娶英，嫗曰："得玉杵臼當與。"後裴航得玉杵臼，遂娶而仙去。

則似我羅幃數重："則似我"，一作"這雲似我"。"我"，一作"嗒"。

只恐怕：一無"怕"字。

— 419 —

圍住了廣寒宮：唐明皇與申天師，八月十五夜遊於月宮，有榜曰："廣寒清虛之府"。見素娥皆乘白鸞，舞於桂樹之下。極寒，不可久留也。此曲是因月闌生出，言人間玉容女子，著繡幃深瑣，為怕人搬弄也。嫦娥在天上，又無裴航遊仙之夢升騰而犯之，天公何必怕其心動，而用月闌以圍住耶？以嫦娥比興，作怨母拘禁之辭。一本無"了"字。

金鈎雙鳳：鈎上有鳳，故能敲響。"鳳"，一作"控"。

吉：上聲。

夜撞鐘：一本作"夜聲鐘"。

潛身再聽：一本上有"我這裏"三字。

在牆角東：一本無"角"字。

似鐵騎刀鎗冗冗：一本無"似"字。下句同。

兒女語，小窗中，喁喁：韓退之《聽琴詩》曰："昵昵兒女語，恩怨相爾汝。畫然變軒昂，勇士赴敵場。"然恩怨相爾汝，無限意味，不止小窗喁喁也。歐公謂此詩最奇麗，然自是聽琵琶詩，非聽琴詩。此論亦似太苛。"喁"，尼容切。一本"話"上有"私"字，一本無"語"字。

他那裏思不窮，我這裏意已通：一無"他那裏、我這裏"六字。"意已通"，作"恨轉濃"。

曲未終，恨轉濃：一作"他曲未終，我意轉濃"。"恨轉濃"，一作"意已通"。

伯勞飛燕各西東：伯勞性好單棲，燕出飛即兩相背，故"燕燕於飛"為別離之比。"伯"，上聲。一本"伯"上有"爭奈"二字。

這的是令他人耳聰：一本無"這的是"三字。

芳心自懂："懂"，一作"融"。

斷腸：一作"傷心"。

本宮：凡琴操，各宮調自為始終。張先弄一曲，後改《鳳求凰》，故言這篇與初彈改換不同也。

黃鶴醉翁：江夏郡辛氏賣酒。一先生身雖藍縷，人物魁偉，入坐。謂辛曰："有好酒與飲！"辛以巨觥連奉三杯。明日復來。辛不待索，又與之。如此半截，辛未嘗怠。一日，謂辛曰："多負酒錢，無物可酬。"遂取黃橘皮，畫一鶴於壁上。每有沽客拍手歌之，其鶴自下舞。其後四方之士來飲者，皆留金帛以觀鶴舞。十年之間，辛氏巨富，鶴乃飛去。今黃鶴樓存焉。先生者，呂仙也。"清夜聞鐘"、"黃鶴醉翁"、"泣麟悲鳳"，皆古琴操名。"鶴"，去聲。

更長漏永：一本上有"都是"二字。下句同。

一弄：猶一曲。

這的是俺娘的機變，非干妾身脫空：一作"那的是俺娘的機見，非干妾的脫空"。此詞是鶯聽生言而獨語，非與生言也。一本：生白"夫人且做忘恩"上，有"生自云"三字；鶯白"你差怨了我也"上，有"鶯自云"三字。下"唱"字作"低唱"，頗為得解。

作誦：一作"俑"。

疎簾風細，幽室燈清，多則是一層兒紅紙，幾槴兒疎櫺："清"、"櫺"，非東韻。元曲本調多如此，非誤也。即用韻者自不少，然非必用。"槴"，一作"棍"。

雲山：一作"巫山"。

便做道十二巫峰："道"，一作"隔"。

則見他走將來：一無"則見他"三字。

摩弄、攔縱："摩弄"，猶云搏弄，亦制縛之意。"攔縱"，徐云搓挼也。意紅雖可恨，只得搓挼曲從，不敢譴怒之者，恐在夫人處葬送我耳。一云：因其響喉嚨，故將他攔縱，恐使夫人覺而怒也。

恐怕夫人行把我廝葬送：一無"怕"字，及"把我"字。

夫人時下有些唧噥："些"，諸本俱作"人"。"唧噥"，作攄掇解；或作多言，不中解。每看至此，時為費思。崔門一行家眷，夫人而外，止鶯、紅、歡三人。鶯、紅已在此矣；所謂"有人"者，豈謂歡郎耶？可笑！頃於南都買得一本，乃作"些"字，且註云："唧噥，不決裂意。"及簡舊本，見上有細字，云："'人'，或作'些'。"始為釋然。

不著你落空：言這親事，到底不落空。

怎肯著別離了志誠種："怎肯著"，一作"我則怕"。"志誠種"，指張生也；王伯良謂是鶯自謂。"別離"，一作"心離"。

楔　子

俺姐姐：一本無此三字。

脂粉香懶去添："胭"，一作"脂"。"消香"，一作"香消"。"去"，一作"欲"。

靈犀一點：犀角之根，有一點白理直通至尖，謂之通天犀。杜紫微題《會真詩》有"密約千金值，靈犀一點通"，又古曲云"身無彩鳳雙飛翼，心有靈犀一點通"。董詞作"梅犀"。予謂此乃水火既濟之丹，非指坎位宜中之實。《易》曰"天地絪縕，萬物化醇"，絪縕者，靈犀通也。"點"字，勿作"點水"之"點"解。

姐姐，敢醫可了病懨懨：一本"了"作"這"，一本無"姐姐"二字。

三之一錦字傳情

謝張生伸志：一作"伸致"，連讀下書字句。

若不是翦草除根半萬賊：一作"若不翦草除根了那半萬賊"。

險些兒滅門絕戶俺一家兒：一作"怎不滅門絕戶了俺一家兒"。

將婚姻打滅，以兄妹為之：一本無"將"字"以"字。"鶯鶯、君瑞"以下，俱四字疊句。皆調外襯句也，可有可無，可多可少，亦可以不用韻。直至"如今都廢卻成親事"句，始入本調。

糊突了胸中錦繡：一本"糊"上有"愁"字。李白《送仲弟令聞》曰："爾兄心肝五臟皆錦繡耶？不然，何開口成文也！"

淚流濕：一本"濕"下有"了"字。

憔悴潘郎鬢有絲：潘安仁《秋興賦》："春秋三十有二，始見二毛。"一本"悴"下有"了"字。

杜韋娘：劉禹錫詩："浮植梳頭宮樣粧，春風一曲杜韋娘。"

帶圍寬減了瘦腰肢：俗本"帶圍"上有"一個"二字。徐文長云："鬢絲、腰瘦"二句，長短錯對，不得添"一個"二字；下文六句"一個"，方是對。一本"寬"下有"清"字，一本"瘦"作"小"。

不待要觀經史：一作"無意看經史"，一本"觀"作"親"。

刪抹成斷腸詩：一無"成"字。

都一樣害相思：一無"都"字。

天下樂：徐云：此詞解者盡昧。言別人相思，無甚奇異；崔張二人，一個如此，一個如彼，其害相思，害得喬樣也。佳人才子，雖是害相思，與庸人不同，故曰"信有之"。或者有一種有情人，不遂心時，容亦有如此者。但設使我遭著，決沒許多喬樣，只一納頭準備憔悴死而已。"抹媚"，方言，喬樣也。"乖性"，亦即喬樣意。凡紅言崔張，必將已插入，否則冷淡無味。一本無"方信道"三字，一本無"倒"字。

羅衫上：一本上有"你看那"三字。

摺袿："摺"，音折；"袿"，音至。"摺"，從手；或從衣，非。

淒涼情緒："情緒"，一作"活計"。

無人伏侍："伏"，一作"扶"。

覷了他澀滯氣色，聽了他微弱聲息，看了他黃瘦臉兒。張生呵，你若不悶死，多應是害死：一本無"覷了他"、"聽了他"、"看了他"、"張生呵"、"你若是"等字。

氤氳使：昔朱起慕女妓寵愛。逢一青巾，問之，青巾笑曰："世人陰陽之契，有繾綣司統之，其長名氤氳使。夙緣當合者，須鴛鴦牒下乃成。我即為子囑之。"俗本作"五瘟使"。恐散相思的差使，用不著這位尊神也。

俺小姐想著：一作"趁著這"，無"俺小姐"三字。

他至今：一作"俺小姐"。

念到有："到"，一作"道"；一本無"有"字。

顛倒費神思：一本上有"他敢"二字①。

道這妮子：一本無"道"字。

嗤嗤的撏做紙條兒：一本："嗤"一字為句，下"嗤"字連下為一句。一作"嗤、撏做了紙條兒"。

哎你個饞窮酸俫沒意兒："酸俫"，調侃秀才也。"俫"，郎參切。一本作"你個挽弓酸俫沒意思"，無"哎"字。

是我愛了你的金貲：一無"了"字，一作"非是我愛你的金貲"。

我雖是個婆娘有氣志：一作"我雖是個婆娘家有些氣志"。

恁的呵：一本無此三字。

拂：上聲。

---

① 楊案："字"字原缺，此據臆改。

打稿兒：“稿”，一作“草”。

元來是：一作“卻元來”，一作“誰想”。

不搆思：一作“不勾思”，云：才有餘，不勾他思量也；又云：“不勾思”三字，可登詞場神品。此解非不佳，但可作文士鈎深尖巧之語，以加紅娘，或未稱。

先寫下：“下”，一作“成”。

忒風流：一本上有“你也”二字。“風流”，作“聰明”；“聰明”，作“風流”。

忒煞思：太甚曰“煞”。白樂天詩“西日憑輕照，東風莫殺吹”，自註：“殺”，去聲。俗書作“傻”。按“殺”、“煞”二字，古通用。一本作“忒三思”。

雖然是假意兒，小可的難到此：一作“雖是些假意兒，小可的難辦此”。

鴛鴦鴛鴦，在心在心：一本不重疊。

覷個意兒：一本“個”作“那”。自“顛倒”起至“意兒”，俗本有作生唱者。

道甚言詞：一作“自有言詞”。

則說道昨夜彈琴的那人兒，教傳示：一無“則說道”三字。“教”，一作“來”。“昨”，平聲。

你將那：三字，一本無。

龍蛇字：李太白《贈懷素草書歌》：“怳怳如聞神鬼驚，時時只見龍蛇走。”

鴻鵠志：陳勝少時，同人耕於壟上，悵然曰：“苟富貴，無相忘。”傭者笑之，勝曰：“燕雀安知鴻鵠志哉！”

玉堂金馬三學士：楊雄《解嘲》“歷金門，上玉堂”；然《谷永傳》“陛下抑損椒房玉堂之盛寵”，是宮禁矣。其謂翰林為玉堂，不知何始。宋學士院玉堂，太宗親幸後，唯學士上日許正坐，他日皆不敢。玉堂東，承旨閣子窗格上有火燃處。太宗嘗夜幸，蘇易簡為學士，已寢，遽起。無燭具衣冠，宮嬪自窗格引燭入照之。至今不欲易，以為玉堂一盛事。《三輔黃圖》：漢武帝得大宛馬，以銅鑄像立於署門，因名金馬門。歐文忠與趙概、呂公著同宴，口號有"玉堂金馬三學士，清風明月兩閑人"句。此用歐詩也。

　　沈約病：休文《與徐勉書》，有"外觀傍覽，尚似全人；形體力用，不相綜攝。常須過自束持，方可僶俛。解衣一臥，支體不復相關。上熱下冷，月增日篤。取暖則煩，加寒必利。後差不及前差，後劇必甚前劇。百日數旬，革帶嘗移孔，以手握臂，率計月減半分。似此推算，豈能支久？"此沈自狀老病也。後人率為少年引用，殊不思。

　　宋玉愁：宋玉《九辯》："悲哉！秋之為氣也。蕭瑟兮，草木搖落而變衰；憭慄兮，若在遠行，登山臨水送將歸。沈寥兮，天高而氣清；寂漻兮，收潦而水清。憯悽增欷兮，薄寒之中人；愴怳懭悢兮，去故而就新。坎廩兮，貧士失職而志不平；廓落兮，羈旅而無友生。惆悵兮而私自憐。"秋之為悲如此也。宋玉之愁，悲秋也。

　　清減了相思樣子：一作"清減做個相思樣子"。

　　嗒眉眼傳情：一本"嗒"下有"人這"二字。

　　怎敢因而："因而"，方言怠緩也。於"而"字句。《尺素緘愁》折亦有"勿得因而"，意同。

　　有美玉於斯：珍重簡帖之語，是紅娘調文袋謎語也，謔詞也。《記》中紅娘諸曲，大都掉弄文詞，而文理故作不甚妥帖。模寫婢子通文情態。

　　憑著我舌尖兒上説詞：一作"賣著舌尖兒説詞"。"舌"，平聲。

　　心事：一作"才思"。

　　管教那人兒："管"，一作"須"；一無"兒"字。

三之二妝臺窺簡

　　透紗窗："透"，一作"遠"。

　　銀釭猶燦："釭"，音江，燈也；與"缸"字不同。俗字、音俱謬。

　　梅紅羅：元時上表箋，以梅紅羅單綾封裹。蓋當時所尚，故云。

　　釵嚲玉橫斜："嚲"，音朶，下垂貌。"橫斜"，一作"斜橫"。

　　暢好是懶、懶：一作"好懶、懶"。

　　烏雲散："散"，上聲。舊本作"嚲"，今從王伯良本作"散"。然"嚲"亦有"嚲"音也。

　　盒：平聲。

拆開："拆"，音釵。一作"開拆"。

厭的早㧣皺了黛眉：一作"則見他厭的㧣皺了黛眉"。

忽的：一本下有"波"字。

氳的：一本下有"呵"字。

調犯：方言，猶云調戲。"犯"，一兒"泛"。

早共晚：一作"若早晚"。

問甚麼他遭危難：一無"麼"字，一無"他"字。

嗒擤斷得上竿："擤斷"，即斷送之意；一云：猶擤掇也。一本無"嗒"字，一本"嗒"下有"則"字。

一迷的："迷"，去聲，猶一味也。一作"一味的"。

言語摧殘：一作"教言語傷殘"。

休思量那秀才：一無"那"字。

我為你："我"，紅自謂；"你"，指鶯。一作"他為你"。

闌干：《長恨歌》"玉容寂寞淚闌干，梨花一枝春帶雨"，又《琵琶行》"夜深忽夢少年事，醒啼粧淚紅闌干"。"闌干"，縱橫貌。

似這等辰勾月：院本傳奇名，元人吳昌齡撰，託陳世夢感月精事。舊解："辰"，星名。辰星勾月最難遇；勾之，主年豐國泰。亦有正作"辰勾"而去"月"字者矣。一作"似等辰勾"。

是不曾牢拴："是"，一作"世"。"拴"，屍關切，一作"關"。

則願你：一作"願得"。

您向筵席頭上整扮，我做個縫了口的撮合山："您向"，一作"我向"。"我做個"，作"做一個"，謂婚姻筵席，媒人與焉，故云。"撮合山"，自來媒人別號。或解作荷包上壓口，以比不洩漏意；恐非。

當日個：三字，一本無。

那一片聽琴心：一作"那一遍聽琴時"。

先生鑕：用成語，言幾被他到手也。俗本作"賺"，誤；一作"撰"，亦不可解。

胡顏：羞也。曹植《責躬應詔表》云："詩人胡顏之譏。"

為一個：一本無"一"字。

望夫山：詳之"四三"。

你用心兒撥雨撩雲： 一本 "你" 下有 "待" 字。

我好意兒與他傳書寄簡： 一本 "我" 下有 "是" 字，無 "與他" 二字；一本 "與他" 作 "與你"。

受艾焙： 灼艾之火也。猶俗言忍炙只忍這一遭。

暢好是奸： 滿情滿意的奸詐也。徐本 "奸" 作 "乾"，亦趣，言乾乾受這番艾焙。但下文説不去。

這的是先生命慳： 一作 "也是先生命限"。

須不是： 一作 "非是"。

那簡帖兒倒做了你的招伏： "那簡帖兒"，一作 "那的"。"伏"，一作 "狀"。一本無 "倒" 字。

擔饒： 情恕意。

把你娘拖犯： "你"，一作 "紅"；一無 "你" 字。

秦樓： 李太白詩 "簫聲咽，秦娥夢斷秦樓月"。詳 "二之二"。

你也赸： 北方謂走曰 "赸"，未知何據。徐文長謂冷淡之義。一本 "赸" 作 "訕"；下句同。

休訕： "訕"，怨謗也。言今事已無成，只索大家走散，再不必怨訕也。或通作 "赸" 字，非。

你休呆裏撒奸： 一本 "休" 下有 "要" 字。

您待要： 一無 "要" 字。

卻①教我： 一無 "卻" 字。

他手搦著棍兒摩娑看： 一作 "他手搦著檀棍摩娑著看"。"他"，一作 "老夫人"；"搦"，一作 "執"。"搦"，一音鬥，一音糯，一音搦，又女卓、女革二切。或作 "搦"。

怎透針關： 一本 "透" 下有 "得" 字。

直待要拄著枴幫閑鑽懶，縫合脣送暖偷寒： 幫閑鑽懶者，須手腳伶俐；送暖偷寒者，須口舌無忌。紅娘慮搥楚之事，故為此説。拄拐是撾之已傷，可幫閑鑽懶乎？縫脣是制之不得言，可送暖偷寒乎！"直待要"，一作 "直待教我"。"幫"，一作 "挪"，一作 "捧"。

---

① 楊案："卻"，原作 "欲"，乃據正文所改。

踏著泛："泛"，一作"犯"。

禁不得你甜話兒熱趨：一作"教甜話兒熱趨"。

好教我兩下裏做人難："教"，一作"著"；"兩下裏"，一作"左右"。

哩也波哩也囉：方言"如此如此"。

魚雁：《古詩》："客從遠方來，遺我雙鯉魚。呼童烹鯉魚，中有尺素書。長跪讀素書，書中竟如何？上有加餐飯，下有長相憶。"舊註引陳勝以帛書置魚腹中，令賣之。買者烹之，得書曰"陳勝王"。然與此無涉。蘇武使匈奴，匈奴留之十九年，詭言武死。後漢使至彼，常惠教使者謂單于，言天子射上林中，得雁，雁足繫書，言武等在大澤中牧羊。使者如惠言以語單于。單于大驚，乃歸武。

寫著道：三字，一本無。

教你：一作"著你"。

元來那詩句兒裏：一作"元來詩謎也似"。

三更棗：六祖黃梅園傳法事。五祖與粳米、棗一枚，六祖悟曰："令我三更早來也。"

九里山：在徐州。韓信與項羽戰九里山前，十面埋伏，以敗羽。

他著緊處：一作"你著緊"。

您只待：一無"只待"二字。

則教我：一本"則"作"卻"，一無"則教"二字。

非是春汗：一無"是"字，一本"汗"下有"正是"二字。

春愁：一作"春心"。

放心波玉堂學士："波"，一作"你個"；一本無"玉堂"二字。

金雀鴉鬟：李紳《鶯鶯歌》"金雀鴉鬟年十七"，謂鶯也。俗本認為紅娘，遂改作"鴉①鬟"；而"情"字改作"倩"字。謬甚！

別樣親：一作"別樣的親"。

更做道孟光接了梁鴻案：梁鴻妻孟光，字德耀。鴻家貧，賃舂為事。妻每進食，舉案齊眉。此引言婦敬夫也。"更"，一作"便"。董詞俱做

----

① 楊案："鴉"，疑當作"丫"。

"更做"，義同"便"。

甜言媚你："媚你"，一作"美語"。

六月寒：一作"九夏寒"。

我為頭兒看：一無"我"字、"兒"字。"為"，一作"問"。

離魂倩女：《離魂記》：張鎰女倩娘，私奔王宙，生二子。歸寧，倩娘乃久病閨中，聞之出迎，合為一體。

怎發付擲果潘安：安仁妙有姿容。少時挾彈出洛陽，婦人遇者，聯手共縈，或以果擲之滿車。一本無"怎發付"三字。

隔牆花又低：一作"拂花牆又低"，一作"隔花階又低"。

怕牆高：一本上有"你若"二字。

嫌花密："密"，去聲；一作"鬧"。

望穿他：一作"他望穿"。

蹙損了：一無"了"字。

去了兩遭：一無"了"字。

隔牆酬和都胡侃："胡侃"，無准實之意。一本"隔牆"上有"你那"二字，一本"牆"下有"兒"字。

證果的是今番這一簡：一作"證果你只是今番這簡"。

三之三乘夜踰牆

樓角歛殘霞："角"，一作"閣"。

唓：去聲。

金蓮蹴損：一本上有"我則怕"三字。"蹴"，上聲。

抓：音爪。

滑：呼佳切。

淩波襪：《洛神賦》："淩波微步，羅襪生塵。""襪"，忘罵切。

自從那日初時想月華：一無"那"字、"時"字，本"初"下有"出"字。

好教賢聖打：北方稱神祇曰賢聖。此因日之不下，欲教賢聖打之也。古語曰"羲和鞭白日"。一本"好教"上有"早道"二字。

身子兒詐："詐"，喬也。董詞亦有"不苦詐打扮，不甚豔梳掠"語。一本作"乍"。

准備著雲雨會巫峽：一無"著"字。"峽"，平聲。

只為這燕侶鶯儔：一作"思量著燕子鶯兒"。

鎖不住：一作"爭扯殺"。

二三日來水米不黏牙：一本九字作白；一本"二"作"兩"；"黏"，一作"沾"。一本無"二三日來"四字，並無上白；則"想俺小姐，害得那生呵"十字，是言鶯害得水米不黏牙也。

因小姐閉月羞花，真假，這其間性兒難按納，一地裏胡拿：言生因小姐閉月羞花，如此其美，而其留情處，真假猝難猜料。只恐未必全假，所以性難按納而胡做也。一本"因小姐"作"想小姐"，言小姐平日閉月羞花，深自珍重，縣今觀之，真耶假耶？不意今日，一旦性難按納，而胡做至此！觀上文脈，此解不為無見。

便做道摟得慌呵，你也索覷咱：一作"便做道你摟慌索覷咱"。

赫赫赤赤：暗號也。元詞幽期劇多用之。恐只是黑洞洞、寂魆魆之意，非有深義。

杜家：《輟耕録》載雜劇目録，有《杜大伯猜詩謎》一卷。

隋何：辯士。為漢説九江王英布歸漢。

陸賈：亦漢辯士。奉使南越，南越王稱臣。

一弄兒：猶言一段。

蠟：去聲。

綠莎茵鋪著繡榻：一本"因"下有"勝"字。"莎"，音梭；"榻"，上聲。

迢遙：一作"迢迢"。

意兒浹洽："浹"，一作"謙"。"洽"，音霞。

夾被兒時當奮發：雖是夾被，目下常有春意。"發"，方雅切。

指頭兒告了消乏：即後折"手勢指頭恁"之意。董詞《彈琴》云"十個指頭兒，自來不孤你，這一回看你把戲。孤眠了半世，不閑了一日。今夜裏彈琴，不同恁地，還彈到斷腸聲，得姐姐學連理。指頭兒，我也有福囉，你也須得替。"此語本董詞，原非求雅。古注謂：指頭預辦偷春，翦落指甲，乃是消乏。過為文語，非作者本色。"乏"，扶加切。

撐達：解事之謂。准擬支撐了達，以快此大欲也。"達"，當家切。

我這裏躡足潛蹤：一無"我這裏"三字。

答答：平聲。

呀！鶯鶯變了卦：一無"呀"字。

卻早进定隋何：一無"卻早"二字。

嗑：音課。

不意垂楊下："意"，一作"記"。

香美娘處分俺那花木瓜："香美娘"，指鶯；"花木瓜"，指生。皆現成諢語。"花木瓜"，言中看不中用也。"處分"，猶言發落也。"處分俺那"，一作"分破"，一作"處分破"。

喬坐衙："坐衙"，升堂也。"喬坐衙"，假意尊大之謂。

海樣深：一作"海量寬"。

誰知你色膽天來大：一作"誰想你色膽有天來大"。

誰著你：一作"做得個"。

非奸做賊拿：一作"非盜做奸拿"。

跳龍門：鮪魚出鞏穴，三月渡龍門，得為龍。否則點額而還。故唐人謂登第如跳龍門。

騙馬：躍而上馬謂之騙上。然此引用不切，當是扁馬耳。言學做騙子也。"扁"旁之"馬"，疑多。

看我面遂情罷："遂"，即後"遂殺人心"之"遂"。言即處分得畅快，丟開手罷也。一本作"逐情"，無"我"字。

若到官司詳察：一無"到"字。"察"，上聲。

准備著精皮膚喫頓打：一無"准備著"三字。"喫"，作"一"。

吒：火角切。北地助，語辭。

更守十年寡："守"，一作"受"。

㿝拍："㿝"，音祈，又音欺。"㿝拍"，不中節之謂，猶人不停當。

隔牆：一作"拂牆"。

一任你將何郎膩粉搽：一作"你將何郎粉面搽"。"膩"，一作"傅"，無"一任"二字。

你待自把：一無"待"字。

措大：調侃秀才。

猶古自：即尚兀自意。元曲多有之。俗本改"尚兀自"，不必。

從今後悔罪也卓文君：一作"你早則息怒嗔波卓文君"。一無"後"字。"也"，一作"了"。

你與我學去波漢司馬：譏其不能及相如。言這樣漢司馬，還須再學學去也。一作"你則索與遊學去波漢司馬"。

三之四 倩紅問病

屌：音弔，上聲。今通作"鳥"。詳《續》之三。

雙鬭醫：元劇名，見《太和正音譜》。必有科諢可仿，猶他劇"考試照嘗"之類。故不備載。

則為你彩筆題詩：此謂鶯鶯以《待月》一詩，哄生致病也。一本"你"作"那"；"題詩"，指生詩。

熱臉兒："臉"，一作"劫"。

把似你休倚著：一本無"休"字。

把一個、將一個：一本無二"一"字。

迭窨：即攧窨也；一作"迭嗽"。

逼：平聲。

好著我：一作"可教我"。

不離了針：一無"了"字。

都做了："都"，一做"變"。

則向那："向"，一作"去"。

又不曾得甚：一作"不從得甚"。

我這裏自審：一本無此五字。

暗沉為邪淫："暗沈"，一作"這病"。

秀才每："每"，一作"家"。

干相思："干"，一作"乾"。《記》中"乾"、"干"通用。

好撒唔：猶云扯淡也。"唔"，他禁切。一云：猶含忍也。或作"撒浸"，又作"撒吞"。一本"好"上有"得"字，一本有"的"字。

功名上：一無"上"字。

反吟復吟：術家占婚姻事，遇反吟復吟者，多不成。

面靠著："面"，一作"緊"。

背陰裏窨："窨"，一作"蔭"。

令人恁："恁"，思也，念也，念這方好也。

怕的是紅娘撒沁："撒沁"，不用心，怠慢也。一云：放潑也。一作"怕紅娘子撒沁"。"沁"，音侵，去聲；一作"心"。

喫了呵，使君子一星兒參：一本"喫了呵"下有"穩情取"三字，一本無"喫了呵"三字。

其實啉："啉"，愚也。一云：口開為啉。音林，去聲，合口音也。古注"音吝"，非；或作貪解，更誤。

休妝唔："唔"，即撒唔，哄人之意。"休"，一作"佯"。

笑你個風魔的翰林：一無"笑"字、"的"字。

行許裏："行"，一作"上"。

軟廝禁：不硬掙也。"廝"，去聲；"禁"，平聲。

俺那小姐忘恩：一作"俺小姐正合忘恩"。

頭枕著："枕"，去聲。

怎生和你一處寢：一無"和你"二字。

凍得來："來"，一作"也"。

說甚知音：一作"不煞知音"。

何須的：一無"的"字。

詩對會家吟：舊諺"酒逢知己飲，詩向會人吟"。

便遂殺人心：一本作"便遂殺了人心"。

更怕甚："怕"，一作"待"。

手勢指頭兒恁：《五代史·史弘肇傳》有"手勢令指頭兒恁"。言借指頭兒如此也，譴甚矣。此本董詞"指頭兒得替"來，非解者誤也。一作"手勢定指尖兒恁"。

倘成親，倒大來福廕：一作"倘或成親，到大來福廕"。

他眉彎遠山鋪翠，眼橫秋水無塵：趙飛燕妹合德入宮，為薄眉，號遠山眉。"鋪"，一作"不"；"塵"，一作"光"。

腰如嫩柳："嫩"，一作"弱"。

猶勝似："猶"，一作"更"。

夢兒裏苦追尋："苦"，一作"再"。

管教他：一作“管教你恁”。

我也不圖甚：一作“不圖你甚”，一作“不圖你”。

滿頭花拖地錦：“滿頭花”，妝雜。“拖地錦”，裙長，掩足之不纖也。並婢子飾。

好共歹：一作“早共晚”。

肯不肯怎緣他：“怎”，一作“儘”。

<h2 style="text-align:center">楔 子</h2>

著一片志誠心：一作“今夜著個志誠心”。

蓋抹了：一作“改抹嗒”。

<h2 style="text-align:center">四之一月下佳期</h2>

金界：須達多長者白佛言：弟子欲營精舍，請佛居住。唯有祇陀太子園廣八十頃，林木盛茂，可佛居住。太子戲曰：滿以金布，便當相與。須達出金布滿八十頃，精舍告成。故佛地曰“金界”。

呆打孩：只是懵懵之意。董詞用之最多。“打”，一作“答”。

青鸞：漢武帝元封元年四月戊辰，帝居承華殿。東方朔、董仲舒侍。見青鸞自空而下，忽為女子，曰：“我王母使者也，從昆山來。”語帝曰：“聞子輕四海之尊，尋道求生勤哉！有似可教者也。從今百日清齋，不聞人事。至七月七日，王母暫來也。”言訖不見。七月七日，王母至。

黃犬音：《述異記》：陸機，吳人，仕洛。有犬名黃耳。家絕，無書報，機謂犬：“汝能馳書往家否？”犬搖尾作聲，似應之。機為書，盛以竹筒，繫犬項。出驛路，走到機家。取筒，有書。看畢，犬作聲，如有所求者。家作書，納筒，馳還洛。後犬死，葬之，呼為黃耳塚。

夢魂兒：一無“兒”字。

早知道：“道”，一作“恁”。

必自責：“責”，上聲。

易色：“易”，去聲；“色”，音籭，上聲。

怎禁他兜的上心來：一無“怎禁他”三字。

我則索：一作“又早”。

好著我難猜：一無“好著我”三字。

側、窄：並音齎，上聲。

　　早身離貴宅：一作"早離了貴宅"，一作"早身離了貴宅"。"宅"，音柴。

　　他若是不來：一無"是"字。

　　數著腳步兒行：一本"著"下有"他"字。

　　倚著窗櫺兒待：一本"倚"下有"定"字，一本"著"作"定"。

　　白：巴埋切。

　　撥得個："撥"，一作"博"。

　　夜去明來：一作"頻去頻來"。

　　委實難捱："實"，去聲。

　　准備著擡：一無"著"字。

　　想著這：一無"這"字。

　　辦一片志誠心：一無"辦一片"三字。

　　試著那：一作"試教"。

　　端的是太平車，約有十餘載：一作"端的太平車，敢道十餘載"。太平車，車之任重者。"載"，音在。

　　猛見了："了"，一作"他"。

　　早醫可了九分不快：一作"早醫可九分來不快"。

　　今宵歡愛：一作"今宵相愛"。

　　著小姐：一作"教小姐"。

　　子建才：魏曹子建，名植，十歲善文。太祖嘗視其文，曰："汝倩人耶？"植跪曰："言出為論，筆下成章。顧當面試，奈何倩人？"時銅雀臺新成，太祖悉將諸子登臺，使各為賦。植受詔，立成，文不加點。文帝即位，頗有宿憾。又令七步成詩，如不成，刑以大法。植即應聲曰："煮豆燃豆萁，豆在釜中泣。本是同根生，相煎何太急？"文帝感而釋之。

　　你則是可憐見為人在客：一作"則可憐見俺為人在客"。

　　剛半拆："拆"，釵，上聲。一作"折"。

　　柳腰兒恰一搦："恰"，一作"勾"；"搦"，音奈。

　　羞答答：一本下有"的"字。

　　我將這紐扣兒鬆、縷帶兒解：一本無"我"字、"這"字，"縷"上有"把"字。

不良：亦愛極之反詞，如云"可憎"。

哈：音海，平聲；笑，去聲。

將柳腰款擺：一無"將"字。

但蘸著：一無"但"字。"蘸"，音湛；"著"，去聲。

魚水得和諧："和"，一作"同"。

相思無擺劃：一本"思"下有"得"字。

我將你做：一作"我則將"。

肯點污了："肯"，一作"斷不"。

若不真心耐：一本"不"下有"是"字。

今宵、九霄：一本不疊。

昨宵夢中來："宵"，一作"夜"。

雲時不見教人怪："怪"，一作"捱"。

襯著月色："襯"，一作"乘"。

越顯的紅白：一無"的"字。

帛：與"白"同叶。

鯫生：《留侯世家》：沛公曰："鯫生教我距關，無納諸侯。"注："鯫生"，小人也。

是必破工夫明夜早些來：一本"是"上有"你"字。"明"，一作"今"；一本"些"下有"兒"字。

四之二堂前巧辯

則著你：一作"您若是"。

不爭你：一作"則為你"。

長使我：一作"我長是"。

也則合："也"，一作"你"。一無"也"字。

誰著你："你"，一作"他"。

宿：音羞，上聲。

心較多："較"，一作"數"，一作"教"，一作"緒"。

懰：音菊，上聲。或作"惆"。

使不著我巧語花言：一無"使不著我"四字，作夫人能巧語花言解。

老夫人猜那：一無"老夫人"三字；"那"，作"他"。

小姐做了嬌妻：一本"小姐"上有"猜俺"二字。

小賤人做了牽頭："小賤人"，一作"這小賤人"，一作"猜俺那小賤人"，一作"只小賤人"。"牽頭"，一作"撺頭"，一作"饒頭"。

俺小姐這些時：一作"你這些時"。

秋水凝眸："眸"，一作"流"。

比著那："著"，一作"你"。

若問著此一節呵，如何訴休：一作"若知道那時，如何索休"。

你便索與他知情的犯繇："犯繇"，供招也。"你"，一作"我"。

我卻在：一作"我向"，一作"我在"，一作"卻著我"。

幾曾敢輕咳嗽：一無"敢"字。

冰透："冰"，一作"湮"。

今日個嫩皮膚倒將粗棍抽：一作"如今嫩皮膚又將粗棍了①抽"。

我則道：一本"道"下有"他"字。

他兩個經今月餘，則是一處宿：一無"他兩個"及"則是"字。

何須一一問緣繇：一本"須"下有"你"字。

這其間：一無"這"字。

秀才是、姐姐是：一本俱作"一個是"。

刺繡："刺"，音戚，叶上聲。

啟白馬："啟"，一作"起"。

不爭和："和"，一作"共"。

參辰卯酉：參辰二星，分居卯酉，長不相見。

到底干連："底"，一作"了"。

肉："柔"，去聲。

夫人索體究：體事勢，究情理也。俗本作"索窮究"。紅意正言不當窮究，殊悖。

當日個：一作"你那"，一作"當夜個"。

纔上柳梢頭："上"，一作"到"。

怎凝眸：猶言看不得。"怎"，一作"猛"。

---

① 楊案："了"，當作"子"。

啞聲兒廝耨："啞"，本或作"喠"。北人謂相昵曰耨。今吳中小兒以衣物相誇，亦曰耨。

那其間可怎生不害半星兒羞：一作"那時節不害半星兒羞"。

是我先投首：一本"我"下有"呵"字。

俺家裏：一作"他如今"。

倒擱就："擱"，音純，搓那成就之意。言曲成親事也。

何須約定："約"，一作"把"。

我拼了個部署不收："部署"，是軍中將卒管束之義。言夫人託我管束，而今疏漏如此，是我沒收攝也。一作"我擔著個部署不周"。

吓：一本無此字。

銀樣蠟鎗頭："銀"，一作"人"；"蠟"，一作"鑞"。

既能勾："勾"，去聲。

那其間：一作"恁時節"。

說媒的紅、謝親的酒：一無二"的"字。

四之三 長亭送別

恨相見得遲：一無"得"字。下句同。

怨歸去得疾："疾"，精齊切。

迍迍行、快快隨：馬是張騎，故欲其遲；車是崔坐，故欲其快。"迍"，徐本作"运"，音允。一本"迍"作"逆"，一本"迍迍"下有"的"字。

恰告了："恰"，一作"卻"。

破題兒：起頭也。

聽得道一聲去了：一無"道"字。

靨：音夜。

兀的不悶殺人也麼哥：一本無"兀的不"三字。"哥"，作"歌"。元詞"哥"、"歌"通用。

今以後：一作"久已後"。

黃葉紛飛："葉"，去聲。

斜簽著坐的："的"，上聲。一作"地"；重下句韻。

死臨侵地："臨侵"，方言也。二之三"死沒騰"，意同。"地"，助語，即"的"字意。

奈時間：一作"這時節"。

昨宵今日：一本"昨上"有"則是"二字。

想著前暮私情：一無"想著"二字。

我諗知那幾日相思滋味："諗"，音審，諜也，相思念也。亦與"審"同。一作"恰"。"那"，一作"這"。

誰想這別離情更增十倍：俗本作"卻元來比別離情更增十倍"，是言別離易也，謬。"十"，平聲。

易棄擲："擲"，音遲。

你與他："他"，一作"那"。

但得一個並頭蓮：羅隱詩曰："兩枝相倚更風流，照映幽池意未休。桃葉桃根雙姊妹，斜眠青蓋各含羞。"一本無"一"字。

煞強如狀元及第："煞強如"，一"似強似"。"煞"，一作"索"。一作"強如你狀元及第"。

供食太急："食"，平聲；"急"，上聲。

頃刻："刻"，康裏切。

雖然是：一本以下至"望夫石"，作【么篇】。

夫妻每共桌而食：一無"每"字。

眼底空留意："空留"，一作"淒涼"，一作"風流"。

尋思起就裏：一無"起"字。

望夫石：《神異記》：武昌北，山上有望夫石，狀如人立。相傳云：昔有貞婦，其夫從役，攜弱子送至此山，立望其夫，而化為石。因名焉。"石"，繩知切。

暖溶溶玉醅："玉醅"，酒也。"醅"，一作"杯"。

怕不待要喫：一本無"要"字。"喫"，音恥。

蝸角虛名：有國於蝸牛之角，左角曰蠻氏，右角曰觸氏。爭地而戰，伏屍數里。逐北，旬有五日而後返。出《莊子》。一本：上有"只為"二字。

蠅頭微利：班固曰："青蠅嗜肉汁而忘溺死，愚者貪世利而陷罪禍。"

拆鴛鴦在兩下裏。一個這壁，一個那壁：一作"拆鴛鴦兩下裏。他在那壁，我在這壁"。"壁"，音比。

籍：音濟。

車兒投東：一本"車"上有"見"字。

兩意徘徊："意"，一作"處"。

覓：去聲。

淋漓襟袖啼紅淚：《拾遺記》：魏文帝時，美人入宮，別父母淚下，沾衣皆紅。"紅"，一作"情"。

更濕："濕"，世，上聲。

且盡尊前酒一杯："尊"，一作"生"，一作"身"。一本"盡"作"進"。

眼中流血、心內成灰：《煙花錄》：昔有一商人子，美姿容。泊舟於西河下。岸上高樓，樓中一女，相視月餘，兩情已契，弗遂所願。商貨盡而去。女思念成疾，死。父焚之，獨心中一物，如鐵不化，磨出，照見中有舟樓相對，隱隱有人形。其父以為奇，藏之。後商復來，訪其女，得所繇，獻金求觀。不覺淚下成血，滴心上，心即灰。"中"，一作"將"；"內"，一作"已"，一作"裏"。

保揣："揣"，平聲。

淚添九曲黃河溢：黃河千里一曲，九千里入於海。"添"，一作"填"。

恨壓三峯華嶽低：西嶽山頂有三峯，曰蓮華峯、毛女峯、樐檜峯。"壓"、"華"，俱去聲。

悶把西樓倚："悶"，一作"定"，一作"怕"。

昨日個：一作"昨夜個"。

今夜個：一作"今日個"。

留戀你別無意：我所以留戀你者，別無他意，止有一句話耳。即下文此一節也。因此話未曾叮嚀，所以見據鞍上馬，閣不住淚眼愁眉也。生緊接云："還有甚麼語囑付小生？"真是知心湊拍，文意絕妙。或作"應無計"，此際豈宜復有留戀計耶！一作"留戀因無計"。

閣不住淚眼愁眉：一作"各淚眼愁眉"。

息：音洗。

我這裏青鸞有信頻須寄："我這裏"，一作"你那裏"。

你卻休：一作"你休得"。

若見了異鄉花草：一作"若見了那異香花草"。

【二煞】、【收尾】二曲：文長評解，多有得失，不謂盡然。至其所評之本，實古善本也。如餞行祖道，行者登程，居者旋返，古今通禮。所以此詞"再有誰似小姐"之後，生即上馬而去，鶯徘徊目送，不忍遽歸。"青山隔送行"，言生已轉過上坡也；"疏林不做美"，言生出疏林之外也；"淡煙暮靄相遮蔽"，在煙靄中也；"夕陽古道無人語"，悲己獨立也；"禾黍秋風聽馬嘶"，不見所歡，但聞馬嘶也；"為甚麼懶上車兒內"，言己宜歸而不歸也；"四圍山色中，一鞭殘照裏"，生已過前山，適因殘照而見其揚鞭也。賓白填詞，的的無爽。而諸本俱作生、鶯同在之詞，豈復成文理耶！且俟曲終，鶯、紅並下而後，生方上馬，何其悖也！王實父斷不如此不通。徐本於禮則合，於文則順耳。食者競吹其疵，獨不於此原之乎？

我為甚麼懶上車兒內：一無"我為甚麼"四字。"內"，作"去"。

量這些大小車兒：今俗言器物之小者，曰："能有許多大小？"揶揄之詞也。或解作"多少"，殊不當。或於"大"字略斷，尤非。"量這些"，一作"量著這"。

四之四草橋驚夢

半林黃葉："葉"，音夜。

離恨重疊："離"，一作"愁"；"疊"，音爹。

昨夜個翠被："夜"，一作"日"。

身軀兒趄："趄"，且，去聲。

可憎的別："別"，那也切。

恰便似半吐初生月："恰便是"，一作"恰兀似那"。

助人愁：一作"惱人愁"。

乍①孤眠："乍"，一作"復"。

風裂："裂"，郎夜切。

幾時溫熱："熱"，仁蔗切。

---

① 楊案："乍"，原作"怎"，據前後文改。

蛩：音窮。

薄又怯："怯"，上也切。

難將兩氣接："接"，音姐。

打草驚蛇：王魯為當塗令，黷貨為務。會稽民連狀訴其主簿賄賂。魯判曰："汝雖打草，我已驚蛇。"懲此驚彼之意，即諺云"打水魚頭痛"之謂也。此曲引用，但借其文，不泥其意。只是黑夜獨行，疾忙警動意。一本"打"上有"做個"二字。

他把我心腸撧：一本"腸"下有"兒"字。

因此上不避路途賒：一本無"上"字，一本無"因此上"三字。

瞞過俺能拘管的夫人：一作"穩下俺那收管的夫人"。

穩住俺廝齊攢的侍妾："穩住"，安頓也。一作"說過廝齊攢"，"影兒般不離身"意。"妾"，音且。

哭得我也似癡呆：一本"和我也哭的似癡呆"。"呆"，音耶。

到日西斜：一作"到日初斜"，或"到西日初斜"。

唓嗻：廟中守門鬼，東曰唓，西曰嗻。音車遮。

卻早寬掩過翠裙三四摺：一本"卻早"上有"則離得半個日頭"七字。"卻早寬"，一作"可早覺"。

方纔寧貼："方纔"，一作"纔方"。"貼"，湯也切。

使人離缺："缺"，區也切；一作"別"。

害不了的情懷：一作"害不倒愁懷"。

卻纔較些："較些"，略可些也。一作"覺些"。

掉不下的思量：一無"的"字。

清霜淨碧波：一本自此起至"何處困歇"，作【么篇】。

道路凹折："凹"，一作"凹"；"折"，音者。

踅：寺絕切，叶徐靴切。風吹盤桓之貌。今人云走來走去，亦曰踅來踅去。

何處困歇："歇"，虛也切。

店房兒裏沒話說：一本無"房"字。"說"，書遮切；後同。

今宵酒醒何處也：一本"今"上有"看"字，一本"酒"作"醉"。

香羅袖兒拽："拽"，音夜。

卻元來是俺姐姐、姐姐："卻元來是"，一作"眞個是"。一本不疊"姐姐"字，一本無"俺"字。

你是為人須為徹：一本無"是"字。似責備之詞，非感激語氣。"徹"，音扯。

將衣袂不卸："卸"，一作"藉"。

腳心兒敢踏破也：但言"敢"字，多是疑詞，猶曰倘也，或者也；俗言七八也。一本作"管"字。

唧唧：北方創瘡甚者，口作"唧唧"聲；勞苦疲極者，亦"唧唧"。

想著你廢寢忘餐："想著你"，一作"我想那"。

猶自較爭些："較"，一作"覺"。

鳳隻鸞孤："孤"，一作"單"。

最苦是離別：一本無"是"字。"別"，去聲。

跋涉：俱平聲。

雖然是：一作"你勸我"。

你呵，休猜做瓶墜簪折：白樂天詩："井底銀瓶墜，銀瓶欲上絲繩絕。石上磨玉簪，玉簪欲成終久折。瓶墜簪折似何如？似妾今朝與君別。""你呵，休猜做"一作"你休做"，一無"你呵"二字。"折"，平聲。

穴：平聲。

鍬：七消切。

橛：渠靴切。

傑：平聲。

覷一覷：一作"覰一覰"。

著你為了醢醬：一本："著"作"教"；"醢"作"醯"。"醢"，音海。

教你化做膋血：一無"教你"二字。"膋"，音遼，一作"醬"；一作"膿"。"血"，希也切。

騎著一匹白馬來也：一無"一"字。

虛颭颭：一本："虛"上有"卻元來"三字。

夢蝴蝶：昔者莊周夢為蝴蝶，栩栩然蝴蝶也。俄然覺，則蘧然周也。

不知周之夢為蝴蝶與？蝴蝶之夢為周與？"蝶"，音爹。

絮叨叨："叨"，音刀。

嗚咽："咽"，衣也切。

半明不滅："半"，一作"不"。

唱道是舊恨連綿：一本無"唱道是"三字。

鬱結："結"，機也切。

恨塞愁添：一作"恨塞離愁"，一作"別恨離愁"。

代喉舌："舌"，音蛇。

千種相思："千"，一作"萬"。"相思"，一作"思量"，一作"風流"。

【絡絲娘煞尾】都則為一官半職，阻隔得千山萬水：前三本俱有【絡絲娘煞尾】二句，為結上起下之辭是也。至此，實父之文情已完，故云"除紙筆代喉，千種相思對誰說"。是了語也。復作不了語，可乎？明屬後人妄增，不復錄。

楔　子

紅雨紛紛點綠苔：唐詩："桃花亂落如紅雨。""點"，一作"滿"。

恰離了半載：一作"別離半載"，一作"相違了半載"。

續之一泥金報捷

雖離了這眼前悶：一作："雖離了我眼前"句，"悶"自"屬下"句。"雖"，一作"自"。

不甫能：未曾得也。

又早在眉頭：一作"又早眉頭"，無"在"字。

忘了依然還又：一本"了"下有"時"字。

惡思量："惡"，一作"啞"。

太行山隱隱："隱隱"，一作"穩穩"。

天塹：《陳史》：孔範曰："長江天塹，虜豈能飛渡？"

何處忘憂：一本"何處"上有"你著我"三字。

手捲珠簾上玉鈎："上"，一作"控"。

綫脫珍珠："脫"，一作"斷"。

早是我因他去：一本"我"下有"只"字。

添些證候：一本"些"下有"兒"字。

開時和淚開：一本"時下"有"節"字。下句同。

多管是閣著筆尖兒，未寫淚先流：一本無"是"字，一本無"閣著"二字。一本"寫"下有"早"字。

淚點兒兀自有："兀"，一作"猶"。

我將這新痕：一本無"將"字。

正是一重愁：一作"這的是一重愁"。

今日呵在瓊林宴上搊：宋太宗太平興國八年，宋郊等及第賜宴，始就瓊林苑。遂為制。一本無"呵"字，一本無"在"字；一本"呵在"二字作"向"。"搊"，音義收切；以手擾人也。

怎想道惜花心："怎想道"，一本亦作"誰承望"。

包藏著錦繡：一本無"著"字。

至公楼：即今言"至公堂"。元詞嘗用。鶯自誇識人才也。"至"，一作"誌"。

但貼著他皮肉："貼"，一作"黏"。一本無"著他"二字。"皮"，一作"肌"。

長不離了前後：一作"長則不要離了前後"。

守著他左右：一本無"他"字。

拘管他：一作"收管的他"。

當時五言詩緊趁逐："時"，一作"日"；"逐"，直縣切。

後來七弦琴：一本"來"下有"因"字。

則怕他撇人：一無"他"字。

娥皇：《湘川記》：娥皇、女英，舜之二妃，舜南巡，殂於蒼梧之野。二妃追之，至於洞庭。淚下染竹，竹為之斑。死為湘水神。

九嶷山下竹：在道州營道縣，北山有九峯，行者難辨，故曰九嶷。"竹"，音帚。

啼痕、啼痕：一本不疊。

似這等淚斑、淚斑：一無"似這等"三字，一本"淚斑"二字不疊。

萬古情緣一樣愁："古"，一作"種"。

是必休忘舊：一無"是必"二字。

休將包袱："將"，一作"教"。

— 445 —

油脂膩：一本"油"上有"怕"字；一無"膩"字。

水侵雨濕：一本"侵"作"浸"；一作"雨濕著"。

熨不開摺皺："摺"，一作"顯"。

仔細收留：一作"自收留"。

書封雁足："足"，上聲。

啜賺人的巧舌頭："啜賺"，哄弄也。"人的"，一作"我"。

不覺的過了小春時候：一本"已過了小春的時候"。

續之二尺素緘愁

旦夕如是："夕"，平聲。

盧扁：春秋時，齊人秦緩，字越人，著《八十一難經》。當黃帝時，有扁鵲者，神醫也。越人與扁鵲，術相類，故人號曰"扁鵲"焉。家於盧，因名"盧醫"。楊雄《法言》曰："扁鵲，盧人也。"而盧多醫。今盧東有扁鵲墓。

向心頭橫倘著俺那鶯兒：一本"心頭"下有"則是"二字。

請良醫：一作"請醫師"。

本意待推辭：一作"其意推辭"。

則被他：一本無。

他道是醫雜證：一本無"他道是"三字。

鶯鶯呵，你若是知我害相思，我甘心兒死、死：一本無"呵"字。一作："鶯鶯呵，你還知道我害相思，我甘心兒為你死、死。"

靈鵲喜蛛：樊噲問陸賈曰："人君受命於天，有瑞應乎？"曰："目瞤得酒食，燈花得錢財，喜鵲噪而行人至，蜘蛛集而百事喜。小而有微[1]，大亦宜然。故目瞤而祝之，燈花則拜之，鵲噪則餵之，蜘蛛集則獲之。天下大寶，人君重位，非天命何以得之？"

正應著："著"，一作"了"。

燈報時："報"，一作"爆"。

斷腸詞：宋朱淑貞姿容端麗，善屬文。不幸父母失審，下配庸夫，孤負此生。所作詩詞皆斷腸。

---

[1] 楊案："微"，疑當作"徵"。

　　多管是淚如絲：一作“管情淚如絲”，一作“管雨淚如絲”。

　　既不呵，怎生淚點兒封皮上漬：一作“既不沙，怎生血點兒封皮上漬”；一作“既不呵，怎生淚珠兒滴濕了封皮上字”。

　　這的是堪為字史：一本無“是”字。

　　當為款識：三代鍾鼎，撥蠟為款，鏤刻為識。“款”，謂陰字，是凹入者。“識”，音誌，謂陽文，是凸出者。

　　柳骨顏勋：唐柳公權書，筆勢勁媚；顏眞卿書，筆勢遒婉。范文正公《祭石曼卿文》云：“曼卿之筆，柳骨顏筋。”

　　張旭張顛：“張旭”，吳人也。善草書。每大醉，叫呼狂走，乃下筆，或以髮濡墨而書。既醒，自視，以為神，不可復得。故稱“張顛”焉。《記》誤為二人矣。

　　此一時：一本上有“乃”字。

　　符籙般使：“使”，一作“侍”。“籙”，音慮。

　　這上面若簽個押字：一本無“這上面”三字。

　　則是一張：一無“一”字。

　　怎不教張生愛你：一作“怎不教張郎愛爾”。

　　堪與針工出色：一無“與”字，一本“出”作“生”。

　　針針是：一作“般般是”。

　　又沒個樣子：“沒”，一作“無”。

　　用煞那小心兒：“那”，一作“了”；“小”，一作“俏”。

　　他教我學禁指：“他”，一作“當”。

　　留意譜聲詩：“譜”，一作“識”。

　　巢由：《逸士傳》：巢父者，因年老，以樹為巢寢。堯以天下讓焉，巢父曰：“君之牧天下，亦猶予之牧孤犢焉。予無用天下為也！”牽犢而去。又聞堯命許由為九州長，由避之，洗耳於水濱。巢父責之曰：“子若處高崖深谷，誰能見乎？今浮游俗間，苟求名譽，污吾犢口。”乃牽犢於上流飲之。

　　霜枝曾棲鳳凰，時因甚淚點漬胭脂：一本無“時因甚”三字；一無“會、時因甚”四字。“霜”，一作“雙”。

　　今日淑女思君子：一本“日”下有“教”字。

這鞋襪兒：一無“鞋”字。

絹帛兒：“帛”，一作“片”。

既知禮不胡行：“禮”，一作“你”。

冷清清客舍兒：“舍”，一作“店”。

急切裏盼不到蒲東寺：一作“急切到不得蒲東寺”。

小夫人何似？你見時，別有甚閑傳示：以上俱想像書物中意，以下始訊及口授之詞。所以琴白云：“著哥哥休忘舊意，別繼良姻。”生乃表白心事“我是個”云云也。此乃是鶯極緊切處，生最悶心處，不容草草。俗本乃以生問琴答之白，置於【五煞】之下。既已問答在前，豈俟再問再答而始表白耶？殊失緩急次第，於文情大□通。一本作“小夫人，須是你見時，別有甚閑傳示”。

自從到此：從，一作“茲”。

甚的是閑街市：一作“不遊閑街市”。

賀聖朝：王伯良以此調語句不倫，刪去。

縱有個人兒似你：縱，一作“或”。

夢想眠思：“眠”，一作“興”。

傾倒個籐箱子：一作“頓倒籐箱子”。

向箱子裏面鋪幾張紙：一本無“向”字，“鋪”下有“取”字。

放時節用意：一本“放時節須索用心思”。

高擡在衣架上：“擡”，一作“掛”。

怕吹了顏色：一本“怕”下有“風”字。

亂穰①在包袱中：一本“亂”下有“若是”二字。“欀”，一作“裏”。

恐錯了摺兒：“錯”，一作“刬”；“摺”，一作“袿”。

須教愛護：一作“是須愛護”，一作“切須愛護”。

來到此：一作“故在此”。

昨宵愛：“宵”，一作“朝”。

到海枯石爛時：一本“到”上有“直”字。

_____

① 楊案：“穰”字及釋文中“欀”字，疑當作“攘”。

直到燭灰，眼下纔無淚："一本無"直到"二字。

蠶老心中卻有絲："卻有"，一作"罷卻"。

我不比：一本無"我"字。

棄夫婦的琴瑟，拆鸞鳳的雌雄："一本"棄"作"輕"，無二"的"字。

紅葉詩：明皇時，顧況與友人遊苑中。坐流水，得大梧葉，題詩曰："一入深宮裏，年年不記春。聊題一片葉，將寄接流人。"況和之云："愁見鶯啼柳絮飛，上陽宮女斷腸時。帝城不禁東流水，葉上題詩欲寄誰?"亦題葉，放上流波中。後十餘日，有人從苑中，又於葉上得詩，以示況曰："一葉題詩出禁城，誰人酬和獨含情。自嗟不及波中葉，蕩漾乘春取次行。"又宣宗時，盧渥舍人應舉之歲，偶臨禦溝，見一紅葉，葉上乃有一絕，異之。及宣宗省宮人，詔許從百官司吏，時渥任范陽，獲其一焉。覩紅葉，而吁怨久之，曰："當時偶題隨流，不謂郎君收卻。"驗其書，無不訝焉。詩曰："水流何太急，深宮盡日閑。殷勤謝紅葉，好去到人間。"又唐僖宗時，宮女韓夫人題詩紅葉，禦溝流出。士人于祐拾之。亦題一葉，放水中流入，韓得之。後帝放出宮女三千，韓與焉。韓泳為媒，嫁祐。及禮成，各出紅葉，殆天合也。韓、于詩正與盧事同，則不可知矣。總之深宮閑寂，日有題紅，當不止三人也。難得佳句，是以不盡傳。

驛長不遇梅花使："驛"，一作"路"。

孤身作客三千里："作客"，一作"去國"，一作"去客"。

聽江聲浩蕩："蕩"，一作"大"。

害鬼病的相如：一無"的"字。

續之三詭謀求配

賣弄你、倚仗你：二"你"字，一作"他"。

至如你：一作"他道是"。

也不教你：一作"不曾教"。

又不曾執羔雁邀媒，獻幣帛謝肯：一作"又不爭執雁邀媒，獻帛謝肯"。

恰洗了塵，便待要過門：一作"就洗塵，便過門"。

金屋：漢武帝幼時，景帝問曰："兒欲得婦否?"長公主指其女曰："阿嬌好否?"武帝曰："若得阿嬌，當以金屋貯之。"

濁者為坤："濁"，去聲。

枉醃了他：一無"他"字。

枉污了他："污"，一作"臊"，無"他"字。

枉羞了他："羞"，一作"紂"。

人在中間相混："中間"，一作"其中"。

君瑞是君子清貧："貧"，一作"賢"。

把河橋：一作"把橋梁"。

手橫著霜刃："霜"，一作"雙"；一作"橫著霜刀"，無"手"字。

雒陽才子善屬文：一本"雒"上有"若不是"三字。"屬"，音祝；此叶呪。

白馬將軍到時分：一本"白"上有"請"字。

因此上：一本"因"上有"俺"字。

識道理為人敬人：一作"道理數為人做人"。

俺家裏有信行：一無"俺家裏"三字。"裏"，一作"人"。

他直百十分："直"，一作"是"。

我拆白道字：一本"我"下有"且"字，一本無"道"字。

寸木馬戶尸巾：村驢屌也。按《篇韻》："屌"，音鳥弔，上聲，男音也。字從尸，從弔。別有"屌"字音。北又音豕，與"屌"無涉。此言村驢屌，其為"屌"字無疑，疑當時如此寫耳。且以馬戶為驢，豈胡虜既無同文之書，而漢卿亦欠問奇之功乎？紅娘拆了別字煩人，白日弄"屌"！

他憑著師友：一作"他學師友"，一作"他學著師友"，一作"他憑師友"。

你倚著父兄：一本無"著"字。

他蠱鹽日月：一無"他"。

治百姓新民傳聞：一作"博得姓名新，堪聞"。

有向順："有"，一作"無"。

你道是官人：一無"你道是"三字。

信口噴："噴"，一作"嗔"。

到老是窮民："老"，一作"了"。

卻不道將相出寒門："道"，一作"見"。

他出家兒：一無"他"字。

訕勸：中原諺語，毀誹也。"訕"，一作"赸"；一本"訕"上有"你看"二字。

軟款溫存："軟"，一作"願"。

硬打捱強為眷姻：一作"硬打強奪為眷姻"。

嫡親舍人：一本"親"下有"的"字。

須不是孫飛虎：一作"倒做了孫飛虎"。

喬嘴臉："臉"，音歛。

醃軀老：雜劇往往以此為鄙賤之稱。北人鄉語，多以"老"字為襯。

有家難奔："奔"，去聲；一作"遊"。

佳人有意郎君俊：一本"佳人"上有"我則知"三字。

我待不嗑來："嗑"，煩稱也。"嗑來"，徐本作"喝采"。"嗑"，音課。

則好偷韓壽下風頭香，傅何郎左壁廂粉：一作"你則是韓壽下風頭的香，何郎左壁廂的粉"。

續之四衣錦還鄉

一鞭驕馬：一作"玉鞭驄馬"，一"驕"作"嬌"。

玉堂人物："物"，音務。後同。

將名姓翰林注："名姓"，一作"姓名"。

鶯鶯有福："福"，音府。

七香車：《杜陽雜編》：唐公主下降，乘七香步輦，四面綴以香囊，貯辟邪、瑞龍等香。皆外國所貢香也。

身榮難忘："忘"，去聲。

我謹躬身：一本無"我"字。

夫人這慈色：一無"夫人"二字。"慈"，一作"辭"。

使數：使用人也。亦方言。

都廝覷："都"，一作"空"。"廝"，平聲。

莫不我身邊："邊"，一作"上"。

向此間懷舊恩："此間"，一作"故國"。

怎別處尋新配：一作"怎肯別處尋親去"。

我怎肯忘了有恩處：一作"我難忘有恩處"，一作"怎忘了有恩處"。"了"，一作"得"。

賊畜生：一作"賊醜生"，一作"賊丑生"。

老夫人行廝間阻：一本無"老"字，一本無"老夫人行"四字。"間"，一作"見"。

施心數：如云使計較。

遲和疾："疾"，去聲。

糞堆上長連枝樹：一本無"長"字，一本"長"下有"出"字。

淤泥中生比目魚：一本無"生"字，一本"生"下有"出"字。"中"，一作"裏"。

你嫁個油爆猢猻的丈夫：一作"嫁得個油爆來的猢猻丈夫"。

你伏侍個煙薰貓兒的姐夫：一作"伏侍個煙薰過的貓兒姐夫"。

張生呵，你撞著個水浸老鼠的姨夫：一作"君瑞呵，撞著個水浸來的老鼠姨夫"。

這廝壞了風俗、傷了時務：一作"村了風俗，傷了人物"，無"這廝"二字。"俗"，音糊。

間別來：一作"自別來"。

來拜覆安樂否："覆"、"否"，俱音府。

怎肯忘得待月迴廊：一本"怎"上有"我"字，一無"肯"字"得"字。

撇下吹簫伴侶：一本"撇"上有"難"字。

活地獄："獄"，音豫。

不甫能得做妻夫：一作"甫能得做夫婦"。"妻夫"，一作"夫妻"。

現將著夫人誥敕、縣君名稱：一無"現將著"三字。"人"下"君"下俱有"的"字。一作"至如夫人誥敕、縣君名稱"。二句，一本作白。

劃地：平白地也。"劃"，音產。

不見時准備著千言萬語："不見時"，一作"我這裏"。

都變做："做"，一作"了"。

我羞答答：一本下有"的"字。

剛道個："剛"，一作"則"；一作"倒"。

見個佳人是不曾同顧：一作"至如見個佳人，世不曾同顧"。

硬揣個衛尚書：一本"揣"作"捏"；一本"個"作"著"。

曾見他影兒的："的"，一作"呵"。

也教滅門絕戶：一作"則教他滅門絕戶"。

本意糊突："突"，音塗。

他跟前：一作"去他行"。

喫敲才：猶諺云打殺胚①也。或云：即喬才、悖才。一作"頭"。

那廝數黑論黃：一作"廝"下有"待"字。

囊揣：不硬挣之意。"揣"，平聲；一作"湍"。

怎嫁那不值錢人樣䯀駒：《左傳》："公豬曰艾豭。"今曰"䯀駒"，是嘲為小公豬耳。或作"蝦"，云蝦兒樣的，不能偃仰，戚施之疾。殊無意義。一本"嫁"下有"兀"字。

你個俏東君索與鶯花做主：一本無"俏"字。"鶯花"，一作"鶯鶯"。一本無"索"字。

折與樵夫：一本"與"下有"了"字。

那廝本意囂虛：一無"本意"二字。"囂虛"，挾詐也。

夯：鋻，上聲，呼朗切。大用力以肩舉物也。一本無此字。

脯：音蒲。

他曾笑孫龐眞下愚：一作"這個人笑孫龐眞個愚"。

論賈馬非英物："英"，一作"人"。

有權術："術"，音繩朱切。

他不識親疏："他"，一作"那廝"。

你不辨賢愚："你"，一作"君若"。

無毒不丈夫：一本上有"便是"二字。

被東風把你個蜜蜂兒攔住："風"，一作"君"。一本無"你"字。

不信呵，去那綠楊影裏聽杜宇：一作"你聽咱：綠楊影裏啼杜宇"。

門迎駟馬車：成都有昇仙橋，司馬相如題其柱曰："不乘駟馬車，不

---

① 楊案："胚"，原作"杯"，此據臆改。

復過此橋!"一本"迎"下有"著"字。

戶列八椒圖：龍生九子，一曰椒圖。形如螺蚌，性好閑。故置門上，即銅環獸也。唯官署得用。一本"列"下有"著"字。

四德：婦言、婦容、婦工、婦德。一本"四"上有"娶了個"三字。

三從：孔子曰："婦人，伏於人也。是故無專制之義，有三從之道焉：在家從父，出嫁從夫，夫死從子。"

平生願足："足"，疽，上聲。

託賴著眾親故：一本無"著"字。

好意也當時題目：舉將除賊，許以鶯妻。當時題目，原是好意。今日夫婦完美，正以酬之也。俗本作"得意也當時題柱"。詳上下文意，與"題柱"事無涉。"目"，音暮。一作"嘗記得當時題目"。

【錦上花】：此曲一作"使臣上唱"，一作"使臣上科，生唱"。使臣科範，必有舊套，如"考試、鬮醫"之類，即下"勅賜為夫婦"是也。以俗套，故不錄。非以下皆使臣唱也。

山呼：漢武帝有事華山，至中嶽，親登崇山。禦史乘馬在廟傍，聞呼"萬歲"者三。至今呼萬歲者曰"山呼"云。

則因月底聊詩句："則"，一作"只"。

有志的狀元能："狀元"，一作"君瑞"。

無緣的鄭恒苦："緣"，一作"情"。

[**天李尾**] 莊生《秋水》篇，靖節《閑情賦》，長卿《傳》當與並傳。具眼者須不作劇本觀也。

[**湯尾**] 不得鄭恒來一攪，反覺得沒興趣。又批：讀《水滸傳》，不知其假；讀《西廂傳》，不厭其煩。文人從此悟入，思過半矣。又批：讀他文字，精神尚在文字裏面；讀至《西廂》曲、《水滸傳》，便只見精神，並不見文字耳。咦，異矣哉！又批：嘗讀短文字，卻厭其多。一讀《西廂》曲，反反覆覆，重重疊疊，又嫌其少。何也？何也？又批：或曰：作《西廂》者，鄭恒置之死地，毋乃太毒。我謂說謊學是非的不死，要他何用？又曰：鶯原屬鄭，獨不思張乃得之孫飛虎之手，非得之鄭恒也。若非杜將軍來救，鶯定為孫飛虎渾家矣。鄭恒去向孫飛虎討老婆，也是一個死。

[**合尾**] 湯若士總評：鶯原屬鄭，獨不思張乃得之孫飛虎之手，非得

之鄭恒也。若非杜將軍來救，鶯定為孫飛虎渾家矣。鄭恒去向孫飛虎討老婆，少不得也是一個死。李卓吾總評：不得鄭恒來一攬，反覺得沒興趣。徐文長總評：作《西廂者》，置鄭恒於死地，毋乃太毒？我謂：説謊學是非的不死，要他何用？

［魏尾］總批：不得鄭恒一攬，反覺沒興趣。又批：嘗讀短文字，卻厭其多；一讀《西廂》曲，反反復復，重重疊疊，又嫌其少。何也？何也？①

［峒尾］批：一部《西廂》，全在紅娘口中，描寫鶯鶯嬌癡、張生狂興。人謂一本《西廂》，予謂是一軸風流畫譜。②

［毛尾］附辨：第十九折內鄭恒白下，予據世傳秦貫所撰《鄭恒崔夫人合祔墓銘》，以為《董西廂》入恒之由。後從毛馳黃許，見秦貫銘揭，稱府君諱"遇"，不諱"恒"，末有眉山黃恪《辨證》。而馳黃亦遂筆之入《詩辨坻》中，且以駁陳仲醇《品外錄》所載之謬。及予考王本所載《墅談》，稱內黃野中掘得《墓誌》，其中是諱"恒"；後又傳汲縣令葺治得誌石地中，亦是諱"恒"。與《品外錄》所載皆同。但瘞止一處，不宜各地掘出。而東平宋十河又稱，全椒張貞甫為磁州守，磁屬武安，治西有民瘞塚，得鄭崔誌石，亦是諱"恒"。臨川陳大士，曾載跋語，在崇禎甲戌歲。則誌石所出，不惟地殊，抑且時異，尤屬可怪。暨予過秣陵，親見周雪客所藏誌揭，與馳黃所藏同，而中亦稱諱"恒"。是必諸揭所傳，原欲實恒名，而故為贗誌，以示有由。若馳黃所藏本，則又改"恒"為"遇"，為之出脫，實則皆贗物也。豈有一誌石，而瘞無定地，發無定時，文無定名之理？此公然可知耳。馳黃、雪客，皆博雅好古，而雪客家藏書尤富，然猶彼此難據如此。況逞臆解斷，全無考索，其不至狂惑，鮮矣！金陵富樂院妓劉麗華，作《西廂記題辭》，有云："長君嘗示予崔氏墓文，始知崔氏卒屈為鄭婦，又不書鄭諱氏。"其題在嘉靖辛丑，則知是時又有偽為崔氏墓誌，與諸本崔鄭合誌書諱氏者又異。第其所稱"長君"，不知何人，即誌文亦不傳。又臨安汪然明，於崇禎甲申歲刻《西廂記》，其發凡有云"崔鄭元配《墓誌》，崇禎壬申方發於古塚"。則知偽

---

① 楊案：魏本原文漫漶不清，此句乃參考容本、湯本補足。
② 峒本書末附題記云："徐先生批評《西廂記》終"。

本疊出，復有在前所稱數本之外者。考古之宜慎如此。

　　附詞話：元周高安論曲，有云：《西廂》【麻郎兒】"忽聽、一聲、猛驚"，【太平令】"自古、相女、配夫"，為六字三韻，最難。今按："自古"六字在末劇，然則在元，何嘗分末劇為《續西廂》耶？且亦何嘗不並許耶？

附錄

王實甫《西廂記》評點本序跋①

1. 明萬曆七年少山堂刊謝世吉訂
《新刻考正古本大字出像釋義北西廂》
刻出像釋義西廂記引

　　余嘗病人之論詞曲者曰："詞可以冠世，詞可以快心，詞奇而新，詞深而奧"，殊不知詞由心發，義由世傳，作者未必無勞於心，而述者亦未必無補於世也。坊間詞曲，不啻百家，而出類拔萃，惟《西廂傳》絕唱。實由元之王實甫所著，而世云關漢卿作者，何其謬焉！② 雖然，亦有由也。大抵《草橋驚夢》以前，廼王氏之所著，以後由漢卿之所續而成也。《奇逢普救》，固已逸而樂矣；《月下聽琴》，得非婉而妙乎？《長亭送別》，固已慘而切矣；《草橋驚夢》，得非悲而戚乎？《東閣筵開》、《粧台東至》，實甫之錦心寫出於此矣；《尺素緘愁》、《鄭恒求配》，漢卿之繡腸見於斯乎③！蓋此傳刻不厭煩，詞難革故，梓者已類數種，而貨者似不愜心。胡氏少山，深痛此弊，因懇余校錄。不佞構（購）求原本，並諸

---

　　① 本書僅收錄各王實甫《西廂記》評點本的序跋。在所屬收全部二十九種《王西廂》評點本中，明萬曆三十八年夏虎林容與堂刻《李卓吾先生批評北西廂記》、明後期《新訂徐文長先生批點音釋北西廂》、明後期《新刻徐文長公參訂西廂記》、明後期劉應襄刻《李卓吾批評西廂記》、明後期《新刻魏仲雪先生批點西廂記》、明後期《新刻徐筆峒先生批點西廂記》等六本無序跋。
　　② 眉批：時俗以此記為關漢卿作者，董解元、王十朋續者，誤矣。
　　③ 眉批：序中以本傳大綱作骨者，誠是。

— 457 —

刻之復校閱，訂為三峽。《蒲東雜錄》錄於首焉，補圖像於各折之前，附釋義於各折之末。是梓誠與諸刻迥異耳！鑒視此傳，奚以玉石之所混云①。萬曆己卯春月江右鄙人謝氏世吉識之於少山書堂。（日本御茶水圖書館成簣堂文庫藏本）

2. 明萬曆八年徐士範刊
《重刻元本題評音釋西廂記》

崔氏春秋序

　　余閱《太和正音譜》，載《西廂記》撰自王實甫，然至"郵亭夢"而止，其後則關漢卿為之補成者也。二公皆勝國名手，咸富才情，皆喜聲律。今觀其所為《記》，豔詞麗句，先後互出；離情幽思，哀樂相仍。遂擅一代之長，為雜劇絕唱，良不虛也。而談者以此奇繁歌疊奏，語意重復，始終不出一"情"；又以露圭着跡、調脂弄粉病之。夫事關閨闥，自應穠豔；情鐘怨曠，寧廢三思？太雅之罪人，新聲之吉士也。遂使終場歌演，魂絕色飛，奏諸索弦，療②饑忘倦，可謂詞曲之《關雎》，梨園之虞夏矣。以微瑕而類全璧，寧不冤也？近有嫌其導淫縱欲，而別為《反西廂記》者，雖逃掩鼻，不免嘔喉。夫《三百篇》之中，不廢《鄭》、《衛》，桑間濮上，往往而是。阿谷援琴，東山攜麈，流映史冊，以為美談，惡謂非風教裨哉？曲士之拘拘，只增達生一鼓掌耳。余宗仲仁，習歌詞曲，謂余金元人之詞信多名家，然不易斯《記》也。乃搜諸家題詞，刻諸簡端，以示余。昔人評"王實甫如花間美人"，"關漢卿如瓊筵醉客"，今覽之，信然！然語有之："情辭易工。"蓋人生於情，所謂愚夫愚婦可以與知者。今元之詞人無慮數百十，而二公為最；二公之填詞無慮數十種，而此《記》為最。奏演既多，世皆快睹，豈非以其"情"哉！《西廂》之美則愛，愛則傳也，有以夫！萬曆上章執徐之歲如月哉生

---

① 眉批：觀者明此引，則知此傳矣。

② 楊案："療"，原文為'嘹'。此據文意而改。

明泰滄程巨源著。（上海圖書館藏本）

重刻西廂記序

　　古今之聲容色澤以姝麗稱者，豈特一崔氏哉？而崔張之事盛傳於世，得非以為之記者，其詞艷而富也？《崔記》俑於元微之，宋王銍、趙德麟輩捆織之，以為其事出於微之，托張以自況，旁引曲證，遂成讞獄，此亦足償其志淫之罪。金有董解元者，演為傳奇，然不甚著。至元王實甫，始以繡腸創為艷詞，而《西廂記》始膾炙人口。然皆以為關漢卿，而不知有實甫。關漢卿仕於金，金亡，不肯仕元，其節甚高。蓋《西廂記》自《草橋驚夢》以前，作於實甫，而其後則漢卿續成之者也。夫世之姝麗不獨一崔氏，而獨以其《記》傳；《記》作於王實甫不傳，而關漢卿以名傳；關漢卿以文掩其節，而獨以此《記》傳。元微之作《崔張記》，遂身蒙其垢，而其《記》亦傳。嗚呼！天下事有若此。予睹之，竊有感焉，故為之一刷之。企陶山人徐逢吉士範題。（同上）

3. 明萬曆二十年熊龍峰刊余瀘東訂 《重刻元本題評音釋西廂記》

崔氏春秋序

　　余閱《太和正音譜》，載《西廂記》撰自王實甫，然至“郵亭夢”而止，其後則關漢卿為之補成者也。二公皆勝國名手，咸富才情，皆喜聲律。今觀其所為《記》，艷詞麗句，先後互出；離情幽思，哀樂相仍。遂擅一代之長，為雜劇絕唱，良不虛也。而談者以此奇繁歌疊奏，語意重復，始終不出一“情”；又以露圭着跡，調脂弄粉病之。夫事關閨闈，自應穠艷；情鐘怨曠，寧廢三思？太雅之罪人，新聲之吉士也。遂使終場歌演，魂絕色飛，奏諸索弦，療饑忘倦，可謂詞曲之《關雎》，梨園之虞夏矣。以微瑕而類全璧，寧不冤也？近有嫌其導淫縱欲，而別為《反西廂記》者，雖逃掩鼻，不免嘔喉。夫《三百篇》之中，不廢《鄭》、《衛》，桑間濮上，往往而是。阿谷援琴，東山攜塵，流映史冊，以為美談，惡謂非風教禆哉？曲士之拘拘，祗增達生一鼓掌耳。余宗仲仁，習歌詞曲，謂余金元人之詞信多名家，然不易斯《記》也。乃搜諸家題詞，刻諸簡端，以示余。昔人評"王實甫如花間美人"，"關漢卿如瓊筵醉客"，今覽之，信然！然語有之："情辭易工。"蓋人生於情，所謂愚夫愚婦可以與知者。今元之詞人無慮數百十，而二公為最；二公之填詞無慮數十種，而此《記》為最。奏演既多，世皆快睹，豈非以其"情"哉！《西廂》之美則愛，愛則傳也，有以夫！萬曆上章執徐之歲如月哉生明泰滄程巨源著。（日本內閣文庫藏本）

4. 明萬曆二十六年繼志齋陳邦泰刊
《重校北西廂記》

刻重校北西廂記序

詞曲盛於金元，而北之《西廂》、南之《琵琶》，尤擅場絕代。第二書行於眾庶，所謂"童兒牧豎，莫不眩耀"。而妄庸者率恣意點竄，半失其舊，識者恨之。頃《琵琶記》刻於河間長君，其人學既該涉，復閑宮徵，故所讎校，號為精愜，蓋詞林之一快矣。北詞轉相摹梓，踳駁尤繁，唯顧玄緯、徐士范、金在衡三刻，庶幾善本，而詞句增損，互有得失。余園廬多暇，粗為點定；其援據稍僻者，略加詮釋，題於卷額，合《琵琶記》刻之。風雨之辰，花月之夕，把卷自吟，亦可送日月而破窮愁，知者當勿謂我尚有童心也。萬曆壬午夏龍洞山農撰，謝山樵隱重書於戊戌之夏日。（日本內閣文庫藏本）

重校北西廂記總評

《西廂》久傳為關漢卿撰，邇來乃有以為王實甫者，謂至"郵亭夢"

而止，或謂至"碧雲天"而止，後乃漢卿所補也。初以為好事者傳之妄。及閱《太和正音譜》，王實甫十三本，以《西廂》為首；漢卿六十一首，不載《西廂》。則亦可據。第漢卿所補【雙①調·集賢賓】，及"【掛金索】裙染榴花，睡損胭脂皺。紐結丁香，掩過芙蓉扣。綫脫眞珠，淚濕香羅袖。楊柳眉顰，人比黃花瘦"，俊語亦不減前。

北曲故當以《西廂》壓卷。如曲中語"雪浪拍長空，天際秋雲捲。竹索纜浮橋，水上蒼龍偃"，"滋洛陽千種花，潤梁園萬頃田"，"東風搖曳垂楊綫，遊絲牽惹桃花片，珠簾掩映芙蓉面"，"法鼓金鐃，二月春雷響殿角；鐘聲佛號，半天風雨灑松梢"，"不近喧嘩，嫩綠池塘藏睡鴨；自然幽雅，淡黃楊柳帶棲鴉"②；"手掌兒裏奇擎，心坎兒裏溫存，眼皮兒上供養"，"哭聲兒似鶯囀喬林，淚珠兒似露滴花梢"，"繫春心情短柳絲長，隔花陰人遠天涯近"，"香消了六朝金粉，清減了三楚精神"，"玉容寂寞梨花朵，胭脂淺淡櫻桃顆"③；"他做了影兒裏情郎，我做了畫兒裏愛寵"，"拄著拐幫閑鑽懶，縫合唇送暖偷寒"，"昨日個熱臉兒對面搶白，今日個冷句兒將人廝侵"，"半推半就，又驚又愛"④；"落紅滿地胭脂冷"，"夢裏成雙覺後單"⑤。重校北西廂記總評畢。（同上）

重校北西廂記凡例

一　諸本首列"名目"，今類作"題目"，但教坊雜劇並稱"正名"。今改"正名"二字，亦末泥家本色語。

一　舊本以外扮老夫人，末扮張生，淨扮法本作潔，扮紅娘曰旦俫，

①　楊案："雙"，當作"商"。
②　夾批：是駢麗中景語。
③　夾批：是駢麗中情語。
④　夾批：是駢麗中渾語。
⑤　夾批：是單句中佳語。只此數條，他傳奇不能及。

亦今貼旦之謂也。按：由來雜劇院本，皆有正末①、副末②、狙③、孤④、靚⑤、鴇⑥、猱⑦、捷譏⑧、引戲⑨九色之名。但今名與人俱易，正之實難，姑從時尚。

一　《中原音韻》有陰陽、有開合，不容混用。第八齣【綿搭絮】"幽室燈清"、"幾棍疏櫺"，八庚入一東；十二齣"秋水無塵"，十一眞入十二侵。俱屬白璧微瑕，恨無的本正之，姑仍其舊。

一　詞家間有襯墊字，善歌者緊搶帶疊用之，非其正也。《中原音韻》載【四邊靜】"今宵歡慶"一折，止三十一字。今諸本俱三十六字，則為流俗妄增者多矣。又載【迎仙客】："雕簷紅日低，畫棟彩雲飛，十二玉闌天外倚。望中原，思故國，感歡傷悲，一片鄉心碎。"七句三十二字。今十八齣【迎仙客】俱作十句，五十八字。甚者，襯字視正腔不啻倍蓰，豈理也哉？今有元本可據者，悉削之。

一　曲中多市語、謔語、方語，又有隱語、反語，有折白，有調侃。不善讀者，率以己意妄解，或竄易舊句，今悉正之。

一　雜劇與南曲，各有體式，迥然不同。不知者於《西廂》賓白間，效南調，增【臨江仙】、【鷓鴣天】之類。又增偶語，欲雅反俗。今從元本一洗之。

一　沙、波、麼，是助詞；俺、喒、咱，是"我"字；"您"是"你"字；"恁"是"這般"。"您"、"恁"二字往往混膰，讀者切須

① 夾批：當場男子謂之"末"。末，指事也，俗稱為"末泥"。
② 夾批：古謂"蒼鶻"，故可以撲靚者；靚，蓋孤也。如鶻之可以擊孤，若副末常執磕爪以撲靚是也。
③ 夾批：當場妓女謂之"狙"。狙，猿之雌者也。又曰"猵狙"，其性好淫，俗呼為"旦"。
④ 夾批：當場扮官長者。
⑤ 夾批：傅粉墨者謂之靚，當場善顧盼獻笑者也。俗呼為淨，非。
⑥ 夾批：妓之老者曰"鴇"。鴇，似雁而大，無後趾，身如虎文，性淫無厭，諸鳥就之即合。俗呼"獨豹"，今稱"鴇"者是也。
⑦ 夾批：妓女總稱。猿屬，喜食虎肝腦。虎見而愛之，常負於背以取虱。輒溺其首，虎即死，隨求肝腦食之。故古以虎喻少年，以猱喻妓也。
⑧ 夾批：古謂之"滑稽"，即院本中便捷譏訕是也。俳優稱為"樂官"。
⑨ 夾批：即院本中"狙"也。

分辨。

　　一　【絡絲娘煞尾】、【隨尾】用之，【雙調】、【越調】不唱，悉從元本刪之。

　　一　諸本釋義淺膚訛舛，不足多據。予以用事稍僻者，而詮釋之，題於卷額，余不復贅。

　　一　諸本句讀，於詞義雖通、於調韻不協者，今皆一一正之。

秣陵陳邦泰校錄（同上）

5. 明萬曆間三槐堂刊《重校北西廂記》

重校北西廂記總評

　　《西廂》久傳為關漢卿撰，邇來乃有以為王實甫者，謂至"郵亭夢"而止，或謂至"碧雲天①"而止，後乃漢卿所補也。初以為好事者傳之妄。及閱《太和正音譜》，王實甫十三本，以《西廂》為首；漢卿六十一首，不載《西廂》。則亦可據。第漢卿所補【雙②調·集賢賓】，及"【掛金索】裙染榴花，睡損胭脂皺。紐結丁香，掩過芙蓉扣。綫脫眞珠，淚濕香羅袖。楊柳眉顰，人比黃花瘦"，俊語亦不減前。

　　北曲故當以《西廂》壓卷。如曲中語"雪浪拍長空，天際秋雲捲。竹索纜浮橋，水上蒼龍偃"，"滋洛陽千種花，潤梁園萬頃田"，"東風搖曳垂楊綫，遊絲牽惹桃花片，珠簾掩映芙蓉面"，"法鼓金鐃，二月春雷響殿角；鐘聲佛號，半天風雨灑松梢"，"不近喧嘩，嫩綠池塘藏睡鴨；自然幽雅，淡黃楊柳帶棲鴉"③；"手掌兒裏奇擎，心坎兒裏溫存，眼皮兒上供養"，"哭聲兒似鶯囀喬林，淚珠兒似露滴花梢"，"繫春心情短柳絲長，隔花陰人遠天涯近"，"香消了六朝金粉，清減了三楚精神"，"玉容寂寞梨花朵，胭脂淺淺櫻桃顆"④；"他做了影兒裏情郎，我做了畫兒

---

①　眉批："碧雲天"，第十五折《長亭送別》曲。
②　楊案："雙"，當作"商"。
③　眉批："淡黃楊"句，賀方囘詞。夾批：是駢麗中景語。
④　夾批：是駢麗中情語。

裏愛寵"，"拄著拐幫閑鑽懶，縫合脣送暖偷寒"，"昨日個熱臉兒對面搶白，今日個冷句兒將人廝侵"，"半推半就，又驚又愛"①；"落紅滿地胭脂冷"，"夢得成雙覺後單"②。重校北西廂記總評畢。（日本天理大學天理圖書館藏本）

6. 明萬曆三十八年冬起鳳館刊
《元本出相北西廂記》

刻李王二先生批評北西廂序

　　勝國時，王實夫、關漢卿簸弄天孫五彩毫，為崔張傳奇。雖事涉不經，要以跳宕滑稽、牢籠月露之態，直是詞曲中陳思、太白。□三數□有□吐氣，膾人口，代有評者，無足□王□鳳□，□□弇州王先生，楚有卓吾李先生，□□□□□□□③黃，虛室生白，品□萬彙。雖《西廂》殘霞零露，亦謂得宇宙中一段光怪，劌精抉微，義所不廢。曾已大發其武庫之森森戈戟者，幻而施墨研朱，一點一綴，王、關譜之曲中，李、王評之曲外。皮髓韻神、濃淡有無之間，延壽之所不能臆寫，昭君之所不能色授也。自來《西廂》富於才情見豪，一得二公評後，更令千古色飛。浮屠頂上，助之風鈴一角，響不其遠與！朝品評、夕播傳，雞林購求，千金不得，慕者遺憾。頃余挾篋吳楚，問謁掌故，得二先生家藏遺草，歸以付之殺青，為自欸王關功臣。第恐二先生精神又噪動今日之域中，怪見洛陽紙貴也。藉以風化見垢，宋理儒腐氣，上士失笑矣。庚戌冬月起鳳館主人敘。（中國國家圖書館與上海圖書館藏本合校）

新校北西廂記考

　　一　考《西廂》事，唐人自有《鶯鶯傳》，《會真記》、《侯鯖錄》尤

---

① 夾批：是駢麗中渾語。
② 夾批：是單句中佳語。只此數條，他傳奇不能及。
③ 楊案：此處約缺八字。

詳。其為微之中表無疑。

一　考王實甫，以詞手著名元代。關漢卿同時，亦高才風流人。王嘗以譏謔加之，關極意酬答，終不能勝。王忽坐逝，鼻垂雙涕尺余，人皆歡駭，以為玉筋。關曰："是嗓耳！何玉筋為？蓋凡六畜勞傷，鼻中流膿，則謂之嗓也。"眾大笑曰："若被王和卿輕薄半世，死後方還得一籌。"觀此，王先關卒，《西廂記》未成，故關續之。同時才人，成死後一功臣。

一　考宋世雜劇名號，每一甲有八人者，有五人者。八人有戲頭、有頭戲、有次淨、有副末、有裝旦；五人第有前四色，而無裝旦。蓋旦之色目自宋已有，而未盛。元外，院本止五人：一曰副淨①、一曰副末②、一曰末泥③、一曰孤裝④，而無生旦。元時雜劇與院本不同，多用妓樂，旦有數色：所謂"裝旦"即今正旦也，"小旦"即今副旦也，以墨點破其面謂之"花旦"。以今億之，所謂"戲頭"即生也，"引戲"即末也，"副末"即外也，"副淨"、"裝旦"即與今淨、旦同。關漢卿所撰雜戲《緋衣夢》等，悉不立生名。今《西廂記》以張珙為生，當是國初所改，或元末《琵琶》等南戲出而易此名。（日本天理大學天理圖書館藏本）

凡　例

一　奇中有市語、方語、隱語、反語，又有折白、調侃等語。要皆金元一時之習音也，似無貴於洞曉。不諳音率以己意強解，或至妄易佳句。今盡依舊本正之。

一　雜劇與南北曲賓白，自有體調不同。坊本間效南曲增【臨江仙】、【鷓鴣天】之類，欲工而反悖，今盡從舊本一洗之。

一　諸本【絡絲娘煞尾】固互見孄妍，舊本亦或有或略，恨無的本

---

① 夾批：即古參軍。
② 夾批：又名"蒼鶻"，可擊群鳥，猶副末可打副淨。
③ 夾批：即正末。
④ 夾批：即當場扮官長者。

可據，姑乃今刻。

　　一　沙、波、價、呵、麼，是助辭；俺、咱、喒，是"我"字；"您"是"你"字；"恁"是"這般"。唯"您"、"恁"二字，諸本往往混淆，讀者亦須分辨。

　　一　諸本所刊，率續以《秋波一轉論》、《金釧玉肌侖（論）》、《錢塘夢》、《林塘午夢①》、《鶯紅弈棋》、《蒲東珠玉集》等語。此皆村學究所作，事不相涉，詞不雅馴，徒足令人嘔噦。今皆刪去不錄。

　　一　坊本白盡訛甚，至增損攙入，不勝讎辯。竟依古本改正，不復載其增損。

　　一　諸本釋義，有妄牽合故事，或又引述蔓衍，不能摘節明白，致觀者茫茫。今皆刪正。

　　一　諸本圈句，於詞義亦通，但與牌名調韻不合。今皆一一定正。

　　一　鳳洲王先生批評：先生揚扢風雅，聲金振玉，《藝苑卮言》中點綴《西廂》百一，未張全錦。茲得之王氏家草。

　　一　李卓吾先生批評：先生品騭古今，一字足為一史，具載《焚書》、《藏書》等編。《西廂》遺筆，乃其遊戲三昧。近得之雪堂在笥。（同上）

7. 明萬曆三十九年冬
徐渭《重刻訂正元本批點畫意北西廂》

序

　　天地咽氣，有自然之響，人觸之成聲。聲有自然之節奏，而歌謠出焉。觀風作樂，皆取諸此。歷漢而唐，馳騖聲律，則為詩，為詞調，為歌行。於是鉤玄掞藻，月露風雲，敷俳萬狀，漸失真旨。以之諷詠則得，以之入金石弦管則難。宋人因之，競趨樂府，易詩為調，而梨園曲譜實開端焉。嗣此寖盛域中，至元而極矣。故古今較量藝文，賦宗漢，詩宗

――――――――――

　　①　諸本附錄中作《園林午夢》。

唐，詞調宗宋，而曲則遜元，各重其至處也。夫元人詞曲名家，有關漢卿、馬致遠、鄭德輝、宮大用及夢符、可久諸人。王實甫亦擅聲其間，《西廂》傳奇迺其手筆，而漢卿續成之者也。然實甫在元人詞壇中未執牛耳，而《西廂》初出時亦不為實甫第一義，要於嘗鼎一臠，僅供優弄耳。而汔今膾炙人口，戶誦家傳之，即幽閨之貞、倚門之冶皆能舉其詞；若他人單詞、小令、雜劇往往蕪沒無聞。詞固有幸不幸哉！所以然者，微之擅唐季才名，故《會真雙文》一出，好事者翕然趨之。及實甫填詞襯語，又克宣洩其男女綢繆慕戀、曠怨抑鬱之至情，故其詞獨傳，傳而獨遠，遂為一代絕唱耳。

今茲刻徧天下品騭之，亦非一人。然率哺其糟，不咀其華；爬其膚，不抉其髓。甚有禮法繩之，若李卓吾者，此何異浴室譏裸、夢中罵人也？大抵本來劇戲，總系情魔，種種色相寓言，亦亡是公、烏有之例，而必欲援文切理，按疵索瘢，反失之矣。且南北之人，情同而音則殊。北人之音，雄闊直載，內含雅騷；南人之音，優柔悽惋，難一律齊。今以南調釋北音，捨房闥態度，而求以艱澁，無怪乎愈遠愈失其真也。吾鄉徐文長則不然。不豔其鋪張綺麗，而務探其神情，即景會真，宛若身處。故微辭隱語，發所未發者，多得之燕趙俚諺謔浪之中。吾故謂實甫遇文長，庶幾乎千載一知音哉！昔伯牙援徽叩弦，何與山水，而子期一俯仰間，盡得其意響。故伯牙惜子期，知音當代無兩。若文長之批評《西廂》，頗類於是。往時所制《四聲猿》，久傳播海內，識者取而匹之元劇，可知已。苧羅鄉王君起侯父，幼抱奇稟，擅華未露，誦讀之暇，一見文長手稿，即欣然命梓。其欣然有當於心者，亦唯是識見同、才情合也。梓成，問序於余。余既快文長能默契作者，又嘉王君能不悋之而公諸人人也，故樂為之引其端云。東海澹儇諸葛元聲書於西湖之樓外樓。（中國國家圖書館藏本其一）

自　敘

世事莫不有本色，有相色。本色，猶俗言正身也；相色，替身也。替身者，書評中"婢作夫人，終覺羞澀"之謂也。婢作夫人者，欲塗抹成主母，而多插帶，反掩其素之也。故余於此本中賤相色，貴本色。眾人嘖嘖者，我煦煦也。豈惟劇哉？凡作者莫不如此。嗟哉！吾誰與語？眾人所忽，余獨詳；眾所旨，余獨唾。嗟哉！吾誰與語？秦田水月。（中國社會科學院文學研究所藏本）

敘

余於是帙諸解，並從碧筼齋本，非杜撰也。齊（齋）正（本）所未備，余補釋之，不過十之一二耳。齊（齋）本迺從董解元之原稿，無一字差訛。余購得兩冊，都偷竊。今此本絕少，惜哉！本謂董（崔）張劇是王實甫撰，而《輟耕錄》迺曰董解元。陶客（宗）儀，元人也，宜信之。然董又有別本《西廂》，迺彈唱詞也，非打本。豈陶亦誤以彈唱為打本也耶？不然，董何有二本？附記以俟知者。漱者。（中國國家圖書館藏本其二）

敘

余所改抹，悉依碧筼齋真正古本，亦微有記憶不明處，然真者十之九矣。白亦差訛，甚不通者，卻都碧筼齋本之白矣，因而改正也。典故不大注釋，所注者正在方言、調侃語、伶坊中語、拆白道字、俚雅相雜、訕笑冷語，入奧而難解者。青籐道人。（中國國家圖書館藏本其二）

凡　例

《西廂》難解處，不在博洽，而在閑冷，故舊釋易曉者不嚼（贅）。另載批釋其上，免混賓白，更入眼改觀，一洗舊日見解。《記》中有疑難乎，亦略疏，附以便入。

曲中多市語、謔語、方言，又有隱語、反語，有拆白、有調侃。率以己意妄解，或竄易舊句，今悉正之。

腔調中俱有襯墊字眼，流俗類妄增之，俾正腔失體，今據古削之。

可仍者，別以細字，令觀者瞭然。

　　"沙"、"波"、"麼"，俱語助；"俺"、"喒"、"咱"，俱我字，"咱"亦或作語助。"您"是"你"字，"恁"是這般。"您"、"恁"二字往往混腊，茲為分別。

　　本首列總目，即雜劇家開場本色。《記》分五折，折分四套，如木枝分而條析也。復列套內《題目》於每折下，曰"正名"，提綱挈領，悉古意。

　　【絡絲娘煞尾】、【隨尾】用之，從古，載每折末。

　　◎奇妙，古今不同字並用；○精華、成響；∟分載；□古本多字；△古本不同字；｜俚惡。胥分辯。

　　中刻折為卷，取式類諸韋編耳。（中國國家圖書館藏本其一）

8. 明萬曆間《田水月山房北西廂藏本》

自　敘

　　世事莫不有本色，有相色。本色，猶俗言正身也；相色，替身也。替身者，書評中"婢作夫人，終覺羞澀"之謂也。婢作夫人者，欲塗抹成主母，而多插帶，反掩其素之也。故余於此本中賤相色，貴本色。眾人嘖嘖者，我煦煦也。豈惟劇哉？凡作者莫不如此。嗟哉！吾誰與語？眾人所忽，余獨詳；眾所旨，余獨唾。嗟哉！吾誰與語？秦田水月。（中國社會科學院文學研究所藏本、中國國家圖書館藏本合校）

敘

　　余於是帙諸解，並從碧筠齋本，非杜撰也。齊（齋）正（本）所未備，余補釋之，不過十之一二耳。齊（齋）本逈從董解元之原稿，無一字差訛。余購得兩冊，都偷竊。今此本絕少，惜哉！本謂董（崔）張劇是王實甫撰，而《輟耕錄》迺曰董解元。陶客（宗）儀，元人也，宜信之。然董又有別本《西廂》，迺彈唱詞也，非打本。豈陶亦誤以彈唱為打

本也耶？不然，董何有二本？附記以俟知者。漱者。（中國國家圖書館藏本）

序

天地咽氣，有自然之響，人觸之成聲。聲有自然之節奏，而歌謠出焉。觀風作樂，皆取諸此。歷漢而唐，馳騖聲律，則為詩，為詞調，為歌行。於是鈎玄捺藻，月露風雲，敷俳萬狀，漸失眞旨。以之諷詠則得，以之入金石弦管則難。宋人因之，競趨樂府，易詩為調，而梨園曲譜實開端焉。嗣此寖盛域中，至元而極矣。故古今較量藝文，賦宗漢，詩宗唐，詞調宗宋，而曲則遜元，各重其至處也。夫元人詞曲名家，有關漢卿、馬致遠、鄭德輝、宮大用及夢符、可久諸人。王實甫亦擅聲其間，《西廂》傳奇迺其手筆，而漢卿續成之者也。然實甫在元人詞壇中未執牛耳，而《西廂》初出時亦不為實甫第一義，要於嘗鼎一臠，僅供優弄耳。而迄今膾炙人口，戶誦家傳之，即幽閨之貞、倚門之冶皆能舉其詞；若他人單詞、小令、雜劇往往蕪沒無聞。詞固有幸不幸哉！所以然者，微之擅唐季才名，故《會眞雙文》一出，好事者翕然趨之。及實甫塡詞襯語，又克宣洩其男女綢繆慕戀、曠怨抑鬱之至情，故其詞獨傳，傳而獨遠，遂為一代絕唱耳。

今茲刻徧天下品騭之，亦非一人。然率哺其糟，不咀其華；爬其膚，不抉其髓。甚有禮法繩之，若李卓吾者，此何異浴室譏裸、夢中詈人也？大抵本來劇戲，總系情魔，種種色相寓言，亦亡是公、烏有之例，而必欲援文切理，按疵索瘢，反失之矣。且南北之人，情同而音則殊。北人之音，雄闊直載，內含雅騷；南人之音，優柔悽惋，難一律齊。今以南調釋北音，捨房闥態度，而求以艱澀，無怪乎愈遠愈失其眞也。吾鄉徐文長則不然。不豔其鋪張綺麗，而務探其神情，即景會眞，宛若身處。故微辭隱語，發所未發者，多得之燕趙俚諺謔浪之中。吾故謂實甫遇文長，庶幾乎千載一知音哉！昔伯牙援徽叩弦，何與山水，而子期一俯仰間，盡得其意響。故伯牙惜子期，知音當代無兩。若文長之批評《西廂》，頗類於是。往時所制《四聲猿》，久傳播海內，識者取而匹之元劇，可知已。苧羅鄉王君起侯父，幼抱奇稟，擅華未露，誦讀之暇，一見文長手稿，即欣然命梓。其欣然有當於心者，亦唯是識見同、才情合也。梓成，問序於余。余既快文長能默契作者，又嘉王君能不悋之而公諸人人也，故樂為之引其端云。東海澹儓諸葛元聲書於西湖之樓外樓。（中國國家圖書館藏本）

敘

余所改抹，悉依碧筠齋眞正古本，亦微有記憶不明處，然眞者十之九矣。白亦差訛，甚不通者，卻都碧筠齋本之白矣，因而改正也。典故不大注釋，所注者正在方言、調侃語、伶坊中語、拆白道字、俚雅相雜、訕笑冷語，入奧而難解者。靑籐道人。（中國國家圖書館藏本）

9. 明萬曆四十二年香雪居刊王驥德
《新校注古本西廂記》

新校注古本西廂記自序

記崔氏不自實甫始也。微之既傳《會眞》，入宋而秦少游、毛澤民兩君子爰譜《調笑》，實始濫觴。安定之趙復次第傳語，附寄調鼓子，則節拍有加矣。迨完顏時，董解元始演為北詞，比之弦索，命曰《西廂》。然第搊彈家言，而匪登場之具也。於是，實甫者起，沿用纏弄諸色，組織《董記》，倚之新聲。董詞初變詩餘，多椎樸而寡雅訓。實甫斟酌才情，緣飾藻豔，極其致於淺深濃淡之間，令前無作者，後擄來哲，遂擅千古絕調。自王公貴人，逮閨秀里孺，世無不知有所謂《西廂記》者。顧縣勝國抵今，流傳既久，其間為俗子庸工之簒易而失其故步者，至不勝句讀。余自童年輒有聲律之癖，每讀其詞，便能拈所紕繆，復撫擥而恨。故為盲瞽學究妄誇箋釋，不啻嘔噦而欲付之烈炬也。

既覓得碧筠齋若朱石津氏兩古本。序碧筠齋者，稱淮干逸史，首署疏注僅數千言，頗多破的。朱石津，不知何許人。視碧筠齋大較相同。

關中杜逢霖序,言朱沒而其友吳厚丘氏手書以刻者,並屬前元舊文,世不多見。餘刻紛紛,殆數十種,僅毗陵徐士範、秣陵金在衡、錫山顧玄緯三本稍稱彼善。徐本間詮數語,偶窺一斑;金本時更字句,亦寡中竅;獨顧本類輯他書,似較該洽,恨去取弗精,疵繆間出。然總之影響俗本,於古文無當也。

　　故師徐文長先生,說曲大能解頤,亦嘗訂存別本,口授筆記,積有歲年。余往,暨周生讀書湖上,攜一青衣,故善肉聲。鉛槧之暇,酒後耳熱時,令手紅牙,曼引一曲,桃花墮,而堤柳若為按拍也。輒手丹鉛,為訂其訛者,芟其蕪者,補其闕者,務割正以還故吾。余家藏元人雜劇可數百種許,間有所會,時疏數語,又雜采他傳記若諸劇語之足相印證者漫署上方。久之,遂盈卷帙。既又並微之《本傳》若王性之氏《辯證》,及顧本所錄諸引篇章有繫本記者,別為《考正》一卷,附之簡末,稍為崔氏及實甫一申沉冤。蓋實甫之詞稍難詮解者,在用意宛委,遣辭引帶及隱語方言不易強合。憶余入燕,故元大都,實甫枌榆鄉也,舉詢其人,已瘖不能解。故余為釋句,其微辭隱義,類以意逆;而一二方言,不敢漫為揣摩,必雜證諸劇,以當左契。大氐取碧筠齋古注十之二,取徐師新釋亦十之二。今之詞家,吳郡詞隱先生實稱指南。復函請參訂,先生謬假賞與。凡再易稿,始克成編。

　　頃,周生嗤我謂:"惜也!子志鵬翼而修鼠肝。曾是淫哇之靡,而搖其筆端也,謂大雅何?"余曰:"螻螳屎溺,何之非道!今風人學士,孰不爭口賞《崔傳》?而豕渡之疑若耳食之陋並塵阿堵,毋悵悵有詩亡之恨乎?"余懼其以小道而日淪之漸滅也,故不惜猥一染指,豈敢稱實甫忠臣?聊以為聽《折楊》、《皇荂》者,下一鼓吹云爾。抑舊傳是記為關漢卿氏所作,邇始有歸之實甫者,則涵虛子之《正音譜》故臚列在也。獨世謂漢卿續成其後,未見確證。然淄澠涇渭之辨,殊自不廢。兩君子他作,實甫以描寫,而漢卿以雕鏤。描寫者遠攝風神,而雕鏤者深次骨貌。持此以當兩君子三尺,思且過半,即有具眼者,或不以余言為孟浪也。若編摩之概與詮釋之指,並見《凡例》中,序不能悉。萬曆甲寅春日大越琅邪生方諸仙史伯良氏書。(上海圖書館藏本)

新校注古本西廂記序

　　《西廂》，桑間濮上之遺也。然幾與吾姬、孔之籍並傳不朽，李獻吉至謂"當直繼《離騷》"。夫非以其辭藻濃至，即涉淫靡，有不可得而屏斥者哉！顧其書三百年而傳，而是三百年之中，所為鼠樸之竄，若金根之更者，已紛若列蝟。文人墨士，匪慚睒目，輒操褊心，概津津稱豔弗置，不問魯鼎之多贋也。於是，其書存也，而其實不啻亡矣。

　　吾友會稽王伯良氏，博雅君子也。於學無所不窺，而至聲律之閑，故屬夙悟。雅為吾郡詞隱先生所推服，謂契解精密，大江以南一人。往先侍禦令越，俾余二三伯仲同伯良講業署中。鉛槧之暇，口及"崔傳"，每忼慷為實甫稱冤。時援故不可解之文以質，而伯良倒囊以示，引據詳博，未嘗不犁然擊節，為浮大白，一醉高榆叢桂間也。余數從臾伯良，曷不更署爰書，為實甫平反地乎？蓋抵今而始得絜令甲以懸之國門矣。其書毋論校讎之覈，令魯靈光不改舊觀；而疏語以折蜩螗之喙，考説以破笥槌之疑。鉅包經史，瑣拾稗官，淺叶康衢，精比黍籥。俾字無可奸之律，證有必信之文，破壁復完，群吠頓息。

　　蓋詞隱夙有此志，而見伯良且先着鞭，輒閣筆自廢，作何平叔語曰："王輔嗣已注《老子》矣！"汲塚仍新，風流不墜，實甫有靈，當頓顙九泉一笑，懷環報之感耳。抑崔氏於王，故有夙緣。自實甫始倡豔辭，性之繼伸宏辯，吾伯良以窮搜冥解之力，踵成兩君子之緒。而又微之觀察，性之喬寄，咸於伯良氏之會稽。陵穀邈矣，事若有待，非宇壞間一大奇也哉！伯良時髦，兼修兩漢六代之業，結撰甚富，多勒琬琰；時遊戲為今樂府，流布海內，久令洛陽紙貴。此第其牙後慧，然不妨為才士之木屑也已。萬曆歲在癸丑重陽日吳郡粲花館主人書。（同上）

例①

　　一　《記》中，凡碧筠齋本，曰"筠本"；朱石津本，曰"朱本"；

---

　　①　夾批：三十六則。

二文同，曰"古本"。天池先生本，曰"徐本"；金在衡本，曰"金本"；顧玄緯本，曰"顧本"。古今本文同，曰"舊本"。各坊本，曰"諸本"，或曰"今本"、"俗本"。

一　碧筠齋本，刻嘉靖癸卯，《序》言系前元舊本。第謂是董解元作，則不知世更有董本耳。朱石津本，刻萬曆戊子，較筠本間有一二字異同，則朱稍以己意更易，然字畫精好可玩。古本惟此二刻為的，余皆訛本。今刻本動稱"古本"云云，皆呼鼠作樸，實未嘗見古本也，不得不辯①。

一　訂本概從古本，間有宜從別本者，曰"古作某，今從某本作某"。其古今本兩意相等，不易去取者，曰"某本作某，某本作某，今並存，俟觀者自裁"。或古今本皆誤，宜正者，直更定，或疏本注之下。

一　"注"與"註"通，古注疏之注皆作"注"，今從"注"。

一　元劇體必四折，此《記》作五大折，以事實浩繁，故創體為之，實南戲之祖。舊傳實甫作，至"草橋夢"止，直是四折。漢卿之補，自不可闕。然古本止列五大折，今本離為二十，非復古意。又古本每折漫書，更不割截另作起止，或以為稍刺俗眼。今每折從今本，仍析作四套，每套首另署曰"第一套"、"第二套"云云；而於下方，則更總署曰"今本第一折"、"第二折"，至"二十折"而止②，以取諧俗。折，取轉折之義。元人目長曲曰"套數"，皆本古注舊法③。

一　元人從"折"，今或作"出"，又或作"齣"。"出"即非古，"齣"復杜撰，字書從無此字，亦無此音。今試舉以問人，輒漫應曰"摺"。時戲往往取以標其節目，恬不知怪，是大可笑事。近《詅癡符傳》，以為"齣"蓋"齝"字之誤，良是。其言謂"牛食已，復出嚼，曰'齝'，音笞"，傳寫者誤以"台"為"句"。"齝"、"出"聲相近，至以"出"易"齝"，又引元喬夢符云"牛口爭先，鬼門讓道"語，遂終傳皆以"齝"代"折"。不知字書"齝"，本作"齝"，又作"呞"。以"齝"

---

①　夾批：《雍熙樂府》，全《記》皆散見各套中。然亦今本，不足憑也。

②　夾批：此"折"與五大折之"折"不同。

③　夾批：《輟耕錄》云："成文章曰樂府，有尾聲曰套數。"

作"齣"，筆劃誤在毫釐，相去更近，非直"台"、"句"之混已也。即用"齣"，元劇亦不經見，又刺今人眼益甚。故標上方者，亦止作"折"。

一　古本以外扮老夫人，署色止曰"夫人"；又，店小二、法本、杜將軍皆曰"外"，本又曰"潔"；張生曰"末"，鶯鶯曰"旦"，紅娘曰"紅"，歡郎曰"俫"；法聰、孫飛虎及鄭恒皆曰"淨"；惠明曰"惠"，琴童曰"僕"。今易末曰"生"，易潔曰"本"，易俫曰"歡"，店小二直曰"小二"，亦為諧俗設也。

一　北詞以應絃索，宮調不容混用，惟"楔子"時不相蒙①。《記》中凡宮調不倫，句字鄙陋，系後人偽增者，悉厘正刪去。

一　《記》中用韻最嚴，悉協周德清《中原音韻》，終帙不借他韻一字。其有開閉不分、甲乙互押者，皆後人傳誤，今悉訂正。

一　古劇四折，必一人唱。《記》中第一折四套皆生唱；第三折四套皆紅唱，典刑（型）具在。惟第二、四、五折，生、旦、紅間唱，稍屬變例。今每折首，總列各套宮調，並疏用"某韻"及"某唱"於下，亦使人一覽而知作者之梗概也。

一　《中原音韻》凡十九韻，《記》中前四折各套各用一韻，惟第二折第二套【中呂】曲重用庚青一韻，稍稱遺恨。至第五折之重用尤侯、支思、眞文三韻，補用魚模一韻，此亦他人續成之一驗也。

一　元劇首折多用"楔子"引曲，折終必收以"正名"四語。《記》中第一、三、四、五折皆有"楔子"，如【賞花時】、【端正好】等一二曲；每折後皆有"正名"等語，古法可見。至諸本益以【絡絲娘】一尾，語既鄙俚，復入他韻；又竊後折意提醒為之，似搊彈說詞家所謂"且聽下回分解"等語；又止第二、三、四折有之，首折復闕。明系後人增入。但古本並存。又，《太和正音譜》亦收入譜中。或篡入已久，相沿莫為之正耳。今從秣陵本刪去。"正名"四語，今本誤置折前，並正。

一　今本每折有標目四字，如"佛殿奇逢"之類，殊非大雅。今削二字，稍為更易，疏折下，以便省檢；第取近情，不求新異。

一　各調曲有限句，句有限字。世並襯墊搶帶等字漫書，致長短參

---

①　夾批：謂引曲也。

差，不可遵守。今一從《太和正音譜》考定，其襯墊等字，悉從中細書，以便觀者。襯字以取諧聲，不泥文字，識曲者當自得之。

一　《記》中曲語，有為俗子本不知曲，妄加雌黃①，字面妄加音釋者②，悉緒正其枉，並詳載《注》中。

一　《記》中，有古今各本異同，義當兩存者，已疏《注》中。於本文復揭曰："某，古作某"；或"今作某"，第省一"字"字及本字。恐觀者未遑檢"注"，故不避復。

一　唱曲字面，與讀經史不同。故《記》中字音，悉從《中原音韻》，與他韻書時有異同。

一　各曲平仄有法，其入聲字，元派入平、上、去三聲。不能字為音切，用朱本例，每字加圈以識。惟遇叶韻處，有同聲者加音，無同聲而恐混他音者加反，或止曰"叶某字某聲"。值難識字面，間加音反。遇入聲亦派入三聲，云"叶音某字"。或一字再見，於前一字加音，後止加圈，以從省例。韻腳字有作他音者，雖易識字亦加音；後有仍押此韻者，曰"後同"。或不盡載，當以類推。賓白遇難識字面，間疏本白下；余則止於轉借加圈。

一　《記》中，有一字而具二音，或三四音者，不能徧釋，須人自理會。其易識者，遵古"發"字例，止以圈代音，亦從省例③。二音，如"朝④、朝⑤，相⑥、相⑦，著⑧、著⑨，廝⑩、廝⑪"之類，止於後一加圈⑫；三音，如平聲"強弱"之"強"，上聲"勉強"之"強"，去聲

---

①　夾批：如謂"幽室燈青"等曲，為"失韻"之類。

②　夾批：如"風欠"，音作"風耍"之類。

③　夾批："發"字例，見《史記》。

④　夾批：昭。

⑤　夾批：潮。

⑥　夾批：去聲。

⑦　夾批：去聲。

⑧　夾批：張略反。

⑨　夾批：直略反。

⑩　夾批：平聲。

⑪　夾批：入聲。

⑫　夾批：凡入聲之"著"，盡叶作平聲。"廝"，盡叶作去聲。

“倔強”之“強”之類，止於後二字加圈。皆本古法，餘可類推。其易混字，如“臉”之或音作“檢”①，或音作“斂”②，用各不同，於“斂”音特加區別。俗音字，如“的”字本作上聲，今人盡讀作平聲，概不加音，俟人通融為用。他如“善惡”之“惡”，《中原音韻》元叶作去聲，加圈；則混於“好惡”之“惡”之類，更不著圈。又，“更”字之平、去二聲加圈，“那”字之平、上、去三聲加圈之類，皆以便觀者。

　　一　《記》中，凡入聲字，俱準《中原音韻》，叶作平、上、去三聲。其中間有其字叶而施於句中，與本調平仄不叶者，不得不還本聲；及借叶以取和聲③，仍疏本曲下。觀者毋訾其失叶。

　　一　《記》中，“每”與“們”，時通用；“得”與“的”，時借用。惟“恁”之為“如此”也，“您”之為“你”也，“俺”、“喒”、“咱”之為“我”也。“咱”又與“波”、“沙”、“呵”、“偌”、“兀”、“地”之為助語也。皆當分別。

　　一　各調句或一字，或二字、三字，以至七字，參錯不一。惟至八九字以外，系加襯字。自來歌者，於一、二字句，多誤連上下文，致本調遂少一句；或斷一句為兩，致本調遂多一韻。今於本文，悉加句讀，令可識別。其有句中字，必不可摘作襯書者，間從大書，亦《正音譜》例也④。

　　一　《記》中，有成語⑤，有經語⑥，有方語⑦，有調侃語⑧，有隱

---

　　①　夾批：如“臉兒淡淡粧”之“臉”，音“檢”。
　　②　夾批：上聲，如“把個發慈悲臉兒蒙著”之“臉”，音“斂”。
　　③　夾批：如“第一折第一套，【賞花時】曲“人值殘春蒲東郡”之“值”字，元以入叶平，然句中法宜用仄，卻加圈，借作去聲；第四套【錦上花】曲“怎得到曉”之“得”字，元以入作上，然句中法宜用平，卻加圈，借作平聲之類。
　　④　夾批：讀，音竇。意盡為句，從傍斷；意未盡為讀，從中略斷。
　　⑤　夾批：如“惺惺惜惺惺”之類。
　　⑥　夾批：如“靡不有初，鮮克有終”之類。
　　⑦　夾批：如“顛不剌”之類。
　　⑧　夾批：如“淥老”為眼之類。

語①，有反語②，有歇後語③，有掉文語④，有拆白語⑤，皆當以意理會。

一　俗本賓白，凡文理不通、及猥冗可厭、及調中多參白語者，悉系偽增。皆從古本刪去。

一　《注》中，凡曲語襲用《董記》者，雖單言片詞，必曰"董本云云"，以印所自出。仍加長圍，恐其與注語前後文相混也。

一　凡注，從語意難解。若方言，若故實稍僻，若引用古詩詞句，時一著筆。餘淺近事，概不瑣贅。非為俗子設也。

一　凡引證諸劇，首一見，曰"元某人某劇云云"，後止曰"某劇"；亦從董例，以長圍圍之。若見他書者，止曰"某書云云"，更不著圍。

一　凡採用碧筠齋舊注，及天池先生新釋，並不更識別。時間揭一二。筠注曰"古注"，徐釋曰"徐云"，今本直曰"俗注"。凡詞隱先生筆，曰"詞隱生云"，蓋先生自稱也。

一　《注》中，詞隱先生評語，若參解頗繁，載僅什五；惟時著朱圈處，手澤尚新，今悉標入。

一　《考正》中，《鶯鶯本傳》，見《太平廣記》、《虞初志》、《侯鯖錄》、《豔異編》，各文互有異同。俗本轉成訛謬，今悉本四書參定。即有未妥，亦仍舊文，不敢輕易。其彼此不同，宜並存者，間疏上方。

一　王性之，故宋博雅君子；《辯正》作，而千古疑事爛在目睫。偶附所見，業為性之補闕，非敢云猥乘其隙也。

一　顧本，雜錄唐宋以來詩詞及題跋諸文，間有佳者。或鄙猥可嗤，或無繫本傳事者，悉刪去。其舊本未收，及各志銘宜采者，俱續補入。

一　逐套注，即附列曲後，一便披閱。亦懼漫置末簡，易作覆瓿資耳。

一　坊本有點板者，云"傳自教坊"，然終未確，不敢溷入。

---

① 夾批：如"四星"為下梢之類。
② 夾批：如"與我那可憎才"之類。
③ 夾批：如"不做周方"之類。
④ 夾批：如"有美玉於斯"之類。
⑤ 夾批：如"木寸、馬戶、尸巾"之類。

一　本《記》正訛，共八千三百五十四字①。其《傳文》，及各《考正》，共三百七十三字。

一　繪圖似非大雅，舊本手出俗工，益憎面目。計他日此刻傳布，必有循故事而附益之者。適友人吳郡毛生，出其內汝媛所臨錢叔寶《會眞卷》索詩，余爲書《代崔娘解嘲四絕》。既復以賦命，曰"千秋絕豔"，蓋其郡人周公瑕所題也。叔寶今代名筆，汝媛摹手精絕，楚楚出藍，足稱閨閣佳事。漫重摹入梓，所謂不能免俗，聊復爾爾。例終。（同上）

明徐渭《和唐伯虎題崔氏真》題记

仿佛相逢待月身，不知今夕是何辰。

行雲總作當年散，胡粉空傳半面春。

嫁後形容難不老，畫中臨塌也應陳。

虎頭亦是登徒子，特取嬌妖動世人。

徐文長先生，諱渭，別號天池，山陰人。余師也。少穎甚，爲諸生。以古文辭，客胡督府幕中，聲籍一時。卒不遇，以奇死。先生詩文書繪，俱高邁警絕，爲世寶重。往先生居，與予僅隔一垣，就語無虛日。時口及《崔傳》，每舉新解，率出人意表。人有以刻本投者，亦往往隨興偶書數語上方。故本各不同，有彼此矛盾不相印合者。余所見凡數本，惟徐公子爾兼本較備而確。今爾兼沒，不傳。世動稱先生注本，實多贋筆，且非全體也。此詩和伯虎《題崔像》，蓋先生最喜伯虎"栲栳量金"之句。

一日，過先生柿葉堂，先生朗誦和篇，因命余並次。余勉呈一首，先生謬加賞借，且謂結句"當時不是羞朗面，應悔明珠錯贈人"二語，正得崔娘不寫之恨。今先生逝矣！追憶往事，謦欬猶溫，不勝有山陽之恨。並附以當一慨。（同上）

---

① 夾批：曲，一千八百二十五字；白，六千五百二十九字。

王實甫關漢卿考

按，元大梁鐘嗣成《錄鬼簿》載，王實甫、關漢卿皆大都人。漢卿，號已齋叟，為太醫院尹。或言漢卿嘗仕於金，金亡，不肯仕元，為節甚高。實甫、漢卿皆字，非名也。《藝苑卮言》謂，《西廂》久傳為關漢卿作，邇乃有以為王實甫者，且引《太和正音譜》載實甫詞十三本，以《西廂》為首；漢卿六十本，不載《西廂》為據。然《正音譜》系國朝寧藩臞仙所輯，實本之《錄鬼簿》。二人生同時、居同里，或後先踵，成不可考。特其詞較然兩手，略見前《序》及《例》中。《卮言》又謂，或言到"郵亭夢"止，或言至"碧雲天"止。則不知元劇體必四折，"記"中明列五大折；折必四套，"碧雲天"斷屬第四折四套之一無疑。又，實甫之《記》本始董解元，《董詞》終鄭恒觸階，而實甫顧闕之以待漢卿之補，所不可解耳！（同上）

附劉麗華題辭

長君嘗示余崔氏墓文，乃知崔氏卒屈為鄭婦；又不書鄭諱氏，意張之高情雅致，非鄭可驂，明矣！崔業已委身，恐亦未必無悔，迨張之詭計以求見，此其宛轉慕戀，有足悲者。而崔氏乃謝絕之，竟不為出，又何其忍情若是耶？不然，豈甘真心事鄭哉？彼蓋深於怨者也。董解元、關漢卿輩，盡反其事為《西廂》傳奇，大抵寫萬古不平之憤，亦發明崔氏本情，非果忘張生者耳。此其事或然或否，固不暇論之也。嘉靖辛丑歲上巳日金陵劉氏麗華書於凝香館。

　　按：劉麗華，字桂紅，金陵富樂院妓也。刻有《口傳古本西廂記》，此其《題辭》。范子虛《跋》，稱麗華光豔無匹，性聰敏端慎。嘗稱說崔氏，心慕效之，又怪不能終始於張。每誦其書，未嘗不撫卷流涕也。范不知何許人。所云長君，則吳人張姓，蓋雅與麗華狎者。《題辭》中謂崔氏所適之鄭無諱字，及作傳奇不及實甫，皆未的。然第言崔氏蓋深於怨，非果忘情張生者，其詞淋漓悲愴，有女

俠之致。又，嘉靖辛丑，抵今七十餘年，想像其人，不無美人塵土
之感。故采附末簡。（同上）

附詞隱先生手劄二通

其　一

頃來兩勤芳訊，僅能一致報柬。何乃又煩先生注念，重以佳集之貺
耶？日盥洗莊誦，眞使人作天際眞人之想。豈直時輩不敢稱小巫，遂令
元美先生難爲前矣。所寄《南曲全譜》，鄙意僻好本色，殊恐不稱先生意
指，何至慨焉辱許敘首簡耶？翹首南鴻，日跂琳璧，爲望不淺耳。王實
甫新釋，頃受教，已有端緒，俟既脫稿，千乞寄示。或有千慮之一得，
可備采擇也。小兒倖薦，至勤呂長公動色相聞，而茲先生亦借齒牙。感
矣，感矣！病後不能作字，又屬沍寒，呵凍草復，仰希有宥。嘉平望日。

其　二

昨從瑤山丈所，得先生所致手劄，並新詠二冊，曠若復面。何先生
之不吐棄不佞至此也！感且次骨矣！頃辱示《西廂考注》，業精詳矣，更
無毫髮遺憾矣。眞所謂繭絲牛毛，無微不舉者耶！既承下問，敢不盡其
下臆。蓋作北詞者，難於南詞幾倍；而譜北詞，又難於南詞幾十倍。北
詞去今益遠，漸失其眞。而當時方言，及本色語，至今多不可解。即
《正音譜》所收，亦或有未確處，誰復正之哉？今先生所正，誠至當矣。
又以經史證故實，以元劇證方言，至千古之冤，舊爲群小所竄，若眾喙
所訾者，具引據精博，洗發痛快。自有此傳以來，有此卓識否也？敬服！
敬服！

承諭依《正音譜》，以襯字作細書，甚善。第更乞詳查，每調既以
《譜》爲主；至於入聲字，更查《中原音韻》所謂作平、作上、作去者，
截然不可易乃妙。第如“俗人機”之“俗”字，生以其作平，難合調，
輒妄改作“世”字。而“玉石俱焚”之“石”字，周高安既以爲“石”
叶作平，則此句第二字，用不得平聲。如此之類，須一一注明，不誤後
學，乃盡善耳。注中會意處，偶題數語；若肯綮處，偶著丹鉛。亦什中

之一，未盡揚厲。至偶有鄙見，願與先生商略之者，悉署片紙上方，未知當否。如他日過焦先生，不識可以鄙人所標，並就其雌黃否也？生去冬幾死，今僅存視息，筆硯久塵，不能為先生茲刻糠粃。刻成，望惠一部。秋深見過之約，山靈實聞此言矣。倘能與呂勤之兄同此行，尤勝事也。近無拙刻，無可為報，愧且奈何。鄴架有《魯齋郎》劇，敢借一錄，不了失污也。不具。夏五十有九日。

又別紙云

小柬封後，猶有【越調·小絡絲娘煞尾】二句體，先生皆已刪之矣。然查《正音譜》，亦已收於【越調】中。且此等語，非實甫不能作。乞仍為錄入於四套後，使成全璧，何如？又言。

詞隱先生，姓沈，諱璟，字伯英，號寧庵，吳江人。第萬曆甲戌進士，仕由吏部郎，轉丞光祿。性酷好聲律，著述甚富。詞曲之學，至先生而大明於世。生平折簡，往復盈篋。兩書以余校注《崔傳》而致，手墨如新，人琴已化。錄置後牘，聊存典刑（型）。又，先生以注本寄還，諄諄囑其人勿風雨渡江，恐致不虞。越三日，而別書之踵問已至，其周慎如此！並識以紀先生之善。傳中評語，系先生自署，故止稱"詞隱生云"①。（同上）

附評語②

方諸生

《西廂》，風之遺也；《琵琶》，雅之遺也。《西廂》似李，《琵琶》似杜，二家無大軒輊。然《琵琶》工處可指，《西廂》無所不工。《琵琶》宮調不倫，平仄多舛；《西廂》繩削甚嚴，旗色不亂。《琵琶》之妙，以情以理；《西廂》之妙，以神以韻。《琵琶》以大，《西廂》以化，

---

① 夾批：吾鄉先達，姚江孫比部先生，音律最精，兼工字學，蓋得之其諸父大司馬公者。往以質先生，先生欣然命管，標識滿帙，裨益不淺。是傳之成，微詞隱及比部兩先生雅意良侈。又並識於此。

② 夾批：十六則。

此二傳三尺。

《西廂》妙處，不當以字句求之。其聯絡顧盼，斐亹映發，如長河之流，率然之蛇。是一部片段好文字，他曲莫及。

《西廂》概言，無所不佳。就中摘其尤者，則"相國行祠"、"風靜簾閑"、"晚風寒峭"、"彩筆題詩"、"夜去明來"數曲，窮工極妙，更超越諸曲之上。巧有獨至，即實甫要亦不知所以然而然。

諸曲平仄，較《正音譜》或時有出入，然自不妨諧叶。試錯綜按之，無不皆然，所謂"柳下惠則可"也。

《中原音韻》所謂"字別陰陽，曲中精髓"，然以繩《西廂》，亦不能皆合。如【點絳唇】首句第四字合用陰字，而"遊藝中原"之"原"，與"相國行祠"之"祠"，皆是陽字；【寄生草】末句第五字合用陽字，而"海南水月觀音院"之"觀"，與"玉堂金馬三學士"之"三"，"何時再解香羅帶"之"香"，皆是陰字。以是知求精於律，政自不易。

《西廂》用韻最嚴，終帙不借押一字。其押處，雖至窄至險之韻，無一字不俊，亦無一字不妥。若出天造，匪由人巧，抑何神也！

《記》中諸曲，生旦伯仲間耳。獨紅娘曲，婉麗豔絕，如明霞爛錦，爍人目眥，不可思議。

《西廂》諸曲，其妙處正不易摘。王元美《藝苑卮言》至類舉數十語，以為白眉，殊未得解。又其旨，本《香奩》、《金荃》之遺，語自不得不麗。何元朗《四友齋說》至眥為"全帶脂粉"。然則必銅將軍持鐵綽板唱"大江東去"，而始可耶？

涵虛子品前元諸詞手，凡八十餘人，未必皆當。獨於實甫，謂"如花間美人"，故是確評。

董解元倡為北詞，初變詩餘，用韻尚間浴詞體。獨以俚俗口語譜入弦索，是詞家所謂本色當行之祖。實甫再變，粉飾婉媚，遂掩前人。大抵董質而俊，王雅而豔，千古而後，並稱"兩絕"。陸生傖父復譜為《會眞》，寧直蛇足，故是螳臂。多見其不知量耳。

實甫要是讀書人，曲中使事不見痕跡，益見爐錘之妙。今人胸中空洞，曾無數百字，便欲搖筆作曲，難矣哉！

元人稱"關鄭白馬"，要非定論。四人漢卿稍殺一等；第之，當曰

"王馬鄭白"。有幸有不幸耳！

往聞凡北劇，皆時賢譜曲，而白則付優人填補，故率多俚鄙。至詩句，益復可唾。《西廂》諸白，似出實甫一手，然亦不免猥淺。相沿而然，不無遺恨。

今曲以《西廂》、《琵琶》為青鳳吉光，而二曲不幸，皆遭俗子竄易。又不幸，坊本一出，動稱"古本"云云，實不知古本為何物。余嘗戲謂："時刻一新，是二曲更落一劫。"客曰："今寧必無更挾彈子後者耶？"余謂："余固不為此輩設也。"

《西廂》，韻士而為淫詞，第可供騷人俠客賞心快目，抵掌娛耳之資耳。彼端人不道，腐儒不能道，假道學心賞慕之而噤其口不敢道。李卓吾至目為其人必有大不得意於君臣朋友之間，而借以發其端；又比之唐虞揖讓、湯武征誅。變亂是非，顛倒天理如此，豈講道學佛之人哉！異端之尤，不殺身何待？獨云"《西廂》化工"，"《琵琶》畫工"，二語似稍得解。又以《拜月》居《西廂》之上，而究謂《琵琶》"語盡而詞亦盡，詞竭而味索然亦隨以竭"，此又竊何元朗殘沫，而大言以欺人者，死晚矣。①

天池先生解本不同，亦有任意率書，不必合竅者；有前解未當，別本更正者。大都先生之解，略以機趣洗發，逆志作者。至聲律故實，未必詳審。余注自先生口授而外，於徐公子本采入較多。今暨陽刻本，蓋先生初年厖略之筆，解多未確。又其前《題辭》，傳寫多訛，觀者類能指摘。至以實甫本為董解元本，又疑董本有二，此尤未定之論。蓋董解元為金章宗朝學士，始創為搊彈院本；實甫循董之緒，更為演本。由元至今，三百餘年；由董至王，亦一百三數十年②。時代久遠，流傳失真，然其本故判然別也。陶宗儀《輟耕錄》所稱董解元作，正指搊彈之本而非誤，誤之者自淮干逸史始也。董本人間絕少，余往從友人劉生乞得，以呈先生，先生詫賞甚，評解滿帙。未及取還，為人竊去。頃，歙中及武林已有刻本。碧筠齋本間有存者，余初從廣陵購得一本，為吾郡司理竟

---

① 夾批：頃，俗子復因《焚書》中有評二傳，及《拜月》、《紅拂》、《玉合》諸語，遂演為亂道，終帙點污，覓利瞽者。余戲謂客："是此老阿鼻之報。"客為一笑。

② 夾批：董解元，蓋宋光、寧兩朝間人。

陵陳公取去；後復從武林購得一本，今存齋頭。而朱石津本尤秘，即先生存時，亦未之見，余為友人方將軍誠甫所貽者。憶徐公子本，先生亦從世人，以【綿搭絮】二曲為落韻；《聽琴》折，擬改"幽室燈青"為"燈紅"，下"一層兒紅紙，幾榥兒疏櫺"，為"一匙兒糨刷，幾尺兒紗籠"；《問病》折，"眉黛遠山"二句，為"眉黛山尖不翠，眼梢星影橫參"等語，皆別本所無。蓋先生實不知此調故有中數句不韻一體，故余注本皆棄去不錄。暨本出，頗為先生滋喙。余非故翹其失，特不得不為先生一洗刷之耳。（同上）

新校注古本西廂記跋

　　嘗觀古今典籍，百千其體，傳奇亦一體也。大都有事實即有紀載，有紀載即有校注。校以正之，使句字之蕪者芟，殘者補；注以解之，使意旨之迷者豁，絕者聯。古人觸疑於睫，莫不求辨於心，而況傳奇？夫傳奇稱最善者，要在濃淡得體，而實不鬚粧抹成。近世制劇，淡則嚼蠟無味，濃則堆繡不勻，斯亦無庸校注已。至如古本《西廂》，元劇也。劇尚元，元諸劇尚《西廂》，盡人知之。其辭鮮穠婉麗，識者評為"化工"，洵矣！但元屬夷世，每雜用本色語，而《西廂》本人情，描寫以刺骨語。不特豔處沁人心髓，而其冷處著神，閑處寓趣，咀之更自雋永。一二俗子以本語難認，別而意竄易之，徒取豔調，形諸歌吟，而冷與肖茫然未有會也。是不足為《西廂》冤哉？且遇崔者，微之也。而《會真記》以張易元，此古來瀟灑之士，善隱現以俟自明。苟聽其移甲乙，混彩花，而不為闡晰，則微之與崔娘一片映對心情，郁勃不得達。昔人有靈，當必歎百年無知己也！

　　吾郡方諸生王伯良氏，受業徐文長公。文長解實甫本甚確，梓行於時。伯良宗其說，拓以己意，訂訛剖疑，極校注之妙。而累代諸名流，辯覈潛詠，交口作元崔證者，伯良復彙考成集，且彙考中仍不遺校注焉。余參究之餘，見其整而有次，如苗就耨；井而有緒，如絲向理；詳而不漏，如圖輞川。種種具備，非靈心為根，而敷以博雅者，寧有是耶？此真《西廂》善本也！付剞劂，廣其傳，百世而下，欣慕往蹟，不苦稽覽無地，其在

斯編也夫！萬曆癸丑歲嘉平月山陰朱朝鼎書於香雪居。（同上）

10. 明萬曆四十六年蕭騰鴻師儉堂
《鼎鐫陳眉公先生批評西廂記》

西廂序

　　文章自正體、四六外，有詩賦、歌行、律絕諸體，曲特一剩技耳。然人不數作，作不數工。其描寫神情不露斧斤筆墨痕，莫如《西廂記》。以君瑞之俊俏，割不下崔氏女；以鶯鶯之嬌媚，意獨鐘一張生。第琴可挑，簡可傳，圍可解，隔牆之花未動也，迎風之戶徒開也。敘其所以遇合，甚有奇致焉。若不會描寫，則鶯鶯一宣淫婦人耳，君瑞一放蕩俗子耳。其於崔張佳趣，不望若河漢哉！予嘗取而讀之，其文反反覆覆，重重疊疊，見精神而不見文字。即所稱"千古第一神物"，宣其然乎！間以膚意評題之，期與好事者同賞鑒曰："可與水月景色天然妙致也！"雲間陳繼儒題。（上海圖書館藏本）

11. 明後期孫月峰批點《硃訂西廂記》

跋

　　閱傳奇多矣，乃《西廂》尤爲膾炙人口，蓋亦情文兩絕。若《崔娘遺照》，則奚所辨眞贗也？予素有情癖，譚及輒復心醉。曾於數年前題鶯鶯像云："翠鈿雲髻內家粧，嬌怯春風舞袖長。爲説畫眉人不遠，莫將愁緒對兒郎。"又一絕云："修蛾粉黛暗生香，淚眼盈盈向海棠。倚到月斜花影散，一番春思斷人腸。"今觀陳居中所圖，於當日崔娘肖乎？不肖乎？予復有情癡之感。因錄其名人手筆於像之後，以見佳人豔質芳魂，千載如昨，而予之癖今昔不異云。花月郎閔振聲爲馮虛兄書並跋。（中國國家圖書館藏本）

12. 明萬曆後期金陵文秀堂 《新刊考正全相評釋北西廂記》

重刻北西廂記序

　　夫崔張往跡，元微之《傳》敘悉已。余不暇敘其有無眞贋，特敘其詞。詞曰：“《西廂》志遇合也。始遇則蒲關蕭寺，乃佳人才子之津梁；未合則西舍東牆，實怨女曠夫之天塹。釁除飛虎，盟締乘龍，皓月作良媒，五夜賽風流之詠；瑤琴通密約，七弦成露水之交。既合復違，魂逐郵亭夢寐；一違再合，心傾畫錦榮華。寫幽衷悲切，宛同猿鶴；鳴樂事優遊，允協宮商。此誠樂府奇音，詞場之絕調也。”古本相傳，北譜韻協《中原》，邇來雜以南腔，聲多鄙俚。是集也，櫛句沐字，呼陰吐陽，正訛於亥豕魯魚，比律於金和玉屑，視坊間諸刻，大不侔矣。豪儁覽觀，庶可助其清興歟！有詩之興者，更毋曰是詞也，宣淫者也，漫土苴棄之乎？文秀堂謹識。（中國國家圖書館藏本）

13. 約明天啟間淩濛初批解朱墨套印《西廂記》

西廂記凡例十則

　　一　《北西廂》相沿以為王實甫撰，《太和正音譜》於王實甫名下首載之。王元美《卮言》則云：“《西廂》久傳為關漢卿撰，邇來乃有以為王實甫者，謂至“郵亭夢”而止，又云至‘碧雲天’而止，此後乃關漢卿所補也。”徐士範《重刻西廂》則云：“人皆以為關漢卿，而不知有實甫，蓋自《草橋夢》以前，作於實甫，而其後則漢卿續成之者也。”俱不知何據。元人詠《西廂》詞【煞尾】云：“董解元古詞章，關漢卿新腔韻，參訂《西廂》的本。晚進王生多議論，把《圍棋》增。”則似謂漢卿翻董彈詞而為此記，實甫止《圍棋》一折耳，於五本無涉也。又【滿庭芳】云：“王家好忙，沽名釣譽，續短添長，別人肉貼在你腮頰上。”

又似乎王續關者。蓋當時關之名盛於王也，亦無從考定矣。但細味實甫別本，如《麗春堂》、《芙蓉亭》，頗與前四本氣韻相似，大約都冶纖麗。至漢卿諸本，則老筆紛披，時見本色。此第五本亦然，與前自是二手。俗眸見其稍質，便謂續本不及前，此不知觀曲者也。茲從周本，以前四本屬王，後一本屬關。

一　評語及解證，無非以疏疑滯、正訛謬為主，而間及其文字之入神者。至如"兜率宮"、"武陵源"、"九里山"、"天臺"、"藍橋"之類，雖俱有原始，恐非博雅所須，故不備。近又有注"孤孀"二字云："孤謂子，孀謂母"，此三尺童子所不屑訓詁也。諸如此類，急汰之。

一　近有改竄本二：一稱徐文長，一稱方諸生。徐，贋筆也；方諸生，王伯良之別稱。觀其本所引徐語，與徐本時時異同。王即徐鄉人，益征徐之為訛矣。徐解牽強迂僻，令人勃勃。王伯良盡留心於此道者，其辨析有確當處，十亦時得二三。但其胸中有痼①，故阿其所好，捍然筆削，而又大似村學究訓詁《四書》②，為可惜耳！然堪採者一一錄上方。伯良云："其復有操戈者，原不為此輩設也。"第此刻為表章《西廂》，未嘗操戈伯良。具眼自能陽秋者，此輩也歟哉！

一　北曲每本止四折，其情事長而非四折所能竟者，則又另分為一本。如吳昌齡《西遊記》則有六本，王實甫《破窯記》、《麗春園》、《販茶船》、《進梅諫》、《于公高門》各有二本，關漢卿《破窯記》、《澆花旦》亦各有二本，可證。故周憲王本分為五本，本各四折，折各有題目、正名四句，始為得體。時本從一折直遞至二十折，又復不敢去題目、正名，遂使南北之體淆雜不辨矣。

一　北體腳色，有正末、付末、狙、孤、靚、鴇、猱、捷譏、引戲，共九色。然實末、旦、外、淨四人換粧，其更須多人者，則增付末③、旦俅④、副淨⑤，總之不出四名色。故周王本外扮老夫人，正末扮張生，正

---

① 夾批：如認紅娘定為幫丁，崔氏一貧如洗之類。
② 夾批：如"首某句貫下，後某句承上，某句連上看，某句屬下看"之類。
③ 夾批：亦稱沖末。
④ 夾批：亦稱沖旦。
⑤ 夾批：女粧者曰花旦。

旦扮鶯鶯，旦俫扮紅娘，自是古體，確然可愛。自時本悉易以南戲稱呼，竟蔑北體。急拈出，以俟知者，耳食輩勿反生疑也。

　　一　北曲襯字每多於正文，與南曲襯字少者不同。而元之老作家益喜多用襯字，且偏於襯字中着神作俊語，極為難辨。時本多混刻之，使觀者不知本調實字。徐、王本亦分別出，然間有誤處。茲以《太和正音譜》細覈之，而襯字、實字了然矣。

　　一　北體每本止有題目、正名四句，而以末句作本劇之總名，別無每折之名。不知始自何人，妄以南戲律之，概加名目①，王伯良復易以二字名目②，皆系紫之亂朱。不思北曲非止一《西廂》，可能一一為之立名乎？

　　一　此刻止欲為是曲洗冤，非欲窮崔張眞面目也。故止存《會眞記》，若《年譜》、《辨③證》，及詩詞題詠之類，皆不錄。其《對弈》一折④，不詳何人所增，然大有元人老手，亦非近筆所能；且即鶯紅事，棄之可惜。故特附錄之，以公好事。

　　一　是刻實供博雅之助，當作文章觀，不當作戲曲相也，自可不必圖畫。但世人重脂粉，恐反有嫌無像之為缺事者，故以每本題目、正名四句，句繪一幅，亦獵較之意云爾。

　　一　此刻悉遵周憲王元本，一字不易置增損。即有一二鑿然當改者，亦但明注上方，以備參考。至本文，不敢不仍舊也。

　　自贋本盛行，覽之每為髮指，恨不起九原而問之。及得此本，始為灑然。久欲公之同好，乃揚挖未備。茲幸而竣事，精力雖殫，管窺有限，間猶有一二未決之疑⑤，或是本元有掛誤。海內藏書家，倘有善本在此本前者，不惜指迷，亦藝林一快。余必不敢強然自信也。即空觀主人識。
（上海圖書館藏本）

---

①　夾批：如《佛殿奇逢》、《僧房假寓》之類。

②　夾批：如《遇豔》、《投禪》之類。

③　楊案："辨"，當為"辯"或"辨"。

④　夾批：時本所無。

⑤　夾批：如"病染"非韻，"心忙"宜仄，"打參"宜仄之類。

14. 明崇禎四年山陰延閣主人李廷謨訂正
《徐文長先生批評北西廂記》

題　辭

一

世事莫不有本色，有折①色。本色，猶俗言正身也；折色，替身也。替身者，即書評中"婢作夫人，終覺羞澀"之謂也。婢作夫人者，欲塗抹成主母，而多插帶，及②掩其素之謂也。故余於此本中賤折色，貴本色。眾人嘖嘖者，我悠悠也。豈惟劇哉？凡作者莫不如此。嗟哉！吾誰與語？眾人所忽，余獨詳；眾人所旨，余獨唾。嗟哉！吾誰與語？

二

余是帙諸解，並從碧筠齋本，非杜撰也。齊正③所未備，余則補釋之，不過十之一二耳。齊本乃從董解元之原稿，無一字差訛。余購得兩冊，都被好事者竊去。令④此本絕少，惜哉！世謂董⑤張劇是王實甫撰，而《輟耕錄》乃曰董解元。陶家⑥儀，元人也，宜信之。然董又有別本《西廂》，乃彈唱詞也，非打本。豈陶亦誤以彈唱為打本也耶？不然，董何有二本也？附記以俟知者。

三

余所改抹，悉依碧筠齋眞正古本，亦微有記憶不的處，然眞者十之九矣。白亦差訛甚⑦、不通甚，卻都忘碧筠齋本之白矣，無由改正也。齊本於典故不大注釋，所注者正在方言、調侃語、伶坊中語、拆白道字，與俚雅相雜、訕笑冷語，入奧而難解者。靑籐道人。（上海圖書館藏本）

---

① 楊案："折"，批點畫意本作"相"。下同。
② 楊案："及"，批點畫意本、田水月山房本作"反"。
③ 楊案："齊正"，當作"齋本"。下"齊本"亦當作"齋本"。
④ 楊案："令"，批點畫意本、田水月山房本作"今"。
⑤ 楊案："董"，當作"崔"。
⑥ 楊案："家"，當作"宗"。
⑦ 楊案：此句及下句中兩"甚"字，批點畫意本俱作"者"。

題　詞

　　今人讀書，不唯不及古人之窮思極慮，即讀古人所評注之書亦然。古人讀書，必有傳授，至於箋注疏釋，考訂句讀，殫一生之力而讀之。經、子以降，雖稗官、歌曲皆然也。今人讀一書，無有傳授，箋注疏釋，考訂句讀，淺躐焉而已。稗官、歌曲與經、子皆然也者。無他。古人視道無巨細，皆有至理，不明，苟且嘗之。今人於道無巨細，率苟且嘗之，罕得其理，入理不深。故讀贋本、原本不能辨，往往贋書行而原本沒。其如文長先生所評《北西廂》，贋本反先行於世。今之眞本出，人未必不燕石題之者，李子告辰有憂之。予以為今人中果無古人之窮思極慮者乎？子憂過矣！庚午清秋洪綬書於靈鷲之五松閣。（同上）

西廂序

　　冬景蕭條，攜酒坐偎紅爐中，堵（睹）雪花片片，撲人衣裾，自謂不勝之喜。況千山煙寂，諸鴉出沒寒粉中，詎敢作人間想耶？於是急抽架上新編，聿得李刻《西廂》，妙劇爾！時細一翻閱，只覺竹石藤木，美人魚鳥，直如桃源洞底，水流花開，界絕人間，別有天地。豈僅僅以雕琢為工也。且《西廂》落筆之際，實實有一鬼神呵護其間，恍如風雨摽搖，淋漓襟袖，即作者亦不自知耳。故每每從一二句中，而咀詠吟嘯之餘，眞有不禁黦然魂①消，陟然神化。鳥為悲鳴，水為鳴咽，月為慘光，木為落葉而後已也。值今江山黯淡，故國凄淇，萬井煙愁，千村鬼哭，而余僅以一杯消之，此余所以倍多泫然耳。噫嘻！聲音之道，將爾中絕。故夫振起其響者，則惟湯若士、徐文長；羽翼其衰者，則惟祁幼文先生、李告辰兄而已。夫告辰以風流之才，合崔張風流之事，果爾相當，則刻之義存焉矣。而兼以陳章侯風流之筆，此誠葩繡相映，翠玉相臨，無煩餘贅也。忽一日，謁告辰兄。告辰與余素以豪興相契，而亦以見余，託

---

　　①　楊案："魂"，當作"魂"。

以《西廂》序事，余以首肯而序之。然則世人不具告辰風流之骨、風流之眼者，則斷斷不可刻，亦斷斷不可讀也。時在辛未春初盟弟董玄天孫山人題於醉月樓。（同上）

西廂敍

天地間自有絕調神遇，斷不容人再眠者。文如子長之《史記》，經如《楞嚴》，小說家如羅貫中之《水滸傳》，曲則王實甫之《西廂》是也。實甫之先有董解元，亦猶《史記》之有《國策》。北地生謂其直接《離騷》，而溫陵至比之於"化工"，殆亦心知其解者矣。吾鄉徐文長氏舊有批解，余向曾一睹於王驥德所，與今刻小有異同，然大都不隨眾觀場，是其勝也。顧不佞非解中人，獨以詞曲之妙，痛癢着人，政於最淺最俗處會，而《西廂》其尤近者。倘令費解索解，縱工極巧極，穩妥鬭合之極，猶於天然恰好隔一塵耳。史家班、范已不稱，邇所行《西遊記》、《金瓶梅》更足嘔噦。而三百余年詞曲一道，乃有臨川湯若士者，起而與之敵也。然而他詩文工力，皆以委謝無餘；蓋其技巧菁華，亦已竭於此矣。昔有高僧觀《西廂》，人問何許最妙，答曰"臨去秋波那一轉"最妙。此別一解也。然禪機道情，於曲行家無涉。告辰李子，茲以初刻多贗，復為精鋟。貌圖恰如身在《西廂》者，亦何俟解人乎？文長《四聲猿》最奇辣，其《青霞忠孝記》未行世。東海步兵魯潘阿逸氏題。（同上）

跋　語

予每見文人一詩一文一語言之妙者，恨不即時傳徧天下，誦之歌之而後已，故喜刻書。猶惜書之訛偽者惑世，故喜刻原本。雖千百金不惜，惜耳目不廣，不能盡天下之書而刻之。必將盡天下之書而刻之焉。或有人誚予曰："經術文章顧不刻，何刻此淫邪語為？"予則應之曰："要於善用善悟耳，子不睹夫學書而得力於擔夫爭道者乎？"庚午秋仲李廷謨題於虎林邸中。（同上）

使是人當道，人文可大勝矣！晁仲鄰云："嬉笑怒罵，可以觀用世之才。"予用其言，有以觀李告辰矣。

北西廂記跋

雲癡子秋宵無緒，月冷風顛，似不勝情。因思選花茵片地，羅古今佳麗於其中，自署風流僉判，司花籍而評跋之。忽崔娘應聲而出。延閣主人曰："唐案久崩，毋乃老橡作奸，糊塗不律乎？"雲癡曰："否！否！《會眞記》熟人牙吻，是其一生公狀也。吾且以墨圈筆梏，嚇醒草橋夢魂矣。

癡煞鶯娘，琴媒詩約，偷奔花營，惹動蒲東小寇，夢骨猶驚；呆僗張子，投禪薦佛，勾情蓮館，虧煞西廂一宿，病魔即療。飛虎失策，白馬帥成就白衣郎，折卻全軍辱沒；夫人變臉，半紙書賢於半萬賊，竟思杯酒消除。俏紅娘，錦隊幫丁，繡窩說客，戰書兩下，一次親征，女蕭何合當拜跪；戀惠明，殺性參禪，血心浴佛，戒刀一指，萬馬煙屯，禿先鋒將何犒勞！外而傍閑鑽縫之法本，舌破重圍，以須彌當撮合之山；吸海排山之杜將，兵結佳姻，以刀頭納百年之采。獨惜鄭子，寸木馬尸①，蹉跎風月，脂粉無緣，觸階尋盡。數傳之後，聞與崔娘齊眉偕好，託浪子而寄語人間，安知非其情報也耶？花銜初放，公案昭然，以王實甫除芙蓉院主，以徐文長領評花錄事，以延閣主人典醉紅仙史，掃淨情塵，打翻魔劫。崔娘有靈，當銜情泉下，思何以酬我。"雲癡道人范石鳴天鼓氏走筆於西湖蓮舫。

李雲爐曰："好一位精明判官！但未免有登徒子之病，驚動玉皇帝子囚之春檻，又坐一番風流罪過也。"（同上）

徐文長先生批評北西廂記凡例

一　刻本迭出，皆鼠樸未辨，殊失眞本。甚至硬入襯書，令歌者氣

---

① 楊案："馬尸"，《西廂記》第五本第三折【調笑令】原文作"馬戶尸巾"。

咽。即文長暨本，傳寫差訛，反為先生長喙。校讎嚴確，無如方諸生本，所謂繭絲牛毛，無微不舉，故本閣祖之。

一　評以人貴。吾越文長先生，長於北曲，能排突元人方語、隱語、調侃語，無不洞曉。批點之中，間有註釋，鏤自己之心肝，臨他人之腑臟，開後學之盲瞽。《西廂》之有徐評，猶《南華》之有郭注也。

一　坊刻有點板者，便歌唱也。然字句塗抹，觀者眼穢。矧《西廂》、《牡丹》，當與孔、孟諸書，永鎮齋頭。扳腔按調，自是教坊者流，不敢闌入，且以清目障也。

一　摹繪原非雅相，今更闊圖大像，惡山水，醜人物，殊令嘔唾。茲刻名畫名工，兩拔其最。畫有一筆不精必裂，工有一絲不細必毀。內附寫意二十圖，俱案頭雅賞，以公同好。良費苦心，珍此作譜。

一　俗刻《蒲東詩》、諸家題詠，深可厭恨。況茲刻一新，崔娘形神俱現，不必以歪詩惡句，反滋唐突也。故本閣自《會真》而外，並不濫刻，捍木災也。

一　梓人弋利，省工簡費，每多聊略。本閣不刻則已，刻則未嘗不精。家藏諸本，皆紙貴洛陽。翻版難禁，賈者須認延閣原板，他本自然形穢。

一　坊刻首推武林、閶門，然剞劂之工、考覈之嚴，無出越人之右。獨恨不能鼎盛。何也？本閣素耽書癖，有志未逮，告諸同調，以藏金移。而藏板奇書雲集，亦一大都會也。渴候！延閣主人謹識。（同上）

15. 明崇禎十二年刊
《張深之先生正北西廂秘本》

敘

此深老愛惜古人也。深老今日者，得晞髮踏歌於湖海間，又得遠收太原薄田租，以稅粟飯客。老自苦風，無天涯淪落之感。呼門人鼓箏，侍兒斟酒，以得成此書者，非天子浩蕩恩乎？聞深老着左右射鞏此書時，自不宜醉臥於紫簫紅友之間，辭客伶倩之隊。當張侯蘇公堤上，與虎頭

健兒戟射焉，圖所以報天子爾！已卯莫冬雪中馬權寄題於定香橋。洪綬書。（南京圖書館藏本）

秘本西廂略則

一　詞有正譜，合弦索也。其習俗訛煩者，刪。

一　字義錯謬，諸本莫考者，改。

一　曲白混淆者，正。

一　襯字宛轉偕聲不礙本調者，辨。

一　方言調侃不通曉者，釋。

一　圈句旁者，不同俗句；圈字者，不同俗字。

張道濬白（同上）

16. 明崇禎十三年烏程閔遇五校刻王实父《西廂記》四本、關漢卿《續西廂記》一本

《會眞六幻》序

云何是一切世出世法？曰眞曰幻。云何是一切非法非非法？曰即眞即幻，非眞非幻。元才子"記"得千"眞"萬"眞"，可可"會"在幻境。董、王、關、李、陸，窮描極寫，擷翻簸弄，洵幻矣！那知個中倒眞在耶？曰：微之記"眞"得"幻"。即不問，且道個中落在甚地？昔有老禪，篤愛斯劇。人問"佳境安在？"曰："怎當他臨去秋波那一轉。"此老可謂善入戲場者矣，第猶是句中玄，尚隔玄中玄也。我則曰："及至相逢一句也無。"舉似"西來意"，有無差別。古德有言："頻呼小玉元無事，只要檀郎認得聲"，"不數德山歌，壓倒雲門曲"。會得此意，逢場作戲可也，袖手旁觀可也。黃童白叟，朝夕把玩，都無不可也。不然，鶯鶯老去矣，詩人安在哉？眈眈熱眼，呆矣！與汝説《會眞六幻》竟。

幻因：元才子《會眞記》（圖、詩、賦、説、夢）

搊幻：董解元《西廂記》

劇幻：王實父《西廂記》

賡幻：關漢卿《續西廂記》（附《圍棋闖局》《箋疑》）

更幻：李日華《南西廂記》

幻住：陸天池《南西廂記》（附《園林午夢》）

三山謖客閱遇五（会眞六幻本）

題《西廂》

方金元氏之暴興也，非但不通文，亦未嘗識字；非但不識字，並未嘗有字。其後假他國番書，用以勾稽期會，悉南士之仕彼者教之云云。況聯章累牘，鬥巧獻奇，起無地樓臺，變立時之寒燠。虜雖黠，其遽能然乎？此非予之言也，史言之，史具在也。然則今之所為“千秋絕豔”者，安得動稱金元云乎哉？使其升關、閩、濂、洛之堂，聰明膽識不下某某輩，成一家言，蕭藪六經，即廟祀血食，寧異人任？不得用彼顯而以此聞，夫豈其才之罪哉？嗟乎！道器命性，徵角宮商，究竟亦無異。獨以三倉不律作蒙古皮盧，是可惜耳！然孰驅之乎？孰驅之乎？誰為了此者？予將進而問焉。三山謖客閱遇五（同上）

《圍棋闖局》識語

前四為王實父，後一為關漢卿，《太和正音譜》明載，王弇洲、徐士範諸公已有論矣。乃元人詠《西廂》詞有云：“董解元古詞章，關漢卿新腔韻，參訂《西廂》的本，晚進王生多議論，把《圍棋》增。”豈實父之後，又出一晚進王生耶？抑其人意在左關右王而為是也，耳食者因此便有“關前王續”之說。然《圍棋》之詞，板直淡澀，不唯遠遜實父，亦大不逮漢卿，其為另一晚進無疑。姑附諸此，用博詞家彈射。（同上）

《五劇箋疑》識語

舊本原有注釋。諸家頗多異同，強半迂疏，十九聚訟。將為破疑乎？

適以滋疑也！至有大可商者，漫不置辭。更於大紕繆處，迄無駁正。訛以承訛，錯上多錯，無或乎其不智也。世界原是疑局，古今共處疑團。不疑何從起信，信體仍是疑根。我今所疑，孰非前人之確信也？我今所信，孰非來者之大疑也？疑者不箋，箋者不疑。以疑箋疑，疑有了期乎？湖上閔遇五識。（同上）

17、明崇禎十三年西陵天章閣刊
《李卓吾批點西廂記眞本》

題卓老批點《西廂記》

　　看書不從生動處看、不從關鍵處看、不從照應處看，猶如相人不以骨氣、不以神色、不以眉目。雖指點之工、言驗之切，下焉者矣，烏得名相？語曰：傳神在阿堵間。嗚呼，此處着眼正不易易！吾獨怪夫世之耳食者，不辯眞贋，但借名色，便爾稱佳。如假卓老、假文長、假眉公種種諸刻，盛行不諱；及睹眞本，反生疑詫。掩我心靈，隨人嚬喜①，舉世已盡然矣，吾亦奚辯？往陶不退語余，家藏卓老《西廂》，為世所未見。因舉"風流隋何，浪子陸賈"二語，疊用照應，呼吸生動。乃評之曰："一用妙"，"二用妙、妙"，三用以至五用皆稱"妙絕、趣絕"。又如"用頭巾語甚趣"，"帶酸腐氣可愛"，往往點出。皆所不着意者，一經道破，煞有關情。在彼作者，亦不知技之至此極也。卓老嘗言："凡我批點，如長康點睛，他人不能代。"識此而後知卓老之書，無有不切中關鍵，開豁心胸，發我慧性者矣。夫《西廂》為千古傳奇之祖；卓老所批，又為《西廂》傳神之祖。世不乏具眼，應有取證在。毋曰劇本也，當從李氏之書讀之矣②。崇禎歲庚辰仲秋之朔醉香主人書於快閣。（中國國家圖書館藏本）

---

①　旁批：切中病根。
②　旁批：主意。

書《十美圖》後

夫惟生香難學，曠代所稀，是以繪畫偶精，一時共賞。顧虎頭戲圖鄰女，不聞擅譽風流；吳道子妙絕鬼神，未見標名窈窕。至於傳奇模肖，更屬優孟衣冠。乃斯冊也，命旨絕去蹊畦，傳神不事筆墨。彼姝者子，眉宇間都有情思；匪直也人，湘素中盡堪晤對。若入代王之夢，依約苕華；苟居吳子之宮，宛然輕霧。我方涉是耶非耶之想，君無作婉兮孌兮之觀。庚辰陽月望日書《十美圖》後。西湖古狂生。（同上）

18. 明後期蕭騰鴻儉師堂刻
《湯海若先生批評西廂記》

西廂序

文章自正體、四六外，有詩賦、歌行、律絕諸體，曲特一剩技耳。然人不數作，作不數工。其描寫神情不露斧斤筆墨痕，莫如《西廂記》。以君瑞之俊俏，割不下崔氏女；以鶯鶯之嬌媚，意獨鐘一張生。第琴可挑，簡可傳，圍可解，隔牆之花未動也，迎風之戶徒開也。敘其所以遇合，甚有奇致焉。若不會描寫，則鶯鶯一宣淫婦人耳，君瑞一放蕩俗子耳。其於崔張佳趣，不望若河漢哉！予嘗取而讀之，其文反反覆覆，重重疊疊，見精神而不見文字，即所稱"千古第一神物"，豈其然乎！間以膚意評題之，期與好事者同賞鑒曰："可與水月景色天然妙致也！"海若湯顯祖書。（上海圖書館藏本）

19. 明後期刊湯沈合評《西廂記會真傳》

跋

閱傳奇多矣，乃《西廂》尤為膾炙人口，蓋亦情文兩絕。若《崔娘遺照》，則奚所辨眞贗也？予素有情癖，譚及輒復心醉。曾於數年前題鶯鶯像云：“翠鈿雲鬟內家粧，嬌怯春風舞袖長。爲説畫眉人不遠，莫將愁緒對兒郎。”又一絶云：“修蛾粉黛暗生香，淚眼盈盈向海棠。倚到月斜花影散，一番春思斷人腸。”今觀陳居中所圖，於當日崔娘肖乎？不肖乎？予復有情癡之感。因錄其名人手筆於像之後，以見佳人豔質芳魂，千載如昨，而予之癖今昔不異云。花月郎閔振聲爲馮虚兄書並跋。（日本佐伯文庫藏本）

20. 明後期刊《三先生合評元本北西廂》

合評北西廂序

　　傳奇一書，眞海内奇觀也。事不奇不傳，傳其奇而詞不能肖其奇，傳亦不傳。必繪景摹情，冷提忙點之際，每奏一語，幾欲起當場之骨，一一呵活眼前，而毫無遺憾。此非牙室利靈、筆巓老秀、才情俊逸者，不能道隻字也。實甫、漢卿，胡元絶代雋才，其描摹崔張情事，絶處逢生，無中造有。本一俚語，經之即韻；本一常境，經之即奇；本一冷情，經之即熱。人人靡不膾炙之而尸祝之，良緜詞與事各擅其奇，故傳之世者永久不絶。

　　固陵孔如氏，敏慎士也，非聖賢之書、正大之文不讀。茲刻《會眞》傳奇，請序於予。余以孔如氏素不悦此等奇書，今不惟好之，而且壽之木焉。或者證道於性，虚靜而難守；證道於情，靈動而善入耶？然合刻三先生之評語者又謂何？大抵湯評玄著超上，小摘短拈，可以立地證果；李評解悟英達，微詞緩語，可以當下解頤；徐評學識淵邃，辨謬疏玄，令人雅俗共賞。合行之，則庶乎人無不摯之情，詞無不豁之旨，道亦無不虞之性矣。故盡性之書，木鐸海内，而聾瞶者茫然不醒；導情之書，挑逗吾儕，而頑冥者亦將點頭微笑。噫！茲刊之有功名教，豈淺眇者而可遽以淫戲之具目之也哉？笑庵居士王思任題。（中國社會科學院文學研究所藏本）

秦田水月敘

世事莫不有本色，有相色。本色，猶俗言正身也；相色，替身也。替身者，即書評中"婢作夫人，終覺羞澀"之謂也。婢作夫人者，欲塗抹成主母，而多插帶，反掩其素之也。故此本中賤相色，貴本色。眾人嘖嘖者，我煕煕也。豈惟劇哉？凡作者莫不如此。嗟哉！吾誰與語？眾人所忽，余獨詳；眾所旨，余獨唾。嗟哉！吾誰與語？（同上）

漱者敘

余於是袂諸解，並從碧筠齋本，非杜撰也。齊（齋）正（本）所未備，余補釋之，不過十之一二耳。齊（齋）本乃從董解元之原稿，無一字差訛。余購得兩冊，都偷竊。今此本絕少，惜哉！本謂董（崔）張劇是王實甫撰，而《輟耕錄》乃曰董解元。陶客（宗）儀，元人也，宜信之。然董又有別本《西廂》，乃彈唱詞也，非打本。豈陶亦從以彈唱為打本也耶？不然，董何有二本？附記以俟知者。（同上）

靑籐道人敘

余所改抹，悉依碧筠齋眞正古本，亦微有記憶不明處，然眞者十之九矣。白亦差訛，甚不通者，卻都碧筠齋本之白矣，因而改正也。典故不大注釋，所注者正在方言、調侃語、伶坊中語、拆白道字、俚雅相雜、訕笑冷語，入奧而難解者。（同上）

李卓吾先生讀《西廂記》類語

《西廂》文字，一味以摹索為工。如鶯張情事，則從紅口中摹索之；老夫人及鶯意中事，則從張生口中摹索之。且鶯張及老夫人未必實有此事也。的是鏡水花月，神品！

白易直，《西廂》之白能婉；曲易婉，《西廂》之曲能直。

《西廂》曲文字，如喉中迸出來一般，不見斧鑿痕、筆墨蹟也。

《西廂》、《拜月》，化工也；《琵琶》，畫工也。

作《西廂》者，妙在竭力描寫鶯之嬌癡、張之笨趣，方為傳神。若寫作淫婦人、風浪子模樣，便河漢矣。在紅則一味滑利機巧，不失使女家風。讀此《記》者，當作如是觀。

讀《水滸傳》，不知其假；讀《西廂記》，不厭其煩。文人從此悟入，思過半矣。

讀別樣文字，精神尚在文字裏；讀至《西廂》曲，便只見精神，並不見文字耳。咦，異矣哉！

嘗讀短文字，卻厭其多。一讀《西廂》曲，反反覆覆，重重疊疊，又嫌其少。何也？

《西廂記》耶？曲耶？白耶？文章耶？紅娘耶？鶯耶？張耶？讀之者李卓吾耶？俱不能知。倘有知之者耶？（同上）

湯若士先生敘

病鬼依人，宦情索寞。余守病家園，傲骨日峭。朝語官箴，則漱松風吹去；高人韻士，忙開竹戶迎來。兼喜穢文豔史，時時遊戲眼前，或點或評，不知不識。今日得意價，塗硃潑墨，春風撲面撩人；明日拂意價，挾矢摻戈，怒氣滿腔唐突。此皆一時無聊病況，初非有意於某為善而善之，某為惡而惡之者也。茲崔張一傳，微之造業於前，實甫、漢卿續業於後，人靡不信其事為實事。余讀之，隨評之，人信亦信，茫不解其事之有無。好事者輒以旦暮不能自必之語，直欲公行海內，冤哉！毒哉！陷余以無間罪獄也。嗟乎！事之所無，安知非情之所有？情之所有，又安知非事之所有？余評是傳，惟在有有無無之間。讀者試作是觀，則無聊點綴之言，庶可不坐以無間罪獄；而有有無無之相，亦可與病鬼宦情而俱化矣。（同上）

21. 清順治間含章館刻封岳
《詳校元本西廂記》

詳校元本西廂記序

王實甫、關漢卿《西廂記》，千秋不刊之奇書也。歷年既久，或經俗筆增減，迂僻點竄，或伶人便於諧俗，遂至日訛日甚。予留心殆二十年，惟周憲王及李卓吾本差善。崇禎辛巳，乃於朱成國邸見古本二冊，時維至正丙戌三月，其精工可侔宋板，蓋不啻獲琛寶焉！借校盡五日始畢，擬發刻。未遑而日月逝矣！不永其傳，究將湮廢。萬事已矣，亦復何所事哉！謹壽諸棗梨，期垂久遠。俾其真鑒者不為時本所亂，亦大快事。噫！是亦摩詰之所謂空門云爾。有謂北曲每本止四折，其情事長而非四折所能竟，則另分為一本。故周本作五本，本首各有題目、正句四句，末以【絡絲娘煞尾】結之，為承上結下之詞。察每本四折，雜劇體耳，全本或未然，得睹元刻，益悉偏執之陋，故拈出之。凡曲中時本錯誤字，略注於上，其易鑒別與！白中字不盡及。含章館主人封岳識。（中國國家圖書館藏本）

22. 清康熙十五年學者堂刻
毛甡論釋《西廂記》

序

古樂之失傳久矣。《皇華》四篇亡於晉，《樂安室》軼於魏六季三唐。自詩歌之播，樂者五調相尚，盡遺其契注拍序之法，而宋樂引慢變為撅彈爾爾，元樂院本雜劇又變為道念、筋斗、科泛，然猶雜劇之遺也。今南曲興而北音衰，院本雜劇又亡矣。舊傳院本祇《西廂記》耳，雖不能歌，猶幸宮譜未滅，伊羊令吾，庶幾鐸音灰綫，可以尋其流而會其義。而今則偽本盛行，竄易任意，朱紫混列，淄澠莫辨，宜西河之奮而起之，而為之論也。顧西河善音律，嘗致考定樂章，編輯宮徵。而蹭跎有待洪鐘之響發於寸莛，豈其志與？嘗按之制，以塡詞十二科取士。其間所傳遺劇，如東籬、漢卿、德輝、仁甫，彬彬稱盛，然致如《西廂》之經文緯質，出風入雅，粹然一歸於美善，仍所罕有。蓋一代之文所傳有幾？而今何人以竄易亡之？可乎？世有以《西廂》為豔曲者，吾不得知。若以謂才子之書惟才子能解之，則世不乏才，毋亦塡為其眞者而已矣。時康熙丙辰仲春延陵興祚伯成氏題。（中國國家圖書館藏本）

論定西廂記自序

西河毛甡撰

《西廂記》者，塡詞家領要也。夫元詞亦多矣，獨《西廂記》以院本為北詞之宗。且傳其事者，似乎有異數存其間焉。昔元稹為《會眞記》，彼偶有托耳，杜牧、李紳輩即為詩傳之。逮宋，而秦觀、毛澤民即又創為詞，作《調笑令》焉。暨乎趙安定郡王撰成《商調鼓子詞》，凡一十二章，俾謳師唱演，謂之傳奇。至金章宗朝，有所為董解元者，不傳其名氏，實始為塡北曲，名曰《西廂記》，然猶是搊彈家唱本也。嗣後元人作《西廂》院本，凡幾本，而後乃是本以傳。繼此則又有陸天池、李日華輩復疊演南詞，導揚未備。天下有演之博、傳之通如《西廂》者哉！或曰："《西廂》豔體詞，其詞比之經之《風》、騷之《九歌》、賦之《高唐》、美人詩之《同聲》、《定情》、《董嬌嬈》。宋子侯以下，其在詞則《江南》、《龍笛》等也。"雖不必盡然，然絕妙詞也。

特刻繁板澷，魯魚亥豕。舊時得古本《西廂記》，為元末明初所刻，曲眞而白清，為何人攫去久矣。萬曆中，會稽王伯良作《較①注古本西廂記》，音釋考據尚稱通覈，然義多拘薏，解饒傅會。揆厥所由，以其所據本為碧筠齋、朱石津、金在衡諸偽本，而謬加新訂，反乖舊文。雖妄題曰古，實鼠璞耳。然猶孔陽、丑頃之間也。今則家為改竄，戶起刪抹，拗曲成伸，強就狂臆。漫不知作者為何意，詞曲為何物，宮調為何等。

---

① "較"，當作"校"。下同。

換形吠聲，一唱百和，數年後是書獨遭秦炬矣。予薄游臨江，閟閈蕭寺。客有語及者，似生憂患。因就臨江藏書家，徧搜得周憲王、大觀堂本凡二本，他無有矣。既而返臨安，又得碧筠齋、日新堂、即空觀、徐天池、顧玄緯諸本，凡八本，然而猶是魯衛也。且擬為論列，以未遑卒捨之去。既後，則驟得善本於蘭溪方記室家，與向所藏本頗相似，特不署所序名。鎸字委刓而幅窄，稱為元至正舊本，而重授刻於初明永樂之一十三年。較之碧筠諸本刻於嘉隆以後者，頗為可信。且曲白皦豈，與元詞準；比諸傳譜，與《雍熙樂府》諸所載曲，尤稱明晳。遂丐實之篋而攜之歸。

越二年，復以避人，故假居山陰白魚潭，乃始與張氏兄弟約為論列。出篋所實本，並友人所藏王伯良本，並他本。竟以蘭溪本為準，矢不更一字，寧為曲解，定無參易。凡論一折，限一晝，凡二十二晝不足。已而之吳，寓邵明府署，又凡二十晝，合四十二晝。蓋既悲時曲之漫填，而又懼是書之將終迷於世也。於是論序之，以存填詞一綫焉。（同上）

《西廂記》雜論十則

詞有詞例。不稔詞例，雖引經據史，都無是處。以詞中義類、事實、句調、語詞各不同也。董詞為是《記》所本，元劇為是《記》所通。以曲辨曲，以詞定詞，何不得者？故其中論次多引曲文以著詞例。

從來諸詞注不引一字，正坐不識詞例耳。

從來諸詞譜所載曲，亦多與原本不合，總屬竄入。

初意欲彙集諸本，錄其各不相合兩有可通者於行間，如較（校）古文例，若本作若。既而彙諸本，從無善者，大抵非已經改竄即訛錯耳。其為世稱善，實無足取者，名見《序》中。

諸本惟王伯良本稍善，以其引據有根柢也。惜其引據頗密而解斷全疏，因取其所引元詞，省予未搜者，十分之一。若其解斷，則百取一焉，然亦必明注曰"王伯良本"、"王本"。其他諸本則萬無一取，又何足當標識者，則但統稱之曰"諸本"、"他本"、"俗本"，或作"別作"而已。至若弇陋無知，妄肆刪易，冒稱古本翻，偶有辨及，然更非"他"與"俗"所得名也。嗟乎！彼又安足以與此！

　　每折中，調有限曲，曲有限句，句有限字，此正所謂宮調出入、章句通限、字音死生也。凡於中通宮換調，並曲文襯墊搶帶等字例，宜分別。但舊本一概混書，且凡宮譜所列，與元詞按之，每有參錯。借如務頭，標十七宮調，不標出入。元劇則有出入矣，然不標何宮何調譜。則既標出入，宮調而又不詳，如【中呂】用【南呂】【乾荷葉】譜及之，【雙調】用之譜未及之也。且舊有轉用宮調，例如【正宮】道合可出入【中呂宮】，遂得以道合並轉用【中呂宮】之【賣花聲煞】，此最微妙，義今不詳。至若章句通限，雖有一定，而元詞襯字每倍句，墊句每倍章，即務頭所定字句不拘者一十四章。考元詞每不止如此，如【中呂】【六幺序】，雙調【收江南】、【梅花酒】、【川撥棹】等，皆在一十四章之外。即名同律異，如【端正好】一名，而【正宮】、仙呂各有不同，務頭明辨之。然往見元劇“楔子”，或標【仙呂】，實【正宮】；或標【正宮】，實【仙呂】。且有本【正宮】、幺【仙呂】兩宮並見，何所定據？且更有變體如【仙呂】【混江龍】、【雙調】【攬箏琶】、【越調】【綿搭絮】等，間雜無韻排語一二十句，名曰“帶唱”，而譜皆無有此。無怪乎第十三折“楔子”，王伯良疑【正宮】為誤。而“幽室燈青，眉似遠山”諸曲，何元朗至訾為失韻，而不之察也。蓋譜既難據，而元詞又急難辨析，不能取準。誠恐照譜律曲，照宮律調，分別襯墊，標明通換，反多紕繆。況世多妄人，每好刪舊文以就私臆。幸正襯混列，彼猶忌平仄短長之或有礙；若明明別出，則凡襯墊字恣為刪改，不可底矣。且是書重文章，其為宮調長短，則聽之元劇與宮調舊譜，以俟知者。

　　北音備《中原音韻》，與經史讀例不同。若逐字音注，則凡入聲俱分隸三聲，無不當轉押者，不勝注矣。故祇注難字、兩讀字，並借叶字。其他字畫煩省、義類通假，蓋不拘限。蓋曲字不同有從便者，如“裏”為“里”、“著”為“着”；類有從通者，如“們”為“每”、“得”為“的”；類有從異者，如“磋”為“䃥”、“蹴”為“跴”；類有從變者，如“睃”讀“梭”、“揉”讀“猱”。類使必較（校）古字、正古音，盡失之矣。至若陰陽死生，則雖元詞亦罕有合者，茲但略摘其所知者於卷中。余任自然，無容深論。

　　世謂繪像為諧俗，不知正復古也。不見趙宜之跋《雙鶯圖》乎？

附載《會眞記》及諸詩歌詞令，以逮王性之《辨證》諸錄，亦從來刻《西廂》者之不庸巳也。但所載過冗，徒累卷帙，今但載本記，余擇其尤繁者以備搜考。

鹵略者以不求解而存《西廂》，敏悟者以好解而反亡《西廂》。何也？以解之不得，則改竄從此生也。《西廂》猶近古，正惟其耐由繹耳。今請翻《西廂》者，勿先翻《論釋》，祗就本曲字句尋求指歸，志意相逆，文詞不害，徐而罔然，又徐而渙然，然後知以我定詞而詞亡，不如以詞定詞而詞存也。世實多眞解會人，鄙識夃促，妙義層累，豈無補苴所未備、疏辟所難通者？踵事增華，是所望於嗣此者爾。西河氏。（同上）

23. 清康熙間刊潘廷璋評《西來意》

西來意序

丹崖澹歸今釋題①

佛以一音演説法，眾生隨類各得解；眾生各以一音演説，眾生亦各隨類得解。辟支佛聞環珮聲得悟道，情冥到不離有無處所，不墮有無處所，總不使一塵闌隔眾生。遇聲着色。為有為無，自是根性不同，領受亦別一等。是雨，阿修羅見是兵器，龍見是珠，閻浮提人見是水。若《西廂記》，又以一音演説法，一切眾生亦各隨類得解。雪鎧道人不為《西廂》轉，更欲轉《西廂》於一切眾生，情場熱豔中下一貼清涼散。人生有情，因地那便，心如牆壁，但令熱處冰銷，豔時火滅，欲海茫茫，回頭即岸。全副是斬關奪隘手段，不必別立名題。一切眾生亦隨類得解，譬如淳於髡一斗亦醉，一石亦醉。説到羅襦襟解，微聞薌澤，也沒甚閑言長語，能使威王罷長夜之飲，領兵殺賊，擒了王便休。雪道人代王實甫現身演説，不脫聲聞，不着聲聞，不離緣覺，不受緣覺。具菩薩心，還大覺乘，一片婆心，故是眾生慈母。但有一説，路上有花兼有酒，一程分作兩程行，也得便宜，也落便宜。澹歸者裏吃飯，三扒兩嚥，"正撞

---

① 夾批：原名金堡。

着五百年風流業冤"；便與他一掌，"嬌滴滴玉人兒何處也"？發去舊主家作使，下眾生亦隨類得解。不干澹歸事。① 時康熙己未歲八月望日。（清康熙間刻本）

序西來意

五雲衲弟淨挺拜題②

　　中唐"元白"齊名。白學士參歸宗，見鳥窠，禪道佛法，唯恐勿遑，而元八乃更以《會眞記》著。《會眞記》者，豈非江州司馬《長恨歌》耶？後五百年，更有董生，塡為樂府，驚辭絕豔，獨擅風騷。託始西來，終歸夢覺，梅巖曰："此可以語道矣！"夫道抑何常之有？性語之而得空，情語之而得幻，樓子纏情，歌郎引淚，則孰非道哉！昔人聞小豔詩，悟西來意，夫小豔之於詩，亦猶董子之於辭曲也。衛國兄弟三人，並由情種因緣證阿修羅果，婆須蜜女、奈女、青蓮華、苾蒭女，又皆以色身說法。《淨名經》曰：佛為增上慢人，說媱怒癡為非道耳；若離增上慢人，媱怒癡性無非佛性。以有下劣，寶几珍御；以有驚異，鸞奴白牯。木人起舞，石女興歌，於文字語言，不作文字語言，相者始可與論斯旨矣。先是，有以"臨去秋波"演為制義，相尋別院，自擅奇書，人爭慕之。此編出，而才人學人另開戶牖，俾慾海沉淪，猛然得渡。然則黃山谷綺語一流，豈復墮泥犁地獄乎？亦以相救云爾。潘子梅巖避世，矜尚名節，研味理學，逃空躭寂者深矣！於言情之書，拈示乃爾，窺潘子之學，悟潘子之旨。則肉絲競奏，皆為梵唄；傀儡登場，悉現菩提。不必向天津橋畔作弱弄矣。時康熙庚申清和月。（同上）

梅巖手評《西廂》序

日菴居士查嗣馨

　　有極莊嚴文字，又有妙莊嚴文字。莊嚴至矣，妙莊嚴則又過之。《孟

---

①　夾批：雪道人從漸處入門，澹大師從頓處下手。
②　夾批：原名徐繼恩。

子》"王何必曰利"一章，可謂莊嚴；如"賢者樂此，不賢者有此不樂"，以及"易羊"、"好樂、色、貨，俱可王"，可謂妙莊嚴矣。韓文《佛骨表》以莊嚴失之，《鱷魚文》以妙莊嚴得之。元曲首推《琵琶》、《西廂》，《琵琶》莊嚴者也，《西廂》妙莊嚴者也。即如《西廂》，紅娘以孔氏之書、周公之禮責張生，此之為莊嚴；至"一家兒喬坐衙"、"說幾句衷腸話"、"黈夜入人家，非奸做賊拿"，此之為妙莊嚴。以"人而無信"責夫人，此之為莊嚴；至"何必一一苦追求，得好休時便好休"、"女大不終留"，此之為妙莊嚴。昔呆菴語曰菴六晝夜，於書只七卷，"五經"而外，一曰"東坡"，一曰《西廂》。其論《西廂》與凡等迥絕，謂自《佛殿》至《草橋》，純寫《關雎》"樂而不淫，哀而不傷"之旨。《關雎》不淫不傷，何等莊嚴！而琴瑟鐘鼓，寤寐反側，各以極其哀樂之致而止，則妙莊嚴孰甚！《西廂》極其哀樂，而不入於淫傷，何以異是？且匪直此也，即"五經"之蘊，盡寓其中：《易》首乾坤，高卑定位，莊嚴矣；至陰陽必戰，血辨玄黃，何其莊嚴入妙！《書》先咨警"吁咈"，莊嚴矣；以拜手"賡歌"終之，則又莊嚴入妙。《禮》毋不敬，固莊嚴也；而曰"儼若思"，遂使莊嚴入妙。《春秋》"春，王下月"，最莊嚴也；書元年而不書即位，愈覺莊嚴入妙。

日菴以是手評《西廂》數過，自謂飄飄欲仙。惜俱失去，然亦僅得其概耳。梅巖子獨出慧眼，詮成妙理。自佛殿煩惱起頭，終歸夢覺，發乎情，止乎禮義，又脫乎禮義，超乎情力，能空諸一切。如秋月澄輝，游龍戲海，縱橫出沒，不可方物。大地山河，一塵不染，可謂莊嚴入妙，非妙莊嚴之筆，不能發妙莊嚴之旨。近可紹徽《周》、《召》二南，遠堪觀光於《書》、《易》。即云孔氏之書、周公之禮，又豈必外是而他求哉？梅巖未聞六晝夜語，而超脫過之，同語呆菴，又將卷舌而退矣。時康熙丁未七月既望題於微山草堂。（同上）

西來意小引

申菴居士蔣薰題

嗚呼！夢之由來久矣！然古夢真，今夢幻，真者正夢也，幻者邪夢也。粵稽黃帝夢風后、力牧，高宗夢傳説，孔子夢周公，皆實有其人，有其事。著之為經，不同小説家。自楚襄遇巫女，陳思感甄氏，邪夢日多，幻而不眞。吾謂五帝三王以後，舉世多白面紅顏，情緣覯接，人安得不夢夢耶？當此時，欲以覺破夢，夢者不覺；以夢破夢，覺者不夢。此佛入東土，而丈餘金人見夢於漢明帝也。佛法既行，大眾始知有夢等於如泡如電。元人填詞百種，雖不皆以夢傳奇，莫非喚醒色慾界，譬諸鄭衛之邪，可附頌之正。乃雪鎧道人，則於《西廂》一夢，獨得“西來意”也。若曰：“吾將轉戲諢場，洗脂粉色，令優人換本來面目，天下自是亦少夢矣！”雪道人固儒者乎，乃能善説佛法如此！澹歸、倀亭兩老和尚，余少時好友也，為雪道人詮“西來”本旨，俱屬現身説法。而余獨好説夢，有子瞻之癖。因戲為偈曰：

才子佳人夢幾回，乾坤劫後未成灰。

老僧喚破空饒舌，爭似法聰打諢來。

試以質之兩公，請再下一轉語。幸弗大喝一聲，使我三日耳聾。時康熙庚申秋月。（同上）

序

寓村硯民褚廷琯

　　昔張新建相公見臨川《四夢》，語之曰：“君辨才若此，何不用之講學？”臨川曰：“某日在此講學。師所講者性，某所講者情。夫情與性，豈有二也？”生而靜者謂之性，感而動者謂之情。程子曰：“人生而靜，以上不容説。”然則可説者特其情耳。情有迷明，猶神有夢覺。但使眞性常存，則迷者可明，夢亦必覺。今人但於夢中説夢，不知向夢中求覺，所以靜處難説，動處愈難説也。唯上根人從靜中觀動，雖動不擾，此常惺不夢者也，是為先覺。次根人從動中取靜，擾極思歸，夢而忽惺者也，亦稱後覺。若動時罔察，日與物馳，自等禽魚，終焉流浪，此為下根，昧然罔覺者也。梅巖潘子欲為下根人覺迷，不使老生舌本作強，特借《西廂》標指，直欲破盡塵緣，還歸本際，使芸芸大夢中盡向雞鳴一覺。此夜氣初同，認情最切處也。由以證性不遠矣。臨川《四夢》俱本《草

橋》，但從幻生夢，又復幻中生幻，深入迷津，出路少遲。固不若當前一
覺，尤為猛省。① （同上）

西廂説意序

大滌山人俞汝言右吉氏題

聞學道人不作綺語，豈唯不作，亦不復索解。古尊宿隔簾聞墮釵聲，
亦云破戒，蓋謂此也。梅巖學道有年，空諸一切，方將情種因緣，盡歸
寂滅。茲復於情緣窟中撥草尋根，反起一重魔障。從來大根人出入三昧，
顯諸解脱，意若生龍，乃於清净海中作百般遊戲，愈覺圓通自在。昔裴
公美醉心祖道，而晚年托鉢歌姬之院，自謂可説法渡人；白香山妙解乘
理，至攜群粉狐至牛奇章宅中鬪歌；坡老挾妓訪辨才；大師借伊拍板門
槌參破老禪。蓋出水蓮胎，曾無污染。正不妨從情緣窟中了徹真旨，便
可將竿頭百丈規一時打破，不必遶牀三匝，復作嘘嘘聲也。試還詰之梅
巖，梅巖曰：“竿木隨身，逢場作戲，何用豊干饒舌？”時康熙已未年正
陽月佛誕日。（同上）

西廂説意

《西廂》何意？意在“西來”也。以《佛殿》始，於《旅夢》終。
于空生，而即於空滅，全為西來示意也。生自西來，滅亦從西去，來前
去後，烏容一字？而其中所搆諸緣俱在西廂，故即以《西廂》名之。西
廂者何？普救佛殿之西偏也。佛殿為大乘，其偏則為小乘，繫之佛殿以
西，是雖小乘，猶不失西來之意云爾。大乘者，無上覺也，其法不由緣
覺聲聞而得，曾何有乎悲思聚散，提唱衍演，作諸勞塵幻影，礙彼虚空
乎？而無明作勞，無由斷滅，因於有生滅心，求無生滅義，遂以悲思聚
散，提唱衍演，極諸勞塵幻影，而終歸無有。蓋從緣覺覺，從聲聞聞，
以彼小乘通於大乘云爾。

---

① 夾批：也推為都講，當亦莫與爭鋒。

　　其俱繫之普救者，愍彼一切世間魔女魔民，無明作勞，慾海茫茫，愛河浮溢，顛倒沉溺，莫能超脫，特為現緣覺聲聞身説法，而使皆得度，故以"普救"為義。救之如何？世尊曾言之："觀彼世間解結之人，不見所結，云何能解？"便當諦審。煩惱根本，何生何滅？不知生滅，云何知有不生滅性？因於六結，而現六塵；因於六塵，而得六入；因於六入，而返六根。何意《西廂記》，揭示此旨！

　　佛殿撚花，空王示豔，則色入也①。於時明暗相發，結為狂華②，名為見知。則有蓉面柳腰，鬢雲眉月，來何所從，去猶未遠。為嗔為喜，為笑為顰，流逸奔目。若彼虛空，曾何色相？當其無相，而入有相；當其有相，而入變相。眼亂魂飛，不可撲滅，得一妄塵③，非真覺性。

　　聯詩送意，聞琴感心，則聲入也④。於時動靜相繫，結為幻音⑤，名為聞知。則有鶯聲燕語，別鵠離鸞，贈怨無端，寫愁難已。非肉非絲，非金非竹，流逸奔耳。若彼虛空，曾何音響？當其此響，而感彼響；當其後響，而續前響。錐耳裂腸，不可銷歇。得一妄塵⑥，非真覺性。

　　園夜焚燒，齋壇拈爇，則香入也⑦。於時吹息相感，結為幻臭⑧，名為齅知。則有金爐寶鼎，結雲成蓋，因心動搖，隨風縹緲。非霧非煙，非蘭非麝，流逸奔鼻。若彼虛空，曾何氣息？當其無息，而感有息；當其滅息，而復生息。展幽達冥，不可斷絕。得一妄塵⑨，非真覺性。

　　東閣酬勞，長亭宴別，則味入也⑩。於時恬變相參，結為妄味⑪，名為嘗知。則有鳳膏龍炙，玉液金波，臟神失驚，輸腸塞滿。為土為泥，為愁為淚，流逸奔口。若彼虛空，曾何滋味？當其無滋，而後有滋；當

---

① 夾批：入一。
② 夾批：結一。
③ 夾批：塵一。
④ 夾批：入二。
⑤ 夾批：結二。
⑥ 夾批：塵二。
⑦ 夾批：入三。
⑧ 夾批：結三。
⑨ 夾批：塵三。
⑩ 夾批：入四。
⑪ 夾批：結四。

其有滋，而若無滋。飲苦茹酸，無能辨別。得一妄塵①，非真覺性。

明月佳期，幽歡定愛，則觸入也②。於時離合相摩，結為妄體③，名為覺知。則有羅襦薌澤，墜珥開襟，愛戀無已，驚魂難定。疑雨疑風，疑雲疑月，流逸奔身。若彼虛空，曾何體受？當其無體，而至有體；當其異體，而至合體。魄並魂交，不可離遍。得一妄塵④，非真覺性。

草橋旅夢，曠野幽尋，則法入也⑤。於時痟痲相感，結為妄因⑥，名為意知。則有馭風奔月，打草驚蛇，城不能閾，水不能限。疑鬼疑人，疑兵疑馬，流逸奔意。若彼虛空，曾何憶想？當其是想，而入非想；當其非想，入非非想。離無造有，生有滅無，不可億量。得一妄塵⑦，非真覺性。

忽焉曉鐘初動，荒雞非惡，蘧然寐，成然覺，猛醒回頭，昭昭大夢。非覺，而惡知其夢；非大覺，而又惡知其大夢？因念前者，種種勞塵，無邊幻影，皆屬流根，非本根出。一旦業盡緣空，愛銷幻滅，烦惱破除，識想何有？即色滅色，色空真見⑧；即聲滅聲，聲空真聞⑨；即香滅香，香空真齅⑩；即味滅味，味空真嘗⑪；即觸滅觸，觸空真覺⑫；即意滅意，意空真知⑬。流根即淨，本根乃現，乃始得以真覺性證無上覺路也。已夫《西廂》，始於佛空，終於夢覺。除是空則忽夢，夢則未覺耳，當其空前無色也，覺後非緣也。則其間之為色與緣者，曾幾何時；而忘色與緣者，無窮期矣。然則有生滅者暫，而無生滅者常也。以有生滅心，求諸無生滅

---

① 夾批：塵四。
② 夾批：入五。
③ 夾批：结五。
④ 夾批：塵五。
⑤ 夾批：入六。
⑥ 夾批：结六。
⑦ 夾批：塵六。
⑧ 夾批：根一。
⑨ 夾批：根二。
⑩ 夾批：根三。
⑪ 夾批：根四。
⑫ 夾批：根五。
⑬ 夾批：根六。

義，而使夢者皆覺，覺不復夢，咸登大覺焉。此固"西來"之本意，而命《西廂》者所由託始也。是雖小乘，詎不終歸於大乘乎？故曰《西廂》可以入藏。渚山恒忍雪鎧道人本名潘廷章號梅巖氏述於渚山樓。時康熙十八年孟秋七夕。（同上）

《西廂》三大作法

一用大起落。大起處，在"正撞着五百年風流業冤"一句，大落處在"嬌滴滴玉人何處也"一句。前一句陡然而接，後一句嗒然而盡。未有前一句時，無《西廂》也；自有此一句，而凡自《假寓》以後至《驚夢》，皆自空中鬭出，所謂五百年業冤，自生煩惱。既有後一句時，又無《西廂》也；自有此一句，而凡自《長亭》以上至《佛殿》，又皆從空中滅去，所謂嬌滴滴玉人，原無實相。華從空生，即從空滅，業冤不盡，大覺不開。觀其一起一落，作書者具何等心眼也！

一具大體段。合全部為十六折，其意止有八折，因而重之，為十六折。猶夫《易》書，其理止有八卦，因而重之，為十六卦。而六十四、四千九十六卦之變，皆於是成焉。① 如《奇逢》一折，因而重之，有《鬧會》之一折。《奇逢》，崔張初會於佛殿也；《鬧會》，崔張再會於佛殿也。初會無心，再會有心，無心妄緣，有心緣妄，皆佛殿之業也，作一遙對。《假寓》一節，因而重之，有《請宴》之一折。《假寓》，紅娘奉夫人之命而來也；《請宴》，紅娘又奉夫人之命而來也。前命請僧，後命請張，請僧而藉寇，請張而揖盜，皆夫人之疏也，作一遙對。《聯吟》一折，因而重之，有《聽琴》之一折。《聯吟》，雙文月下至花園也；《聽琴》，雙文月下再至花園也。初至而賡句，再至而聞琴，詩以送志，琴受心挑，皆雙文之不戒也，作一遙對。《踰牆》一折，因而重之，有《佳期》之一折。《踰牆》，雙文召張生也；《佳期》，雙文就張生也。召張生以詩，就張生亦以詩，彼詩何以忽屬其色，此詩何以忽昵其情，此

_____

① 夾批：六十四者，四其十六也；四千九十六者，六十四其六十四，而究餘夫十六之數也。

雙文之不測也，作一遙對。《停婚》一折，因而重之，有《送別》之一折。《停婚》，夫人宴張生也；《送別》，夫人又宴張生也。前宴而盟解，後宴而交離，彼亦一把盞，此亦一把盞，皆張生之勞塵也，作一遙對。《解圍》一折，因而重之，有《驚夢》之一折。《解圍》，掠雙文也；《驚夢》，又掠雙文也。初掠之而形存，終掠之而影滅，存亦非真，滅亦非幻，皆張生之見妄也，作一遙對。《傳情》一折，因而重之，有《問病》之一折。《傳情》，雙文遣紅過張生也；《問病》，雙文又遣紅過張生也。前過而以柬來，後過而以方去，柬以誠投，方從假使，紅之所由受顛倒也，作一遙對。《窺簡》一折，因而重之，有《巧辯》之一折。《窺簡》，雙文詰紅也；《巧辯》，夫人詰紅也。雙文詰，而雙文之假破；夫人詰，而夫人之怒降①。假破而私成，怒降而姻定，紅之所由稱敏辯也，作一遙對。此皆作者顯然相犯，隱然相生，立一以定體，兼兩以致用，而與《大易》十六卦反對之用，同其變化者也。至若以《佛殿》始，以《草橋》終，則又乾父坤母，孕藏六子，雖與互對，而不為互對者矣。此《西廂》之至奇也。

一作大開闔。凡文字必先開而後闔，傳奇尤必始開而終闔，而《西廂》不然。《西廂》則先闔而後開，始闔而終開，小闔則小開，大闔則大開。蓋直以闔為開，以開為闔者也。通本有四開闔。而崔也張也紅也，皆求為闔者也，法本也惠明也白馬將也孫飛虎也，亦皆為闔之人也。不為闔者，止一夫人耳，而亦終於為闔者也。其截然而為之開者，則其中四人為之，又皆求為闔而終於為闔之人也。當張生之至逆旅也，不過一宿，乃急求閑散而走寺中；小姐之在居停也，諒已有日，適又思閑散而遊殿上。瞥然一見，臨去回頭，何其不謀而同，無端而合！此即從闔為入手者也。及假寓東牆，託凭青鳥，忽得峻拒之詞，幾疑昨所見人，隔在巫山，遠在天上，視之若近，圖之甚難。遂借紅娘作一閃，以逆起向後之勢也，此一小開闔也。乃未幾而牆陰贈答，未幾而花宮目成，又未幾而退賊壘門，許婚堂上，公私相協，且夕乘龍，浸浸乎其闔矣。忽而夫人敗盟，大勢盡去，此借夫人作一閃，以截斷前後之勢也，是又一開

闔也。幸而侍兒善誘，書生至誠，挑之以琴而心動，達之以簡而心益動，崔雖善假，終於報章，明月三五，昭昭彤管。此非母氏所得禁當，而侍妾所能從更者也，又浸浸乎其合矣。及玉人飛渡，金宵頓失，如江如漢而不可求，胡帝胡天而不可即，而張始氣盡於此也已。此就雙文作一閃，以捲起從前之勢也，是又一開闔也。逮靈藥偷傳，秘辛顯授，兩人之眞心假意，一時折證；半年之萬想千思，一筆勾除，勢固已大闔矣。況乎鳩媒舌巧，抵節爭盟，夫人因而悔心，予婚遂有成議，勢固已大闔而無不闔矣。乃贈策求名，星言夙駕，攬袪遵路，把酒離筵，向以為室爾而人遐者，今且人遐而室更遠矣。迨陽關暮出，故國雲迷，旅舍靑燈，不堪回首，而邯鄲一枕，蘧然夢破。於是歡愉悲憂，綢繆繾綣，一時都盡。此又就張生作一閃，以放散通前通後之勢也，是一大開闔也。蓋不闔則不開，不大闔則不大開。他書段段以闔作結，《西廂》段段以開作結。他書煞尾，以大闔作大結，《西廂》煞尾，以大開作大結。《易傳》曰："物不可窮也，故受之以未濟終焉。"而不謂作《西廂》者，竟悟其旨。此不可於傳奇中求之，尤不可於著書中求之。此《西廂》之至奇也。

《西廂》只有三人

　　《西廂》只有三人，一張生，一雙文，一紅娘。三人有三副性情，三種作用。雙文性情，即張生所道"多情"二字；其作用，即紅娘所稱"撒假"二字。觸處看來多情，觸處看來撒假。張生性情，即雙文所稱"志誠"二字；其作用，即雙文所謂"懦"字。一味志誠，所以成得事來；一味懦，所以急成不得事來。紅娘性情，即張生所云"鶻伶"二字；其作用，即紅娘自道"殷勤"二字。惟鶻伶則心眼尖利，事事瞞他不得；惟殷勤則意思周密，事事缺他不得。一個多情，一個志誠，兩相固也；一個撒假，一個懦，又兩相制也。中間放着一個鶻伶殷勤底，一邊去憐懦，一邊去捉假，一邊為懦用，一邊為假用。

　　《西廂》只有三人，故只有三人唱。唱者與其有辭也。有情而後有辭，欲盡其情而後能盡其辭。張之有辭，所以寫張之情，尤以寫崔之情；崔之有辭，所以寫崔之情，尤以寫張之情。而崔之情，有崔之辭所不能盡；張之情，有張之辭所不能盡者，紅則為之旁寫之。而崔之情，有張之辭所不能盡；張之情，有崔之辭所不能盡者，紅則為之參寫之。而紅之辭盡，而紅之情亦盡，而崔張之情亦遂無不盡。是故夫人，家之督也，而不必有辭也；法本，居停主也，亦不必有辭也；白馬將，大功臣也，亦不必有辭也。何也？情不與存焉也。獨其間惠明之得唱，則與惠明有辭矣。惠明寧有情乎？惠明之有辭，蓋截前後際，而不與中參者也。彼自為億萬世英雄鍊膽，十方國智識斷魔，大千界男女銷劫，故特與之高唱猛喝，作獅子吼聲，為普天下設法也。雖然，惠明不去，則白馬不來；白馬不來，則山門不守；山門不守，則崔張必死；崔張必死，則情緣不盡；情緣不盡，則劫業不銷。故特與之高唱猛喝，作獅子吼聲，為《西廂記》說法也。非夫人、法本、白馬之所得例也。

《西廂》只有三人，其實只為兩人而設。兩人者，崔也張也。然而無紅，則崔張之事必不成，崔張之情亦必不出。夫崔張之事，不過男女之事，則崔張之情，亦不過男女之情。然事有同倫，而情有萬族，其間之或喜或悲，或怨或慕，或與或距，或合或離。非此一人，則挑逗不靈；亦非此一人，則旋轉不捷。故必有此一人，而後兩人之情出，兩人之事亦成也。譬如天地之理，不外陰陽；陰陽之體，成於對待。其間或盈或虛，或消或息者，則成於參互錯綜之用。是故崔張，對待之體也；紅娘，參互錯綜之用也。而其間之或喜或悲，或怨或慕，或與或距，或合或離，皆紅為之參互錯綜，有以極情之變，而生其文者也。不然，崔張便如奇偶兩體，板板對待，即使陡然作合，不過如村老為兒女完姻，拜堂已畢，生事都盡。惡知男女情中，有如許消息，盈虛之致，足以成變化，而行鬼神哉！然則《西廂》為二人而設，又未必不為一人而用也。

讀《西廂》須其人

讀《西廂》當別具心眼，非尋章摘句可求也，非舞文弄筆可學也。當於坐雪窮源處得之，當於鏡花水月中遇之。樸直人讀不得，雕巧人尤讀不得；優俳家讀不得，稗乘家尤讀不得；跳浪子讀不得，冬烘先生尤讀不得。須騷賦名家讀，須良史才讀，須伶利聰明人讀，須真正風流才子讀，須蓋世英雄讀，須理學純儒讀，須大善智識讀。

《西廂》一書，昔人稱為“化工”。一字一句，都有天然節奏。其旨溫厚，一些尖纖用不着；其氣和雅，一些叫囂用不着；其味沉凝，一些浮滑用不着；其思深曲，一些徑遂用不着。卻亦委實難讀，驚采絕豔有之，佶屈聱牙有之，婉細和柔有之。其婉細和柔似《古詩十九首》，驚采絕豔似《離騷》，其佶屈聱牙則似《左傳》。宇宙自有文字來，《十三經》外，凡子史騷賦，樂府詩律，以及填詞歌曲，繁然並興。每一格中，必有一至極者，冠絕群流。如歌曲中《西廂》，允為方員之至，譬猶時鳥變聲，水風成縠，偶然神會所成，非擬議思維可到。極好人尋思，極耐人咀味。當如獨繭抽絲，漫尋端絮；雪竇品茶，辨之色味之外可也。近者偽本突出，縱其諧浪之習，演成一片風魔，豈曰效顰，實為唐突，奪朱亂雅，全失天然之致。歌曲雖小道，是亦宇宙來文字一大厄也。今悉從《田水月碧筠齋元本》點定，絕不竄易一字。庶廬山之面目復存乎，俟與知味者共嘗之。

讀古人書，須觀作此書者如何貯意，觀此書從何處入手，從何處結束，而後古人之意可得而求也。如《西廂》入手，可以不在佛殿，則閑園別館，無處不可停喪；崔張邂逅，何門不可曳裾？而作者必欲於普救之西廂也。相逢不在佛殿，則《西廂》可以不讀也。《西廂》結束，全在《草橋》科白中一“覺”字，前者都是夢，此時方覺。夢中多幻，覺後無文，故《西廂》終於草橋也。若“驚”“覺”二字可以抹去，則《西廂》可以不讀也。吾不知具何眼眶，而必欲閱此一書；吾不知主何肺腸，而必欲竄此一書。其意不可以告錦繡才子，並未可以徧告天下錦繡才子也。必如伯牙學琴，待成連刺船而去，然後得之；必如康子琵琶，不近樂器十年，而後可以語之。梅巖氏漫識。（同上）

附記《語錄》一則

昔丘公瓊山至南海寺，見一僧面壁趺坐，公曰：“是參何案？”僧曰：“‘只為臨去秋波那一轉’，未曾下得一轉語。此案至今未有道得。”近見《北遊集》中。

世祖皇帝嘗語弘覺禪師曰："請和尚將'臨去秋波那一轉'下一轉語。"師曰："不是山僧境界。"此語殊欠擔當。

上顧首座曰："天岸何如岸?"曰："不風流處也風流。"又未免騎驢覓驢。今竊於岸語下，更作一轉："留得廬山一片石，此身何處不風流?"渚山師曰："又來多事。"渚山一日在普救上堂，學者進曰："如何是西來意?"師曰："隨喜到上方佛殿。"復進曰："如何是西歸意?"師曰："千種相思對誰說。"又進曰："如何是西來復西歸意?"師曰："臨去秋波那一轉。"使當日面壁老僧覲面受偈，便當撇下蒲團矣。

掌記弟子王廷昌、廷彥、廷珍、廷獻譔述。（同上）

記　　事

一　《西廂》書緣情證性，即色歸空，而以鼓歌將其妙旨。所謂"言之不足故長言之，長言之不足故嗟歎之，且不知其手之舞之、足之蹈之矣"。誠宇宙一大奇書也。家大父啓五百年未洩之秘，使作者心目始露，閱者手眼頓開，又宇宙一大奇緣也。拂塵清談，等於拈花微笑。或比之郭象之註《莊》，輔嗣之闡《易》，不啻道里矣。

一　家大父避跡河汾，逃虛蚖寂，盡空一切。獨於古今記載之林，不能謝卻，研思端理，寒暑忘倦。自《左史》而下，纂述評論，不止數十種。以身隱焉，文未敢問世。是書初因偽本突出，耳食者競相傳誦，特為標指覺迷，是書便可入藏。禮俗之士，猶誤認為詞曲，故寧久緘笥中。而從游諸公，互相傳寫，見知者靡不解頤。因不敢私為帳秘，強而行之，非其志也。

一　樂府降為歌曲，今之歌曲，古之樂府也。於開闢來，實為創格，自院本盛行，世儒概以淫哇目之，實甫遂不堪為秦漢作者奴矣。不知其原，實出於古樂府。一經詮發，遂可與經史並垂。昔雲間趙桂舟先生，嘗啓家大父曰："吾於元人得兩書焉：於豪俠得《水滸傳》，於性情得《西廂記》。元文一代蕪靡，直以二書補之，蓋天運趨而日變，文運趨而日新。《河嶽英靈》不鍾於正文，而見於詞說，可以觀老蒼之意矣。"

一　《西廂》之名舊矣，冠"西來意"，如何? 張生云"小生自西洛而來”，此即其意也。蓋西洛者，西方極樂界也。其地無有根塵色相，並無憂愁苦惱。蒲東者，震旦國也。自極樂界而來，震旦始見徵塵種種，以色身演説，而使皆得度。此命書之意也。要於本文，未嘗增損。近代評論不一家，莫善於“田水月”與“玉茗堂”、“延閣訂①”諸本。雖手眼各見，而廬山之面目常存，是書之稱“西來意”，猶其稱“田水月”與“玉茗堂”、“延閣訂”也。

一　嘐城陸君揚，近代之段善本也，不獨精諧音律，而於詞義攷窮尤深。間嘗與家大父論及《長亭送別》中“量這大小車兒如何載得起”一語，當於“這大”二字下落一贈板，作句，“小車兒”另斷，作句。人皆順口接去。此特領意微妙，其視錦繡才人，奚但上下床間哉？其他訂訛不一，如“馬兒迍迍行，車兒快快隨”，皆其所論定。謂皆得之元本。本文已經論及。不敢沒其慧眼，特命表而存之。

一　天地間缺限之事可憾，無端附益之事尤可憾。如人身之有贅疣，日月之有珥蝕，傷於氣體不小。《西廂》續四折，且不論其文詞之工拙，總不宜説起有此。查日菴先生《快樂編》中載，周顛仙降於乩，有客進問：“續《西廂》四折何如？”周曰：“笑死了。”“續”一字之刺，勝於三千之刑。

一　是刻楮板精良，刷印朗潔，文房珍玩。如有翻刻，千里必究。

孫男景曾、絅曾、慶曾謹識。（同上）

---

①　延閣訂，原為“延訂閣”，此據文意改。下句同此。所指當為山陰延閣主人李廷謨訂正《徐文長先生批評北西廂記》，明崇禎四年刻本。

參考文獻

一、明清《西廂記》刊本

1. 《新刊大字魁本全相參增奇妙注釋西廂記》五卷，明弘治十一年金台岳家刻本，北京大學圖書館藏本。

2. 《新刻考正古本大字出像釋義北西廂》二卷，明萬曆七年少山堂刊謝世吉訂本，日本御茶水圖書館成簣堂文庫藏本。

3. 《重刻元本題評音釋西廂記》二卷，明萬曆八年徐士範刻本，中國國家圖書館及上海圖書館藏本。

4. 《重刻元本題評音釋西廂記》二卷，明萬曆二十年熊龍峰刊余瀘東訂本，日本東北大學藏本。

5. 《重刻元本題評音釋西廂記》二卷，明萬曆間劉龍田刊余瀘東訂本，中國國家圖書館藏本。

6. 《新刊合并王实甫西厢记》二卷，明万历二十八年周居易刻屠隆校正本，中國國家圖書館藏本。

7. 《重校北西廂記》五卷，明萬曆二十六年繼志齋陳邦泰刊本，日本內閣文庫藏本。

8. 《重校北西廂記》四卷，明萬曆間刊羅懋登注釋本，中國國家圖書館藏本。

9. 《重校北西廂記》二卷，明萬曆間三槐堂刊本，日本天理大學圖書館藏本。

10. 《重校西廂記》二卷，明萬曆間刊本，中國社會科學院文學研究所藏本。

10. 《李卓吾先生批評北西廂記》二卷，明萬曆三十八年夏虎林容與堂刻本，上海圖書館及中國國家圖書館藏本。

11. 《元本出相北西廂記》二卷，明萬曆三十八年冬起鳳館主人曹以杜刊本，中國國家圖書館及上海圖書館藏本。

12. 《李卓吾批評合像北西廂記》二卷，明萬曆間書林游敬泉梓本，日本天理大學圖書館藏本。

13. 《重刻訂正元本批點畫意北西廂》五卷，明萬曆三十九年冬王起侯刻本，中國國家圖書館藏本。

14. 《徐文長先生批評北西廂》五卷，明後期崇善堂刊本，中國社會科學院文學研究所藏本。

15. 《田水月山房北西廂》五卷，明萬曆間刻本，中國國家圖書館藏本。

16. 《新訂徐文長先生批點音釋北西廂》二卷，明後期刻本，中國國家圖書館藏本。

17. 《新刻徐文長公參訂西廂記》二卷，明後期潭邑書林刻本，中國國家圖書館藏本。

18. 《新校注古本西廂記》六卷，明萬曆四十二年香雪居刊本，中國國家圖書館藏本。

19. 《鼎鐫陳眉公先生批評西廂記》二卷，明萬曆四十六年蕭騰鴻師儉堂刻本，上海圖書館及中國國家圖書館藏本。

20. 《硃訂西廂記》二卷，明後期後学诸臣校刊本，中國國家圖書館藏本。

21. 《李卓吾批評西廂記》二卷，明後期劉應襲（太華）刻，美國伯克萊加州大學東亞圖書館藏本。

22. 《新刊考正全相評釋北西廂記》四卷，明萬曆間金陵文秀堂原刻、萬曆後期金閶十乘樓梓本，中國國家圖書館藏本。

23. 《西廂記》五卷，約明天啟間淩濛初批解朱墨套印本，中國國家圖書館及上海圖書館藏本。

24. 《詞壇清玩·槃薖碩人增改定本》（《西廂定本》）二卷，中國國家圖書館及日本東京大學文學部藏本。

25. 《詞壇清玩·槃薖碩人增改定本》（西廂清玩定本）二卷，上海圖書館等藏本。

26. 《徐文長先生批評北西廂記》五卷，明崇禎四年刻山陰延閣主人李廷謨訂本，中國國家圖書館及上海圖書館藏本。

27. 《張深之先生正北西廂秘本》五卷，明崇禎十二年刊本，中國國家圖書館藏本。

28. 王實父《西廂記》四本、關漢卿《續西廂記》一本，明崇禎十三年"會眞六幻"合刊本，中國國家圖書館藏本。

29. 《李卓吾批點西廂記眞本》二卷，明崇禎十三年西陵天章閣刊本，中國國家圖書館藏本。

30. 《李卓吾批點西廂記眞本》二卷，明後期刻本，中國國家圖書館藏本。

31. 《湯海若先生批評西廂記》二卷，明後期蕭騰鴻師儉堂刻本，上海圖書館藏本。

32. 《西廂記會眞傳》五卷，明後期刊本，上海圖書館藏本。

33. 《三先生合評元本北西廂》五卷，明後期彙錦堂刊本，中國社會科學院文學研究所藏本。

34. 《新刻魏仲雪先生批點西廂記》二卷，明後期刻李裔蕃註釋本，中國國家圖書館藏本。

35. 《新刻魏仲雪先生批點西廂記》二卷，明後期存诚堂重印本，中國國家圖書館藏本。

36. 《新刻徐筆峒先生批點西廂記》二卷，明末筆峒山房刻本，中國國家圖書館藏本。

37. 《詳校元本西廂記》二卷，清順治間含章館刻封岳校訂本，中國國家圖書館藏本。

38. 《貫華堂繡像第六才子西廂記》八卷，清康熙四十七年苏州博雅堂刻本，北京大學圖書館藏本。

39. 《毛西河論定西廂記》五卷，毛甡論釋，清康熙十五年學者堂刻本，中國國家圖書館藏本。

40. 《西來意》（又名《夢覺關》、《元本北西廂》）六卷，清康熙間渚山堂刻潘廷章說意本，中國國家圖書館藏本。

二、今人撰述①

1. 王季思《集評校注西廂記》，開明書店民國三十八年三月［1949.3］出版印行。

2. 王季思、張人和《集評校注西廂記》，上海古籍出版社 1987 年版。

3. 傅田章《明刊元雜劇〈西廂記〉目錄》（增訂本），東京汲古書院 1979 年版。

4. 蔣星煜《明刊本〈西廂記〉研究》，中國戲劇出版社 1982 年版。

5. 蔣星煜《〈西廂記〉的文獻學研究》，上海古籍出版社 1997 年版。

6. 朱萬曙《明代戲曲評點研究》，安徽教育出版社 2002 年出版。

7. 黃季鴻《明清〈西廂記〉研究》，東北師範大學出版社 2006 年版。

8. 陳旭耀《現存明刊〈西廂記〉綜錄》，上海古籍出版社 2007 年版。

9. 俞為民、孫蓉蓉編《歷代曲話彙編·明代編》，黃山書社 2009 年版。

10. 俞為民、孫蓉蓉編《歷代曲話彙編·清代編》，黃山書社 2009 年版。

三、今人論文

1. 譚帆《論 < 西廂記 > 的評點系統》，《戲劇藝術》1988 年第 3 期。

---

① 本書實際完成時間為 2012 年 6 月。當即提交國家哲學社會科學辦公室，申請該項後期資助項目的結項事宜。故而對其後的研究著作未能領教，對此深表遺憾。

2. 幺書儀《〈西廂記〉在明代的“發現”》,《文學評論》2001 年第 5 期。

3. 黃霖《論容與堂本〈李卓吾先生批評北西廂記〉》,《復旦學報》2002 年第 2 期。

4. 黃霖《最早的中國戲曲批點本》,《復旦學報》2004 年第 2 期。

5. 楊緒容《徐渭〈西廂記〉評點本系統考述》,《華中師範大學學報》2013 年第 2 期。

責任編輯：邵永忠

圖書在版編目（CIP）數據

王實甫《西廂記》彙評/楊緒容 整理. -北京：人民出版社,2014.3
ISBN 978－7－01－012081－2

Ⅰ.①王… Ⅱ.①楊… Ⅲ.①《西廂記》-文學評論 Ⅳ.①I207.37

中國版本圖書館 CIP 數據覈字(2013)第 091163 號

王實甫《西廂記》彙評
WANGSHIFU XIXIANGJI HUIPING

楊緒容　整理

人民出版社 出版發行
（100706　北京市東城區隆福寺街 99 號）

北京瑞古冠中印刷厂印刷　新華書店經銷

2014 年 3 月第 1 版　2014 年 3 月北京第 1 次印刷
開本：710 毫米×1000 毫米 1/16　印張：36.25
字數：680 千字　印數：0,001-2,000 冊

ISBN 978－7－01－012081－2　定價：100.00 元

郵購地址 100706　北京市東城區隆福寺街 99 號
人民東方圖書銷售中心　電話（010）65250042　65289539